OETINGER TASCHENBUCH

Peer Anders Martin wurde 1968 in Hannover geboren. Nach einem Studium der Sozialpädagogik arbeitete er mehrere Jahre mit Jugendlichen in Berlin, Brandenburg und Vorpommern, zuletzt auf der Insel Rügen. Diese Erfahrungen und die Gespräche mit einem syrischen Freund brachten ihn schließlich dazu, seinen ersten Roman niederzuschreiben, der auf vielen langen Spaziergängen an den Stränden der Ostseeküste entstand, wo er die Geschichte zuerst der geduldigen Hündin Lola erzählte. Inzwischen lebt er mit seiner Frau, drei Kindern und Lola in Quebec.

Peer Martin

WINTER SO WEIT

Oetinger Taschenbuch

Außerdem bei Oetinger Taschenbuch erschienen:

Grenzlandtage (mit Antonia Michaelis)

MIX
Papier aus verantwortungsvollen Quellen
FSC® C083411

1. Auflage 2017
Oetinger Taschenbuch in der Verlag Friedrich Oetinger GmbH,
Poppenbütteler Chaussee 53, 22397 Hamburg
Oktober 2017

Einbandgestaltung: capa
Projektkoordination: Tom Muenster
Geografische Karte entnommen:
wikipedia.com, User: NordNordWest, Lizenz CCBY-SA3.0
Politische Karte basierend auf Material von:
Thomas van Linge, @arabthomness, Stand von Januar 2014
Druck: CPI books GmbH, Birkstraße 10, 25917 Leck, Deutschland
978-3-8415-0398-5

www.oetinger-taschenbuch.de

To Catherine
my only love
who spent so many winters with me
in a country far away from her own

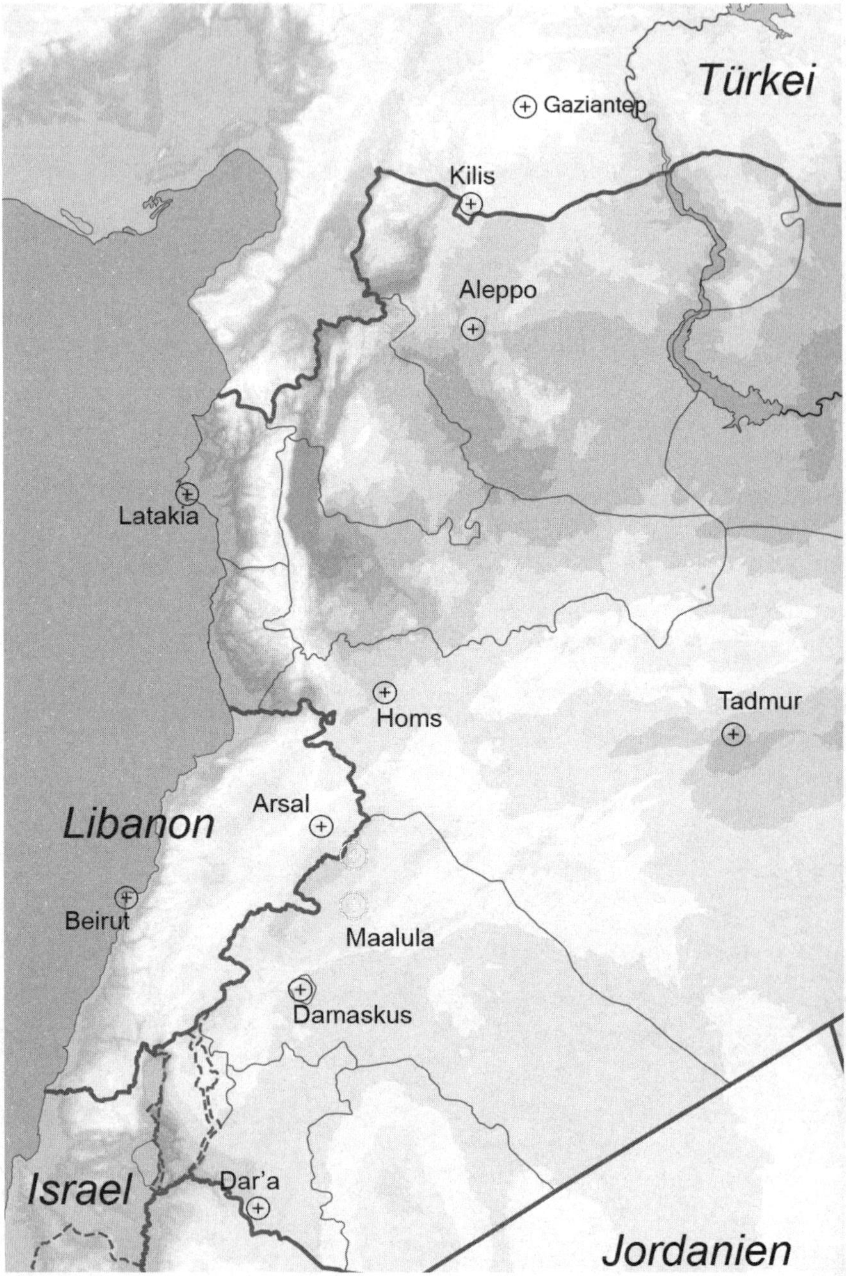
Türkei
Gaziantep
Kilis
Aleppo
Latakia
Homs
Tadmur
Arsal
Libanon
Beirut
Maalula
Damaskus
Israel
Dar'a
Jordanien

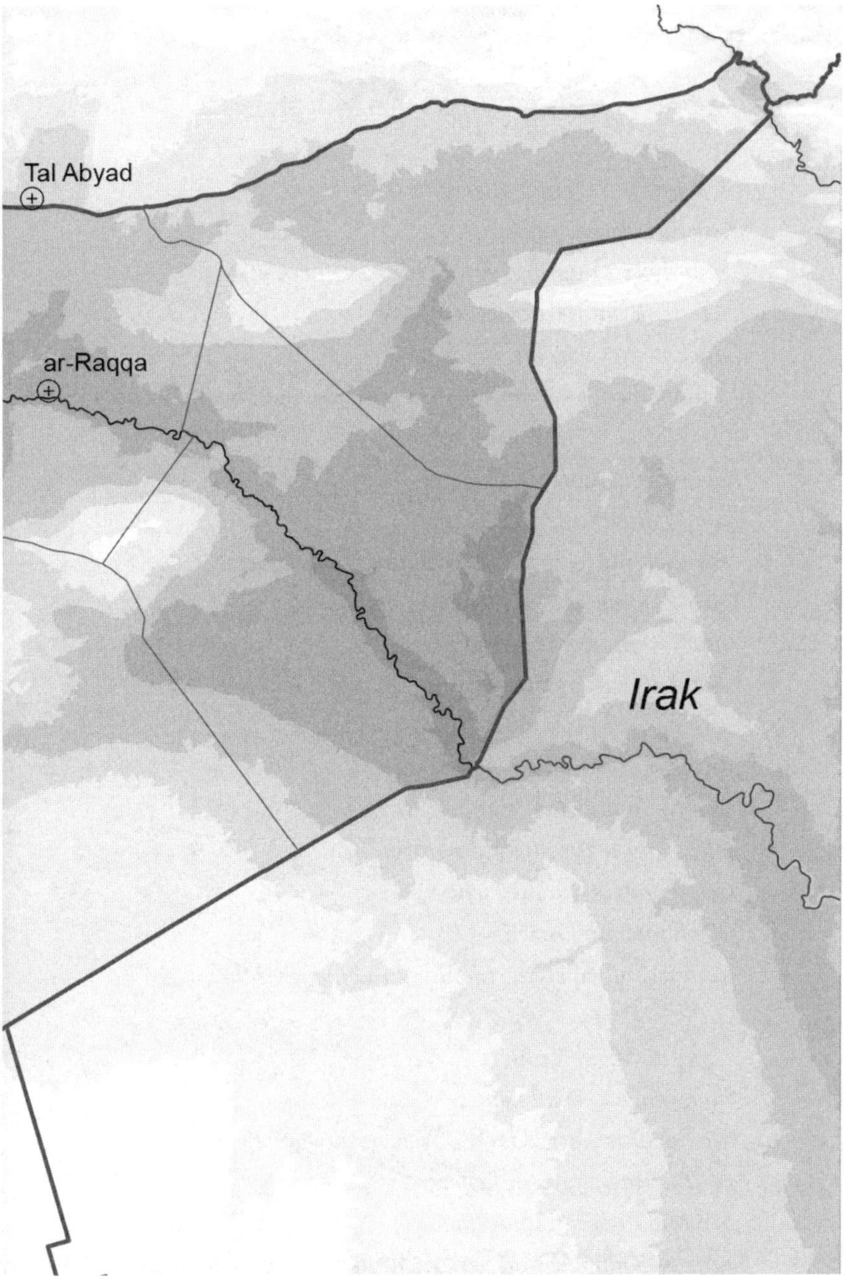

Tal Abyad
ar-Raqqa
Irak

kinderlied für syrien

Ich steh manchmal alleine
irgendwo und weine,
und das ist dumm, denn es nützt keinem etwas.
Ich denk an die, die leiden,
doch keiner von uns beiden
kann helfen, und vom Weinen wird der Fußboden nur nass.

Spar dir deine Tränen,
die Welt hat nur ein Gähnen
für dich übrig, wenn du dich um etwas scherst.
Wir können keinen retten,
auch wenn wir's gern so hätten,
du bist niemand, auch wenn du gerne jemand wärst.

In dieser Sekunde
näht jemand eine Wunde,
ohne etwas zum Betäuben zu haben.
Ich wandere durchs Licht,
die Sonne im Gesicht,
und irgendwo erfriert jemand in einem Graben.

Spar dir deine Tränen,
und schenk sie all denen,
die nicht wissen, dass die Welt noch weint!
Wir können keinem helfen,
und all die Feen und Elfen
unsrer Kindheit sind verschwunden, wie es scheint.

Während ich hier stehe
und in die Sonne sehe,
wirft irgendjemand irgendwo die Hoffnung in den Wind.
Die, die nicht mehr schreien,
liegen hübsch in Reihen,
und irgendjemand foltert gerade jetzt ein Kind.

Spar dir deine Tränen,
es ist nicht erwähnenswert,
dass irgendjemand wie du sich Sorgen macht.
Sie wollen dich nicht hören,
du würdest sie nur stören
mit deinen Träumen von den Schreien in der Nacht.

Wir könnten etwas ändern
und hätten an den Rändern
der Dunkelheit vielleicht ein Licht entfacht.
Doch wir wollen dich nicht hören,
du würdest uns nur stören
mit deinen Träumen von den Schreien in der Nacht.

(Drum pack deine Sachen,
um den Unterschied zu machen,
und mach dich auf die Reise in die Nacht …)

1.

Na letztendlich ist es halt so, dass gesagt wird, dass Leute, die sich davon abwenden, (…) noch unter dem Feindbild des Juden stehen … weil Verräter halt das Allerletzte sind, was es überhaupt gibt.

(Beitrag DEUTSCHLANDFUNK zu Hilfe für rechtsextreme Aussteiger)

Die Schaffung einer neuen Identität sollte aber die Ausnahme sein, hat sie doch für den Zeugen massive Auswirkungen. Er verliert seine ganze Geschichte, seine Heimat, seinen Beruf und die meisten sozialen Beziehungen (…)

(Website Recht24.de zum Zeugenschutzprogramm)

Weiß.

Weiß war die Farbe der Leere, des Neubeginns. Die Farbe des unbeschriebenen Papiers.

Weiß.

Er lag da, auf dem Bett, die Augen weit geöffnet.

Die Wände der kleinen Wohnung waren so weiß wie die Decke, er hatte nichts aufgehängt. Was hätte er aufhängen sollen? Er hatte alles hinter sich gelassen.

Er erwachte jeden Tag in diesem neuen Leben in der neuen Wohnung und fühlte sich fremd. Es gab Momente, in denen er seinen neuen Namen vergaß und die Panik ihn packte, aber natürlich konnte er auf dem Pass nachsehen. Er verwahrte ihn in einer Schublade des Schreibtischs wie einen Schatz und zugleich wie etwas, das man wegschließen musste, weil es einen sonst biss.

Er würde sich anziehen, in den Bus steigen, in der Berufsschule neben den anderen sitzen, nicht bei der Sache sein wie immer. Aus dem Kopf kann man die Erinnerungen nicht verbannen.

Er stand auf, ging ins Bad, warf sich kaltes Wasser ins Gesicht und jagte die Träume fort, die ihn jede Nacht besuchten: die Flammen, die Hitze, das Inferno des obersten Stockwerks, die panischen Menschen, das Kind auf seinem Arm. Der schwere, weiße Rauch und darin das Dunkel von Nuris Augen.

Nuri.

Seine Lippen formten ihren Namen lautlos wie etwas Verbotenes.

Er wusste nicht mehr, was er zuletzt gesehen hatte, ehe er bewusstlos geworden war. Vermutlich irgendeinen dummen Teil der berstenden Gebäudekonstruktion. Nicht ihre Augen, das wäre zu romantisch gewesen, das Leben ist nicht romantisch. Das Sterben übrigens auch nicht.

Romeo und Julia im Brennpunktviertel, hatten die Zeitungen geschrieben. Natürlich, es war eine perfekte Geschichte, der Nazi und das Flüchtlingsmädchen, die Schöne und der Aussteiger, der Ex-Täter und das Opfer. Quatsch.

Sie war nie das Opfer gewesen, die Sanfte, Bemitleidenswerte, die Hilflose, oh nein, sie war auf ihre Weise stärker gewesen als er. Die Zeitungen hatten geschrieben, sie hätten diese Welt gemeinsam verlassen, für die Zeitungen war Calvin tot, und es gab nur eine Handvoll Leute, die wussten, dass er lebte.

Er lebte und sie nicht. Ihre Wege hatten sich für immer getrennt, dort, im Rauch, im obersten Stockwerk des Asylantenblocks. Sie hatte geahnt, dass sie es nicht schaffen würde, sie hatte etwas zu ihm gesagt, ganz am Ende … Und er hörte ihre Stimme noch, wenn er die Augen schloss. Als wäre sie wieder da, ganz nah. Aber als er die Augen öffnete, blieb nur sein eigenes Bild im Spiegel über dem Waschbecken. Er fuhr mit beiden Händen durch das kurze, schwarze Haar und schüttelte den Kopf.

Die Augenbrauen waren jetzt ebenfalls schwarz, lächerlich, als kämen Pascal und die Jungs zufällig hierher, in eine bayrische Kleinstadt, tausend Kilometer weit entfernt von dem Ort, an dem die Asche des Asylbewerberheims vom Wind zerstreut worden war. Als kämen sie her und könnten ihn finden.

Neue Identität. Neue Geschichte. *Legende* nannten sie es. *Zeugenschutzprogramm.* Große Worte.

Und ein Teil von Calvin wusste natürlich, dass es richtig war. Leute fuhren weiter als tausend Kilometer, um jemanden wie ihn zu beseitigen, der als Zeuge in einem Prozess aussagen konnte, in dem es um mehrfachen vorsätzlichen Mord ging.

Und Pascal hatte Kontakte, vermutlich sogar hierher. Wenn Calvin die Zeit bis zum Prozess überleben wollte, musste er sich mit den schwarzen Haaren abfinden.

»Anders Dobrowski«, sagte er leise. »Haha.« Am Anfang war es ein privater Witz gewesen: Ich heiße jetzt Anders.

Der Bartschatten war neu, rasieren nur alle drei Tage, es half, es ließ ihn älter aussehen. Älter als achtzehn. Obwohl die Sommersprossen natürlich noch da waren, die zu jungenhaften Sommersprossen, die er früher so gehasst hatte. Nuri hatte sie gemocht.

Der Dreitagebart verbarg auch die Narbe seitlich am Kiefer …

Er träumte manchmal davon, wie sie ihm den Kiefer gebrochen hatten, damals in der Mitsommernacht, als er ihnen hatte sagen wollen, dass er ausstieg. Er war so dumm gewesen, unbeschreiblich dumm. Er träumte überhaupt zu viel.

Der Psychologe, zu dem sie ihn zu gehen zwangen, sagte, die Träume würden aufhören, wenn er über alles sprach. Er nickte, jede Woche einmal. Aber noch war er nicht bereit, über irgendetwas zu sprechen.

Er war auch gar nicht Calvin-Lüttke-mit-den-Erinnerungen. Er war Anders Dobrowski, ein gewöhnlicher Berufsschüler in einer bayrischen Kleinstadt. Er schlug nicht mehr zu, er wurde nicht mehr wütend, er hatte eine neue Sanftheit über sich gebreitet wie eine Decke. Er hatte sogar versucht, das Rauchen aufzugeben. In einer halben Stunde würde er durchs goldene Herbstlicht gehen, zum nächsten Termin mit dem Psychologen, Anders Dobrowski im Zeugenschutzprogramm.

Calvin machte die Augen schmal und starrte den schwarzhaarigen Typen im Spiegel an. Und auf einmal merkte er, dass er die Hände zu Fäusten geballt hatte.

»Zeugenschutzprogramm?«, knurrte er. »Zeugenschutz*scheiße.*«

Kein Zeugenschutzprogramm auf der Welt konnte Nuri wieder lebendig machen. Und es würde sie auch nicht zum Leben erwecken, wenn er aussagte und Pascal verurteilt wurde.

Er holte tief Luft.

Dann schlug er zu, seit Wochen zum ersten Mal. Er ließ seine Faust in Anders Dobrowskis Gesicht krachen, mitten in seine dumme Visage, und die Spiegelscherben spritzten wie silbernes Blut, wie die Wassertropfen an dem Tag, an dem er mit Nuri in der Ostsee geschwommen war. Er spürte den Schmerz nicht, er sah nur das Blut an seinen Fingerknöcheln, Rot in dem zu weißen Weiß, er ließ seine Fäuste wieder und wieder vorschnellen, zerstörte das Spiegelbild, es würde nichts übrig bleiben, nichts.

Nein, kein Zeugenschutzprogramm der Welt machte Nuri wieder lebendig, und sie würden Pascal und die Jungs niemals verurteilen, irgendwie kamen diese Leute immer wieder raus, er hatte ja nachgelesen im Netz.

Das Blut lief warm über seine Haut. Das Waschbecken war voller Spiegelsplitter.

Er griff hinein und schloss die Finger der linken Hand um die Splitter, bis der Schmerz ihn endlich doch erreichte, und dann stand er lange so da und spürte ihn einfach nur.

Und merkte, dass ihm die Tränen übers Gesicht liefen.

Er würde über das alles hinwegkommen, hatte der Psychologe gesagt. Er hatte diese Dinge jetzt hinter sich gelassen. Aber er hatte nichts hinter sich gelassen, es war eine Lüge gewesen, all diese Wochen. Und jetzt war die Lüge zerbrochen, die Decke der Sanftheit zerrissen.

Er riss das Fenster auf und atmete die Oktoberluft tief ein, stand da mit blutenden Händen und sog sich voll mit dem verdammten, goldenen deutschen Herbst. Zum ersten Mal seit Nuris Tod hatte er das Gefühl, wirklich klar zu denken.

Unten bog der Stadtpark seine Bäume im Wind wie Wahrheiten. Im Winter würden sie weiß sein.

Weiß, dachte er, war die Farbe des deutschen Schnees, den Nuri niemals sehen würde.

Nein.

Weiß war gar keine Farbe. Weiß war die Abwesenheit aller anderen Farben. Doch Weiß war kein Ende. Es war ein Anfang. Und auf einmal wusste Calvin, was er tun würde.

Er hatte Nuri etwas versprochen, ganz am Ende.

Und er war bereit, endlich.

Aber zuerst hatte er etwas anderes zu erledigen. Etwas abzuschließen.

Er würde in den Bus steigen. Nicht in den Bus, der ihn zum Psychologen brachte oder zur Berufsschule. In den Bus zum Bahnhof. Tausend Kilometer? Na und.

»Pascal«, hörte er sich flüstern. »Pascal, es ist Herbst, schon gemerkt? Und es wird Winter für dich.«

Er brauchte nicht lange, um zu packen. Zuletzt nahm er den Pass aus der Schublade und das Messer.

Ein Springmesser, beinahe neu. Natürlich passte es nicht zu A. Dobrowski, ein Springmesser zu besitzen, doch selbst der Psychologe hätte verstanden, dass es notwendig sein konnte, sich zu verteidigen, wenn die alten Schatten auftauchten.

A. Dobrowski schloss die Tür der Wohnung ab, lief die drei Stockwerke hinunter, grüßte den Rentner aus dem Erdgeschoss und war draußen. A. Dobrowski war ein höflicher junger Mann. Der Rentner wunderte sich vielleicht, weil er nicht *Guten Tag* sagte, sondern »Machen Sie's gut.« Nicht einmal *Auf Wiedersehen.*

Tatsächlich war der Tag noch goldener, als Calvin geglaubt hatte, der Himmel noch höher, der Wind noch schärfer und die Farben noch intensiver. Als hätte alles durch seine Entscheidung ein neues Leuchten bekommen.

Er ging mit großen Schritten die Straße entlang, den Rucksack auf dem Rücken. In ihm sang etwas. Nuri, ich komme.

Ich habe es jetzt eingesehen, dass das ganze Zeugenschutzprogramm Unsinn ist, oder jedenfalls Unsinn für mich. Unsinn, sich in einem neuen Leben einzunisten wie ein Tier, das dort überwintern möchte. Ich muss nur noch eine kleine Weile Dobrowski bleiben, danach nicht mehr.

Es war, als wanderte sie mit ihm die Straße entlang.

Und die Leute, an denen er vorüberkam, schienen ihn seltsam anzusehen, erstaunt über einen, der so aufrecht ging. Es waren geduckte Leute, tief in ihre Mäntel gekuschelte Leute, hastend, eilig.

Er hob alles Geld von dem Konto ab, das A. Dobrowski besaß. Es waren nur ein paar Hundert Euro. Besser als nichts.

An einer Ecke blieb er stehen und schrieb eine SMS an den Psychologen. Er wäre krank, leider, Durchfall und Erbrechen, er könne den Termin nicht wahrnehmen. Er rief auch bei der Berufsschule an und meldete sich im Sekretariat für den Tag ab, das Attest würde er nachliefern …

Die Schatten auf den Straßen waren umgeben von Licht. In der Luft lag der Geruch nach Vanillearoma, Backshop-Geruch, und er dachte daran, wie er zusammen mit Nuri hinter einem Reklameplakat für Vanillemilchshakes gestanden hatte, ganz nah bei ihr, verborgen, damit Kevin ihn nicht fand: damals, als alles begonnen hatte.

Als alles begonnen hatte, schwierig zu sein.

Manchmal vermisste er die Tage der Einfachheit, die Zeit vor Nuri, in der alle Ausländer schlecht und alle Deutschen gut gewesen waren und es nichts sonst gegeben hatte. Aber in eine Zeit ohne Gedanken kann man nicht zurück, wenn man einmal angefangen hat, zu denken.

Der Bahnhof war groß und schluckte ihn, und für Momente hatte er Angst, man würde seinen Ausweis kontrollieren und ihn nicht fahren lassen. A. Dobrowski hatte versprochen, am Ort zu bleiben, er musste sich regelmäßig bei der zuständigen Behörde melden. Wie die Asylanten, dachte er, mit ihren dreißig Kilometern Bewegungsfreiheit. Wie Nuris Familie.

Dann stand er vor den Fahrkartenautomaten und hörte Nuri beinahe lachen, unsichtbar an seiner Seite. Calvin, du bist ein Idiot. Niemand verlangt in Deutschland einen Ausweis, um eine Fahrkarte auszustellen. Du musst nur etwas in einen Automaten eingeben.

Idiot, definitiv. Er grinste. Vielen Dank auch.

Eine Stunde später saß er in einem Zug in Richtung Norden.

Natürlich war dies nicht einfach irgendein Tag, an dem er den Spiegel zerschlagen hatte.

Es gab einen Grund dafür, dass es gerade heute geschehen war.

Er saß auf dem Boden des überfüllten Zuges und starrte das Display des Handys an, las noch einmal den Satz, den er am Abend zuvor mehr oder weniger zufällig gelesen hatte.

Noch drei Tage, dann lassen sie mich raus.

Die Revolution von Nuris Volk hatte im Netz begonnen, zwischen Videos und Demonstrationsaufrufen auf Twitter und Facebook. Und auch Calvins eigene Revolution begann im Netz.

Noch drei Tage. Der Tweet war von Kamal. *Dann lassen sie mich raus.*

Endlich. Die Hauptstadt wartet.

Wenn Calvin sich daran gehalten hätte, was man ihm gesagt hatte – dass es besser für ihn wäre, keine alten Kontakte zu verfolgen –, hätte er an diesem Morgen vielleicht keinen Spiegel zerschlagen.

Er musste mit Kamal sprechen. Dringend.

Er musste dreimal umsteigen. Jedes Mal hatte er Angst, das richtige Gleis nicht zu finden, verloren zu gehen zwischen Treppen, Koffern, Plakaten und Menschen wie ein kleiner Junge. Er war in seinem Leben nicht oft Bahn gefahren. Verdammt, sagte er sich, er hatte Pascals Rache überlebt, er hatte einen Großbrand überlebt, er hatte sogar Nuris Tod überlebt. Und nun hatte er Angst davor, umzusteigen? Es war lächerlich, und er versuchte zu lachen, doch es klang nicht echt.

Der Wind fegte die Gleise entlang, und er verkroch sich tiefer in seinen Pullover, einen grünen Pullover mit verblichener, englischer Aufschrift. Er hatte ihn von Ramo geerbt, damals schon, als sie ihn versteckt hatten im Heim, und Ramo hatte ihn vermutlich aus irgendeiner Kleidersammlung und Calvin hätte ihn wegwerfen sollen, aber irgendetwas musste er doch behalten.

Ramo hatte Nuri geliebt und Calvin trotzdem geholfen, Ramo, der Kurde, der sein ganzes Leben auf der Flucht vor irgendwem verbracht hatte. Auch Ramo war tot.

Calvin sah die Gleise entlang. Er fühlte sich auf einmal beobachtet. Natürlich war niemand da, der ihn beobachtete. Niemand von der Polizei, niemand von Pascals Leuten und auch keine Leute von der Schabiha, jene schwarzen, gnadenlosen Menschengeister aus Nuris Land. Doch all diese Bedrohungen vereinigten sich zu einer einzigen unbestimmten Angst, und er zitterte in Ramos grünem Pullover. Vielleicht war es Unsinn, was er vorhatte. Vielleicht war es dumm. Trotzdem musste er es durchziehen.

Er kam erst abends in der Stadt an, als die Herbstdämmerung schon aus den Wolken tropfte. Nuri hätte das gesagt, dass die Dämmerung tropfte. Sie war eine großartige Erzählerin gewesen, eine Meisterin im Verbiegen der Sprache. Waren alle Syrer auch Erzähler? Kamal hatte nie viel erzählt. Aber Kamal hatte ihn auch nicht leiden können. Es hatte an ein Wunder gegrenzt, dass er ihn in der Wohnung geduldet hatte. Calvin war sicher, dass für Kamal einzig und allein er schuld am Tod seiner Schwester war.

War er es denn?

Er wanderte vom Bahnhof durch die Stadt, und es war seltsam, nach Hause zu kommen, weil er nicht nach Hause kam. Er betrachtete die Stadt mit den Augen eines Fremden. Der Sommerverkehr hatte sich gelegt, die Touristen waren fort, nur noch einheimische Kennzeichen rauschten auf der großen Straße vorüber. Dazwischen Nummernschilder mit altbekannten Codes: 88. 28. 14. Heil Hitler. Und der Adler, der den christlichen Fisch in den Fängen trug, das Symbol der Germanischen Glaubensgemeinschaft. Runen und Natur und alte Götter, sein Vater hatte ihm das mal erklärt, als er klein gewesen war.

Er fragte sich, ob Livia es wohl endgültig geschafft hatte, ihn rauszuschmeißen. Vermutlich nicht. Auch Livia dachte, Calvin wäre tot. Er fragte sich, wie sie ihr erklärt hatten, dass sie nie die Leiche ihres Sohnes hatte identifizieren müssen. Hatten sie auf irgendeinem Friedhof eine Urne verbuddelt? Schön mit kitschigen Plastikblumen? Beinahe lachte er bei dem Gedanken.

Er hätte wirklich etwas darum gegeben, seine eigene Beerdigung zu sehen.

Jetzt hatte er die Stadt hinter sich gelassen, jetzt stand er wieder dort, wo alles begonnen hatte: Am Rand des Neubauviertels, dessen Neubauten nicht neu waren, auf dem schmalen Grünstreifen, vor sich die hoch aufragenden Blocks wie hässliche, eckige Felsen.

Hier hatte er auch gestanden, nachdem er Nuri zum allerersten Mal begegnet war. Er war von Frau Silbermann gekommen, wo er sie getroffen hatte, und war auf dem Heimweg an genau dieser Stelle stehen geblieben, und er hatte sich gesagt, dass er Nuri hasste wie alle Asylanten. Damals hatten sie alles ändern wollen, Pascal und die Jungs und er, eine neue Welt schaffen ohne hässliche Wohnblocks, ohne Hartz IV, ohne Arbeitslosigkeit, voller Gerechtigkeit und Anerkennung für die einfachen Leute.

Und wenn Blut fließen musste, dann sollte es fließen.

Die in der Partei, hatte Pascal immer gesagt, sollten ruhig über Kita-Plätze und Betreuungsgeld diskutieren, die Jungs von der Straße, die autonomen Nationalisten, würden den wirklichen Kampf kämpfen.

Und Pascal hatte seinen Kampf gekämpft, ohne Calvin: vier Rohrbomben, Benzin, Gas in den Heizungskellern, alles gut durchgeplant. Drei Tote. Ganz hinten konnte Calvin die vier Blöcke des Heims sehen, ausgebrannt und schwarz wie die Schatten in Nuris Erzählung.

Jetzt, dachte Calvin, kämpfte er allein.

Er schloss die Finger um das Springmesser in seiner Tasche. Er würde Pascal finden.

Die Regenjacke war unauffällig und dunkelblau, er hatte die Kapuze tief ins Gesicht gezogen.

Dennoch kam es ihm vor, als könnten sie alle durch die Jacke hindurchsehen, durch die schwarzen Haare hindurch, an der quasi dioptrinfreien Lesebrille vorbei, die er am vorletzten Bahnhof gekauft hatte.

Vor seinem alten Wohnblock blieb Calvin einen Moment stehen, doch schließlich ging er weiter, um sich auf eine Bank vor Pascals Block zu setzen. Er holte das Handy heraus, spielte damit herum, verstohlen beobachtend.

Ein paar Jungs spielten Fußball auf dem kränklichen Rasen zwischen Wäschespinnen und Mülltonnenhäuschen. Calvin sah ihnen eine Weile zu, ehe er mit einem plötzlichen Adrenalinschub erkannte, dass einer von ihnen Tom war. Er war gewachsen, er sah drahtiger aus, sehniger, magerer als früher, kein kleines Kind mehr. War es möglich, dass sich jemand in zwei Monaten so sehr veränderte?

Eine Weile sah Calvin den Jungs zu, hörte sie lachen und schreien. Tom lachte nicht. Vielleicht nagte der Tod seines Bruders an ihm.

Er hatte immer mehr verstanden als Benji, obwohl er der Jüngere war. Tom hatte auch mit Delfine Fußball gespielt, in Frau Silbermanns Garten. Und es hatte ihn nicht gestört, dass Delfines Haut dunkel war wie Schokolade, Hauptsache, sie kickte den Ball ungefähr in die richtige Richtung. Dachte er jetzt daran? Daran, dass er weder Delfine noch Calvin je wiedersehen würde?

In diesem Moment bekam Tom den Ball, spielte ihn in Richtung Tor – und er traf.

Calvin sah ihn lachen, jetzt doch noch, sah ihn jubeln, und als er sich halb zu ihm umdrehte, blickte er durch den Fremden auf der Bank hindurch, ohne ihn zu registrieren. Dann wandte er sich ab und rannte wieder los, über den Rasen, strahlend, glücklich.

Da stand Calvin auf und ging, und der Wind war noch kälter geworden. Wer stirbt, ist nicht mehr da, dachte er. Niemand trauert dir nach, du Idiot. Und niemand hier hat irgendwas begriffen. Auch Tom nicht.

Er verließ die Blocks in Richtung Aldi. Sein Magen knurrte, aber bei der Grillbude im Viertel hätten sie seine Stimme erkannt. Er würde sich etwas zu essen kaufen und einen Schlafplatz suchen, es war spät, hoffentlich hatte der Aldi noch offen, Tom hätte längst im Bett sein sollen.

Calvin wanderte zwischen den alten Garagen hindurch, die dicht an dicht auf dem verlassenen Asphaltgelände zwischen Plattenbaublocks und Aldi standen. In einer dieser Garagen hatten Kamal und seine Leute ihn abgefangen, als sie noch Feinde gewesen waren. Nuri hatte ihn gefunden, ziemlich am Ende, auf dem Betonboden … Die meisten der Garagenhöhlen waren jetzt verschlossen, die Gegend sah ordentlicher aus.

Der Wind trug die Töne eines Gettoblasters herüber, irgendeine Rechtsrockballade.

Wo ist die Ehre, wo ist die Treue

und die Kameradschaft, die früher mal galt?
Ich suche mein Deutschland, such' täglich aufs Neue,
doch es ist verkauft, verraten und kalt …

Als Calvin um die nächste Ecke bog, in die nächste Reihe von Garagen, lag dort jemand unter einem Auto, das halb in einer der Garagen geparkt war. Daneben stand eine Baulampe mit geborstenem Glas, die grellkaltes Licht vergoss, und er hörte den Typen unter dem Auto an Schrauben herumklopfen und fluchen. Sein Kopf und seine Schultern steckten unter dem Wagen, Calvin sah nur seine Tarnfleckhosen, die weißen Turnschuhe und das schwarze T-Shirt. Nur ein T-Shirt, trotz des kalten Windes. Er wollte vorbeigehen, doch dann blieb er stehen. Die Stimme.

»Fuck, wo ist der Draht jetzt? Ich hatte doch … hier irgendwo …«

Er kannte die Stimme.

Pascal.

Verdammt. Er hatte nicht gedacht, dass er ihn überhaupt finden würde, und hier lag er, vor Calvins Füßen. Beinahe lachte Calvin. Gab es eine Art höhere Gerechtigkeit? Der Moment war zu perfekt, um wahr zu sein. Er sah sich um. In der Garage herrschte ein Durcheinander aus Drähten, Seilen, Reifen, Farbdosen, Kartons voller Drucksachen mit eindeutiger Aussage, schwarz-weiß-rot, ausrangierten Metallrohren … Calvin schob eine Hand in seine Tasche, zog das Messer heraus – und ließ es zurückgleiten.

Nein. Die Rohre. Wie schwer waren die Rohre?

Er bewegte sich lautlos hinüber, hob eines auf. Eisen. Schwer genug.

Die Muskeln an Pascals rechtem Unterarm traten hervor, er versuchte, irgendein Teil zu lockern. Calvin hob die Eisenstange über den Kopf. Biss die Zähne zusammen.

Dreimal ausholen, dreimal den ganzen Schwung des Rohres und der Wut nutzen, drei gezielte Schläge.

Einen auf den Oberkörper, der dem Opfer die Luft nahm, ein dumpf krachender Schlag, der Pascal merken ließ, dass hier jemand war, der es nicht unbedingt gut mit ihm meinte. Der ihn versuchen ließ, unter dem Auto hervorzukriechen. Dumm, wirklich, sich in eine dermaßen wehrlose Position zu bringen, gerade um diese ungemütliche Uhrzeit. Natürlich dachte man daran nicht, wenn man der Chef der Autonomen im Viertel war …

Der zweite Schlag brach ihm die Arme. Calvin erinnerte sich an das Geräusch, mit dem die Knochen brachen, damals war er derjenige gewesen, dem sie gebrochen wurden. Doch es ging hier nicht darum, Knochen zu brechen, es war nur deshalb notwendig, damit das Opfer, der Täter, wehrlos blieb.

Der letzte Schlag war für den Kopf bestimmt, der inzwischen unter dem Auto aufgetaucht war, die Augen weit aufgerissen.

»Hey. Ich bin's, Calvin. Du dachtest, ich wäre tot, was? Das war nicht ganz richtig. Ich bin nicht der von uns beiden, der tot ist. Das bist du, weißt du, Pascal.«

Und dann das dritte Krachen, diesmal der Schädel. Die Beine kickten noch einmal ins Leere – wie bei Hühnern, die weiterflattern, nachdem man ihnen den Kopf schon abgehackt hat, irgendwelche Reflexe.

So würde es sein – drei Schläge und Ende.

Aber noch verharrte das Rohr in der Luft, noch war nichts geschehen. Noch lag Pascal unter dem Auto, ohne zu ahnen, dass hier draußen sein Tod stand.

»Hier läuft was aus!«, sagte eine merkwürdig heisere Stimme, und Calvin erstarrte. »Wo ich bin, guck!« Die Stimme kippte und wurde hoch, die Stimme eines Jungen im Stimmbruch. Da lag noch jemand unter dem Auto, weiter hinten, im Schatten.

»Hast recht«, murmelte Pascal. »Scheiße. Nicht schlecht beobachtet, Benji.«

Er hätte den Namen nicht zu sagen brauchen, Calvin wusste auch so, dass es Benji war, dort unter dem Wagen. Benji, der ihn verraten hatte, seinen eigenen Bruder ans Messer geliefert. Aber Pascal hatte ihm vermutlich nicht erzählt, was sie mit Calvin gemacht hatten.

Benji hatte immer ein Mitglied in Pascals Clique sein wollen. Er hatte vermutlich Calvins Musiksammlung geerbt, vielleicht war das sogar eine von Calvins CDs, die da lief. Wie sehr er wünschte, er hätte jede einzelne CD zertreten.

Ich bin vielleicht der letzte Kämpfer,
der ihnen zeigt, was kämpfen heißt,
ich bin vielleicht der Letzte hier,
der von den ermordeten Brüdern noch weiß.

»Hast du deiner Mutter gesagt, wo du bist?«, fragte Pascal, irgendeine Schraube zwischen den Zähnen.

»Nee«, sagte Benji.

»Sie ist immer noch schlecht auf mich zu sprechen, was? Gib mir mal den Lappen. Sie denkt, es wäre meine Schuld mit Calvin.«

»Weiß nich«, sagte Benji. »Sie redet nich drüber.«

»Ich hab dir gesagt, dass das Käse ist«, knurrte Pascal. »Wär schön, wenn sie das auch verstehen würde. Ich mag sie, deine Mutter. Livia ist 'ne anständige Frau. Calvin … Der ist da mitten zwischen die Fronten geraten. Frag mich, ob die Bullen je rausfinden, wer von den Asylanten das Feuer gelegt hat. Unfall war das keiner. Jeder gegen jeden, Kanaken gegen Neger, Kanaken gegen Kanaken, so ist es bei denen, kannste täglich in der Zeitung lesen. Die schlagen sich alle die Köppe ein, auch da, wo sie herkommen. Irgendwann sind sie vielleicht mal fertig damit, dann gibt's 'ne Menge Land, das einfach leer ist.« Er lachte. »Land voller Öl. Könnte man sich dann holen, das wär was. Hier, nimm mal den Lappen … und dann gehst du langsam auch nach Hause, was? Is' spät.«

»Ich will nicht nach Hause«, sagte Benji. »Da kann ich mit keinem reden. Kann ich nich hierbleiben?«

»Du sollst mit keinem reden, du sollst schlafen«, sagte Pascal. »Du musst morgen fit sein für die Schule.«

»Geh ich eh nicht hin.«

»Natürlich gehst du«, sagte Pascal bestimmt. »Du wirst mal was Richtiges, Automechaniker vielleicht. Lass dich nicht kriegen von dem Scheißsystem, lass dir nicht erzählen, du wärst blöde! Die meisten da saufen und machen nichts. Wenn du bei mir abhängen willst, gehst du in die Schule und lernst.«

Calvin ließ das Rohr sinken. Pascal war also jetzt der große Bruder, der Benji das Leben erklärte. Schön. Die drei Schläge wurden lauter in Calvins Kopf, das Krachen der Knochen deutlicher. Das Blut, das aus den Ecken des Mundes lief, war sehr rot.

Aber er konnte es nicht tun. Er konnte das Benji nicht antun. Nicht, dass er Benji leiden konnte, aber Benji war ein Kind, und er musste nicht mit ansehen, wie jemand neben ihm verreckte.

Er legte das Rohr hin, ganz langsam. Benji maulte unter dem Auto irgendwas wegen der Schule.

Eure Mauern werden brechen, wenn wir kommen, uns zu rächen
und der deutsche Sturm, er wird euch überrollen …

Calvin drehte sich um und ging.

Erst im Eingang vom Aldi blieb er stehen, lehnte sich an die Wand, seine Knie zitternd, sein Atem merkwürdig rasselnd. Ihm war übel und sehr heiß, als hätte er Fieber. Beinahe. Beinahe hätte er einen Menschen getötet. Es war eine erstaunliche Tatsache, und noch erstaunlicher war es, dass gerade Benji ihn davor bewahrt hatte, es zu tun.

Natürlich hatte der Aldi längst geschlossen. Er sah auf sein Handy. Fast halb elf.

Der Nachtwind fand einen jungen Menschen mit schwarzem Haar und seltsam kindlichen Sommersprossen am Strand, allein. Er war vom Festland zu Fuß über die Autobrücke gewandert, nachts fuhren keine Busse, und nun wanderte er weiter, am Wasser entlang, die Jacke eng um sich gezogen, geduckt. Manchmal blieb er stehen und sah aufs Wasser hinaus, als könnte er in der Ferne Erinnerungen sehen. Die Erinnerungen an den Sommer, als der Sand noch lange warm gewesen war, auch nachts, sodass man gut zu zweit hier sitzen konnte. Erinnerungen an das Geländer der Seebrücke, auf dem man balancieren konnte, um in die Ostsee zu fallen und zu schwimmen und zu lachen, auch das zu zweit.

Der ganze verdammte Strand, dachte Calvin, die ganze verdammte Stadt waren ein einziges Labyrinth aus Erinnerungen. In seinen Händen spürte er noch immer das Gewicht des Eisenrohres, hörte Benjis Worte, hörte Pascal, hörte das Lied, das die letzten Ritter aufrief, für ihr wahres Deutschland zu bluten.

Er wünschte Pascal noch immer das Schlimmste. Ihnen allen. Kevin, André, Jason, Melli, Kim, Wolf. Er wollte sie hinter Gittern sehen, er wollte sie still in einer Reihe liegen sehen, er wollte Rache. Aber er war nicht der Richtige dafür, diese Rache wahr zu machen.

Und was er Nuri versprochen hatte, war etwas anderes gewesen.

Als er schließlich an der Straße entlang zurückstolperte, sah er den Streifenwagen beinahe zu spät. Er duckte sich hinter einen Busch, vermutlich würden sie ihn für betrunken halten, wenn sie ihn sahen. Er hatte seit Nuris Tod nichts getrunken.

Gegen vier Uhr war er wieder in der Stadt, gegen halb fünf stand er vor dem Krankenhaus, wo die sorgsam angepflanzten Hecken so sehr nach Herbst rochen, als hätte es keinen Sommer gegeben.

Der Empfangstresen drinnen war blass erleuchtet, in der Notaufnahme gab es wache Menschen, und es war sicher warm dort. Die zerschnittenen Hände wären eine gute Ausrede …

Nein. Nichts erklären müssen.

Er betrat das Foyer der Klinik nicht. Er ließ sich mit dem Rücken an der Glaswand nach unten gleiten, schlang die Arme um die Knie, legte den Kopf darauf und schlief ein.

Und wachte auf, da war es sieben Uhr, und er war steif gefroren. Auf dem Parkplatz standen ein paar Pfleger und Schwestern, rauchten und sahen zu ihm herüber. Calvin kam auf die Beine, schüttelte sich und ging hin. »Habt ihr 'ne Kippe für mich? Die verdammte deutsche Bahn. Ist scheiße, wenn du um fünf Uhr früh hier ankommst und einen Verwandten in der Klinik besuchen willst.«

Sie lachten, sie schenkten ihm eine Zigarette, sie waren gutmütig. Eine der Frauen hatte eine Tätowierung auf der Schulter, daumennagelgroß, dezent, Calvin sah sie, als der Kasack verrutschte. Die Schwarze Sonne. Er bemerkte erst jetzt das Silberkettchen mit dem Thorshammer um ihren Hals, ebenso winzig. Sehr ordentliche junge Frau, kurzes, rot gefärbtes Haar, hübsch, gezupfte Augenbrauen. Hätte Pascal gefallen.

Calvins Körper schrie nach mehr Nikotin, einer zweiten geschnorrten Zigarette nach Wochen ohne, aber er nickte nur einen Dank, trat die Kippe aus und ging hinein. Beinahe hätte er *Heil Hitler* zu der Schwester mit dem Thorshammer gesagt, doch vermutlich hätte sie den Sarkasmus nicht verstanden.

»Ich möchte jemanden besuchen. Kamal Aljafari. Er ist schon eine Weile hier …«

Die Empfangsdame am Tresen lächelte. »Sind Sie ein Verwandter?«

Calvin sah sie eine Weile an, und dann ging ihr auf, dass er offenbar nicht mit Kamal verwandt war, er sah trotz der schwarzen Haare ganz bestimmt deutsch aus.

»Ein guter Freund«, sagte er. »Wir haben uns lange nicht gesehen, ich war … verreist. Hab erst jetzt gehört, dass er hier ist. Irgendwas mit Schulterbruch, hat er geschrieben?«

Sie seufzte, nickte, tippte etwas in den Computer. Und nannte ihm die richtige Station. »Bis neun müssen Sie aber hier unten im Foyer warten. Vorher kann ich Sie da nicht hochlassen.«

Er nickte. »Ich warte notfalls den ganzen Tag.«

Calvin merkte, dass er wieder zitterte, als er vor der Tür zu dem Zimmer stand, in dem Kamal Aljafari lag. Er trug noch immer Ramos Pullover, obwohl das Krankenhaus überheizt war. Und als er den Raum betrat und Kamal auf dem Bett am Fenster sitzen sah, aufrecht, angezogen, das Handy in der Hand – und als Kamal den Kopf drehte, merkte er, dass er den Pullover erkannte. Sehr langsam, so wie Sand durch eine Sanduhr läuft, lief das Erkennen durch Kamal.

Calvin ging genauso langsam zu dem Bett hinüber, zog sich einen Stuhl heran und setzte sich.

Kamals Schulter war verbunden. Er war sehr blass.

Und die Augen in diesem blassen Gesicht waren jetzt weit und dunkel vor Erstaunen, vielleicht lag auch Furcht darin. Und zum ersten Mal sah Calvin eine Ähnlichkeit zwischen Kamal und Nuri, in diesen Augen.

Calvin strich sich mit beiden Händen durchs schwarze Haar, eine Geste, die seit dem Färben beinahe zwanghaft geworden war. »Du denkst schon richtig«, sagte er schließlich leise. Es waren zwei Patienten im Raum. »Ich bin’s.«

»Nein«, flüsterte Kamal.

Calvin zuckte die Schultern. »Ich fürchte, doch.«

Drei Minuten später saßen sie im Aufenthaltsraum, allein mit einer kranken Topfpalme. Es war der gleiche Raum, in dem Calvin mit Nuri gesessen hatte, damals, nach dem Kieferbruch. Kamal bewegte sich noch immer geschmeidig wie eine Katze, nur seine Schulter schien verletzt zu sein, der eine Arm nicht voll funktionsfähig.

»Du bist tot.«

»Ja«, sagte Calvin.

»Es stand in der Zeitung. Es stand überall. Sie haben mir gesagt …«

»Und du? Was haben sie so lange mit dir gemacht hier? Es sind fast zwei Monate.«

Kamal zuckte die Schultern. »Rauchvergiftung wie wir alle und die Schulter. Irgendwie habe ich es geschafft, mir von einem Stahlträger das Gelenk zerquetschen zu lassen. War wohl ziemlicher Matsch.« Er versuchte, die Schulter zu bewegen, und schüttelte den Kopf. »Paar Mal operiert, und dann gab's irgendein Problem bei der Narkose, ich bin auf der Intensivstation gelandet, Lungenembolie … Wenn, dann kriegt man alles. Ich war 'ne Weile nicht unter den Lebenden. Aber sie haben mich zurückgeholt.« Er musterte Calvin. »Dich auch. Was hast du … mit deinen Händen angestellt?«

»Jemanden umgebracht«, sagte Calvin mit einem Grinsen. »Gestern früh. Anders Dobrowski.«

Kamal fragte nur mit den Augen, und Calvin zog den Pass heraus. »Das bin ich. Anders.«

Kamal las die Adresse. »Anders Dobrowski lebt in … Süddeutschland?«

»Nein«, sagte Calvin. »Er lebt nicht mehr. Ich sage ja, ich habe ihn umgebracht. Sie haben mich im Zeugenschutz. Ich darf nicht hier sein, verstehst du? Aber ich hab deinen Tweet gelesen, und ich dachte, ich muss mit dir reden, bevor du auch nach Berlin gehst. Da sind doch die anderen, oder? Aus dem Heim?«

»Nicht alle«, sagte Kamal vorsichtig.

»Aber eure Eltern?«

»Hm.«

»Okay, Kamal, hör zu. Ich brauche nur ein paar Informationen.«

»Wände«, sagte Kamal leise, »haben Ohren. Komm mit nach draußen.«

Diesmal stand niemand auf dem Parkplatz und rauchte. Calvin würde sich eigene Kippen besorgen müssen. Sie gingen zwischen den Herbstbüschen hindurch wie alte Damen in einem Park. Zwei harmlose Spaziergänger. Kamal sah sich dennoch um, die Nervosität aus Syrien war er nie losgeworden.

»Ich weiß nicht, ob ich es gut finde, dass du hier bist«, sagte er. »Oder dass …«

»Ich lebe. Ja. Ich habe nicht gesagt, dass *ich* es gut finde. Nuri …«

»Sag ihren Namen nicht. Ich will ihn nicht hören. Sie ist weg und sie kommt nicht wieder und sie braucht keinen Namen.« Kamal sah weg, ging weiter, schneller jetzt.

»Sie hat mich um etwas gebeten«, sagte Calvin. »Am Ende. Im Rauch. *Hol Dschinan raus,* hat sie gesagt. Ich habe es ihr versprochen. Ich … Ich dachte, ich schaffe es, vorher die Jungs zu erledigen. Am besten alle.« Er lachte, traurig, verächtlich. »Aber ich schaffe es nicht. Weichei. Das wird eines Tages jemand anders erledigen müssen. *Ich* hole Dschinan.«

Er sah Kamal an und wartete halb darauf, dass er sagte: Es gibt Dschinan nicht. Wenn Dschinan in Nuris Geschichte aufgetaucht war, war der graue Staub golden geworden. Er erinnerte sich an Dschinan im Keller des Geheimdienstes, Dschinan im Schutt der Bombardierung in Damaskus, Dschinan in den Bergen an der Grenze. Dschinan war die Hoffnung, das Überleben, das Licht.

Kamal sah ihn nur an. »Das heißt, du willst nach Syrien.«

Calvin nickte. »Ich habe einen Pass. Ich habe Geld.«

»Und du sprichst fließend Arabisch.« Auf einmal brach das Lachen aus Kamal heraus, es schüttelte ihn durch und durch. »Unsere Mutter hat dir immerhin das Kochen beigebracht«, flüsterte er, erstickt in seinem eigenen Lachen. »Du kannst also hingehen und mit Assads Schergen Auberginen schmoren … und Sfiha für die al-Nusra-Front backen. Ich empfehle dir den Gewürzmarkt von Aleppo … bisschen staubig da und nicht mehr so viele Häuser, na ja …« Er wischte sich die Tränen aus den Augen. Lachtränen. Vielleicht.

»Calvin«, sagte er, wieder ernst, »du hast sie nicht mehr alle. Ich fahre morgen nach Berlin, und du fährst zurück in dein bayrisches Städtchen und machst deine Lehre weiter und wirst Anders Sonstwer. Wir werden uns nicht wiedersehen.«

»Nein«, sagte Calvin ruhig, »werden wir nicht. Ich brauche ein paar Infos, wie gesagt, dann lasse ich dich in Ruhe. Erstens: Wie komme ich über die Grenze und wo? Die Türken lassen nicht jeden nach Syrien durch, oder? Zweitens brauche ich eine Beschreibung von Dschinan, eine genaue, und ihren Nachnamen. Drittens …«

Er spürte Kamals Hand auf seiner Schulter. »Calvin. Geh nach Hause.«

»Das tue ich«, sagte Calvin. »Im wörtlichsten Sinne von Zuhause. Weil ich es vermutlich nicht überleben werde. Was egal ist, verstehst du? *Verstehst du?* Es war Nuris letzter Wunsch. Ich hole Dschinan für sie raus, und vielleicht ist es sogar egal, ob Dschinan existiert …« Er merkte, dass er Kamals Hand abgeschüttelt hatte, dass er sich in Rage redete, dass seine Stimme heiser und seltsam war. »Ich hab nicht *Hier!* geschrien, als irgendwer entschieden hat, dass einer von uns beiden überlebt, Nuri oder ich. Ich wäre lieber mit ihr …«

»Unsinn«, zischte Kamal. »Pathetischer Unsinn. Sei still, ich lache sonst wieder, und das ist schlecht für die Nähte in der Schulter.«

Danach sank ein Schweigen über sie, das eine ganze Weile dauerte, feucht, klamm.

»Es ist kalt«, sagte Kamal schließlich. »Ich gehe wieder rein.«

Calvin nickte. Aber er blieb auf dem Kiesweg zwischen den Büschen stehen. Nach ein paar Schritten drehte Kamal sich um. Er hielt das Handy in der Hand. »Al-Bakri«, sagte er.

»Wie bitte?«

»Dschinan al-Bakri.«

Calvin ging zu ihm, und Kamal hielt ihm das Display des Handys hin. Es war nicht das relativ neue Handy, das er vorher im Patientenzimmer benutzt hatte. Dieses Ding war mitgenommen, zerkratzt, ein Sprung lief quer über das Display wie eine Narbe. Ein Smartphone, das schon, aber mehr die Vergangenheitsform eines Smartphones. Dennoch schien es zu funktionieren.

Und vom Display, wie durch eine Fensterscheibe, sah ein Gesicht Calvin an. Ein Kindergesicht, oder vielmehr ein Gesicht an der Schwelle zwischen Kind und Erwachsensein, ein ovales, fein geschnittenes Gesicht mit überraschend hellen Augen, grün oder braun, ein Gesicht umgeben von braunem, sehr staubigem Haar, halblang, unregelmäßig geschnitten. Auch das Haar schien überraschend hell. Es lag ein Glänzen über dem Bild, etwas Unfassbares. Gold, dachte Calvin. Obwohl nichts an dem Bild selbst eigentlich golden war. Vielleicht waren es eher die Büsche im Krankenhauspark, deren herbstliche Blätter jetzt goldener glänzten als zuvor. Nein. Unmöglich.

»Ich wusste nicht, dass du ein Bild von Dschinan hast«, sagte Calvin. »Ich wusste nicht, dass es Bilder von … damals gibt. Nuri hatte nur ein paar Papierbilder.«

»Nuri wusste auch nichts von den Bildern. Oder hiervon«, sagte Kamal leise, hielt das Handy hoch und steckte es dann ein. »Sie dachte, das alte Handy läge irgendwo unter dem Schutt begraben. Dieses Ding … ist ein Friedhof.«

»Aber Dschinan lebt?«

»Ich weiß es nicht«, sagte Kamal. Und dann: »Wir brauchen einen Wagen. Um zur Grenze zu kommen.«

Einen Wagen. Es klang wie: einen Fluchtwagen.

Die Nacht war nicht weniger kalt als die erste Nacht in der Stadt, und seit dem frühen Abend warf der Wind einen feinen, waagerechten Nieselregen gegen die Fensterscheiben. Der Regen schmeckte nach Meer, salzig und fern.

Calvin betrat das Viertel erst, als es schon dunkel war. Unter den Straßenlaternen lagen die schlafenden Herbstgärten, deren Farben man jetzt nur erahnen konnte: hellrote Weinreben, glutrotes Geißblatt, das Zäune umwand, Astern und Dahlien in Gelb und Violett, Kürbisse auf Feuerholzstapeln. Ein Postkartenviertel. Wie sehr er es früher gehasst hatte!

Auch Frau Silbermanns Haus schlief hinter dem niedrigen Gartentor, und Frau Silbermann schlief mit ihm. Sie durfte auf keinen Fall aufwachen. Frau Silbermann wusste, dass er nicht tot war. Mehr wusste sie nicht, auch zu ihr hatte er den Kontakt abgebrochen.

Die alten, verholzten Ranken des Blauregens hielten sein Gewicht, und er kletterte am Haus empor wie damals, im Sommer, vor tausend Jahren. Vor wenigen Monaten. Auch jetzt stand die Balkontür des obersten Balkons offen, trotz der Herbstkälte. Und dort im Dachzimmer, unter den geknüpften Wandteppichen, hatte er mit Nuri und seiner Mutter Tee getrunken … Er begann, Schubladen aufzuziehen, behutsam, lautlos, durchsuchte das ganze Haus und fand die Wagenpapiere schließlich im Nähtisch zwischen silbernen Fingerhüten voller arabischer Schriftzeichen. Frau Silbermann, die Sammlerin, die ewig Reisende. Jetzt war sie zu alt dazu.

Er betrat ihr Schlafzimmer auf Socken, stand an ihrem Bett und betrachtete sie – das feine, beinahe weiße Haar auf dem Kissen, die tiefen Falten in ihrem Gesicht. Wie alt war sie genau? Achtzig? Neunzig? Sie regte sich leicht, und das Licht der Straßenlaternen fiel auf einen dünnen, altersfleckigen Unterarm. Er sah die eintätowierte Nummer, ehe er weggucken konnte.

Er verabschiedete sich wortlos.

Er hatte ein schlechtes Gewissen wegen des Umschlags, den er gefunden hatte, ohne ihn eigentlich zu suchen, in einer anderen Schublade. Es war unvernünftig, so viel Bargeld im Haus herumliegen zu lassen, drei Riesen, Himmel. Als hätte sie auf seinen Besuch gewartet. Er hatte ihr einen Zettel hinterlassen. Dass er das Auto auslieh, stand dort, dass er noch eine letzte Sache für Nuri erledigen müsste, dass es ihm leidtat. Kein *Auf Wiedersehen*.

Er startete den alten, grauen Wagen, erschrak vor dem Heulen des Motors – doch nirgends ging ein Licht an, niemand war aufgewacht. Der Wagen stotterte und machte einen Satz. Calvin hatte ihn schon einmal entführt, zusammen mit Nuri.

»Diesmal wirst du weiterfahren«, flüsterte er. »Bis zur Grenze zwischen Syrien und der Türkei, hörst du?«

Die Ampel an der Abbiegung zur Hauptstraße war trotz der Nacht nicht ausgeschaltet, sie stand auf Rot. Ein bulliger Typ mit einem hässlichen Hund lehnte dort, leise schwankend, eine Bierflasche in der Hand. Der Hund erinnerte ihn an Kevins Hund, Rudolf Hess, den Nuri vielleicht getötet hatte.

Auch dieser Hund sah aus, als bräuchte man für ihn einen Waffenschein. Hunde waren Dekoration, waren Abzeichen wie Hakenkreuze, wie Adler, wie Thorshammer. Aber hey, all das ging ihn nichts mehr an. Deutschland ging ihn nichts mehr an. Er gab Gas, ehe die unsinnige Nachtampel auf Grün umschaltete, hörte, wie der Hund dem Auto nachbellte, und lenkte den Wagen in Richtung Klinik.

Weiß.

Weiß war die Farbe der Sonne gewesen, der Schwarzen Sonne auf seinem Pullover. Damals. Sie hatte darüber gelächelt, die Schwarze Sonne, in Weiß gedruckt …

Weiß war auch die Farbe auf dem zweiten Streifen der Flagge, weiß mit zwei roten Sternen. Rote Sterne wie Blut im Schnee. Die Flagge der Revolution. Oben war die Fahne grün, die Hoffnung, aber das Oben war lange vorbei.

Weiß war die Farbe, die sie sah, jetzt, mit geschlossenen Augen. Warum? Was bedeutete das Weiß? Vielleicht nur, dass der Winter kam.

Die U-Bahn war überheizt, aber draußen hetzte ein scharfer Wind durch die Berliner Straßenschluchten. Wen hetzte er, wen hoffte er zu fangen? Sie öffnete die Augen, und auch die Türen der U-Bahn öffneten sich jetzt, spuckten Menschen aus, ließen Menschen herein. Sie quetschte sich zwischen den anderen hinaus. Das automatische Piepen schmerzte in den Ohren. *Zurückbleiben bitte.* Die Türen schlossen sich, die U-Bahn fuhr weiter.

Der Bahnsteig war eisig, beinahe schon wie ein Bahnsteig im Winter, als müsste es schneien.

Weiß.

Weiß war die Farbe des T-Shirts, das der Typ trug, der jetzt die Treppen hinunterging. Nur ein T-Shirt – fror er nicht? Er war schlaksig, vielleicht achtzehn oder neunzehn, Jeans, Turnschuhe, sehr kurzes, blondes Haar. Sie sah die Sommersprossen auf seinen Armen und in seinem Nacken, auch aus der Entfernung. Und jetzt rannte sie. Doch er hatte einen zu großen Vorsprung.

Sie hörte ihr eigenes Keuchen, nahm immer zwei Stufen auf einmal, stolperte beinahe, tauchte ins Dunkel der Unterführung … Irgendwo bellte ein Hund, kurz und scharf, unangenehm laut. Ein Hund, der sie an Kevins Hund erinnerte, Rudolf Hess. Sein Jaulen, als sie ihn verletzt hatte, weil sie es hatte tun müssen. Sie erreichte den Typen, streckte den Arm aus – riss ihn beinahe gewaltsam herum, um ihm ins Gesicht zu sehen. Und dann stand sie da und sah zu ihm auf, außer Atem.

Er war es nicht.

Natürlich war er es nicht.

Er hatte nur von hinten ausgesehen wie Calvin, die Sommersprossen, das kurze, blonde Haar, die Figur. Er sah auf sie herab, zuerst erstaunt, dann abfällig, im Gesicht ein schiefes Grinsen, das sich langsam ausbreitete wie eine Krankheit. Auf seinem Oberarm prangte ein gestochen scharfer, kleiner, hübscher Reichsadler.

»Fucking Assi-Bitch«, sagte er. »Pfoten weg, ja? *Was* stimmt nicht mit dir?«

»Ich … habe dich mit jemandem verwechselt«, sagte Nuri. Sie hatte ihn längst losgelassen, ihn nur für Sekunden berührt. »Vergiss es.«

»Was hast du gesagt?«, fragte er, obwohl sie sehr deutlich gesprochen hatte. »Ich versteh kein Kanakisch.«

Und auf einmal waren da noch drei von den Typen, sie hatte sie zuerst nicht bemerkt, weil sie hinter ihr gewesen waren, der Hund gehörte ihnen. Sie stellten sich neben den mit dem T-Shirt, amüsiert, die Arme verschränkt. Eine lebende Mauer.

Verdammt. Es war niemand anderer mehr hier.

»Hey, kleine Allahschlampe«, sagte einer der Typen, »wo hast'n deine Burka? Ist doch unzüchtig, oder, hier so ohne rumzulaufen. Und warum springst du fremde Männer an? Hast du's so nötig?«

Nuri ballte die Hande zu Fäusten, ging zwei Schritte rückwärts, biss die Zähne zusammen.

Der Hund bellte wieder.

Und dann spuckte die nächste Bahn ihre Passagiere auf den Bahnsteig, Schritte hallten auf der Treppe, Menschen tropften in die Unterführung. Die vier Jungs zuckten die Schultern und ließen sie stehen, verschwanden mit ihrem Hund in der Dunkelheit, lachend. Nuri ließ sich vom Schwall der Hellersdorfer Pendler aus der neuen U-Bahn mitschwemmen. Sie würde irgendwie nach Hause kommen, sie kam immer irgendwie nach Hause und doch nie zu Hause an, denn natürlich war der Block in der Carola-Neher-Straße nicht zu Hause.

Zu Hause war vielleicht zuletzt ein Mensch gewesen.

Und so irrte sie stundenlang durch die Stadt und suchte nach ihm, und jeder Typ mit zu kurzen Haaren, jeder einigermaßen magere Neonazi war von Weitem Calvin.

Calvin Lüttke, achtzehn Jahre alt.

Sie fand ihn nie. Sie konnte ihn nicht finden. Denn Calvin Lüttke war tot.

Er hatte zu lange im Rauch gelegen, er hatte es nicht geschafft. Sie hatten versucht, es Nuri vorsichtig beizubringen, als sie selbst wieder aufgewacht war. Die Zeitungen glaubten, sie wären beide tot, nur wenige Menschen wussten, dass Nuri Aljafari das Feuer überlebt hatte. Nicht einmal Frau Silbermann, Abi hatte gesagt, es wäre zu riskant, es ihr zu sagen.

Es würde dauern, bis die vor Gericht standen, die das Asylbewerberheim angezündet hatten. Und sie hatten nicht nur das getan. Nuri hatte niemandem von der Nacht erzählt, in der sie sie in den alten Speicher geschleppt hatten, oder davon, was sie mit Calvin gemacht hatten, später, unten am Meer. Sie würde reden müssen, irgendwann, vor Gericht. Bis dahin war es gut, wenn die Leute glaubten, sie wäre tot. Auch Kamal hatte keine Ahnung, dass sie lebte. Bisher. Er war lange bewusstlos gewesen, sie hatten ihn in der Klinik behalten, vor Ort, während der Rest der Familie nach Berlin gebracht worden war. Am Telefon hatte Abi ihm nichts erzählen wollen.

Die alte Angst der Syrer davor, abgehört zu werden …

Der arme Kamal, er würde vermutlich einen Schock bekommen, wenn er in ein paar Tagen nach Berlin nachkam und Nuri sah. Sie lächelte. Sie freute sich auf sein Gesicht. Zugleich hatte sie Angst davor, mit ihm über Calvin zu sprechen.

Sie vermisste ihn so. Auch wenn niemand sie verstand. Sie taten natürlich verständnisvoll, sie schlichen auf Samtpfoten um sie herum … Sie sagte sich, dass es undankbar war, so zu denken, aber sie wünschte sich jeden Morgen, wenn sie aufwachte, sie hätte es nicht geschafft. Sie wünschte, sie wäre mit ihm zusammen auf die andere Seite geglitten in jener Nacht, was auch immer auf der anderen Seite war.

Vielleicht nur die Farbe Weiß.

Internetsuche:

» *Asylantendebatte Hellersdorf*
» *EXIT-Deutschland*
» *Thorshammer*
» *Sommer unter schwarzen Flügeln*

2.

Marzahn-Hellersdorf ist jung, dynamisch und gehört zu den grünsten Ecken Berlins, besitzt einen familienfreundlichen Kiez, eine schnelle Verkehrsanbindung in die City sowie vielfältige Service- und Shoppingmöglichkeiten.

(Website GSG-Berlin zu Marzahn-Hellersdorf)

Erst war es Kreuzberg, das überfremdet wurde, Wedding, Neukölln und die anderen westdeutschen Stadtteile. Und die Bürger haben langsam die Schnauze voll, dass jetzt hier Ost-Berlin auch frequentiert werden soll von Zigeunern, von Asyl-Schmarotzern und anderen ausländischen Sozialbetrügern. (…) Wir zeigen Solidarität mit den Anwohnern, die nicht möchten, (…) dass hier linke Gewalttäter mit Wohlstandsnegern im Einklang Gewalt des Nachts ausüben.

(Ronny Zasowk, NPD-Politiker, am 20. 08. 2013 bei der NPD-Kundgebung in Hellersdorf)

Er wartete auf einem Feldweg nahe der Mülldeponie, so war es verabredet.

Er schlief im Auto.

Als die Sonne über den Hügel vor der Deponie kroch, fing sie sich in der Kühlerhaube, ließ das unauffällig graue Auto auffällig glänzen, und Calvin stieg aus und sah nervös zur Straße hin.

Wenn jetzt ein Streifenwagen vorbeifuhr, würden sich die Bullen fragen, warum das Auto hier stand, und wenn sie zurückkamen, würden sie sich fragen, warum es immer noch hier stand. Vor allem, wenn sie das Kennzeichen prüften und merkten, dass das Auto am Morgen als gestohlen gemeldet worden war. Falls es das war.

»Kamal«, flüsterte er, »komm schon. Scheiße, es ist gleich neun!«

Wo steckte Kamal? Hatten sie es sich anders überlegt und ihn doch nicht aus der Klinik entlassen? Oder hatte Kamal es sich anders überlegt?

Calvin setzte sich wieder in den Wagen. Der Geruch von Frau Silbermann hüllte ihn ein, Alte-Damen-Parfum, Vergangenheit, getrocknete Rosen. Er schloss die Augen. Neben ihm saß Nuri, er konnte sie deutlich spüren … Dies hätte ihr Fluchtwagen sein sollen, seiner und Nuris, damals …

Jemand tippte Calvin auf die Schulter, und er fuhr herum, bereit, zuzuschlagen. Auf dem Beifahrersitz saß Kamal. Er grinste.

»Schlafmütze. Es ist nach zehn. Fahren wir?«

Calvin nickte. »Eine dumme Frage nur … Hast du einen Führerschein? Ich nicht.«

Kamal zog eine schwarze Brieftasche aus künstlichem Leder aus dem alten Rucksack zu seinen Füßen und öffnete den Reißverschluss. Dann hielt er Calvin ein Stück Papier hin, das erstaunlich neu aussah.

»Sogar einen deutschen«, sagte Kamal und lächelte. »Ich hab ihn umschreiben lassen. Als Syrer bist du gewohnt, tausend Papiere zu beantragen und auszufüllen und bei Ämtern anzustehen. Ist also alles legal. Ich fahre.«

Calvin stieg aus und auf der anderen Seite wieder ein.

»Alles legal«, murmelte er. »Bis auf das geklaute Auto und die drei Riesen, die Frau Silbermann gehören. Und Anders Dobrowski, der krankgeschrieben ist.«

Kamal zuckte die Schultern und ließ den Motor aufheulen. Kurz darauf zogen die Alleebäume an ihnen vorbei wie grüne Kinder, die sich zum Winken an die Straße gestellt hatten. Eine Stunde Alleen und Nervosität. Keine Kontrollen. Dann waren sie auf der A 20.

Sie sprachen lange nicht, starrten nur auf die Straße und ab und zu in den Rückspiegel. Niemand folgte ihnen. An einer Unfallstelle, wo sich der Stau gerade auflöste, standen zwei Wagen der Polizei. Calvin sah Kamal an, und Kamal zuckte die Schultern. Aber Calvin sah die Schweißtropfen auf seiner Stirn.

Frau Silbermanns Wagen trug sie sicher an den Uniformierten vorbei. An einer Tankstelle hielten sie an und füllten den Kofferraum mit Toastbrot, Schokolade und billigen Saftpackungen. Als sie auf den Berliner Ring kamen, griff Kamal hinter sich, zog etwas aus seinem Rucksack und ließ es in den Schlitz des CD-Players gleiten. »Was …?«

Kamal deutete wortlos auf die Hülle. Sie sah neu aus. »Deshalb bin ich später gekommen«, sagte er. »Kleiner Besuch in der Buchhandlung.«

»Du … hast mich mit einem geklauten Auto stundenlang warten lassen, um in eine *Buchhandlung* zu gehen?« Calvin schüttelte den Kopf.

Das Autoradio spuckte Sätze, die er nicht verstand. Einzelne Wörter kamen ihm bekannt vor. Und dann wiederholte jemand die Sätze auf Deutsch.

Guten Tag. Wie geht es Ihnen? Ich heiße.

ARABISCH FÜR ANFÄNGER, stand auf der CD-Hülle. Calvin drückte auf Stopp. »Was soll das?«

»Du hast schon mal versucht, es zu lernen. Hiermit ist es leichter.« Kamal nickte zum Radio hin.

»Schwachsinn. Du kannst mir sagen, was ich wissen muss.«

Kamal schüttelte den Kopf. »Ich fahre. Du hörst zu. Nachher können wir wechseln.«

»Ich fahre und du lernst Arabisch?«

»Nicht ganz«, sagte Kamal ohne einen Anflug von Ironie. »Wir wechseln die CD. Da ist auch eine mit Englisch in meinem Rucksack. Du willst nach Syrien, du willst dort jemanden finden. Also such deine grauen Zellen zusammen und lern was, während wir unterwegs sind.«

Er drückte wieder auf *Play*, und Calvin verschränkte die Arme und sank tiefer in seinen Sitz, nicht bereit, sich zu fügen. Kamal war nur zwei Jahre älter als er, er war kein Kind, das man herumkommandieren konnte. Für Nuri hatte er begonnen, Arabisch zu lernen, aus einem Buch damals, und eingesehen, wie unmöglich es war. Er würde nicht für Kamal wieder damit anfangen.

Während die Wörter mit den zu vielen *ch* aus dem Autoradio quollen, dachte er an ihre Mutter: Um Nabil, die ihm mit viel Geduld beigebracht hatte, wie man Auberginen schneidet und Hackfleisch knetet. Er würde die winzige Küche im Asylbewerberheim nie vergessen, seinen einzigen Zufluchtsort, als er damals untergetaucht war.

Sie fuhren noch immer auf dem Ring um die Hauptstadt herum, und irgendwo in dieser Hauptstadt stand Um Nabil vielleicht gerade jetzt vor einer elektrischen Kochplatte und rührte in einem Topf, zwischen zu vielen Menschen verschiedener Nationen und ihren Ängsten und Sorgen.

Und irgendwo saß ihr Mann auf einem Stuhl und begann zum hundertsten Mal das Buch, das er nie schrieb. Sie waren allein, diese beiden. Ihre Kinder waren fort. Zwei von ihnen tot, Nabil und Nura. Und Kamal saß in einem gestohlenen Wagen und fuhr zurück in das Land, aus dem sie gemeinsam geflohen waren.

»Warum tust du das?«, fragte Calvin und würgte die nervtötende WirfreuenunsalleArabischzulernen-Stimme ein weiteres Mal ab. »Warum fährst du mit?«

»Ich fahre nicht mit. Ich fahre«, antwortete Kamal. Er sah jetzt starr geradeaus, nicht rechts, nicht links, nicht mal mehr in den Rückspiegel. Als hätte er Angst, zu viel von der Stadt zu sehen, in der seine Eltern umsonst auf ihn warteten.

»Du wärst ohne mich nicht gefahren.«

»Wer weiß. Ich hatte darüber nachgedacht. Ich brauchte vielleicht einen letzten … Stoß. Was soll ich in diesem verdammten Land? Sie haben meine Schwester umgebracht. Ich hatte überlegt, hierzubleiben und … Du kennst das Prinzip der Blutrache.«

Calvin nickte. Er dachte an die Eisenstange.

»Aber es nützt nichts«, sagte Kamal. »Es nützt nichts, zu bleiben und Unsinn zu machen, während mein eigenes Land verreckt.« Er sah Calvin zum ersten Mal an, seit sie losgefahren waren. »Ich fahre nicht dahin, um dir zu helfen, Dschinan zu finden.«

»Sondern.«

»Ich werde dableiben. Keine Ahnung, was ich machen werde. Meine Eltern … Sie wollten mir immer irgendetwas sagen. Aber sie wollten es nicht am Telefon sagen. Wir haben alle zu viel Angst davor, abgehört zu werden, und so dumm ist das gar nicht, glaube ich. Sie haben mich besucht, zweimal sogar. Nur war ich blöderweise nicht wach. Seit ich bei Bewusstsein war, waren sie nicht mehr da. Haben irgendwelche Ausflüchte erfunden, kein Geld mehr da, Ärger mit der Polizei auf dem Bahnhof, was weiß ich. Ich glaube, sie hatten Angst davor, was sie finden, wenn sie mich besuchen. Ob ich vielleicht, keine Ahnung, nicht mehr ganz normal bin. Im Kopf. Aber jetzt freuen sie sich angeblich furchtbar, dass ich komme.« Er zuckte die Achseln. »Was sie mir sagen wollten … Es war irgendwas über Berlin. Vielleicht nur, dass es nicht das Paradies ist, das sie da finden wollten. Ich meine, jeder kann Hellersdorf googeln. Noch so ein Viertel voll von deinen Freunden. Hübsche Aufmärsche vor dem Heim, gerade zur Eröffnung, ihr organisiert das gut, Hut ab. Ein paar von den Syrern sind gleich wieder abgehauen, und auf den Ämtern hat man ihnen gesagt, sie können ja zurück nach Hause gehen und sich totschießen lassen, wenn ein bisschen harmloses Parolen-Gebrülle und ein paar Drohungen sie so sehr stören. Nett, was? Aber ich kann meinen Eltern nicht helfen. Ihr seid überall, es wird nicht besser, wenn man umzieht.«

»Lass mich raus«, sagte Calvin leise.

»Bitte?«

»Du kannst irgendwo anhalten. Irgendwo kann man immer anhalten.«

»Nicht auf dem Berliner Ring«, sagte Kamal kalt.

»Wenn du denkst, dass die Leute in Hellersdorf meine Leute sind, dann lass mich raus. Jetzt.« Calvin sprach immer noch leise, doch er hatte die Hände zu Fäusten geballt. Einer der Schnitte hatte von der Spannung der Haut wieder angefangen, zu bluten.

»Spielst du jetzt Mädchen?«, fragte Kamal. »Bist du beleidigt?«

»Lass mich raus«, knurrte Calvin, mühsam beherrscht. »Ich komm alleine nach Syrien. Ich brauche deine verfickte Sprachlern-CD nicht und deine guten Ratschläge nicht und überhaupt gar nichts.« Er griff hinüber und versuchte, das Lenkrad zu fassen zu bekommen, den Wagen an den Straßenrand zu lenken. »Und ich bin sowieso tot, schon vergessen?«, flüsterte er. »Es ist mir egal, ob wir einen Unfall bauen.«

Kamal machte eine rasche Bewegung mit dem Ellenbogen und schaffte es, Calvin wegzustoßen, der Wagen schlingerte und fing sich wieder, kam schließlich zum Stehen, hinter ihnen kreischten Bremsen, wütendes Hupen füllte die Luft. Jemand schrie etwas aus einem geöffneten Autofenster. Kamal und Calvin sahen sich an, beide keuchend. Kamal hatte den Warnblinker angeschaltet.

»Natürlich hast du recht«, flüsterte Calvin. »Ich bin schuld. Ich bin schuld an ihrem Tod.«

Kamal sah sich um. »Wenn jetzt eine Polizeistreife kommt, herzlichen Glückwunsch. So fallen wir garantiert auf.«

»Sag, dass ich schuld bin. Damit du es einmal gesagt hast. Damit du es los bist.«

»Nein.«

Kamal startete den Wagen wieder und fuhr an. Erst nach ein paar Minuten sagte er: »Du bist nicht ausgestiegen.« Und dann, nach ein paar weiteren Minuten: »Wegen deiner Freunde … Ich weiß ja, dass sie es nicht mehr sind. Afwan.«

»Das bedeutet … Entschuldigung?«

»Du kannst ja doch Arabisch.«

Calvin drückte auf den Play-Knopf des Autoradios.

»As-salamu alaikum«, jubilierte die nervtötend fröhliche Stimme. »Friede sei mit dir.«

Er würde diese Stimme die nächsten vierzig Stunden lang irgendwie ertragen. Er würde sich zwingen, die Sätze in seinen Kopf zu hämmern. Denn natürlich hatte Kamal recht, er würde diese Sätze brauchen, um zu überleben.

»Wa-alaikum as-salam«, murmelte er. »Und Friede mit dir.«

Sie zitterten vor jeder Grenze.

Und wurden durchgewinkt, jedes Mal, zusammen mit anderen. Wenn überhaupt ein Winker dastand. Sie zahlten die Maut auf den

Mautstrecken. Sie hielten an Rastplätzen, um zu rauchen. Sie verhielten sich unauffällig.

Ab Tschechien wechselten sie sich mit dem Fahren ab, damit einer immer schlafen konnte. Die Landschaft wurde trockener. In Österreich wurde sie wieder kitschiger und aufgeräumter.

Hitler war ein Österreicher gewesen. Calvin sagte das nicht.

Dann Ungarn.

Und diesmal gerieten sie wirklich in eine Kontrolle, keine Grenz-, sondern eine Straßenkontrolle. Kamal schlief auf dem Beifahrersitz. Calvin kramte die Wagenpapiere aus dem Handschuhfach, reichte sie hinaus, lächelte. Seine rechte Hand lag schon auf dem Schalthebel, und er war bereit, Gas zu geben, die Polizisten mit den Papieren in der Hand stehen zu lassen. Sie telefonierten. Überprüften Daten. Nickten dann. Wollten noch etwas haben. Und Calvin begriff, dass es sein Führerschein war. Er gab ihnen Anders Dobrowskis Pass, um sie hinzuhalten, sie schüttelten die Köpfe, sagten immer wieder das gleiche Wort. Schließlich fischte er ein anderes Stück Papier aus dem Portemonnaie, ein Papier mit einem Foto von A. Dobrowski und einem Wappen. Sie drehten es, wendeten, nickten dann. Und winkten ihn wieder einmal durch.

In seinen Ohren rauschte es, als er weiterfuhr.

»Kamal? Mann, wach auf! Die wollten meinen Führerschein!«

»Und?«, fragte Kamal verschlafen.

»Ich habe was anderes gefunden, wo ein Foto drauf ist. Samt Wappen.« Er musste das Lachen gewaltsam unterdrücken. »Die Kantinenkarte der Berufsschule.«

»Du bist gar nicht so blöd, wie ich dachte«, murmelte Kamal und schlief wieder ein.

Nuri sah den Zettel an der Pinnwand, ehe er wirklich hing. Einen großen, neon-rosa Zettel.

Der Mann, der dabei war, ihn anzupinnen, schien nach einer weiteren Nadel zu suchen, ein untersetzter, bäriger, irgendwie hilfloser Mann, und sie ging hin, zog eine Nadel aus einem anderen Papier und steckte den rosa Zettel fest.

»Shukran«, sagte der Mann, ein ziemlich deutsch aussehender Mann. Sie nickte nur, trat zurück, las.

Kommt zur LERN- UND SPIELGRUPPE. Ab jetzt immer
montags und mittwochs, 15 Uhr Kolibrischule
HILFE MIT DER DEUTSCHEN SPRACHE
HAUSAUFGABENHILFE
GEMEINSAME AUSFLÜGE
SPORT
KUCHEN UND SAFT
alles natürlich kostenfrei
WIR FREUEN UNS AUF EUCH!

Und darunter noch einmal das Gleiche auf Arabisch.

»Wer sind *wir*?«, fragte Nuri. Auf Deutsch.

Der Mann lächelte. »Eine Sozialarbeiterin von *Hellersdorf hilft*, diesem Verein hier, und ich. Die Kinder gehen seit Ende August in die Schule. Wir dachten, es könnte nicht schaden, ihnen noch zusätzlich zu helfen. Sie wollen so gerne lernen, ich war in den Klassen, ich habe das gesehen, aber es ist eben schwierig, wenn niemand ins Arabische übersetzen kann …« Seine Stimme verlor sich, unsicher, sein Lächeln war auf merkwürdige Weise entschuldigend. Nuri musterte ihn, wie er so dastand, die Hände in den Taschen eines abgewetzten Cord-Jacketts, leise auf der Stelle hin und her schaukelnd, ein grünes Halstuch unter dem Bart, nicht elegant, sondern gegen die Oktoberkälte. Ziemlich starke Brille im Gesicht, schwarzes Kraushaar. Ende vierzig vielleicht.

Er schien sich nicht ganz wohlzufühlen im Flur des Asylbewerberheims, nickte einer Frau zu, die vorbeikam, lächelte wieder entschuldigend. Ein winziges, rotes Ahornblatt hatte sich in seinem Haar verfangen.

Draußen, jenseits des künstlich beleuchteten Flurs, fegte der Wind mehr Blätter durch Hellersdorf, an den burgenhaften, grauen Blocks vorbei, über die vergilbenden Rasenflächen, leere Bürgersteige entlang. Der Wind riss an den Gehwagen der alten Frauen, die ihre Einkaufsnetze spazieren führten, griff in die Kinderwagen junger Mütter mit dreifach gefärbten Haaren, jagte alte Ängste um die Ecken der ehemaligen Schule, die seit August ein Flüchtlingsheim war.

Der Wind fegte, dachte Nuri, vor allem durch eine große Leere – es war niemand da in den Straßen von Hellersdorf. Sie starrten sie leer an wie die Jungen, die alle nicht Calvin waren, wenn sie sich schließlich umdrehten. Leer wie Nuris Kopf und leer wie ihr Herz.

Sie merkte, dass sie eine ganze Weile neben dem bärigen Mann gestanden und geträumt hatte, und nun wandte er sich zum Gehen, doch sie hielt ihn zurück. »Warten Sie.«

Und unendlich behutsam, als könnte es zerbrechen, nahm sie das rote Ahornblatt aus seinen Haaren.

»Wenn Herbst ist, heißt das doch, dass der Winter kommt«, sagte sie. »Und nach dem Winter kommt irgendwann ein Frühling. Alles ... geht weiter.« Sie holte tief Luft. »Brauchen Sie noch jemanden? In der Kindergruppe? Zum Helfen?«

Er lächelte wieder. »Gerne.« Dann drehte er sich doch noch um und ging.

Als er die Tür öffnete, hatte sie das Gefühl, dass da jemand stand, ganz in der Nähe, der diese Tür beobachtete. Der den Mann beobachtete. Oder nicht ihn, sondern ... sie? Unsinn, sagte Nuri sich, sie war tot für alle, die sie damals gekannt hatten: für Pascal und die Clique, für Calvins Vater, selbst für Frau Silbermann. Wer kam nach Berlin, um eine tote Zeugin zu suchen?

Sie stieg langsam die Stufen hinauf. Vier Stockwerke.

Manchmal versuchte sie, sich die Zeit vorzustellen, in der dies hier noch eine Schule gewesen war, die Flure voller Lärm und Leben.

Schule. Verdammt. Sie hatte einen neuen Antrag gestellt, damit sie selbst wieder zur Schule gehen konnte, ihre Eltern hatten darauf bestanden. Es war, sagte man ihnen, einfach. Theoretisch. Es war, sagte man ihnen, schwer. Praktisch. Nuri war achtzehn. Schulabbrecher in Syrien. Aber sie fiel nicht mehr unter die deutsche Schulpflicht. In welche Schule sollte sie auch gehen? Keiner ihrer Abschlüsse aus Syrien war nachweisbar. Die Abendgymnasien verlangten Dinge wie den Nachweis einer zweijährigen Berufstätigkeit. Und was, wenn sie ohnehin nicht bleiben durften? Dann lohnte es sich nicht. Der Antrag auf Asyl war inzwischen formell abgelehnt, sie gehörten keiner verfolgten Minderheit an.

Natürlich schob keiner sie ab, man konnte nicht nach Syrien abgeschoben werden, nicht zurzeit. Sie wurden geduldet, ein Zustand, den man halbjährlich verlängern musste. Was aber hieß, dass es für die ersten Monate keine Arbeitserlaubnis gab, keine Chance, einen Integrationskurs zu besuchen. Sie hatten einen Folgeantrag gestellt. Wegen Veränderung der Situation im Heimatland und so weiter.

Kamal war der Einzige der Familie, der wirklich politisch verfolgt wurde, der Einzige, den das Regime suchte. Würden sie seinen Antrag bewilligen, wenn er endlich nach Berlin kam und auf dem Amt auftauchte?

Nuri dachte kurz darüber nach, dass sie vielleicht froh war, noch nicht zur Schule gehen zu müssen. Froh, keinen Klassenkameraden irgendetwas über sich erzählen zu müssen.

Sie öffnete die Tür zum Klassenzimmer einer unbekannten Klasse. Hinter der Tür lag der Raum mit den kahlen Wänden, dem

Tisch, den Matratzen und der Kochplatte, der einer Familie wie ihrer zustand. Jede Person hatte Anrecht auf sechs Quadratmeter: Mathestunde für Anfänger, vier mal sechs gleich vierundzwanzig, vielleicht hatten sie sogar einen halben Quadratmeter zu viel.

Sie besaßen so gut wie nichts mehr seit dem Feuer, man hatte sie mit dem Nötigsten ausgestattet: Kleidern, ein paar Alutöpfen, Geschirr … Das war alles.

Doch an diesem Tag strahlte das Zimmer wie ein Ballsaal, und das Geschirr schien aus Silber zu sein. Die beiden Fenster waren frisch geputzt, Vierecke von Oktobersonne lagen auf dem Boden wie Teppiche, geknüpft aus Licht. Auf dem Tisch, wo sonst nie gegessen wurde, lag ein weißes Tuch, das Ummi irgendwo geliehen hatte, und darauf wartete in Schälchen und Schüsseln ein Festessen. Ummi stand vor der kleinen Kochplatte an der Wand, in einer Wolke aus Gewürzduft, und strahlte. Ein Strauß aus Herbstblumen steckte in einer leeren Plastikflasche, rot und violett, die Blütenblätter zart wie Kunstwerke einer anderen Dimension.

Nuris Vater, der am Fenster stand, drehte sich um.

»Es gibt einen schönen Park in der Nähe«, sagte er. »Möglich, dass dort drei oder vier Blumen in einem der Beete fehlen. Du kennst den Park nicht. Du bist ja den ganzen Tag mit der U-Bahn unterwegs. Manchmal ist es besser, in der Nähe zu suchen.«

Er legte ihr die Hände auf die Schultern und sah sie an, ernst jetzt, aber erfüllt vom Licht des Herbsttages. »Nura. Ab heute beginnt eine neue Zeit.«

Sie nickte. »Ummi wird wieder malen«, sagte er, »und ich habe mich an das Buch gesetzt.« Er sah auf die Uhr. »Sollten wir los?«

»Wenn du eine Stunde lang am Bahnhof stehen willst«, sagte Ummi und lachte.

Abi seufzte, und Nuri legte ihre Arme um ihn. »Ich warte mit dir, Abi. Eine Stunde ist nicht lang. Jetzt kommt er nach Hause.«

»Jetzt kommt er nach Hause«, wiederholte ihr Vater. In seinen sanften Augen standen Tränen. Nuri sah die Spiegelung des wahren Zuhauses darin, sie sah die Olivenbäume am Nahr-al-Asi und die alten Straßen von Damaskus, die Traubenfelder vom Deschbel ad-Duruz, alle Bilder ihrer Kindheit. Damals, als Kamal noch im Staub von Darʿā Fußball gespielt und die kleine Nura zwischen den dicken Nachbarinnen auf bestickten Kissen gesessen hatte, nach einem unauffälligen Fluchtweg schielend.

Yassir und Anna hatten draußen auf sie gewartet, um mit ihr auf die Schrotthaufen hinter der Autowerkstatt zu klettern. Yassir war tot, sie war ziemlich sicher. Und Anna war verschwunden. Aber Kamal, Kamal kam nach Hause.

Sie konnte ihm von der Kindergruppe erzählen, bei der sie helfen würde. Sie hatten sich nie nahegestanden, doch jetzt dachte sie, dass es wunderbar wäre, mit ihm Dinge zu unternehmen. Den Park zu suchen, in dem rote und violette Blumen wuchsen. Unsinn zu reden. Sie würde ihm sagen, dass sie nicht über das reden wollte, was passiert war.

In der letzten Zeit war es schwer, mit Ummi und Abi zu sprechen. Sie wirkten wie Großeltern, nicht mehr wie Eltern, sie waren in der Zeit zurückgerutscht, vielleicht, weil sie die Gegenwart nicht ertrugen.

»Gehen wir«, sagte sie.

Sie warteten lange am Bahnhof. Sehr lange.

Menschen kamen und gingen, Züge fuhren ein und wieder ab. Leute begrüßten sich, umarmten sich, verabschiedeten sich, winkten, Uhrzeiger rückten vor, Minute um Minute, Stunde für Stunde.

Kamals Handy war tot. Abgeschaltet.

Abi rief die Klinik an. Sie hätten den Patienten Kamal Aljafari planmäßig entlassen, sagte die Dame in der Leitung. Soweit ihr bekannt wäre, hätte er zum Bahnhof gewollt, um einen Zug nach Berlin zu nehmen.

Kein Zug spuckte Kamal aus. Erst als es dunkel wurde, kehrten die drei Wartenden zurück nach Hellersdorf. Auf den Straßen kroch die ewige Polizeistreife, an den Ecken waren die Schatten lang und scharf. Wieder hatte Nuri das Gefühl, dass jemand sie beobachtete. Und wieder sagte sie sich, dass es Unsinn war.

Niemand aß das Festmahl, das Ummi gekocht hatte, um ihren Sohn willkommen zu heißen. Sie saßen bis nach Mitternacht auf den unbequemen Stühlen und sahen in Richtung Tür.

Dann gingen sie schlafen.

Kamals Handy war immer noch tot.

Nachts machten sie eine Pause irgendwo zwischen zwei winzigen Dörfern bei der Autobahnausfahrt. Calvin hatte vergessen, in welchem Land sie waren. Brache, niedrige Büsche, Wind, Dunkelheit, irgendwelche Industriegebäude in der Ferne. Es hätte alles sein können, Norwegen, Finnland, Spanien, der Mond. Serbien, sagte Kamal.

Da war dieses seltsame Gefühl von Irrealität in Calvin, vielleicht träumte er nur, lag in seinem Bett in der weißen Wohnung, war nie in einen Zug nach Norden gestiegen, hatte nie mit einer Eisenstange über Pascal gestanden und war nie in einem geklauten Auto über zu viele Grenzen gefahren.

Der Wagen hatte auf den letzten Kilometern ein unangenehmes Geräusch von sich gegeben, ein tiefes, vibrierendes Dröhnen. Der Motor war heiß gelaufen. Jetzt stand die Kühlerhaube offen, während sie im Gras auf dem Rücken lagen und in die Sterne hinaufsahen. Hier gab es noch mehr Sterne als zu Hause am Meer, Billionen von Sternen an einem samtschwarzen Oktoberhimmel.

»Morgen kommen wir zur Grenze«, sagte Kamal. »Wenn du wirklich rübergehst ... Du weißt, dass du vielleicht nicht zurückkommst.«

»Das ist der Punkt«, sagte Calvin. Die Sterne waren so nah. »Zeig mir das Bild von Dschinan noch mal.«

Kamal zog das Handy aus der Jackentasche und hielt es mit ausgestrecktem Arm vor den Sternenhimmel. Ehe er das Foto fand, scrollte er an einer Menge anderer Daten vorbei, winzigen Bildfeldern, die zu bewegtem Leben werden konnten. »Eine Menge Videos«, murmelte Calvin.

»Ein Friedhof«, sagte Kamal kurz. »Oder ein Schlachthof, je nachdem. Willst du nicht sehen. Es gibt unendlich viel Material, ist alles dokumentiert … für eine Zeit nach dem Krieg. Um die richtigen Leute zu verurteilen. Ich frage mich nur, ob diese Zeit jemals kommt.« Er fand das Foto von Dschinan, und mit einem Mal war da etwas Goldenes in der Sternennacht, im Wind, in den Büschen ringsum.

»Wenn du denkst, dass der Krieg nicht endet, warum gehst du zurück?«, fragte Calvin leise.

Aber Kamal sah nur das Display des Handys an. Die staubigen Haare des Mädchens zwischen den Sternen.

»Aschhadu anna la Ilaha illa-lla«, sagte er.

»Gesundheit«, sagte Calvin.

Kamal lachte und rollte sich auf den Bauch. »Wiederhol das! Aschhadu anna la Ilaha illa-lla.«

»Aschha… Was heißt es?«

»Es gibt keinen Gott außer dem einen Gott. Es ist der Beginn der Schahada. Des Glaubensbekenntnisses im Islam.«

»Du … gehst zurück, weil du an Gott glaubst?«, fragte Calvin. »Ist es das, was du sagen willst?«

Kamal schüttelte den Kopf. »Ich glaube an gar nichts. Nur an den Tod. Und vielleicht an etwas wie … Freiheit. Du sollst das Glaubensbekenntnis lernen, weil es sein kann, dass du es brauchst.«

»Wozu? Ich habe nicht vor, ein Moslem zu werden.«

»Aschhadu anna la Ilaha illa-lla. Wa aschadu anna Muhammad Rasulu-lla.«

»Aschhadu alla Ilaha illa-lla …«, begann Calvin stockend.

Die Sterne waren nicht mehr so nah. Das Auto ließ sich jetzt wieder fahren.

Goodbye, Serbia.

An der Grenze zur Türkei kontrollierten sie die Pässe ausführlich – und nickten. Anders Dobrowski war hiermit offiziell eingereist.

Bei Istanbul verfuhren sie sich viermal: ein Moloch von einer Stadt, riesige Werbeplakate an den Straßen, Metallschlangen von Staus. Die Städte danach rauschten wie ein Traum an Calvin vorbei, er schlief und fuhr und schlief und fuhr. Nahe Adana bogen sie auf eine kleine Straße ab, um den Motor wieder abkühlen zu lassen.

Es war früh morgens, und zum ersten Mal hörte Calvin den Muezzin klar und deutlich. Sein Ruf schien eine einzige Klage zu sein, ein Gesang wie für einen Toten. Vielleicht war der Tote Gott.

Oder der Muezzin war um fünf Uhr morgens einfach noch sehr schlecht gelaunt.

Aus der Stadt ragten zwischen den Hochhäusern Minarette auf wie Kinderspielzeug. Die Straßen wurden holpriger, der Wind, manchmal schon empfindlich kalt, fegte trockenen, braunen Staub vor sich her. Es hätte, sagte Kamal, auch eine größere Straße gegeben, aber er fühlte sich jetzt auf den schmalen Wegen wohler. Die Türkei sah es in letzter Zeit nicht gern, dass Leute über die Grenze nach Syrien gingen. Vielleicht waren es weniger die Leute als ihre Mitbringsel. Meistens explosionsgefährdete Mitbringsel. Waffen für die falsche Seite oder die richtige Seite.

Die verfluchte Arabisch-Lern-CD lief noch immer im Autoradio, als sie weiterfuhren.

Calvin wiederholte die Sätze, wieder und wieder, nervös. Er

rauchte zu viel, erst tschechische Zigaretten, dann serbische, von einer Tankstelle, dann türkische. Das Auto stank. Er riss schließlich das Fenster auf, doch es wurde nicht besser. Er sah Kamal an, der auf dem Beifahrersitz saß, die Augen geschlossen.

»Etwas stimmt nicht«, sagte er. »Kamal? Das sind nicht die Kippen.«

»Hm«, machte Kamal nur, im Halbdämmer. Der Gestank wurde stärker. Und dann wusste Calvin, woran er ihn erinnerte: An den Brand im Heim. Beinahe gleichzeitig sah er den Qualm, der unter der Kühlerhaube hervorquoll. Er hielt an, mitten auf der Straße, löste die Hände vom Lenkrad und versuchte, das Zittern zu unterdrücken, das ihn gepackt hatte wie ein Fieber.

Da waren Bilder in ihm, die hochkommen wollten und die er nicht zulassen durfte.

»Kamal, das Auto.« Er sprach zu leise, zwang sich, lauter zu sprechen. »Scheiße, wach auf!«

Diesmal wachte Kamal wirklich auf, und er begriff erstaunlich schnell.

Er sprang aus dem Wagen, riss die Kühlerhaube auf, und jetzt war der Qualm, der ihnen entgegenschlug, dicht und weiß und brachte sie beide zum Husten. »Verdammt«, keuchte Kamal. »Wir sollten unser Zeug rausholen!«

Calvin nickte. Er öffnete die hintere Tür, griff nach dem Rucksack, doch der Qualm war auf einmal überall, es ging viel zu schnell, seine Augen tränten, der Rucksack hatte sich zwischen Vordersitz und Rückbank verklemmt, Calvin zerrte daran, hörte Kamal fluchen … Er selbst kroch halb ins Auto, riss mit beiden Händen am Riemen des Rucksacks, hustete wieder – und merkte, dass er sich nicht mehr rühren konnte. Ganz plötzlich.

Der Qualm war der Qualm im obersten Stockwerk des Asylantenblocks. Seine Hände hatten sich um den Rucksackriemen verkrampft, doch es war kein Riemen, es war der Ärmel einer Jacke. Nuris Jacke. Sie war ganz nah, sie steckte zwischen irgendwelchen Balken oder Wänden fest, aber er sah sie nicht im Rauch, der Rauch füllte seine Lungen, drückte ihm die Kehle zu … Er hörte das Prasseln der Flammen wieder, das Brechen von Teilen des Gebäudes, er wollte an der Jacke ziehen, doch sein Körper war noch immer steif wie eine Statue.

Er fühlte, wie die Welt sich drehte.

Er musste Nuri befreien, dann konnte er dem Schwindel nachgeben, sich fallen lassen. Was mit ihm selbst geschah, war unwichtig. Was mit … Jemand packte ihn grob an den Schultern, zog ihn mit sich, und dann war er im Freien, stand wieder auf beiden Beinen. Er wurde gestoßen, geschubst, geboxt, sah seine eigenen Beine rennen … und blieb schließlich stehen, nach Atem ringend. Er stand zwischen hohem Gras, Dornensträuchern und Fetzen von Plastiktüten. Neben ihm stand Kamal. Zu seinen Füßen lagen die Rucksäcke.

»Shit«, sagte Calvin leise. »Mein Handy lag auf der Rückbank. Das war's dann wohl für das Handy.«

»Handy!«, fauchte Kamal böse. »Vergiss das Handy! Aber was sollte das? Wolltest du da drinbleiben, bis es in die Luft fliegt?«

Calvin schüttelte langsam den Kopf. »Ich …«

Fünfzig Meter entfernt schlugen gelbe Flammen aus Frau Silbermanns altem Wagen. Sie leckten aus dem Motor in den Morgenhimmel empor, golden, dachte Calvin, wie Dschinans Foto. Wunderschön. Dann gab es einen Knall. Mehr nicht. »Die Reifen«, murmelte er.

Sie warteten beide auf einen lauteren Knall, eine wirkliche Explosion. Nichts geschah. Das Auto brannte einfach weiter. Schließlich setzten sie sich ins Gras und sahen zu, wie die Flammen langsam versiegten. Und dann war es eine Weile sehr still. Das schwarze Wrack des Autos stand neben der Straße wie ein Skelett.

»Ich denke, sie explodieren nur im Fernsehen«, sagte Calvin schließlich. Kamal nickte.

»Und *du* kannst dich nicht mehr bewegen, wenn etwas brennt.«

Calvin zuckte die Schultern. »Es war auf einmal alles wieder da ... Das Heim ... Du warst auch im Feuer.«

»Ja. Aber ich friere nicht ein, wenn ich es rieche.« Kamal schüttelte den Kopf. »Du kriegst Panik bei Feuer, und du willst in ein Land, in dem Krieg ist.«

Calvin nickte.

»Kriegst du bei noch was Panik?«

»Wasser«, sagte Calvin und grinste. Er konnte es nicht haben, wenn sein Gesicht nass wurde, er bekam Angst, zu ersticken, es hatte damit zu tun, was Pascal und die Jungs mit ihm gemacht hatten. Aber er verspürte keine Lust, mit Kamal darüber zu reden. Er sah die Frage in seinem Gesicht und schwieg. In diesem Moment tauchte in einer Staubwolke ein weiteres Auto auf, und Calvin dankte ihm im Stillen.

Ein kleiner, blauer Ford mit türkischem Kennzeichen und dem Logo einer Autovermietung in Istanbul. Der Ford hielt neben ihnen, und jemand beugte sich aus dem Fenster. Ein Typ, etwas älter als sie, Sonnenbrille, Bart, ordentliches Hemd, drahtige Figur. Neben ihm saß ein zweiter, ebenfalls mit Bart, stämmig, rotes Haar.

Der, der fuhr, zeigte auf das qualmende Autowrack. »That yours?«

Kamal nickte.

»Looks kind of finished«, sagte der Typ und seufzte. »Okay. Get in.«

Sie quetschten sich auf die graue Kunstlederbank zwischen Plastiktüten, Pullover, Stiefel und anderes Gepäck. Kamal sagte jetzt etwas auf Arabisch, der Typ, der fuhr, antwortete. Irgendwie ging es um Gaziantep. Gaziantep, die letzte größere türkische Stadt nördlich der Grenze: ihr Ziel. Frau Silbermanns Auto blieb hinter ihnen zurück, ein letzter, schwarzer Gruß der Vergangenheit.

»Calvin?«, sagte Kamal leise. »Wir haben verdammt Glück. Sie fahren dahin, wo wir hinwollen.«

Da fing der rothaarige Typ an zu lachen, er lachte wie über den besten Witz aller Zeiten, und der, der den Wagen fuhr, fiel mit ein. Schließlich wischte der Rothaarige sich die Lachtränen aus den Augen und drehte sich zu ihnen um. »Zufälle gibt's«, sagte er auf Deutsch.

Seine Augen glitzerten blau wie Kornblumen. Pascal hätte diesen Typen gemocht, dachte Calvin. Ein ehrlicher, arischer Kamerad, ein Wikinger. »Wir sind aus Koblenz. Jetzt seit vierzig Stunden unterwegs. Und ihr?«

»Schon ein bisschen länger«, meinte Kamal. »Altes Auto.«

Jetzt lachten alle. »Ja, ja, altes Auto«, wiederholte der Rothaarige. Aber Calvin hatte Kamals Blick gesehen. Halt besser den Mund darüber, wer wir wirklich sind.

»Emre«, sagte der am Steuer und streckte im Fahren eine Hand nach hinten, um die ihren zu schütteln. Sein Gesicht war ernst, das Lachen versiegt. »Das da ist Raed.« Ein Pick-up kam ihnen entgegen, und Emre konzentrierte sich wieder aufs Lenken.

Kamal nickte nur. »Nabil«, sagte er. »Und Anders.«

Dann kam mehr Gegenverkehr, und sie fuhren eine Weile wortlos weiter. Emre drehte das Radio auf: Eine arabische Sängerin sang, klagend wie der Muezzin. Calvin verstand einzelne Satzfetzen. Liebe, Heimat, Rosen. Und einmal das Wort Kampf. Die gleichen Fetzen, dachte er, könnten in einem Lied der Lunikoff Verschwörung vorkommen.

»Was genau macht ihr in Gaziantep?«, fragte Emre schließlich.

Kamal sah eine Weile aus dem Fenster. »Wir … besuchen jemanden.«

»Aha?« Emre drehte sich wieder zu ihnen um. Hinter der verspiegelten Sonnenbrille konnte man seine Augen nicht sehen.

»Eine … Verwandte von mir«, sagte Kamal. »Sie ist ziemlich krank.«

»Wir besuchen auch eine Verwandte«, meinte Raed. »Zufälle gibt's.«

Eine Weile herrschte ein seltsam zähes Schweigen zwischen den grauen Kunstledersitzen.

Dann sagte Raed: »Ihr geht rüber.«

»Rüber?«, wiederholte Kamal.

»Über die Grenze.«

»Sei still, Raed«, sagte Emre.

Da war Raed still, wechselte die CD, drehte das Radio lauter und sah nur noch aus dem Fenster. Deutscher Gangsta-Rap, irgendwo hatte Calvin die Zeilen schon gehört. Der Typ sang irgendetwas von *alleine draußen ohne meine Kinder* und seinem Herzen, das eiskalt war *wie der schlimmste Winter*. Was für ein Reim. Er wünschte den Staat zur Hölle, weil alles sich nur ums Geld drehte. *Willkommen in meiner Welt*. Verdammt, Calvin kannte das Lied …

Raed schnippte mit den Fingern.

»What the fuck«, sagte Kamal, sehr leise. Dann sagte er nichts mehr, und Calvin versuchte, den Rhythmus zu spüren wie Raed und Emre, aber es gelang ihm nicht.

Er schielte auf die CD-Hülle. Deso Dogg, schwarzer Berliner Rapper: ein Typ, der jahrelang Kohle gescheffelt hatte, viel mehr wusste Calvin nicht. Etwas stimmte nicht mit dem, was er sang, es kamen zu viele Engel vor, zu viel Gott, zu viele Schwerter, irgendwie zu viel von allem.

Mudschahid lauf, Mudschahid kämpf!

Was genau hieß *Mudschahid*?

Irgendwann an diesem Abend fand sich Calvin in der surrealen Situation eines muslimischen Gebets wieder. Er schaltete erst nicht, als die Typen anhielten und tatsächlich einen kleinen Teppich auf dem staubigen Gras neben der Straße ausrollten. Beinahe hätte er gelacht, doch es war ihnen ernst. Irgendwo in einem nahen Dorf sang der Muezzin wie ein Vogel auf seinem hohen, steinernen Baum.

Und endlich begriff Calvin, dass Raed, der deutsche Rotbart, Muslim war, und dass Kamal ganz offenbar ein Problem damit hatte, aber dennoch mitbetete. Das Seltsamste war, dass auch Calvin mitbetete. Kamal befahl es ihm mit einem Blick, der unmissverständlich war und keine Widerrede zuließ. Sie stellten sich hinter die beiden anderen, unter sich nur das papiertrockene Gras, und Calvin versuchte, zur richtigen Zeit auf die Knie zu fallen und mit der Stirn den Boden zu berühren. Er murmelte irgendetwas, es war wahnwitzig, es war lächerlich. Aber er fühlte auf einmal eine merkwürdige Angst in sich. Als würde etwas Fürchterliches geschehen, wenn die anderen sich umdrehten und seine Fehler bemerkten. Er machte nur Fehler.

Er sah für den Bruchteil einer Sekunde Nuri zwischen den Büschen stehen und zusehen, ein vager Umriss vor dem goldenen Abendlicht. Dann war sie fort. Oder war es Dschinan gewesen, die da gestanden hatte?

Der Teppich wurde zusammengerollt, ein Feuer unweit der Straße gemacht, um die beginnende Herbstkälte zu vertreiben. Emre brachte Käse, Oliven und Brot. Er schnitt mit einem Taschenmesser Scheiben ab, reichte sie weiter an Calvin und Kamal, teilte alles, ohne es auch nur zu erwähnen. Vielleicht waren sie doch okay.

»Warum fahren wir nicht weiter?«, fragte Calvin. »Wir könnten uns abwechseln …«

»Wir sind ganz nah an Gaziantep«, sagte Emre. »Jetzt ist nichts mehr eilig. Ist besser, zu schlafen und Kraft zu sammeln für morgen.« Er wickelte sich in seine Jacke und legte sich neben das Feuer. Raed tat es ihm gleich.

Nach einer Weile stand Calvin auf, ging ein Stück weit weg und zündete sich eine Zigarette an. Kamal folgte ihm.

»Pass auf«, sagte er leise. »Pass auf, was du sagst. Und lass sie dich nicht rauchen sehen. Allah hat was dagegen.«

Calvin nickte. »Wer genau ... sind sie?«

»Daisch«, sagte Kamal. »Denke ich.«

»Daisch? Was ist das?«

»Du wirst es merken. Vielleicht können sie uns helfen. Wir werden jemanden brauchen, der uns rüberbringt. Ich habe einen Kontakt, aber es ist nur eine Nummer, und es ist eine unsichere Nummer. Sie haben mehr Kontakte, sichere, da könnte ich wetten. Wenn ich morgen Dinge sage, die dich verwundern, halt einfach den Mund, ja?«

Calvin nickte und trat die Kippe aus. Dann merkte er, dass Raed zu ihnen herübersah. Er schlief gar nicht. Er stand jetzt auf, ging zum Auto, holte ein paar Decken heraus und schloss die Tür wieder. Das Klicken war zu laut in der Nacht. Wie das Geräusch einer Waffe, die entsichert wird. Aber Raed winkte nur, deutete auf die Decken, freundlich, zuvorkommend. In einer Hand hing jetzt etwas, mit dem seine Finger unaufhörlich spielten. Eine Gebetskette.

»Besser, wir schlafen«, sagte Kamal.

Nuri öffnete die Tür des Raums 009 und wollte sie behutsam hinter sich schließen, doch das Klicken des Schlosses war zu laut. Wie das Geräusch einer Waffe, die entsichert wird. Sie zuckte unwillkürlich zusammen. Dann sah sie sich um.

Vor ihr in dem Klassenzimmer, das sonst, so verkündete ein Tonpapierschild, der 3 A gehörte, saß ein bunt zusammengewürfelter Haufen von Kindern. Das Pult war zur Seite gerückt, die Stühle zum Kreis gestellt. Hinten auf den Tischen saßen ein paar Mütter und ein Vater, manche Frauen trugen Kopftuch, andere nicht. Auf zwei der zu kleinen Kinderstühle im Kreis saßen Erwachsene: der Bärenmann mit dem grünen Halstuch und eine rotblonde junge Frau in Wanderschuhen und Trekkinghosen. Ein Stuhl war noch leer. Alle sahen Nuri an.

»Tut … mir leid, ich bin spät«, sagte sie mit einem Lächeln. »Ich stand im Stau.«

»Bist du mit dem Auto hier?«, fragte die rotblonde Frau. »Ich dachte, du wohnst …«

»Im Asylantenheim«, sagte Nuri. »Ja. Ich stand zu Fuß im Stau. Das kommt vor.«

Die Kinder lachten, Nuri hatte Arabisch gesprochen. Auch der Vater ganz hinten grinste. Die Mütter sahen verschüchtert aus. Nuri setzte sich auf den leeren Kinderstuhl. Sie konnte ihnen schließlich nicht erklären, dass sie zu spät kam, weil sie eine halbe Stunde lang versucht hatte, ihren Vater zum Mitkommen zu bewegen. Er sprach fast so gut Deutsch wie Nuri, er hatte hier studiert, er wäre hilfreich gewesen. Aber er saß zu Hause am Fenster und schrieb sein Buch. Angeblich. In Wirklichkeit war der Posten am Fenster sein Warteposten, er wartete noch immer auf Kamal. Seit drei Tagen.

»Wir sind noch bei der Vorstellungsrunde«, sagte der Mann mit dem Halstuch. »Macht einfach weiter …« Aber die meisten Kinder starrten nur Nuri an.

»Die soll sich zuerst vorstellen«, sagte ein kleiner Junge mit einer riesigen Zahnlücke und kurz geschorenem, schwarzem Haar. Er trug ein zu großes T-Shirt mit der Fußballflagge Brasiliens und blinzelte unaufhörlich mit dem linken Auge, während er Nuri musterte.

»Klar«, sagte Nuri. »Ich bin Nuri. Ich komme aus Syrien, und ich bin uralt, nämlich achtzehn, und als ich klein war, hatte ich eine

Freundin aus Deutschland. Anna. Sie hat neben uns gewohnt. Von ihr kann ich diese Sprache.«

Die Kinder kicherten, und ein Mädchen mit ziemlich wilden, schwarzen Locken rief: »Nuri ist ein Männername!«

Nuri nickte. Sie vergaß es inzwischen zu oft.

»Eigentlich Nura«, sagte sie. »Hier haben sie Nuri draus gemacht. Es ist ihre Verkleinerungsform.«

»Du bist aber gar nicht klein!«, erklärte ein Junge, der selbst winzig war.

Ein älteres Mädchen stand auf und kam zu ihr herüber. »Ihr dürft sie nicht ärgern, sie hilft uns«, sagte sie zu den anderen, als müsste sie Nuri schützen. Sie strich über Nuris Locken. »Du hast schönes Haar. Ich bin Nesrin.«

Ihr eigenes Haar war lang, glatt und dunkel, viel länger als Nuris, Haare wie die Nacht.

Die Vorstellungsrunde ging etwas stockend weiter, weil zwischen den syrischen auch afghanische Kinder waren, die verschiedene Dialekte sprachen und einander nicht verstanden. Nuri notierte Namen in das Heft, das sie mitgebracht hatte. Nesrin blieb die ganze Zeit neben ihr stehen, eine Hand auf ihrem Arm.

Brasilien-Shirt – Ridha, schrieb sie. Meckernder Winzling – Sami. Sozialarbeiterin – Andrea. Halstuchmann – Nik.

Wenig später hopste sie zusammen mit den Kindern durch den Raum und spielte irgendein Spiel, bei dem man keine Sprache brauchte, es ging darum, sich in Kamele oder Kängurus zu verwandeln, Nuri fiel über Andrea und sie lachten zusammen. Danach schoben sie die Tische zusammen und spielten Memory mit deutschen Wörtern, aber es waren einfache Wörter wie *Fisch* und *Tisch* und *Haus*. Die Mütter blieben stumm im Hintergrund. Einmal sagte eine von ihnen »Af-pel-Baum«, als ein Apfelbaum aufgedeckt wurde. Da klatschten alle, und die Mutter lächelte und zog ihr Kopftuch zurecht. Sie sah aus, als wäre sie gerne unsichtbar gewesen.

Schließlich gab es Kekse für alle, Nuri goss Saft in neonfarbene Plastikbecher, und Nik setzte sich neben sie auf die Fensterbank.

»Schön, dass du da bist«, sagte er. »Ich glaube, auf die Dauer braucht man wirklich drei Leute.« Er betrachtete den Keks in seiner Hand. »Das hier schmeckt nach nichts. Warum esse ich das?«

»Warum *machen* Sie das?«, fragte Nuri. »Kriegen Sie Geld dafür?«

Er schüttelte den Kopf. »Das ist ehrenamtlich. Geld verdiene ich anderswo.« Und dann stand er auf und verkündete: »So, zum Abschluss wünsche ich mir, dass jeder von euch einen Satz über Deutschland sagt. Auf Deutsch, wenn ihr könnt, oder sonst in eurer Sprache. Was ist wichtig an Deutschland? Wichtig für euch?«

Eine ganze Weile sagte niemand etwas, alle wirkten wieder schüchtern wie zu Beginn.

Dann hob ein kleines Mädchen die Hand, sah mit ihren großen Augen treuherzig von Nik zu Andrea zu Nuri und sagte sehr deutlich: »Deutschland is Pommes.«

»Ein prima Satz«, sagte Nuri und klatschte, und da klatschten alle anderen ebenfalls.

Nesrin sagte, Deutschland wäre kalt, der winzige Sami sagte: »Deutschland macht Fußball«, und Ridha erklärte: »Deutschland ist … ich will ein Nintendo.«

In diesem Moment gab es im hinteren Teil des Raums einen Aufschrei. In der Ecke, in der die Klasse 3 A ihre Bücher und Kreiden gestapelt hatte, kugelten zwei Gestalten über den Fußboden – ein Junge und ein Mädchen, keuchend, kämpfend, fauchend wie Katzen.

»Aufhören!«, rief Nik. »Was ist denn hier los?«

Aber niemand hörte ihn, stattdessen stürzte sich auch Ridha in das Knäuel, und da kam Nuri auf die Beine. Sie war mit drei Schritten bei den kämpfenden Kindern. Dies war nicht nur ein Gerangel, es war ernster, sie spürte die rote Wut, in die sie hineingriff wie in etwas Flüssiges, als sie versuchte, die Kinder zu trennen. Sie wurde von kleinen, scharfen Zähnen in den Arm gebissen, kassierte einen Fausthieb, kniff die Augen zu …

Und in diesem Moment geschah etwas. Die Geräusche des Kinderkampfes verwandelten sich. Das Keuchen blieb das gleiche, angestrengt und nah, wobei es jetzt nur noch ein Mensch zu sein schien, der keuchte. Doch da waren mehr Geräusche, andere: ein Knistern, ein Knattern. Der Geruch nach etwas Verbranntem. Und ganz langsam entstand ein Bild vor ihren geschlossenen Augen.

Sie sah ein Gesicht. Nur ein Gesicht.

Es füllte die Bildfläche aus wie eine Kinoleinwand, verschwand jedoch beinahe hinter weißem Qualm. Dann verzog sich der Qualm für Sekunden.

Es war Calvins Gesicht.

Sie sah seine grünen Augen, blinzelnd, tränend, mit weiten, schwarzen Pupillen – panisch. Sie sah ihn husten, aber ansonsten bewegte er sich nicht, starrte nur durch Nuri hindurch. Der Qualm zog wieder vor das Gesicht, der Geruch war beißend und schrecklich, es war wie damals im brennenden obersten Stockwerk des Heims, und doch war es anders, denn hinter Calvin konnte sie undeutlich die graue Polsterung eines Sitzes oder einer Bank ausmachen, und da war etwas wie ein Fenster. Ein Autofenster. Braune Landschaft davor. Flammen jetzt. Die Panik in seinem Blick machte ihr mehr Angst als alles andere, sie nagelte ihn am Fleck fest. Aber wenn er sich nicht bewegte, würde er ersticken.

»Du musst da weg!«, wollte sie schreien. »Du musst da raus, was immer das ist!« Sie wusste, dass sie ihn nicht erreichen konnte. Sie hustete, würgte – und dann packte jemand sie an der Schulter und riss sie zurück von dem Gesicht im Qualm. Und sie schlug die Augen auf.

Sie lag auf dem Linoleumboden des Klassenzimmers. Über ihr knieten Nik, Andrea und Nesrin, besorgt. Etwas, dachte Nuri, war merkwürdig gewesen, noch merkwürdiger als alles andere: Calvins Haare und seine Augenbrauen waren nicht mehr blond gewesen. Sondern schwarz.

»Nura?«, fragte Nesrin. »Was ist passiert?«

»Ich … weiß nicht«, flüsterte Nuri. Sie dachte an das Weintraubenfeld. An Yassir. Daran, wie sie zum ersten Mal etwas gesehen hatte, was erst Jahre später Wirklichkeit geworden war.

Damals war sie fünf Jahre alt gewesen.

Und alles, was sie gesehen hatte, war wahr geworden.

Aber das, was sie gerade gesehen hatte … Wie konnte es jemals wahr werden? Oder sah sie jetzt Dinge aus der Vergangenheit? Sie versuchte aufzustehen, aber ihre Beine gaben nach, und so blieb sie sitzen und lachte hilflos. »Mir war nur ein bisschen übel«, sagte sie. »Zu wild mitgekämpft. Worum … ging es überhaupt?«

Sami, der Winzling, stand neben Andrea und rang noch immer nach Atem.

»Die da!«, zischte er jetzt und zeigte auf ein kleines Mädchen. »Die hat die ganzen restlichen Kekse genommen! Alle in ihren Rucksack gesteckt! Da, da ist der Rucksack … Ich wollte ihn ihr wegnehmen …«

Der Vater, der offenbar zu dem Jungen gehörte, zog ihn weg. »Ist das so wichtig?«, flüsterte er, peinlich berührt. »Wir sind zum Deutschlernen hier, nicht, weil wir sonst nichts zu essen bekommen!«

»MamaPapa«, sagte das Mädchen trotzig. »Mitbring.«

Ihr T-Shirt war an der Schulter zerrissen, und ihre Augen funkelten. Offenbar sprach sie einen der Dialekte, die keiner verstand, und versuchte es tapfer auf Deutsch. Nie hatte Nuri ein so wütendes Deutsch gehört. Sie saßen alle in einem Haufen von Krümeln, einem Keksfriedhof.

»Wir haben mehr Kekse«, sagte Andrea. »Wir sind hier, um uns gegenseitig zu helfen, nicht, um uns zu prügeln.«

Eine halbe Stunde später zogen die Kinder in alle möglichen Richtungen ab, jedes mit einer Handvoll Kekse. Nuri stand vor der Tür, um sie zu verabschieden.

Nesrin winkte, bis sie am Tor war. Die Frau, die Af-pel-Baum gesagt hatte, streichelte Nuris Wange, ehe sie ging, eine Berührung wie die eines Windhauchs. Zuletzt stand nur noch Ridha neben ihr, der Brasilienfußballer. Er zwinkerte mit seinem linken Auge, sah sich nach allen Seiten um, zog dann etwas aus der Tasche und hielt es ihr hin. Eine Star-Wars-Sammelkarte.

»Neu«, sagte er. »Hab ich seit eben. Weil ich dir geholfen hab, bei dem Kampf. Es war eine Belohnung.«

»Eine … Belohnung?«, sagte Nuri langsam.

»Von der Keksdiebin«, flüsterte Ridha. »Die Karte war in ihrer Tasche. Selber schuld.« Er legte den Finger an die Lippen und rannte über den Schulhof davon.

Nuri wollte ebenfalls gehen, doch da trat Nik neben sie. »Andrea besorgt noch einen Staubsauger«, sagte er. »Für die Krümel. Sie meinte, ich soll lieber nach dir sehen. Was war denn … wirklich? Zu wenig gegessen heute? Du warst kurz weg, oder?«

»Ich bin schon ziemlich lange weg«, sagte Nuri leise.

»Von … zu Hause?«

Sie nickte. »Vorhin … Ich habe jemanden gesehen, der …« Sie verstummte. Wie sollte sie es erklären? »Ja, wahrscheinlich zu wenig Zucker im Blut«, sagte sie.

Nik streckte die Hand aus, als wollte er ihren Arm berühren, tat es aber nicht.

»Wenn du mal reden willst«, sagte er. »Oder … wenn du mal rumsitzen und schweigen willst, kannst du vorbeikommen. Vielleicht zusammen mit Andrea? Ich wohne in Prenzlauer Berg.« Er grinste. »Und ich habe Kekse. Wie ich jetzt weiß, kann man alle Flüchtlinge mit Keksen locken.«

Sie hätte ihn für die Ironie beinahe umarmt. Doch sie zuckte nur die Schultern.

»Wir sehen uns nächsten Montag«, murmelte sie. »Um uns ein bisschen auf Deutsch mit den Kindern zu prügeln. Nik? Die drei Typen, die da vorne rumlungern, siehst du die?«

Auf der anderen Straßenseite, vor den Mietblocks mit ihren ordentlichen Vorgärten, standen zwei Jungen und ein Mädchen und starrten zu ihnen herüber. Schwarze Pullover, helle Turnschuhe. Das Mädchen hatte bunte Haare und eine Tätowierung am Hals, die Nuri auf die Entfernung nicht erkannte.

»Oh, meine persönlichen Freunde«, sagte Nik. »Hellersdorfer Jugend. Gibt nicht viel zu sehen hier, weißt du. Wenn einer was Neues macht, so wie wir, haben sie was zum Reden.«

Zu Hause stand Abi am Fenster. Ummi saß am Tisch und sah auf, als sie die Tür hörte, ein hoffnungsfrohes Leuchten in den Augen. Aber das Leuchten verschwand, als sie Nuri sah.

»Tja«, sagte Nuri. »Ich bin nicht Kamal. Ich bin nur Nura. Tut mir leid.«

Als Calvin aufwachte, war noch immer Nacht. Über ihm breitete sich die Kuppel des Firmaments aus wie ein juwelenbesticktes Kissen. Nuri hätte das so gesagt. Irgendwo ganz nah sang eine Nachtigall.

Er setzte sich auf. Das Feuer war heruntergebrannt, und er fror jetzt, trotz der Decke. Es roch nach Kräutern, die wild zwischen den dornigen Büschen wuchsen. Er hatte sich in seine Jacke gewickelt, aber es half wenig gegen die Kälte. »Du bist wach«, stellte Raed fest. »Die anderen schlafen.«

Calvin ließ sich wieder zurücksinken, den Blick auf die Sterne gerichtet, und zog die Decke enger.

»Hm«, sagte er nur.

»Hast du … Angst? Vor morgen?«

»Du?«

»Vielleicht … ein bisschen«, flüsterte Raed. »Aber Allah hält seine Hand über uns. Manchmal … versuche ich mich zu erinnern, wie es früher war. Bevor ich geglaubt habe. Aber da war nichts. Gar nichts. In mir drin, meine ich. Nur alles leer. Wir haben eine Menge gesoffen und alles Mögliche geschluckt. Immer auf der Suche nach dem Kick. Und irgendwann steh ich auf der Tanzfläche und merke, ich steh da bloß. Egal, ob ich tanze, ob ich hacke bin oder nicht, ist alles sinnlos. Ein einziger großer, sinnloser Matsch. Verstehst du?« Er hatte Calvin am Arm gepackt. »Köln, Frankfurt, München, wir waren immer auf Achse. Ständig Ärger mit den Bullen, Lehrstelle gefunden und direkt wieder geschmissen, und den Alten war's irgendwann fast egal, denen war klar, dass ich mein Leben verpfusche. Da hab ich kapiert, ich muss da raus. Und dann hab ich ein paar Leute kennengelernt, das war der Wahnsinn. Die haben mir echt einen ganz neuen Weg gezeigt. Den Weg zu Allah.« Er atmete tief durch, ließ dann Calvins Arm wieder los. »Ich hab also angefangen zu lesen … eine Menge … vor allem im Netz … Es war einfach so krass, wie alles plötzlich Sinn machte! Kein Alkohol, keine Drogen, nicht mal Zigaretten, es war wie Reinwaschen, ich hab völlig von vorne angefangen. War schwer. Aber ich hab's geschafft.«

Er schwieg eine Weile, und sein Stolz sickerte zu Calvin hinüber wie etwas Klebriges, Fädenziehendes. »Jetzt zwei Jahre her, dass ich konvertiert bin«, sagte Raed. »Damals hab ich auch angefangen mit Arabisch. Verdammt schwere Sprache. Aber wie Musik. Meine Eltern haben die ganze Sache nie verstanden, die werden toben, wenn sie mitkriegen, dass ich in den Dschihad gegangen bin.«

Er drehte sich auf den Bauch und sah Calvin an, ein seltsames Leuchten im Gesicht.

»Allah ist hier«, wisperte er. »Überall. Er ruft uns. Der Dschihad ist längst da. Diese Bilder von den Frauen und Kindern, die sie da drüben abschlachten … schrecklich. Bashar ist ein ungläubiges Schwein, das sein eigenes Volk umbringt, und die Welt schaut weg, keinen interessiert's, nur das Öl, die Macht, sonst nichts, der ganze kapitalistische Scheiß. Fuck Obama. Fuck Deutschland. Ich freu mich drauf, zu kämpfen. Wenn ich sterbe, sterbe ich als Märtyrer.«

Er ließ sich zurück auf den Rücken rollen, außer Atem.

»Im Jenseits gibt es für jeden … noch mal wie viele Jungfrauen?«, fragte Calvin.

Einen Moment war es sehr still. Vielleicht hätte er das nicht fragen sollen. Doch dann lachte Raed. »Zweiundsiebzig«, flüsterte er. »Aber ganz ehrlich, warum bis zum Jenseits warten?«

Sie lachten jetzt beide. Das Lachen schmeckte fad in Calvins Kehle. »Gibt Mädchen, die sich um Leute wie uns reißen«, sagte Raed. »Manche wollen selbst kämpfen, ich kenne ein paar. Die sind auch weg, haben ihren Eltern einen Brief hinterlassen, Ende. Aber die schönste Aufgabe der Frau ist es, dem Kämpfer zu dienen. Uns anzufeuern.«

Calvin war sich nicht sicher, ob das mit dem Dienen Ironie sein sollte oder nicht. Es war etwas ganz anderes, das ihn beunruhigte. Ein winziges Wort. *Uns.*

»Deso Dogg kämpft auch in Syrien«, sagte Raed. »Für ISIS. Seit einem Jahr. Das weißt du.«

»Natürlich«, sagte Calvin. Natürlich nicht, dachte er. ISIS. Was wusste er über ISIS? Nichts. Daisch, hatte Kamal gesagt, und es hatte anders geklungen, abfällig. War ISIS und Daisch das Gleiche?

Das Wort *Dschihad* kannte er. Der Heilige Krieg. Er dachte an den Überfall auf das Dorf mit den Aprikosenbäumen. Al-Nusra, hatte Nuri gesagt, es waren die Kämpfer der al-Nusra-Front gewesen, die Dschinans Onkel erschossen hatten. Sie waren ins Dorf gekommen, um Alawiten zu töten.

Aber ISIS war nicht al-Nusra, er wusste nicht, was ISIS war. ISIS war vielleicht ein Weg über die Grenze. Und so sagte er nach einer Weile: »Okay. Du hast recht. Wir gehen auch über die Grenze.«

»Und du bist Konvertit wie ich.«

»Hm.«

»Aber du redest nicht gerne. Und du sprichst nicht Arabisch.«

»Aschhadu alla Ilaha illa-lla«, sagte Calvin.

Raed lachte wieder. »Klar, so viel schon. Wenn du Konvertit bist, musst du das ja können. Wie war das denn bei dir? Ich meine, ich hab dir erzählt, wie's bei mir war …«

»Ja«, sagte Calvin, »hast du.« Mehr sagte er nicht, und schließlich gab Raed es auf, zu warten.

»Es heißt, sie haben ein Trainingslager nur für deutsche Dschihadis«, flüsterte er stattdessen. »Weißt du etwas darüber?«

»Raed«, sagte Calvin, »lass uns schlafen. Wir brauchen Kraft für morgen, Emre hat recht.«

Da schwieg Raed, endlich. Und Calvin dachte, dass alles genau so war wie damals mit Pascal. Er ließ die Leute im Glauben, er wäre ein anderer, weil es nur so ging. Aber wer war er wirklich? Der ewige Lügner?

In seinen Träumen zerfielen die Sterne am Firmament zu goldenem Staub. *Komm*, sagte eine Stimme, ganz leise. *Komm zu mir, alles wird gut.* Sie sagte es auf Arabisch, doch im Traum verstand Calvin jedes Wort. Und natürlich wusste er, wer zu ihm sprach.

Internetsuche:

- » *Willkommensklassen Kolibrischule*
- » *Deso Dogg*
- » *Nihad ISIS*

3.

Mögliche Einreise nach Syrien für Ausländer:

(...) es sei zu gefährlich, aber sie würden uns eine Eskorte stellen. Für Schlappe 200 Dollar. (...) Verschiedene Checkpoints, Al Nusra, FSA, Al Tawhid etc., und mit jedem Dorf wurde die Anspannung geringer. (...) Ach, Aleppo ist eigentlich auch immer das Gleiche, die ganze Zeit knallt es draußen, Mörsergranaten und vereinzeltes Ak-Feuer.

(Thomas Rassloff Photography, Weblog, 02. 07. 2013)

Mögliche Ausreise aus Syrien für Syrer:

Am 11. Oktober um ein Uhr morgens verließ ein Fischkutter mit rund 480 Flüchtlingen an Bord den Hafen von Suara, einer Stadt 100 Kilometer westlich von Tripolis. Um 3 Uhr früh tauchte ein Patrouillenboot einer libyschen Miliz auf, das den Fischkutter mehrfach beschoss (...)
Um 10 Uhr drang Wasser durch die defekte Wand ins Boot ein. Kurz vor 11 Uhr stieg der Bootsführer (...) aufs Dach der Brücke und rief nach einer Person, die des Englischen mächtig sei und um Hilfe rufen könne. Es meldete sich der syrische Arzt Mohanad Jammo. Der Bootsführer reichte ihm das Satellitentelefon. Die Nummer der italienischen Seenotrettung hatte die Frau des Arztes vorsorglich in ihrem Smartphone abgespeichert.
Um 11 Uhr schrie Jammo ins Telefon: »Wir sind auf einem Boot

mitten im Meer, wir sind alles Syrer. (...) Das Boot geht unter!« Auf der anderen Seite meldete sich eine Frau. Sie bat ihn um die genauen geografischen Koordinaten. (...) Er gab sie durch. (...) Gegen 12.30 Uhr rief Jammo ein zweites Mal an. Auf der anderen Seite sagte dieselbe Frau nur: »O.k., o. k., o. k.« Das war alles. Als der Arzt um 13 Uhr zum dritten Mal dieselbe Nummer anrief, antwortete ein Mann und gab ihm Bescheid, für das Gebiet, in dem sich das Boot befinde, sei Malta zuständig.
Jammo rief in Malta an. Vier Stunden danach, um 17.10, sank das Boot.

(Frankfurter Rundschau, 02. 12. 2013)

Mögliche rechtliche Folgen:

Am 3. Oktober 2013 ereignete sich ein großes Bootsunglück vor Lampedusa. Ca. 390 Menschen ertranken. Die italienische Staatsanwaltschaft leitete gegen die Überlebenden ein Ermittlungsverfahren wegen illegaler Einwanderung ein.

(Wikipedia, Bootsunglück vor Lampedusa 2013)

Sie versuchte, von Calvin zu träumen. Dieses Bild von Calvin zwischen Qualm und Feuer wollte ihr etwas sagen. Autositze. Wenn es eine Erinnerung an den Brand des Heims war, warum waren da Autositze gewesen?

Jede Nacht lag sie auf ihrer Matratze und quälte sich mit dem Gedanken an die Hitze, den Rauch, den beißenden Geruch. Doch es gelang ihr nicht, das Bild von Calvin zurückzurufen. Und wenn sie schließlich erschöpft und schweißgebadet einschlief, träumte sie gar nichts.

»Etwas ist doch los«, sagte Ummi. Sie hob Nuris Kinn sachte mit der Hand an, um ihr in die Augen zu sehen. »Was ist passiert?«

»Nichts«, sagte Nuri leise. Sie saßen am großen Tisch, dem einzigen Tisch, und schnitten Auberginen. Eine angefangene Zeichnung lag neben dem Schneidebrett. Ein Porträt. Nuri brauchte einen Moment, ehe sie erkannte, dass es ihr Bruder war. Nicht Kamal, sondern Nabil. Ihre Mutter musste ihn aus dem Gedächtnis gezeichnet haben. Früher hatte sie ornamentale Dinge gemalt: Blumen. Früchte. Bäume. Sätze in Kalligrafie.

Nuri stand auf und trat ans Fenster. »Wo ist Abi?«

»Irgendwo da draußen«, antwortete ihre Mutter mit einem Lächeln. »Schreibt sein Buch, sagt er.«

Draußen fiel ein leiser, grauer, deutscher Nieselregen, und irgendwo in diesem Regen saß also ein Mann und schrieb. Er hatte dieses Buch schreiben wollen, seit Nuri denken konnte. Ein Buch über Syrien. Ein Buch über die Welt.

Und jetzt, nach dem Feuer, nachdem sein Traum vom Paradies in Deutschland zerplatzt war – jetzt also schrieb er.

Sie setzte sich wieder, nahm das Messer, rutschte ab und schnitt sich in den Zeigefinger. Das Blut war erstaunlich hellrot. Ummi schüttelte den Kopf. »Du bist unkonzentriert. Sag mir, worüber du nachdenkst.«

Nuri betrachtete das Blut, das noch immer aus der Wunde sickerte. »Du erinnerst dich an die schwarzen Flügel«, flüsterte sie. Als hätten die Wände noch immer Ohren. »Die Schatten. Die Vorahnungen. Ich … sehe sie nicht mehr. Aber ich habe etwas anderes gesehen. Ich habe Calvin gesehen. Nur sein Gesicht. Im Feuer. Er hatte Angst. Und er konnte sich nicht bewegen.« Sie schwieg einen Moment. »Ist es eine Erinnerung, die ich verdrängt habe? War es so? Am Ende? Ist er so erstickt?«

Ummi atmete langsam aus. Etwas war seltsam an dem Ausdruck auf ihrem Gesicht, es war ein Ausdruck großen Schmerzes und gleichzeitig ein Ausdruck von Erleichterung. »Nuri, ich …« Sie kam um den Tisch und legte beide Arme um ihre Tochter. »Es tut mir so leid. Keiner kann sagen, wie es am Ende war. Du … verarbeitest Dinge. Ich sehe auch Nabil immer noch, auf dem weißen Laken, im Traum. Es geht eines Tages vorbei. Eines Tages werden wir vergessen.«

Nuri schüttelte den Kopf, strich sich die schwarzen Locken aus dem Gesicht, ungeduldig auf einmal. »Nein, Ummi. Ich will gar nicht, dass es vorbei ist. Ich will ihn nicht vergessen.«

»Es wäre besser«, sagte Ummi so sanft wie zuvor.

»Wäre es nicht«, fauchte Nuri. Sie hörte sich jetzt an wie ein trotziges Kind, sie merkte es selbst. »Und wenn ich sein Gesicht sehe, bedeutet das etwas! Irgendetwas will er mir sagen. Verdammt. Diese Wohnung … Ich muss hier raus.«

»Nuri. Bitte.« Ummi streckte eine Hand nach ihr aus, doch diesmal berührte sie Nuri nicht. Sie ließ sie gehen. Sie blieb alleine zurück, mit dem Bild ihres toten Sohnes und der Schönheit der geschnittenen Auberginen.

Unten vor dem Block hingen im Nieselregen eine Handvoll Jungs aus dem Heim herum und wussten nichts mit sich anzufangen. Einer von ihnen stand ein wenig abseits und war mit seinem Handy beschäftigt, anders als die anderen, konzentriert. Schließlich kam er herüber.

»17 Uhr«, sagte er auf Arabisch. »17 Uhr geht die Demo los, vom Brandenburger Tor zum Bundeskanzleramt. Sie werden versuchen, das Foyer zu stürmen. Bei den Flüchtlingen am Oranienplatz läuft auch was, die hatten morgens Besuch von der hohen Politik. Wer kommt mit?«

Die Jungs murmelten irgendetwas, aber in Nuris Kopf formte sich ganz plötzlich eine Idee. Vage noch, unausgegoren, dann scharf und klar.

»Ich«, sagte sie.

Der mit dem Handy fuhr herum, er hatte sie gar nicht bemerkt: das kleine, unsichtbare, schmale Mädchen, das still in der Tür stand. Er war zwei Köpfe größer als sie, ein kräftiger, bulliger Typ, vielleicht so alt wie Kamal. Eine Narbe oben an der rechten Augenbraue ließ ihn wirken, als wäre er ewig skeptisch. »Du?«

Sie war das einzige Mädchen hier. »Was ist?« Nuri verschränkte die Arme. »Brauche ich ein Kopftuch, damit du mich mitnimmst?«

»Was willst du da? Mitdemonstrieren?«

»Und wenn? Mir fällt dadrinnen die Decke auf den Kopf. Ich muss raus. Irgendwas tun.«

Das war nicht gelogen. Aber es gab einen anderen Grund. Sie hatte keine Ahnung, wovon der Typ mit dem Handy gesprochen hatte, doch er hatte ihr genug Schlagworte geliefert. Demo. Foyer stürmen. Besuch von der hohen Politik.

In ihrem Kopf hatte sich ein Name festgehakt: Kamal.

Er war schon einmal verschwunden, damals. Nicht einmal seine Familie hatte gewusst, dass er überhaupt zu den Aktivisten gehörte, und als er sie später gefunden hatte, in dem Dorf voller Hoffnung und Schafe, hatte er nichts erzählt. Nur, dass er aus Haleb gekommen war, Aleppo. Aleppo lag in Ruinen. Jetzt gab es Berlin.

Und etwas geschah am Oranienplatz, jemand demonstrierte. Wenn Kamal irgendwo in dieser Stadt war, dann dort, wo etwas geschah.

»Ich kann auch allein hinfahren«, sagte Nuri.

Der bullige Typ schüttelte den Kopf. »Wir passen auf dich auf. Man muss aufeinander aufpassen in diesem verfluchten Deutschland. Vor allem auf die Mädchen.« Dann nickte er, als wäre es eine kleine Verbeugung. »Imad. Ich bin Imad.«

»Nuri«, sagte Nuri. »Ja, ich weiß, das ist ein Männername.«

In der S-Bahn saß das Mädchen mit den bunten Haaren. Die, die Nuri schon bei der Schule gesehen hatte. Sie sah kurz auf, als sie einstiegen, machte die Augen schmal, starrte, sah weg. Nuri erkannte die Tätowierung an ihrem Hals jetzt. Die Schwarze Sonne. Calvin hatte sie auf dem Oberarm getragen. Ehe er sie zerstört hatte.

Sie sah Imad an, und sie wollte ihm sagen, dass dies kein verfluchtes Land war. Sie wollte ihm von den Stränden erzählen, wo man zu zweit durch den Sand wandern konnte. Von den Sonnenblumenfeldern, in denen man sich gegenseitig verlieren konnte, um sich wiederzufinden. Von den Himbeerranken, vom Grün des Waldes, vom Meer. Aber vor dem Fenster der S-Bahn wogte nur ein Meer aus Häusern, über die sich die Dämmerung senkte.

Sie stieg mit den Jungs um, und die Jungs waren höflich, nett, fanden sogar einen Sitzplatz für sie in der nächsten Bahn. Als ein Kontrolleur einstieg, stiegen sie aus und gingen das letzte Stück zu Fuß.

Nuri kannte das Spiel, sie hatte einen ganzen Monat lang fast nichts getan als U- und S-Bahn zu fahren, um Calvins Phantom zu jagen. Einmal die Woche bezahlte sie, das war ein fairer Deal.

Dann erreichten sie den Oranienplatz.

Und Nuri erschrak.

Dort vor ihr, im grauen, deutschen Herbstnachmittag, lag ein Flüchtlingscamp. Zelte in Weiß, Grau, Olivgrün, Baracken, Unterstände aus Holz und Pappe, ein kleines Feuer dazwischen. Die Platanen um den Platz herum ließen goldene Blätter auf die Zelte regnen wie Tränen.

Nuri stand ganz starr. Sie dachte an das Camp in der Türkei. Die Enge, die Kälte, die grauen Decken, von denen es nie genug gab. Die Gespräche mit den Schleusern, die sie über die Grenzen nach Deutschland hineinbringen würden, Gespräche, in denen es immer um Geld und noch mehr Geld ging. Sie sah ihren Vater wieder vor sich, dessen weiches Gesicht hart wurde, wenn er mit ihnen verhandelte. In der Luft lag der letzte Geruch nach Zuhause, ein Geruch von Zwiebeln, Tomaten und bekannten Gewürzen.

»Alles in Ordnung?«, fragte Imad.

Sie erwachte wie aus einem Traum und sah ihn an, seine leicht schräge Augenbraue, sein grobes Gesicht, sein Lächeln. Der Geruch war noch immer da.

»Was … ist das hier?«

»Ein Camp. Ein Protestcamp. Hey, weißt du im Ernst nicht, was die hier machen?« Er lächelte noch immer. »Sie sind alle vor einem Jahr hergekommen, um zu demonstrieren. Gegen die Residenzpflicht, gegen die Lager, gegen Abschiebung, gegen das Arbeitsverbot für Asylanten … den ganzen Scheiß. Verzeihung. Sie sind cool. Manche sind aus Bayern gekommen, zu Fuß … oder aus anderen Bundesländern. Afrikaner vor allem, aber nicht nur. Viele aus Lampedusa. Komm. Ich stell dich vor. Heute ist etwas Gutes passiert, heute ist Party.«

Das Feuer war größer und wärmer, als Nuri gedacht hatte, und es herrschte wirklich etwas wie Partystimmung. Natürlich war es kein Lager wie das in der Türkei, es war viel kleiner, anders, bunter. An einer Seite stand ein großes, rundes Zelt, das aussah wie ein Zirkuszelt, weiß mit blauen Dreiecken. Eine junge Afrikanerin im norwegischen Strickpullover saß auf einem Klappstuhl und spielte Gitarre. Nuri verstand die Worte nicht, die sie sang, doch sie klangen gut. Wie ein Aufbruch zu etwas Neuem. Die Gesichter der Menschen am Feuer waren dunkel, aber ihre Augen leuchteten hell wie die Funken, die in den dunkler werdenden Himmel aufstoben.

Imad stellte Nuri vor, auf Deutsch, er sprach es besser, als sie gedacht hatte, mit einem rauen, harten Akzent. Dann machte er die Runde, schüttelte Hände, ließ sich umarmen, er kannte alle hier – und war in der Menge verschwunden, genau wie die anderen Jungs.

»Setz dich«, sagte die Frau mit der Gitarre auf Deutsch zu Nuri und klopfte auf einen zweiten, wackeligen Klappstuhl. »Du siehst aus, als wärst du gerade vom Himmel gefallen.« Sie lächelte ein breites, afrikanisches Lächeln. »Aber hier fällt nichts vom Himmel. Reis wäre gut, funktionierende Toilettencontainer auch, oder Geld für die Stromrechnung, die keiner mehr bezahlen kann … Egal. Heute feiern wir.«

»Ich … habe keine Ahnung, was«, murmelte Nuri.

Das Lächeln der Frau wurde noch breiter, so breit, dass es die ganze Welt umspannte. »Es wird ein Winterquartier für uns geben. Heute haben sie es im Senat entschieden. Fließend Wasser. Klos. Keiner übersteht einen zweiten Winter auf dem Platz. Wie kommst du hierhin?«

»Ich … bin mitgenommen worden. Von ein paar Leuten aus dem Heim. Hellersdorf. Carola-Neher-Straße. War eine Menge in der Zeitung, glaube ich. Aber das hat man uns nur erzählt, das war, bevor wir gekommen sind. NPD-Aufmarsch und alles …«

Jetzt nickte die Afrikanerin. »Du bist eine von uns.«

Und zum ersten Mal ging Nuri auf, dass man es nicht sah. Es gab genug Deutsche mit dunklen Haaren. Es gab genug Deutschtürken, Südamerikaner, Pakistanis, Inder, die seit Generationen im Land lebten. Hier, in der Großstadt, im Dschungel der Kulturen, ging sie unter.

»Jetzt tun alle jedenfalls solidarisch und bringen Kleiderspenden zum Heim«, sagte sie. »Und Hellersdorf benimmt sich, als hätte es die Ausländer furchtbar lieb.«

Die Afrikanerin schüttelte den Kopf. »Sei froh, dass ihr Wände um euch habt«, sagte sie. »Wenn du hier im Schnee festsitzt und nichts jemals trocknet, kriegst du mit, wie gut ein Haus ist. Die Toilettencontainer haben sie uns jetzt sechsmal demoliert, einfach so ... An einer Stelle fließt immer noch Wasser aus der Leitung, Wasser, das wir bezahlen müssen. Am Anfang waren eine Menge Penner hier, weil es einmal am Tag was zu essen gab. Jetzt gibt es fast nie etwas. Aber wir werden umziehen. Ehe der Schnee kommt.«

Sie griff wieder in die Saiten und begann, ein neues Lied zu suchen. Doch ehe sie es fand, trat jemand neben sie und sagte: »Hör ihr nicht zu. Sie redet Unsinn. Wie alle. Die Politiker haben ihnen den Kopf verdreht wie Verliebten.«

»Ach, sei doch still«, sagte die Frau mit der Gitarre.

»Ich werde so lange weiterreden, bis ihr zur Vernunft kommt«, sagte der Neuankömmling – ein kleiner, drahtiger, dunkler Mann mit ergrauendem Bart und flinken Augen. Sein Deutsch hatte einen französischen Singsang-Akzent. »Idioten! Wie könnt ihr nur darüber *nachdenken*, die Zelte abzubauen? Aufzugeben? Habt ihr denn alle den Verstand verloren?«

»Haben wir nicht«, sagte jemand anderer. Jetzt sammelten sich mehr und mehr Leute um den kleinen Mann, und es wurde durcheinandergerufen.

»Keiner will noch einen Winter hier!«

»Du kannst alleine dableiben und erfrieren!«

»Das werde ich!« Er schnaubte verächtlich. »Feiglinge! Wir sind gekommen, um ein Zeichen zu setzen. Die ganze Welt sieht uns zu. Wir sind ein Symbol dafür, dass Europa seine Flüchtlingspolitik ändern muss! In Istanbul war eine Kundgebung …«

»Ja, vor einem Jahr!«, rief eine Frau. »Jetzt interessiert sich keiner mehr für uns!«

»Ich will überhaupt keine Zeichen setzen!«, brüllte jemand. »Ich will ein Bett, Mann! Ich will wissen, dass ich jeden Tag was zu essen kriege.« Er hob eine Blechbüchse hoch und schüttelte. Es war fast nichts zu hören. »Keiner spendet mehr! Am Anfang waren wir was Neues, da haben sie alle Geld gegeben, aber jetzt? Vergiss es! Zehn Euro heute. Alle hier durchzufüttern, kostet am Tag hundert. Das ist eine Null mehr, falls du ein Problem hast mit Mathematik.«

»Und Zeichen setzen können wir auch so«, sagte eine blonde Frau, die vollkommen deutsch aussah. Und sehr erschöpft. »Ein Infozelt bleibt«, sagte sie. »Für die Passanten. Das ist alles heute Morgen besprochen worden. Wir …«

»Im Camp am Brandenburger Tor sind sie jetzt im Hungerstreik«, erklärte der drahtige Mann mit verschränkten Armen. »*Die* machen wirklich was. Und sie marschieren zum Bundeskanzleramt. Im Gedenken an die Toten von Lampedusa. Dreihundertneunzig ertrunkene Flüchtlinge. Gezwungen, sich illegal auf Schiffe pferchen zu lassen wie Tiere und die Schleuser zu bezahlen, weil keiner legal über die Grenzen nach Europa kommt. Ihr wolltet das ändern. Aber jetzt haben sie euch kleingekriegt, was? Ein harter Winter und ein paar kaputte Klos, und ihr gebt auf.«

Nuri sah seine Augen, während er sprach. Es war kein Feuer in ihnen. Nein, was sie in seinem Blick las, war nichts als die gleiche unfassbare Müdigkeit, die auch in den anderen Gesichtern stand. Selbst dieser kleine, drahtige Mann, dachte Nuri, hätte sich im Grunde gerne in ein Bett in einem Heim gelegt und nichts mehr gedacht. Doch er zwang sich, zu kämpfen.

Und jetzt gab es Rufer, die ihn unterstützten. Fetzen verschiedener Sprachen flogen durch die Luft, Fäuste wurden geschüttelt, so musste es nach dem Turmbau zu Babel gewesen sein.

Aber auf einmal gab es etwas wie ein Zeichen, der Streit versiegte, verpuffte, und die Masse der Menschen setzte sich gemeinsam in Bewegung in die gleiche Richtung.

Nuri wurde einfach mitgeschwemmt. Sie fand Imad wieder neben sich, er lächelte ihr zu, und jetzt ging sie mit den anderen die breite Oranienstraße entlang. Plakate tauchten auf.

FIGHT THE SYSTEM!
Kein Mensch ist illegal.

FIGHT RACISM NOW!
Residenzpflicht abschaffen!

FIGHT FOR YOUR RIGHTS!
Abschiebung ist Mord!
Reichen die 390 Opfer vor Lampedusa nicht?

Und jetzt waren da mehr Menschen, sie kamen aus den Nebenstraßen von allen Seiten, ein ganzer Strom. Auch Deutsche, jede Menge Deutsche. Dies also war der Marsch aufs Bundeskanzleramt.

Nuri war schwindelig, sie begriff dies alles noch nicht, sie wusste wenig über die Toten von Lampedusa. Natürlich, es hatte in der Zeitung gestanden, aber sie hatte in den letzten Wochen nur über ihre eigenen Probleme nachgedacht: Calvin, ihre Eltern, die nicht mehr vorhandene Zukunft.

Es gibt mehr Menschen, dachte sie jetzt, die ähnliche Probleme haben. Verlorene Leben. Verlorene Heimaten. Verlorene Träume. Sie waren nicht allein. Es war ein wunderbares Gefühl, genau wie damals in Damaskus, bei den allerersten Demonstrationen, als sie noch geglaubt hatte, dass alles gut werden würde. Hier würde es gut werden, ganz sicher. Ihr war warm, warm wie an einem Sonnentag auf einem Weintraubenfeld.

Und sie sah voller Staunen, wie Passanten sich umdrehten und der Demonstration folgten, ganz spontan: ein junger Vater mit einem Kind auf den Schultern. Eine alte Dame mit einem Einkaufsnetz. Die Besitzerin einer kleinen türkischen Bäckerei, sie schloss den Laden einfach ab und ging mit. Es gibt so viele, dachte sie, so viele Deutsche, die helfen wollen. Sie wissen vielleicht nicht genau, wie, aber sie *wollen helfen*. Mit einem Mal war sie sicher, dass auch Kamal hier war. Irgendwo in der Menge, vielleicht ganz nah. Sie würde ihn finden.

Und dann standen sie vor dem Bundeskanzleramt. Einem riesigen, nagelneuen Gebäude aus Glas und Stahl, einem Ding wie aus einer anderen Galaxie.

Und Nuri begriff, dass niemand darin sie hören konnte. Das Gebäude war taub. War es auch blind? Würde es sie sehen? Ihre Gesichter, ihre Hoffnung, ihre Plakate?

Sie bekam eine Kerze in die Hand gedrückt: *für die Toten von Lampedusa, unsere Brüder und Schwestern.*

Ein paar Demonstranten versuchten, nach vorn zu stürmen, erreichten den Eingang der Glas- und Stahlfront … Und jetzt sah Nuri die Schutzschilde, die schwarzen Schutzanzüge der Polizisten, sah sie Menschen wegtragen, die um sich schlugen und bissen und brüllten. Deutsche, Afrikaner, Araber.

Die Wärme wich aus ihrem Körper.

Die Kerzen flackerten unstet im Wind.

Sie spürte die alte Panik und sah sich nach Imad um, aber er stand nicht mehr neben ihr. Stattdessen entdeckte sie zwei andere Personen in der Menge, die sie kannte: Andrea und Nik von der

Kindergruppe. Andrea winkte, ihre rötlichen Haare glänzend im Kerzenschein, sie strahlte. Dann war sie neben Nuri und legte einen Arm um sie. »Scheißbullen!«, sagte sie mit einem Leuchten in den Augen. »Unsere Leute hätten es fast geschafft, wirklich nach innen reinzukommen. Wir waren gut.«

Nuri nickte und schluckte. Andrea. Sie gehörte zu den Deutschen, die helfen wollten, die es gut meinten. Aber für Andrea war all dies ein Spiel.

»Die Scheißbullen sind okay«, sagte Nik leise und zog sein Halstuch zurecht. Er schien viel zu frieren. »Du musst dir keine Sorgen machen. Keiner hier kriegt richtigen Ärger.«

»Ich … weiß«, sagte Nuri zögernd. Und sie fragte sich, woher er wusste, was in ihr vorging.

Auf einmal war sie unendlich müde, müde wie der Redner vom Oranienplatz. Sie sah plötzlich, wie oft das Wort FIGHT auf den Plakaten vorkam. FIGHT und AGAINST und FUCK. Alle wollten ständig kämpfen.

Doch der Kampf gegen die Polizisten war vorbei, die Uniformen standen jetzt in einer geschlossenen Reihe. Es wurde stiller.

Am Rand des Platzes hielt eine hübsche junge Frau ein anderes Plakat hoch: BERLIN IST KEIN HOTEL FÜR AUSLÄNDISCHE DESERTEURE. Neben ihr standen ein paar Jungs in schwarzen Kapuzenpullovern. Gegendemonstranten.

Und Nuri spürte einen Stich in sich wie von Heimweh. Früher hätte Calvin dort gestanden, bei den Rechten. Wie konnte sie Heimweh nach etwas Schlechtem haben?

Sie war müde und klein und verwirrt. Sie wollte nach Hause. Nein, Kamal war nicht hier.

Irgendwo hinter der Glas- und Stahlfront saßen die Politiker, die Mächtigen dieses Landes, und hörten und sahen nichts von dem, was draußen vor sich ging. Durch den Abendhimmel zog ein

Schwarm Gänse. »Die letzten«, sagte Nik leise, »die nach Süden ziehen. Wenn sie weg sind, kommt der Winter.«

Gaziantep.

Eine türkische Großstadt gegen Mittag, zwischen Industriebrache und braunen Feldern mit wenigen grünen Flecken. Der Wind, der über die Landschaft fegt, lässt die Gräser und die Menschen zittern. Nur in der Innenstadt gibt es noch die alten Ziegeldächer, ein paar hölzerne Balkons voller Schnitzereien, irgendwo in der Mitte eine Zitadelle auf einem Berg. Sonst sind da vor allem Hochhäuser, Straßen, Autos.

Eine Stunde von hier liegt Kilis, Grenzort, Flüchtlingslager für Tausende. Ein vorbildliches Lager, mit eigenen Geschäften, Kindergarten, Schule, aufladbaren Geldkarten für die Flüchtlinge. Ein Vorzeigelager, ja. Seit Langem voll. Eine Zeit lang konnte man sich für viel Geld von Schleusern ins Lager bringen lassen, auf die andere Seite des Zauns, aber inzwischen ist es auch dafür zu voll.

Etwas weiter östlich von Gaziantep befindet sich Tal Abyad, noch ein Grenzort mit Möglichkeiten …

An einem Tag Mitte Oktober 2013 gingen vier junge Männer einen Bürgersteig in Gaziantep entlang, an einer lauten, sonnigen Straße voller halb offener Läden. Einer besaß Erinnerungen an die nahe Grenze, an die nicht vorhandenen Plätze für Neuankömmlinge, er war schon hier gewesen, auf der Flucht, mit einer dunkeläugigen Schwester in seinem Schatten … mit einem Vater, einer Mutter, die jetzt sehr weit weg waren. Die nicht wissen durften, dass er zurück über die Grenze gehen würde. Denn wenn sie es gewusst hätten, hätte ihre Sorge sie aufgefressen. Er wusste, dass es grausam war, sie im Ungewissen zu lassen, doch die Grausamkeit des Wissens wäre schlimmer gewesen.

Die Stadt selbst wirkte unbesorgt. Kaffeemaschinen standen auf dem Bürgersteig, Wasserkocher, Plastikdosen, Topfpalmen, Dreiräder, Markenschuhe. Schaufensterpuppen, Gartenmöbel, Kühlschränke, Teppichklopfer, Andenken für Touristen. Musik drängelte sich aus einem Elektrogeschäft, die Musik hatte Worte. Überhaupt schwirrten ständig eine Menge Worte durch die Straße, Rufe, Flüche, Begrüßungen …

Calvin verstand nichts. Er fühlte sich, als wäre er taub. Es war anders als damals in Nuris Familie, im Asylbewerberheim, dort hatte er gewusst, dass er nur das Gebäude verlassen musste, um wieder zu verstehen, was gesprochen wurde.

Er sah zu Kamal hin. Ging es ihm ähnlich? Wie viel Türkisch verstand jemand, der Arabisch sprach? Natürlich, dachte er dann, Kamal hatte Erfahrung damit, sich irgendwo nicht auszukennen, ohne es sich anmerken zu lassen. Calvin jedoch kam sich vor wie ein Kind. Eingeschüchtert.

Er ließ sich hinter die anderen zurückfallen, versuchte, die Schilder zu lesen, die Reklameplakate, den Inhalt zu raten. Es war unmöglich. Dies also war es, was ein Ausländer fühlte, der eine deutsche Straße entlangging.

Noch konnte er Deutsch mit den anderen drei sprechen. Was würde er tun, wenn er allein war?

Die Hilflosigkeit packte ihn wie eine eiskalte Faust und machte den Herbsttag noch kühler. Verdammt, früher hatte er immer gedacht, in Ländern wie diesem wäre es das ganze Jahr über warm!

Und dann saßen sie in einem kleinen, schlauchförmigen Laden auf türkisfarbenen Plastikstühlen vor Kunststofftellern, unter einem bunten Hochglanzposter mit einer gemalten Schwarzwaldvilla samt röhrenden Hirschen. Der Duft von frischem Kebab füllte den halb offenen Laden. Man bekam Reis dazu und keinen Salat, Besteck, davonfliegende, hauchdünne Papierservietten. Immerhin war es hier windgeschützt.

Emre und Raed saßen Kamal und Calvin gegenüber.

»Iss was!«, sagte Raed freundlich. »Du siehst blass aus. Angespannt.«

»Nur Kopfweh«, sagte Calvin. »Alles okay mit mir.«

Er hatte seit dem Morgen keine Gelegenheit gehabt, alleine mit Kamal zu sprechen, über Raed, über den Dschihad, über alles, was in der Nacht gesagt worden war. Beim Morgengebet an der Straße, im violetten Sonnenaufgang über den Feldern, hatte er sich wieder in die zweite Reihe gestellt zum Beten. Er schob das Fleisch mit der Gabel auf dem Teller hin und her, appetitlos. Er spürte Emres und Raeds Blicke auf sich wie eine seltsame, brennende Flüssigkeit.

Kamal war draußen und telefonierte. Es ging um ihren Weg über die Grenze, um den Kontaktmann, der sie hinüberbringen würde, so viel war auch Calvin klar. Er sehnte sich danach, Raed und Emre zu verlassen und mit dieser ganzen Muslim-Farce endlich aufhören zu können.

Kamal ging vor dem Kebabladen auf und ab, schien zu fluchen, das Handy am Ohr. Er hatte eine neue SIM-Karte für das Handy gekauft, die auch hier funktionierte. »Neue Nummer, neues Glück«, hatte er gesagt, bitter. Schließlich kam er wieder, trat an ihren Tisch und wollte etwas sagen, doch Emre legte ihm eine Hand auf den Arm. »Psst. Setz dich. Da drüben.«

Calvin folgte seinem Blick. Im Eingang standen jetzt drei Männer in olivgrüner Kleidung mit runden, blauen Kappen auf dem Kopf.

»Dschandarma«, sagte Emre – oder eigentlich sagte er es nicht, es war ein Gedanke, den er mit den Lippen dachte. Die Gendarmen, die türkische Polizei. Calvin hatte sie schon vorher gesehen, an der Straße, sie fuhren blaue Kleinlieferwagen. Sie grüßten den Mann hinter der Theke, nickten, plauderten …

Vielleicht guckten sie nur auf einem Routinekontrollgang hier vorbei. *Halte den Blick gesenkt, sieh sie nicht an. Sie gehen wieder.*

Bitte, bitte, Allah, ich bin kein Gotteskrieger, und ich weiß nicht, wie man betet, aber lass sie gehen.

Er schloss die Augen, zählte bis zwanzig. Bei »neunzehn« wurde hinter ihm auf Arabisch ein kurzer Befehl gebellt. Calvin zuckte zusammen, öffnete die Augen wieder und sah in ein Gesicht unter einer blauen Mütze.

»Sie möchten die Ausweise sehen, Visum, alles«, sagte Emre leise. Er selbst kramte in einer Tasche, reichte Papiere zu dem Mann hoch, ganz ruhig, wartete mit verschränkten Armen.

Der Pass des A. Dobrowski glühte in Calvins Händen. Die Gendarmen hielten jetzt drei weinrote Pässe mit goldenen Adlern in den Händen, deutsche Pässe: die von Calvin, Raed und Emre. Sie sprachen miteinander, schüttelten die Köpfe, nickten dann. Emre ließ einen arabischen Wortschwall auf sie einprasseln, sie nickten.

Schließlich wandte sich einer der Gendarmen Kamal zu, der seinen Pass noch immer nicht gefunden hatte, und schnauzte ihn an. Verstand Kamal, was er sagte? Er fand seinen Pass.

Der Beamte las, blätterte, schüttelte den Kopf.

Der goldene deutsche Adler auf blutrotem Grund war weniger verdächtig als das syrische Dunkelblau mit dem Falken.

Calvin sah, wie sie Kamal am Arm nahmen und ihn nach draußen zerrten, wo einer der sauber geschrubbten, blauen Kombis mit dem Wappen der Dschandarma stand, wie sie ihn hineinschoben und mitnahmen, wohin auch immer, weil ein Syrer automatisch verdächtig war – wieso verdächtig?

Er krallte seine Hände um die Kante des alten Plastiktischs. Er konnte nichts tun. Gar nichts.

Er würde alleine weiterfahren.

Dann merkte er, dass Kamal noch immer neben ihm saß, nervös mit den Fingern auf die Tischplatte trommelnd. Niemand hatte ihn mitgenommen. Calvins Phantasie hatte die Wirklichkeit überholt.

Emre sprach wieder mit dem Polizisten, der zuckte die Schultern, gab Kamal den dunkelblauen Pass zurück, und schließlich gingen sie.

»Routine«, sagte Raed und zuckte die Schultern.

Calvin atmete langsam aus.

»Was … haben sie gesagt?«

Raed grinste breit. »Sie wollten wissen, warum wir hier sind, so viel habe ich verstanden. Sie …«

Doch Emre brachte ihn mit einer Handbewegung zum Schweigen.

»Du verstehst nie alles«, sagte er schroff. »Die Sätze hinter den Worten verstecken sich. Er wollte wissen, ob ihr Touristen seid. Aber die Geschichte mit der Verwandten fand ich besser. Drückt mehr auf die Tränendrüse. Deine Verwandte … ist wirklich sehr krank. Die Arme, es sieht ganz so aus, als läge sie im Sterben.« Er lächelte jetzt, sehr fein, sehr leise. »Sie hat eine Adresse und einen Namen. Ich kenne eine Menge Leute hier. Auch ein paar Kranke.«

Und zum ersten Mal dachte Calvin, dass Emre vielleicht nicht selbst auf dem Weg nach Syrien war, Emre fuhr womöglich hin und her, um Leute rüberzubringen.

»Shukran«, murmelte Kamal, und Calvin wiederholte es. Danke.

»Unser Kontakt meldet sich nicht«, sagte Kamal dann, ebenso leise. »Die Verbindung ist tot.«

»Kontakt – für was genau?«, fragte Emre, lauernd.

Kamal sah weg. »Das weißt du.«

»Na ja, zuletzt waren wir bei der Verwandten, die ihr besucht, und dann musste ich der Verwandten eine Adresse geben … Was hätte der geheimnisvolle Nicht-Telefonierer denn für euch getan? Wie weit hätte er euch gebracht?«

»Nur bis rüber«, sagte Kamal.

»Und von da an?«

»Hätten wir selbst den Weg gefunden.«

Emre lachte. »Ihr hättet selbst zu den IS-Leuten gefunden?« Er sprach jetzt noch leiser. Und immer noch Deutsch. »Denkst du, sie stehen an der Straße und winken? Wenn du nicht gerade in einer der befreiten Städte bist, dann rufen sie nicht laut *Hallo*. Ihr seid wirklich … wie sagt man auf Deutsch … blauaugig.«

Emre sagte wirklich »blauaugig«. Calvin wollte darüber lachen, doch es gelang ihm nicht, es lag eine knisternde Spannung über allem. Dinge konnten schiefgehen, jeden Moment.

»Emre«, sagte Raed, bittend wie ein Kind. »Sie können mit uns kommen, oder? Wir helfen uns doch alle gegenseitig …«

»Das kommt darauf an«, sagte Emre und schnippte mit den Fingern, unverwechselbar das deutsche Zeichen für Bargeld.

»Emre!«, zischte Raed. »Sie sind Kämpfer! Wie ich! Du kriegst dein Geld vom Islamischen Staat!«

»Wenn sie wirklich dort hingehören.«

Emre lehnte sich zurück, betrachtete Calvin und Kamal eine Weile aufmerksam und sagte dann: »Die Kontrollen an der Grenze sind schärfer geworden. 2011 konnte man da noch einfach rübergehen. Jetzt? Vergiss es. Hier und Tal Abyad, das ist schwierig geworden. Sie wissen, dass die Kämpfer von hier aus in den Heiligen Krieg ziehen. Und sie lassen sie nicht. Ich meine, hey, die Türken, denen wäre es egal. Die sind okay mit dem Islamischen Staat. Wir halten ihnen die Kurden vom Hals. Aber Europa drängelt. Zwingt sie, zu kontrollieren, Scheißeuropa. Wenn die Türken hier ein paar Kämpfer schnappen, ist das immer gut zum Vorzeigen, Deutschland freut sich. Die haben euch sofort. Vor zwei Wochen haben die ein paar Syrer festgenommen, die hatten nicht mal was mit dem Islamischen Staat zu tun. Syrer, die wieder zurückwollen, sind ihnen suspekt, könnte ja auch PKK sein, die sehen sie alle lieber hinter Gittern. Diesen ganzen Waffenstillstand zwischen den Kurden und den Türken kann man vergessen. Ihr könnt euch also aussuchen, ob ihr als Kurden oder als Islamisten verhaftet werdet.«

Kamal ließ eine Weile verstreichen. Dann sah er Emre in die Augen und sagte: »Fünfzig.«

Emre lachte. »Hundert. Für *einen* von euch. Weißt du, was das für ein Risiko ist? Finde du noch einen Schleuser, der Deutsch mit deinem Freund spricht.«

»Das ist verrückt«, sagte Kamal. »Wir haben unseren Arsch bezahlt, um aus dem verdammten Land rauszukommen, und jetzt zahle ich meinen Arsch, um wieder reinzukommen? Es funktioniert in diese Richtung nicht. Wir kommen auch ohne euch dahin, wo wir hinwollen.«

»Viel Spaß«, sagte Emre und stand auf. »Raed? Gehen wir?«

»Hundert für uns beide!«, sagte Calvin.

Emre sah zu ihm hinab. »Deutsche können nicht handeln«, sagte er kalt. »Versuch's gar nicht erst. Wir haben euch an der Straße aufgefischt, euch gefüttert und euch bis hierhergebracht. Völlig kostenlos. Wenn ihr nichts habt, schlagt euch alleine weiter durch.«

Dann drehte er sich um.

Sie holten ihn am Eingang des Ladens ein. »Hundertfünfzig«, sagte Kamal.

»Sa'idni, Ya Rab! Allah hilf mir!« Emre seufzte. »Gut. Ihr werdet für Gerechtigkeit kämpfen. Für den Propheten. Nur deshalb mache ich das, kapiert? Kommt jetzt. Es ist noch ein Stück zu fahren, schlechte Straßen. Wir gehen nicht durch Kilis, wo der Grenzübergang ist, da sind jetzt die Kontrollen zu scharf. Zu viele unserer Kämpfer sind über Kilis und Tal Abyad gegangen. Gibt ein Dorf nahe der Grenze, wo wir bis abends bleiben können. Da liegt eines unserer Safe Houses.«

Ein Safe House: ein sicheres Haus, erklärte Raed, in dem Kämpfer Unterschlupf finden konnten, ohne von der Polizei aufgegriffen zu werden. Eine Durchgangsstation des Heiligen Kriegs. Wie auch immer die Besitzer der Safe Houses das machten. Tarnung? Mut? Bestechung?

Dieses Safe House war der Hof eines alten Mannes mit einem ausladenden Bart und tiefen, grauen Steinaugen. Er füllte bitteren Tee in winzige Gläser, brachte trockene Kekse auf einem Tablett – es gab mehr Leute, die in den hinteren Räumen des Hauses warteten, telefonierten, auf dem Boden schliefen, ins Nichts starrten. Calvin war dem ungenießbar bitteren Tee dankbar für seine Wärme. Einmal huschte eine Frau vorbei, verschleiert, in Schwarz, und war schon wieder fort wie ein Geist. Der Garten war voller Olivenbäume. Calvin legte seine Hand auf die Rinde eines Baumes und fühlte sich, als wäre er in Nuris Erzählung von damals angekommen. Oliven und Oleander.

Er schaffte es, für Minuten alleine mit Kamal zu sprechen. Über den ISIS, den Kamal Daisch nannte. »Sag das Wort nicht, wenn sie es hören. Es ist eine arabische Abkürzung, und sie lassen sich nicht gerne abkürzen. Für dich sind sie der Islamische Staat«, sagte Kamal. »Es ist wichtig, nicht zu lange bei ihnen zu bleiben.« Mehr sagte er nicht.

Als der Muezzin von Kilis her rief, beteten sie zusammen. Niemand sah ihn seltsam an, weil er Dinge verkehrt machte, niemand schien es überhaupt zu bemerken, sie alle waren beschäftigt mit sich selbst. Und er fühlte sich mit einem Mal seltsam ruhig.

Alles war entschieden, es gab kein Zurück, und er würde so lange ein Dschihadist sein, wie es nötig war, um über die Grenze zu kommen. Dann würde er verschwinden, in die Risse des kalten, trockenen Bodens sickern und sich auf die Suche machen.

Die Suche nach dem goldenen Staub im Haar eines Mädchens.

Sie rannten.

Es war stockfinstere Nacht, und sie rannten.

»Nur das eine Stück«, hatte der Mann mit dem Backenbart und der schwarzen Tatonka-Jacke gesagt, »es ist nicht weit. Ein Kinderspiel.« Kamal hatte das übersetzt. Ein Spiel, dachte Calvin, war ein Spiel, weil man es verlieren konnte.

Das erste Stück waren sie gefahren, der mit dem Bart und Emre hatten sie abgeholt. Ein Pick-up, dunkelgrau, unauffällig in der Dunkelheit. Einer, der mit ihnen gewartet hatte, saß jetzt bei ihnen. Der Bärtige fuhr, Emre saß mit einem anderen Typen, der wohl zu dem Bärtigen gehörte, hinten auf der Ladefläche. Der Weg wand sich aufwärts wie eine Schlange, es regnete lange, sehnige Bindfäden auf die Windschutzscheibe. Sobald die Steigung zu groß war, rutschte der Pick-up ein Stück, ehe er sich wieder fing. Die Scheibenwischer bewegten sich nur unregelmäßig, der Pick-up holperte über winzige Straßen, Feldwege, Pfade. Felder. Ein Dorf, sehr dunkel. In der Ferne etwas, das vielleicht ein Kontrollposten war. Das Gelände wurde ebener. Der Bärtige machte die Lichter aus und lenkte den Pick-up von der Straße, fuhr quer über ein Feld.

Irgendwann hielten sie, der Tatonkajackenträger stieg aus und verschwand in der Nacht, in der es vage Umrisse von Häusern gab. Ein anderer stieg ein, um weiterzufahren. Kamals Finger trommelten nervös auf seine Knie.

Und dann blieb der Pick-up wieder stehen. *Aussteigen! Insaraf!*

»Da vorn, die Straße, das ist die Grenze«, sagte der Fahrer. Kamal übersetzte. »Da müsst ihr zu Fuß rüber. An anderen Stellen ist es gefährlicher. Gibt ein paar tückische Minenfelder. Einer, den mein Cousin rübergebracht hat, vor ’ner Woche, ist ohne seine Beine angekommen. Geflogen.« Er machte Engelsflügel aus seinen Fingern, grinste. »Ihr habt Glück, dass wir heute diesen Weg nutzen können, hier sind keine Minen. Ali geht mit euch.« Ali, kaum auszumachen im Dunkeln, kletterte von der Ladefläche, und dann folgten sie ihm durch die Nacht.

Die Grenze lag da wie eine offene Wunde, unsichtbar zwischen den Feldern.

Der Pick-up würde einen Umweg fahren.

Raed ging vorn, Kamal und Calvin hielten sich hinten. Sie wanderten zwischen Schemen von niedrigen, ausladenden Bäumen an einem sanften Hang entlang, eine Feigenplantage, Calvin konnte es riechen. Der Regen hatte den Duft der Feigen vervielfacht, jetzt war er versiegt und hatte nur die intensiven Gerüche von Erde und Süße zurückgelassen.

Calvin duckte sich unter den Ästen des letzten ausladenden Baumes durch – und da sah er das Auto. Ein Minivan, der von der großen Straße abgebogen war und jetzt langsam heranfuhr, mit grellen Scheinwerfern. Auf der Tür prangte ein Wappen, das man nur erahnen konnte.

»Dschandarma«, flüsterte Calvin.

Kamal nickte. Er war neben Calvin stehen geblieben. Sie standen jetzt alle, verborgen oder vielleicht nicht ganz so verborgen im Schatten des letzten Baumes. Und Calvin dachte, dass sie hätten warten sollen, einfach warten, doch Ali winkte sie weiter, huschte voraus, katzengleich, in einem großen Bogen um das Licht herum.

Calvin sah, wie Raed sich duckte und ihm folgte, dann der andere, dessen Namen er nicht kannte, dann Kamal, immer einer nach dem anderen. Schließlich rannte auch Calvin. Jenseits des nächsten Feldes war die Straße. Die Grenze.

Aber das Feld war kein Feld. Es war ein unregelmäßiges Stück Brache, von struppigem Gras bewachsen, voller Steine und dorniger Büsche – eine Falle von einem Stück Land. Als wäre es ein Symbol.

Geht zurück. Aber es gab kein Zurück.

Und dann kam das Licht übers struppige Gras, das Licht der Scheinwerfer. Die Dschandarma mussten etwas gesehen haben. Das Geräusch des Motors war unvorstellbar laut in der Stille der Nacht.

Calvin rannte, immer wieder stolpernd, im Augenwinkel sah er den ohne Namen ebenfalls rennen, und dann tauchte Raeds massige Gestalt neben ihm auf, keuchend, nach Atem ringend. Raed würde nicht schnell genug sein, es war völlig klar.

Und das Licht war jetzt ganz nah.

Es griff mit langen Fingern in die Nacht, reckte sich und wuchs, um nach ihnen zu greifen. Sekunden nur, dachte Calvin, dann hätte es Raed erfasst. Da war ein Busch, dornig und kahl. Calvin sprang.

Er sprang durch die Luft wie ein Tier, riss Raed mit sich zu Boden, rollte hinter die Dornen und blieb liegen, den anderen noch immer umklammernd. Raed machte einen Versuch, sich zu wehren, doch Calvin krallte die Finger in seinen Nacken, da war ein erstickter Protestlaut, und endlich lag der bullige Körper still.

Das Licht strich über sie hinweg. Calvin lag mit der Wange gegen Raeds Schulter gepresst, die Augen geschlossen, und roch den Angstschweiß von zwei Lebewesen, er wagte nicht zu atmen.

So muss es sein, dachte er, wenn du in einem Schützengraben liegst. Nur noch viel kälter. Die Helden der Landserheftchen, die sie früher gelesen hatten, hatten in diesen Momenten Sätze gedacht, die überdurchschnittlich oft die Wörter *Vaterland* und *Tod* beinhalteten.

Aber hier ging es nicht mal um eine so heroische Sache wie den Tod.

Es ging nur darum, nicht geschnappt und zurückgeschickt zu werden, vielleicht hinter Gitter zu wandern.

Das Licht war fort, Calvin sah es durch geschlossene Lider.

Es tastete jetzt weiter links. Verharrte. Türen öffneten sich, Stimmen wurden laut. *Stehen bleiben. Stehen bleiben!* Qaf makanak! Dann fiel ein Schuss. Ging es doch um mehr? Die Stimmen entfernten sich, kehrten zurück, Befehle wurden gebellt, Fragen gestellt. Calvin hörte eine Antwort in der Nacht, die klang wie eine

Klage. Er öffnete die Augen und sah, wie sie den, der keinen Namen hatte, ins Auto stießen. Dann schlossen sich die Türen, der Wagen stand mit laufendem Motor, eine Ewigkeit. Sie würden weitersuchen, natürlich, er würde ihnen sagen, dass noch mehr hier waren … Doch schließlich fuhr der Wagen an, fuhr einen Bogen, fuhr zurück. Seine Rücklichter wurden kleiner und kleiner in der Nacht – und waren fort.

Er, der ohne Namen, hatte sie nicht verraten.

Was hatte er jenseits der Grenze gewollt? Kämpfen? Töten? Dokumentieren? Jemanden finden wie Calvin? Und was würden sie jetzt mit ihm tun?

Calvin ließ Raed los, und er kam hoch und spuckte Sand und Erde aus, fluchte, rieb sich den Nacken. »Shukran«, sagte er schließlich leise. »Danke. Wenn ich irgendwann etwas für dich tun kann …«

»Kannst du«, sagte Calvin schroff. »Halt jetzt den Mund. Wir sind noch nicht drüben.«

Sie warteten lange, bis sie es wagten, über das Feld und dann, endlich, über die nächste Straße zu rennen. Die anderen warteten bei einem verfallenen Schuppen am Hang auf der syrischen Seite.

Eine Stunde später erreichten sie weiter oben einen kleineren Sandweg, wo der Pick-up stand.

»Du hast mich … gerettet«, murmelte Raed, als sie hineinkletterten.

»Nein«, sagte Calvin, »ganz sicher nicht.«

Raed würde sich in irgendeinen sinnlosen Kampf stürzen, für den Gott, den er glaubte, gefunden zu haben. Die Einzigen, die ihn hätten retten können, wären die türkischen Dschandarma gewesen. Und sie waren auch die Einzigen, die Calvin hätten retten können.

Er war nicht so naiv, wie Kamal dachte. Er wusste, was vor ihm lag.

In der Ferne zog der Morgen herauf. Nebel über dem Land. Eine halbe Stunde später wuchsen niedrige Häuser darin, Wellblechdächer, ein Ziegenstall. Ein Kontrollposten, vor dem ein Soldat frierend die Hände in den Taschen vergraben hatte. Sandsäcke. Der Fahrer grüßte den Soldaten aus dem offenen Fenster. Es war ein Soldat der Regierung, rote Mütze, olivfarbene Uniform, Calvin kannte die Bilder aus dem Netz. Aber man ließ sie durch. Man kannte sich. Vermutlich wechselte Geld die Hände.

»Welcome to Syria«, sagte der Fahrer.

Der Montag, an dem sie die Gärten fand, strahlte. Es hatte vier Tage lang geregnet, aber jetzt strahlte alles, gleißend im Sonnenschein.

Und es war kalt. Der Pullover aus der Kleidersammlung war ein guter Pullover, erstaunlich, was manche Leute wegwarfen, aber er war zu dünn.

Sie würden sich darum kümmern müssen, mehr dicke Sachen für den Winter zusammenzubekommen. Egal. Solange die Sonne schien, konnte man sich darin bewegen und auf diese Weise warm bleiben.

Sie rannte den ganzen Weg zur Kolibrischule.

Nesrin stand draußen, sie wartete jedes Mal auf Nuri. Manchmal gingen sie auch den Weg vom Heim bis zur Schule zusammen. Ridha saß auf einer Mülltonne, baumelte mit den Beinen, sortierte Star-Wars-Karten und tat, als wartete er *nicht* auf Nuri.

»Ihr könnt die anderen auch rausholen«, sagte sie. »Wir machen einen Ausflug. Heute kein Schreiben, kein Malen, kein Memory mit deutschen Wörtern. Nik sagt, wir fahren zu irgendeinem Park.«

Nesrin murmelte etwas von zu viel Luft und Kälte, aber Ridha sprang von der Tonne und strahlte wie der Herbsttag. »Sehr gut«, sagte er auf Deutsch. »Ich. Mag. Kein Schreib. Lieber …«

»Ausflug?«

»Ja. Lieber Flug«, sagte Ridha und grinste.

Er machte Fortschritte. Sie machten alle Fortschritte, sie waren mit Siebenmeilenstiefeln durch die deutsche Sprache unterwegs, hatte Andrea gesagt. Nuri hatte gesagt, sie wären auf Eseln mit brennenden Schwänzen unterwegs. Darüber hatten die Kinder gelacht, über die Stiefel nicht.

Sie quetschten sich in den Bus Nr. 195, ein kichernder, bunter Haufen. Nik zählte, Andrea zählte, Nuri zählte – sie kamen auf drei verschiedene Zahlen und beschlossen, dass höchstwahrscheinlich alle da waren.

An diesem Tag waren keine Eltern mitgekommen. Überhaupt schienen die Eltern aufzugeben – die deutschen Wörter hatten zu viele Ecken und Kanten und Stacheln für sie, bissen und kratzten und blieben feindlich. Wie die Papiere, die ausgefüllt werden mussten und die niemand verstand. Wie das Land.

War es denn als Erwachsener unmöglich, hier heimisch zu werden? Hatten nur die Kinder eine Chance? Sie lebten sich vielleicht wirklich ein. Aber eines Tages würden sie zurückgehen in ein Heimatland, das nicht mehr das ihre war.

Wäre Syrien noch Nuris Land, wenn sie zurückkehrte? Wann würde das sein?

»Nuri?«, sagte Andrea. »Aufwachen. Wir sind da.«

Die bunte Masse strömte aus dem Bus, und Nuri sah das Kopfschütteln der älteren Leute, hörte ihre gemurmelten Bemerkungen. Laute Ausländerkinder, die schubsten und schrien. Keine Erziehung. Als sie draußen waren, streckte Ridha einer alten Dame, die besonders missbilligend durchs Fenster starrte, die Zunge heraus.

»Das darf man nicht«, sagte Nuri.

»Nee«, sagte Ridha. Als der Bus weiterfuhr, streckte Nuri der alten Dame ebenfalls die Zunge heraus. Dann drehte sie sich um, und ein Stück die Straße entlang öffnete ein Tor seine Arme. *Erholungspark Marzahn.* Hinter dem Tor leuchtete der Oktobertag heller als zuvor. Nik stand dort und winkte, so stolz, als hätte er den Park eigenhändig für sie angepflanzt.

Fünfundzwanzig ermäßigte Eintrittskarten später versammelten sie sich alle in einem schiefen Halbkreis.

»Hier haben sie Gärten aus der ganzen Welt«, erklärte Nik. »Einen chinesischen Garten, einen balinesischen Garten, einen italienischen Garten … einen orientalischen Garten. Es gibt ein Stück Heimat für jeden, der kommt.«

»Gibt's Pommes?«, fragte Ridha.

»Ich möchte, dass ihr versucht, die Fragen auf den Arbeitsblättern zu beantworten, die ihr bekommen habt«, sagte Andrea. »Sie sind auf Deutsch, allerdings nicht schwer. Ihr könnt euch gegenseitig helfen. Wir …«

»Gibt es einen Spielplatz?«, fragte das kleine Mädchen, das manchmal Kekse klaute.

»Lauft!«, sagte Nuri. Und sie liefen.

»Nuri hat recht, sie können nicht immer etwas lernen«, sagte Nik lächelnd. »Ich meine, sie haben Heimweh und sie haben tragische Geschichten und sie brauchen diese Sprache, aber vor allem brauchen sie …«

»Pommes«, sagte Nuri.

Herbstblätter bedeckten die Wiesen wie ein gewebter Teppich, weinrot, glutrot, rot wie die Dolden des Essigbaums. Auf einer einsamen Bank saß eine Spaziergängerin, auf dem Rasen spielte der Wind mit dürren Zweigen. Nuri hob ein Blatt auf. Wie zerbrechlich es war. Es hatte Adern wie ein Mensch.

Sie verlor die Gruppe im orientalischen Garten gleich hinter dem Eingang: ein Karree voller Fliesen und Grün inmitten von Mauern, nach außen hin abgeschirmt. Ein langes, schmales Wasserbecken mit tausendundeiner Fontäne teilte den Garten, dessen schwarz und weiß gefliester Boden vom vergangenen Regen glänzte. Hinter kleinen, grünen Hecken wuchsen Rosenbüsche.

Nuri wanderte zwischen den Säulen entlang, die das eine Ende schmückten, ließ die Finger über dunkelblau und weiß gekachelte Wände gleiten, stand lange neben einem Jasminstrauch, der seinen betörend süßen Geruch im Sommer gelassen hatte. Die Magnolien trugen keine Blüten mehr, die Granatäpfel waren längst gefallen, die dunkelgrünen Blätter der Orangenbäume sahen müde aus, die Palmen froren. Nur die Rosen blühten noch, und ein Duft von Kräutern lag über allem.

Ein Duft wie der aus Ummis Töpfen.

Über der Kochplatte in Hellersdorf hing jetzt im Kräuterduft die Zeichnung von Nabil an der Wand, mit Tesafilm festgeklebt. Daneben eine zweite von Yassir. Ummi war damit beschäftigt, papierne Denkmäler für die Toten zu schaffen.

Nuri schob den Gedanken beiseite. Der Garten war schön, aber er war kein Stück Heimat. Er war ein Stück Vergangenheit. Er erinnerte Nuri an den Innenhof des alten Hauses in Damaskus, auch dort hatte es blaue und weiße Kacheln gegeben. Jetzt gab es nichts mehr.

Die letzten Palmen der Parks waren vermutlich längst gefällt, um als Feuerholz zu dienen, die Gärten ihrer Heimat lagen unter Schutt und Parolen begraben.

Berlin hatte auch unter dem Schutt gelegen, vor siebzig Jahren. Berlin war auferstanden. Würde Damaskus jemals auferstehen?

Im Augenwinkel sah Nuri etwas Goldenes, und sie dachte einen Moment lang daran, wie der Staub golden geworden war, als sie Dschinan in Damaskus wiedergesehen hatte, in den Überresten eines Wohnblocks. Und wie sie gewinkt hatte, später, zum Abschied: in dem Dorf mit den Schafen, zwischen verbrannten Häusern. Sie würde nie vergessen, wie sie zusammen in dem Aprikosenbaum gesessen und nur deshalb überlebt hatten.

Nuri drehte sich um. Das Goldene war nur ein Blatt.

»Woran denkst du?«, fragte jemand hinter ihr, und sie erschrak, denn die Stimme war eine junge Stimme, und sie kam aus einem Baum.

Aber das Gesicht zwischen den Blättern hatte andere Augen, dunkle Augen. »Nesrin«, sagte Nuri.

»Hab ich dich erschreckt?« Nesrin saß tatsächlich in einem Baum, einem Feigenbaum, und es war vermutlich verboten, hinaufzuklettern. Der Baum stand in einem Beet voller anderer Pflanzen.

»Hübsch hier«, sagte Nesrin und kletterte herunter. »Was … ist es?«

»Der orientalische Garten. Es soll so aussehen wie zu Hause.«

Da lachte Nesrin. »Da haben sie sich aber geirrt«, meinte sie. »Wo sind die Dornenbüsche? Wo ist der Staub? Wo sind die Schafe?« Dann hakte sie sich bei Nuri unter. »Gehen wir zu den anderen, zum Spielplatz?«

Nuri zögerte. Sie sah noch immer den Feigenbaum an, einen ausladenden, niedrigen Baum, wie er in einer Plantage in Syrien hätte stehen können. Es ist Nacht, dachte sie. Jemand wartet hier, unter diesen Ästen, im Schutz des Baumes. Und dann läuft er, rennt, über ein Feld … Aber an keinem Punkt ihrer eigenen Geschichte gab es diese Szene. Es war seltsam – wie eine Erinnerung, die nicht ihr gehörte.

»Geh du allein zum Spielplatz«, sagte sie. »Ich glaube, ich muss ein Weilchen allein sein.«

Nesrin nickte. Sie ging rückwärts, hielt sich bis zum letzten Moment mit den Augen an Nuri fest – drehte sich dann um und lief davon. Nuri legte ihre Hand auf die glatte Rinde der Feige. Aber sie begriff nicht, woher die Bilder in ihrem Kopf kamen.

Als sie den orientalischen-nicht-orientalischen Garten endlich verließ, war ihr seltsam schwindelig.

Sie betrachtete das Arbeitsblatt, das Andrea ihr in die Hand gedrückt hatte.

MALE EIN BLATT. WO IST DER CHINESISCHE GARTEN AUF DER KARTE? FINDE HERAUS, WAS IN DER MITTE DES IRRGARTENS STEHT.

In der Mitte … des Irrgartens?

Es dauerte nicht lange, bis sie ihn fand, es gab überall Pläne vom Garten.

Der Irrgarten befand sich hinter einem gepflasterten, runden Platz, auf dem ein Labyrinth aus hellen und dunklen Steinen dargestellt war. Er erhob sich mit hohen, dunkelgrünen Hecken jenseits dieses Platzes, und sein Eingang lag im Schatten. Eine seltsame Stille schwebte über allem, es war niemand außer Nuri hier.

Ein Gitter zwang die Hecken in eckige Mauerformen, der Garten trug Fesseln. Sie betrat ihn leise, als dürfte niemand sie hören.

Bog um eine Ecke, um noch eine und noch eine – und stand vor einer Wand. Sackgasse. Nuri drehte um, lief in die andere Richtung, bog anderswo ab – und stand wieder vor einer Wand. Sie versuchte, sich auf die Zehenspitzen zu stellen, um über die gewachsenen Mauern zu sehen, doch sie war zu klein. »Es ist ein Kinderspiel«, flüsterte sie. »Ein Spiel ist ein Spiel, weil man es verlieren kann …«

Aber auf einmal erschien es ihr wichtig, den Weg zur Mitte zu finden. Sie begann zu rennen, rannte und rannte, ohne der Mitte näher zu kommen, sie schien sich immer gleich weit vom Eingang fort zu befinden. Und sie traf niemand anderen, warum traf sie niemanden?

Sie wünschte auf einmal, Nesrin wäre bei ihr geblieben oder Ridha, der über Pommes und Star-Wars-Karten redete … Sie drehte um, nahm eine andere Abbiegung und stand vor einer Mauer aus aufgeschütteten Steinen, gehalten durch das gleiche Metallgestell wie die Pflanzen. Schutt. Damaskus.

Sie fror, zog den zu dünnen Pullover enger um sich.

Was, wenn es gar keine Mitte gab?

Und dann hörte sie, dass doch noch jemand zwischen den Mauern unterwegs war, da waren Schritte. Sie kamen näher … und bogen ab, ehe sie sie erreichten.

»Hallo?«, rief Nuri, ein wenig verlegen auf einmal. »Wissen Sie, wie man zu dieser verflixten Mitte kommt?«

Niemand antwortete. Der andere hatte sie nicht gehört. Sie ging langsam weiter, und eine unsinnige Vorstellung setzte sich in ihr fest. »Calvin«, wisperte sie.

Natürlich war es Quatsch, er konnte nicht hier sein, er war tot.

Dennoch hatte sie das Gefühl, an der nächsten Ecke würde sie ihm in die Arme laufen. Sie würden sich ansehen und lachen …

Und dann stand sie plötzlich in einem kleinen Rund, neben einem jungen Bäumchen und einem winzigen, blauen Aussichtsturm mit einer Art Wendeltreppe.

»Das … ist alles?«, fragte sie laut, ungläubig. »Das … ist die Mitte?«

Sie setzte sich auf die unterste Stufe des Turms und schloss für einen Moment die Augen. Und da sah sie ihn wirklich.

Calvin.

Es war wie zwei Wochen zuvor in dem Klassenzimmer, als sie einen Fausthieb abbekommen hatte: Sie sah sein Gesicht und ein Stück vom Hals, mehr nicht.

Es war allerdings sehr dunkel um ihn. Nacht, dachte sie. Alles wirkte farblos, verschwommen, vage. Dennoch erkannte sie, dass Calvins Haar und seine Augenbrauen wirklich schwarz waren, sie hatte sich nicht geirrt. Seine Stirn war erdverschmiert, die Wangen zerkratzt wie von Dornen. Er atmete schwer, als wäre er gerannt, und jetzt schloss er die Augen. Irgendwo in der Ferne, hinter ihm, war ein Licht. Seine linke Wange hatte er an ein Stück einer Jacke gepresst, nein, an die Schulter eines anderen Menschen. Nuri begriff nichts. Nur eines: Er hatte Angst, genau wie beim letzten Mal.

Sie streckte die Hand aus, wollte ihn berühren – und das Bild zerplatzte wie eine Seifenblase.

Nuri öffnete die Augen.

In diesem Moment betrat noch jemand den Platz mit dem blauen Aussichtsturm. Der Besitzer der Schritte. Es war Nik.

»Die anderen kommen gleich«, sagte er. »Dann wird es laut.«

Sie nickte, noch immer verwirrt. »Finde heraus, was in der Mitte ist …«, murmelte sie. »Was ist damit gemeint? Dieser lächerliche kleine Turm?« Sie sah sich um. »Was hast *du* in der Mitte gefunden?«

Er lachte, fischte ein Päckchen Kaugummi aus seiner Tasche und hielt es ihr hin. Rosa Kaugummi.

»Ein einsames Kind aus meiner Kindergruppe«, sagte er.

Internetsuche:

» *Gaziantep Grenze*

» *Tania Gärtner*

» *Schiffsunglück Lampedusa*

4.

When ISIS came to my town … I liked what they are wearing, they were like one herd. They had a lot of weapons. So I spoke to them, and decided to go to their training camp in Kafr Hamra in Aleppo.

(16 year old boy, Human Rights Watch 2014)

We would wake up, pray, after prayer maybe around 9 a. m. we did exercises, then rest in the room, then Sharia courses, then military study, then more Sharia courses, then some rest, prayer. [Between afternoon prayers], they didn't let us sleep, they would come in our tent and fire into the sky and [send us] to guard a trench. Many times we fell asleep in this trench because we were so tired.

(Riad, 16, about a group of about 300 fighters aged 12 to 18, Human Rights Watch 2014)

Kinder in die Welt zu setzen, reicht auch noch nicht. Die Kinder müssen auch mit deutschen Werten aufwachsen, mit der Liebe zur Heimat groß werden und sie dürfen nicht in Versuchung kommen, durch Rassenvermischung ihr eigenes Volk zu eliminieren.

(Sabine R. alias Enibas, Moderatorin des rechten Forums thiazi.net)

An diesem Tag ließ Nuri die anderen alleine in den Bus steigen, sie überquerte die große Eisenacher Straße und wanderte weiter, durch einen eintrittslosen, ganz gewöhnlichen deutschen Herbstpark.

Sie hatte mit den Kindern auf dem Spielplatz getobt, mit ihnen auf Deutsch alle Spielgeräte benannt und, ja, Pommes gegessen, sie hatte Pflaster auf aufgeschlagene Knie geklebt und im balinesischen Gewächshaus zwischen riesigen, violetten Orchideen Verstecken gespielt. Vielleicht ein wenig zu wild, um Nik zu beweisen, dass sie kein einsames Kind war. Sie war eine selbstbewusste junge Frau, sie hatte keine Probleme. Und sie würde mit dem, was sie sah und nicht begriff, alleine klarkommen.

Die ganze Zeit über hatte sie sich gefragt, wie es wäre, wenn Calvin dabei gewesen wäre – wie es wäre, mit ihm und den Kindern zu rutschen, zu schaukeln, über balinesische Bambusbrückchen zu gehen. Calvin konnte nicht besonders gut mit Kindern, niemand hatte ihm je gezeigt, wie man freundlich zu ihnen war. Sie hätte es ihm zeigen können. Und zwischendurch hätte sie seine Hand gehalten und wäre mit ihm hinter der Gruppe hergeschlendert, durchs Sonnenlicht.

Jetzt wanderte sie alleine an dem Flüsschen mit dem seltsamen Namen Wuhle entlang, den kein Mensch ernst nehmen konnte. Auf einer kurz geschorenen Wiese spielte ein Pärchen Federball. Roter Ahorn und gelbe Lindenblätter bedeckten den Kiesweg, die Luft roch würzig, vielleicht nach Pilzen. Es hätte schön sein können hier, ein Ort für eine Auszeit. Wenn man zu zweit gewesen wäre.

Schließlich schlug sie einen kleinen Pfad ein, der direkt am Wasser entlangführte, winzige, grüne Wasserpflanzenblättchen bedeckten hier den Bach.

Hinter dem Park ragten Hochhäuser in den Himmel wie Mahnmale der Zivilisation. Jemand hatte sie mit riesigen Sonnenblumen bemalt, um sie weniger wie Hochhäuser aussehen zu lassen. Ein netter Versuch.

Und dann sah Nuri die Zelte auf der anderen Seite der Wuhle, auf einem Stück Land, das wie eine Insel wirkte, voller hoher, wilder Stauden und riesiger Bäume.

Die Zelte waren groß und weiß und aus Tuch und standen dort unter den weit ausladenden Ästen wie die Kulisse zu einem Indianerfilm. Es gab keine Brücke, man musste die Böschung hinunterklettern und über drei große Steine balancieren, um den schmalen Bach zu überqueren. Nuri fühlte sich wie ein Kind, als sie es tat.

Sie ging drüben einen Trampelpfad entlang und stand vor einem Zaun aus Draht und Latten, den die hüfthohen Stauden bisher verborgen hatten. Ein Stück weiter hing über einer Art Eingangstor ein Holzschild mit den sorgfältig eingebrannten Worten JUNGADLER – HERBSTLAGER. Darunter zwei gekreuzte Federn in einem Blätterkranz.

Nuri lächelte. Hinter dem Draht waren die Jungadler dabei, Holz zu sammeln.

Der Zaun umfasste ein umfangreiches Gebiet, er führte außen um die großen Bäume herum und verschwand in den Büschen. Unter den rotblätterigen Ästen suchten kleine Jungen mit glühenden Wangen Feuerholz. Ein paar Erwachsene schichteten in einem Halbkreis Steine für die Umrandung des Feuers auf, und zwei Mädchen von vier oder fünf Jahren saßen auf dem Boden und fädelten Kastanien auf Ketten. Federn und allerlei gefundene Herbstblumen steckten in ihren geflochtenen Haaren, und jetzt legten sie sich die Kastanienketten um, voller Ernst: kleine Hohepriesterinnen im Tempel des Herbstes. Dann kam eine Frau mit einer ganzen Gruppe von sehr kleinen Kindern, Kinder in Zweierreihen, die singend zwischen den Zelten hindurchwanderten, voller Freude ihre Worte schmetternd.

Im Licht liegt die Wiese so sommerlich warm.
Der Hirsch läuft in Freiheit waldein …
Doch sammelt euch alle, der Sturm ist nah.
Der morgige Tag, der morgige Tag, der morgige Tag
ist mein.

Ja, dachte Nuri. Natürlich war dies kitschig, aber es stimmte: Sturm gab es genug, doch man konnte sich dagegen wehren, wenn man nur zusammenhielt. Hand in Hand. Sie hörte sich seufzen. Das Leben lag vor diesen Kindern im Licht, eine unendliche Welt an Chancen und Indianerspielen. Sie verschwanden zusammen mit den Kastanien-Priesterinnen in einem Zelt, aus dem sie gleich darauf Kochutensilien ins Freie schleppten.

Weiter hinten sah Nuri eine Schießscheibe, in der mehrere Pfeile steckten. Eine Gruppe älterer Jungen übte abwechselnd dort mit einer altmodischen Armbrust das Zielen. Sie alle trugen Kleidung aus Jute, ein paar Kleinere steckten in Wollpullovern, aber trotz der Kälte gab es nirgendwo Windjacken. Die hinter dem Zaun schienen einfach keine Jacken zu brauchen, sie sahen unglaublich gesund aus, rotwangig, frisch. Und erstaunlich gut gekämmt.

»Damit möcht' ich auch mal schießen«, sagte eine kleine Stimme auf Arabisch, und sie fuhr herum. Neben ihr stand Ridha und hielt sich mit beiden Händen am Zaun fest. Seine dunklen Augen leuchteten, sie hatten sich an der Armbrust festgesogen.

»Was machst du hier?«, fragte Nuri perplex.

Er zuckte die Schultern. Ein paar der älteren Jungs sahen herüber, und Ridha sagte, jetzt auf Deutsch: »Ich dir folgen. Nicht Bus, nicht nach Hause. Will ich nicht. Lieber will mit dir in Park.«

Und Nuri begriff: Er sprach Deutsch, weil die Jungen sie bemerkt hatten. Zwei von ihnen kamen jetzt zum Zaun, Jungen zwischen zwölf und vierzehn. Sie sahen nett aus, ordentlich, adrett. Der eine war so blond, dass sein Haar weiß wirkte.

Auf dem Zelt, vor dem sie stehen blieben, strahlten unter einer roten Sonne altmodische Schriftzeichen, die Nuri nicht lesen konnte. Vielleicht waren sie wirklich indianisch.

Die Jungen verschränkten die Arme. Dann sagte der eine laut und deutlich: »Hau ab, Mohammed Ali.«

Nuri versteinerte.

Aber Ridha fühlte sich nicht angesprochen. Dies war nicht sein Name, es war der Name des Propheten, und der Prophet interessierte ihn nicht. Er interessierte sich nur für die Zielscheibe und die Armbrust. Und als die beiden Jugendlichen in dem Zelt mit der Sonne verschwanden, winkte er jemand anderem. Jemandem, den er offenbar kannte. »Hey!«, rief er. »Thore!«

Da kam noch ein Jungadler zum Zaun – ein kleiner Adler mit rotgoldenem Haar und leicht abstehenden Ohren. »Von meine Schule«, sagte Ridha mit einem breiten Grinsen. »Von meine Klasse.« Natürlich, dachte Nuri, nur die Flüchtlingskinder in der ersten Klasse lernten in eigenen »Willkommensklassen«, ab der zweiten wurden sie integriert. Ridha musste in der dritten oder vierten sein.

Der Jungadler mit dem roten Haar stand am Zaun und schwieg, seltsam angestrengt. Ridha strahlte zu ihm hinüber und zog etwas aus der Tasche: seine Star-Wars-Karten. Fünf Stück. Offenbar schleppte er sie überallhin mit.

Er hielt die Karten hoch und sagte auf Deutsch: »Eins neu. Guck, der. Hast du der schon?«

Thore schüttelte den Kopf.

»Ich schenk dich«, erklärte Ridha schlau, »wenn ich schießen kann. Auf Scheibe.«

Thore sah von Ridha zu den Star-Wars-Karten zu Nuri. Er schien unentschlossen. Und seltsam … gequält.

»Ist doch ein guter Deal«, meinte Nuri.

Und schließlich streckte Thore die Hand durch den Zaun, in Richtung Karten. »Okay.«

In diesem Moment kam eine Frau aus dem Zelt mit der Sonne und trat zu Thore. Ihr Haar war rötlich wie das von Thore und fiel ihr in einem dicken, geflochtenen Zopf über den Rücken, es reichte bis zu dem Gürtel, der ihr weißes Leinenkleid zusammenhielt. Sie trug ein weißes Halstuch, genau wie übrigens alle Kinder, und hielt ein Blech mit Apfelkuchen in den Händen. Sie war hübsch.

»Wir wollten fragen, ob Ridha hier die Armbrust mal ausprobieren kann«, begann Nuri. »Er ist mit Thore in einer Klasse und …«

Die Frau strich sich eine Haarsträhne hinters Ohr und musterte Nuri einen Moment. Sie trug einen kleinen Silberohrring in Form eines altmodischen Buchstabens oder Zeichens, und jetzt balancierte sie das Blech auf einer Hand und spielte mit der anderen an dem Ohrring herum. Dann legte sie die Hand auf Thores Schulter.

Nuri legte ihre Hand auf Ridhas Schulter, eine magere Schulter, deren Knochen sie unter ihren Fingern spürte. »Bitte«, sagte sie. »Nur einmal schießen.«

Die Frau schüttelte langsam den Kopf. »Das ist … gerade eher schlecht«, sagte sie. »Und jetzt komm, Thore. Wir wollten doch das Feuer anmachen.«

Sie drehte Thore um und steuerte ihn davon, in Richtung des Feuerholzstapels. Einmal sah er sich kurz um. Ridha winkte. Thore winkte nicht. Nur, vielleicht, mit den Augen.

Und etwas kam Nuri komisch vor. Da war zu viel Weiß. So wie damals zu viel Schwarz da gewesen war. Sie sah keine Schatten, keine Flügel, sie wusste nur, dass mit dem Weiß etwas nicht stimmte.

Als Ridha und sie über die Steine zurück durch den Bach balancierten, spürte sie seine Enttäuschung beinahe körperlich.

»Thore mag mich nicht, was?«, knurrte er auf Arabisch. »Er hat die besten Karten, aber er tauscht nie. Und er hat einen Nintendo, aber er lässt mich nie spielen. Später, da werde ich mal berühmt, ich werde fünf Sprachen sprechen und ein dickes Auto fahren und eine Sonnenbrille haben, so eine mit verspiegelten Gläsern. Dann wird er sich ärgern, das er nicht mein Freund sein wollte.«

»Als was wirst du berühmt?«, fragte Nuri und blieb stehen. Hinter ihnen loderte das Feuer beim Zeltlager jetzt in den Himmel, seine Funken stoben orange und rot in die Herbstluft, wunderschön.

»Ach, das entscheide ich noch«, sagte Ridha. »Man soll nichts überstürzen.«

Die Ledersessel waren unangenehm weich und zu groß nach den Autositzen der letzten Tage. Sie standen zwei und zwei gegenüber, dazwischen ein winziges, niedriges Tischchen, und an einer Seite befand sich ein riesiger, hoher Schreibtisch. Man musste sich, wenn man in einem der Sessel saß, auf seltsame Weise zur Seite drehen, um den Schreibtisch anzusehen, und Calvin fühlte sich unwohl. Der Tisch war groß genug, um darauf Billard zu spielen, und bis auf eine kleine, schwarze Flagge in einem goldenen Ständer leer.

Eine weitere schwarze Flagge, eine große, hing darüber an der Wand. Der Raum war überheizt, als wäre es ein Beweis von Macht, eine Heizung zu besitzen.

Und hinter dem Tisch thronte der Mann, der entschied, was mit Kamal und Calvin geschehen würde.

Seine Augen unter der schwarz-weißen Kufiya waren die eines Adlers, der bis ins Innerste seiner Beute sieht. Sie waren erstaunlich hell.

Vor ihm, versunken in dem Ledersessel, saß nicht Calvin Lüttke. Auch nicht Anders Dobrowski. Dort saß Abu Taufiq al-Almani. Er war vor einem halben Jahr zum Islam übergetreten und jetzt entschlossen, sich den Gotteskämpfern anzuschließen. Kamal hatte für ihn gesprochen. *Abu?* Hatte Calvin gesagt. Vater? Ich bin niemandes Vater … Doch, hatte Raed gesagt. Der Vater der zukünftigen Kinder, die mit uns den Heiligen Krieg kämpfen. Der Vater deiner eigenen Dummheit, hatte Kamal gemurmelt.

Calvin hatte ihm, unbemerkt von den anderen, seinen Pass zur Aufbewahrung gegeben. Es schien besser so.

Und nun saßen sie also hier und sahen die schwarze Flagge an, die Flagge mit der weißen arabischen Schrift: *Es gibt keinen Gott außer Allah …* Die Flagge des Islamischen Staats. Raed saß neben Calvin, mit leuchtenden Augen, und auch Calvin versuchte, in seinen Augen ein Leuchten zu entzünden.

Er war ein miserabler Schauspieler, er wusste es. Er war hundemüde. Er sehnte sich nach einer Dusche.

Sie hatten den Absprung verpasst, den richtigen Zeitpunkt, sich von Raed und den Leuten des Daisch zu trennen und unauffällig zu verschwinden. Es hatte schlichtweg keine Gelegenheit gegeben.

»Taufiq al-Almani«, wiederholte der Mann und ließ seine Finger auf die glänzend polierte Tischplatte trommeln. »Und was führt dich hierher?«

Er stellte die Frage auf Deutsch. Calvin wusste nicht, wie viel Deutsch er wirklich sprach, vielleicht nur ein paar Sätze, aber man konnte es nicht wissen.

»Allah«, antwortete Calvin. »Allah hat mich geführt.« Er sagte es auf Arabisch, vielleicht verdeckte der Akzent die Lüge.

Er versuchte, nicht nervös mit den Fingern auf die Sessellehne zu trommeln, beinahe war es unmöglich. Er sehnte sich nach einer Zigarette. Er hatte nicht geraucht, seit sie über die Grenze gekommen waren, Rauchen war verboten beim Daisch, Kamal hatte recht gehabt.

Der Mann hinter dem Schreibtisch sah jetzt Raed an, der sofort begann, zu reden, auf Arabisch und ohne Punkt und Komma, ein Schüler, der die neue Sprache ausprobieren will wie ein neues Fahrrad. Schließlich unterbrach der Mann mit den Adleraugen ihn durch eine ungeduldige Geste.

Er drehte sich um und sah zu den jungen Kämpfern, die dort standen: Kämpfer in schwarzer Kleidung, mit schwarzen Tüchern um den Kopf und Maschinengewehren neben sich. Ihre Blicke waren unruhig, wachsam. Sie wechselten ein paar Worte mit dem Mann, und dann hob er eine Hand und begann, Arabisch zu den dreien in den Ledersesseln zu sprechen. Feierlich wie ein Priester.

Calvin verstand nur den Namen *Allah* und das Wort *Dschihad.*

Draußen, hinter dem Moskitogitter, lag die Welt. Der Himmel war hoch und trübe, das Land verborgen unter einer Glocke von braunem Staub. Alles, alles schien unter einer feinen, klebrigen Schicht verschwunden, ihre Kleider, ihre Haare, selbst Calvins Gedanken.

Sie waren zwei Tage lang zwischen verschiedenen Fahrern herumgereicht worden, hatten in verschiedenen Häusern auf irgendjemanden gewartet, während ihr Weg sie stetig ostwärts geführt hatte.

Nie waren sie lange genug unbewacht gewesen, um in einem Streifen Dämmerung verschwinden zu können, von einem Gang zum Klo nicht zurückzukommen, nachts eine Tür zu öffnen und lautlos wieder zu schließen.

Und jetzt, am Ende eines Schotterweges in einem weiteren Bergdorf, dieses Haus: zu sauber, zu weiß, gut umzäunt, in einem Garten mit sorgfältig gewässerten Orangen- und Zitronenbäumen.

Auf dem niedrigen Tischchen zwischen den Sesseln standen drei Gläser mit Tee, so schwarz und bitter wie der Tee der letzten Tage. Es half nicht, alle drei Zuckerwürfel vom Untertassenrand hineinzuwerfen. Garantiert war dieser Tee schädlicher als Zigaretten?

Doch Kamals Blick ließ keine Widerrede zu: *Trink das Zeug. Sei höflich.*

»Ihr habt«, sagte der Mann hinter dem Schreibtisch jetzt wieder auf Deutsch, »hier eine große Verantwortung. Ihr werdet …« Er sah auf ein Blatt Papier, von dem er die Übersetzung seiner Rede offenbar ablas. »Ihr werdet kämpfen gegen die Kafir, die Ungläubigen. Sie haben gemordet Frauen und Kinder, unschuldige, viele Tausend. Sie beten den falschen Gott an. Schiiten. Alawiten. Christen. Allah ist groß, aber sie sind Teufel, und die Teufel werden brennen! Unser Kampf in Syrien …«, er musste das Papier umdrehen, um weiterzulesen, »… ist nur ein Anfang. Wir schaffen eine ganze Welt für den Glauben. Für den Frieden. Jetzt herrscht das Geld. Die Amerikaner, die Israelis, die Kapitalisten. Dann wird Allah herrschen. Es ist die heiligste Aufgabe jedes Moslems, die Kafir zu töten. Und der Koran sagt uns, dass dies der letzte Krieg ist, bevor das Paradies auf Erden eintritt, ein Krieg, vorhergesagt seit Urzeiten. Wir werden ihn gewinnen, wir werden die neue Welt aufbauen. Wer unseren Glauben nicht teilt, ist es nicht wert, zu leben, all jene müssen vernichtet werden, wir werden sie unter unseren Sohlen zertreten wie unwürdige Würmer und sie in die Hölle schicken. Der wahre Islam wird sich durch unsere Hand ausbreiten, über die ganze Erde, und sein helles Feuer wird alles Falsche vertilgen, und das Blut der Ungläubigen wird den Boden fruchtbar machen für die Ernte unserer Zukunft. Uns ist eine große Aufgabe gegeben.« Er machte eine Pause und ließ seine hellen, scharfen Blicke für einen Moment auf jedem von ihnen ruhen. »Glücklich sind, die als Märtyrer fallen«, sagte er dann. »Geht hinaus und erweist euch als würdig. Allah ist groß.«

Raed wollte etwas erwidern, das Feuer in seinen Augen loderte strahlender denn je, doch Kamal legte ihm eine Hand auf den Arm, und so senkte er nur schweigend den Kopf wie sie alle.

Demütig.

Dann führten die beiden jungen Kämpfer sie aus dem Raum, und in einem anderen Zimmer setzte man sie um einen niedrigen Tisch und brachte ihnen Teller mit Reis und Fleisch. Es war die erste richtige Mahlzeit seit Tagen, aber unter dem wachsamen Blick der beiden bewaffneten Männer, die neben dem Tisch stehen blieben, war es schwer, die Bissen zu schlucken.

Reis, Fleisch und Kalaschnikows. Die Gastfreundschaft des Daisch.

Die Frau, die das Essen gebracht hatte, huschte fort wie ein Geist, sie war von Kopf bis Fuß schwarz verschleiert, man sah nicht einmal ihre Augen. Vielleicht war sie jung und schön, eine der Jungfrauen, die im Paradies auf die Märtyrer warteten – vielleicht entstellt, uralt, unansehnlich.

Der Schleier verbarg alles.

Und dann saßen sie wieder in einem Jeep, auf dem Weg zum Trainingscamp. Weiter nach Osten.

Diesmal fuhren sie höher hinauf in die Berge. Die Nur-Berge, Calvin kannte ihren Namen von Kamal: die Berge des Lichts. Aber ihm kam es vor, als hätte jemand sie nach Nuri benannt. Hier war sie gewesen, irgendwo hier. Über diese Berge war der Lastwagen gefahren, unter dessen Ladefläche sie die Grenze überquert hatte.

Der Himmel wurde weiter und klarer, die Luft noch kälter, die Farben intensiver. Vielleicht war das die Schönheit Syriens, die Calvin in den letzten Tagen zwischen Warten und staubigen Dörfern nicht gefunden hatte.

Würden sie es jetzt schaffen, zu gehen? Man konnte die Türen des Jeeps von innen nicht öffnen.

Draußen steckten Schafe in den Hängen wie Reißzwecken. Manchmal liefen ein paar Gänse schnatternd vor dem Wagen davon. Die Bäume waren niedrig und verkrüppelt.

Aber der Hauptunterschied zur Türkei bestand, dachte Calvin, in den Sandsäcken. Sie wuchsen vor den grauen Häusern der Siedlungen wie seltsame Pflanzen, sie türmten sich vor den rasch zusammengezimmerten Kontrollposten, sie stapelten sich vor Türen, manche noch heil, manche zerrissen wie Tiere mit aufgeschlitzten Bäuchen. Sandsäcke, die Kugeln abfingen. Hier und da gab es Einschusslöcher in den Wänden. Dies waren die einzigen Zeichen des Krieges, es war still in den Dörfern, und es wurde stiller und stiller, je höher sie kamen. Der Krieg war ein Geist, der irgendwo in der Ferne heulte. Man hörte ihn nicht, wusste nur, dass er existierte.

Ein seltsames Gefühl, unwirklich.

Und jetzt also war der Himmel zum ersten Mal blau, eine kalte Windsonne beschien Lehm- und Betonmauern, und die vereinzelten Obstbäume bei den Siedlungen strahlten grüner als zuvor. Calvin fand kleine, hellgelbe Früchte daran, an einer Seite verziert von einer Krone aus trocknen Blättern.

»Granatäpfel«, murmelte er.

»Mispeln«, sagte Kamal. »Man muss den ersten Frost abwarten, ehe man sie erntet, sonst sind sie zu sauer. Meine Mutter und Nuri haben Marmelade daraus …« Er verstummte. Der Name hing zwischen ihnen und versank in den Sitzpolstern. Nuri.

Der Jeep überquerte einen Bach voll glitzernder Silberstrudel. Ein kleiner Junge kam ihnen auf einem Maultier entgegen, stolz einen Stock schwingend wie eine Peitsche. Vor einer Tür spielten zwei andere Jungen mit Murmeln, die das Sonnenlicht einfingen, blau, grün, rot: kleine, funkelnde Edelsteine.

Ja, dieses Land war schön.

»In Damaskus sind Murmeln jetzt verboten«, sagte einer der Männer, die mit ihnen im Jeep saßen. Kamal übersetzte. »Man kann sie angeblich als Munition verwenden. Assad hat Leute ins Gefängnis stecken und foltern lassen, weil ihre Kinder Murmeln besaßen.« Er beugte sich aus dem Fenster und rief den Jungen zu: »Wir sind gekommen, um die Murmeln zu befreien!«

»Freiheit für die Murmeln!«, rief Raed.

Eine halbe Stunde später erreichten sie das Camp.

Ein Zaun.

Schwarze Fahnen mit weißer Schrift. Schotterwege. Trockener Staub. Zelte und Baracken zwischen hohen Bäumen mit faseriger, glatter Rinde.

»Eukalyptus«, sagte Kamal. »Das ist alles Eukalyptus. Nur, falls du mich gleich fragst, ob es Mispeln sind.« Er grinste, aber dann traten sie durch das Tor im Zaun, und das Grinsen verschwand aus seinem Gesicht, denn da sahen sie die Kämpfer.

Sie waren dabei, irgendeine Übung zu absolvieren, sie rannten zwischen den Eukalyptusbäumen hindurch, ihre Gewehre in die Luft reckend und irgendetwas brüllend, schwarze Sturmhauben auf dem Kopf, in graugrüner Tarnkleidung, begleitet von einem Trainer, der sie antrieb. Sie waren weit weg, aber man hörte ihre Stimmen trotzdem durch den kalten Herbsttag gellen: »Allahu akbar!« Den Rest verstand Calvin nicht.

Dann waren sie hinter einem Hügel verschwunden wie ein Spuk. Man hätte lachen können über die Absurdität der Szene. Aber natürlich lachte niemand. Calvin sah Kamal an. Und er sah, dass Kamal dachte, was er dachte: Die Stimmen waren zu hell gewesen.

Nicht die Stimmen von Männern. Auch nicht die von jungen Kämpfern zwischen sechzehn und siebzehn. Dies waren die Stimmen von Kindern gewesen.

Calvin wünschte wieder, er hätte rauchen können, einen Moment irgendwo alleine mit einer Zigarette herumstehen, sich zwingen, ruhig zu werden und einfach nichts zu fühlen.

Mehr Jeeps parkten jetzt vor dem Tor, eine andere Gruppe von

Nichtuniformierten oder Nochnichtuniformierten trat zu ihnen. Ein Teil der Gruppe schien ebenso wenig arabischstämmig wie er und Raed. Jetzt kamen zwei Männer aus dem Camp auf die Neuankömmlinge zu, Grußformeln und Umarmungen wurden ausgetauscht, Calvin ließ alles über sich ergehen. In der Ferne hörte er wieder die zu jungen Stimmen. Sie sangen jetzt, aber es war mehr ein Zwischending zwischen Brüllen und Singen, ihre Stimmen überschlugen sich, heiser, brechend.

Die beiden aus dem Camp sprachen, und Kamal übersetzte wieder.

»Diese Jungen melden sich freiwillig«, sagte er. »Sie bekommen hier kostenlosen Schulunterricht, nicht nur in Religion, und umgerechnet 70 Dollar im Monat. Das Geld geht an ihre Familien. Sie lernen den Umgang mit Schusswaffen, das Zusammenbauen von Handgranaten und Raketen. Sie sind sehr glücklich. Sie haben Unterricht in …« Calvin sah ihn nur an, und Kamal nickte. »Okay, ich spare mir das. Das hier ist nicht unser Camp, es hier ist nur etwas, das sie uns zeigen. Wir werden Tee mit ihnen trinken und dann mit den anderen zusammen ins richtige Camp gebracht.«

»Oh, schön«, sagte Calvin sarkastisch. »Tee.«

An diesem Tag erhielt Taufiq al-Almani eine Kufiya zum Geschenk, auch wenn es für ihn immer ein Arafattuch bleiben würde. Einer der anderen zeigte ihm, wie man es richtig um den Kopf wickelte.

Tatsächlich half es gegen den kalten Wind. Sie sagten, im Sommer würde es auch die Hitze abhalten.

Und wieder saßen sie und tranken bitteren Tee, während der Leiter des Camps ihnen etwas über seine Arbeit erzählte, voller Stolz und auf Arabisch. Calvin verstand die mehrfach wiederholten Wörter Lernen und Schule, man lehrte die Jungen hier das Schreiben und das Lesen, wenn sie es nicht konnten, der IS tat etwas für die einfachen Leute. Der Campleiter erzählte etwas über die vielen Stunden am Tag, die mit dem Koranstudium zugebracht wurden. Calvin sah in seinem Teeglas die rennenden Jungen mit den Gewehren.

Dann wurden sie hinausgeleitet, um die Nachwuchskämpfer zu grüßen.

Sie kamen vom täglichen religiösen Unterricht, hieß es, und nun hatten sie sich in einer Reihe aufgestellt, ein Erwachsener dirigierte ihren Begrüßungschor.

Allahu akbar, und danach etwas über Sieg und Kampf. Sie riefen die Zeilen im Chor wie eine Schulklasse, die Gewehre neben sich auf den Boden gestellt, nur mit einer Hand gehalten. Da war ein Mann mit einer Kamera am Rand des Geschehens, Calvin beachtete ihn zuerst nicht.

Schließlich ging die Gruppe der Jungkämpfer voran, weiter ins Innere des Camps hinein, und die Besucher folgten. Vor einer Reihe aus Betonklötzen blieben sie stehen. Ein Befehl wurde gebrüllt, die Jungen knieten sich alle gleichzeitig hin wie in einem merkwürdigen Ballett, stützten ihre Gewehre auf die Klötze und zielten auf Sandsäcke in der Ferne. Der Lärm der Schüsse zerriss die Luft, Sand rieselte aus den Säcken, die kleinen Schützen sprangen auf und jubelten. Und Calvin merkte, wie er ebenfalls jubelte, inmitten der anderen Besucher, wie er applaudierte. Es war einfach, nicht aufzufallen.

Dann traten die Schützen vor ihre Zuschauer, formierten innerhalb von Sekunden eine wie mit dem Lineal gezogene Reihe, und er sah, wie die erwachsenen Besucher zu ihnen traten und die kleinen Hände schüttelten.

Auch Calvin streckte sich eine Hand entgegen, er schüttelte sie wortlos. Der Junge nahm die Sturmhaube ab, um sich durchs staubige Haar zu fahren, und sah Calvin für einen Moment an. Sein Gesicht war verschmiert von Dreck und Schweiß, doch seine Augen leuchteten wie die von Raed. Er sah Calvin an, als suchte er etwas in seinem Gesicht. Vielleicht das Leuchten.

Er war höchstens neun Jahre alt.

Calvin verstand die Frage nicht, die der Junge ihm stellte. Er lächelte ihn an, mehr konnte er nicht tun. Als er sich umdrehte, blickte er in die Linse einer Kamera, und sein Lächeln gefror.

Der Fotograf trat zurück, winkte ihnen, ihm zu folgen, und Calvin folgte. Natürlich, dachte er, natürlich folgte er. Er hatte keinen eigenen Willen.

Zwischen zwei Bäumen hing wieder die obligate schwarze Flagge, riesig diesmal, vielleicht sechs Quadratmeter groß, die arabischen Buchstaben des Glaubensbekenntnisses darauf so groß wie Köpfe. Die Jungen postierten sich vor der Flagge, manche knieten, manche standen, und ihre Besucher wurden zwischen ihnen verteilt.

Die Kämpfer hatten jetzt alle ihre Hauben abgesetzt, keiner war älter als zwölf. Sie stießen sich an und lachten, sie rochen nach Pulver und Schweiß, auf ihren Gesichtern lag der Stolz einer Generation, die weiß, dass sie das Paradies herbeischießen wird, auch wenn sie die Waffen kaum tragen kann.

Der Kleinste hielt eine Granate, grinste, posierte für das Foto.

Jemand drückte Calvin ein Gewehr in die Hand.

Dann wurden wieder Parolen gerufen. Raed stand jetzt neben Calvin.

»Sie ziehen in den Krieg, um für ihr Volk zu sterben«, flüsterte er.

»Exakt«, sagte Calvin trocken.

»Ich habe einen Bruder«, sagte Raed. »In diesem Alter …«

Calvin nickte. »Ich auch. Zwei, um genau zu sein.«

Über Raeds Wange lief eine Träne und rann in seinen roten Bart. »Ich muss die ganze Zeit an ihn denken«, wisperte er. »Wie wunderbar es wäre, ihn nachzuholen. Wie gut wir zusammen kämpfen würden, er und ich. Als Team. Aber es ist unmöglich.«

Calvin biss die Zähne zusammen. Er hatte das plötzliche Bedürfnis, Raed mit dem Gewehr, das er hielt, bewusstlos zu schlagen. Stattdessen tat er weiter so, als würde er die Parolen mitbrüllen. Es war wie früher. Heil Hitler. *Nuri, hol mich hier raus.*

Ein Lied wurde angestimmt, und einer der kleinen Kämpfer lehnte sich gegen Calvin. Zuerst wollte er ihn zurückstoßen, dann sah er, dass der Junge dabei war, beim Singen einzuschlafen. In seinem Gesicht lag keine Begeisterung, unter seine Augen hatten sich tiefe Schatten gegraben. Er schrak wieder hoch, starrte Calvin einen Moment lang erschrocken an und sah ihn lächeln.

Dann sagte er etwas, so leise, dass es niemand außer Calvin hörte. Auf Arabisch. Aber diesmal verstand Calvin.

»Ich will nach Hause«, flüsterte der Junge.

Jemand stieß Calvin in die Seite, bedeutete ihm, die Kalaschnikow hochzuhalten so wie alle, und er begriff mit einem Mal, dass dies hier keine Serie von Gruppenfotos wurde. Sie waren dabei, ein Video zu drehen. Dies also war der Grund für ihren Besuch und all das Händeschütteln.

Europäische Kämpfer treffen ihre tapferen jungen Brüder im Glauben.

Irgendwann würde er sich selbst in einem Propagandavideo im Internet sehen. Hoffentlich war er so dreckig und staubig, dass ihn niemand erkannte. Er sah sich in der künstlich arrangierten Gruppe nach Kamal um. Aber Kamal war verschwunden.

Als Calvin an diesem Abend auf einer Matratze in einer langen Reihe anderer Matratzen lag, fand er keinen Schlaf. Dabei war das Trainingslager nach dem Kindercamp beinahe unspektakulär.

Sie hatten eine Einführung auf Englisch und Arabisch bekommen, Raed hatte für ihn übersetzt, er lag jetzt auf der Matratze neben ihm. Calvin war hilflos ohne Übersetzer.

Wo zum Teufel steckte Kamal?

Sie hatten lange herumgeschrien, als sein Verschwinden bemerkt worden war, sie hatten in der Nähe des Jungencamps gesucht, sie hatten Calvin angebrüllt. Aber schließlich hatten sie ihm, erstaunlich genug, geglaubt, dass er nichts wusste.

Wenn Kamal den Trubel um die Filmerei genutzt hatte, um abzuhauen, warum hatte er Calvin nicht mitgenommen? Wäre Calvin zu auffällig gewesen? Oder kümmerte es Kamal einfach nicht, was mit ihm geschah? *Hol Dschinan raus* … haha. Jetzt, dachte Calvin, brauchte er selbst jemanden, der ihn rausholte. Bei der Ankunft hier im Lager hatten sie allen Neuankömmlingen Pässe und Handys abgenommen. Sie hatten ihn wieder angebrüllt, weil er beides nicht besaß, sie hatten ihn durchsucht, mehrfach.

Einer der Deutschen hatte gesagt, sie hätten bei einem anderen vor einer Woche ein Handy gefunden, das er nicht abgegeben hatte. Sie hätten den erschossen. Mit Handys konnte man sich orten lassen, und sie gingen kein Risiko ein. Auf wen der Verdacht der Spionage fiel, der wurde sofort gerichtet.

Es wäre untertrieben, zu sagen, dass Calvin nur Angst hatte. Seine Angst war nach der ganzen Durchsucherei und Kamals Verschwinden so groß, dass er sie nicht mehr wahrnahm – wie einen stetig anwesenden Schmerz. Er wurde auf beunruhigende Art albern, er merkte es selbst. Er war wie betrunken, spürte nicht einmal mehr die Kälte unter der zu dünnen Decke. Nur an die Abwesenheit von Zigaretten dachte er noch ab und zu.

Morgen früh würden sie nach dem ersten Gebet des Tages damit beginnen, »an der Waffe geschult zu werden«. Auch Raed wusste nicht, wie lange sie hierbleiben würden, ehe man sie an die Front schickte. »Nicht lange, hoffe ich«, hatte er gesagt.

Es war seltsam gewesen, mit den anderen beim Abendessen zu sitzen, nach dem Gebet. Wenigstens beim Beten bekam er langsam

Übung … Sie hatten auf der Erde gesessen, in zwei langen Reihen zwischen den Baracken: in ihren Händen Blechnäpfe mit Bulgur und verkochtem Gemüse, zu scharf, dafür ungesalzen. Als er zuletzt auf dem Boden gegessen hatte, war es mit Nuris Familie gewesen, im Asylbewerberheim … Die meisten anderen stammten aus osteuropäischen Ländern. Einer aus Dänemark. Sie sprachen Englisch miteinander, aber er verstand kaum Englisch, sie lachten miteinander, klopften sich auf die Schultern, posierten für Fotos. Die Ausbilder machten die Fotos. Die eigenen Handys, sagte man ihnen, würden sie später, nach dem Training, wiederbekommen, dann konnten sie selbst wieder Fotos machen, von ihren Einsätzen. Alles hier schien sich um Fotos zu drehen, Fotos mit Kalaschnikow, Fotos mit Flagge, Fotos für Facebook, für Twitter, Fotos für die Welt. Sie waren schon jetzt so stolz, als hätten sie gegen irgendetwas gekämpft oder gesiegt.

Er sah Kevin oder Pascal in dieser Gruppe, sah sie sich gegenseitig mit Waffen und Uniformen knipsen. Doch, es passte. Und bevor er Nuri kennengelernt hatte, hätte er mitgemacht.

»Taufiq?«

Calvin fuhr hoch, ertappt.

»Raed?«, wisperte er. »Schläfst du nicht?«

»Ich denke nach«, flüsterte Raed. »Sie machen diese Mutproben. Du hast davon gehört, oder? Mit denen, die neu ankommen. Aus Europa.«

»Mutproben.« Es klang nach Grundschule.

»Um dich abzuhärten«, wisperte Raed. »Ein Kämpfer, der nicht töten kann, ist nichts wert. Es heißt, sie bringen dich zu einer Halle, wo Gefangene festgehalten werden. Es ist eine Art Ritual. Sie zeigen auf einen, und du musst ihn töten.«

»Wäre vielleicht schlau, erst mal schießen zu lernen«, murmelte Calvin und drehte sich auf die andere Seite.

»Schießen musst du da nicht«, sagte Raed. »Es geht ums Kopfabtrennen. Sie nennen die Hallen Schlachthäuser.«

»Gerüchte«, murmelte Calvin.

»Vielleicht«, sagte Raed. Und nach einer Weile: »Hättest du denn ein Problem damit?«

»Raed, *schlaf*!«, knurrte Calvin.

»Ich hätte keins«, wisperte Raed. »Ich würde ihnen beweisen, dass ich so eine Ratte töten kann. Es sind nur Ratten. Ungläubige.« Calvin drehte sich zurück auf den Rücken und starrte in die Schwärze der Nacht in der Baracke. Und auf einmal fragte er sich, ob Raed gar nicht so dumm war. Ob alles, was er von sich gab, eine Art Test war, weil er ahnte, dass Taufiq al-Almani nicht der war, der er vorgab zu sein. Draußen sang die ewige Nachtigall des Orients.

»Sag mir, was du tun würdest«, wisperte Raed.

Calvin seufzte. »Weißt du, dass du ganz schön viel Kraft dazu brauchst, jemandem den Kopf abzutrennen? Es ist nicht so wie im Film. Ich hab mal eine Katze … egal. Verdammt zäh jedenfalls. Menschen dürften schlimmer sein. Außerdem ist das ein einziges beschissenes Blutbad, da siehst du nicht mehr, wo du schneidest. Es ist völlig unpraktisch, Leuten den Kopf abzutrennen, wenn du sie töten willst.«

Raed schwieg einen Moment. »Eine Katze«, wiederholte er, seltsam vorwurfsvoll.

Als nähme ihn der Tod einer Katze dann doch zu sehr mit. Calvin lächelte still. Er würde Raed nicht sagen, dass die Katze schon lange tot gewesen war, als er sie zerteilt hatte. Überfahren. Von wem auch immer.

Und dann schlief er ein. Und er träumte.

Die Tür der Schlafbaracke öffnete sich in seinem Traum, jemand trat hindurch: ein kleiner, schmaler Schatten. Calvin setzte sich auf.

Das Mondlicht, das durch die Türöffnung fiel, war nicht weiß. Es war golden. Golden wie der syrische Falke, den Nuri in einer Moschee in Darʿā hatte sterben sehen, lange bevor irgendjemand anderes irgendetwas ahnte.

Golden wie das Foto auf Kamals Handy.

Die kleine Gestalt blieb einen Moment im Türrahmen stehen, drehte sich um und war fort. Die Tür schloss sich lautlos hinter ihr.

»Dschinan«, flüsterte Calvin. »Weiß Nuri, dass du hier bist? Ist sie auch hier?«

Er stand auf, stieg über die anderen Schlafenden, und in diesem Moment öffnete sich die Tür ein zweites Mal. Aber diesmal stand ein Mann darin. Das Licht seiner Taschenlampe fiel in Calvins Gesicht.

»Ich wollte … auf die Toilette …«, begann er, auf Deutsch.

»Taufiq al-Almani«, sagte der Mann. Es war wie eine Frage.

»Ja«, sagte Calvin. Und auf Arabisch: »Ich bin Taufiq.« So viel konnte er. Der Mann machte eine Geste mit der Taschenlampe. *Komm mit.* Und als Calvin die kühle Nachtluft im Gesicht spürte, war er sich nicht mehr sicher, dass er träumte. *Warte.*

Der mit der Taschenlampe verschwand noch einmal in der Baracke. Calvin fragte sich, ob er rennen sollte. Ob dies der Zeitpunkt war. Doch da stand der Mann wieder hinter ihm, nun mit drei anderen. Einer von ihnen war Raed. Er verlas Namen von einer Liste. Abu Taufiq al-Almani. Abu Raed al-Almani. Abu Darda al-Dagestani, Abu Abdirrhaman al-Turki … Dann hakte er die Namen ab. Grundschule.

Kurz darauf saßen sie wieder in einem Jeep, das Tor des Lagers öffnete sich lautlos, und der Wagen holperte durch die Nacht.

Der Mond schien, ein Sichelmond, der Mond der Moscheen und Minarette. Weiß auf schwarz schien er wie die arabische Schrift auf der Flagge des ISIS.

Niemand sprach.

Als sie hielten, war da nichts, kein Dorf, kein Haus, gar nichts, nur die Nacht, und er hatte plötzlich Angst, als er ausstieg. Warum hatte man sie hierhergebracht?

Der Mann mit der Taschenlampe bellte einen Befehl, und sie folgten ihm einen Pfad entlang, aufwärts, durch dorniges Gestrüpp. Calvin ging an zweiter Stelle. War es möglich, seitwärts auszubrechen, zu laufen? Nein, sagte er sich, und außerdem träumte er nur ... Schließlich erreichten sie eine ebene Stelle am Berg, und dort stand doch ein Gebäude, lang gestreckt und niedrig. Vielleicht ein Stall.

Ein Hund schlug an, sprang an einer Kette auf und ab, jetzt kam das Licht einer Flamme durch die Nacht. Jemand hielt eine Gaslaterne hoch, es schien keinen Strom zu geben. Der Mann unterhielt sich einen Moment mit dem anderen, noch einer wachte auf, die Tür zum Gebäude wurde aufgeschlossen, sie traten ein, zusammen mit dem Mann aus dem Trainingslager. Drinnen war es so dunkel wie draußen, und Calvin hatte das seltsame Gefühl, zurückgekehrt zu sein zu der Schlafbaracke im Camp, denn auch hier glitt das Licht der Taschenlampe über Körper, die am Boden lagen. Aber es waren mehr als im Camp, sie lagen dichter, sie lagen auf dem kahlen Boden. Und jetzt, geblendet, blinzelten einige, richteten sich halb auf, schützten ihre Gesichter mit einem Arm vor dem plötzlichen Licht. Calvin sah ihre Kleider, zerrissen, schmutzstarr, stellenweise dunkel verfärbt, er sah ihre Gesichter, weiß vor der Nacht. Das Licht wanderte zu schnell, es gab keine Pause, um zu denken. Einer der Schläfer sprang auf die Beine, zu schnell, und ein Schuss bohrte sich in die Nacht. Der Mann fiel zurück. Der, der sie begleitete, nahm seine Waffe herunter. Er rief etwas, das nicht zu Calvin durchdrang, vermutlich, dass die Männer auf dem Boden still liegen sollten. Der eine lag jetzt sehr still. Das Taschenlampenlicht sickerte kurz über seinen Kopf, aus dem Blut auf den Betonboden lief.

Calvins Magen drehte sich um.

Er versuchte mit aller Kraft aufzuwachen. Er kniff sich in die Hand, es half nichts.

»Raed«, flüsterte er. »Wo sind wir?« Aber er kannte die Antwort.

Der, der sie hergebracht hatte, stieg über die am Boden Liegenden, er trat auf manche von ihnen, Calvin hörte ihre Anstrengung, dennoch keinen Laut von sich zu geben. Schließlich packte er einen im Nacken, zog ihn hoch und schleifte ihn mit sich zum Ausgang. Dort gab er ihm einen Stoß, sodass er in eine kniende Position fiel, den Kopf gesenkt.

Der Mann mit der Taschenlampe verschwand wieder, er ging insgesamt viermal in die Halle, und am Ende knieten vier Männer im Gras. Ihre Hände waren auf dem Rücken gefesselt. Einer hatte eine große Wunde am Oberarm, dort war der Stoff des Pullovers zerfetzt, womöglich auch das Fleisch darunter, Spur eines Schusses. Die Tür wurde verriegelt, ein Schlüssel drehte sich. Der Lauf von zwei Gewehren zeigte auf die Männer am Boden.

»Wer sind sie?«, hörte Calvin sich fragen. »Was haben sie getan?«

Er wusste nicht, ob er auf Arabisch fragte oder auf Deutsch, immerhin war es ein Traum und möglicherweise sprach er im Traum Arabisch.

»Kafir«, war die einzige Antwort, die er bekam. »Ungläubige.«

Zwei der Männer trugen Uniformen, grüngrau gefleckt. Regierungssoldaten?

»Free Syrian Army«, sagte der mit der Gaslaterne. »Not so free now.« Er lachte.

So viel Englisch verstand auch Calvin. Aarif, Nuris Cousin, war zur Freien Syrischen Armee gegangen, um gegen Assad zu kämpfen.

»Aber die Freie Syrische Armee kämpft gegen Assad wie der Islamische Staat!«, flüsterte er. »Warum …?«

Raed stand ganz nahe bei ihm. Ein seltsames Zittern hatte von seinem Körper Besitz ergriffen.

»Wusstest du nicht, dass der Islamische Staat und die FSA gegeneinander kämpfen?«, fragte er leise.

Nein, dachte Calvin. Ich weiß gar nichts. Ich will auch gar nichts wissen. Ich will aufwachen. Und dass ich das hier träume, ist deine Schuld.

Der mit der Taschenlampe hielt jetzt ein Messer in der Hand. Es glänzte im spärlichen Licht wie eine stählerne Sternschnuppe. Er gab es Raed, nickte und trat einen Schritt zurück. Das arabische Wort für Töten konnte Calvin raten. Es war ein Befehl.

Raed packte das Messer sehr fest, damit man das Zittern nicht sah.

Calvin wusste, dass er es nicht tun würde, Raed würde gar niemanden töten, er war ein gutmütiger, naiver Koloss von einem Menschen, ein Aufschneider, im Grunde seines Herzens ein Angsthase.

Calvin sah, wie er sich hinunterbeugte, den ersten Mann in der Reihe an den Haaren packte und seinen Kopf zur Seite bog. Er sah Raed Luft holen und das Messer ansetzen. Dann sah er nichts mehr, weil er den Blick nach oben wandte, zum scharfen Sichelmond.

Da war ein würgendes, gurgelndes Geräusch wie ein Wort oder ein Satz. Ein Keuchen, das rasch versiegte. Mehr nicht. Der Mond war weiß und sauber. Unbefleckt wie eine Jungfrau im Paradies.

Etwas spritzte auf seine Hose, etwas Feuchtes, und er sah doch noch hin.

Der Mann am Boden war zur Seite gesunken, still.

Raed stand auf. Seine Hände waren dunkel, klebrig. Sie zitterten nicht mehr.

Er gab das Messer zurück.

»Hast recht«, sagte er zu Calvin, und seine Stimme war neu und tiefer. »Es ist zu schwer, den Kopf abzutrennen. Später vielleicht.«

Calvin sagte nichts. Einer der anderen bekam das Messer.

Der Mond war immer noch zu weiß, als würde er jedes Mal abgewischt, nachdem man ihn benutzt hatte. Warum waren diese Männer so still? Keiner flehte, keiner schrie, keiner machte auch nur den Versuch, sich zu wehren. Sie wussten, dachte Calvin, dass es zu Ende war, und vielleicht waren sie froh. Aber wartete nicht irgendwer auf sie, zu Hause?

Auf ihn, dachte er, wartete niemand. Aber er hatte eine Aufgabe.

Hol Dschinan raus.

Und dann gaben sie ihm das Messer, abgewischt, sauber wie der Mond. Er sah es an, suchte sein Spiegelbild darin. Wer war er? Calvin? Anders? Taufiq al-Almani? Doch da war kein Spiegelbild. Seltsam. Vermutlich war es nur zu dunkel.

»Los«, sagte der Mann mit der Taschenlampe, ungeduldig jetzt. »Das ist der Letzte. Danach fahren wir zurück.«

Der Letzte. Calvin ging zu ihm, es war der mit der Verletzung am Arm. Er trug keine Uniform, sondern Jeans und Pullover. Keine Schuhe. Er war mager, ausgemergelt, er zitterte im Nachtwind, und seine Schultern zuckten, er weinte wie ein Kind. Calvin beugte sich hinunter. Der Oberarm sah schlimm aus, die Kugel schien noch im Muskel zu stecken, das Schultergelenk war zerfetzt, die Wunde infiziert. Sie stank, ein verwesendes Stück Fleisch. Calvin musste den Brechreiz, der in ihm aufstieg, gewaltsam unterdrücken. Dieser Mann würde ohnehin nicht überleben. Es war besser, es jetzt zu erledigen. Rasch.

Er sah die Halsschlagader pulsieren.

Er griff in das Haar des Mannes und hob seinen Kopf leicht an, und der Mann gab einen unterdrückten Laut von sich wie ein Tier, ein Wimmern. *Du darfst ihm nicht ins Gesicht sehen. Du kannst niemanden töten, dem du ins Gesicht gesehen hast.*

Doch es geschah von selbst, er sah in die Augen des Mannes. Es war kein Mann. Es war ein Junge. Fünfzehn oder sechzehn. Die Tränen hatten sein Gesicht weich gemacht.

Calvin packte das Messer fester.

Dann fasste er den Jungen am Hals und zog die Klinge mit aller Kraft seitlich herunter, biss die Zähne zusammen, um nicht zu schreien, stieß den Körper von sich, da war die Böschung, die sie hinaufgeklettert waren, der Körper stürzte in die Dornen, das Blut an Calvins Händen vermischte sich mit dem Blut am Messer, er richtete sich auf und atmete tief durch.

Ließ das Messer fallen.

Raed lachte.

Calvin umfasste die linke Hand einen Moment mit der Rechten, drückte zu, so fest er konnte, merkte, dass es nichts nützte, und wischte sich beide Hände an der Hose ab.

Er wusste nicht, wie er wieder in den Jeep kam. Er wusste nichts von der Fahrt zurück. Er wusste nur, dass das Polster des Jeeps blutig war, als er ausstieg.

Und dass er über einen Zaun geklettert war.

Das musste später gewesen sein, es musste Zeit vergangen sein zwischen dem Moment, in dem sie zurückgebracht worden waren und dem Moment, in dem er kletterte, hinter der Baracke, wo die Wachleute es nicht sahen. Natürlich sahen sie es wahrscheinlich trotzdem. Stacheldraht krönte den Zaun. Calvin wusste auch nicht, wie er über den Stacheldraht kam. Das Blut machte die Sache unübersichtlich, er tat dies alles wie in Trance, als träumte er noch immer, und hoffte, dass er endlich aufwachen würde. Dann fiel er, und dann lag er selbst in dornigem Gestrüpp wie der verletzte Junge zuvor, ehe er sich aufrappelte, um weiterzurennen.

Als er schließlich haltmachte, drohte von irgendwoher schon der Morgen, und er kroch in einen Bretterverschlag, in dem es nach Schafmist roch, und blieb einfach liegen.

Sie würden ihn finden. Sie würden merken, dass er abgehauen war und ihn hier finden. Aber er konnte nicht mehr.

Er sah die Augen des Jungen noch immer. Sein Flehen. Vielleicht hatte er darum gefleht, erlöst zu werden. Der Schnitt in Calvins linker Hand brannte wie Feuer. Immerhin, es war genug Blut dagewesen, um sie für den Moment zu überzeugen. Es war nicht das Blut des Jungen gewesen, das Messer hatte nur Calvins eigene Haut aufgeschlitzt.

Wenn dieser Junge bloß schlau genug war, sich eine Weile nicht zu rühren! Zu warten, bis niemand mehr hinsah! Aber er hatte vermutlich nicht die Kraft, wegzukriechen. Sie würden ihn am Morgen im Gestrüpp finden und erschießen.

Calvin hatte, wie an der Grenze, niemanden gerettet bis auf sich selbst.

»Nuri«, flüsterte er. »Ich weiß immer noch nicht, ob das alles passiert ist oder ob es ein Traum war. Vielleicht kommt das Blut an der Hand nur vom Stacheldraht … und es ergibt keinen Sinn. Wenn sie dieses Ritual wirklich machen, warum nachts? Vor wem müssen sie sich verstecken, wenn sie das Gebiet kontrollieren?«

Er schloss die Augen, und da sah er die Gestalt wieder, mit der der Traum begonnen hatte: die kleine, schmale Kindergestalt.

Ohne den Traum wärst du nicht verrückt genug gewesen, über den Zaun zu klettern. Der Gedanke war so klar, als hätte die Gestalt den Satz laut gesagt.

In der Ferne rief der Muezzin zum Morgengebet.

Sie träumte vom Weiß der Zelte. Jede Nacht.

Sie wusste noch immer nicht, was mit dem Weiß nicht stimmte. Sie hatte Ummi gefragt, und Ummi hatte die Schultern gezuckt: »Weiß ist weiß«, hatte sie gesagt. »Hilfst du mir, die Tomaten zu füllen?«

Über der Kochplatte hing neben Nabil und Yassir jetzt ein Porträt von Ramo, dem Kurden aus dem Heim. Ummi schien besessen zu sein von der Dokumentation des Todes.

Doch sie sprach nicht darüber, sie sprach nur über Auberginen und Tomaten.

Und eines kalten Novembertages beschloss Nuri, mit ihrem Vater zu reden, über das Weiß und über die Mitte des Labyrinths.

Sie hatte lange nicht mit ihm gesprochen, meistens lief er irgendwo draußen mit einer alten Sporttasche herum, die jemand ihm geschenkt hatte. Darin befand sich ein Stapel Druckerpapier, weiß wie die Zelte. »Er schreibt da draußen weiter an seinem Buch«, sagte Ummi immer. »Lass ihn.«

Seit Anfang November war die Arbeitssperre für Geduldete verkürzt worden, doch Abi hatte noch nichts gefunden, obwohl er dringend arbeiten wollte. Auch das nahm ihn mit, er musste etwas tun, also schrieb er. Aber Nuri konnte ihn nicht länger schreiben lassen, sie musste ihn fragen, was er von der Mitte des Labyrinths dachte.

Ein wenig fühlte sie sich doch wieder wie das kleine Mädchen, das verwirrt auf dem Rücksitz eines Geländewagens gesessen und sich so sehr gewünscht hatte, ihr Vater, der die Straße besser gesehen hatte, könnte ihr die Welt erklären.

Sie wünschte es sich noch immer.

Und dann fragte sie ihn nicht, weil etwas anderes geschah. Wenn sie ihm an diesem Tag nicht gefolgt wäre, wäre alles anders gekommen?

Sie sah, wie er die Straße entlangging, die Tasche über dem Arm, eine gelbe Tasche mit verblichenem Adidas-Aufdruck. Als sie das Asylbewerberheim ein paar Minuten nach ihm verließ, hatte sie wieder das Gefühl, dass jemand ihr folgte, und einen Moment lang dachte sie, es wäre Imad, der einfach nur mit ihr reden wollte, weil sie seit der Demo nicht geredet hatten. Aber als sie sich umdrehte, war niemand da.

Ihr Vater ging bis zu dem kleinen Park zwei Straßen weiter, wo sich neben einem Wassergraben frustrierend geometrische Rasenflächen ausbreiteten. Junge Bäume ragten bleistiftgerade zwischen hölzernen Stützpfosten empor, und dahinter erhoben sich die Hochhäuser von Hellersdorf wie eine uneinnehmbare Burg. Zwischen den ordentlichen Rasenflächen klebten auf ordentlichen Mäuerchen kleine, ordentliche Aufkleber der NPD.

Abi setzte sich auf eine Bank, legte die gelbe Adidas-Tasche auf seine Knie und nahm ein Blatt Papier heraus. Dann einen Stift. Er tut es tatsächlich, dachte Nuri erstaunt. Er schreibt.

Sie setzte sich mit angezogenen Knien auf die Umrandung eines der kniehoch angelegten Beete, um ihn ein wenig arbeiten zu lassen. Ein rot belaubter Busch trennte sie, Abi würde sie nicht sehen, ehe sie es wollte. Gleich, gleich würde sie zu ihm gehen. Ihn fragen, was nicht mit ihr stimmte. Warum sie wieder Dinge sah. Und vielleicht … Vielleicht hatte er eine Erklärung für sie.

Ein Mädchen in pinkfarbenen Leggins schob einen Kinderwagen durchs Bild. Ein Radfahrer fuhr vorüber. Eine junge Frau mit einem weißen Kapuzenpullover ging vorbei. Die junge Frau sah auf das Display ihres Handys. Als sie sich auf Höhe von Nuris schreibendem Vater befand, blieb sie stehen, hob das Handy und machte ein Foto. Blitzschnell. Dann steckte sie das Handy wieder ein und ging weiter, eilig plötzlich, als hätte sie nie einen gebeugten Mann in einem Jackett mit abgewetzten Ärmeln fotografiert. Als wäre sie nur zufällig hier.

Nuri stand auf. Ihr war auf einmal heiß. Etwas hier stimmte nicht. Sie hatte sich also doch nichts eingebildet, jemand *war* ihnen gefolgt, schon vom Heim aus. Diese Frau.

Sekunden später lief Nuri ihr nach. Sie machte einen Bogen um die Bank, auf der ihr Vater saß, dies war nicht die Zeit, ihm Dinge zu erklären, sie musste die Frau im Pullover einholen, sie zur Rede stellen … Die Frau verließ den kleinen Park, bog auf die breite Hellersdorfer Straße ab, ging über eine breite Kreuzung und erreichte schließlich das Einkaufscenter Hellersdorf Mitte.

Nuri war schon dort gewesen, es gab einen Billigsupermarkt im Center, aber die schiere Größe des Komplexes hatte sie erdrückt, und der Klotz erinnerte sie an die moderne Neustadt von Homs. Jetzt gab es dort keine Neustadt mehr, von den futuristischen Hochhäusern war nur ein Haufen Steine geblieben.

Nuri sah den weißen Pullover im Center verschwinden, sie begann zu rennen – und fand die Frau drinnen nicht wieder. Es gab zu viele Geschäfte, in die man hineintauchen konnte, verschwinden, sich in Luft auflösen. Auf ein paar Bänken saßen Jugendliche und taten nichts. Sie unterhielten sich nicht einmal, saßen einfach nur da, Mädchen mit gebleichtem Haar und bunten Strähnen, ein Junge mit Springerstiefeln, der eine leere Zigarettenpackung in den Händen drehte. Auf seinem Hals wuchs eine Unzahl von Sommersprossen.

Nuri wurde seltsam flau im Magen. Calvin, dachte sie.

Aber als er den Kopf hob und sie ansah, waren seine Augen grau statt grün. Natürlich saß Calvin nicht in irgendeinem Einkaufscenter und war plötzlich wieder lebendig.

Die Blicke der Gruppe folgten ihr, offen feindselig, und sie tauchte in den Kleiderwald eines New Yorker ein, um ihnen zu entkommen, wo sie einen Moment lang zwischen T-Shirts und Sportjacken stand und tief durchatmete. Dann wandte sie den Kopf – und entdeckte noch jemanden im Dschungel aus Billigstoff und Bügeln. Ein Arm hielt ein rosa Oberteil am Bügel in die Höhe, das Oberteil wurde gedreht, von allen Seiten betrachtet. Erst jetzt erkannte Nuri den Kopf der Person.

Es war die junge Frau mit dem weißen Kapuzenpullover, die das Foto gemacht hatte, sie hatte jetzt die Kapuze abgestreift. Nuri sah ihr Gesicht – und erstarrte.

Die Person wischte sich das hellblonde Haar aus dem Gesicht, hängte das Oberteil weg und nahm ein anderes. Doch, sie war es, ganz ohne Zweifel. Hier in Berlin, in Hellersdorf. Nein. Solche Zufälle gab es nicht, durfte es nicht geben.

Nuri krallte ihre rechte Hand um die Linke, so fest, als müsste sie eine Wunde abdrücken, aus der das Blut sonst auf die neuen T-Shirts gelaufen wäre. Doch es war die Erinnerung, die aus ihr herauslief, sie tropfte auf den Boden, zersprang und stob in alle Richtungen auseinander wie Quecksilber: die Erinnerung an eine Disconacht, in der Kamal mit einem sternblonden Mädchen getanzt hatte, das ein Köder gewesen war. Die Erinnerung an das Meer unterhalb einer Klippe, auf der Nuri gestanden und zugesehen hatte, wie sie Calvin beinahe umbrachten.

Die Erinnerung an das Entsetzen im Gesicht des blonden Mädchens, das versucht hatte, die anderen zum Aufhören zu bewegen. In Nuris Kopf brannte ein Name wie weiße Lettern auf schwarzem Grund.

Cindy.

Sie hatte Calvin geliebt, als er noch der Anführer der Clique gewesen war. Sie hatte sich von ihm an Pascal vererben lassen. Nuri hatte nie begriffen, was in ihrem Kopf vorging.

Wie kam sie hierhin?

Sie starrte zu lange. Cindy spürte ihren Blick wohl, denn sie wandte den Kopf, und erst in diesem Moment fiel Nuri ein, dass sie tot war. Für Cindy war sie tot, so tot wie für alle Zeitungsleser und Radiohörer. Es gab Nuri Aljafari nicht mehr, sie war, wenn überhaupt, ein Geist.

Und das musste wohl stimmen, so wie Cindy sie ansah. Ihre Blicke trafen sich, dann drehte Nuri sich um und floh durch den betäubenden Geruch von Kunststoff und Appretur.

Sie rannte so schnell, wie sie noch nie gerannt war, sie machte erst halt, als die gläsernen Türen des Centers sich hinter ihr schlossen. Nur um zu merken, dass es der falsche Ausgang war.

Sie stand jetzt hinter dem Center, auf dem kleinen, schlammigen Platz mit den halbherzig angepflanzten Rosenbüschen. Sie rannte über eine schmale Straße, es gab keine Ecken, keine Hauseingänge, nur den Reklameaufsteller eines Friseurs, und mit einem Satz war Nuri in seinem Schatten, kauerte auf dem Boden wie ein Kind und rang nach Atem. Schlechtes Versteck, ganz schlechtes Versteck.

Auf der Tür des Friseurs strahlten Fotos von tätowierten jungen Frauen mit gefärbten Kurzhaarschnitten. Darunter ein Aufkleber: *White Pride Worldwide.* Und ein Keltenkreuz, schwarz und weiß. Es war vielleicht besser, dieses Kinderversteck zu verlassen, ehe einer der Kunden aus diesem Friseurladen kam.

Cindy tauchte nicht auf. Aber sie hatte Nuri erkannt. Das reichte.

Schrieb sie in diesem Moment eine SMS an Pascal?

Nuri ist nicht tot. Ich habe sie gesehen. Es war alles eine Lüge. Komm her und finde sie.

Sie schloss die Augen, vergaß für den Moment, dass es gefährlich sein konnte, tagsüber die Augen zu schließen. Das Gesicht erschien, ehe sie es überhaupt begriff. Ein Gesicht unter einer schwarz-weißen Kufiya. Die Augen darin waren geschlossen, das Gesicht schlief. Da war eine Hand im Bild, über die ein tiefer, blutiger Schnitt lief, oder ein Kratzer von Stacheldraht. Stroh im Hintergrund, ein Stapel dürrer Zweige, eine Wand aus aufgebogenen Blechkanistern. Als Kind hatte sie Ställe gekannt, die so aussahen. Schafställe.

»Calvin«, flüsterte sie. Aber er war fort.

Hinter ihr öffnete sich die Tür des Friseurladens, und sie sprang auf und stand einem bulligen Typen gegenüber, der einen sehr eindeutigen Haarschnitt trug. Er legte den Kopf schief, musterte sie, schüttelte den Kopf. Und sie floh.

Internetsuche:

- » *ISIS Schlachthäuser*
- » *Sturmvogel Jugendorganisation*
- » *Cabaret: Der morgige Tag*

5.

Na dann hoffe ich mal, dass ihr die Faschoschweine aufhaltet und der Aufmarsch der Ärsche durch Radikal Linken Widerstand Anarchistischer und Kommunistischer Kräfte verhindert wird.
(...) Na ja, jedenfalls sollen die Nazischweine ihre scheiß menschenverachtende Propaganda nicht machen. (Wir haben hier in OL bisher alle Aufmärsche durch gewisse Militante Aktionen (Steinwürfe, Barrikaden) verhindert.)

(Linksautonomer, 12.10.2002, auf www.anarchie.de)

Linke greifen gern an, ich hab's auch wirklich sehr oft schon erlebt.
Rechte greifen nur, um Gewalt geg. Unschuldige abzuwehren, also in Notwehr zu Gewalt.

(Kommentar eines Rechtsextremen zu »NPD deckt linke Gewalttaten auf« auf der rechten Seite mup.info, 29.08.2014)

Um an die Menschen zu kommen, muss man sich mitunter in einen Schafspelz kleiden. (...)
Das Zauberwort sollte Propaganda sein, jedoch subtil, nicht mit dem Vorschlaghammer.

(Sabine R., Leiterin des inzwischen verbotenen Forums Thiazi.net)

Irgendwo in den Nur-Bergen nahe der türkischen Grenze sitzt ein Junge mit einem Zettel in der Hand.

Auf dem Zettel ist der Name eines winzigen Dorfes notiert, auf einer Autofahrt rasch hingekritzelt, kaum lesbar: Tall Achmar. Von der Stadt Darkush aus ist es zu Fuß erreichbar, das hat sie damals gesagt, und das ist alles, was er weiß. Da sind dunkle Spuren auf dem Zettel vom Blut an seiner Hand, ein tiefer Schnitt, unschön, aber nicht gefährlich. Nur infizieren darf er sich nicht. Das wäre das Ende.

Aber dies ist ein Anfang, der Anfang einer zerbrechlichen Freiheit in einem zerbrochenen Land.

Es ist ein seltsames Gefühl, frei zu sein.

Die Luft ist so klar an diesem Morgen, dass man sie trinken kann, klar und kühl. Der Junge steht auf. Über ihm, irgendwo zwischen den Bergketten, kreist ein Falke im Licht der Sonne, golden. Er sieht ihn nicht. Er beginnt, auf die Häuser in der Ferne zuzuwandern. Der Junge besitzt noch immer einen alten Rucksack, Geld, er kann für sein Essen bezahlen. Falls jemand sein Geld haben will. Vielleicht werden ihm die Menschen in den Häusern helfen, vielleicht werden sie versuchen, ihm Antworten zu geben, Richtungen zu weisen, mit Händen und Füßen, mit Bleistift auf dem Papier alter Schulhefte. Vielleicht haben sie auch zu viel Angst, vielleicht werden sie ihn an den ISIS verraten, wenn durchsickert, wer er ist: Taufiq al-Almani, der Verräter, der über den Stacheldraht kam.

Nuri kam am Oranienplatz an, als es dunkel wurde. Die Zelte standen immer noch.

Sie brauchte jemanden zum Reden, jemanden außerhalb des Asylbewerberheims. Aus den Platanen tropfte eine Vorahnung von Winter, die Luft war feuchtkalt und ungemütlich. Und auf dem Platz brannte kein Feuer. Waren die Zelte leer? War gar niemand mehr hier?

Sie steckte die Hände in die Ärmel, stand einen Moment reglos im Nieselregen zwischen den Zelten und fühlte sich kleiner und einsamer als zuvor. Der Regen machte ihr Gesicht ganz nass. Nein, es war nicht unbedingt der Regen. Sie ließ sich selbst weinen, wie man ein Kind weinen lässt, *weine nur, dann wird alles gut*. Aber nichts wurde gut.

Cindy wusste, dass sie in Berlin war. Sie dachte an Pascal und seine Leute, an ihre groben Hände im Speicher, an das Klebeband an ihren Hand- und Fußgelenken, die Dunkelheit der Scheune, die Grube, die sie schon ausgehoben hatten, damals. Egal, was sie sich einredete, sie hatte Angst.

Und es stimmte nicht, dass sie sterben wollte. Man sagte das so dahin: Ich möchte zu ihm, auf die andere Seite. Es stimmte nicht.

Sie wollte leben, sie hatte es immer gewollt, schon zwischen den Bomben und den Trümmern.

In den Regen fielen die Töne einer Gitarre. Es war also doch jemand da. Nuri gab sich einen Ruck und betrat das Zelt, aus dem die Töne kamen: Bunte Tücher mit großen Mustern in Rot, Orange und Gelb hingen vor den Wänden. Auf einem Gaskocher blubberte es in einem Topf, es roch nach Suppe. Und auf dem alten Sofa daneben saß die Afrikanerin mit dem breiten Lächeln und unterhielt sich mit ihrer Gitarre. Es gab mehr Leute im Raum, verteilt auf Sofa und Fußboden, Nuri zählte fünf, und einer davon war Imad. Sie wischte sich das Wasser aus dem Gesicht und sagte, da sie etwas sagen musste: »Schönes Wetter draußen.«

»Nuri. So was. Setz dich.« Imad klopfte auf den Boden neben sich. »Bist du ganz allein gekommen?«

Nuri sah sich um. »Nein, ich … habe die Eskorte draußen gelassen. Drei Kamele, vier Diener, die Leibgarde …«

Imad knurrte. »Es ist zu gefährlich für Frauen, bei Dunkelheit alleine rumzulaufen.«

»Lass sie in Ruhe, sie ist erwachsen«, sagte ein Typ mit langem Haar und einer wild gemusterten Batikjacke mit dem aufgestickten Namen *Phil*. Imad erhob sich und ging mit einem der anderen raus, eine rauchen, wie er sagte.

Die anderen lachten. Da war noch ein zweites Mädchen, ein Mädchen mit kurzem, blondem Haar, einer blauen Strähne vorne und einer Menge Metall im Gesicht. Sie nannten sie Janni.

»Vergiss Imad«, sagte sie. »Der würde am liebsten alle beschützen wie ein Hund, sogar mich.« Sie grinste. »Er lebt immer noch in seiner Welt der Männerherrschaft in Syrien. Mahalia, meinst du, die Suppe ist gut?« Sie stand auf, um in dem Topf zu rühren, und Nuri dachte kurz darüber nach, wie ähnlich sie dem Mädchen aus der U-Bahn sah, das sie ein paarmal in Hellersdorf gesehen hatte. Nuri war ziemlich sicher, dass das Mädchen aus der U-Bahn rechts war und Janni so links, wie es nur ging. Zwei Meinungen unter beinahe gleichem Outfit.

Die Afrikanerin, Mahalia, legte ihre Gitarre beiseite. Ihr Lächeln behielt sie an wie ein Kleidungsstück, das sie immer trug. »Du warst schon mal hier, oder? Als wir zum Bundeskanzleramt gezogen sind.«

Nuri nickte. »Ich … gehöre nicht zu euch. Na ja, Imad auch nicht. Ich …«

»Es gibt niemanden, der nicht zu uns gehört«, sagte Mahalia sanft. »Wir sind ein Staat im Staat. Eine Stadt in der Stadt. Und bis wir umziehen, bleiben wir autonom. Wer nicht dauerbesoffen herumläuft und die Zelte zerstört, darf bleiben.«

»Ich suche keine Bleibe«, sagte Nuri rasch. »Ich … Ich weiß nicht, ich glaube, ich wollte nur reden.« Sie stützte den Kopf in die Hände, auf einmal waren die Tränen wieder da und die Angst, und sie schämte sich. Mahalia streichelte ihre Schultern.

»Was ist passiert?«, flüsterte sie. »Hat jemand dir was getan?«

Nuri schüttelte den Kopf und durchwühlte ihre Taschen nach einem Taschentuch. »Ich habe jemanden getroffen. Zufällig. Sie wissen jetzt, wo ich bin. Ich bin tot, das ist das Problem. Aber ich bin nicht tot. Das ist auch ein Problem. Wenn die mich finden …«

»Wer?«, fragte Mahalia. Janni mit der blauen Strähne reichte Nuri ein Taschentuch und eine Schale mit dampfender Suppe.

»Leute von da, wo ich früher gewohnt habe«, sagte Nuri. »Rechte. Sie haben das Heim angezündet. Sie haben es geschafft, Rohrbomben aus alten Feuerlöschern zu basteln und sie in den Heizungskellern zu verteilen …«

»Klar, das war in der Zeitung«, sagte der mit der bunten Jacke, Phil. »Von da kommst du?«

»Es sind mehr Dinge passiert«, sagte Nuri. »Ich stecke zu tief drin. Irgendwann wird es einen Prozess geben, und ich werde als Zeugin aussagen müssen. Bis heute Mittag dachten die alle, ich wäre tot. Aber … eine von ihnen ist hier. Sie stand einfach da und hat mich angesehen.«

»Scheißglatzen«, knurrte Phil und spuckte aus, und Mahalia warf ihm einen Blick zu.

»Nicht in meinem Zelt.«

»Wart's ab«, sagte Janni und lachte. »Die kriegen eins drauf, wenn sie hier auftauchen. Wir haben 'ne Menge Kumpels, weißt du, auch ein paar draußen in Hellersdorf, da gibt's durchaus 'n paar Linke. Ich hätte mal wieder Lust auf ein kleines Treffen mit den Naziarschlöchern.«

Sie hatte die Hände zu Fäusten geballt, ihre Augen leuchteten, und als Imad und sein Freund wieder ins Zelt kamen, wurde Nuris Geschichte noch einmal erzählt. Sie sagte gar nichts, die anderen sprachen, die Worte waren wie Bälle, die man ihr aus der Hand genommen hatte.

Mehr Bälle flogen dazwischen, Flüche, Beschimpfungen.

»Die müsste man alle ins Lager stecken.«

»Wenn ich mal so einen Glatzkopf zwischen die Finger kriege! Wüsste ja gerne, ob da überhaupt Gedanken sind in den hässlichen Dickschädeln. Aufklopfen und nachgucken, was? Das ist wie bei Eiern …«

»Mit mir ficken die nicht, ich hab mal einen fertiggemacht, der hat sich nicht mehr bewegt.«

Da war ein Messer in der Luft, ein Blitzen.

»Das ist scharf«, sagte Imad. »Wir können uns wehren. Die kriegen 'ne ganz neue Tätowierung, völlig umsonst.« Er legte einen Arm um Nuris Schultern, doch sie schüttelte ihn ab.

Die Suppenschale in ihren Händen war kalt geworden.

Mahalia saß als Einzige still und grimmig auf dem Sofa, während die anderen sich in Rage redeten.

»Sie hätten dich besser schützen müssen«, sagte sie jetzt. »Die Behörden. Die Polizei. Dir einen neuen Namen geben, ein neues Aussehen. Zeugenschutz. Aber eine Zeugin gegen die Rechten, die wollen sie vielleicht gar nicht.«

»Scheißstaat«, sagte Imad. »Scheißbullen. Das hier ist ein einziges Gefängnis. Sie geben uns Fußfesseln und nennen das Residenzpflicht. Die Politiker sind doch auch alle Nazis. Eines Tages machen wir die genauso fertig. Wir …«

Da holte Nuri tief Luft und schrie. Nur ein Wort. »Nein!«

Und es wurde ganz plötzlich still im Zelt. Die anderen starrten Nuri an.

»Hört auf damit!«, rief sie. »Scheißnazis, Scheißbullen, Scheiß-was-weiß-ich! Ihr redet ja genauso wie die! Ihr wollt jemandem eins auf die Fresse hauen? Ihr seid nicht besser als die Nazis. Verdammt, Imad, jetzt steck doch das kindische Messer weg!«

Imad zuckte die Schultern. »Hey, hey«, meinte er beschwichtigend. »Wir sind die Guten.«

»Und die Kontingentflüchtlinge fallen gar nicht unter die Residenzpflicht«, fuhr Nuri fort. »Wenn es stimmt, was sie im Heim sagen, bist du einer von denen. Von den fünftausend, die sie offiziell geholt haben. Du kannst gehen, wohin du willst.«

»Aber ich kümmer mich um die anderen!«, rief Imad. »Ich denk nicht nur an mich!«

»Du denkst daran, dass du Nazis verkloppen willst.«

»Wer will das nicht?«, fragte Janni und drehte ihre blaue Strähne um den Zeigefinger wie ein Kind.

Aber danach kamen keine Worte mehr, alle schienen zu warten, dass Nuri etwas sagte.

Draußen fiel der Nieselregen auf die Zeltplane.

»Ich war mit einem von ihnen zusammen«, begann sie schließlich leise. »Sie haben Gründe dafür, zu sein, wie sie sind. Sie haben Geschichten. Ich … habe Angst vor ihnen, aber ich kann sie verstehen. Und sie sind nicht alle gleich.«

»Du … *was*?«, fragte Phil. »Du warst mit einem Nazi *zusammen*?«

Nuri nickte. »Calvin«, sagte sie zur Zeltdecke. »Calvin Lüttke, achtzehn Jahre alt. Grüne Augen. Sommersprossen. Sehr viele. Ich sehe ihn manchmal, wenn ich die Augen schließe. Nur sein Gesicht … Er war der Anführer der Clique.«

»Das ist nicht wahr«, sagte Imads Freund. »Du warst nicht wirklich mit …«

»Doch.« Nuri blickte an Imad vorbei, wo kein gelb-rotes Batiktuch mehr war, sondern ein Haus in einem Vorort, weit weg. »Als ich ihn zum ersten Mal sah«, flüsterte sie, »ging er durch den Warteraum, in dem ich saß. Er hatte seine Schuhe nicht ausgezogen, schwarze Stiefel mit weißen Schnürsenkeln. Er hielt eine Zigarette zwischen zwei Fingern, sein Pullover war schwarz, sein Haar war hell wie das Feuer auf den Feldern, er ging auf die Tür des morschen Balkons zu, stieg über das Absperrband … In der Luft schwebte ein Knirschen … und er fiel, aber ich habe ihn festgehalten. Und die Bretter splitterten unter uns.«

Sie sah die anderen wieder an, der Reihe nach.

»Er war so wütend wie ihr und … er konnte … ich habe … Er hat sich geändert. Er hat Sachen kapiert. Eines Tages gehen wir zusammen durch die Straßen von Damaskus, haben wir gesagt. Wenn Frieden ist. Aber so, wie ihr denkt, gibt es nie irgendwo Frieden.«

Janni schüttelte langsam den Kopf. »Nazis … ändern sich nicht.«

»Sie haben euch das Heim über dem Kopf angezündet«, meinte Phil.

»Man kann mit denen zwei Dinge tun«, sagte Imad, »sich von ihnen allemachen lassen oder sie selbst allemachen.«

»Sie sind wie Kinder, Nuri.« Mahalia deutete mit einem Lächeln auf die anderen im Zelt. »Sie geraten leicht in Wut. Aber sie haben mit einem recht: Nazis ändern sich nicht. Du hast in der Vergangenheit über deinen Freund gesprochen. Du bist nicht mehr mit ihm zusammen. Du wirst jemand anderen finden.« Sie meinte es gut, sie lächelte ihr breites Lächeln, sie griff in die Saiten der Gitarre, um den Abend wieder zu etwas Schönem und Friedlichem zu machen.

Aber Nuri hielt ihre Hand fest. »Ich bin nicht mehr mit ihm zusammen, *weil er tot ist*«, sagte sie, sehr deutlich. »Er ist erstickt, als er versucht hat, die Leute aus dem Feuer zu holen. Die Asylanten.« Sie ließ Mahalia los, stand auf, ging rückwärts zum Zeltausgang. »Cindy«, fügte sie leise hinzu, kaum hörbar, »Cindy hat vielleicht am Ende angefangen, nachzudenken. Vielleicht mehr als ihr.« Laut sagte sie. »Danke für die Suppe.«

Aber sie hatte die Suppe nicht gegessen.

Die anderen sahen ihr nach, sie spürte es, spürte auch, wie gerne Imad ihr gefolgt wäre, um sie sicher nach Hause zu bringen.

In der S-Bahn standen drei tätowierte Männer mit einem großen Hund, die wahrscheinlich keine Nazis waren. Rocker, Linke.

Irgendetwas. Nuri redete sich vier Stationen lang ein, dass sie sich nicht fürchtete. Und dass genug andere Leute in der Nähe saßen.

An der fünften Station stieg sie aus, um den Waggon zu wechseln.

Er wagte erst, an eine Tür zu klopfen, als die Dämmerung über die Berge fiel.

Er war den ganzen Tag gewandert, stetig nach Westen, weg vom Trainingscamp des ISIS. In einem Bach hatte er mit den Händen Wasser geschöpft, um zu trinken. Vermutlich wimmelte das Wasser von Lebewesen, die man nicht näher kennenlernen wollte, die Bäche waren zugleich das Abwassersystem der Dörfer. Doch er war zu durstig gewesen, um sich länger mit diesen Gedanken aufzuhalten.

Die Hand brannte noch immer, pochte, stach, egal ob die Wunde nun vom Stacheldraht oder von dem Messer herrührte. Aber der Himmel blieb hoch und blau.

Unter diesem Himmel würde er das kleine Mädchen von Kamals Handyfoto über die Grenze führen. Er würde ihre Hand nehmen, und sie würden gemeinsam über die Straße im Tal rennen, die die Grenze darstellte, hinüber in die Türkei, in einer Neumondnacht.

Die Tür, an die er klopfte, war alt und hölzern, und der Mann, der sie öffnete, sah aus, als wäre auch er aus dem Holz der Oliven geschnitzt, alt, sein Gesicht wettergegerbt und voller Krater und Falten.

»Allahu akbar«, murmelte Calvin. »Ich …«

Er sah auf den Zettel, den er aus seinem Rucksack genommen hatte. Er hatte ihn im Auto geschrieben, zusammen mit Kamal, es schien Jahre her. Ein Zettel voller Arabisch, eine Handvoll Worte, wertvoll wie Dollarscheine. »Ich suche … ein Dorf. Tall Achmar.«

Der Mann sah sich rasch um und zog Calvin ins Haus.

Calvin musste sich bücken, die Decke war zu niedrig. Er wurde in einen kleinen Innenhof geführt, wo andere Männer saßen, die Luft vibrierte von hektischen, arabischen Worten. Calvin verstand nur, dass er sich setzen sollte. Zwei kleine Mädchen standen kichernd in einer Türöffnung, großäugig, triefnäsig, hin und her gerissen zwischen Schüchternheit und Neugier.

Und dann tauchte eine Frau auf, unverschleiert, mit einem besorgten Lächeln auf dem Gesicht, kniete sich vor ihn und nahm seine verletzte Hand in ihre.

Er wiederholte seinen Satz. »Ich suche das Dorf Tall Achmar. Ich suche ein Mädchen. Dschinan al-Bakri. Ich muss ihr etwas geben. Ich …«

»Sch«, sagte die Frau, und das verstand er. »Sch, sch.«

Er biss die Zähne zusammen, als sie die Wunde säuberte, und am Ende strich sie ihm mit einer Hand über die Stirn, als wäre auch er ein kleines Kind, und lächelte. Etwas in ihm wollte sich fallen lassen, sich auf den Lehmboden legen und einfach nur schlafen.

Aber natürlich war das unmöglich.

Schließlich kam der Mann mit einem Zettel aus dem Haus und begann, während die anderen Männer unaufhörlich auf ihn einredeten und gestikulierten, etwas auf das Papier zu malen, Linien, Zeichen, eine Art von Karte, die Calvin so wenig verstand wie die arabischen Wörter, die er danebenschrieb.

»Tall Achmar. Dort.« Der Mann zeigte, die anderen zeigten mit ihm, eifrig, mit einem Leuchten in den Augen. »Tall Achmar. Tall Achmar.« Einer machte eine Zahl aus seinen Fingern: sieben.

Waren es sieben Stunden bis zu dem Ort? Sieben Tage? Sieben Kilometer?

Er neigte den Kopf zum Dank, nahm das kleine Stück Papier. »Shukran. Shukran.«

Dann legte der Mann, der geschrieben hatte, alle Fingerkuppen der rechten Hand aneinander, als würde er etwas damit aufnehmen wie Reis, und führte die Hand zum Mund.

Essen. Das verstand Calvin.

Er nickte, wiederholte sein »Shukran« und kam sich dumm vor.

Die Gruppe der Männer und Kinder lachte. Sie lachten ihn nicht aus, sie lachten über ihn, über sein Gesicht, und er lachte mit ihnen. Die Aussicht auf Essen machte es leicht, zu lachen.

Die kleinen Mädchen brachten das Essen, stolz, mit einem verschämten Lächeln: Zwiebeln, Brotfladen, Oliven. In einer kleinen Messingkanne schwappte gnadenlos der bittere, schwarze Tee, Calvins ewiger Begleiter durch dieses Land. Wieder war er dankbar für die Wärme des Tees.

Als er versuchte, ihnen Geld zu geben, lachten sie wieder. Sie wollten es nicht haben.

»Wenn Sie je nach Deutschland kommen …«, begann Calvin. Was für ein unsinniger Satz. Die Mädchen trauten sich jetzt näher, eine wollte seinen Arm anfassen, sehen, ob der Fremde echt war, aus Fleisch und Blut wie sie. Ihr Vater scheuchte sie weg, und sie stoben davon, noch immer kichernd, wie ein Regen glitzernder Wassertropfen.

Als er wieder draußen in der Gasse stand, war die Dunkelheit da, pechschwarz und endgültig. Dennoch sahen sich die beiden Männer, die ihn hinausbrachten, wieder nach allen Seiten um, ehe sie ihm deuteten, dass er gehen konnte. Gehen musste. Sie gaben ihm einen Beutel mit Brot und Oliven mit. Er drückte ihre Hände, ganz kurz, sie hatten es jetzt eilig, die Tür wieder zu verschließen.

Wenn man sie fragen würde, dachte Calvin, wäre nie ein Fremder hier gewesen.

Und in den Herzen der kleinen Mädchen mussten die Bilder von diesem Fremden für immer verschlossen bleiben, denn früher oder später würde jemand an diese Tür klopfen, der nach ihm suchte.

Er wanderte die ganze Nacht lang und verkroch sich erst am Morgen zwischen ein paar Felsen, die ihn vor dem Wind und vor den

Blicken Vorüberkommender schützten. So schlief er, zusammengerollt wie ein Tier, zitternd, in seine Jacke gewickelt. Die Linien auf dem Papier verfolgten ihn noch in seinen Träumen. Eine sollte ein Fluss sein, das hatte er begriffen, er war ihm so lange gefolgt, wie er gekonnt hatte.

Vielleicht war er vollkommen falsch. Vielleicht würde er Tall Achmar niemals finden. Er konnte nichts tun, als weiterzugehen.

Als er am sechsten Morgen seiner Wanderung wieder nach dem Weg fragte – wie in den Tagen zuvor –, lachte der Mann, den er fragte. Er saß auf seinem Esel und lachte und lachte, bis ihm die Tränen in den Augen standen. Drei Tage lang hatte Calvin sein Papier herumgezeigt, Leute Linien malen lassen, Tee bekommen, Brot, Reis, Tomaten. Er konnte die Sätze auf Kamals Zettel inzwischen auswendig. Er konnte auch die Gesichter der Leute auswendig, die erschraken, wenn sie sein mühsames Stottern hörten, erschraken über die Anwesenheit eines Europäers. Drei Tage lang hatte er sich versteckt, wenn die Sonne zu hoch stand, hatte einen Bogen um alles gemacht, was nach einem Auto oder einem Wachtposten aussah, war durch Gestrüpp gekrochen, über Felsen geklettert, hatte den Schmerz in seiner Hand und die Erschöpfung in seinen Beinen ignoriert.

Drei Tage lang hatte er, wenn er schlief, von dem Jungen mit der verletzten Schulter geträumt.

Drei Nächte lang hatte er geglaubt, in der trockenen, schneelosen Kälte der Berge zu erfrieren, und war mit Sonnenaufgang aufgestanden, um sich zu bewegen und wieder warm zu werden.

Und am sechsten Morgen bekam er keine Antworten mehr, sondern nur ein Lachen.

Der Mann auf dem Esel transportierte Feuerholz, dürre Äste türmten sich hinter ihm wie eine Dornenkrone. »Tall Achmar«, wiederholte er schließlich. »Nein. Nicht hier.« So viel verstand Calvin.

»Aber … wo? Wo ist Tall Achmar?«

Der Mann wies mit ausgestrecktem Arm den Berg hinauf. »Da«, sagte er und gab dem Esel einen Klaps, damit er weiterlief, auf dem schmalen Bergpfad an Calvin vorbei. »Da ist es. Nicht mehr.«

Calvin war müde, er war an diesem Tag früher aufgebrochen als sonst, denn die Berge waren hier steil, und es schien zu gefährlich, bei Dunkelheit weiterzugehen.

Er fand einen Pfad, der beinahe geradlinig aufwärtsführte, einen mühsamen Weg, und natürlich würde er nirgends ankommen. Vielleicht war der Mann nicht ganz richtig im Kopf gewesen.

Erst als er sich auf einen Felsen setzte, um auszuruhen, sah Calvin, dass es kein Weg war, auf dem er wanderte, sondern ein leeres Bachbett. Er aß die getrockneten Feigen, die man ihm im letzten Ort mitgegeben hatte – »Wenn Sie mal nach Deutschland kommen, werde ich Ihnen belegte Brote machen, eine ganze Menge Brote, ja ich weiß, Sie verstehen mich nicht« –, und stieg weiter.

Schließlich weitete sich das Bachbett, machte eine sanfte Biegung, und in seiner Mitte wuchsen jetzt niedrige, knorrige Bäume mit rauer Rinde.

Es gab nur wenige Blätter, hellgrün und zaghaft. Zwischen den Felsen, über die einmal ein Bach geflossen war, lagen schwarze Äste: verbranntes Holz. Calvin ließ den Blick hangaufwärts wandern. Und da sah er die Häuser.

Nein, keine Häuser. Ruinen. Sie standen zu beiden Seiten des Bachlaufs, Teile ihrer Wände verkohlt, voller Einschusslöcher. Da waren herausgebrochene Steine, Spuren von Flüssigkeit, die an weiß gestrichene Flächen gespritzt war. Planen flatterten lose im Wind, ein mageres Huhn lief zwischen den Mauern herum, drehte den faltigen Hals wie auf der Suche nach etwas oder jemandem, war verschwunden.

Calvin stieg langsam weiter, sehr langsam.

Hier war Tall Achmar, und hier war es nicht, der Mann auf dem Esel hatte recht gehabt.

Hier hatten Nuri und ihre Familie gelebt, hier hatten Dschinans Verwandte sie aufgenommen, hier hatten sie sich versteckt, als die al-Nusra-Front gekommen war, um die Alawiten zu holen. Aber als Nuris Familie gegangen war, hatte das Dorf noch gestanden. Die meisten Sunniten hatten den Angriff überlebt, man hatte ihnen nichts getan, solange sie keinem der Alawiten halfen.

Die al-Nusra-Leute – oder irgendwer – mussten noch einmal wiedergekommen sein.

Vielleicht war dies das Ergebnis einer Racheaktion der anderen Seite. Oder der Racheaktion auf eine Racheaktion auf eine Racheaktion.

Calvin wanderte die letzten Meter aufwärts, stand zwischen den ausgebrannten Häusern und fluchte still. Hinter manchen Fenstern lagen noch Möbel, Bilder hingen an Wänden, gerahmte Familienfotos, seltsam unberührt. Er konnte das arabische Graffito an der Wand vor sich nicht lesen, wusste nur, dass es eine Spur derer war, die hier gewütet hatten.

Schließlich erwachte er aus seiner Starre, hob einen Stein auf und schleuderte ihn mit einem unartikulierten Schrei auf die Buchstaben. Dann drehte er sich um, sah den Bach an, die hübschen, flachen Felsen. Aprikosenbäume, hatte Nuri gesagt, es waren Aprikosenbäume.

Auf welchem von ihnen hatten Nuri und Dschinan sich versteckt? Und war es wirklich so gewesen, oder hatte sie es nur erzählt, und in Wirklichkeit war dies alles schon damals in Schutt und Asche gelegt worden?

Er hob einen weiteren Stein auf, um ihn ins Tal zu schleudern. Hier gab es niemanden zu retten, niemanden zu finden.

Da bemerkte er weiter unten bei den Häusern eine Bewegung, neben einer Mauer, an der er zuvor vorübergegangen war. War es nur das Huhn, das zwischen den Trümmern scharrte? Er sah genauer hin. Nein, da war jemand, eine Gestalt stand jetzt in der Türöffnung einer der Ruinen. Er machte sich vorsichtig auf den Weg zurück nach unten. Die Tür des Hauses war leer, als er dort ankam.

»Hallo?«, rief er leise.

Die Angst saß in seinem Nacken, eiskalt. Hatte sich eine Gruppe von Kämpfern in diese Ruine zurückgezogen, eine Art Wachtposten?

Nein. Die Gestalt, die jetzt, ebenfalls ängstlich, aus den Schatten kroch, war nicht die eines Kämpfers. Es war eine alte Frau, nicht alt, sondern uralt, ihr Rücken gebeugt, verkrüppelt, die Beine kraftlos. Sie kroch wirklich, sie konnte nicht gehen. Ihr Körper war ausgezehrt und dürr wie ein Grashalm, gekleidet in etwas, das einmal ein schwarzes Kleid gewesen sein mochte, und die Reste von mehreren Decken gegen die Kälte des beginnenden Winters. Ein Schleier verbarg ihr Gesicht zur Hälfte, auch er zerrissen. Sie sah zu ihm auf wie ein furchtsames, aber hungriges Tier. Dann fuhren ihre Hände in die Luft, und als er sich zögernd vor sie kniete, tastete sie nach ihm, obwohl ihre Augen nicht blind wirkten. Vielleicht wollte sie nur sichergehen, dass er wirklich da war.

Sie sagte etwas, mit wispernder, heiserer Stimme, er verstand wieder nichts und nickte nur. Gab ihr die drei letzten getrockneten Feigen aus seinem Rucksack. Sie roch daran und legte sie sorgfältig beiseite, ohne sie zu essen.

Das Wort, das sie jetzt sagte, verstand er. *Warum?*

Warum bist du hier? Vielleicht war es das, was sie fragte. Da wiederholte er den Satz, den er so oft gesagt hatte in den letzten Tagen: »Ich suche.« Aber diesmal fügte er nicht den Namen des Dorfes an. »Ich suche Dschinan«, sagte er. »Dschinan al-Bakri.«

Die alte Frau sah an ihm vorbei zu den übrigen Häusern hinauf, als müsste sie über diesen Namen erst nachdenken. Jetzt, dachte Calvin, würde sie ihm sagen, dass es nie eine Dschinan gegeben hatte. Doch stattdessen streckte sie nach einer Weile ihren zitternden, faltigen Arm. Zeigte.

»Sie ist gegangen«, sagte sie, oder etwas Ähnliches. Und etwas von einem »kleinen Mädchen« und das Wort *wahida: alleine.* Dann: *Ma hada biyaraf. Niemand weiß.* Calvin sah in die Richtung, in die sie zeigte.

Da war ein schmaler Pfad, der vom Dorf wegführte, über die Berge nach Süden.

»Alleine?«

»Ja«, sagte die alte Frau. Und in dem, was sie dann sagte, steckte noch ein Wort, das er kannte.

Es war das Wort *sahabi. Golden.* Ihre Stimme klang in diesem Moment, als wäre sie sich selbst nicht ganz sicher, ob sie diesem Fremden nicht nur einen Traum erzählte, den sie geträumt hatte. Oder den sie sich gewünscht hatte, zu träumen.

»Sie ist nach Süden gegangen, alleine, und die Luft war golden, als sie ging«, sagte Calvin auf Deutsch. »War es so?«

Die alte Frau nahm sein Gesicht zwischen ihre kalten Hände und streichelte seine Wangen wie die eines kleinen Kindes. »Geh«, sagte sie dann. »Geh. Hier ist nichts mehr.«

Calvin stand auf. Er fragte sich, ob es seine Pflicht war, die alte Frau hinunterzubringen in die nächste Siedlung. Doch sie kroch bereits zurück in die Schatten der Ruine. Sie würde bleiben, dachte er, mit seinen drei Feigen. Sie würde zusehen, wie die Aprikosenbäume neue Blätter bekamen. Und dann würde sie sterben.

Etwas lag auf dem schmalen Pfad, der von den Häusern weg nach Süden führte, etwas Glänzendes – wie ein Zeichen. Er hob es auf, doch es war nur der Blechdeckel irgendeiner Konserve, dreckverkrustet. Er spürte eine kindliche Enttäuschung. Dann drehte er den Deckel ein wenig, und an einer Stelle, wo kein Dreck klebte, fiel das Licht darauf. Es war, für Sekunden, golden.

»Es ist wie ein Wunder«, sagte Andrea. »Sie brauchen uns. Verrückt. Ich meine, natürlich brauchen sie nicht uns, sondern die Kinder. Jeden Donnerstag … wir müssen sie jeden Donnerstag zur Probe bringen. Insgesamt sind es zwanzig Kinder, haben sie gesagt, und acht davon werden unsere sein. Ich meine, keine Ahnung, wie sie das finden, ein Weihnachtsstück … Wir müssen ihnen natürlich mit den Texten helfen. Für die deutschen Kinder ist das ja viel leichter.«

Nuri nickte und sah aus dem Fenster. Sie hörte nicht wirklich zu. Sie saßen im Gruppenraum des Asylbewerberheims, in dem es zu laut war, um Besprechungen dieser Art zu führen. Kinder spielten Tischtennisrundlauf um einen Tisch herum, der nicht dafür da war, mit einem Ball, der kein Tischtennisball war. Eine Großfamilie war damit beschäftigt, irgendeinen Streit auszutragen, zwei Mütter mit Babys saßen auf einer Krabbeldecke in einer Ecke.

Nik sah sich unbehaglich um, es schien ihm jedes Mal unangenehm, das Heim zu betreten.

Aber zu Nuri drang das Chaos nicht durch, genauso wenig wie Andreas Begeisterung.

Vor dem Fenster lief Cindy vorbei, suchend. Dann wieder stand sie auf der anderen Straßenseite und starrte herüber, oder sie saß in einem Auto, das langsam vorüberkroch.

Sie war natürlich nicht wirklich da.

Nuri hatte sie wiedergesehen. Nicht hier. Und Cindy hatte sie nicht bemerkt.

»Wir sollten los«, sagte Nik mit einem nervösen Blick auf die Uhr, »die Kids bei der Schule einsammeln und in die U-Bahn steigen. Auf zum *Weiten Theater*. Es heißt so. Auf in den Kampf, fallera.«

Nuri nickte stumm. Der Familienstreit in der Ecke hatte sich zu einem Schreiwettkampf ausgewachsen, es ging um Geld. Eine kleine Gestalt schlüpfte jetzt unter den fuchtelnden Armen durch, tauchte aus dem Knäuel wie aus brodelndem Wasser. Es war Ridha.

Er hängte sich bei Nuri ein und zog sie zur Tür.

»Zeit für Lerngruppe«, sagte er. »Besser, wir gehen.«

Später, in der U-Bahn, fragte Nuri Ridha, was passiert war. Warum seine Familie gestritten hatte.

»Die streiten doch immer«, sagte er und sah weg.

»Es war was mit Geld«, sagte Nuri. Ihr Blick huschte durch die U-Bahn auf der Suche nach einer blonden Person in einem weißen Kapuzenpullover. Oder nach irgendwelchen Leuten in schwarzen Jacken mit weißem Aufdruck.

»Ist immer was mit Geld«, sagte Ridha. »Meine Mutter meint, mein älterer Bruder hätte ihr was geklaut, aus dem Portemonnaie, aber es stimmt nicht.«

»Woher weißt du das?«

Ridha zuckte die Schultern, zog die Beine an und schlang die Arme um die Knie. »Weiß ich eben. Es reicht einfach nie, das Geld, ist doch bei allen so. Was die uns geben, reicht nicht, mehr ist eben nicht, früher war es anders, zu Hause, da hatten wir immer genug Geld, da konnte ich alles kriegen, was ich wollte. Jetzt ist immer nur Streit … Die Familie kann mich mal. Später, wenn ich berühmt bin, muss ich die nie mehr sehen.« Er hatte den letzten Satz auf Deutsch gesagt, er lernte schnell. Jetzt zog er die Füße in den dreckigen Turnschuhen auf den Sitz, holte seine Sammlung an Star-Wars-Karten heraus und fächerte sie auf: Gewinnerblatt. »Thore hat gesagt, die da ist echt wertvoll.« Er zeigte auf eine Karte, die für Nuri genauso aussah wie alle anderen.

»Man darf die Füße nicht auf den Sitz legen«, sagte Nesrin.

Und Nuri dachte, dass sie nachbohren sollte wegen des Streits.

Aber jede Familie hatte wohl ihre eigenen Probleme. In ihrer reichte das Geld vielleicht, oder auch nicht, Nuri verwaltete es irgendwie, ohne darüber zu sprechen. Aber ihr Bruder war noch immer verschwunden, ihr Vater mied die Wohnung, ihre Mutter saß nachts am Tisch und starrte die Zeichnungen an der Wand an, und sie selbst lief zwanghaft durch ein Einkaufszentrum, um eine Person zu beobachten, die sie auf keinen Fall bemerken durfte.

»Das *Weite Theater*«, sagte Nik ehrfurchtsvoll, als sie davorstanden.

Es hieß wirklich so, die Worte standen in großen Lettern über der Tür.

Die Kinder der Lerngruppe hatten in den letzten Wochen beachtliche Fortschritte gemacht, trotz ihrer Streitigkeiten um Kekse und Sammelkarten, trotz der Jugendlichen, die auf der anderen Straßenseite herumlungerten und auf den Gehsteig spuckten, wenn sie die Lernkinder sahen.

Irgendein Lokalreporter hatte in irgendeiner Lokalzeitung irgendeinen Lokalartikel über die Gruppe geschrieben, einen dieser Arme-hungernde-Flüchtlingskinder-Artikel, und daraufhin hatte ein Theaterpädagoge Nik kontaktiert. Das besagte Theater war sonst hauptsächlich ein Puppentheater, aber jetzt planten sie ein »internationales Weihnachtsmärchen« mit Kindern, und offenbar brauchten sie Quotenausländer. Nuri bekam den Sarkasmus nie ganz aus ihrem Kopf.

Erst, als sie mit den anderen das Foyer betrat und sich die Keksklauerin plötzlich an ihre Hand klammerte, begriff sie, dass dies ein richtiges, offizielles Theater war. Da musste sie plötzlich die Aufregung wegschlucken, als wäre sie selbst wieder ein Kind.

Im Probenraum saßen zwölf deutsche Kinder und sahen ihnen entgegen. Zwei der deutschen Kinder sahen ziemlich türkisch aus. Der Rest war mehr oder weniger blond. Der Theaterpädagoge versuchte, für Ruhe zu sorgen, aber es gelang ihm nicht, bis Nik nach vorne ging und auf Arabisch schimpfte. Nuri verbiss sich ein Grinsen, denn der Theaterpädagoge sah erschrocken aus, aber Nik hatte nur gesagt, wer jetzt seine Chips-Tüte oder was auch immer nicht wegsteckte, den würde er eigenhändig dazu zwingen, die Tüte zu essen.

Nik war zwar nicht gerade athletisch, sondern hatte eine eher gemütliche Figur. Aber er konnte stark sein, wenn es darauf ankam, die Kinder hatten Respekt vor ihm. Ehrfürchtige Stille senkte sich über den Raum.

»Mein Name ist Rolf Gschwendinger«, sagte der Theaterpädagoge, ein drahtiger Typ in grauem Rollkragenpullover und Jeans. »Was wir hier zusammen machen wollen, ist ein Weihnachtsmärchen. Aber es wird kein normales Weihnachtsmärchen. Und wir brauchen alle, damit es klappt.« Er fuhr sich durchs schüttere Haar, in dem sich schon die ersten weißen Strähnen versteckten, obwohl er nicht alt war, und sah sich um. Die meisten Kinder nickten. Ein rotblonder Junge in der letzten Reihe zuckte die Schultern, und Nuri brauchte einen Moment, bis ihr einfiel, woher sie ihn kannte: Es war derselbe Junge, der am Zaun gestanden hatte bei den weißen Indianerzelten. Der aus Ridhas Klasse.

Rolf erzählte jetzt etwas von Gruppenarbeit und dass das Stück mit Puppen, aber auch mit Menschen wäre und dass Monster vorkämen, was alle cool fanden. Nur die Keksklauerin flüsterte auf Deutsch: »Monster zu grün. Grün mag ich nicht.«

Nuri strich ihr über den niemals gekämmten Wirrkopf. Es gab, dachte sie, zwei Sorten von Flüchtlingskindern: die, die aussahen, als lebten sie in der Gosse, und die, die ordentlicher waren als jeder Deutsche.

Nesrin, mit perfekt gekämmten Haaren, durfte die Gruppen für den Tag einteilen, weil sie die Älteste war. Eine Menge Jungen maulten. Aber schließlich saßen sie jeweils zu viert zusammen und ahmten die Stimmen von Monstern nach oder von anderen Personen aus dem Stück. Und alle Kinder lachten sich halb tot, als Nick versuchte, zu klingelingeln wie ein Weihnachtsglöckchen, während seine Locken wild auf und ab wippten. Andrea lachte am herzlichsten.

Weihnachten.

Nuri erinnerte sich, wie die Christen in al-Midan in Damaskus Weihnachten gefeiert hatten. Die Straßen waren immer voll von glitzerndem Papierschmuck gewesen, und in einem Jahr hatte es aufblasbare Weihnachtsmänner gegeben, die man steigen lassen konnte und die in den Stromleitungen hängen blieben, bis sie Mitte April langsam erschlafften.

»Ich wusste nicht, dass Ausländer mitmachen«, sagte jemand hinter Nuri, und sie drehte sich um. Dort stand Rolf mit zwei der deutschen Jungen. Der eine war der von den Indianerzelten, der andere, größer, breitschultriger, hatte die Arme verschränkt und starrte Rolf herausfordernd an.

»Stört es euch?«, fragte Rolf.

»Ja, Thore und mich stört das«, antwortete der kräftigere Junge, ziemlich laut, und alle sahen von den Bildern auf, die sie inzwischen malten, von Monsterbildern und Weihnachtsbaumbildern. »Thore? Sag ihm, warum uns das stört.«

»Hm, stört uns«, sagte Thore irgendwie angestrengt. »Die verstehen doch Weihnachten noch nicht mal, die haben doch die Feste ganz anders.«

»Stimmt«, sagte Rolf. »Die Moslems haben Zuckerfest. Eigentlich eine gute Idee: Wir könnten am Zuckerfest auch was machen. Hört mal, was haltet ihr davon, wenn wir Thores Idee umsetzen und das Stück zweimal aufführen? Einmal zu Weihnachten und dann ein paar Monate später?«

»Das war nicht meine Idee«, knurrte Thore.

»Was passiert denn am Zuckerfest?«, fragte ein kleines Mädchen, und Ridha antwortete stolz: »Alle kriegen Geschenk und Süßigkeit. Und ich krieg ein Nintendo DS.«

»Quatsch«, sagte Nesrin auf Arabisch. »Von welchem Geld denn?«

»Ich krieg ein Nintendo«, knurrte Ridha. »Wie Thore.«

»Halt die Schnauze«, sagte der kräftige Junge. »So einen Scheiß-Amikram hat Thore nicht.«

»Klar hat er«, sagte Ridha.

»Ich glaube, es wird Zeit, dass jeder von euch vorspielt«, meinte Rolf. »Ich würde jeden von euch gerne als Monster sehen.« Er wandte sich an den Jungen neben Thore. »Louis? Machst du den Anfang?«

Louis ging nach vorne, stand eine Weile nur da und sah sich um. Schließlich verengte er die Augen zu Schlitzen und sagte: »Ich kann nicht Theater spielen, wenn die Assis zugucken.«

Da hob Nuri die Hände und klatschte, und Andrea und Nik begriffen und klatschten auch.

»Danke«, sagte Nik mit einem Lächeln. »Das war perfekt für ein Monster. Der Nächste.«

Schließlich standen sie alle im Foyer des *Weiten Theaters* herum, und es gab Saft und Salzstangen. Das Keksmädchen versuchte, unauffällig eine Handvoll Salzstangen in die Tasche zu stecken, aber die Salzstangen zerbrachen, und sie gab es auf. Als Nuri das nächste Mal hinsah, spielte sie mit einem kleinen, rothaarigen Mädchen Fangen immer rund um eine Säule herum, bis sie beide nicht mehr konnten und Arm in Arm losgingen, um an der Bar noch mehr Saft zu holen. Ein schönes Bild: zwei kleine Köpfe unterhalb der zu hohen Theke, ungekämmtes, staubbraunes Haar neben kurz geschnittenem, rotem Haar, eine alte Trainingsjacke neben einem quietschgrünen T-Shirt.

»Je kleiner sie sind«, sagte Nik neben Nuri. Sie drehte sich zu ihm um, und er stand da, ein Glas in der Hand, eine Salzstange darin, gedankenverloren.

»Das ist kein Strohhalm«, sagte Nuri.

Nik zupfte an seinem Halstuch. »Ach nein«, sagte er, milde erstaunt, und nahm die Salzstange aus dem Glas.

»Je kleiner sie sind, desto?«, fragte Nuri.

»Das siehst du doch«, sagte Nik und lächelte.

Neben ihnen saßen auf dem Fußboden drei andere Kinder und malten ein Bild von einem Drachen aus, das bei der Gruppenarbeit nicht fertig geworden war. Sie stritten ein wenig darüber, ob der Drache rotes oder blaues Feuer speien sollte, und am Ende wurden seine Flammen regenbogenbunt. Zwei der Kinder waren semmelblond, eines hatte rabenschwarzes Haar.

»Drache super«, sagte es. »Al-Tanin jami.«

»Al-Tanin jami«, wiederholten die anderen beiden Kinder gehorsam.

»Je kleiner sie sind«, sagte Nuri.

Nesrin lehnte an einer Wand und beobachtete die Szene, eine Strähne ihres glatten, dunklen Haares um den Zeigefinger gewickelt, neben sich Ridha. Auf der anderen Seite des Raums lehnten Thore und Louis.

Schließlich nahm Louis seinen Schal und wickelte ihn um seinen Kopf.

»Richtig so?«, rief er quer durch den Raum zu Nesrin. »Wir müssen doch jetzt lernen, uns zu integrieren. Bei der Aufführung tragen wir sicher alle Kopftücher?«

Nesrin sah ihn eine Weile an. Dann sagte sie. »Sieht aus Zahnweh. Hofferlich du hast das.«

Draußen vor dem *Weiten Theater* standen Autos mit wartenden Müttern. Nuri entdeckte Thores Mutter und dachte an die weißen Zelte. Diesmal trug die Mutter kein Leinenkleid und keinen geflochtenen Indianerzopf. Ihr rötliches Haar war zu einem einfachen

Pferdeschwanz gebunden, sie steckte in engen Jeans und einer rosa Trainingsjacke. Sie küsste Thore auf beide Wangen, was er nicht zu mögen schien, und schüttelte Rolf die Hand.

»Wenn ich helfen kann mit diesem Projekt … Kostüme nähen oder …«

Rolf nickte. »Gern. Ich gebe Bescheid, wenn wir was brauchen.«

»Hallo«, sagte Nuri. Aber Thores Mutter schien sie nicht zu erkennen.

»Ich bin auch hier«, sagte Ridha hinter ihr. »Ich bin in Thore Klasse. Ich hab ihm ein Star-Wars-Karte geschenkt.«

Die Mutter nickte und schob Thore ins Auto, in dem sich drei perfekte Kindersitze befanden samt vorschriftsmäßigen Rückenstützen. Nuri hatte nicht gewusst, dass zehn- oder zwölfjährige Kinder extra Sitze brauchten. Star-Wars-Space-Sitze. Sie sah, dass Ridha irgendetwas in der Richtung dachte, er starrte ins Auto wie in ein Schaufenster. Sehnsüchtig.

Dann hechtete Louis neben Thore, schlug die Tür zu, und der Wagen glitt aus der Parklücke, um im Stadtverkehr zu verschwinden.

Ridha trat gegen eine leere Dose.

»Louis ist Haufen Kacke«, sagte er. »Verklopp ich mal. Bald.«

»Du verkloppst gar niemanden«, sagte Nik und legte von hinten einen Arm um Ridha. »Wir müssen alle miteinander klarkommen, und Louis wird es lernen. Aber wir sind Gäste in seinem Land, vergiss das nicht.«

»Gäste?«, fauchte Ridha. »Ich bin keine Gast. Ich bin Ridha. Wenn ich bin berühmt, ich zahl Haufen Steuer, Land gehört mir auch. Steuer ist für Land, meine Eltern sagen. Ich zahl viel in Land, ich kann machen, was ich will.«

Damit wand er sich aus Niks Griff und rannte die Straße entlang davon.

Sie fanden ihn erst Stunden später wieder, beim Asylbewerberheim, wo er auf einem Mäuerchen saß und mit den Beinen baumelte. Andrea schrie ihn an. Er zuckte nur die Schultern.

»Wozu ganze Aufregung«, sagte er. »Ich alleine hier gefahren mit Bus, keine Probleme. Ich bin Ridha.«

Die Spur des goldenen Mädchens. Er dachte diese Worte oft, während er unterwegs war.

Ich bin der Junge, der der Spur des goldenen Mädchens folgt.

Sie zog sich über die Berge wie ein unsichtbarer Lichtschimmer, sie war nie auf der Erde zu sehen, zwischen den Büschen und Felsen. Sie befand sich in den Erinnerungen der Menschen. Er ritt auf dem Rücken arabischer Worte durch die Nur-Berge:

Anna abhathu 'an Dschinan al-Bakri, fitat. Sahabi. Kanat wahida.

Ich suche Dschinan al-Bakri. Ein Mädchen. Golden. Sie war allein.

Die Menschen, die auf den Feldern arbeiteten, hielten inne und lauschten seinen Worten.

Sahabi. Kanat wahida …

Sie holten andere aus den Häusern, berieten in einer Wolke aus Worten, und immer gab es einen, der sich erinnerte, dessen Augen einen plötzlichen Schimmer bekamen. Und ein Arm streckte sich, um zu zeigen.

Er verstand nie, was sie genau sagten, oft war es nicht einmal Arabisch, und er begriff, dass er sich jetzt in Kurdengebiet befand. Sie verstanden ihn, glücklicherweise, sie sprachen beide Sprachen. Und er verstand, immerhin, ihr Lächeln und den Platz, den sie ihm auf dem Boden zuwiesen, um mit ihnen zu essen. Reis, Zwiebeln, Tomaten, Paprika, Zucchini, Auberginen, Oliven. Selten Fleisch. Tee, natürlich, bitteren Tee, dessen Wärme er brauchte. Die Kinder umringten ihn, sie trugen die Botschaft, dass ein Fremder kam, vor ihm her, zusammen mit den Eseln, den Hühnern, dem sandigen Wind:

Ein Fremder ist hier. Und er sucht.

Und wird er selbst gesucht? Ist sein Weg nicht zu laut, zu grell, zu offensichtlich?

Aber der Daisch war jetzt weit weg, so weit ins Kurdengebiet wagten sie sich nicht vor, hier waren auch die Kontrollposten kurdisch. Er war seit einer Ewigkeit unterwegs, er hatte aufgehört, die Tage zu zählen, die zu Wochen geworden waren. Manchmal sah er lange keine Menschen. Einmal fand er jemanden, der das goldene Mädchen im Auto mitgenommen hatte. Oder das jedenfalls war es, was Calvin glaubte, dass der Mann sagte. Er nahm auch Calvin mit, und beinahe dachte er schon, er würde Dschinan am Ende dieser Fahrt finden. Doch die Spur führte weiter. Weiter und weiter. Er hörte kein Kurdisch mehr, sondern jetzt wieder Arabisch. Er bewegte sich südwärts.

Er wusch sich, wenn es Wasser gab. Er wärmte sich auf, wenn es ein Feuer gab. Er aß, wenn es Nahrung gab. Niemand wollte sein Geld, sie lachten darüber. In einem Dorf schenkte ihm die Familie, bei der er aß, einen Pullover. Einen alten, graugrünen Pullover. Sie hatten gesehen, wie sehr er mit der Kälte kämpfte, und begriffen, dass er nichts hatte, um sie zu vertreiben, und sie waren erst zufrieden, als er den Pullover unter seine Jacke gezogen hatte. In seinen Augen war etwas wie Tränen, wofür er sich schämte. Er dachte an Asylanten und Kleiderspenden, und alles hier war umgekehrt.

Das Leben, das hinter ihm lag, war fern und unwirklich.

Vielleicht hatte es die sechsstöckigen Plattenbauten nie gegeben, die grellbunten Discounter, die mehrspurigen Straßen. Er hatte nie eine Mutter gehabt und nie zwei kleine Brüder, hatte sich nie mit Leuten getroffen, die planten, ein Asylbewerberheim anzuzünden.

Wenn er auf dem Boden eines weiteren fremden Hauses lag und den Schlaf suchte und die Menschen um sich herum atmen hörte, dachte er an Nuri. Aber auch Nuri war in die Unwirklichkeit der

Ferne gerutscht, ihre dunklen Augen verglommen, die Berührung ihrer Hände war kaum noch spürbar.

In seinem Kopf hing das Bild des kleinen Mädchens mit dem goldenen Blick.

Und dann geschah etwas Unerwartetes.

Es geschah in einem der Dörfer, das wie alle anderen war.

»Dschinan al-Bakri?«, fragte einer der jungen Männer dort, vielleicht so alt wie Calvin selbst. »Al-Bakri …« Und er sagte mehr, aufgeregt, zu den anderen, sich überschlagende Worte, die Calvin wieder nicht verstand. Sie saßen gemeinsam auf dem Boden, eine der Frauen hatte Tee gebracht, und auf einmal hielt jemand ein Smartphone neben Calvins Teeglas, ein Smartphone mit Rissen quer über dem Display, aber dennoch ein funktionierendes Smartphone. Es schien hier eine Internetverbindung zu geben, vielleicht befanden sie sich in der Nähe eines Sendemastes, und Calvin sah die kleinen Kästchen von YouTube-Videos auf dem Display. Der Mann, der sich neben ihn gehockt hatte und immer noch auf ihn einredete, strich mit dem Daumen über die Risse im Glas und erweckte eines der Videos zum Leben. Der Ton war schlecht, verrauscht, verzerrt. Aber dann hörte Calvin in dem Rauschen und den unverständlichen, arabischen Worten den Namen.

Dschinan. Dschinan al-Bakri. Er wurde mehrmals wiederholt, und Calvin beugte sich dichter über das Handy.

Das Video zeigte eine schwarz verschleierte Frau in einem Innenraum, sie schien vor einem Fenster zu sitzen, und dahinter sah man die Wipfel zweier Bäume, einer Palme und einer Platane, und, ferner, die Spitze eines Minaretts. Es war diese Frau, diese gesichtslose Frau, die den Namen Dschinan sagte. Immer wieder stockte das Video, lud nicht, doch dann wurde die Verbindung für Sekunden besser, der Ton deutlicher. Und Calvin hörte, wie genau sie den

Namen aussprach, jede Silbe für sich wie Glieder einer kostbaren Kette. *Dschi-nan al-Ba-kri.* Als wäre es wichtig, dass jeder da draußen in der Welt den Namen verstünde.

Dann war da noch ein Name, und Calvin wurde schwindelig, als er ihn hörte. Nura. Das Video war zu Ende, er bat, mit Händen und Füßen radebrechend, darum, es noch einmal sehen zu dürfen, und da war es wieder: Nura Aljafari. Und: Kamal. Kein Zweifel. Eine verschleierte Frau in einem Raum im dritten oder vierten Stock sprach Dschinans, Nuras und Kamals Namen in eine Kamera, hatte sie in die Kamera gesprochen, vor ein paar Monaten, wenn er die arabischen Zahlen der Datumsanzeige richtig las. Das Video war nach Nuris Tod aufgenommen worden. Er schüttelte den Kopf. Er begriff es nicht. Er begriff *nichts*. Wer war die Frau?

»Wo?«, fragte er auf Arabisch und zeigte auf das Display. »Wo?«

Aber die Antwort des Mannes, dem das Smartphone gehörte, war zu schnell, und alles, was er begriff, waren seine Gesten. Weit weg. Das Video stammte aus einer Stadt weit weg. Nicht in den Bergen. Und dann kam ein Wort vor, das er kannte: *Daisch*. Der Islamische Staat. Der Mann zeigte auf das kleine Zeichen auf dem Display, am Rand des Videos, natürlich, da war sie, die Flagge des IS, weiße Schrift auf schwarzem Grund. Dies war ein Video, das der Daisch ins Netz gestellt hatte. Ein Hetzvideo. Ein Propagandavideo. Suchten sie die Personen, deren Namen hier gesagt wurden? Ging es um Gefangene, um Geiseln? Aber wenn ja, warum nannten sie Nuris Namen?

Es ergab keinen Sinn.

Die Männer im Raum redeten jetzt alle gleichzeitig auf ihn ein, es war, als versuchten sie, ihn vor etwas zu warnen. Was hätte er darum gegeben, sie zu verstehen! Er bat darum, das Video ein drittes Mal sehen zu dürfen, doch die Verbindung war jetzt zu schlecht geworden und hängte sich nach den ersten Sekunden auf. Das Bild der Frau in der schwarzen Burka, deren Gesicht man nicht sah, setzte sich in Calvins Kopf fest, und er nahm es mit in seine Träume.

Denn etwas war seltsam, seltsamer noch als die Tatsache, dass es dieses Video gab. Da war, unerklärlich, etwas Goldenes in dem Raum mit dem Fenster gewesen, jenem Raum in einer weit entfernten Stadt. Etwas wie ein goldener Schimmer, etwas wie die verborgene Spur einer Person, die ihre Anwesenheit nicht preisgab.

Er sah das Video nicht wieder. In keinem der Orte, die er nach diesem Tag fand, begriffen sie, was er sie fragte, wenn er nach dem Video fragte. Und es gab wieder kein Netz.

Und schließlich kam er in eine Gegend, in der die Dörfer nur noch aus leeren Häusern bestanden. Der Wind pfiff durch hohle Fensteraugen, ausgebrannte Fahrzeugwracks standen auf den wenigen Straßen. Der Krieg hatte ihn eingeholt.

Er suchte den ganzen Tag nach Überlebenden, die ihm helfen konnten. Irgendwann suchte er nicht mehr nach Überlebenden, sondern nur noch nach Wasser, er hatte seit dem Vortag nichts getrunken. Doch es war, als hätte der Krieg auch die Bäche verschüttet.

Als es dunkel war, sah er Lichter in der Ferne, auf einer Hügelkuppe. Er rannte darauf zu wie ein Kind, rannte dann nicht mehr, versuchte nur, seine zitternden Beine zum Weitergehen zu zwingen.

Schließlich erkannte er die Umrisse von Häusern, hörte die Klänge einer Oud, der arabischen Laute, die er nur aus Erzählungen von Kamal kannte. Dann das Blöken von Schafen.

Der Mond goss ein Rinnsal Licht aus der Wolkendecke, und da sah Calvin noch etwas anderes: In der Ferne, wo die Berge sanft ins Tal abfielen, lag ein breites, dunkles Band. Das Meer. Oder sah er es gar nicht? Bildete er es sich nur ein? Es musste dort liegen. Davor zog sich die flackernde Perlenkette der Küstenorte am Horizont entlang, weit, weit fort.

Und er erinnerte sich plötzlich daran, wie Nuri von den Bergen und vom Meer erzählt hatte. Von den Tanten, die sie besucht hatten, früher.

Latakia. Dort unten musste Latakia liegen.

Die Stadt, in der Assads Familie lebte. Dies waren die Alawitenberge, und die Ruinen, die er gesehen hatte, waren die alawitischen Dörfer. Die Rebellen hatten sie verwüstet, um Rache zu nehmen. Das Dorf mit den Lichtern war ein sunnitisches.

War Dschinans Spur mit den Häusern der Alawiten verbrannt?

Er fand eine Tür, an die er klopfte, ein kleiner Junge öffnete, starrte ihn an, rannte davon, einen dunklen Korridor entlang, um einen Erwachsenen zu holen. Und dann saß Calvin wieder auf dem Boden, in einem Raum, der so vollgestopft war mit Menschen, dass man kaum atmen konnte. Vielleicht waren dies Leute aus den zerstörten Dörfern ringsum. Sie redeten alle gleichzeitig, mit Händen und Füßen, sie zeigten und erzählten, und er nickte und tat so, als verstünde er etwas. Mehrmals fiel der Name al-Nusra. Und andere: *Ahrar asch-Scham. Jaish al-Muhajireem wal-Ansar. Al-Quaida. Daisch.*

Der bittere Tee wurde bitterer in seinem Mund. Sie waren also hier.

Eine Frau mit einem braun-violett-gemusterten Kopftuch brachte Tee, Wasser, Datteln. Einer schlug fluchend auf den riesigen, altmodischen Fernsehapparat in der Ecke, doch nichts geschah, der Strom war weg. Nur zwei alte Gaslaternen erleuchteten das Zimmer.

Dann erhob sich ein Mann, dem der rechte Arm fehlte. Der Verband sah frisch aus.

Der Mann gebot den Übrigen, still zu sein, und sprach allein, sehr langsam, deutlich.

Leider wurde Calvins Arabisch dadurch nicht besser. Was er verstand, war *Dschinan* und das Wort *Auto*. Es kam mehrmals vor.

Dann das Wort *holen*, etwas wie *viele Leute* oder *viele Frauen* und das Wort *al-Atfall, Kinder*. Der Mann zeigte nach Süden.

»Fort«, sagte er, auch das verstand Calvin. Fort.

Schweigen sank über den Raum. Trotz der vielen Menschen darin. Das Licht flackerte lautlos, es war, als säßen sie in einer Höhle voll Fackelschein, in einer Nacht ohne Zeit. Nur der Fernseher und die gerahmten Fotografien an den Wänden erinnerten daran, dass dies das Jahr 2013 war.

»Sie ist fort«, sagte Calvin. »Ja? Das goldene Mädchen ist fort. Die Spur endet hier.«

Die Frau brachte mehr Tee.

In dieser Nacht schlief er auf dem Boden neben dem Fernseher. Er wusste nicht, was er tun würde, wenn der Morgen kam.

Und dann weckte ihn die Frau mit dem gemusterten Kopftuch. Er riet halb und halb, was sie zu ihm sagte: »Da ist jemand, der dich sucht. Taufiq al-Almani. Ist das dein Name?«

Er war noch nicht ganz wach. »Ist *sie* es? Das Mädchen?«

Die Frau schüttelte ungeduldig den Kopf. »Nein, nein! Ein Mann.« Oder sagte sie *Männer?*

Calvin war mit einem Ruck wach. Sie hatten ihn also doch noch gefunden. Nach so langer Zeit. Er sah sich in der winzigen Kammer um. Man konnte sich nirgends verstecken. Er sprang auf, angezogen war er ohnehin, er schlief seit zwei Wochen in seinen Kleidern. Dann drängte er sich an der Frau vorbei, war mit drei Schritten bei der Hintertür, die er am Abend zufällig entdeckt hatte, riss sie auf und stand in einer schmalen Gasse. In der Ferne, Jahrmillionen weit weg, blitzte hinter den Bergen das Ozeanblau.

Eine Hand legte sich auf Calvins Schulter, er riss sich los und rannte. Doch der andere holte ihn nach ein paar Metern ein und riss ihn zu Boden.

»Du gottverdammter Idiot!«, keuchte er auf Deutsch. »Ich habe dich lange genug gesucht!«

Calvin rollte herum. Das Gesicht über ihm war schmutzig und unrasiert. Magerer als bei ihrem letzten Treffen.

»Kamal.«

»Ja«, sagte Kamal. »Du hast eine Spur durch die Berge hinterlassen, die danach schreit, dich zu finden. Reiner Selbstmord. Ein Europäer, hier. Verrückt.«

»Die Haare sind dunkel gefärbt … immer noch …«

»Schau mal in den Spiegel. Grüne Augen, Sommersprossen. Und das wunderbare Arabisch, das du sprichst. Du hattest mehr Glück als Verstand. Aber du warst schnell.«

»Ich habe mich ein ziemliches Stück von jemandem im Auto mitnehmen lassen, der noch wusste, wie er Dschinan mitgenommen hat …«

»Du hast …? Du bist wahnsinnig. In neunzig Prozent der Fälle wirst du bei so einer Gelegenheit entführt. Verdammt, wie kann man so viel Glück haben? Und wie bist du überhaupt rausgekommen? Ich habe gewartet, weißt du das? Beim Camp des Daisch. Zwei Tage lang habe ich mich verdrückt, dann habe ich rausgefunden, wo das Camp ist, und bin hingewandert. Habe mich unsichtbar gemacht für die dort. Ich wollte dich rauszuholen. Nur warst du nicht mehr da.«

Calvin klopfte sich den Staub von den Knien und sah hinunter zum blauen Streifen der Ferne.

»Ich dachte, du wärst einfach weg«, sagte er leise. »Ich meine … Du hast andere Sachen zu tun hier, als auf Taufiq al-Idioti aufzupassen. Und Taufiq … hat die Spur verloren. Oder besser: Sie endet hier. Dschinans Spur ist tot. Mehr habe ich nicht verstanden. Ich bin auf etwas Seltsames gestoßen … ein Video. Vom Daisch. Ein Video, in dem Dschinans Name genannt wird, von einer verschleierten Frau. Sie haben es mir vor ein paar Tagen gezeigt, in einem anderen Ort. Hier scheint niemand es zu kennen oder jedenfalls nicht, wenn *ich* danach frage …«

Kamal knurrte. »Dann werde *ich* fragen. Und übersetzen. Das hier ist mein Land, Calvin. Du bist Gast. Wir passen auf unsere Gäste auf.«

»Vor allem die vom Daisch passen auf«, sagte Calvin. »Ich bin über den Stacheldraht gegangen. In der ersten Nacht. Ich …« Er schüttelte den Kopf. »Ich hatte einen Traum.«

»Klingt prophetisch.« Kamal grinste.

»Ja«, sagte Calvin. »Aber es war nicht prophetisch. Es war zum Kotzen. Und ziemlich blutig. Und mir war plötzlich klar, dass ich wegmusste. Sofort. Ich hätte nicht gedacht, dass mir so viele Leute helfen würden in den Dörfern. Die vom Camp … sie müssen mich gesucht haben. Offenbar hat mich niemand verraten.«

Kamal nickte. »Sie suchen uns beide, immer noch. Ich habe ein paar Sachen gehört hier und da. Ich weiß nicht, was nach der Scharia darauf steht, wenn du desertierst. Vielleicht irgendwas Lustiges wie Hände abhacken. Der Daisch ist wie ein Hund, der dir die Kehle durchbeißt, wenn er merkt, dass du ihn verlassen willst. Ich … könnte dir ein paar Sachen über sie erzählen. Aber es ändert nichts.« Kamal stand auf und zog ihn auf die Beine. »Du bist vernünftiger, als ich dachte. Ich meine, ich dachte nicht, dass du selbst draufkommst, *wie* wahnsinnig sie sind.«

»Es ist … ziemlich offensichtlich?«

Da nickte Kamal. »Nuri hatte recht. Komm, sie warten. Sie fragen sich, ob sie dich vor mir schützen müssen.«

Calvin sah die Gasse hinauf. Dort stand eine Handvoll Männer, verwundert, unschlüssig – die Männer aus dem Haus, in dem er geschlafen hatte.

»Fragen wir sie, was wirklich mit Dschinan passiert ist«, sagte

Kamal. »Sieht aus, als würde ich dir doch dabei helfen, sie zu finden. Auch wenn es verrückt ist. Du bist mindestens so verrückt wie der Daisch.«

»Warte«, sagte Calvin. »Was hast du gemeint mit: Nuri hatte recht?«

»Mit dem, was sie über dich gesagt hat«, meinte Kamal.

Aber er erklärte nicht, was das gewesen war.

Die Mittagssonne klebte hoch am blassen Himmel, als sie zusammen mit ihrem Gastgeber und einem älteren Mann vor den Ruinen einer Moschee standen. Vor ihnen wand sich die Straße den Berg hinunter. Ein ausgemergelter, struppiger Hund lief mit eingezogenem Schwanz hinüber und verschwand in den trockenen Büschen.

Niemand hatte Kamal etwas über das Video sagen können, doch er hatte etwas anderes herausgefunden, etwas, das nicht gerade beruhigend klang.

»Hier ungefähr war es«, sagte er jetzt. »Der Mann hat es von da oben gesehen, meinte er. Von dem Haus aus, wo die Tür fehlt. Sie haben ihn nicht gesehen, weil er auf dem Boden lag, unter der Tür, die sie aus den Angeln gerissen hatten.«

Der alte Mann lächelte mit seinem unvollständigen Gebiss und verkroch sich dabei ein wenig mehr in seinen roten Baumwollpullover, ein merkwürdig westliches Kleidungsstück. Dann sprach er weiter, und Kamal übersetzte.

»Sie haben alle hier zusammengetrieben, wie Vieh. Danach die Straße runter. Die Moschee hat gebrannt. Er hat gedacht, sagt er, das ist ein Haus von Gott, warum zerstören sie ein Haus von Gott? Wenn sie Rache wollen, warum wollen sie Rache an Gott? Die anderen Männer haben sie alle erschossen, die Frauen die Straße da vorne runtergetrieben, und da stand ein Lastwagen, unten, wo die andere Straße auf diese stößt. Sie haben Frauen und Kinder auf den Lastwagen gepackt, es war sehr eng, sie haben sie angeschrien, sie hatten Stöcke, es war wie mit Ziegen. Dann haben sie sie weggebracht. Da waren auch mehrere Pick-ups mit Leuten, eine Kolonne. Sie sind nach Süden gefahren. Keiner weiß, was mit ihnen passiert ist.«

»Und Dschinan?«, fragte Calvin leise.

»Sie war dabei. Sie hat eine Weile im Haus neben seinem gelebt, sagt er. Sie kam und war einfach da. Niemand wusste, ob sie weiterwollte, sie war seltsam, aber alle mochten sie. Als er Dschinan wegfahren sah, sagt er, waren seine Kinder und Enkel schon tot. Er hat nicht erzählt, wie sie gestorben sind. Er sagt, es hat ihm wehgetan, zu sehen, wie sie auch Dschinan wegbrachten. Als wäre damit alles endgültig vorbei. Sie hat ihn angesehen, obwohl sie ihn gar nicht sehen konnte, im Schatten, unter der Tür. Sie hat ihn angesehen bis zum Schluss.«

Er schwieg, und sie sahen die Straße hinunter, die nach Süden führte.

»Das war Anfang August.«

»Was wollten sie mit den Frauen und Kindern?«, fragte Calvin schließlich. »Warum haben sie sie nicht getötet?«

Kamal zuckte die Schultern. »Lösegeld? Ist eine ihrer Haupteinnahmequellen. Gibt eine Menge Kidnappings hier.«

Aber Calvin dachte, dass das nicht der Grund gewesen war, sie hatten Rache an den Alawiten gewollt, kein Geld. Sie hatten etwas anderes mit diesen Frauen und Kindern geplant, es gab einen Grund, sie mitzunehmen, und Kamal kannte ihn. Er wollte nicht darüber reden.

»Der Alte sagt, wir sollen mit zurückkommen«, sagte Kamal. »Dahin, wo es sicher ist. In das andere Dorf.«

Calvin schüttelte den Kopf. Er nahm die Hände des alten Mannes und drückte sie einen Moment lang. Dann hob er seinen Rucksack vom Boden auf, ging langsam die Straße hinunter. Nach Süden. Dem Lastwagen nach. Kamal folgte ihm.

Sie wanderten genau vier Stunden. Vier Stunden in Freiheit, zu zweit. Die Sonne schien.

Sie sprachen nicht.

Sie folgten der Spur eines Lastwagens, der vor fast drei Monaten hier entlanggefahren war, und doch glomm eine seltsame Hoffnung in Calvin. Ein Lastwagen ist nicht gleich dem Tod, ein Lastwagen ist zunächst nur ein Lastwagen.

Schließlich machten sie Rast und tranken Wasser aus einer der üblichen dünnwandigen, hellblauen Plastikflaschen. Kamal hatte sie bei sich. Und dann hielt das Auto neben ihnen. Es war plötzlich einfach da, ein schwarzer Jeep mit staubigen Scheiben. Jemand ließ das Fenster herunter. »Lift? You want lift?«

Ein Typ mit Kufiya, aber ohne den Vollbart der Gotteskrieger. Kamal stand seltsam still neben Calvin. »Nein«, sagte er auf Arabisch. »Danke. Wir gehen zu Fuß. Allah sei mit euch.«

Der Fahrer sagte etwas und zeigte mit einem Kopfnicken auf Calvin. Kamal verneinte, und zu Calvin sagte er leise: »Sie fragen, ob du der Europäer bist, der seit Tagen in der Gegend rumläuft. Bei drei rennen wir. Den Hang rauf, über den Schutt, da kommt der Wagen nicht durch. Eins …«

Jemand packte Calvin am Handgelenk, und er fuhr herum. Da war noch ein Mann, er musste so rasch aus dem Wagen gesprungen sein wie ein Gedanke. Ein schwarzes Glänzen in der Luft – die Mündung einer Waffe presste sich gegen Kamals Stirn.

Sekunden später saßen sie im Jeep.

»Allahu akbar«, sagte der Fahrer mit einem freundlichen Lächeln und verriegelte die Türen. »Welcome with Jabat al-Nusra. We feel honoured to have Europe guest.«

»Er begrüßt dich als Gast«, sagte Kamal. »Gast … ist nicht ganz das richtige Wort, denke ich.«

Der Mann, der neben ihm auf der Rückbank saß, hob sein Gewehr und lieferte sich einen kurzen Wortwechsel mit Kamal, während der Wagen einen Satz machte.

»Er sagt, ich soll den Mund halten, solange sie mich nicht fragen«, meinte Kamal schulterzuckend. »Ich bin nur als Übersetzer hier, falls ihr Englisch nicht reicht. Sie glauben mir nicht, dass du kein Englisch kannst.«

Das sarkastische Lächeln, das dem von Nuri so ähnlich sah, war das Letzte, was Kamals Gesicht ausdrückte, ehe der Mann ihm das Gewehr über den Kopf zog. Kamal sackte lautlos zur Seite, gegen Calvins Schulter. Aus seinem Mundwinkel lief ein dünnes Rinnsal Blut.

Es war nichts, nur die Lippe war aufgeplatzt. Er war *nur* bewusstlos.

Und plötzlich wurde Calvin eines bewusst. Er war der Europäer, der, für den sie glaubten, Lösegeld zu bekommen, er besaß einen Gegenwert. Kamal nicht. Ab jetzt war es an ihm, auf Kamal aufzupassen.

Auf der Straße draußen schwamm die Sonne in einer Benzinpfütze. *Golden.*

Mitte November brachte Nuri zum Ashura-Fest eine Schale der traditionellen Süßspeise hinunter in den zweiten Stock und hörte Ridhas Familie hinter der Tür herumschreien. Beschuldigungen und Beschimpfungen flogen hin und her, es ging wieder darum, dass irgendwo Geld fehlte, mehrere hohe Frauenstimmen keiften, eine tiefere Stimme schien sich zu verteidigen.

Nuri stellte die Schale auf den Boden und blieb einen Moment stehen, unschlüssig, ob sie klopfen sollte.

Ashura war ohnehin ein komisches Fest. Die einen feierten Noahs Landung mit der Arche, die anderen die Schlacht bei Kerbala, bei der Mohammeds Enkel Hussein umgekommen war. Er hatte einen Aufstand gegen den herrschenden Kalifen angezettelt, für die Schiiten war er ein Märtyrer. Sie zogen an Ashura durch die Straßen und geißelten sich selbst, glücklich über jeden Tropfen Blut auf ihrem Körper. Nuri erinnerte sich mit Schaudern an eine solche Prozession, die sie als Kind gesehen hatte.

Die Alawiten feierten, dass ihr eigener Mann die Schlacht überlebt hatte, weil er krank gewesen war und daher gar nicht mitgekämpft hatte.

Nuri hatte lange mit Ummi in der Küche gesessen und Zutaten abgewogen, unter einem neuen Porträt, das sie erst nach einer Weile erkannte: Es war das Gesicht des jungen Soldaten, den sie damals tot im Treppenhaus gefunden hatten. Ummi und sie machten jedes Jahr zu Ashura die Süßspeise, die angeblich schon Noah aus den Resten auf seiner Arche gekocht hatte.

Calvin hätte über die Noahgeschichte gelacht. Sie sah vor sich, wie er im Topf rührte, ein wenig Milch und Reis in seinem blonden Haar …

Sie hätten zusammen den Weizen im Prasseln des deutschen Novemberregens eingeweicht, hätten ihn auf der kleinen Flamme ihrer Träume gekocht, Kichererbsen, weiße Bohnen und ein Lächeln aus Aldi-Dosen dazugegeben, Reis, Mehl und einen heimlichen Kuss. Nicht zu vergessen 800 g Zucker, um die Bitterkeit des nahenden Winters zu vertreiben. Orangenschale, Rosinen, Feigen, Aprikosen, geröstete Pinienkerne … Calvin hätte ihr die Augen zugehalten und sie raten lassen, welche Stückchen er ihr in den Mund steckte.

Hinter der Tür stritt Ridhas Familie noch immer.

Sie schüttelte den Kopf und lief die Treppe hinunter, trat vor die Tür, um mit ihren Gedanken an Calvin und der Luft des frühen Abends allein zu sein. Doch dort, im Regen, stand Imad und rauchte. Er sah seltsam verloren aus, er hatte, dachte Nuri, keine Familie, mit der er Ashura feiern konnte.

Auf einmal tat er ihr leid.

»Weißt du was, wenn du willst, kannst du mit uns essen«, sagte sie. »Es müsste gerade fertig sein. Vierter Stock, dritte Wohnung rechts. Meine Mutter freut sich bestimmt.«

Imad trat die Zigarette aus. »Und du?«

»Ich brauche ein bisschen frische Luft. Ich gehe einmal um den Block, dann komme ich nach.«

Sie steckte die Hände in die Taschen und begann, durch den Regen zu wandern, den Blick gesenkt. Aber sie sah den Asphalt des Gehsteigs nicht, sie sah Calvin, der den Ashurapudding probierte, sah ihn grimassieren.

»Wer zum Teufel ist auf die Idee gekommen, Bohnen, Reis, Weizen, Milch, Salz und Zucker zusammenzukippen?«

»Noah«, sagte Nuri. »Oder vielleicht Hussein auf dem Schlachtfeld. Da war er vermutlich schon im Delirium. Hey, vergiss nicht, man braucht auch Granatapfelkerne und Zimt.«

»Also ich finde«, sagte Calvin, »der Ketchup fehlt.«

In diesem Moment stieß Nuri mit jemandem zusammen, rutschte aus und fand sich auf dem Boden wieder. Offenbar war auch der andere im Regen mit gesenktem Kopf unterwegs gewesen. Sie kam auf die Beine, strich sich die nassen Locken aus dem Gesicht, murmelte eine Entschuldigung – und stockte.

Die andere Person stülpte gerade ihre Kapuze wieder über das blonde Haar, das der Regen schon dunkel zu färben begann. Die Augen, die Nuri jetzt ansahen, waren blau und drückten eine Mischung aus Erstaunen und Erschrecken aus.

»Cindy«, flüsterte sie.

»Ja«, wisperte Cindy.

Sie standen einander gegenüber, mitten im deutschen Novemberregen.

Die Sekunden zogen sich in die Länge, wuchsen sich zu Jahren aus, und sie standen dort und standen und vermochten sich nicht zu rühren, zwei Mädchen, die ungleicher nicht hätten sein können.

»Calvin?«, sagte Cindy schließlich, merkwürdig heiser. »Lebt … Calvin … auch?«

Nuri schüttelte langsam den Kopf.

Da nickte Cindy und begann, rückwärts von Nuri wegzugehen, mit kleinen, vorsichtigen Schritten wie auf einem Seil. Und Nuri drehte sich um und rannte.

Sie rannte nicht zurück, sie rannte die Straßen von Hellersdorf entlang, über den verlassenen Alice-Salomon-Platz vor dem Einkaufscenter, weiter, immer weiter. Sie wusste, dass sie ein Gesicht sehen würde, wenn sie anhielt und die Augen schloss. Calvins Gesicht. In einem unverständlichen Zusammenhang, der ihr Angst machen würde wie beim letzten Mal.

Und sie blieb nicht stehen und schloss die Augen nicht.

Internetsuche:

» *Kidnapping Giftgas Duma*
» *Good night white pride/Good night left side*
» *Ashura pictures*

6.

Es ist an der Zeit, dass auch die Berliner Frauen zeigen, was in ihnen steckt. Aktive Arbeit wird ab sofort bei uns großgeschrieben. Gerade auch die Frauen aus der Hauptstadt werden hier mit gutem Beispiel vorangehen und sich aktiv im Kampf gegen Überfremdung und Eurowahn, für unsere deutsche Heimat und die Zukunft unserer Kinder einbringen.

(Maria Fank, Vorsitzende des Rings Nationaler Frauen [RNF], 2012)

»Am Anfang war ich glücklich, ich trug eine Waffe, das war etwas Neues, ich hatte Autorität«, erzählt die junge Frau, die ihren Namen nicht preisgeben will, dem Sender. Sie habe auf den Straßen patrouilliert, und wenn sie und ihre Mitstreiterinnen Frauen sahen, die nach ihrer Auffassung nicht korrekt gekleidet waren, »haben wir sie geschnappt, und manchmal wurden sie ausgepeitscht.«

(Ex-ISIS-Kämpferin, the Huffingtonpost, 07. 10. 2014)

Wir fürchten nicht den Tod. Der Tod ist unser Ziel.

(Aus Wien in den Dschihad gereiste Mädchen auf Facebook: Sabina S. [15] und Samra K. [16])

Der Raum war klein. Vor dem winzigen Fenster, das in einen Innenhof hinausging, reckte ein einsamer Baum seine Zweige zu dem blauen Viereck Himmel. Ein Baum, der fliegen wollte, doch seine eigenen Wurzeln hielten ihn fest.

Das Fenster besaß kein Glas, nur ein Gitter. Calvin stemmte sich mit beiden Händen dagegen und hörte jemanden hinter sich lachen. Er fuhr herum. Kamal saß auf der schmalen Matratze und grinste, er war also bei Bewusstsein.

»Brichst du gerade wieder irgendwo aus? Vergiss es.« Er rieb sich die Stirn, fluchte. »Wo sind wir?«

Calvin zuckte die Schultern. »Sie haben mir die Augen verbunden. Die Straße ist irgendwann gerader geworden, weniger Kurven, kann sein, wir sind raus aus den Bergen. Aber wir könnten auf dem Mond sein, ich weiß es nicht.«

»Auf dem Mond wachsen keine Granatapfelbäume.« Kamal war aufgestanden und neben Calvin ans Fenster getreten.

»Das da?«, fragte Calvin. »Ist das einer? Dann lass uns ein paar von den Dingern pflücken und auf jemanden werfen. Vielleicht explodieren sie. Ich hätte Lust, mal was aktiv Gewalttätiges zu tun, statt dauernd von irgendwem festgesetzt zu werden. Dieser Krieg ist mir zu … theoretisch.«

Der Witz war bemüht, schal, nicht überzeugend, er merkte es selbst.

»Du hast verdammte Angst«, stellte Kamal fest.

»Sollte ich? Vor denen? Was wollen sie? Geld?« Er packte Kamal ganz plötzlich, er konnte nichts dagegen tun, seine Hände taten es von selbst. »Hör zu, ja? Sie haben meinen Rucksack durchsucht und ihn mir wiedergegeben, aber der Pass ist immer noch bei dir. Und das meiste Geld, aber egal. Wenn sie zurückkommen … Du darfst ihnen nicht sagen, dass ich Deutscher bin.«

»Warum? Du warst mal sehr stolz darauf, deutsch zu sein.

Deutschland, Deutschland über alles. Hast du jetzt ein Problem damit?«

»Blödmann«, zischte Calvin. Manchmal hasste er Kamal. »Ich will nicht dahin zurückverkauft werden, kapiert? Sie werden versuchen, jemanden zu erpressen. Die Regierung. Irgendwen.«

»Die zahlen nicht. Deutschland und Amerika zahlen aus Prinzip nicht. Hab ich mal nachgeguckt.«

»Und wenn doch? Ich kann Dschinan nicht finden, wenn sie mich in ein Flugzeug setzen und postwendend als arme befreite Geisel zurückschicken. Ich bin nicht gekommen, um ein dummes … *Opfer* zu werden! *Opfer*, Scheiße, es war schon immer ein Schimpfwort, schon damals beim Sonnwendfeuer im Wald.«

Ein Schlüssel wurde hinter ihnen im Schloss gedreht, und Calvin ließ Kamal los. Die Tür öffnete sich und spuckte drei tarngrün gekleidete Männer in den Raum. Einen kannten sie aus dem Jeep, es war Kamals spezieller Freund mit dem Gewehr.

Er und ein anderer stellten sich links und rechts der Tür auf. Der andere war jung, sehr jung, er hatte widerspenstige, schwarze Locken und große, dunkle Augen, mädchenhaft schön. Sie standen breitbeinig da, Gewehre neben sich, den Blick starr ins Nichts gerichtet. Als hätte jemand ihnen befohlen, ihre Gedanken abzuschalten. Die Tür war längst wieder geschlossen.

Der dritte Mann, ein großer, hagerer in einem gebügelten Hemd, trat einen Schritt in den Raum hinein und sah sich um. Dann sagte er etwas und nickte Kamal zu, damit er übersetzte.

»Er sagt, wir haben es doch ganz hübsch hier.«

Der Mann sah Calvin jetzt direkt an und sprach weiter, als hoffte er, Calvin würde ihn verstehen, wenn er nur genug Ausdruck in seine Augen legte. Es waren kleine und schmale Augen, grünbraun, über dem linken gab es eine Narbe. Die Brauen hingen ein wenig herunter.

»Er sagt, wir wissen sicher, dass al-Nusra für eine gerechte Sache kämpft«, übersetzte Kamal. »Gegen Assad, Befreiung blabla, noble Märtyrer, die einzig wahren Kämpfer. Sie brauchen die Unterstützung deiner Regierung. Waffen. Geld.« Er holte tief Luft. »Sie wollen die Pässe.«

»Nein«, sagte Calvin.

»Du musst einen längeren Satz sagen«, knurrte Kamal. »Ich erfinde irgendwas, aber sag mehr, verdammt.«

»Der Granatapfelbaum im Hof müsste mal gegossen werden«, sagte Calvin. »An der Ostsee gibt es selten Granatäpfel. Die durchschnittliche Anzahl an Roggenbrötchen in einer bayrischen Bäckerei entspricht der Hälfte der Schuhgröße der Verkäuferin. Ich hätte vor zwei Monaten beinahe Pascal umgebracht.«

»Was?«, fragte Kamal, schüttelte sich und begann, Arabisch zu dem Mann zu sprechen, der ungeduldig wurde. Calvin fragte sich, wohin Kamal die Pässe und das Geld getan hatte. Sie hatten ihm seine Tasche abgenommen, genau wie Calvin den Rucksack, ehe sie ihn ihm wieder vor die Füße geworfen hatten, durchwühlt.

Der Mann antwortete, ärgerlich.

»Er glaubt mir nicht, dass wir die Pässe verloren haben. Er glaubt mir nicht, dass du kein Journalist bist. Ich habe ihm gesagt, dass du eine Bekannte suchst, aber …«

Der Mann bellte jetzt einen Befehl, den Calvin verstand. *Ausziehen.*

Alle Höflichkeit war von ihm abgefallen, er glaubte offenbar, sie hätten ihre Papiere am Körper versteckt.

Kamal begann langsam, sich die die Sachen vom Leib zu schälen.

»Schneller!«, bellte der Mann. »Du auch.« Er zeigte auf Calvin.

»Ich habe keine Papiere«, sagte Calvin. »Ich habe nichts. Gar nichts. Wala schay.«

Er spürte die Mündung der Kalaschnikow in seinem Rücken, ehe er überhaupt sah, dass der Typ neben dem Eingang sich ihm genähert hatte. Er zog den Pullover aus. Die Hose. Die Schuhe …

Und dann standen Kamal und er nackt in dem kahlen Raum.

Weitere Befehle folgten, Kamal verschränkte die Hände hinter dem Kopf. Calvin machte es ihm nach. Es war kalt.

Er hörte ein Rascheln von Kleidung, sah, wie der Junge mit den schönen Augen ihre Sachen durchsuchte. Der andere, der aus dem Jeep, ging mit der Kalaschnikow um sie herum. Seine Blicke tasteten Calvins Körper ab, als wäre er ein fremdes Tier, neugierig, angeekelt. Vielleicht war da in seinem Ekel auch eine leise Gier.

Der Junge ließ die Kleider fallen, zuckte die Schultern. »Walaschi«, sagte er. »Gar nichts.«

Calvin machte einen Versuch, die Hände herunterzunehmen, und spürte einen leichten Schlag der Kalaschnikow gegen seine Flanke. Er hob die Hände wieder.

Der Mann mit den schmalen Augen stand jetzt ganz nahe vor ihm, eine Frage auf den Lippen.

»Er will wissen, wie du heißt und aus welcher Stadt du kommst«, sagte Kamal.

»Sag ihm eine Stadt in Holland. Nein, Österreich, da sprechen sie deutsch …«

»Braunau?« Kamals Ironie war ätzend.

»Ich schlag mich mit dir, wenn die draußen sind«, knurrte Calvin. »Verdammt, sag ihm Zürich, sag ihm Schweiz. Wir gewinnen Zeit, wenn sie das erst checken müssen. Denk dir einen Namen für mich aus. *Bitte.*«

Kamal sprach arabisch, nickte, schüttelte den Kopf. Der Mann mit dem gebügelten Hemd gab Calvin ein Blatt Papier und einen Kugelschreiber. »Sie wollen die E-Mail von einem Verwandten.«

»Sag ihnen, ich bin Vollwaise.«

»Denk daran«, begann Kamal leise, »du stehst nackt in einem

abgeschlossenen Raum mit drei Typen, die gerne schießen. Es ist nicht klug, sie zu ärgern.«

Calvin dachte an seinen Vater: den großen, starken Mann, der ihm mit fünf Jahren gezeigt hatte, wie herum man ein Hakenkreuz malt. Den er bewundert hatte. Der Dinge geworfen und herumgebrüllt und seine Fäuste zu oft benutzt hatte. Er dachte an seine Mutter, er sah ihr zu früh gealtertes Gesicht vor sich, ihre schmale Gestalt auf dem Sofa, wo sie ganze Tage verbrachte, wenn die Kopfschmerzen sie peinigten. Sie hatte sich beinahe mit Nuri angefreundet, und dann hatte sie seinem Vater trotzdem erlaubt, wieder einzuziehen. Er hatte sie immer geliebt, aber sie war tot.

Sie waren beide auf ihre eigene Weise tot.

Vollwaise.

Er legte das Papier gegen die Wand und schrieb Anders Dobrowskis E-Mail-Adresse auf. Eine Adresse mit .com hinten, keine deutsche Endung.

»Sollen sie Dobrowski schreiben, dass sie Lösegeld für mich wollen«, sagte er. »Vielleicht meldet er sich aus seinem Grab im Spiegel.«

Der mit dem gebügelten Hemd faltete das Papier, steckte es ein und ging mit einem letzten leisen Satz zur Tür.

»Er sagt, sie überprüfen unsere Angaben«, meinte Kamal. »Es wird dauern. Ich hoffe, das Internet ist hier so unzuverlässig, wie ich denke.«

Der Mann mit der Kalaschnikow trat einen Schritt zurück, um ebenfalls zu gehen. Dann überlegte er es sich anders, holte aus und schlug Kamal ins Gesicht. Einfach so. Kamal blieb reglos stehen, sah ihn nur an. Der Mann knurrte, holte noch einmal aus – aber diesmal fiel Calvin ihm in den Arm.

Es ging alles sehr rasch, der Typ hob ein Knie, geübt, blitzschnell, und stieß es Calvin mit aller Kraft zwischen die Beine. Der Schmerz war jäh und scharf, er ging zu Boden und kassierte noch einen Tritt, ehe der Mann ausspuckte und ging.

Der Junge mit den schönen Augen warf einen unsicheren Blick in die Richtung, wo Calvin nackt auf dem Boden kniete und nach Atem rang. Schließlich folgte er dem anderen. Draußen wurde ein Schlüssel umgedreht.

Es dauerte, bis Calvin sprechen konnte.

»Hurensöhne«, keuchte er schließlich. »Ich … sollte das Wort auf Arabisch lernen.«

Kamal kniete neben ihm. »Oh, es ist sowieso ein arabisches Schimpfwort. Wir sind die Erfinder aller Beleidigungen der Welt. Und aller Arten des Schmerzes.« Er zuckte die Schultern. »Aber auch die Erfinder des Lachens.«

»Wo … sind die Pässe?«

Kamal reichte Calvin seine Kleider. Erst, nachdem sie sich schweigend angezogen hatten, ohne sich anzusehen, deutete er auf seinen Schuh. »Praktische Einlegesohle. Wie ein doppelter Boden. Deutsche Gesundheitsturnschuhe. Sehr gut. Auch gut für Handys. Unbequem, allerdings.«

In den letzten grauen Schlieren des Novembers begannen die Straßen der Stadt zu strahlen.

Lichter tauchten auf, überall, Lichter an Girlanden über der Straße, Lichter an Drahtsternen, Lichter in künstlichen Kerzen, die die Schaufenster zierten. Selbst die Bäume waren gefangen in Lichternetzen wie große, hilflose Fische. Wenn sie einmal in der Woche zum *Weiten Theater* fuhren, zählten die Kinder die Weihnachtsbäume auf dem Weg.

Und zwischen den Lichtern saß ein Syrer in einem abgewetzten Jackett auf einer Bank und schrieb. An einem der letzten Tage im

November setzte Nuri sich neben ihren Vater, einfach so, und er steckte das Blatt Papier weg.

»Advent«, sagte er und sah sie an »Jetzt ist bald Advent. Als ich hier studiert habe, kam es mir vor wie Magie. Die Dunkelheit und das Licht, die Kälte draußen und die Kerzen in den Häusern … Damals war es, als wären alle Tage heilig.«

»Am Freitag machen sie einen Adventsbasar«, sagte Nuri. »In der Schule, wo ich helfe. Wir haben … lach jetzt nicht … wir haben Topfuntersetzer gehäkelt. Kein Mensch will Topfuntersetzer haben, aber Andrea hat darauf bestanden. Ich muss noch Preisschilder malen, das Geld ist für irgendeine Art von Flüchtlingshilfe. Wir haben auch Kekse gebacken mit der Gruppe. Ich habe versprochen, den Leuten am Oranienplatz welche zu bringen. Denen, die immer noch da sind, weil es doch nicht genug Plätze im Winterquartier gab. Eine Weile war ich fast sauer auf die Oranienplatzleute, aber es wird kalt, und sie haben nur die Zelte.«

»Du hast eine Menge zu tun«, sagte ihr Vater und lächelte. »Man sieht dich kaum noch.« Er drückte ihre Hand, ganz leicht. »Du lebst weiter. Das ist gut.«

»Ja«, sagte Nuri.

Nein, dachte sie. Ich tue nur so, als ob ich lebe. Ich renne hektisch herum und fülle jede freie Minute, ich bin die positive, lächelnde Nuri, die allein zum *Weiten Theater* fährt, um Stoff auf Sperrholzwände zu tackern und Pappmaschee anzustreichen. Aber das ist eine äußere Hülle.

Die innere, wahre Nuri kommt nur nachts hervor. Sie liegt auf ihrer Matratze und hat Angst.

Und in ihren Träumen läuft Kamal durch die Lichterstraßen und sucht sie. Aber er findet immer nur Cindy.

»Du denkst nicht mehr so oft an ihn, oder? Calvin?«

Nuri schluckte. Sie antwortete nicht.

»Er war ein lieber Junge«, sagte Abi und streichelte ihre Hand. »Aber … mit zwei so unterschiedlichen Kulturen … und seiner Vorgeschichte … Auf die Dauer wäre es nicht gut gegangen.«

»Abi?« Sie zog ihre Hand weg und starrte ihn an, perplex. »Es *ist* nicht gut gegangen? Er ist *tot.*«

Ihr Vater nickte. »Ja, natürlich. Entschuldige.« Eine Weile schwieg er, sah nur den Winter an.

»Imad ist sehr nett«, sagte er schließlich. »Höflich, wohlerzogen. Er war jetzt … wie oft bei uns zum Essen? Viermal? Manchmal kommt es mir vor, als gehörte er zur Familie.«

»Imad?« Sie lachte. »Imad ist okay, aber er ist ein Idiot. Er tut mir leid, weil er keine Familie hat. Deshalb hab ich ihn zu uns eingeladen. Das ist alles.«

»Nuri. Er ist *kein* Idiot. Auf die Dauer wäre es besser, wenn … Wir werden nicht übermorgen nach Hause fahren, du weißt das. Dinge hier müssen … sich regeln. Du könntest dich ein bisschen häufiger mit Imad unterhalten.«

Nuri lachte, ungläubig. »Du bist ein moderner, liberaler Intellektueller, schon vergessen? Lehrer, Leser, Philosoph. Du schreibst ein Buch über ein Land, in dem es verboten war, zu viel zu denken. Versuchst du im Ernst gerade, deine Tochter zu verheiraten?«

Ihr Vater zuckte mit den Schultern, kroch in sein Jackett hinein, frierend. »Liberal, ja. Wir waren immer sehr liberal. Jetzt denke ich … denken wir manchmal beide, Fadwa und ich, dass es ein Fehler war. Wohin hat uns denn die ganze Liberalität geführt? Nabil ist tot. Mariam hat sich von uns abgekehrt, um mit ihrem Offizier zu leben. Ummis Familie spricht nicht mehr mit uns, all die Tanten aus Latakia …«

»Gott sei Dank«, sagte Nuri.

Aber er ließ sich nicht beirren. »Kamal haben wir so liberal erzogen, dass er verschwunden ist. Untergetaucht. Keiner weiß, warum. Und du? Wir hätten dich beinahe verloren. Wir haben deinen Calvin versteckt, Nuri. Wir haben ihn mit offenen Armen empfangen und …«

»Und?«, fauchte Nuri. »Zum Dank ist er ins Feuer gegangen und hat Leute rausgeholt und sich vom Rauch umbringen lassen. Das ist ja völlig unverantwortlich.«

»Seine Freunde haben …«

»Es waren nicht seine Freunde!«

Er nickte. »Nein, nicht mehr, ich weiß. Trotzdem. Wir haben Angst, Nuri. Angst um dich. Du bist die Letzte, die noch da ist, du bist …« Er verstummte, und auf einmal sah sie die Wahrheit, sie sah, wer neben ihr auf der Bank saß: ein alter Mann.

Er hatte drei Kinder verloren. Er war ein Lehrer gewesen, er war kein Lehrer mehr, er war gar nichts. Er hatte gesagt, er wäre bereit, jede Arbeit anzunehmen. Zu putzen. Auf dem Bau zu helfen. Aber es gab genug Flüchtlinge in Berlin, die all das besser konnten als er. Nuri konnte sich vorstellen, was sie sagten, wenn er für einen solchen Job vorsprach, der alte Herr mit dem vorsichtigen Gang, dem sanften Blick und der Brille. Was konnte er schon tun auf dem Bau? Er hatte seine Vergangenheit in Splittern hinter sich gelassen, er brauchte so dringend eine Zukunft in diesem Land.

Keine Zukunft für sich, eine Zukunft für seine letzte Tochter. Etwas, das überdauerte, wenn er eines Tages nicht mehr da war. Er brauchte jemanden, der Nuri beschützte, und er hatte einen jungen Mann an seinem Esstisch gefunden, der dazu geeignet schien.

Wenn er diese Tochter heiratete.

Nuri nahm ihren Vater in die Arme, doch gleichzeitig schauderte sie, denn sie spürte tief in sich einen seltsamen Funken von Pflichtgefühl. Sie sagte sich, dass sie niemals irgendwen heiraten würde, nur um ihre Eltern zu beruhigen, doch der Funke brannte ein Loch in ihr Herz und sagte: Wer weiß.

»Nicht weinen!«, flüsterte Abi. »Bitte! Alles kommt in Ordnung.«

Vor der Bank stand Calvin und streckte Nuri die Hände entgegen. Und sie ließ ihren Vater los, wollte sich von Calvin hochziehen lassen, ihre Arme um ihn schlingen, sich an ihm festhalten. Natürlich heirate ich niemand anderen! Auch in zehn Jahren nicht!

Der erste Schnee des Jahres verfing sich in seinem blonden Haar. Aber dann zog er sie nicht von der Bank hoch. Er war nur eine Erinnerung.

»Imad kommt am Sonntag wieder zum Essen«, sagte Abi, stand auf und ging den Parkweg entlang, die gelbe Adidas-Tasche unter dem Arm.

Zwei Tage später stand sie mit Nik und Andrea hinter einem Tisch voll gehäkelter Topflappen. Sie hatten ein rotes Tuch über den Tisch gebreitet, und die Kinder hatten goldene Sterne ausgestanzt, um sie darüberzustreuen, ein Himmel aus Buntpapier. Das Schulfoyer war überfüllt von ähnlichen Tischen. Von Sternen, Tannenzweigen, Kerzen, Salzteigweihnachtsmännern, Tonengeln, Strickschals, Filznikoläusen … Zwischen den Tischen herrschte ein Gewusel wie auf einem Jahrmarkt, und über allem lag ein Duft nach Zimt, Nelken und Würstchen, vermengt mit einem Hintergrundchor aus Knabenstimmen vom Band.

Die Keksklauerin schüttelte die Gelddose und jubelte. »So viel Geld! Ich habe eben zwei Häkellappen verkauft. Zum Preis von drei. Sonderangebot.«

Nuri lachte. Sie sah, wie sich Nesrin mit dem kleinen Sami an der Hand durch das Gedränge schob, in der anderen Hand einen Becher Kinderpunsch, oder jedenfalls hoffte Nuri, dass es nur Kinderpunsch war. Sie winkten und verschwanden in Richtung Dosenwerfen, wo man nützliche Dinge gewinnen konnte wie gebrauchte Plastikfiguren aus Überraschungseiern.

Sie bewachten den Stand in Schichten, immer zwei Kinder halfen.

»Wir wird reich, total«, sagte die Keksklauerin und schlüpfte unter dem Tisch durch, weil ihre Freundin aus dem Gewühl winkte. Die rothaarige deutsche Freundin aus dem *Weiten Theater*.

Nuri merkte, dass ihr Gesicht warm war vom Lächeln. Oder von dem Punsch, dem Erwachsenenpunsch, den ihr Andrea in einem Plastikbecher in die Hand gedrückt hatte.

»Das Geld ist für die Kinder in Afrika«, sagte Andrea mit einem Seufzer.

In der Mitte des Foyers hing ein riesiger Adventskranz, der sich leise in der aufsteigenden Wärme an seinen silbernen Bändern drehte. Nuri erinnerte sich nicht, ob Annas Familie in Darʿā einen Adventskranz besessen hatte.

»Wann zünden sie die Kerzen an?«, fragte sie und kassierte das Geld für ein hellblaues Häkel-Etui, das sehr modern und für ein Handy gedacht war. Leider war die Form vollkommen aus dem Ruder gelaufen, und es sah jetzt eher aus, als sollte man einen toten Frosch darin aufbewahren. »Ich meine, es ist doch jetzt dunkel draußen.«

Nik lachte. »Es hat nichts mit der Dunkelheit zu tun. Die erste Kerze wird am ersten Adventssonntag angezündet. Übermorgen.«

Sonntag kommt Imad wieder zum Abendessen.

Thores blonder Kopf tauchte jetzt unter dem Adventskranz auf, er sah sich kurz um und war wieder fort. Kurz darauf tauchte Ridha an der gleichen Stelle auf. Nuri fragte sich, ob er Thore suchte.

»Im *Weiten Theater* verschwinden Dinge, seit wir da sind«, sagte Nik plötzlich und sah dabei weiter geradeaus, so als würde er gar nicht mit ihr sprechen. Nuri sah sich um. Ein kleiner, afghanischer Junge knotete konzentriert an einem halb fertigen, giftgrünen Topflappen herum.

»Verschwinden … Dinge?«

»Ja«, sagte Nik leise. »Ich hatte gestern ein längeres Gespräch mit Rolf. Erst waren es die Glitzersteine, die wir beim Basteln benutzt haben, die für die Engelsflügel. Dann eine ganze Rolle weißer Tüllstoff.«

»Eins von den Mädchen«, sagte Nuri.

Nik zuckte die Schultern. »Und nach dem letzten Mal stimmte die Kasse nicht. Die Kasse steht im Vorraum, wo es am Ende immer Saft und Salzstangen gibt. Unter der Theke.« Er schüttelte den Kopf.

»Und jetzt glauben sie, eins von unseren Kindern stiehlt«, stellte Andrea fest, »denn natürlich ist es ein Ausländerkind.«

Nik schüttelte den Kopf. »Sie haben nicht gesagt, dass es ein Ausländerkind ist. Aber zeitlich gesehen, muss es jemand aus unserer Gruppe sein. Da sind ja auch Deutsche dabei.«

»Die Keksklauerin …«, sagte Nuri, lächelte, und fuhr fort: »… klaut nur Kekse.«

Andrea und Nik lachten, gewollt unbeschwert.

»Wir müssen herausfinden, wer es ist«, sagte Nik, »und mit demjenigen reden. Sonst leidet der Ruf der Gruppe.«

Auf der anderen Seite des Foyers stand Thore jetzt vor einem Stand mit einer Tischdecke aus blauem Samt. Neben ihm Ridha. Dann kam ein anderer, älterer Junge von der Seite. Ridhas Bruder, Nuri erkannte ihn. Er legte einen Arm um Ridhas Schultern, wie um ihn wegzuziehen, aber Ridha ließ sich nicht ziehen.

Erst da bemerkte Nuri die Frau, der der Stand gehörte. Es war eine hübsche junge Frau mit blondrotem Pferdeschwanz und einem alt anmutenden Silberamulett um den Hals.

»Das ist Thores Mutter«, sagte Nuri verwundert. »Thores Mutter hat einen Töpferstand hier.«

»Ja«, sagte Andrea. »Sie macht irgendwas mit Ton und Wolle, hat einen Laden oder einen Versand oder so. Wo ist unser Geschenkpapier?«

Nuri fand es und half Nik, einen Häkellappen in orange-grüne Sternschnuppen einzuwickeln. Als sie wieder zu dem Töpferstand hinsah, war Ridhas Bruder verschwunden, und Thore und seine Mutter unterhielten sich mit einem Mädchen, das irgendetwas wissen wollte. Nuri war die Einzige, die sah, wie Ridha blitzschnell zugriff, etwas sehr Kleines von dem blauen Samttuch nahm und in seiner Tasche verschwinden ließ. Dann tauchte er ins Meer der bunten Menschen und war fort.

Nuri murmelte etwas von »gleich wieder da« und bahnte sich einen Weg durch Tische und Keksteller. Verdammt, sie musste wissen, was Ridha eingesteckt hatte. Auf dem dunkelblauen Samt türmten sich Schalen und Teller, hölzerne Schnitzereien aus Baumwurzeln und hell lasierte Schalen mit Schafmilchseife. Das Geschirr trug weiße Zeichen auf blauem Grund, hübsch, altmodisch, wertvoll. Keine kleinen, leicht einsteckbaren Dinge.

»Kann ich Ihnen helfen?«

Nuri sah auf. Thores Mutter schien sie wieder nicht zu erkennen, ihr Gesicht war seltsam leer.

»Nein, danke, ich …«, begann Nuri und stockte. Doch, es gab kleine Gegenstände. Neben einem Strauß kahler, golden besprühter Zweige lag aufgefächert ein Stapel mit Flyern.

»Darf ich …?«, fragte Nuri und nahm den obersten.

Großes Winter-Kinderfest!, stand in schön geschwungener Schrift darauf. *Samstag, 7.12.2013. Turnhalle, 16 Uhr. Kuchen, Spiel und Sport! Eintritt frei für alle kleinen und großen Gäste. Es freuen sich auf euch: die Frauen der GDF.*

Darunter, in kleinerer Schrift, eine Adresse. Dies war nicht die Turnhalle der Schule. Nuri faltete den Flyer und schluckte. Auf einmal war da der lauwarme, schale Geschmack der Scham in ihrem Mund. Ein Flyer. Sie war sofort bereit gewesen, daran zu glauben, dass Ridha etwas anderes eingesteckt hatte. Etwas von Wert.

Als sie aufräumten, war es schon Abend. Die Kinder waren längst zu Hause, die letzten Töne der Weihnachtsmusik zwischen den Kekskrümeln auf dem Fußboden zerflossen.

Thores Mutter war ebenfalls schon fort, ihr Töpferstand leer.

»Nik«, sagte Nuri, während sie das rote Tischtuch gemeinsam falteten. »Sonntag. Ich … Könnte es sein, dass wir Sonntagabend ein dringendes Treffen mit der Lerngruppe haben? Ich meine, mit den Erwachsenen?«

Nik stand da, das Tuch in den Händen, und sah sie nachdenklich an. »Warum?«

»Ich … muss etwas vorhaben am Sonntagabend. Es muss nicht wirklich stattfinden, es reicht, wenn ich es behaupten kann.«

Nik legte das Tuch in den Karton mit den übrigen Häkelkunstwerken, wobei ein Schauer an Goldsternen herausrieselte. »Wir müssten da dieses Keksrezept besprechen«, sagte er, ohne sie anzusehen. »Es ist … ein Keksrezept, das man nur am Sonntagabend besprechen kann.«

»Ja«, sagte Nuri rasch. »Unbedingt. Kann ich meinen Eltern eure Telefonnummer geben? Würdest du notfalls behaupten, ich wäre da?«

»Gib ihnen meine Handynummer«, sagte Nik. »Die hast du doch.«

Und dann, als sie vor der Schule standen, wo einzelne Schneeflocken durch den Himmel tanzten. »Nuri.«

»Hm?« Andrea war schon weg, alle waren schon weg, nur Nik und sie und der Karton mit den Häkellappen waren zurückgeblieben. Die Dunkelheit in den Ecken des Schulhofs kroch näher und streckte kalte Finger aus.

»Wo bist du Sonntagabend wirklich? Machst du irgendwelchen Unsinn?«

Sie lachte. »Nein. Ich bin nirgends. Ich werde in der Stadt herumlaufen, denke ich, es geht nur darum, dass ich nicht zu Hause sein möchte. Meine Eltern haben … Besuch, den ich nicht sehen will.«

Er nickte. »Gut. Ich hatte ein bisschen Angst …«

… dass ich mich heimlich mit meinem rechten Neonazifreund treffe, dachte Nuri.

Nein, das war Unsinn. Nik kannte ihre Geschichte gar nicht. Er schien zu überlegen, schien tief Luft zu holen. »Warum kommst du nicht wirklich? Zu mir? Das ist besser, als in der Stadt herumzuhängen. Hast du schon mal Zimtsterne gemacht?«

Sie schüttelte den Kopf. »Machen wir in Syrien eher selten.«

»Ich frage Andrea, ob sie kann«, sagte Nik. »Sonntag um halb sechs. Ich schicke dir eine Wegbeschreibung per SMS. Und dann zeigen wir dir den ganzen Horror der deutschen Adventsbäckerei.«

Nuri streckte den Arm und pflückte einen Goldpapierstern aus seinen schwarzen Korkenzieherlocken. »Danke«, flüsterte sie, ehe sie ging.

Es gab ein Klo, ein offenes Loch im Boden in einem winzigen Raum, zu dem man durch einen Flur kam. Einmal am Tag wurden sie dorthin geführt, immer von jemandem mit einer Waffe.

Sonst gab es nur den Eimer in der Ecke, den sie bei den Klogängen mitnahmen, um ihn zu leeren. Wasser bekamen sie in einem anderen Eimer. Ein Eimer pro Tag, Trink- und Waschwasser.

Es gab keine Handyverbindung.

Die Freiheit lag draußen und war nur ein Baum.

Manchmal glaubte Calvin, dass er wahnsinnig werden würde. Sieben Tage lang geschah gar nichts. Morgens und abends öffnete jemand die Tür, stellte zwei Blechteller auf den Fußboden, schob sie mit dem Fuß in den Raum und schloss die Tür wieder. Hinter ihm wartete jedes Mal ein zweiter Mann, zur Sicherheit.

Sie machten Pläne. Jeden Tag. Keiner der Pläne ging auf. Nur im Film gelingt es Geiseln, zu fliehen.

Calvin träumte von Nuri. Sie war sehr lebendig, er sah sie lachen, doch wenn sie zu lange lachte, löste sich ihr Gesicht jedes Mal auf und wurde zum Gesicht von jemand anderem. Einmal verwandelte es sich in das von Raed, einmal in das des Mannes, der ihn zwischen die Beine getreten hatte, einmal in das des verletzten Jungen aus dem Gefangenenlager des Daisch. Einmal in das verschleierte Gesicht der Frau in dem Video, jenes Gesicht, das man nicht erkannt hatte. Am achten Morgen verwandelte Nuris Gesicht sich in das von Dschinan. Sie sagte etwas, das er nicht verstand, und dann wachte er auf, weil jemand in den Raum kam.

Es war ein Mann, den sie noch nie gesehen hatten. Ein gut angezogener, großer Mann mit einem harten Blick, und er hatte die beiden bei sich, die auch den anderen begleitet hatten. Sie postierten sich wieder neben der Tür. Die Stimme des Mannes war kalt und klar.

»Niemand hat sich auf ihre E-Mails gemeldet«, übersetzte Kamal. »Die Namen, die ich ihm gegeben habe, lassen sich in der Schweiz nicht finden. Wir scheinen beide nicht zu existieren. Er sagt, sie wären gerne höflich zu ihren Gästen, aber es wäre schwer, höflich zu jemandem zu sein, der nicht existiert.«

Calvin merkte, wie seine Hände schwitzten.

»Sag ihm andere Namen. Namen, die jeder haben kann. Wie heißt man in der Schweiz? Wir brauchen mehr Zeit.«

Und Kamal erfand neue Namen.

In der Woche, die folgte, wurde Calvin krank. Er verbrachte die Tage zwischen seiner Matratze und dem Eimer, spuckte und hatte Durchfall, und Kamal sagte, das würde allen Europäern passieren. Ihre Eingeweide seien die freundlichen Keime Syriens nicht gewohnt.

Calvin lächelte nur schwach. Der Eimer wurde zu selten gelehrt, beißender Exkrementgeruch erfüllte den Raum. Der Baum draußen stand teilnahmslos vor dem Himmel.

»Eigentlich … ist es doch praktisch«, sagte Calvin. »Ich werde einfach so krank, dass sie mich rausbringen müssen, in ein Krankenhaus.«

Kamal knurrte nur.

Man sagte ihnen, man könnte auch die neuen Namen nicht finden. Wer nicht existierte, der bräuchte auch keine medizinische Versorgung. Sie waren jetzt nicht mehr freundlich.

Kamal sagte ihnen, sie hätten die Namen sicher nur verkehrt geschrieben.

Am Tag darauf gab es nichts außer Wasser. Wer nicht existierte, brauchte nicht zu essen. Calvin war es herzlich egal, er behielt sowieso nichts bei sich, er dämmerte nur vor sich hin.

Der Mann mit der kalten Stimme kam nach einer weiteren Woche wieder. Er sagte, mit den Namen hätte er noch immer kein Glück. Kamal fluchte. Und Calvin kämpfte sich auf der Matratze hoch.

»Du musst essen«, sagte er. »Sieben Tage reichen. Hol sie zurück. Sag ihnen, wer ich bin. *Calvin Lüttke.* Sag ihnen *Deutschland.* Scheiße.«

Am Tag darauf wachte er auf und fühlte sich zum ersten Mal seit Langem nicht elend. Nur sehr schwach und vollkommen leer. Kamal stand am Fenster. Draußen war die Sonne auf den Granatapfelbaum geklettert und von dort aus in den Himmel gesprungen. Es war Mittag.

Die Luft war kalt geworden.

Calvin stützte sich an der Wand ab, kam auf die Beine und ging zu Kamal hinüber. Er fragte sich, ob irgendwer jemals so dreckige, durchgeschwitzte Kleider getragen hatte wie er. Ob jemand sich je so schwach auf den Beinen gefühlt hatte. Er sah sich nach einem Blechteller um, er musste etwas essen. Er fand keinen Teller im Raum.

»Kamal«, sagte er. »Gibt es irgendwo was zu essen?«

Kamal drehte sich langsam zu ihm um. »Nein«, sagte er. »Es gibt auch kein Wasser mehr.«

»*Was?*«

In der Ferne wurden Motorengeräusche laut. Ein Schuss fiel. Dann eine ganze Salve.

»Das ist das erste Mal, dass sie in der Nähe schießen«, murmelte Kamal. »Etwas läuft schief da draußen.«

»Warum … gibt es kein Wasser?«

»Ich weiß es nicht. Niemand war da, am Morgen. Ich habe gerufen, aber niemand ist gekommen.«

Calvin wollte mehr fragen, mehr sagen, aber dann legte er sich nur zurück auf sein Lager und dämmerte wieder weg. Er träumte von den Bächen in den Nur-Bergen. Als er aufwachte, klebte die Zunge an seinem Gaumen wie ein Stück Leder.

Und dann näherten sich Schritte. Calvin hörte draußen eine Stimme, zögernd, jung.

»Er sagt, einer der Namen, den sie jetzt haben, existiert«, flüsterte Kamal. »Sie haben ihn gefunden. Calvin Lüttke aus Deutschland. Aber Calvin Lüttke ist tot. Wer tot ist, braucht nichts zu trinken.«

Da warf sich Calvin mit einem Wutschrei auf die Tür, vergaß die Schwäche seines Körpers und rüttelte an der Klinke, trat gegen die Tür, spuckte ihr Flüche entgegen.

In der Ferne waren wieder Schüsse zu hören.

Und schließlich, nach einer Ewigkeit, kamen mehr Schritte den Flur entlang, und ein Schlüssel drehte sich im Schloss.

Vor der Tür standen zwei Männer und der Junge mit den dunklen Augen. Sie zerrten Calvin und Kamal ohne Erklärung mit sich und stießen sie draußen in einen alten Jeep. Niemand beantwortete Kamals Fragen. Dies hier schien nicht geplant zu sein.

Als der Jeep losfuhr, sahen sie durch die Heckscheibe zum ersten Mal den Ort, in dem sie gewesen waren: einen kleinen, grauen, nichtssagenden Ort in der Ebene. Hühner, Mauern, ein magerer Hund, Felder, Müll. Einschusslöcher, zerstörte Wände. Keine Menschen.

Die Straße war uneben, der Jeep holperte über trockene Erde und Geröll wie von einer frischen Sprengung, draußen vorbeifliegende Farben: braun, grau, ein Stück blauer Himmel, schwarz. Da war noch ein Auto, Staub, eine verlassene Tankstelle – Calvin war schwindelig. Es ging alles zu rasch, und er begriff nichts.

Zusammen mit ihnen saß der dunkeläugige Junge auf der Rückbank, an seine Kalaschnikow geklammert, sein Gesicht angespannt. Aber Calvin sah den Jungen kaum. Er sah die Wasserflasche neben dem Jungen.

Er hielt die Flasche in der Hand, ehe er darüber nachdenken konnte, riss den Schraubverschluss halb ab und trank, trank, trank. Kamal nahm ihm die Flasche schließlich ab, um selbst zu trinken, und Calvin saß keuchend da, die Kühle des Wassers noch im Mund, für Sekunden glücklich.

Die dunklen Augen des Jungen starrten.

Die Männer vorne konzentrierten sich auf die Straße, einer sprach in ein Handy. Calvin und Kamal schienen ihnen seltsam egal zu sein.

»Ihr sucht jemanden«, sagte der Junge nach einer Weile leise. »Wen?«

Dies war nichts, was man übersetzen musste.

»Ein Mädchen«, sagte Calvin. »Dschinan al-Bakri. Sie ist aus einem Dorf in der Nähe von Darkush weggegangen, über das Nur-Gebirge. Wir …«

In diesem Moment schleuderte der Wagen, sie mussten sich mit aller Kraft festklammern, und dann hielten sie zwischen den Ruinen anderer Häuser. Sie wurden hinauskommandiert, in ein anderes Haus gebracht, das offenbar unbewohnt war. Niemand machte sich die Mühe, ihnen etwas zu erklären. Niemand machte sich die Mühe, die Tür abzuschließen.

Männer saßen auf dem Fußboden und wechselten Patronen in Gürteln aus, säuberten Waffen, sprachen in abgehackten, hektischen Sätzen miteinander, einer kam herein, der an der Schläfe blutete, es wurde herumgeschrien, gefuchtelt, geflucht. Niemand kümmerte sich um Calvin oder Kamal, die sich in eine Ecke auf den Boden gesetzt hatten.

Etwas später brachten sie einen, der nicht bei Bewusstsein war, und legten ihn in eine Ecke, redeten auf ihn ein – es war ein einziges Chaos, unwirklich wie ein Traum nach den Tagen der Stille.

Vor einem Fenster stand ein schöner, alter Polstersessel.

Auf dem Beistelltisch daneben, einem hübschen Tisch mit Intarsienarbeiten, lagen mehr Patronen.

Mit einem Mal schwappte eine Woge aus Lärm an die Wände, Schüsse, Explosionen, Rufe, und die Männer rannten hinaus. Nur der Junge mit den dunklen Augen hockte noch bei ihnen.

Calvin atmete tief durch.

»Okay«, sagte er langsam. »Wir … könnten einfach gehen.«

»Wohin?«, fragte Kamal mit einem bitteren Lachen. »Da raus? Das ist sie, Calvin. Die Front. Etwas scheint schiefzugehen. Sonst hätten sie uns nicht mitgenommen. Sie verlieren an Boden.«

»Die Front zwischen wem und wem? Den al-Nusra-Leuten und der Regierung?«

Der Junge mit den dunklen Augen schüttelte den Kopf. Und dann sprach er, zum ersten Mal mehr als nur ein paar Worte. Schließlich stand er auf und drehte ihnen den Rücken zu, um einen Gaskocher in Gang zu bringen.

»Sie kämpfen nicht gegen Regierungstruppen«, übersetzte Kamal. »Hier kämpfen sie gegen die FSA. Wir sind östlich von Aleppo. Meilen von da entfernt, wo sie uns eingesammelt haben. Sie kämpfen um die Stadt.« Er schwieg eine Weile.

Weitere Gewehrsalven draußen. Wasser begann in einem Kessel zu brodeln.

»Aleppo«, wiederholte Kamal. »Ich war lange da. Ich frage mich, was von der Stadt noch übrig ist.«

»Aber warum … Das ergibt keinen Sinn … Warum kämpft al-Nusra gegen die FSA? Das sind beides Rebellen … Kämpfen sie nicht beide gegen die Regierung?«

»Das auch«, sagte Kamal und lachte plötzlich. »Weiter drinnen in der Stadt werden sie gegen die Regierung kämpfen, hat er gesagt. Aber hier ist es die FSA. Jeder gegen jeden. Sie kämpfen auch gegen den Daisch. Sie sind alle verrückt geworden.« Und beinahe sanft fügte er hinzu: »Aber das wusstest du doch.«

In diesem Moment kniete sich der Junge mit den dunklen Augen neben sie und stellte Gläser auf den Boden und legte ein Stück Brotfladen dazu. »Tee?«, fragte er.

Und dann saßen sie zusammen auf dem Fußboden und tranken Tee und aßen das staubige Brot, während draußen die Schüsse fielen. Dies also, dachte Calvin, war der Krieg. Plötzlich und chaotisch, völlig ungeplant und sinnlos. Und sehr unwirklich.

Du sitzt inmitten von Lärm und Schüssen und trinkst Tee.

Er drehte sich zu dem Mann in der Ecke um.

»Der ist tot«, sagte der Junge. »Um den kümmere ich mich später. Noch ein Märtyrer.« Er sagte es, wie man über eine Blume spricht, die man noch gießen muss, nicht gleichgültig eigentlich, der Tod war nur etwas, an das er sich gewöhnt hatte. Und auf die gleiche Weise sagte er: »Sie haben mich hiergelassen, um euch zu bewachen. Wenn ihr weglauft, erschieße ich euch.«

»Wie alt bist du?«, fragte Kamal.

»Sechzehn«, sagte der Junge. Und dann, ohne Überleitung: »Dschinan ... al-Bakri. Ich ... kenne den Namen. Es ist kein häufiger Name. Ich kenne sie ... aus dem Netz. Von einem Video.« Calvin ließ Kamal den Satz übersetzen, obwohl er ihn verstanden hatte.

»Von einem ... Video?«, fragte er. Ihm wurde schwindelig. Hier war sie. Seine Spur. Die Spur, die in einen Raum in einem dritten oder vierten Stockwerk führte, mit einem Fenster im Hintergrund, hinter dem die Freiheit lag wie hinter dem Gitterfenster der vergangenen Tage ...

Der Junge nickte, untersuchte seine Kalaschnikow, rieb sie mit einem Tuch sauber, obwohl sie sauber war, sah schließlich auf. »Ihr habt es nicht gesehen? Vor einem Monat war es ziemlich bekannt.«

Er zuckte die Schultern, steckte den Lappen weg und holte ein Handy aus der Tasche. Aber da waren die Schüsse näher, und auf einmal kniete der Junge auf dem Polstersessel, ohne dass Calvin wirklich gesehen hatte, wie er dorthin gekommen war. Er stützte die Kalaschnikow in der Fensteröffnung auf, schickte eine Salve hinaus und zog sich zurück, lehnte jetzt mit dem Rücken an der Wand. Jemand rannte draußen über die Straße, sie sahen es durchs Fenster. Sie sahen, dass er nicht ankam, sahen, wie er getroffen wurde und fiel. Es war wie in einem Computerspiel. Eine Kugel pfiff durchs Fenster und schlug in der Wand auf der gegenüberliegenden Seite ein. Der Junge kroch wieder auf den Sessel, feuerte noch einmal, rollte wieder zur Seite.

Dann blieb es still.

Nach ein paar Sekunden lockerte der Junge den Patronengurt

mit zwei Fingern und hob das Handy auf, das er hatte fallen lassen. Mit der anderen Hand griff er nach seinem halb vollen Teeglas.

So also ist der Krieg von innen, dachte Calvin. So also lebst du als Soldat. Als Rebell. Du sitzt auf der Erde und trinkst Tee und wartest, und es passiert lange nichts, und dann gibt es ein paar Minuten, in denen du aktiv wirst und die vielleicht deine letzten sind. Danach wartest du wieder.

Ein paar Männer kamen herein, tauschten Waffen aus, lachten über einen Scherz, fluchten.

Waren wieder fort.

»Hier«, sagte der Junge. »Das ist das Video. Ihr habt Glück, hier gibt es Netz.«

Netz. Gerade hier. Gerade jetzt. Beinahe lachte Calvin. Auf dem Display sah man, winzig in einem YouTube-Fenster, die schwarz verschleierte Frau. Es erleichterte ihn ungemein, sie zu sehen. Er hatte beinahe schon geglaubt, er hätte sich das Ganze nur eingebildet.

Doch hier war sie, sie war real, es gab das Video. Und er hörte die Frau wieder sprechen.

Doch diesmal verstand er sie. Denn diesmal übersetzte Kamal.

»Ich bin Dschinan. Dschinan al-Bakri. Allahu akbar. Meine Schwestern und Brüder, ich bin Dschinan al-Bakri.«

»Warte«, flüsterte Calvin. »Das *ist* Dschinan?«

Kamal zuckte die Schultern. »Wenn sie die Wahrheit sagt.«

Natürlich, dachte Calvin. Er hätte früher darauf kommen müssen. Man sah nichts unter diesem schwarzen Schleier. Nicht einmal, ob es wirklich eine Frau oder ein junges Mädchen war, das sich darunter verbarg, das war der Sinn der Burka: die Reize der Frauen zu verbergen. Ihre Reize – und ihre Persönlichkeit.

»Ich war in Damaskus, ich war in Bashars Kellern«, sagte sie, übersetzt von Kamal. »Ich habe gesehen, was dort geschieht. Ich habe auch gesehen, was auf den Straßen geschieht, wie die Soldaten auf Frauen und Kinder schießen und Wohnhäuser zerbomben. Ich bin geflohen, in ein Dorf nahe der türkischen Grenze, doch das Dorf wurde zerstört. Es hieß Tall Achmar. Ich bin über die Berge nach Süden gegangen, aber dort haben sie Frauen und Kinder entführt und nach Damaskus zurückgebracht. Die Revolutionäre, die nicht auf Allahs Wegen gehen, die Verräter von der Freien Syrischen Armee. Sie haben uns aus dem Dorf der Alawiten fortgebracht, weil sie Opfer brauchten für ihren Giftgasanschlag. Sie dachten, ich wäre eine von ihnen, eine von den Alawiten, die sie hassen. Sie haben uns in eine Wohnung gesperrt, aber ich habe es hinausgeschafft, und ich wurde gerettet. Schwestern im Glauben, ich habe Allah und meine Bestimmung gefunden. Kämpft mit uns. Kämpft im Heiligen Krieg. Gegen Bashar, gegen die Ungläubigen von der Freien Syrischen Armee, gegen die Ungläubigen aller Nationen. Ich bin Dschinan al-Bakri. Wie dankbar bin ich dem Islamischen Staat, dass er mich gerettet hat!«

Das Video war vom 30. September. Über zwei Monate her.

»Die Freie Armee hat sie entführt?«, flüsterte er verwirrt. »Und das Gas … in Damaskus … aber …«

»Das ist nur, was der Daisch behauptet«, sagte Kamal, beinahe sanft. »Ich kenne das Gerücht. Die Assad-Treuen haben es auch behauptet, übrigens. Aber hör zu, Calvin. Hör zu.«

»Das ist nicht Dschinan, oder?«, fragte Calvin. »Kamal? Die Stimme … Es ist doch nicht Dschinans Stimme?«

Kamal nickte. »Doch. Ich denke. Ich war mir am Anfang nicht sicher … doch.«

Er beugte sich tiefer über das Display. Es nützte nichts, es war noch immer nichts von der Person zu erkennen, die sprach. Gar nichts. Sie war nichts als ein schwarzer Umriss vor einem hellen Fensterviereck.

Sie hatte sich selbst gefilmt, dachte Calvin, vielleicht mit der Kamera eines Laptops, das Bild war von unten aufgenommen. Hinter ihr sah man ein Sofa, ein Regal mit Büchern, gerahmte Seiten des Koran an der Wand: gold, blau, grün. Und hinter dem Sofa, im Fenster: das Minarett, die Platane und die Palme.

»Kämpft den Dschihad mit uns!«, wiederholte die Stimme, und Kamal übersetzte jetzt nur noch widerwillig. »Unsere noble Aufgabe ist es, die tapferen Männer im Kampf für Allah zu unterstützen. Ihnen bedingungslos zu dienen. Früher habe ich das nicht begriffen. Ich wusste nichts. Ich hatte Umgang mit Menschen, die Ungläubige waren. Darunter die Familie Aljafari. Nura Aljafari, Kamal und Nabil Aljafari. Sie müssen getötet werden, genau wie die Christen. Nur dann kann das heilige letzte Reich über uns kommen. Nein, früher wusste ich nichts über den wahren Gott. Ich habe meine Strafe erhalten, ich habe sie angenommen und ich bin dankbar dafür.

Schwestern, ich lebe jetzt in ar-Raqqa, der gerechten Stadt, der befreiten Stadt, Raqqa, der Stadt Allahs. Ich bin die Frau eines Kämpfers geworden, eines Kämpfers für Gott. Kommt zu uns, Schwestern, die ihr weit fort seid. Kommt und unterstützt unsere tapferen Männer gegen das Böse. Kommt nach Syrien. Kommt nach Raqqa. Ihr könnt so glücklich werden wie ich, Dschinan al-Bakri ...«

Dann brach das Video ab. Nur noch etwas wie ein goldener Schimmer hing in der Luft, ein Nachhall von etwas längst Vergangenem.

»Schöne Stimme«, sagte der Junge mit den dunklen Augen. »Aber alles Daisch-Propaganda. Wir überlassen denen nicht einfach so das Feld, das hier ist unser Kampf. Unser Land. Sie sind von außen gekommen. Gab schon Diskussionen darüber, dass der Daisch aus Aleppo abhauen soll, auch die FSA will das.«

Dann kletterte er wieder auf den Polstersessel, geduckt, und stützte die Kalaschnikow auf, sah sich um, suchend, mit zusammengekniffenen Augen. In der Ferne gab es eine weitere Explosion.

»Dschinan«, sagte Kamal leise, »brauchst du nicht mehr zu retten, Calvin. Sie ist es, auf jeden Fall, aber sie ist jemand anders geworden. Das Mädchen, das dieses Video gedreht hat, kann keiner mehr irgendwo rausholen. Fahr nach Hause.«

Als Nuri am Samstag mit Ridha, Nesrin und zwei anderen Kindern aufbrach, stand Imad mit ein paar Freunden vor dem Heim. Er löste sich aus der Gruppe und kam herüber.

»Wohin wollt ihr?«

»Bist du ein Kontrollposten?« Nuri lächelte zu ihm hinauf.

»Ich will nur wissen, ob ich mitgehen soll. Vor zwei Tagen war hier wieder was los mit den Nazis. Die haben uns provoziert. Ging nicht gut aus.«

»Kann sein«, sagte Nuri. »Interessiert mich aktuell nicht. Wir sind auf dem Weg zu einem Abgrund voller Haifische und Landminen und springen runter. Also lass uns bitte vorbei.«

»Wieso sind Haifische bei dem Kinderfest?«, fragte Farouk, der erst fünf war.

»Sind sie nicht«, sagte Nuri. »Aber Imad hier denkt, es wären überall Haifische. Kommt.«

»Bis morgen Abend«, sagte Imad, und ein wenig klang er selbst wie ein kleiner Junge, unsicher. Nuri nickte. Sie würde ihren Eltern erst kurz vorher sagen, dass sie nicht mit ihnen und Imad zu Abend essen konnte, weil sich kurzfristig dieser wichtige Termin ergeben hatte.

Sie nahm Farouk an der einen und seine Schwester Eslem an der anderen Hand und folgte Ridha, der sich als Anführer fühlte. Und so machten sie sich auf den Weg durch die kalten, ewig geraden Hellersdorfer Winterstraßen.

Zuerst hatte sie überlegt, das Ganze zu einer offiziellen Sache zu machen und alle aus der Lerngruppe mitzunehmen. Dann hatte sie sich dagegen entschieden.

Nicht einmal Andrea und Nik wussten von ihrem Vorhaben, es war ihr Vorhaben, ihres und das von Ridha. Sie brauchten nicht immer einen deutschen Sozialarbeiter an ihrer Seite. Nesrin trug ein Goldpapierlächeln auf dem Gesicht, als wäre der Ausflug ein Staatsgeheimnis.

»Ich habe den Flyer gefunden, schon klar?«, sagte Ridha.

»Klar, du bist der King«, sagte Nuri und grinste.

Schneeflocken gaukelten durch den Himmel, über den Hochhäusern hingen kompakte, weiße Wolken. Bald, dachte Nuri, wäre alles bedeckt von einer Schicht aus glitzerndem, unwirklichem Silber: die kränkelnden Bäume, der welke Rasen, die Bänke, der graue Alice-Salomon-Platz vor dem Einkaufszentrum. Der Winter würde Deutschland in ein Zauberreich verwandeln, Abi hatte davon erzählt: Winter in Heidelberg.

»Es war wie eine Postkarte«, hatte er gesagt, »und ich saß mit Handschuhen in der Uni, so kalt war es. Ich weiß noch, die Handschuhe hatte ich von einer Kommilitonin, selbst gestrickt, braun und gelb und furchtbar hässlich, und ich habe sie geliebt …«

Hatte er die Handschuhe geliebt oder die Kommilitonin?

Wenn er damals hiergeblieben wäre. Nie zurückgekehrt in sein Land. Wo wäre sie jetzt? Wie wäre es, eine Mutter zu haben, die liebevoll hässliche Handschuhe strickte? Statt einer Mutter, die in einem Flüchtlingsheim saß und Zeichnungen von Toten an die Wand klebte?

Nuri versuchte, die Flocken mit der Zunge zu fangen. Die Kinder machten es ihr nach, sie sprangen nach den Flocken wie junge Hunde. Selbst Nesrin und Ridha, die Dame und der King.

Der Winter würde schön werden.

Der Eingang der Turnhalle war mit Tannengrün geschmückt.

Drinnen gab es einen Tisch, auf dem man die Jacken ablegen konnte, dann führte ein Gang zur eigentlichen Halle. Eine Kette aus roten Tonpapierzwergen, die sich an den Händen hielten, begleitete sie durch den Flur. Es roch wie auf dem Schulbasar, nach Zimt, Nelken und Kardamom. Die deutsche Vorweihnachtszeit teilte die Gerüche der Kaffeehäuser von Homs und Damaskus.

Mitten in der Turnhalle hing ein weißes Banner mit den Worten »Fröhliche Julzeit«.

Nuri musste Andrea oder Nik bei Gelegenheit nach dem Wort fragen, vermutlich war es das Gleiche wie Advent. Das Symbol der GDF, die das Fest veranstaltete, war ebenfalls auf das Banner gemalt, eine Figur aus drei blattartigen Umrisslinien, ineinander verschlungen, ein gordischer Knoten: das Symbol, das Thores Mutter auch als Anhänger trug.

Und da war sie, stand hinter dem weißblauen Porzellan ihres Standes und plauderte mit einer anderen Frau. Es gab mehr Stände, Stände mit Schildern: *Kerzen selber ziehen. Keksebacken für die Kleinsten. Mach deinen eigenen Lebkuchen. Tischdecken handbestickt. Ponyreiten jede halbe Stunde draußen.*

»Ich bitte um Ihre Aufmerksamkeit«, sagte eine Stimme durch Lautsprecher, und Nuri entdeckte die Frau, die sprach. Sie stand auf einer kleinen, geschmückten Bühne am Ende der Halle, eine Frau in einem langen, grünen Kleid, mit um den Kopf gewundenen, geflochtenen Zöpfen. In die Zöpfe hatte sie die roten Blüten eines Weihnachtssterns gesteckt. Sie sah aus wie ein Engel auf einem alten Bild. »Wir werden jetzt die Kerzen am Lichterkranz anzünden«, erklärte der Engel. »Die vier Kinder, die Sprüche dafür geübt haben, dürfen jetzt nach vorn kommen und sich das Feuer abholen, das uns den Weg durch die Dunkelheit des Winters leuchten soll.«

Farouk und Eslem hatten wieder Nuris Hände genommen, Nesrin drängte sich an sie, und auf einmal ergriff Nuri eine unerklärliche Feierlichkeit. Sie sah zu, wie die vier Kinder zur Bühne drängten, jedes mit einer langen Kerze in der Hand.

Die Kinder trugen weiße Hemden mit gestärkten Kragen, die Mädchen rote Röcke. Sie kletterten mit ernsten, stolzen Gesichtern auf die Bühne, entzündeten ihre Lichter an einer großen Kerze, die der Engel ihnen entgegenhielt, und durften eines nach dem anderen vor den Kranz hintreten.

Ein Mann stand mit einem Seil in der Hand dort, er hatte den Kranz für sie von der Decke heruntergelassen. Jetzt begann er zu sprechen:

»Die Sonne ist durchs Jahr gerollt, jetzt ist sie schwach und klein.
Doch bald wird sie mit ihrem Gold groß und voll Wärme sein.
So schmücken wir den Sonnwendkranz für seinen neuen Lauf
und stecken ihm mit hellem Glanz vier rote Wünschelichter auf.«

Danach füllte die Kinderstimme des ersten Jungen die Turnhalle, rein und klar:

»Ich bringe mein Licht der Mutter dar,
sie sorgt für uns Kinder das ganze Jahr.«

»Das ist Thore!«, flüsterte Ridha.

Wirklich, Nuri hatte ihn nicht erkannt. Sein kurzes, blondes Haar glänzte, noch ordentlicher als sonst, mit Gel oder unter dem Wasserhahn geglättet, und sein Kragen sah sehr gebügelt aus.

»Mein Licht soll für alle Leute brennen«, sagte ein Mädchen im Faltenrock, »die heute nicht Weihnachten feiern können.«

Das dritte war wieder ein Junge.

»Ich bringe mein Licht für die Kameraden«, rief er und hielt die Kerze stolz empor, »die tapfer die Pflicht für Deutschland taten!«

»Mein Wünschelicht soll die Gefangenen schützen«, sagte das letzte Kind, »die für ihre Meinung in Dunkelheit sitzen.«

»Das ist gruselig«, sagte Nesrin leise.

Der Lichterkranz wurde wieder hochgezogen zur Decke, und Nuri sah, wie die Frauen, die zugesehen hatten, sich über die Augen wischten. Sie dachte an Dunkelheiten und Meinungen und Gefängnismauern und schluckte. Nur die dritte Strophe des Gedichtes hatte sie irritiert, aber jetzt konnte sie nicht darüber nachdenken, Eslem zerrte an ihrem Ärmel.

»Ich will lebende Kuchen machen, Nuri! Komm! Da ist so eine Stand!«

»Lebkuchen«, verbesserte Nesrin.

»Man kann auch töpfern«, sagte Farouk. »Ich töpfere. Oh, es ist schön hier. Aber ganz anders als bei uns vor Weihnachten.«

Und Nuri fiel wieder ein, dass Eslem und Farouk Christen waren. »Wie ist es denn bei euch?«

»Ach, mehr so mit Jesus und so«, antwortete Farouk. »Hier is besser. Da hinten gibt auch Hüpfburg.«

Nesrins dunkle Mandelaugen wanderten unruhig über die Stände mit Holzpferdchen-Anhängern und Tonhirschen, Kerzenhaltern und bestickten Tischdecken. Als suchte auch sie Jesus, obwohl sie Muslimin war. Es gab ihn nicht, keinen Jesus und keine Maria. Oder war Nesrin wegen etwas anderem nervös?

Nuri strich ihr über das glatte, schwarze Haar. Und dann kaufte sie Kinderpunsch für alle. Der Mann, der ihr Geld nahm, trug ein hübsches, altmodisches, weißes Hemd mit Schnürung vorne, aber unter seinem Blick wurde ihr kälter. Sie begriff nicht, warum.

Am Lebkuchenstand erntete sie einen weiteren merkwürdigen Blick. Eslem lächelte die junge Frau an, die jedem Kind einen Platz an dem langen Tisch zuwies und Teigklumpen verteilte. Nuri sah zu, wie sie glücklich braune Würste formte und auf einem Backblech zu Kringeln legte. Die anderen Kinder teilten sich zu zweit oder dritt ein Backblech, stritten sich um den Platz, schubsten und kicherten. Eslem saß alleine. Niemand machte ihr das Backblech streitig. Da war ein schmerzhafter Abstand zwischen ihr und den Übrigen.

Sie selbst merkte es nicht.

Nuri seufzte und ging mit Nesrin zusammen hinüber zum Töpferstand, wo Farouk stand.

»Was kann man denn machen mit Ton hier, bitte?«, fragte er sehr höflich auf Deutsch. Nuri spürte den Stolz in sich brennen. Die Frau hinter dem Stand jedoch schien Farouk nicht zu hören, auch nicht, als er zum zweiten Mal fragte. Da fragte Nuri ein drittes Mal, lauter. Die Frau sah auf. Sie kniff ganz kurz die Augen zusammen und antwortete dann: »Jul-Leuchter vor allem. Aber ich glaube nicht, dass das was für Sie ist.«

»Wieso nicht?«, fragte Nuri verwirrt.

In diesem Moment geschahen zwei Dinge: Ein Junge schubste Farouk im Vorbeigehen, ziemlich kräftig und ziemlich gezielt, sodass er gegen Nesrin fiel, die ihn auffing. Gleichzeitig begann auf der Bühne ein Chor zu singen. Die Chorkinder waren sehr klein, vielleicht vier oder fünf, sie trugen alle die gleiche hellblaue Kleidung, die Mädchen Röcke, die Jungen Hosen, irgendein gesticktes Zeichen auf den Hemden: Zwei Federn? Waren auch dies Jungadler?

Tatsächlich, Thores Mutter stand am Rand, das kleinste Kind im Arm, und sang mit, sie schien den Chor zu leiten. Eine andere Frau saß am Keyboard und begleitete die hohen Stimmchen.

»Schön«, sagte Farouk, noch ein wenig erstaunt darüber, dass er geschubst worden war.

Nuri hatte das Lied, das sie sangen, noch nie gehört.

»Hohe Nacht der klaren Sterne«, sangen die kleinen, blauen Uniformkinder.

»Die wie helle Zeichen steh'n
über einer weiten Ferne,
D'rüber uns're Herzen geh'n.

Hohe Nacht mit großen Feuern,
Die auf allen Bergen sind …«

»Wieder kein Jesus«, sagte Farouk. Er klang jetzt beinahe beunruhigt.

»Weihnachten ist ein heidnisches Fest«, sagte ein junger Mann neben ihnen, der ein Baby im Arm hatte. »Gab es alles schon lange vor dem ganzen Jesusgequatsche, weiß nur heute keiner mehr, weil die Kirche alle betrogen hat. Wintersonnenwende haben unsere Vorfahren auch gefeiert.«

»Mütter, euch sind alle Feuer,
Alle Sterne aufgestellt«, sang der Kinderchor.

»Mütter, tief in euren Herzen
Schlägt das Herz der weiten Welt!«

Jemand tippte Nuri auf die Schulter, und sie fuhr herum. Dort stand eine Frau mit sehr kurzen, schwarzen Haaren, hinten völlig abrasiert, und einem engen, rosa T-Shirt. Sie passte nicht zu den Kerzen und Tonkrügen und Holzanhängern.

»Würden Sie mir bitte folgen?«

Nuri nickte. Etwas stimmte nicht. Sie fühlte sich wie damals, als die Schabiha gekommen war, um ihre Brüder zu holen, und sagte sich, dass es Unsinn war. Sie hatte nichts Unrechtes getan. Sie sammelte Eslem im Vorbeigehen auf.

»Aber mein lebender Kuchen ist nicht fertig!«, protestierte Eslem, nicht mehr auf Deutsch. »Der lebt noch gar nicht! Da gibt es diesen Jul-Bogen, das hab ich neu gelernt, da kann man die Kuchenmänner dranhängen und …«

»Komm mit«, sagte Nuri. »Bitte, Eslem.«

Kurz darauf fand sie sich mit der schwarzhaarigen, jungen Frau im Flur wieder.

»Wie kommt ihr hierher?«, fragte die junge Frau. »Was wollt ihr? Uns ausspionieren?«

Sie war zierlich und sehr hübsch, aber sie sah aus, als könnte sie einen jederzeit anspringen wie ein Raubtier. Auf ihrem rosa T-Shirt stand *White is my Pink*. Nuri wusste nicht, ob das lustig sein sollte und ein Shirt für Farbenblinde war. Die Frau sah nicht aus wie jemand, der T-Shirts mit Wortspielen trug. Eine zweite Frau trat neben sie, breiter, weniger hübsch, älter.

»Wir haben den Flyer … den Flyer mitgenommen, beim Schulbasar, gestern«, stotterte Nuri. »Das … ist doch ein öffentliches Kinderfest, oder? Wir haben überall bezahlt, wo man etwas bezahlen musste.« Hinter ihr drückten sich Eslem und Farouk an die Wand, Nesrin stand zwischen ihnen und hatte ihre Arme um je einen von ihnen gelegt.

Und plötzlich hatte Nuri keine Lust mehr, unsicher zu wirken. Dies hier war Deutschland, eine Demokratie, verdammt, jeder konnte sein, wo er wollte. Sie verschränkte die Arme und stellte sich ganz gerade hin. »Was spricht dagegen, dass wir hier sind?«

Die zierliche Frau trat einen Schritt näher.

»Das hier«, zischte sie, »ist ein Fest von der Gemeinschaft Deutscher Frauen, kannst du nicht lesen? Wir haben das alles aufgebaut, mit viel Arbeit und Spendengeldern von unseren Leuten. Ihr, ihr kriegt sowieso vom Staat alles in den Arsch geschoben, die deutschen Kinder kriegen gar nichts. Aber das hier ist ihr Fest. Ein Fest für deutsche Kinder, von deutschen Müttern. Wir brauchen hier keine Schnorrer.« Sie kam noch etwas näher, sprach jetzt noch etwas leiser. »Wir brauchen übrigens auch keine Asylbetrüger, die unsere Sozialabgaben abgreifen. Das sind Millionen im Jahr, weißt du das? Und ihr fahrt die dicken Autos. Geht zurück nach Hause, da könnt ihr machen, was ihr wollt. Geht Ziegen hüten und Moscheen bauen, ist mir egal, hat jeder seine Kultur, ich bin tolerant. Aber ich komme auch nicht in euer Land und feier da auf eure Kosten. Also, nimm deine Kinder und verschwinde.«

»Komm«, sagte Nesrin.

Die zierliche Frau legte eine Hand auf Nuris Schulter, um sie in Richtung Ausgang zu schieben, und da schlug Nuris Überraschung um in etwas Rotes, Heißes. »Nimm deine Drecksfinger weg«, knurrte sie. *Nur kein Opfer werden.*

»Was hast du gesagt?« In den Augen ihres Gegenübers blitzte es, weniger ärgerlich als erfreut. »Drecksfinger?«

Sekunden später drückte die Frau im rosa T-Shirt Nuri mit aller Kraft gegen die Wand. Die andere stand nur daneben und starrte, jetzt las Nuri ihr T-Shirt: *National für Deutschland.*

Es war wie ein Déjà-vu, aber ein verzerrtes, verdrehtes. Durch ihre Adern schoss das Adrenalin und verdrehte die Angst. Sie war auf dem falschen Fest, so viel war klar, aber sie konnte immer noch nicht glauben, dass ein Verein von Frauen hier das Sagen hatte.

Sie ahnte, dass es nicht klug war, diese Frauen zu provozieren, aber die Worte sagten sich ganz von selbst: »Solltet ihr nicht zu Hause am Herd stehen? Als brave deutsche Mütter? Die Stricknadeln rufen.«

Die kräftigere Frau griff nach ihrem Gesicht und drückte mit Daumen und Zeigefinger ihre Wangen zusammen, während sie ihr eigenes Gesicht näher an das von Nuri brachte.

»Halt bloß den Mund«, flüsterte sie. »Du hast keine Ahnung, was deutsche Frauen auf die Beine stellen. Mehr als die Männer. Solche wie dich zu beseitigen, ist unser geringstes Problem.« Sie ließ Nuri los, holte aus, die Hand zur Faust geballt, um zuzuschlagen, aber Nuri duckte sich weg und war für Sekunden wieder frei. Dann griff die zweite, korpulentere Frau nach ihr, und dann lag sie auf einmal auf dem Boden.

Aus dem Augenwinkel sah sie Eslem, Nesrin und Farouk dastehen wie festgewachsen.

»Ich bin nicht irgendwer!«, zischte Nuri in die Gesichter der

Frauen über sich. »Ich war mal mit einem eurer Anführer zusammen. An der Ostsee. Eure Männer kriegt man ziemlich leicht rum.«

Die Wut ging mit ihr durch, sie wusste es, sie wusste, dass es dumm war. *Verzeih mir, Calvin.*

»Bei Frauen wie euch ist das aber vielleicht kein Wunder«, fuhr sie fort. »Ich als Mann würde auch nicht mit so was ins Bett steigen.«

»Träum weiter«, sagte die zierliche Frau, bückte sich – und diesmal traf ihre Faust Nuri. Einen Moment lang sah sie nichts, sie hörte nur die Weihnachtslieder aus der Halle klarer als zuvor. Merkwürdig.

Als wieder ein Bild vor ihren Augen entstand, war es das von Eslem, die an die Wand gedrückt stand und schluchzte.

Die rosa Frau grinste auf einmal. Nuri sah es von unten aus einer seltsamen Perspektive, und im nächsten Moment hatte sie Eslem gepackt. »Du solltest jetzt brav sein«, sagte sie zu Nuri, »wenn du nicht willst, dass ihr etwas passiert. Wenn wir mit dir fertig sind, lassen wir sie laufen.« Sie gab Eslem an die andere Frau weiter und holte noch einmal aus. Nuri versuchte, auf die Beine zu kommen, und in diesem Moment traten zwei weitere Frauen aus der Turnhalle in den Flur.

Die eine war Thores Mutter.

Die andere war nicht älter als Nuri. »Cindy«, flüsterte sie.

»Scheiße«, sagte Cindy. »Lasst sie gehen! Wollt ihr Ärger mit der Festleitung kriegen?«

»Für die?« Die rosa Frau lachte. »Die hat hier das halbe Asylantenheim angeschleppt! Und sie hat uns beleidigt.«

Thores Mutter sagte nichts. Sie war blass.

»Nachher steht wieder was von den bösen Rechten in der Zeitung«, meinte Cindy leise. »Lass es. Wir brauchen drinnen noch Leute beim Kerzenziehen, das ist echt schwierig für die Kinder, da muss jemand helfen.«

»Wir sind nicht zum Kerzenziehen hier, wir machen den RNF-

Stand«, knurrte die Frau mit dem *National*-Shirt. »Und da passt gerade zum Glück eine Kollegin drauf auf. Geh wieder rein.«

Cindy sah unschlüssig aus. Nuri blickte ihr für einen Moment in die Augen. Sie fand in dem hellen Wasserblau unter den geschminkten Wimpern das Meer: ein Sommermeer. Ein Strand, an dem Cindy vor Jahrhunderten mit Calvin gesessen hatte. An dem sie ihn vielleicht geküsst hatte, ehe es Nuri gab. Cindy schien tief Luft zu holen. Dann ging sie durch den Flur zu der zweiten Tür, der Tür nach draußen, und öffnete sie. Und dort blieb sie stehen. Sie tat nichts weiter, stand nur da und hielt die Tür auf. Sie war immer noch sanft, weich, nachgiebig.

Aber falls irgendwer in der frühabendlichen Dämmerung vorbeikam, konnte er ohne Weiteres in den erleuchteten Flur hineinsehen.

Die Frau mit dem *National*-Shirt ließ Eslem los.

Einen Moment starrte die Frau im rosa T-Shirt Nuri noch an, dann drehte sie sich um, und beide gingen zurück in die Halle.

Nuri rappelte sich endlich hoch und wischte sich mit dem Ärmel ein wenig Blut von der Nase. Dann nahm sie Eslem am Arm und führte sie hinaus. Farouk und Nesrin folgten, totenstill. Draußen drehte Nuri sich um.

Cindy lehnte immer noch in der Tür.

Nuri wollte etwas sagen, aber da kam eine Gruppe junger Männer um die Ecke, die offenbar zum Fest gehörten. Sie beachteten Nuri und die Kinder nicht, sie trugen mit Stroh umwickelte Reifen, und jetzt zündeten sie den ersten an und ließen ihn über eine kleine Rampe auf die Straße rollen, ein funkensprühendes Zauberritual im beginnenden Winterabend.

»Geht«, sagte Cindy.

Nuri nickte.

Sie nahm Eslems Hand, und Nesrin nahm die von Farouk, und so überquerten sie die Straße, in sicherem Abstand von den Feuerrädern, die als glühende Funkenkreisel durch die Nacht torkelten wie betrunkene Träume. Ganz in der Nähe saßen auf einer Mauer zwei weitere Jungen und sahen dem Feuerspektakel zu. »Ridha«, sagte Nesrin und rief im Befehlston auf Arabisch. »Komm her. Wir gehen!«

Ridha sprang von der Mauer und kam widerwillig herüber. »Warum?«

»Falsches Fest«, murmelte Nuri nur.

»Sie blutet«, sagte Eslem anklagend und zeigte auf Nuri. Da sah auch Ridha, dass etwas nicht stimmte, und er folgte ihnen zögernd. Als Nuri über die Schulter zurückblickte, war auch der andere Junge von der Mauer gesprungen. Er sah die Feuerräder nicht an, er sah ihnen nach.

Es war Thore.

Gegen Nachmittag wurden sie wieder in ein Auto gestoßen. Es fuhr durch die zerstörten Straßen eines Vorstadtortes. Hinaus aus der Stadt, wie es schien. Draußen die ewigen Sandsäcke. Blockaden aus Mauersteinen, Holzteilen, Möbeln, die sie umfuhren. In der Ferne vereinzeltes Gewehrfeuer, aber nichts Ernstes. Irgendwo stand ein Panzer quer zwischen den Häusern. Calvin nickte beinahe weg.

Und dann wurde auf den Wagen geschossen, ganz plötzlich.

Der Fahrer riss das Lenkrad herum, versuchte, zur Seite auszubrechen, der Wagen schleuderte, Calvin knallte mit der Stirn gegen das Fenster und sah einen Moment lang nichts. Als er wieder zu sich kam, lief etwas Warmes über seine Stirn. Aber es war nur Blut aus einer Platzwunde. Die Männer, die vorne saßen, feuerten durch die zerstörte Frontscheibe auf irgendetwas oder irgendwen, den er nicht erkannte.

Kamal drückte seinen Kopf herunter. »Duck dich, Idiot!«

Die Schüsse waren unangenehm laut in den Ohren, seltsam, über

Lautstärke nachzudenken. Er dachte auch daran, dass er noch immer Hunger hatte. Und dann schoss niemand mehr, der Spuk war so rasch vorüber, wie er begonnen hatte. Calvin hob vorsichtig den Kopf. Der Fahrer war über dem Lenkrad zusammengesackt, der andere Mann zur Seite gerutscht.

Keiner von beiden bewegte sich.

Calvin sah den Jungen neben sich an, der seine Kalaschnikow umklammerte. Seine Augen waren noch dunkler als sonst. Jetzt stieß er die Hintertür auf, obwohl Kamal versuchte, ihn festzuhalten, und kletterte aus dem Wagen. Er wollte die Hände heben. Calvin begriff, er wollte die Hände heben und sich denen ergeben, die aus der Straße geschossen hatten. Wer immer es war.

Er kam nicht dazu. Er fiel, ehe er die Hände ganz in der Luft hatte.

»Wir sind tot«, zischte Kamal sehr leise. Und Calvin begriff auch das. Sie lagen auf der Rückbank des Wagens, als wären sie ebenfalls getroffen worden. Ein paar Leute diskutierten draußen lautstark. Kamen näher, sahen vielleicht in den Wagen, Calvin wusste es nicht, er hatte die Augen geschlossen. Er versuchte, nicht zu atmen. Er sah die schwarz verschleierte Mädchengestalt vor sich. *Ich bin Dschinan. Dschinan al-Bakri.*

Ich bin in ar-Raqqa.

Ich bin Dschinan.

Dann entfernten sich die Stimmen. Die Geräusche von Motoren.

Und dann war es lange, lange still.

Sie wagten erst, sich zu rühren, als es dunkel war.

Draußen lag noch immer der Körper des Jungen.

Seine Augen und sein Mund standen weit offen, Fliegen bedeckten sein Gesicht. Calvin übergab sich, und Kamal hielt ihn fest, weil er immer noch schwach auf den Beinen war, und ließ ihn kotzen. Wasser, Brot, bittere Galle. Vor allem Galle.

»Das ist der erste Tote, den ich von Nahem sehe«, sagte Calvin schließlich leise und wischte sich den Mund mit dem Ärmel ab. »Außer in meinem Traum im ISIS-Camp. Aber das war ein Traum.«

»Herzlichen Glückwunsch dann«, sagte Kamal trocken.

Dann wanderten sie die Vorortstraßen entlang, im Schatten der Mauern. Und irgendwann, irgendwo, erreichten sie etwas wie einen Stadtrand. Es gab jetzt Bäume. Musik drang aus einem Fenster.

Der Wind war eisig und scharf. Sie kauerten sich neben eine Mauer, um auszuruhen, und schliefen beide ein, dicht aneinandergedrängt, der Kälte wegen. Manchmal war Kamal Calvin so vertraut, als hätten sie sich immer gekannt.

Mitten in der Nacht wachte er auf. Der Mond schien. Warum erstaunte Calvin diese Tatsache? Der Mond wird selten bei Kämpfen in Mitleidenschaft gezogen.

Er stand auf, ging ein paar Schritte durch die beißend kalte Luft und fragte sich, was er geträumt hatte. Dann wusste er es wieder: Er hatte das Video noch einmal gesehen, Dschinans YouTube-Video, auf einer Leinwand so groß wie im Autokino zu Hause hinter dem Strand. Als er sechzehn gewesen war, so alt wie der tote Junge, hatte er geglaubt, das größte Abenteuer des Lebens wäre es, im Autokino mit einem Mädchen herumzumachen.

Er lächelte.

Der Junge war jetzt ein Märtyrer. Er würde sich die zweiundsiebzig Jungfrauen im Autokino des islamischen Paradieses mit einer Menge ISIS-Kämpfer teilen müssen.

Schwestern im Glauben … ich bin Dschinan al-Bakri. Ich bin in Raqqa.

Und auf einmal verstand er, was es bedeutete. Warum sie ihren Namen so oft wiederholt hatte, die Stadt, in der sie sich befand, die Orte ihres Lebens. Und auch den Namen der Familie Aljafari. Niemand konnte sie mit irgendwem verwechseln, sie hatte klarmachen müssen, wer sie war.

Und sie hatte mehr getan, sie hatte sich vor dem Fenster gefilmt.

Das Minarett und der Baum im Hof machten es möglich, den Ort der Aufnahme genau zu bestimmen.

Ich bin die Frau eines Kämpfers geworden … Ich bin glücklich …

Nein. Dieses selbst gedrehte Video war kein Glaubensbekenntnis, auch wenn es so tat. Keine Propaganda. Es war ein Hilferuf.

Seit zwei Monaten geisterte er durchs Netz, aber niemand hatte ihn verstanden.

Internetsuche:

» *ar-Raqqa*
» *Gemeinschaft Deutscher Frauen (GDF)*
» *Sonnwendkranz und Märchengarten*

7.

Anleitung, Deutschland:

Nehmen Sie die Marzipanrohmasse, und verkneten Sie diese mit einem Eiweiß. Anschließend kneten Sie den Puderzucker, den Zucker, das Zimt und das übrige Eiweiß darunter. Geben Sie schließlich die Haselnüsse und 100 g von den Mandeln dazu, und verarbeiten Sie alles zu einem glatten Teig. (…) und stechen Sie die Sterne aus. Achten Sie darauf, dass Sie die Sternchen dicht an dicht ausstechen (…)

(Rezept für Zimtsterne, 2006)

Anleitung, Syrien:

Die Steinigung erfolgt mit mittelgroßen Steinen, weder mit leichten Kieseln – die Qual würde zu lange dauern – noch mit Felsbrocken – die durch die »Grenz«-Strafe beabsichtigte Peinigung würde verfehlt –, sondern mit Steinen, die die hohle Hand ausfüllen; man nehme sich davor in Acht, das Gesicht (des Schuldigen) zu treffen, weil der Prophet dies (einem Hadith zufolge) verboten hat …

(Abd al-Rahman al-Dschaziri, zitiert nach Tilman Nagel: Das islamische Recht. Eine Einführung.)

Als sie am Sonntagabend in der U-Bahn saß, herrschte in ihrem Kopf ein Durcheinander aus verschiedenen Stimmen.

Du kannst jetzt nicht gehen, Nuri. Imad kommt doch, ich habe Kibbe gemacht … du hast nicht einmal geholfen …

Ihr, ihr kriegt sowieso vom Staat alles in den Arsch geschoben, die deutschen Kinder kriegen gar nichts. Aber das hier ist ihr Fest. Ein Fest für deutsche Kinder, von deutschen Müttern.

Kannst du nicht lesen?

Und du hast uns angelogen. Gestern ist irgendetwas passiert. Du hattest Nasenbluten. Hast du dich mit jemandem geschlagen wie ein Junge?

Wir brauchen hier keine Schnorrer.

Ummi. Wir waren nur spazieren. Frag Ridha.

Ridha würde immer für dich lügen. Und du bleibst jetzt hier.

Wir brauchen übrigens auch keine Asylbetrüger, die unsere Sozialabgaben abgreifen.

Dieses Treffen ist wichtig! Es gibt Probleme, und ich habe versprochen, für diese Kinder da zu sein. Es sind auch Kinder aus Syrien!

Geht zurück nach Hause, da könnt ihr machen, was ihr wollt.

Wir sind deine Familie. Du bleibst zum Essen.

Abi? Du bist nie geblieben, wenn du nicht wolltest. Weißt du noch, wie wir umgezogen sind, weil du dich in die Olivenbäume am Nahr-al-Asi verliebt hattest? Ihr habt doch Ummis gemalte Tote an der Wand, die können mit Imad und euch essen!

Sie lehnte die Stirn gegen die kühle Scheibe der U-Bahn.

Sie hatte die Tür zugeknallt. Sie hatte ihre Eltern angeschrien. Sie hasste sich dafür, hasste ihre Eltern, hasste Imad. Sie hasste Calvin dafür, dass er tot war.

Als sie ausstieg, saß ganz hinten das Mädchen mit den bunten

Haaren und der Tätowierung, das manchmal mit ihren Kumpeln vor der Kolibrischule herumlungerte. Sie trug das gleiche T-Shirt wie die Frau beim Turnhallenfest. *White is my Pink.* Nur die weiße Rasse zählte.

Erst als sie vor dem Altbau stand, dessen Hausnummer Nik ihr gegeben hatte, fiel ihr auf, dass sie seinen Nachnamen gar nicht kannte. Er war immer nur Nik gewesen, Nik mit den Korkenzieherlocken und den Halstüchern und der großen Ruhe.

Nur Andrea hatte ihren Nachnamen beim ersten Treffen genannt, Schmidt-irgendwas, ein Doppelname. Nuri fuhr ratlos mit dem Zeigefinger über die alten, runden Klingelknöpfe. Die meisten Schilder waren ohnehin unleserlich, tausend Mal überklebt und überschrieben. Sie sah zu den Fenstern empor.

Und dann, als läge es an ihrem Blick, öffnete sich eines. Jemand streckte den Kopf heraus, rotblondes Haar leuchtete im Winterlicht: Andrea.

»Nuri!«, rief sie. »Komm rauf! Vierter Stock! Die Haustür unten ist offen! Nik hat sich im Keksteig verheddert, wir brauchen dich!«

Nuri lächelte. Dann stieg sie vier graue Treppen hinauf. Irgendwo in genau dieser Höhe, in einem anderen vierten Stock, saßen jetzt ihre Eltern mit Imad und sprachen vermutlich über sie.

Nik wartete an der offenen Tür, sah sich kurz im Flur um und schloss die Tür hinter Nuri. Nervös. Eine seltsame Geste für dieses Land.

Dann tat er, als sei nichts, lächelte, zupfte an seinem Halstuch, das heute gelb war, und führte sie in eine kleine Küche. Dort rollte Andrea auf der Laminatoberfläche des winzigen Tisches Teig aus, eine zu große, blau-weiß gestreifte Schürze umgebunden. Sie hatte Mehl im Gesicht und strahlte. Klaviertöne vom Band rieselten durch die Luft wie leise Flocken, die Wohnung duftete nach Zimt.

Nuri hatte ihre Schuhe bei der Tür ausgezogen, Nik gab ihr dicke, graue Socken, und dann stand sie neben Andrea und stach Sterne aus. Hier war alles gut, hier gab es keine Kriege und keine Gewalt, keine Ungerechtigkeiten und keinen Tod. Und die Gespräche drehten sich nur um Eier und Zucker, Mehl und Backpapier. Aber als Nik die Zimtsterne in den Ofen schob, sah Andrea auf ihr Handy.

»Au verdammt, die Zeit«, sagte sie. »Wir sehen uns in der Schule. Ihr kriegt den Rest ohne mich hin …« Ehe sie die Wohnungstür schloss, sah sie Nuri noch einen Moment lang an. »Irgendwas hast du auf dem Herzen«, murmelte sie. »Sag's ihm. Er kann meistens helfen.«

Dann war sie fort.

»Die Küche sieht aus, als hätte eine Bombe eingeschlagen«, sagte Nik hilflos.

Nuri sah ihn an. Sie schüttelte langsam den Kopf. »Nein.«

Er grinste. »Das sagt man so. Es ist nur ein dummer Spruch. Komm. Solange die Zimtsterne backen, trinken wir einen Tee. Andrea wollte länger bleiben, aber ihre Freundin hat vorhin angerufen, irgendwas ist mit ihrem Kind, vielleicht braucht sie einen Babysitter. Ist immer ein bisschen kompliziert mit den beiden.«

Nuri nickte, ohne etwas zu verstehen, folgte ihm in das Zimmer am Ende des Flurs – und schluckte. Es war wie nach Hause kommen.

An den Wänden hingen geknüpfte Teppiche in Rot, Blau und Orange. Auf den alten Dielen lag ein weiterer Teppich, über den sich Sitzkissen verteilten, und in der Mitte des Raums stand ein niedriger, runder Tisch. Es gab nur einen einzigen Stuhl. Einen ziemlich hässlichen Bürostuhl vor einem Schreibtisch in der Ecke, wo sich Bücher und Papiere stapelten. Ganz oben stand ein aufgeklappter Laptop, der offenbar für die Klaviermusik zuständig war.

Europäische Musik klang immer ganz anders als arabische, dachte Nuri, es war zu viel Platz zwischen den einzelnen Notenhöhen, alles wirkte leicht übertrieben. Aber an diesem Tag mochte sie die Musik. Auf dem Boden stapelten sich CDs. Nuri erkannte ein paar der Cover. Diese Musik war, im Gegensatz zu dem Klavier, nicht europäisch. Es war Musik aus Syrien und dem Libanon.

Auf dem Tisch stand ein Kranz, ein Tannenkranz mit vier dicken, roten Kerzen darauf, von denen nur eine brannte. »Erster Advent«, sagte Nik erklärend.

Vor den hohen Altbaufenstern hatte es begonnen zu regnen, sie sah die Tropfen im Licht der Straßenlaterne, unter der sich der Abendverkehr vorbeischob.

»Setz dich«, sagte Nik und goss Tee in kleine Gläser. Nuri dachte an Frau Silbermann. An den Tag, an dem sie mit Calvin und seiner Mutter zusammen Tee getrunken hatte.

Dieser Tee schmeckte tatsächlich nach Tee, anders als der von Frau Silbermann. Deutscher Tee schmeckte immer nur nach Wasser. Nuri warf drei Zuckerwürfel in ihr Glas.

»Gestern … war ich auf einem Kinderfest, bei dem es so einen Kranz gab … aber sie haben Sonnwendkranz dazu gesagt. Ich meine, das ist ein christliches Ding, aber die gestern waren vielleicht eher weniger Christen … Bist du Christ?«

Sie erwartete ein Nein. *Nein ich bin gar nichts, ich mag nur diesen Kranz.*

Aber er nickte. »Ich bin Christ.«

»Komisch«, sagte Nuri, »ich dachte, du bist gar nichts, so wie die meisten hier. Gestern, die Lichter auf dem Kranz … sie haben sie alle angezündet. Alle vier. Und es gab Sprüche zu jedem Licht. Irgendwas mit Müttern und Kameraden.«

Nik sah sie seltsam an. »Wo genau warst du gestern?«

»Das frage ich mich auch.« Nuri seufzte. »Aber ich frage mich noch etwas: Wo genau bin ich jetzt? Ich meine, bei *wem*? Du bist Christ. Aber du bist kein deutscher Christ. Du bist …«

»Syrer«, sagte Nik.

»Deshalb sprichst du so gut Arabisch.«

Er lachte, drehte sein Teeglas in den Händen. »Vermutlich.«

»Wieso bist du … Wie lange … Du heißt nicht wirklich Nik, oder?«

»Eigentlich Nihad. Aber Nik ist einfacher. Hast du wirklich gedacht, ich wäre Deutscher?«

Nuri trank den Tee. Er war zu süß geworden. »Das willst du doch«, sagte sie. »Dass man das denkt. Du hast deinen Nachnamen nie erwähnt.«

Er zuckte die Schultern.

»Wie lange bist du schon hier?«, fragte sie.

»Lange. Fünfzehn Jahre. Die Geschichte gehört nicht hierher. Aber schau dich um, ich bin der deutscheste Deutsche in Berlin, Adventskranz und alles.« Er schnupperte. »Ich sollte nach den Zimtsternen sehen.«

Während er in der Küche war, dachte Nuri, dass es nicht stimmte. Und dass Niks Geschichte, wenn sie nicht hierhergehörte, doch zu ihm gehörte. Er würde nie ein Deutscher werden. Wozu auch? Was war besser daran?

Geht nach Hause, sagte die Stimme der zierlichen Frau mit den harten Fäusten in ihrem Kopf.

Ja, dachte Nuri. Wenn wir könnten.

Sie stand am Fenster und sah in den Regen hinaus, als Nik wiederkam. Er stellte sich neben sie. Die Musik aus dem Laptop war verstummt, man hörte leise das Rauschen des Regens, den Lärm der Straße, die Stille im Zimmer.

»Die Zimtsterne brauchen noch«, sagte Nik. »Erzähl mir von gestern. Dem seltsamen Kranz.«

Und da erzählte Nuri. Von dem Flyer, den Ridha eingesteckt hatte. Vom Kinderfest in der Turnhalle. Von der Gemeinschaft deutscher Frauen, von lebenden Kuchen und Jul-Bögen – und am Ende vom Ende. Nur nicht davon, was sie über Männer gesagt hatte, die leicht herumzukriegen waren.

Und nicht davon, wer Cindy war. Die Vergangenheit ging Nik nichts an.

Nik sah sie lange an. »Das war nicht mutig«, sagte er schließlich. »Falls du das jetzt hören willst. Das war dumm.«

»Ich …«, Nuri hob die Hände, hilflos und plötzlich wieder ärgerlich. »Ich hätte mich nicht wehren dürfen, ja? Ihr würdet mich alle lieber als das sanfte, stille Mäuschen sehen. Meine Eltern waren früher anders, aber inzwischen … und Imad …« Sie legte die Hände und die Stirn ans Fenster, es war kühl, kühler als das der U-Bahn. Vielleicht half es gegen die Wut in ihr.

Aus irgendeinem Grund erwartete sie, dass Nik sie berühren würde, an der Schulter vielleicht. Dass er etwas tun würde, um sie zu besänftigen. Er tat nichts.

»Von mir aus geh raus und schlag dich mit den Nazifrauen«, sagte er. »Nur nicht, wenn die Kinder dabei sind.«

»Imad hat gesagt, mit Nazis kann man nur zwei Dinge tun: Sich von ihnen plattmachen lassen oder sie selber plattmachen«, murmelte Nuri. »*Das* ist dumm. Ich bin nicht so … Ich *will* mich mit niemandem schlagen, aber ich werde wütend, wenn man mich wütend macht … und dann erkennt man sie nicht mal! Thores Mutter … dieser Töpferstand … sie sind ganz anders als die, die ich kannte. Es ist alles so kompliziert!«

»Ja«, sagte Nik. »Das ist es.«

Er ging zurück zum Tisch und setzte sich, und schließlich setzte Nuri sich zu ihm. Plötzlich fror sie. Der Tee half.

»Meine Mutter hängt Bilder von Toten an die Wand«, sagte sie leise. »Bilder, die sie aus dem Gedächtnis zeichnet. Mein Vater will mich mit einem Typen verkuppeln, den ich nicht haben will. Er war nie so, er war immer modern, solange wir in Syrien gelebt haben.«

»Syrien«, sagte Nik. Dann eine Weile nichts. Dann: »Ich glaube, Nuri, dieses Land gibt es nicht mehr. Vielleicht versuchst du, dich hier einzugewöhnen. Es ist möglich.«

»Klar«, sagte sie bitter. »Wenn man ein Chamäleon ist. Wie du. Aber deine Wohnung verrät dich. Bist du glücklich? Als Scheindeutscher? Was ist mit deiner Frau und deinen Kindern?«

Da brach sein Ernst, und er lachte. »Jetzt hörst du dich an wie meine Mutter. Ich habe keine Frau. Willst du mich auch mit irgendwem verheiraten?«

»Wo ist sie? Deine Mutter?«

Nik sah weg. »Ich weiß es nicht«, antwortete er. »Aber ich werde keine Zeichnung von ihr an die Wand hängen, falls du das glaubst.«

»Sie ist tot, was?«, sagte Nuri. »Tot sein ist groß im Kommen. Mein Freund ist auch tot.« Plötzlich wollte sie darüber reden, plötzlich wollte sie … ihn schockieren. Ihm Dinge an den Kopf werfen, um das Chamäleon aus seinem Inneren zu verjagen. »Er war einer von denen. Von den Nazis. In einer anderen Stadt. Er wollte, dass alle Ausländer gehen, und soll ich dir was sagen? Ich würde gerne gehen. Im Sommer … da hätte ich mir fast gewünscht, zu bleiben, seinetwegen. Oder ihn mitzunehmen. Wir haben gesagt, eines Tages sehen wir uns in Damaskus … wenn Frieden ist … Ich meine, er war kein Nazi. Nicht wirklich. Und am Ende sowieso nicht mehr. Er war ein Mensch.«

Sie merkte, dass es nicht mehr darum ging, Nik zu schockieren, dass sie jetzt einfach redete, sie konnte sich nicht stoppen. Es war wie damals, als sie nicht über Syrien hatte reden wollen, irgendwann redet man doch immer, die Worte flossen wie Tränen.

Nik saß nur da und hörte zu.

Er hörte sich Sätze über kitschige Wälder an und Sätze, aus denen es blutete, hingeschmierte Hakenkreuzsätze und Sätze, die zu Asche verbrannten, während sie sie aussprach.

»Ich glaube nicht«, flüsterte sie schließlich, »dass er gewusst hätte, was ein Jul-Bogen ist. Oder ein Lichtrad. Das ist eine ganze andere Sorte von Rechten.«

»Nein«, sagte Nik leise. »Es ist dieselbe Sache in einem anderen … Gewand. Der Rechtsextremismus ist auch ein Chamäleon. Wie ich.«

Nuri nickte. »Das Zeltlager im Park, das war auch so ein Ding. Ich stand mit Ridha am Zaun, und es war schön … wie ein Bild … all diese singenden Kinder! Kindern kann man alles erzählen, was? Sie glauben einem. Das ist eigentlich noch schlimmer als … Das ist zum Kotzen.« Sie ballte die Hände zu Fäusten. »Wenn Calvin noch da wäre. Hah. Dann würden wir zusammen hingehen und den Rassenindianern unsere Meinung sagen. Wir könnten auch Händchen haltend vor solchen Zeltlagern auf und ab laufen.« Auf einmal merkte sie, wie sie grinste. »Oh ja. Das wäre ein großer Spaß. Ich würde ein Kopftuch tragen, und wir würden an allen öffentlichen Plätzen von Hellersdorf knutschen.«

Dann wurde sie wieder ernst, es war ein einziges Auf und Ab heute.

»Cindy«, sagte sie. »Cindy ist hier. Von der ich dir erzählt habe. Die Freundin von Pascal. Sie weiß, dass es nicht stimmt, dass ich tot bin. Und das ist vielleicht mein größtes Problem.«

Dann legte sie die Arme auf den Tisch und den Kopf darauf, und eine Weile atmete sie nur den undeutschen Duft der Wohnung ein und aus: Tee, Minze, altes Teppichgarn, durchsetzt mit einer ganz bestimmten Sorte von unsichtbarem Schimmel, Kerzenwachs, Orangen …

Da berührte Nik sie doch noch, ganz sachte: Er legte eine Hand auf ihren Rücken, und seine Hand war so groß, als könnte er sie ganz damit umfassen, um sie zu schützen – als wäre sie ein winziges Geschöpf, zerbrechlich und weich. »Nein«, flüsterte er. »Nuri? Das ist nicht dein größtes Problem. Dein größtes Problem ist dein … Herz. Klingt blöd, ich weiß. Aber …« Er hielt inne, schnupperte.

Da war ein neuer Geruch in den alten Düften. Eindeutig verbrannt.

»Scheibe, die Zimtsterne«, sagte Nik und sprang auf.

Als er wiederkam, hatte Nuri sich einigermaßen gesammelt.

»Gerettet oder verbrannt?«, fragte sie.

»Sterne verbrennen nicht«, sagte Nik. »Sie verglühen. Und diese hier *sind* verglüht. Zu rasch in die Erdatmosphäre eingetreten.«

Er hielt ihr das Blech hin und grinste. Sie waren alle schwarz.

In der U-Bahn hielt sie eine Stofftasche auf den Knien, in der sich drei bunte Dosen voller Weihnachtskekse befanden. Sie hatten bis um zehn Uhr weitergebacken.

Und Nuri fühlte sich ein wenig leichter, obwohl sich nichts geändert hatte, sie hatte lediglich mit einem Sozialarbeiter Kekse gebacken und, ja, deutsche Weihnachtslieder gehört. Weihnachtslieder voller Marias und Hirten, ohne Soldaten oder Heldenmütter. Nik hatte ihr den Unterschied zeigen wollen, sie hatten zusammen über die Heldenmütter gelacht. Sie sah ihn wieder lachen, Keksteig in den schwarzen Locken und immer noch auf seine leise Art nervös.

Aber als sie jetzt die Augen schloss, um bis Hellersdorf zu dösen, sah sie zum ersten Mal seit Langem Calvins Gesicht.

Er war mager geworden, mager und unglaublich dreckig.

Im Hintergrund konnte man die Trümmer einer Mauer ausmachen, brandgeschwärzt. Calvins Hände, außerhalb des Bildes, schienen jemanden zu rütteln, und seine Lippen, spröde und aufgesprungen, formten Wörter, immer wieder, bis sie schließlich verstand:

Wach auf, wach auf, wach auf!

Nuri öffnete die Augen. »Ich bin doch wach«, flüsterte sie.

Aber der Calvin hinter ihren geschlossenen Lidern hatte noch etwas gesagt. Einen Namen. *Kamal.*

Dies ergab weniger Sinn als alles zuvor. Calvin war tot. Wenn er mit Kamal sprach, bedeutete das, dass auch Kamal …? Nein, verdammt, es bedeutete gar nichts. Sie hatte nur geträumt, wieder einmal, sie war müde. Sie krallte ihre Hände fester um die Stofftasche mit den Keksen.

»Du bist verrückt«, sagte Kamal. »Das ist alles, was ich dazu sagen kann. Habe ich schon nachts gesagt. Verrückt.«

Sie saßen in einem Hauseingang, im Windschatten, geduckt vor der Kälte, und rissen Stücke aus einem frischen Brot. Sie hatten zwei Stunden dafür angestanden, und Calvin hatte gefragt, ob es stimmte, was Nuri gesagt hatte: Dass die Armee in Aleppo Menschenschlangen vor Bäckereien beschossen hätte. Kamal hatte genickt, ungerührt, und sie hatten weiter angestanden.

Das Leben war eine Lotterie, die die Syrer offenbar nicht ernst nahmen, Frieden oder Krieg, Tod oder Leben, man zog jeden Morgen eine Karte.

Tatsächlich war dieser Außenbezirk von Aleppo erstaunlich gewöhnlich. Ein Ladenbesitzer fegte den Boden vor seiner Tür und baute am Straßenrand Waren auf, ein Durcheinander aus Plastikdosen, Bürostühlen, Körperwaagen und Schreibwaren, ähnlich wie in Gaziantep. Es gab Läden mit Regalen voller Olivengläser und Seifenbarren, es gab Früchte in Kisten, es gab Menschen auf der Straße. Kinder, die bunte Holzkreisel antrieben. Farben.

Auch wenn dies alles inmitten von Spuren der Zerstörung stattfand, eine durchlöcherte Wand hier, eine herausgebrochene Tür da … hier war der letzte Kampf lange vorübergezogen. Die Kontrollposten mit ihren ewigen Sandsäcken wirkten harmlos, fast wie Verkehrspolizisten.

»FSA«, sagte Kamal. »Das Viertel ist in den Händen der FSA. Hier herrscht Frieden. Zweihundert Meter weiter ist es anders. Übermorgen kann es auch hier anders sein.«

Calvin dachte an den Jungen mit den dunklen Augen. Er hatte gesagt, sie würden gegen die FSA kämpfen. Er war nur aus dem Wagen gestiegen und erschossen worden. War das denn ein Schütze der FSA gewesen?

»Dieses Video, Calvin«, sagte Kamal. »Es bedeutet genau das, was es zeigt. Die Theorie mit dem Hilferuf ist Unsinn. Und selbst, wenn es kein Unsinn sein sollte ... du kannst nicht nach Raqqa. Der Daisch hält Raqqa. Seit Monaten.«

Calvin nickte. »Ein Grund mehr, weshalb ich hinmuss.«

»Du bist ein verdammter Idiot. Nuri würde ... Sie würde sagen, dass ich dich nicht gehen lassen darf. Als Europäer in Raqqa! Für den Daisch ist es schon ein Verbrechen, Europäer zu *sein*. Solange du nicht zu ihren Kämpfern gehörst. Und wenn jemand dich erkennt, was weiß ich, es gibt krasse Zufälle ... Taufiq al-Almani? Taufiq-al-vergiss'es. Verräter. Sie folgen der Scharia, dem Gesetz des Koran, Verräter werden exekutiert. Das ist kein Spiel mehr.«

»Ein Grund mehr«, wiederholte Calvin. Dann fasste er Kamal am Arm. »Ich bin tot. Sowieso. Es macht keinen Unterschied für die Behörden, nicht mal für meine Mutter. Geweint haben sie schon. Falls sie geweint haben. Ich gehe als Toter nach ar-Raqqa und hole als Toter ein Mädchen aus der Stadt, und wenn ich hinterher noch ein bisschen toter bin, was soll's?«

Er hörte selbst, wie wahnsinnig sein Lachen klang.

»Du bist übergeschnappt«, sagte Kamal. »Krank. Dumm. Kindisch. Deutsch.«

»Auch das«, sagte Calvin. »Wie komme ich hin?«

Der Abend fand zwei Fremde in einem Haus, wo sie mit anderen um eine Platte voll Reis und Gemüse herumsaßen, tatsächlich gab es sogar einzelne Stücke eines Hammels darin. Im Raum hing ein Gemisch aus Gesprächen, verzerrter Musik aus einem alten Transistorradio und dem Geruch des Hammelfetts. In der Ecke lehnte ein Gewehr, einer der Männer hielt das seine auf dem Schoß wie eine Katze. Als die beiden Frauen die Platte mit dem Essen hereingebracht hatten, hatte er mit einem Jubelschrei eine Salve durchs Fenster gefeuert, ein kaputtes Fenster, aber die Frau hatte ihn gerügt. Man schießt nicht beim Essen durchs Fenster, sagte sie, Kamal übersetzte. Und alle lachten. Zum ersten Mal saßen sie zusammen mit Kämpfern beim Essen und waren dennoch frei.

Dies war die FSA, die Freie Syrische Armee. Es gab keine Uniformen, keine einheitliche Kleidung, zwei trugen Tarngrün aus irgendwelchen Restbeständen, der Rest Jeans und Pullover. Kamal hatte einen Kontrollposten gefragt, wo er sich hinwenden sollte, es war gewesen, als fragte man einen Verkehrspolizisten.

Der Kontrollposten hatte sie zu jemandem gebracht, der sie zu jemandem gebracht hatte, der sie zu jemandem gebracht hatte, sie hatten den Tag damit verbracht, in verschiedenen Häusern auf Leute zu warten, aber nun waren sie hier. Das anfängliche Misstrauen der Männer zerfloss in den Teegläsern. Dies, Calvin begriff es, war Kamals Ziel. Er würde sich doch noch der FSA anschließen, verspätet, Aarif finden, seinen Cousin. Mit den letzten Soldaten des ersten Widerstandes kämpfen.

Damals hatte die FSA nur gegen Assad gekämpft, jetzt kämpften sie gegen beinahe alle anderen Rebellen. Gegen die heiligen Krieger, die das Kalifat anstrebten: al-Nusra, Ahrar asch-Scham, Daisch …

Sie lachten, während sie ihre Waffen polierten, sie prahlten mit ihren Heldentaten und zeigten ihre Verletzungen herum und erzählten von den Märtyrern in ihren Reihen.

Aber Calvin sah, dass sie nicht viel mehr hatten als die Worte. Sie waren nervös. Noch hielt die FSA das Viertel, sagte Kamal, doch die anderen waren stärker. Wer fanatisch ist, ist immer stärker.

Und viele aus den Reihen der FSA waren übergelaufen, erschöpft, am Ende, hungrig nach Erfolg.

Die anderen, die Fanatiker, bekamen Hilfe von außen.

Die FSA, sagte Kamal zwischen Hammelfett und Waffenvergleichen, hatte gelobt, für einen demokratischen Staat zu kämpfen, säkular, freiheitlich. Die Wunden ihrer Gefangenen zu behandeln, statt die Gefangenen zu foltern. Das Ausland hatte freundlich applaudiert – und keine Hilfe geschickt.

Jetzt war die FSA ausgebrannt, am Ende, zersplittert, oder vielleicht war sie nie wirklich eins gewesen.

Calvin schüttelte den Kopf. »Du schließt dich den Verlierern an. Ist es das, was du mir erklärst?«

»Wenn sich ihnen mehr anschließen würden, müssten sie nicht verlieren. Vielleicht ist es meine Rolle, ihren Untergang zu … dokumentieren. Für die, die nach uns kommen. Alles in diesem Krieg ist schwammig, am Ende gibt es für nichts mehr konkrete Beweise, obwohl es so klar schien. Wir alle sammeln Fakten … Verstehst du?«

»Nicht ganz«, sagte Calvin. »Kamal. Wenn die FSA nur für Menschlichkeit kämpft … Warum haben sie den Jungen aus dem Jeep erschossen?«

»Sie sagen, es fährt ein Bus nach Raqqa«, sagte Kamal. »In zwei Tagen. Ungefähr. Du darfst mit niemandem sprechen. Und wenn du dich in Raqqa bewegst, musst du unsichtbar sein. Du kannst hierbleiben, in diesem Haus, bis der Bus kommt.« Er stand auf, nickte in die Runde. »Ich gehe schlafen. Calvin? Morgen früh, wenn du aufwachst, werde ich weg sein. Merk dir, dass du ein Idiot bist. Ich kann Idioten nicht leiden. Verschwendung menschlichen Erbguts. Grüß Nuri. Du wirst sie bald sehen, nehme ich an.«

Grüß Nuri. Kamals Sarkasmus war das, was Calvin am meisten hasste. Und am meisten bewunderte.

Alles, was er von ihm noch hatte, als er in den Bus stieg, war ein Zettel mit den Worten, die er sagen musste, falls er Dschinan fand.

Die Familie in dem Haus voller Hammelfett war zwei Tage lang freundlich zu Calvin gewesen, die Soldaten waren gekommen und gegangen, hatten ihre Waffen gesäubert und mit den Frauen gescherzt, die keine Schleier trugen – mehr war nicht geschehen.

Einer der Männer brachte Calvin zu der Straßenkreuzung, wo der Überlandbus abfuhr. Eine Menge Leute warteten mit ihrem Gepäck neben der Fahrbahn. Vielleicht waren sämtliche Busterminals inzwischen zerstört, oder niemand benutzte sie mehr, wegen der Anschlagsgefahr. Der Mann gab ihm eine Plastiktüte mit einem Paar Schuhe. Kamals Schuhe.

Unter der Einlegesohle des linken Schuhs fand er seinen Pass. Nein. Es war nicht sein Pass. Es war Kamals Pass. Und da lag auch, flach und winzig, Kamals altes Handy. Der Friedhof der Bilder. Es schien eine internationale Karte zu haben, es funktionierte tatsächlich auch hier.

Calvin schluckte. *Kamal.*

Unter der Sohle des zweiten Schuhs fand er Frau Silbermanns Geld, mehrere große Scheine. Für diese Scheine würde er einen Weg zurück nach Europa kaufen, einen Weg für zwei Menschen. Einen Teil des Geldes hatte Kamal in syrisches getauscht. Die Sohle verbarg die Menge an Scheinen nicht mehr sehr gut, ein Bündel davon steckte er in die Hosentasche. Dann wechselte er die Schuhe.

»Deutsche Turnschuhe«, sagte er zu dem Mann, der ihn zum Bus gebracht hatte, und drückte sie ihm in die Hand. »Leider ohne Einlegesohle. Danke für alles.«

»Allahu akbar«, sagte der Mann. Und der Bus kam.

In welchen Schuhen war Kamal gegangen?

Im Bus zwischen zu vielen Menschen. *Sprich mit keinem.*

Ein Kontrolleur, der sich zwischen den Leuten durchhangelte, die Ledertasche an seinem Gürtel ein Relikt aus der Zeit der französischen Besatzung. Welches ist der kleinste Schein in deiner Sammlung? *Sprich mit keinem.*

Auf der Autobahn am Assad-Stausee vorüber, der zur Linken das Wasser des Euphrats auffängt, groß genug, um die gesamte Armee Assads und den ISIS darin zu ertränken. Oder ein See aus Tränen. *Sprich mit keinem.*

Ein Kontrollposten. Alle raus, Papiere zeigen, Gepäckkontrolle. *Sprich mit keinem.*

Wie erkennst du die Stadt? Du kannst die arabischen Schilder nicht lesen. Jetzt! Jetzt eine latente Nervosität unter den Reisenden, das rasche Überstreifen der Burkas, die Frauen nur noch schwarze Spielfiguren. Ein Name, der gerufen wird. Ar-Raqqa.

Verlass den Bus und geh an der Ausfallstraße entlang, durch den Staub, an Betonklötzen und Zäunen vorbei. Geh aufrecht, du hast einen syrischen Pass. *Sprich mit keinem.*

Geh in die Stadt.

Wie wird man unsichtbar?

Er wünschte, er hätte sich verschleiern können wie die Frauen, sich hinter einer schwarzen Wand aus Stoff verbergen. Er hatte nur die Kufiya, das Arafattuch, das er sich um den Kopf wickelte.

Es hielt weder die Blicke der anderen Menschen ab noch die Kälte.

Es musste, dachte Calvin, inzwischen Anfang Dezember sein.

Zu Hause wuchsen jetzt Lichterketten in den Straßen. Hier waren die Straßen voller Autos, ein endloses Gehupe und Gequalme zwischen den Häuserblocks. Manche wirkten überraschend verschnörkelt wie plötzlich auftauchende Sahnetorten, es gab staubige Palmen, hier und da Ruinen.

Die Regierung hatte die Stadt bombardiert, als die Rebellen sie eingenommen hatten, Kamal hatte es erzählt. Damals waren die Leute noch glücklich gewesen, befreit zu sein, sie hatten gejubelt und die Fahne der Opposition geschwenkt, schwarz-grün-weiß. Sie hatten ihre Toten nachts beigesetzt, bei Taschenlampenlicht, weil es in einem Außenbezirk noch ein Bataillon der Regierungsarmee gab.

Jetzt gab es nur noch schwarze Fahnen, hier fand Calvin das Negativ des deutschen Adventskitsches: Für jedes helle Licht wuchs ein dunkles Transparent mit einem arabischen Sinnspruch, für jedes weiß verglitzerte Schaufenster eine schwarze Flagge des ISIS. Statt Sprühschnee zierten gesprayte Worte die Scheiben und krochen rot oder schwarz über Mauern und Plätze: Ermahnungen an das Volk, wie es sich jetzt zu benehmen hatte. Auch das hatte Kamal ihm erklärt, denn natürlich konnte er keine der Ermahnungen lesen.

Er kam an einen Platz mit einer riesigen, umgekippten Statue, Bashar oder ein anderer Assad. Sein Kopf war beim Sturz zersplittert, das Gesicht unkenntlich, die Extremitäten verstümmelt: ein Folteropfer aus Stein.

In Deutschland standen Weihnachtsmänner.

Calvin kam an einer zerstörten Kirche vorüber, und noch immer war er unsichtbar. Es war überraschend leicht, unsichtbar zu sein, niemand in diesen Straßen schien gerne sichtbar zu sein. Die Menschen kauften ein, gingen ihren Berufen nach, aber ihre Normalität wirkte angestrengt, als wären sie alle nur Statisten in einem Stück über eine belebte Großstadt.

Manche Wagen fuhren zu langsam. Dann hielt einer, nur zehn Meter entfernt, und ein Mann mit der typischen Barttracht der Gotteskämpfer sprang heraus, die ewige Kalaschnikow über der Schulter. Calvin blieb stehen, bückte sich, um die Turnschuhe neu zu binden, die nicht gebunden werden mussten. Seine Finger zitterten.

Der Daisch-Mann ging hinüber zu einem kleinen Falafelstand, wo die Menschen zur Seite wichen – lächelnd, als freuten sie sich über die Ankunft des Daisch-Mannes. Doch ihr Lächeln war bröckelig und unecht. Der Daisch-Mann hob Deckel, sah in Töpfe, sagte Worte, leise, höflich, und dann folgte der Falafelverkäufer ihm zum Wagen. Nicht unbedingt freiwillig. Sein Gesicht war leer, als er einstieg. Die Türen wurden zugeschlagen, der Wagen fuhr ab.

Und die Menge zerstreute sich.

Calvin wusste nicht, was der Verkäufer falsch gemacht hatte. Doch er begriff, dass die langsamen Wagen Augen und Ohren besaßen. Sie krochen als sorgfältig kontrollierende Metallraupen durch die Stadt, und ihr Atem war eisig.

Nuri hatte erzählt, wie die Taxis in Damaskus Menschen mitgenommen hatten, die man nie wiedersah. Damals war es das Regime gewesen, das die Taxis befehligt hatte. Jetzt waren es die Kämpfer, die die Stadt vom Regime befreit hatten.

Er merkte, dass er immer noch sinnlos auf der Straße kniete, die Enden der Schnürsenkel in der Hand, und beeilte sich, weiterzukommen. Und er sagte sich, dass sie den Mann nur mitgenommen hatten, um ihm Fragen zu stellen, ihn vielleicht einzuschüchtern, mehr nicht. Morgen würde er wieder an seinem Falafelstand stehen. Dies war eine moderne Stadt im 21. Jahrhundert, und was er im Camp geträumt hatte, hatte er geträumt.

Niemand verschwand wirklich, weil er in ein Auto stieg.

In dieser Stadt herrschten strenge Regeln, aber es herrschte auch, oberflächlich, Frieden. Solange er unsichtbar blieb, war alles in Ordnung.

Als der Abend über ar-Raqqa sank, saß Calvin auf einem Metallpfosten neben einem Kreisverkehr, hungrig, müde, kalt, und war nicht schlauer als zuvor. Die Stadt war zu groß, er hatte Meilen um

Meilen zurückgelegt, hatte sich zehn Minarette von Nahem angesehen und keines gefunden, das dem im Video glich. Er hatte es sich genau eingeprägt, es war beige mit dunkelblauen Verzierungen, ähnlich einer auffaltbaren Papiergirlande auf einem Kinderfest. Es schien tausend Moscheen zu geben, große und kleine, alte und neue, doch keine war die, die er suchte.

Er hatte in einem Laden Oliven, Paprika, Brot und Wasser gekauft und Joghurt in einem Plastikeimer, hatte mit einem großen Schein bezahlt, damit es auf jeden Fall reichte. Denn natürlich verstand er nicht, was der Verkäufer sagte. Irgendwann würde irgendwer merken, dass er nicht Arabisch sprach. Dass er ein Ausländer war, ein Fremdkörper, einer der nicht hier sein durfte.

Er zog die Paprika aus dem Rucksack und fragte sich, ob es irgendein Verbot gab, das es untersagte, auf der Straße zu essen. Beinahe lachte er über diesen Gedanken.

Aber ehe er lachen konnte, erhob sich in der Nähe ein gewaltiger Lärm, und Sekunden später fuhr der erste Panzer in den Kreisverkehr. Darauf saßen drei Soldaten, sie schrien irgendetwas und hielten ihre Gewehre in die Luft, und am Rand der Straße wuchsen auf einmal überall schwarze Flaggen mit weißer Schrift. Die Menschen winkten damit, sie jubelten, sie grüßten die Kämpfer.

Calvin hatte Straßenstände gesehen, bei denen man Militärwesten und Daisch-Flaggen kaufen konnte wie Popcorn an Jahrmarktständen. Er hätte eine Flagge kaufen sollen, verdammt. Ein zweiter Panzer fuhr in den Kreisverkehr ein, Salutschüsse hallten an den Häusern wider, schwarzer Qualm stieg in die Luft auf.

Ein kleiner Junge hopste neben Calvin auf und ab, aufgeregt winkend.

Die Panzer waren nur der Beginn der Parade, ihnen folgten zwei riesige Transporter, die meterlange Raketen durch die Stadt fuhren: Trophäen, die sie Assads Armee abgenommen hatten, tödlich noch und einsatzbereit. Das also waren die Scuds, mit denen Bashar das eigene Volk beschossen hatte. *Allahu akbar! Es lebe der Islamische Staat! Es lebe das Kalifat!*

Hier benutzte niemand verbotene Abkürzungen wie Daisch.

Der kleine Junge rannte über die Straße und versuchte, auf ein Fahrzeug zu klettern, einer der Kämpfer mit den schwarzen Kopfbändern zog ihn hinauf und hob ihn hoch. Calvin sah sein triumphierendes Kinderlachen. Dort oben, im Geruch nach Kampf und Sieg, bestand die Luft nur aus Jubel.

Die Frau neben Calvin, verschleiert wie alle Frauen, streckte die Arme aus und rief nach dem Jungen. Er hörte sie nicht. Er blieb auf dem Raketenträger, die den Kreisverkehr jetzt zwischen Hupen und Johlen und Schüssen verließen, und war fort.

So sank die Nacht über ar-Raqqa, die Befreite. Ihre breiten Straßenzüge, die großen Achsen, lagen in künstliches Laternenlicht getaucht, doch der Rest der Stadt blieb im Dunkeln.

Zwischen den Mauern einer uralten christlichen Kirche lag ein Junge mit schwarzem Haar, das am Ansatz blond nachwuchs. Seine Sommersprossen waren nicht mehr zu sehen unter dem Dreck in seinem Gesicht, und er war mager wie ein streunender Hund.

Er hatte seinen Rucksack unter den Kopf geschoben und sich in ein graues Wolltuch gewickelt, Ware irgendeines Straßenhändlers. Tief, tief war er in seine Jacke und den graugrünen Pullover gekrochen, den man ihm anderswo geschenkt hatte, und doch zitterte er im Schlaf vor Kälte. Und er sprach in seinen Träumen.

Er sagte den Namen eines Mädchens, er sprach von der Sonne am Strand und vom Grün ferner Wälder. Dann sagte er nur noch das Wort »golden«, immer wieder, wie ein Gebet.

Er sprach die Sprache eines Landes, das lange vor seiner Geburt selbst in Schutt und Asche gelegen hatte. Damals war dort ein Krieg vorbei gewesen. Hier fing der Krieg, der wahre Krieg, erst an. Noch wusste der Junge wenig davon.

Eine Woche lang blieb Calvin erfolglos.

Er entwickelte eine Art Routine: Bis zur Dämmerung durchstreifte er die Stadt, Bezirk für Bezirk, jeden Tag einen anderen – danach kehrte er zu seiner Kirchenruine zurück. Er achtete darauf, nie zweimal im gleichen Laden etwas zu essen zu kaufen, damit sich keiner an den jungen Mann erinnerte, der immer lächelte und nie sprach.

Er wusch sich am Euphrat, dessen breites Flussbett mitten durch die Stadt führte. Wasser gab es nur in der Mitte des steinigen Flussbettes, in den wenigen Sträuchern zwischen den Steinen flatterten zerfetzte Plastiktüten und anderer Unrat, hilflos wie verendende Drachen. Manchmal sah man Frauen, die ihre Kleider wuschen und sie zum Trocknen im staubigen Kies ausbreiteten. Auf der modernen Brücke, die den Fluss überspannte, brannten Straßenlaternen, Calvin hielt sich fern von ihrem Licht.

Er zwang sich, sich ganz auszuziehen und gründlich jeden Zentimeter seines Körpers zu säubern. Das Dezemberwasser war eiskalt, er rannte am Ufer entlang, um wieder warm zu werden. Der geschenkte Pullover wurde sein bester Freund.

In Deutschland, dachte er, lag jetzt morgens Raureif auf den Bäumen.

Wenn er schließlich zusammengekauert am Ufer saß und aufs dunkle Wasser hinaussah, sehnte er sich nach den Dörfern der Nur-Berge. Auch dort hatten sie Angst gehabt, aber zwischen der Angst war ein Lachen gewesen und zwischen der Kälte warme Sonnenstrahlen.

Er sehnte sich nach jemandem, mit dem er reden konnte. Er sehnte sich nach Kamal.

Er war der einsamste Mensch auf der Welt. Er fühlte sich in diesen Nächten, als wäre er zehn Jahre alt, er wollte weinen. Aber er weinte nie, und irgendwann kehrte er immer zu der Kirche zurück, deren gesprengte Mauern ihn vor dem Winterwind schützten.

Es geschah am dunkelsten Punkt der siebten Nacht.

Calvin erwachte von irgendeinem Geräusch, fuhr hoch und lauschte. Waren da Schritte gewesen? Füße, die das Geröll in der Kirche in Bewegung gesetzt hatten? Er stand auf und sah sich um, sah sich zum ersten Mal in der Nacht wirklich um.

Und da sah er das Minarett. Hoch und merkwürdig futuristisch ragte es über die Häuser, und an seiner Spitze leuchtete ein grünes Licht. Calvin dachte an die Leuchtfeuer auf der Insel, zu Hause, die jeden Abend blinkten, um den Seglern den Weg zu weisen. Man hatte ihre kreisenden Strahlen vom Hafen aus gesehen, wo er mit Nuri gesessen hatte.

Nein. Dies war ein Traum, kein Minarett leuchtet nachts grün. Und kein Minarett taucht nach sieben Tagen plötzlich auf.

Und doch war es da, es wuchs aus dem Häusermeer wie eine seltsame Pflanze. Unterhalb des grünen Lichts zeichneten sich dunkelblaue Schnörkel auf dem helleren Untergrund der glatten Mauer ab, Schnörkel wie die einer Papiergirlande. Calvin schluckte.

Irgendwo in dieser Dezembernacht lag ein Hof mit einer Dattelpalme und einer Platane, umgeben von mehrstöckigen, alten Häusern. Und von einem der Fenster aus sah man zwischen den Bäumen genau dieses Minarett.

»Dschinan«, flüsterte er. »Bist du noch da? Oder ist es zu spät?«

Er stand längst nicht mehr zwischen den Kirchenmauern. Er rannte, immer auf das grüne Leuchten zu. Wenn der Morgen kam, würde das Minarett verschwinden, er war sich auf einmal sicher …

Der Weg war zu weit, um ihn ganz zu rennen.

Aber dann, endlich, stand er vor der Moschee, auf einem weitläufigen, asphaltierten Parkplatz zwischen hohen Palmen. Die Moschee war riesig und vollkommen neu. Ihre hoch aufragenden Mauern waren mit Millionen tiefblauer und weißer Fliesen verziert, die Kuppel glänzte bläulich zwischen den Sternen. Warum war er nie hier gewesen? Er war immer stadteinwärts gewandert, nie stadtauswärts …

Und als Calvin den Kopf hob, begriff er seinen Fehler: Er war jetzt viel zu nah an der Moschee, die beiden Minarette wirkten zu groß. Er hatte immer nach einer kleinen Moschee gesucht, mitten zwischen den Häusern. Diese hier stand außerhalb, für sich, und nur die Perspektive hatte das Minarett im Video klein werden lassen.

Der Morgen strich mit sachtgelben Fingern über die Häuser. Die Kuppeln und Fliesen waren immer noch da, anfassbar, real. Nur das grüne Licht verlosch.

Jetzt, sagte es, musst du selbst weitersuchen.

Er stieg auf das Dach eines Hauses in der Nähe, es war die einzige Möglichkeit, und es war leicht zu erreichen, die Treppe führte außen entlang. Eine Frau hängte Wäsche dort oben auf, sie zog rasch den Schleier übers Gesicht, als sie Calvin sah. Sie trug die Burka nicht, nicht beim Wäscheaufhängen auf ihrem eigenen Dach. Calvin lächelte, aber das schien sie noch mehr zu erschrecken.

Sie stand stocksteif da, ein nasses, rotes Tuch in der Hand, und sah ihm zu, wie er die Kanten des Flachdachs ablief. Es gab unendlich viele Innenhöfe und Hinterhöfe. Aber es gab nicht viele Bäume. Und dann fand er ein grünes Winken in einem der Höfe: die Wedel einer Palme. Und daneben, hoch aufragend, heller, die Äste der Platane.

Es war unglaublich. Ihm war warm. Es war Sommer. Die Welt war ein Wunder.

Er drehte sich um, strahlte die Frau an, die noch immer mit angstgeweiteten Augen starrte. Dann rannte er die Treppe hinunter.

Er wusste zum ersten Mal genau, wohin er wollte.

Der Morgen war golden.

Er hatte tausend Mal darüber nachgedacht, was er tun würde, wenn er vor dem richtigen Haus stand. Doch nun, da er da war, erschienen ihm alle seine Pläne dumm.

Er war nicht unvorbereitet, er trug Kamals Zettel in der Tasche.

Dschinan! Ich bin ein Freund von Nura. Aus Deutschland.

Ich bin gekommen, um dir zu helfen.

Ich werde in der Nähe des Hauses sein, du kannst mich aus dem Fenster sehen.

Ich werde zwei Tage lang warten. Wenn du nicht kommst, gehe ich davon aus, dass du bleiben willst.

Auf der Straße standen Mülltonnen, um die zwei streunende Hunde schlichen, und Calvin setzte sich dort auf den Boden, sodass man ihn von der Eingangstür aus nicht sah. So begann er, das Haus zu beobachten. Wenn jemand vorbeiging, tat er so, als wäre er mit dem Handy beschäftigt. Als wartete er hier auf eine Verabredung.

Vielleicht wartete er, wie alle Syrer, auf seine Verabredung mit dem Tod. Aber der Tod, dachte Calvin mit einem leisen Grinsen, würde ihm vermutlich erst einen Tee anbieten, ehe er ihn mitnahm.

Aus dem Haus kamen drei Männer, während der Morgen in den Tag hineinwuchs: Der Letzte trug den typischen Bart der Gotteskämpfer, ein schwarzes Kopftuch und Stiefel. Ein athletischer Mann zwischen dreißig und vierzig. Um sein linkes Handgelenk war eine Bandage gewickelt, über der rechten Schulter hing sein Gewehr.

Calvin sah dem Mann lange nach. War das Dschinans Ehemann? Oder gab es noch mehr von seiner Sorte im Haus?

Er wartete zwei weitere Stunden. Eine verschleierte alte Frau verließ das Haus mit einem Jungen an der Hand und kam wenig später mit einer Plastiktüte voller Brot zurück.

Als die Tür sich hinter ihr schloss, gab Calvin sich einen Ruck und überquerte die leere Straße.

Der Perspektive des Videos nach zu urteilen, musste die Wohnung im obersten Stock sein. Dem vierten. Hoffentlich. Er würde seinen Zettel unter der Tür durchschieben, wieder hinuntergehen, warten.

Er öffnete die Haustür vorsichtig, leise, und ein schmaler, dunkler Korridor verschluckte ihn.

An seinem Ende trat gerade in diesem Moment eine dunkle Silhouette in die Helligkeit des Innenhofs hinaus. Sie hatte nicht gehört, dass er das Haus betreten hatte, sie bückte sich und stellte einen Korb ab. Dann trat sie ins Licht, war nicht länger Silhouette, sondern Person, ging zu der Platane und legte eine Hand auf ihren Stamm, eine seltsame Geste.

Sie trug ein langes, unförmiges Kleid und ein dunkelblaues Kopftuch, aber das Tuch war ihr auf die Schultern gerutscht, und es schien sie nicht zu kümmern, hier im Schutz des Innenhofs.

Ihr Haar darunter besaß einen dunklen, staubigen Goldton.

Calvin merkte, wie ihm heiß wurde, als hätte er Fieber.

Er durchquerte den Korridor und sah zu den Wänden auf, die den Hof begrenzten. Zwei davon besaßen Fenster auf Höhe des zweiten, dritten und vierten Stockwerks. Stand dort jemand, unsichtbar, beobachtend?

Er bewegte sich im Schatten der Mauer, vorsichtig, leise. Zwischen den Ästen der Platane und der Krone der Dattelpalme wuchs in der Ferne das Minarett mit dem Girlandenmuster.

Das Mädchen schien vertieft in ein stummes Zwiegespräch mit dem Baum.

Zu ihren Füßen lagen herabgefallene Blätter und die pelzigen Kugeln der Platanenfrüchte, auch sie golden im Licht, das die Zweige filterten. Mitten im Laub stand der Korb. Ein Korb voll nasser Wäsche – wie ein Gruß der Frau vom Dach.

Calvin befand sich jetzt zwischen dem Stamm der Platane und einer fensterlosen Wand im Schatten. Unsichtbar, aber nur beinahe. Wie stets.

»Dschinan«, sagte er leise.

Da zuckte sie zusammen und drehte sich um. Ihre Augen waren von einem hellen Grün, doch sie enthielten etwas wie goldene Tupfen. Auch Nuris Augen hatten diese hellen Flecken besessen, Sommersprossen in dem dunklen Braun, Sterne in der Nacht.

Er dachte an den Brief in seiner Tasche, die arabischen Sätze, die er auswendig gelernt hatte.

Ich bin ein Freund von Nura. Aus Deutschland.

Ich bin gekommen, um dir zu helfen.

Aber die Sätze zerstoben in seinem Kopf zu Sand, und der Wind trug ihre Überreste in alle Ecken des Innenhofs. Denn dieses Geschöpf vor ihm, das halb aus Licht und halb aus sehr realem, hässlichem Stoff bestand, war völlig anders, als er gedacht hatte.

Er hatte ein Kind gesucht, ein Mädchen von zwölf oder dreizehn Jahren, gegen ihren Willen verheiratet.

Er hatte vergessen, zu rechnen. Es war Jahre her, seit Nuri Dschinan gesehen hatte. Wie alt war sie jetzt? Sechzehn? Sie sah älter aus. Erwachsen.

Das Einzige, was er in seiner Verwirrung noch fand, war ein Name.

»Nura«, sagte er. »Nura Aljafari?«

Da zerbrach der Schreck auf dem Gesicht der jungen Frau zu einem Lächeln.

»Nura«, wiederholte sie, flüsternd, sah sich rasch um und schlüpfte ebenfalls in den Schatten zwischen Platane und Wand.

Sie stand jetzt ganz nahe bei ihm, sicher zu nahe für eine verheiratete oder überhaupt irgendeine Frau hier, und dann, erstaunlicher noch, griff sie nach seiner Hand und drückte sie. Sehr fest.

Ihr Blick glänzte wie die Sonne auf dem Laub, doch zugleich hatte er einen Stachelpelz wie die Platanenfrüchte, mit winzigen, schmerzenden Widerhaken. Sie fragte etwas auf Arabisch. Rasch, hektisch, sich nervös nach allen Seiten umsehend.

»Freund«, sagte er. »Ein Freund. Deutschland. Calvin. Ich bin Calvin. Kamal hat …« Er kramte den Zettel heraus. Konnte sie lesen? Natürlich, sagte er sich, Idiot, wenn sie wirklich Dschinan al-Bakri war, hatte sie eine höhere Schule besucht, ihr Vater war Arzt.

Sie zeigte jetzt auf sich. »Dschinan«, sagte sie, als hätte sie seine Gedanken gelesen. Dann zeigte sie auf ihn. »Calvin.«

Sie hatte begriffen, dass er kaum Arabisch sprach, formte einfache, langsame Sätze für ihn wie eine geduldige Lehrerin: »Wo – ist – Nura?«

Er sah weg. Sah sie wieder an. Ja, er kannte das Wort. Aber er wollte es nicht aussprechen. Es war so sperrig. Er sprach es doch aus.

Mayita.

Dschinan nickte, schweigend. Auf einmal hatte sie vergessen, nervös zu sein und sich umzusehen.

»Dead«, sagte sie. Es war einer der wenigen englischen Begriffe, die er kannte.

»Ja«, sagte er. »Dead.« Keine Sprache der Welt machte das Wort besser.

»Nura und du«, sagte Dschinan, jetzt wieder auf Arabisch, wieder sehr langsam. Die Frage, die sie danach stellte, konnte er nur erraten.

»Ja«, sagte er wieder. »Nuri und ich waren zusammen. Tut mir leid, wenn ich jetzt Deutsch spreche. Es geht nicht anders.«

Er zeigte auf den Zettel, las Kamals Umschrift des Arabischen vor. *Ich bin gekommen, um dir zu helfen. Qad ja'atu, li yusa'iduki.*

Sie lächelte wieder, vermutlich sprach er alles furchtbar falsch aus, und er wünschte, er hätte das Wort *tot* falsch aussprechen können, um es weniger schwer zu machen. Aber es war zu kurz.

»Willst du denn weg von hier?«, fragte Calvin auf Deutsch, zeigend. »Das Video … Wir haben das Video gefunden. YouTube.« Er zeigte auf die Bäume. Auf das Minarett.

»YouTube«, sagte Dschinan. »Ja. Allahu akbar.« Sie lachte.

Calvin fand das Wort für Ehemann. »Du? Ehemann?«

Dschinan kniff die Augen zusammen, schien zu überlegen, und dann ließ sie das unförmige Kleid ein Stück weit heruntergleiten, ließ ihn für eine Sekunde ihre nackte Schulter sehen. Die Narben auf ihrer Haut brannten sich tief in sein Gedächtnis ein, breite, schlecht zusammengeheilte Striemen wie lange Schnitte. Dschinan zeigte auf Calvin und auf sich selbst und in die Ferne und führte schließlich ihre Hand quer über ihre Kehle.

Wenn ich mit dir weggehe, bringt er mich um.

Sie lächelte dabei. Die Tatsache schien ihr nichts auszumachen.

Und sie nahm ihm den Zettel weg, fischte einen Stift aus einer Tasche ihres unförmigen Gewands und kritzelte etwas auf das Papier. »Morgen«, sagte sie und zeigte darauf. »Morgen da.«

Auf dem Papier stand ein arabisches Wort, daneben hatte sie eine Uhr gemalt, deren Zeiger zwei Uhr zeigten, es war rührend, eine Zeichnung für ein Kind, das noch nicht lesen kann.

Er zeigte auf das Wort. »Ist das ein Ort?«

»Da«, sagte Dschinan noch einmal und legte das Stück Papier in seine Hand. Als sie seine Finger darum schloss, spürte er ihre Hand wieder, die seine zuvor kurz gedrückt hatte. Es war die winzige, zierliche Hand eines Mädchens, doch sie besaß die Entschlossenheit eines Mannes. Auch etwas, das ihn an Nuri erinnerte.

Sie bückte sich und begann, die Wäsche aus dem Korb an einer Leine aufzuhängen, die zwischen einem Ast der Platane und einem Haken an der gegenüberliegenden Wand entlanglief. Eine Leine wie ein Hochseil. Das war es, was er hier tat: Er lief auf einem Hochseil, er konnte jeden Moment auf der einen oder der anderen Seite hinunterfallen.

Als er wieder im dunklen Korridor stand, drückte er das Papier gegen seine Wange. Er musste jemanden fragen, was darauf stand.

Sprich mit keinem.

Google Translate, es wäre leicht …

Nein. Du hast einen Zettel mit arabischer Schrift, selbst wenn das Handy Netzempfang hätte, was willst du mit arabischer Schrift?

Er musste den Zettel tatsächlich jemandem zeigen. Er wusste, er hätte beunruhigt sein müssen, aber seine Schritte waren leicht, und die Straßen waren beinahe schön an diesem Tag. Alles würde sich regeln lassen. Er hatte Dschinan gefunden, Kamal hatte unrecht gehabt, und wenn Kamal unrecht gehabt hatte, war auch alles andere möglich.

In Deutschland, irgendwo in Berlin vermutlich, saßen Kamals und Nuris Eltern jetzt vielleicht unter den Lichterketten des Advents, und hier ging er durch die befreite, die gerechte, die tödliche Stadt – unter der Lichterkette seiner eigenen Hoffnung.

Er kaufte Brot in einer Bäckerei, auch die arabischen Worte waren an diesem Tag leicht. Der Mann, der ihm das Brot gab, sah ihn seltsam an, doch Calvin lächelte nur, und da lächelte auch der Mann.

Durch den Euphrat flossen nur frohe Botschaften.

Und die schwarzen Fahnen mit ihrer weißen Schrift ließen ihn beinahe lachen, sie würden unter diesen schwarzen Fahnen durchschlüpfen, zu zweit, das goldene Mädchen und der Fremde, sie würden sich verwandeln, in Platanenblätter, die der Wind davonwehte. Sie brauchten nur einen Bus nach Norden, er hatte das Geld für die Schleuser, er spürte die Scheine bei jedem seiner Schritte …

Er verabschiedete sich bereits von der Stadt, während er hindurchwanderte: Hier war der Kreisverkehr der Militärparaden, dort das gestürzte Assad-Denkmal, hier der Justizpalast mit seiner Tortenarchitektur, wo jetzt der ISIS zwischen den Marmorwänden residierte … Und dann fand er sich in einer Menschenansammlung, genau vor dem Palast, eingekeilt in die Menge. Es geschah so plötzlich, dass er nichts verstand.

Der Verkehr war völlig zum Erliegen gekommen. Calvin wurde vorwärtsgeschoben, er konnte jetzt über ein paar Schultern hinweg den freien Platz sehen, um den sich die Menge drängte wie eine Schafherde in den Bergen. Und dann hörte er die Stimme dessen, der zu der Herde sprach, laut, sich manchmal überschlagend. Er stand auf den Stufen des Justizpalasts: ein untersetzter Mann in Schwarz, Kufiya auf dem Kopf, zwei Patronengürtel kreuzweise um die Schultern gelegt, eine groteske Erscheinung. Man hätte über sie lachen können. In der einen Hand hielt der Mann ein Mikro, in der anderen ein Buch.

Das Buch. Das heilige. Das einzige. Der Koran.

Zu Füßen der Stufen standen zwei weitere Kämpfer des ISIS, die einen alten Mann im weißen Kaftan festhielten. Er stand still, sah zu Boden.

Der mit dem Mikro brüllte jetzt Fragen. Die Menge antwortete, in einem Zwischending aus Schreien und Singsang. Er dachte an die Demos, auf denen er in der Menschenmenge gestanden und Antworten gebrüllt hatte. In einem anderen Leben. Ihm war jetzt seltsam leicht zumute, nicht auf die gleiche Art leicht wie zuvor, sondern so, als hätte ihm jemand den Boden unter den Füßen weggezogen.

Der Mann neben ihm trug ein kleines Kind auf den Schultern, ein Kind mit laufender Nase und verschmiertem Mund. Es sah Calvin aus großen, dunklen Augen an, als könnte es durch alles hindurchsehen. Als wüsste es die Wahrheit über ihn.

Auf dem Platz war es merkwürdig ruhig geworden. Die Menge wartete darauf, dass etwas begann. Und Calvin sah, dass ein weiterer Daisch-Kämpfer hinter den Mann im weißen Kaftan getreten war.

In seiner Hand lag eine Peitsche.

Der erste Hieb schlitzte den Stoff des Kaftans. Der zweite die Haut des alten Mannes. Was hatte er verbrochen? Warum war er hier? Beim dritten Hieb sank er auf die Knie, noch immer gehalten von den beiden anderen, die Menge brüllte jetzt Zahlen.

Vier, fünf, sechs …

Das kleine Kind schrie die Zahlen mit. Es lachte. Dies war ein Volksfest.

Zwölf, dreizehn, vierzehn …

Calvin merkte, dass er mit den anderen die Peitschenhiebe zählte. Was er gesehen hatte, war ein Gerichtsprozess gewesen, und dies war die Vollstreckung des Urteils nach der Scharia, dem heiligen Recht des Korans.

»Aber du wirst dieses Recht nirgends im Koran finden«, hatte Kamal irgendwann gesagt. »Das ist das Problem der Islamisten: Sie können nicht nur schlecht lesen. Sie lesen Dinge, die gar nicht da stehen.«

Der alte Mann kauerte jetzt auf dem Boden, gekrümmt, der weiße Kaftan rot und feucht, in Fetzen. Die beiden Daisch-Leute hielten ihn nicht mehr fest, es war unnötig geworden. Er machte einen Versuch, wegzukriechen, aber er kam nur ein paar Zentimeter weit, ehe die Kraft ihn verließ.

Die Zahlen, die durch die Luft flogen, waren zu hoch geworden. Calvin kannte sie nicht mehr.

Er wollte wegsehen, aber seine Augen hatten sich an dem Mann festgesogen, er sah, wie die Peitsche auch den Kopf des Verurteilten traf. Auf seiner Stirn schien das rote Blut noch röter.

Und dann war alles vorüber.

Sie schleiften ihn weg. Calvin sah nicht, ob er sich noch bewegte.

Aber die Menge löste sich noch nicht auf, die Daisch-Leute brachten einen zweiten, jüngeren Mann. Er stand aufrechter als der Alte, auch er schwieg, es war nicht vorgesehen, dass sich hier jemand verteidigte. Und wieder begann das Gebrülle ins Mikro. Calvin hörte dazwischen Worte in der Menge, gemurmelt hinter vorgehaltener Hand, da war mehrfach das Wort »Mädchen«.

Der, der dort stand, dachte er mit plötzlicher Klarheit, war nicht älter als er selbst.

Er merkte, dass er die Hände zu Fäusten geballt hatte – wie um dem anderen Kraft zu geben. Du wirst das überleben. Es gibt Hoffnung, golden wie Platanenblätter, kitschig, ja, aber es gibt sie. Sie hängt am Morgen Wäsche in einem Innenhof auf. Ewig wird die schwarze Flagge nicht hier wehen. Das hier wird schrecklich, aber du wirst es überleben.

Es war das gleiche Spiel wie zuvor, bis zu einem bestimmten Punkt. Fragen, Antworten der Menge, Stille. Doch niemand hielt eine Peitsche.

Die Männer traten mit dem Jungen einen Schritt nach vorn, und auf einmal wehrte er sich, unerwartet und sehr vehement. Sie zwangen ihn auf die Knie, ein dritter Mann stand neben ihnen, und der dritte Mann hatte ein Messer.

Calvin schloss die Augen zu spät.

Er sah den Schnitt noch.

Es war der Schnitt aus seinem Traum, anatomisch präzise, aber nur in der Theorie, das Messer war vielleicht nicht scharf genug, der Junge bewegte sich, wehrte sich noch bis zuletzt. Ein zweiter Schnitt wurde nötig, alles wurde ein Durcheinander aus Blut, Blut in Mengen wie Wasser, und dann hatte Calvin die Augen geschlossen, doch er wagte nicht, sie länger als zwei Sekunden geschlossen zu halten, falls jemand ihn beobachtete.

Als er wieder hinsah, stand die merkwürdige Figur des Richters neben dem Körper des verurteilten Jungen und hob sein Kinn an, eine Kontrollbewegung. Die Menge geriet in Bewegung, löste sich auf. Das Volksfest war vorüber. Calvin sah den Vater mit dem Kind auf der Schulter noch einmal auftauchen. Das Kind war eingeschlafen, vielleicht vor dem Tod des Jungen, die Wange ins dichte Haar des Vaters gebettet.

Calvin dachte, dass er sich übergeben würde wie damals im Traum. Aber er fühlte sich wie taub, er spürte nichts, nicht einmal Übelkeit. Es gelang ihm nicht einmal, den Platz zu verlassen, seine Beine blieben stehen.

Die Männer banden die Arme des Toten an einem waagerechten Balken fest und hievten ihn in eine aufrechte Position, der Kopf hing in einem unnatürlichen Winkel auf die Brust, nur halb abgetrennt. Sie befestigten den Balken an einem zugenagelten Fenster des Justizpalastes, für alle sichtbar zur Warnung.

Ein Mädchen. Es hatte sich um ein Mädchen gedreht.

Die Todesstrafe für eine Geschichte mit einem Mädchen, welcher Natur auch immer. Und er wusste mit Gewissheit, dass auch das Mädchen an diesem Nachmittag nicht mehr lebte.

Endlich ließen seine Beine sich dazu bewegen, die Straße entlangzugehen. Er sah Dschinan wieder vor sich, wie sie ihre Wange an den Stamm der Platane legte, als spräche sie mit ihr.

Morgen würde sie auf ihn warten, an einem Ort, den er nicht kannte.

Als Nuri Imad das nächste Mal sah, war sie dabei, ein Stabpuppenmonster mit grünen Fusseln zu bekleben. Er stand plötzlich einfach neben ihr, groß und stark wie immer, neben den Puppen wirkte er wie ein Riese, völlig fehl am Platz.

»Hey«, sagte er. »Ich dachte, ich sehe mir das hier mal an. Du hast neulich davon erzählt.« Er zog sich einen Stuhl heran.

Nuri klebte einen letzten grünen Fussel fest, stellte das Monster in ein Trockengestell und sah Imad endlich an. »Wie kommst du hierher?«

Er hielt sein Handy hoch. »Google Maps – *Weites Theater* Hellersdorf. Sie hatten kein Problem damit, mich reinzulassen, als Besuch eurer Gruppe sozusagen.« Er lächelte. »Kann ich helfen?«

Hinter ihm hüpften zwei kleine Engel vorbei, die Keksklauerin und ihre deutsche Freundin, die mit gold glitzernden Sternenstäben fuchtelten. Nesrin lehnte sich gegen Nuris Rücken, Nuri spürte, wie sie Imad musterte. Misstrauisch. Natürlich kannte sie ihn vom Sehen, aus dem Heim, aber hier wollte Nesrin ihn nicht haben.

»Mach dir keine Sorgen, Imad ist harmlos«, sagte Nuri mit einem Lächeln. »Er prügelt sich nur mit Nazis.« Imad wollte etwas erwidern, aber Nuri war aufgestanden, um in den Raum hinüberzugehen, wo Rolf mit den nicht bastelnden Kindern übte. Sie standen in einer Reihe vor einem Spiegel, der die ganze Wand bedeckte, alle mit Engelsflügeln, und riefen durcheinander. Es war ein ziemliches Chaos, und gerade brach ein Streit unter den himmlischen Heerscharen aus, den auch Andrea nicht schlichten konnte, die danebenstand und hilflose Gesten machte.

»Du hast mir die Spitze von deinem Scheißflügel ins Gesicht gepikt! Mit Absicht!«

»Hab ich nicht, Dreckstück!«

»Ya arsa!«

»Auf Arabisch fluchen gilt nicht, das versteht keiner!«

»Bloß du nicht!«

»*Ru-he!*«, rief Rolf.

»Worum geht das Theaterstück?«, fragte Imad, der hinter Nuri getreten war. »Um Engel, die sich auf der Bühne verkloppen?«

»Nein, ja«, sagte Nuri. »Engel und Monster. Alles sehr symbolisch.«

Die Vorbereitungen für die Aufführung liefen auf Hochtouren, sie hatte einfach keine Zeit für Imad, sie musste noch drei Monster befusseln und vier Kindern helfen, Kleidersäume umzunähen.

Nik hatte beim letzten Mal eine kleine Rede über das Verschwinden von Dingen gehalten, und alle hatten jemand anderen angesehen. Nach der letzten Probe, hatte Rolf gesagt, war nichts mehr verschwunden. Außer einer Person. Louis.

Es wunderte Nuri, dass Thore da war.

Der Frauenverein seiner Mutter hatte Ärger bekommen wegen der Turnhalle, Nik hatte die Betreiber darüber informiert, was dort wirklich gelaufen war. Nicht über das, was Nuri passiert war, das hatte sie ihm ausdrücklich verboten, nur darüber, wer was gefeiert hatte. Die GDF hatte sich beim Unterzeichnen des Mietvertrags als Heimatsportverein ausgegeben. Vielleicht mussten sie Strafe zahlen.

In ihrem Blog klagte eine der GDF-Frauen jetzt darüber, dass sie wieder mal die Opfer einer modernen Hexenverfolgung wären. Andrea hatte es Nuri gezeigt: *Die bösen rechten Frauen,* schrieb sie, *auweia, die so schlimme Dinge taten, wie Lebkuchen zu backen oder Lieder zu singen! Die müssten natürlich hinausgeworfen werden, ja? Die Linken dagegen,* schrieb sie, *durften ungestört einen ganzen Platz in Kreuzberg besetzen und Zelte dort aufstellen, deren Zustand jeder Hygienedebatte spottete.*

Aber wir werden siegen, Kameradinnen. Wir werden durchhalten. Wir werden unseren Kindern die richtigen Werte vermitteln, während die Linke im Sumpf des Multi-Kulti-Wahnsinns verkommt. Ei-

nes Tages werden es unsere tapferen Kinder sein, die das Land wieder auf den richtigen Kurs bringen, und dann werden wir *bestimmen, wer in den Turnhallen singen darf.*

»Woran denkst du?«, fragte Imad.

»An die grünen Fusseln, die ich noch verbasteln muss«, sagte Nuri. »Wenn du unbedingt helfen willst, kremple die Ärmel hoch. Der Kleber ist … ziemlich klebrig.«

Nur der Stuhl neben Thore war jetzt noch frei, und Imad setzte sich auf diesen Stuhl und half mit den Puppenmonstern, die in seinen großen Händen harmlos aussahen. Thore wirkte neben ihm noch kleiner und dünner als sonst. Er malte den Monstern blutrote Lippen und vermied es, Imads Blick zu begegnen.

»Wo ist Ridha?«, fragte Nuri. »Er war eben noch hier.«

»Woher soll ich das wissen?«, murmelte Thore, weiterpinselnd.

»Na ja, ich dachte, ihr versteht euch in letzter Zeit ganz gut?«

»Träum weiter«, sagte Thore und malte die Pappmaschee-Monsterzähne weiß. »Ridha ist ein Angeber und ein Arschloch.« Er hatte den Pinsel wohl nicht richtig ausgewaschen, die Zähne der Monster wurden rosa und sahen plötzlich harmlos aus.

»Kann mal jemand hier festhalten?«, fragte Imad auf Deutsch. Er sprach beinahe akzentfrei, was Nuri wunderte. Thore seufzte und hielt den Kopf der Puppe fest, während Imad grüne Wollfäden in ihre Nase klebte. »Hey, Moment«, sagte er dann. »Das ist kein Monster. Das ist der Weihnachtsmann.«

»Hat Schnupfen«, erklärte Imad. »Kommt aus der Nase raus.«

Thore lachte. »Er braucht ein Taschentuch, warte, wir kleben eins an die Hand an.«

Als Nik hereinkam, lachten sie alle über die Stabpuppe mit ihrem riesigen Papiertaschentuch.

»Das ist Imad«, erklärte Nuri. »Er hat geholfen.«

»Imad«, wiederholte Nik. »Aha. Das … wundert mich.«

Thore ließ die verschnupfte Puppe ihre Hand vorstrecken, um Niks Hand zu schütteln.

»Und das ist der Weihnachtsmann.«

An diesem Tag standen Nik, Nuri, Imad und Thore noch eine Weile allein vor dem *Weiten Theater*. Andrea war mit den Buskindern vorausgefahren, aber Thores Mutter war noch nicht da.

Thore wippte von einem Fuß auf den anderen und sah ungeduldig die Straße entlang.

»Heute war ganz gut«, sagte er schließlich. »Wie ich ein Engel gewesen bin, der eine Bruchlandung macht. Krachwumm, patsch, das war lustig.«

»Ridha als alte Frau war auch nicht schlecht«, meinte Nik.

»Okay, ja«, sagte Thore mit einem Grinsen. »Aber ich war besser. Und er nervt mich immer mit dem Nintendo. Auf diesem Fest, als wir draußen auf der Mauer gesessen haben, hab ich ihn spielen lassen. Er macht total die Anfängerfehler.«

Nuri nickte. Thore hatte also nicht gesehen, was im Vorflur der Halle geschehen war.

»Wolltest du bei diesem … Fest nicht mitmachen? Drinnen, töpfern und singen und so?«, fragte Nik.

Thore zeigte ihm einen Vogel. »Und Salzteighirsche machen? Ich bin nicht mehr vier.«

»Und deine Mutter lässt dich stattdessen Nintendo spielen?«

»Ja-nein. Sie ist da tolerant, sagt sie, und dass sie mir auch mal moderne Sachen erlaubt und so. Louis' Mutter ist viel strenger. Mama findet, Nintendo und Star Wars und alles ist okay, solange ich zu unserer Sache stehe.«

»Was ist denn … eure Sache?«

»Na ja, dass wir gemeinsam für ein richtiges Deutschland kämpfen und so«, sagte Thore vage. »Wie es eben früher war. Bei den Wikingern und so. Ich finde schon, die Ausländer sollen nach Hause gehen. Die spielen sich auf und so, seh ich ja in der Schule, und viele von denen haben Messer, und die versuchen, einem Drogen zu verkaufen. Und machen die Frauen an, das liest man ja überall, da haben die dann Angst, ist ja klar. Die Asylanten, die bringen sich sogar gegenseitig um, in den Heimen wegen was total Bescheuertem, weil einer die Waschmaschine zu oft benutzt hat oder was. Das stand gerade in der Zeitung. Und sie kriegen total viel Geld vom Staat, das ist nicht okay, wir kriegen das nicht.« Er zuckte die Schultern. »Aber Ridha ist auch manchmal nett und schenkt mir was. Von mir aus kann der ja bleiben.« Er nickte, als hätte er die Sache politisch entschieden, und dann hielt das schwarze Auto seiner Mutter vor ihnen. Zum ersten Mal fiel Nuri der Aufkleber mit der Dreierrune der Gemeinschaft Deutscher Frauen auf.

Zum ersten Mal sah sie den kleinen, weißen Adler neben dem Nummernschild, der seine Krallen in einen Fisch stieß. *Arische Glaubensgemeinschaft*, stand in winzigen Buchstaben darunter. *Macht nur dem Licht.*

Thore kletterte auf den roten, vorschriftsmäßigen Kindersitz, den Ridha so voller Neid angestarrt hatte. Seine Mutter stieg diesmal nicht aus und grüßte keinen von ihnen. Natürlich, nicht nach der Sache mit dem Fest.

»Scheißausländer«, sagte Nuri, als das Auto losfuhr. »Wenn der wüsste, dass er mit drei Syrern auf seine Mutter gewartet hat.«

»Drei?«, fragte Imad. »Drei … Syrern?«

Nik zuckte die Schultern. »Ich muss los«, sagte er. Und so hörte er nicht mehr, wie Nuri »Chamäleon« murmelte.

Sie fuhr mit Imad U-Bahn. Aber sie stieg früher aus, stieg um zum Park, um eine Weile mit dem falschen orientalischen Garten alleine zu sein. Er war an diesem Tag voller unsichtbarer Chamäleons.

Internetsuche:

- » *Scharia*
- » *Uwais al-Qarani Moschee ar-Raqqa*
- » *Arische Glaubensgemeinschaft*

8.

Die Wärterengel der Hölle (…) überwachen das Höllenfeuer und sind damit beauftragt, die Höllen-Insassen zu bestrafen und darauf zu achten, dass sie nicht aus dem Feuer entweichen können. (…) ICH werde ihn in Saqar hineinwerfen. Und was weißt du, was Saqar ist?! Sie lässt nichts übrig und lässt nichts aus. Sie verbrennt die Haut ganz. Über ihr sind neunzehn. Und WIR ließen die Verantwortlichen des Feuers nichts anderes als Engel sein.

(Quran, 74:26–31)

Sind sie nicht alle nur dienende Geister, ausgesandt, um denen zu helfen, die das Heil erben sollen?

(Aus »Der Sohn und die Engel«, Bibel, Hebräer, 1, 13)

In dieser Nacht wucherten Albträume durch die Ruinen der Kirche.

Der Junge in der grauen Decke zuckte im Schlaf manchmal. Die blonden Stellen seiner Haare leuchteten verräterisch, wenn das Mondlicht darauf fiel. Er hatte die Arme um den Rucksack gelegt, in dem die Reste seines Abendessens lagen, ein paar Aprikosen und Weintrauben. Es musste auch für morgen reichen, er wollte nicht noch einmal stehlen.

Denn er hatte gestohlen, er hatte die Aprikosen und die Trauben in einem unbeobachteten Moment bei einem Stand am Straßenrand mitgehen lassen, weil er nicht mehr wagte, einen Laden zu betreten. Er hatte jetzt zu viel Angst davor, dass jemand dort sein gebrochenes Arabisch bemerkte.

Nie hatte der Junge in der Ruine solche Angst gehabt, einzuschlafen.

Aber schließlich war er doch eingeschlafen, und die zerstörten Gesichter der christlichen Statuen sahen mit blinden Augen auf ihn herab.

Das Mondlicht war hell. Der Mensch, der über dem Jungen kauerte wie ein Falke über der Beute, betrachtete ihn eine ganze Weile in diesem Licht. Schließlich berührte er ihn an der Schulter, sanft.

»Wach auf.«

Calvin fuhr hoch und blickte in ein Gesicht, das halb im eigenen Schatten lag und halb im blauen Schein der Nacht, unwirklich wie eine Theatermaske.

»Strafe für Diebstahl ist Abhacken von Hand«, sagte das Gesicht. »Ich habe gesehen.«

Das Gesicht, rundlich, bartlos, gehörte einem älteren Mann. Als Calvin versuchte, sich herumzurollen, legte er eine erstaunlich kräftige Hand auf seinen Arm. »Bleib liegen. Nicht rennen.«

»Ich …« Calvin schluckte. Der Mann sprach deutsch.

Er überschlug seine Chancen. Sie standen eher schlecht. Der Mann kannte sich besser hier aus, und er war vermutlich kräftiger als Calvin. Eine Weile sah er Calvin nur an, er hatte intensive, durchdringende Augen und irgendwie deformierte Ohrmuscheln.

»Du redest, wenn schlafen«, sagte er schließlich. »Ich zuhöre. Alle Nächte zuhöre. Dich beobachte. Jetzt nicht rennen, sonst zu Gefahr. Draußen.« Er lächelte. »Du Deutschland. Lange Zeit, ich war auch in Deutschland. War in Aachen. Arbeit da, Maschinen. Viel Geld. Zehn, elf Jahre her. Jetzt in Deutschland bald Weihnachten. Hier nicht.« Er streckte seine Faust vor Calvins Nase, lachte, als Calvin zurückzuckte, und öffnete sie. In seiner Hand lag eine weitere Aprikose.

»Nimm.« Dann hob er eine Plastiktüte auf, die neben ihm lag. »Nimm alles.«

»Warum ... tun Sie das?«

Der Mann zuckte die Schultern und nahm einen Brotfladen und ein Stück weißen, bröckeligen Käse aus der Plastiktüte. »Ich hatte einen Sohn.« Er sah nur das Brot und den Käse an. »War Soldat, bei Armee. Tot. Letztes Mal er war zu Hause, er redet in Schlaf. Auch wie du. Du bist Soldat?«

»Nein.« Calvin lachte. »Ich bin nur irgendwer. Am besten vergessen Sie, dass ich existiere.«

»Iss«, sagte der Mann. Und Calvin riss gehorsam ein Stück Brot ab und schob es in den Mund. Er war hungrig, aber er hätte den Inhalt der Tüte lieber bis zum nächsten Tag aufbewahrt. Er durfte es nicht riskieren, noch einmal zu stehlen.

Er schluckte das Brot hinunter wie einen Stein, zusammen mit seiner Angst, und zog den Zettel aus der Tasche, auf den Dschinan geschrieben hatte, zeigte auf ihre Worte.

»Bitte ... Was steht da?«

Der Mann holte eine Brille aus der Tasche seiner Weste, streifte die Bügel umständlich über seine deformierten Ohren und studierte den Zettel.

»Hamid Malki«, sagte er nach einer Weile. »Sehr gute Schneidergeschäft in Stadt. Name von Straße ist *Schare' Tal Abyad.*« Er sah Calvin einen Moment lang durch die Brillengläser an und gab ihm den Zettel zurück. Er sagte nichts über die anderen Sätze auf dem Zettel. *Ich bin gekommen, um dir zu helfen …* Er sagte: »Bitte. Erzähl von Deutschland.«

Da begann Calvin zu erzählen. Er saß in der Ruine der Kirche und erzählte einem Fremden von einem Land, das er einmal das seine genannt hatte und das so weit weg war wie der Mond.

Vom Winter erzählte er, wenn die Straßen grau und dunkel waren, und von dem Moment, in dem der erste Schnee alles weiß machte und direkt wieder schmolz. Von den Sternen über den Wohnblocks erzählte er, von dem Spielplatz aus Beton, wo sie Schneemänner gebaut hatten ohne Nasen, weil keine der Mütter je Möhren gekauft hatte.

»Aber – dort nicht schön?«, fragte der Mann. »Erzähl nur von den schönen Dingen!«

»Das ist schwierig«, sagte Calvin. »Die schönen Dinge sind so klein.«

Und dann erzählte er dem Mann das, was auf den Kalendern im Supermarkt zu sehen war, er erzählte von verschneiten Stränden und Tannen voller Lichterglanz, von Lebkuchenherzen und Engeln mit weißen Flaumfederflügeln. Da war der Mann zufrieden, und er wischte sich eine Träne aus dem Auge, unter der Brille.

»Ich möchte zurück. Nach Deutschland«, sagte er. »Ein Tages ich gehe. Alle sind frei und glücklich da, ich möchte meine Frau mitnehmen und zeigen. Alle Menschen uns helfen und nett.«

Calvin nickte. »Ja. Alle sind nett.« Und er log weiter, weil der Mann es wollte: »Sie kommen uns besuchen, ja? Bald. Ich werde wieder zu Hause sein, dann zeige ich Ihnen den Schnee. Sie können bei mir wohnen, es ist genug Platz für alle da, die mitkommen wollen.«

Er hatte einen Kloß im Hals und musste schlucken. In seiner Vorstellung war die kleine Wohnung sehr voll, da waren nicht nur der Mann mit den seltsamen Ohren und seine Frau, da waren noch andere: Dschinan, Kamal, die Leute von der FSA, die ihn durchgefüttert hatten, der junge al-Nusra-Kämpfer mit den Mandelaugen, der wieder lebte, Tom, Benji, seine Mutter. Es war ein einziges fröhliches Durcheinander, es duftete nach Essen, vermutlich stand Um Nabil in der Küche und kochte.

Dschinan zog ihn ans Fenster der imaginären Wohnung. Sie zeigte hinunter auf die Straße, und dort stand Nuri. Sie sah zu ihnen herauf, sie trug eine Wollmütze und gestrickte Fäustlinge in Gelb-Orange. Sie winkte.

»Du bist verloren in Denken«, sagte der Mann.

Calvin nickte und riss sich los von dem Traumbild. »Ich brauche einen Übersetzer. Morgen Nachmittag. Ich treffe jemanden in … bei diesem Schneider. Und es ist zu schwer, wenn man die Sprache nicht spricht. Könnten Sie mitkommen? *Bitte?*«

Der Mann lächelte, putzte seine Brille und schüttelte den Kopf. »Tut mir leid. Nein. Ich habe meine Frau und zwei Tochter. Wenn ich helfe dir, sie werden mitnehmen mich. Dann meine Frau und Tochter alleine. Tut mir leid.«

»Aber Sie verraten mich nicht? An die Leute vom Daisch?«

»Ich mochte nicht Assad, ich mag nicht Daisch«, sagte der Mann. »Ich mag Winter in Deutschland. Gute Bier.«

Dann stand er auf, auch Calvin stand auf, und einen Moment sah ihn der Mann ernst an.

»Pass gut auf«, sagte er leise. »In deinen Augen ist ein Mädchen.«

Damit drehte er sich um und kletterte über das lose Geröll aus der Ruine. Calvin kauerte sich wieder zusammen und schlang die graue Decke um sich, noch war die Nacht nicht vorüber. Aber er fand keinen Schlaf mehr.

Als der Morgen die Stadt in sein kaltes Licht tauchte und die ersten Schlangen sich vor den Bäckereien bildeten, wanderte Calvin durch die Stadt und verglich Dschinans Buchstaben mit den Straßenschildern. Aber es gab fast keine Schilder mehr.

Vielleicht würde der Daisch irgendwann neue aufstellen, mit neuen heroischen Namen: *Straße des Kampfes. Platz der Scharia. Gasse der himmlischen Gerechtigkeit.* Er wurde bitter, er wurde in seinem Herzen zu alt, er spürte es.

Schließlich fragte er nach der richtigen Straße, weil es nicht anders ging. Und er fand die Almogma, eine große, zweispurige Verkehrsader, so groß, dass man sie deshalb übersah. Er fand auch Hamid Malkis Laden. Stoffbahnen hingen davor im Wind wie Segel: grün, rot, blau. Und sehr viel Schwarz. Aus einem Hinterzimmer des Ladens drang das Schnurren von Nähmaschinen.

Calvin ging noch einmal weg, wartete am Fluss, bis es zwei Uhr war, und sah ins Wasser, wo sein Spiegelbild schwamm. Er trug einen billigen, grauen Strickpullover von einem Straßenhändler, vermutlich Bestandteil einer westlichen Kleidersammlung. Die Kufiya verbarg sein Haar und seine Stirn. Vor allem aber hatte sein Gesicht sich verändert, der Euphrat spiegelte einen hageren, jungen Mann, den Calvin nicht kannte.

In seinen Augen war irgendetwas verloren gegangen, vielleicht gestern erst.

Die Uhr am zentralen Uhrturm zeigte Punkt zwei, da betrat der hagere junge Mann Hamid Malkis Laden für Stoffe und Zuschnitt. Er betastete eine Weile Stoffballen, so wie er es bei den anderen Kunden sah, tat so, als prüfe er mit Daumen und Zeigefinger hier und dort die Qualität – und sah immer wieder zum Eingang hinüber.

Ein Junge von zwölf oder dreizehn Jahren fragte, ob er ihm helfen könnte, oder jedenfalls glaubte Calvin, dass er das gefragt hatte.

Er verneinte dankend und ohne Worte, tastete und prüfte weiter, als müsste er Stoffe für die Ausstattung einer Großfamilie kaufen und könnte sich nicht entscheiden. Dschinan erschien nicht. Außer ihm waren nur Frauen hier, verdammt, gingen Männer nicht in Schneidergeschäfte? Es war längst Viertel nach zwei. Zwanzig nach. Halb drei. Calvin konnte nicht noch länger hier herumlungern, auch der Junge beobachtete ihn inzwischen mit einem gewissen Misstrauen … Glücklicherweise verwickelten zwei Frauen ihn in ein Gespräch, schienen zu verhandeln, ihre Stimmen wurden lauter: erst klagend, danach ungehalten, am Ende keifend.

Und dann bewegte sich ein schwerer, grüner Vorhang im hinteren Teil des Geschäfts, und ein älterer Mann in einem eleganten, grauen Anzug kam heraus, um die Verhandlungen zu übernehmen. Er schickte den Jungen weg, Calvin verstand das Wort »Tee«, dann spürte er, wie die Augen des Mannes einen Moment auf ihm ruhten.

Hamid Malki, dachte er. Der Besitzer des Ladens.

Er entrollte mit einer weiten, geübten Bewegung auf einem riesigen Tisch mehrere Sorten Stoff, die für Calvin alle gleich aussahen: Sie waren einfach schwarz. Hamid kam Calvin beim Ausrollen der letzten Stoffbahn wie zufällig sehr nahe, und er sagte, während er eine Kante glättete, leise auf Arabisch: »Geh nach hinten. Sie wartet.«

Das verstand Calvin.

Er wollte etwas erwidern, etwas fragen, doch Hamid war schon ins Gespräch mit den Frauen vertieft, diskutierte die Vorzüge von Hellschwarz und Dunkelschwarz. Niemand sah jetzt zu Calvin hin, und wenig später schlüpfte er durch den grünen Vorhang ins Hinterzimmer. Die Nähmaschinen klapperten in einem zweiten Raum nebenan, zu dem es von hier keinen Zugang gab, er schien in einer Art Abstellraum gelandet zu sein, vollgestopft mit Kisten und Kartons.

Es wartete niemand darin.

Und als Calvin sich zum Verkaufsraum umdrehte, sah er, dass es zusätzlich zu dem Vorhang auch eine Tür gab, die eben ins Schloss fiel. Er hatte das ungute Gefühl, dass sie sich von innen nicht mehr öffnen lassen würde. Er war in eine Falle getappt.

Nuri zündete die zweite Kerze auf dem Kranz an und sah zu, wie das Streichholz kleiner wurde; erst kurz bevor sie sich verbrannte, blies sie es aus.

Der Adventskranz stand mitten auf dem Tisch. Sie hatte ihn selbst gemacht, stolz wie ein Kind, sie hatte die Tannenzweige dafür im Park abgerissen, in einem unbeobachteten Moment der frühen deutschen Nachmittagsdämmerung.

Manchmal dachte sie an Anna. Standen Anna und ihr Vater jetzt irgendwo in Deutschland vor einem Kranz, auf dem zwei Kerzen brannten? Das Licht spielte im Gesicht von Nuris Mutter, die still am Tisch saß und den Kranz ansah. »Er ist schön«, sagte sie schließlich mit einem zaghaften Lächeln.

»Die Kinder haben die Strohsterne gemacht«, sagte Nuri. »Der da ist von Ridha, es ist eigentlich kein Strohstern, sondern ein Star-Wars-Helm. Der sehr ordentliche ist von Nesrin. Und der ist von Andrea und Mohammed zusammen, Andrea hat ihm geholfen … Sie hatten Spaß. Monster oder Strohsterne, egal. Gib ihnen etwas zu tun, und sie haben Spaß.«

Ummi lächelte. »Ja.«

»Du könntest ihn malen«, sagte Nuri und holte ein weißes Blatt Papier von dem Stapel auf dem Fensterbrett und legte es vor ihre Mutter. »Mal den Adventskranz. Mit den Sternen. Für mich.«

Doch Ummi schüttelte den Kopf. »Im Moment … male ich nur Menschen.«

»Tote Menschen«, sagte Nuri und sah die Sammlung an der

Wand an. »Ich meine, verdammt, das hier ist ein toter Kranz aus toten Tannen! Abgerupft, tot, sie wachsen nie wieder, bitte, es widerspricht deinem Prinzip nicht. Du kannst das malen!«

Sie merkte, dass sie ihre Mutter an den Schultern gefasst hatte. Wie klein sie sich anfühlte, wie winzig klein und zerbrechlich.

»Imad hat angerufen«, sagte Ummi. »Er hat gefragt, ob du mitgehst, irgendetwas war mit Weihnachten und Feuer an einem Platz. Oranienplatz? Ich habe seine Nummer notiert …«

»Ich habe Imads Nummer«, knurrte Nuri. »Und er hat meine. Er kann mich anrufen.«

»Geh mit«, bat Ummi. »Du musst nicht hier sitzen und mich bewachen.«

»Wir könnten zu dritt gehen. Du und Imad und ich.«

Ummi lächelte und schüttelte den Kopf. »Ich habe noch zu tun … der Haushalt …«

Nuri sah sich um. Es gab keinen Haushalt. Es gab nur dieses eine Zimmer, und man konnte es nur soundso oft sauber machen. Ihre Mutter zog sich immer mehr in einen Kokon zurück, sie ließ Abi zu allen Ämtern alleine gehen, bei denen sie sich melden mussten, wegen der Duldung, wegen des Geldes, das sie erhielten, wegen der Wohnung. Die Duldung, sagte Abi, galt immer nur für ein halbes Jahr und musste dann verlängert werden, es gab Menschen, die seit fünfzehn Jahren so lebten.

Sie würden hier nicht ewig bleiben können, es kamen neue Leute, sie mussten raus, eine eigene Wohnung suchen, die von den minimalen staatlichen Zuweisungen bezahlbar war. Abi sagte, sie sollten sich keine Sorgen machen, er würde eine Wohnung finden. Noch hätte er kein Glück gehabt, niemand wollte an lediglich Geduldete vermieten, aber er würde es schaffen. Er wollte keine Hilfe, auch von Nuri nicht, er brauchte irgendetwas, für das er alleine verantwortlich war. Aber Ummi schien es nicht einmal zu kümmern, wohin sie zogen oder ob sie in diesem einen Zimmer blieben. Sie schien in sich selbst zu verschwinden.

Nuri seufzte. »Ich rufe Imad später an, Ridha wartet auf mich, ich muss mit ihm Theatertext üben. Du wirst das jetzt nicht glauben, aber ... er ist ein Engel. Wir haben nur noch zehn Tage bis zur Aufführung, und bei der letzten Probe hat er sich mit Thore gekloppt, statt seinen Text zu sagen. Ich denke, die beiden mögen sich.« Sie war schon in der Tür. »Wo ist Abi?«

»Sitzt irgendwo in einem Park und schreibt an seinem Buch, denke ich«, antwortete ihre Mutter vage.

»Draußen? Bei minus zehn Grad?« Als Nuri die Tür hinter sich schloss, saß sie noch immer vor dem Adventskranz, reglos.

Unten im Gemeinschaftsraum stand ein Engel am Fenster. Ein Engel mit weißen Flügeln aus Hunderten von mühsam zusammengeleimten Federn. Ridha. Sie hatte gewusst, dass sie ihn hier finden würde, er war häufiger hier als bei seiner streitenden Familie, aber verdammt noch mal, wie hatte er es geschafft, die Flügel vom *Weiten Theater* mitzunehmen? Er wusste genau, dass Rolf das nicht erlaubte.

Die Luft im Raum war dick wie Qualm, angefüllt mit zu vielen Stimmen und Geschichten und Essensgerüchen. Das Heim platzte aus allen Nähten. Und es würden noch mehr Flüchtlinge kommen, vielleicht schon nächste Woche.

Als sie seinen Namen rief, drehte der Engel sich um und schwebte durch das Durcheinander auf sie zu. Vor ihr blieb er stehen, wischte sich mit dem Ärmel seines dreckigen, roten Pullovers die Nase ab und deklamierte: »Oh, wunderbare Weihnachtsnacht, vorüber ist der Monster Macht. Siehst du! Ich kann den Text schon.«

»Du kannst einen Satz. Den konntest du schon vor Wochen. Wie hast du die Flügel ...«

»Komm mit raus«, sagte Ridha. Seine Augen strahlten. »Sie sind da mit Laternen unterwegs. Wir machen den Rest vom Text später, ja?« Er zog sie an einer Hand in den Flur, wirbelte sie herum wie ein Tänzer und strahlte noch immer. Mister Charming.

Sekunden später stand sie vor dem Heim, in der klirrenden Kälte.

Die Dämmerung floss in dunklen Schlieren aus den Schneewolken, die seit Tagen nicht schneien wollten, und wirklich, durch diese Dämmerung kamen Laternen. Sie näherten sich langsam, schwankend, gelb und rot und violett, wunderschön.

Nuri drückte Ridhas raue, verschwitzte Hand.

Und die Kinder mit den Laternen zogen vorüber, singend, Lichter auf Beinen in der Nacht. Nuri verstand ihre Worte nicht, aber die Melodie war schön und alt, und die Gesichter der Kinder glühten. Aber es war keine Schulklasse. Die Kinder waren unterschiedlich alt, manche saßen auf den Schultern ihrer Mütter.

Dann sah Nuri ein bekanntes Gesicht unter einer Wollmütze, das Gesicht einer Frau. Thores Mutter. Deshalb also hatte Ridha sich den Umzug ansehen wollen, er musste vorher gewusst haben, dass die Laternen hier vorbeikommen würden, von Thore, aus der Schule.

Auf einmal war das Licht der Laternen kälter. Und sie sah die ewigen, altdeutschen Runen auf den Laternen blühen. Die Jungadler, dachte Nuri, dies ist ein Umzug der Jungadler, die bei minus zehn Grad keine Zelte mehr im Park aufstellen. Thore selbst lief in der letzten Reihe.

»Komm«, sagte Ridha, »wir gehen mit.«

Nuri hielt seine Hand fest. »Das tun wir nicht.«

Aber sie konnten sich nicht streiten, denn die Laternen zogen gar nicht weiter. Sie hielten an, direkt vor dem Asylbewerberheim, vielleicht zwei Meter von der Treppe entfernt. Die Kinder stellten sich jetzt in einer Reihe auf, die Lichter hoch erhoben, und ein Transparent wuchs zwischen ihnen empor. Die Mütter hielten die Stöcke.

Mahnwache der Stille
Winterzeit, Weihnachtszeit, Stillezeit, Friedenszeit
Für ein Hellersdorf ohne Messerstechereien und Lärm
Für ein Hellersdorf ohne Überfremdung
Zimtduft statt Knoblauchgestank!

Tatsächlich war der Gesang verebbt, die Laternenkinder standen stumm da und blickten hinauf zu den Fenstern des Heims. Gerade, die Füße parallel wie kleine Soldaten.

Eine der Mütter filmte.

Ridha und Nuri standen noch immer vor der Tür, eingekesselt: ein schmutziger, kleiner Engel mit riesigen, reinweißen Flügeln und ein schwarzlockiges Mädchen mit Tannennadeln im Haar.

Nuri suchte die Blicke der Kinder in der Prozession, aber niemand sah sie an. Sie sahen alle ausnahmslos nach oben. Als wäre es zu gefährlich, einem Gegner ins Gesicht zu sehen, der so nahe war.

Nichts geschah im Heim, kein Fenster öffnete sich, es gab keine Reaktion.

Und schließlich zog die Mahnwache weiter, das Transparent jetzt in ihrer Mitte haltend, in gesitteten Zweierreihen. Nicht alle Mädchen trugen Röcke, manche waren in Jeans gekommen, manche hatten gefärbte Strähnchen im Haar, blinkende Turnschuhe, amerikanische Markenjacken. Es war ihre Normalität, die Nuri beunruhigte, wie die Mütter konnte man die Kinder nicht von gewöhnlichen Kindern unterscheiden.

Vielleicht waren sie das: gewöhnliche Kinder. Wie Teig, noch nicht fest, noch formbar. Aber bald, bald würde der Teig aushärten, zu einem Stahlkorsett aus Hass und Stolz.

Die Laternen waren vorübergewandert, Ridha hob die Hand, ganz kurz, unauffällig, um Thore zu winken. Und da geschah etwas Unerwartetes. Thore nämlich löste sich aus der Gruppe, rannte auf sie zu, und Ridha, mit den zu schweren Engelsflügeln, rannte ihm entgegen. Thore war ganz hinten gegangen, und niemand merkte zunächst, dass er fehlte. Nuri atmete scharf ein.

Die beiden Jungen trafen sich in der Mitte, Thore drückte Ridha eilig etwas in die Hand und wollte zurück, doch Ridha hielt ihn am Ärmel fest. Er sagte etwas, »Warte!« vielleicht oder »Guck, ich hab die Flügel ausgeliehen!«

Er drehte sich damit um die eigene Achse, machte eine Flatterbewegung, und sie lachten beide, weil es so absurd aussah. Sie lachten zu lange. Bei den Jungadlern hatte man jetzt doch bemerkt, dass jemand fehlte. Der Zug geriet ins Stocken, und dann standen zwei ältere Adler hinter Thore. Sie waren so rasch herübergekommen, dass Nuri sie nicht einmal hatte rennen sehen. Der eine war Louis. Den anderen, größeren kannte Nuri nicht.

»Hey, Engelchen«, sagte er sehr laut. »Das ist *unsere* Straße.«

Damit schnellte seine Hand vor, und er packte Ridha. Nuri machte einen Satz vorwärts, aber sie war nicht schnell genug, da lagen zu viele Meter Bürgersteig zwischen ihr und den Jungen … Louis half dem anderen, sie hoben den um sich schlagenden Ridha halb hoch, schleiften ihn zu einer großen Pfütze auf der Straße und stießen ihn hinein. Die gefrorene Oberfläche splitterte wie Fensterglas, das Wasser darunter war braun und schlammig.

Die weißen Flügel färbten sich dunkel, als der Engel stürzte.

Nuri sah, wie Ridha versuchte, sich aufzurappeln – sie war jetzt fast bei ihm –, doch die Jungadler schubsten ihn noch einmal in die Pfütze zurück, kichernd wie pubertierende Mädchen. Diesmal landete Ridha mit dem Gesicht voran im Wasser, er lag lang ausgestreckt da, und Louis setzte seinen Fuß auf Ridhas Rücken.

Da sprang jemand an Nuri vorbei, griff nach Louis, drehte ihn zu sich herum und schlug ihn ins Gesicht. Das Geräusch war unnatürlich laut in der Stille.

Imad.

Er musste das Ganze von drinnen beobachtet haben. Jetzt hob er den zweiten Jungen am Kragen in die Luft und ließ ihn zappeln, während Nuri endlich Ridha auf die Beine half. Imad ließ ihn herunter und gab ihm ebenfalls eine schallende Ohrfeige. Der Junge hielt sich seine Wange.

Und plötzlich waren die Mütter da, zogen ihre Kinder an sich: Löwinnen. Sie brüllten auch, laut genug, um das ganze Viertel auf den Plan zu rufen.

»Nimm deine dreckigen Pfoten von meinem Jungen!«

»Wenn es bei euch üblich ist, Kinder zu schlagen, okay, in Deutschland ist es verboten! Geht nach Hause und schlagt da eure Kinder und eure Frauen!« Und, sehr ruhig jetzt. »Wir haben dich auf Video.«

»Schön«, sagte Imad gelassen. »Ich signiere DVD wenn habe Zeit. Nehmen Sie Rotzbengel und verschwinden.«

»In unserer Kultur«, sagte Nuri, »ist es üblich, Engel, die man auf der Straße trifft, zu grüßen. Dass es hier üblich ist, sie in Pfützen zu stoßen, wussten wir nicht.«

Die Frau, die offenbar Louis' Mutter war, trat auf sie zu und starrte sie feindselig an. Und Nuri erkannte in ihr die Frau, die auch im Vorraum der Sporthalle dabei gewesen war.

Sie sagte nichts, sah Nuri nur an. Ihre Augen waren klar, kalt und blau wie der deutsche Himmel.

Dann drehte sie sich um, und der Umzug marschierte weiter.

»Du kannst mich loslassen«, sagte Ridha. Erst da merkte Nuri, dass sie ihn mit einem Arm an sich gedrückt hatte. Ihr Arm war so nass wie er. Das Wasser begann, den Kleber der Federn zu lösen.

Zwei einzelne helle Federn schwammen auf der dunklen Oberfläche der Pfütze zu ihren Füßen.

»Ist nicht schlimm«, sagte Ridha und zog die Nase hoch. Dann hielt er Nuri die Faust unter die Nase und öffnete sie. »Soll ich dir geben. Von Thore.«

Auf seiner schmutzigen Handfläche lag ein kleines, sorgsam gefaltetes Stück Papier, durchweicht wie die Flügel. Sie entfaltete es mühsam, während Imad Ridha mit hinein ins Warme nahm.

Trotz des Wassers war Thores Botschaft deutlich zu lesen, sie war in schön geschwungenen großen Buchstaben geschrieben. Nur war sie nicht von Thore.

Sie war von Cindy.

Bleib ruhig. Es nützt nichts, in Panik zu geraten, jetzt nicht mehr. Hamid Malki ist also einer von ihnen. Einer von denen, die zum ISIS gehören. Oder mit ihnen kooperieren.

Und Dschinan? Wer war Dschinan wirklich? Er wusste von Nuri, wer sie gewesen war. Aber wer war sie jetzt?

Bleib ruhig? Haha. Bilder von der Menge vor dem Justizpalast zuckten durch seinen Kopf, und er hörte die Menge wieder zählen.

Der kleine Raum, in dem er stand, besaß kein Fenster. Es waren nur zwei Meter bis zur gegenüberliegenden Wand. Dort war mit Tesafilm ein Bild angebracht, ausgeschnitten aus einer Zeitschrift, eine verschnörkelte Kalligrafie aus feinen, goldenen Linien, vermutlich irgendein Sinnspruch. Womöglich stand dort: Sprich mit keinem.

Er schloss die Augen, legte die Stirn gegen die Wand – und da bewegte sich die Wand. Calvin taumelte zurück. Nein. Es war keine Wand. Es war eine Tür, eine weiße Sperrholztür in einer weißen Sperrholzwand. Die Türklinke war abgebrochen, er sah jetzt auch die dunkle Stelle, an der die Schrauben gewesen waren.

Die ganze Falle war nichts als eine Ausgeburt seiner Phantasie gewesen, die Tür öffnete sich jetzt nach außen. Er versuchte zu lachen. Es klang kläglich.

Schließlich holte er tief Luft und trat hinaus in einen menschenleeren Innenhof. Hier gab es keine Bäume, keine Kacheln wie in den Höfen von Nuris Erzählungen, keinen Brunnen. Schutt und Geröll füllten den Hof. Das Haus gegenüber war Opfer eines Luftangriffs geworden, damals, in den ersten Tagen der Befreiung Raqqas. Auch die Wand hinter Calvin hatte den Angriff nicht überlebt, das Loch war wohl später durch die Sperrholzplatte ersetzt worden. Daher die rahmenlose, einfache Tür.

Zur Rechten führte eine Eisentreppe hinauf zu einer schmalen Galerie, notdürftig aus Brettern zusammengezimmert wie ein Baugerüst, alles hier war rasch und provisorisch repariert worden. Doch auf der Brettergalerie standen Blumentöpfe mit jungen Orangenbäumchen.

Sie würden Orangen tragen, irgendwann. Unter einem neuen System, einem neuen Herrscher, in einer fernen Zeit.

Calvin stieg die Treppe hinauf und fand zwischen den Orangenbäumchen eine weitere Tür, diese nur angelehnt. Offenbar befand sich dahinter das Lager der Schneiderei. Stoffballen türmten sich auf Stoffballen, exzessiver noch als unten, ein Gebirge. Und in einem Sonnenfleck auf dem Fußboden, am anderen Ende des Raumes, saß eine Frau in einer Burka.

Sie zeigte auf die Tür, als Calvin eintrat. Er begriff und schloss sie, und sie nickte.

Dann streifte sie das Schwarz ab.

Und in diesem Augenblick hatte Calvin das Gefühl, er würde sie schon ewig kennen, die Erleichterung machte ihn betrunken, und er war mit ein paar Schritten bei ihr und hielt sie in seinen Armen, drückte sie an sich wie etwas, an dem er sich festhalten musste. Sie war nicht so zerbrechlich wie Nuri, sie war kleiner, fühlte sich aber stabiler an, ein goldenes Mädchen aus Stahl. Unverbiegbar.

Dann wurde ihm mit einem Schlag bewusst, dass er eine fremde

Frau umarmte, eine fremde, muslimische Frau. Es schien ihr im gleichen Moment bewusst zu werden, und sie ließen sich los wie von einem elektrischen Schlag getroffen und wichen beide zurück, plötzlich peinlich berührt.

»Dschinan«, sagte Calvin.

»Du bist da«, sagte Dschinan. Den Rest verstand er wieder nicht, die Kluft der Sprache gähnte noch immer zwischen ihnen.

»Okay«, murmelte Calvin. »Ich hab das Handy. Pass auf.«

Sie setzten sich nebeneinander auf den Boden, und er begann, auf dem Handy mit dem Riss im Display herumzutippen. Google Translate, nun doch. Sie saßen unter einem Fenster, das zur Straße hinausging, auf einem alten, geknüpften Teppich, in dessen Farben die Sonne sich fing: in leuchtendem Blau, tiefem Rot und warmem Gelb.

»Wenn die Märchen wahr wären«, sagte Calvin, »könnte dieser Teppich fliegen. Dann wäre alles einfach, was?« Der Bildschirm des Handys gab ein positives Zeichen. Es hatte Netz. Allah sei Dank oder wem auch immer, Bill Gates oder was.

Deutsch-Englisch? Nein, Deutsch-Arabisch. Danke.

Wir brauchen einen Bus in den Norden. In die Türkei. Kann man mit einem Bus aus der Stadt hinausfahren? Er drückte auf *übersetzen.*

Dschinan las die arabischen Buchstaben auf dem Display und lachte. Ihre Augen sprühten grüngoldene Funken, er hatte ein wenig Angst, der Teppich könne in Brand geraten. Sie nahm ihm das Handy ab und tippte selbst, er half ihr, *Arabisch-Deutsch* aus *Deutsch-Arabisch* zu machen.

In diesem Netzwerk-Gegenstand von kommt Herübersetzer weitestgehend Unsinn, stand auf dem Display.

Calvin grinste. Er musste die Sätze einfacher machen. *Bus nach Norden. Treffen. Wo? Wann?*

Sie las, nickte, tippte wieder. Ernst jetzt.

Wo bringen Sie mich? Warum tun Sie das?

Er fragte sich, wer ihn siezte, Google oder Dschinan.

Weil Nuri mich darum gebeten hat, schrieb er. *Es war ihr letzter Wunsch. Sie ist in Deutschland gestorben, ich war dabei. Es war …*, Calvin überlegte, *… ein Unfall.*

Er beobachtete Dschinan, während sie las. Ihre Mundwinkel zuckten. Und dann begann sie wieder zu lachen. Sie lachte und lachte, und er war drauf und dran, das Handy an die Wand zu schmeißen. Was hatte Google diesmal übersetzt?

Ich verstehe nicht warum Wunsch von Post verflogen, schrieb Dschinan im Übersetzungsprogramm. *Aber ich verstehe anders Sachverhalt. Später werde Uhrzeit der Geschichte mehr geschaffen. Busse nach Norden spazieren ab das Terminal Ost. Ich weiß nicht, wann ich kann verlassen Backbordboje das Haus. Mein Ehemann ist anwesend alle dritten Tag. Ich bin ihre dritte Frau. Aber manchmal er macht Besuch zwischen Tag Gerätschaft Blumen.*

Ich warte an dem verflixten Terminal, bis du kommst, schrieb Calvin.

Viele Tage warte? Lange Zeit? Tausend Jahre?

Ja.

Eine Frau darf in ar-Raqqa nicht ohne Begleitungserscheinung Mann auf der Straße.

Wunderbar. Ich werde dein Cousin sein. Ich habe Kamals Pass. Wir sagen, wir hätten deinen Pass verloren.

Und wenn mein Mann mich sucht?

Dann wird er dich nicht finden, tippte Calvin. *Verschleierungen sind sowieso eine sehr praktische Sache.*

Die Übersetzung dieses letzten Satzes ließ Dschinan wieder das Funkenlachen lachen, doch dann verstummte sie.

Wir brauchen ein Stauwehr-Beruf. Wehre kosten Geld.

»Wir brauchen was?«, murmelte Calvin. Und dann begriff er. Ein Wehr in einem Fluss war … eine Schleuse. Schleuser.

Ich habe Geld. Ich habe genug Geld für die Schleuser, mach dir keine Sorgen. Lach lieber.

Er zögerte. Beinahe hätte er geschrieben: Es ist schön, wenn du lachst, weil du dann wieder bist wie in Nuris Erzählung. Ein Kind. Aber Google hätte nur wieder *Backbordboje* oder *Begleiterscheinung* daraus gemacht.

Dschinan zuckte zusammen, sah dann auf, an Calvin vorbei, und lächelte, seltsam ertappt. Hamid Malki hatte lautlos den Raum betreten. Er sah ihm über die Schulter, las den letzten Satz und wiegte nachdenklich den Kopf.

»Wo?«, fragte er, das war leicht zu verstehen. »Wo hast du das Geld?«

Calvin fragte sich wieder, ob man ihm trauen konnte, Dschinan sah seine Zweifel. Sie stand vom Boden auf und legte eine Hand auf Hamids eleganten Anzugärmel.

Von dem, was sie sagte, verstand Calvin nur das Wort »Vater«. Aber sein Inneres verstand mehr: Hamid ist wie ein Vater. Er hat mir geholfen.

Calvin seufzte, zog seine Turnschuhe aus und zeigte ihm die losen Sohlen, und Hamid nickte. »Gut«, sagte er. »Sehr gut.«

Dann drehte er sich um, suchte in der Schublade eines alten Sekretärs und gab Calvin einen amerikanischen Geldgürtel, irgendein Outdoor-Ding.

»Geld«, sagte er und zeigte darauf. »Hier.«

»Aber … es ist sicherer unter der Schuhsohle!« Calvin begriff nicht, er tippte wieder auf dem Handy herum, Hamid las.

Nur Anteil des Geldes, antwortete Hamid per Handy. *Verstehen Sie? Lass sie finden Anteil und frohe Herzen haben. Dann suchen sie nicht die schweren Dinge am anderen Ort.*

Manchmal war Google Translate direkt poetisch.

An diesem Nachmittag sah Calvin mit einem Glas Tee in der Hand zu, wie Hamid Malki die Einlegesohlen in Kamals Turnschuhen festklebte. »Das Handy nicht«, sagte er, oder etwas Ähnliches. Das Handy muss in die Lasche, man kann auch die Lasche doppeln, du kannst nicht auf Dauer auf dem Handy herumlaufen, schon mal daran gedacht?

Wenn sie es geschafft hatten, die Stadt zu verlassen, würde er den Pass und das Handy mit einem Messer freischneiden müssen. Es schien ihm unnötig umständlich, gegen was wollte Malki ihn schützen? Später würde er sich fragen, ob der Schneider prophetisch veranlagt war. Ob auch er die Schatten sah, so wie Nuri.

Er saß mit Dschinan noch immer auf dem Boden und ließ das Handy sprechen, er hatte sich daran gewöhnt, die Fehler und Unsinnigkeiten im Kopf herauszufiltern, wenn er ihre Sätze las. Da war nicht mehr als eine Handbreit Teppich zwischen seinen dreckigen Hosen und Dschinans Rock. Ihre Bluse mit den langen Ärmeln, der hohe Kragen, all das war sehr sittsam, auch ihr Haar wurde mit einer Spange streng im Nacken zusammengehalten. Aber das dunkle Gold dieses Haars ließ sich zu nichts zwingen. Wie konnte überhaupt etwas golden sein, das nicht einmal hell war?

Auch ihre grünen Augen, dachte Calvin, würden immer rebellisch bleiben. Der schwarze Schleier war gerade stark genug, ihren Blick abzuhalten. Wie demütig sie ihrem Ehemann auch dienen mochte – und es ekelte ihn, das zu denken –, es würde immer klar sein, dass ihr Herz nicht für die Sache des Daisch schlug. Vermutlich rührten daher die tiefen Narben auf ihren Schultern.

Calvin schämte sich dafür, aber er wollte gar nicht wissen, was hinter den Mauern des Hauses mit der Platane im Hof geschehen war und geschah.

Wenn Hamid dir hilft – warum hat er dich nicht aus Raqqa rausgebracht?

Er hat Familie.

Er hätte gehen können, mit dir und seiner Familie.

Dschinan drehte ihr Teeglas in der Hand, und das Licht, das hindurchschien, war wieder golden. Natürlich.

Wenn niemand bleibt, ändert sich nichts. Nur die, die bleiben, können etwas tun. Hamid ist so einer.

Sie sagte die Worte laut, während sie tippte, und Hamid winkte ab, peinlich berührt.

Er schloss die Klebetube sorgfältig und ließ sich das Handy geben.

Viele sind gegen den Daisch, schrieb er. *Wir sind auf die Straße gegangen. Wir sind es gewohnt, jetzt, nach den Anti-Assad-Demonstrationen. Wir sind es gewohnt, erschossen zu werden, wenn wir die Hände heben und um Frieden bitten.*

Er lächelte. Ein feines Lächeln, das zu seinem Anzug passte, zurückhaltend und irgendwie resigniert. *Wir werden nicht zulassen, dass der Daisch bleibt, Syrien wird sich niemals von wahnsinnigen Mördern regieren lassen. Und weißt du, warum? Nicht, weil sie wahnsinnig oder weil sie Mörder sind. Ihr Problem ist ein anderes. Sie haben keinen Humor. Keine Selbstironie. Niemand ohne Selbstironie kann dieses Land auf lange Sicht regieren.*

Als sie sich verabschiedeten, schien kein Licht mehr durchs Fenster herein. Sie standen mitten zwischen den hohen Wänden aus bunten Stoffballen – die bunt bedruckten Stoffe, die den Augen des Daisch-Gottes vielleicht missfielen, hatte Malki hier gelagert – mitten zwischen den Farben standen sie, die auf einmal blasser schienen, und sahen sich einen Moment lang nur an.

»Busterminal Ost«, sagte Calvin. »Ich warte. Ab morgen.«

»Ab morgen.« Sie wiederholte die deutschen Wörter und lächelte wie über einen geheimen Witz. Und Calvin nahm ihre Hand und drückte sie.

Bald würde er sie wiedersehen, bald, und endlich Nuris letzten Wunsch erfüllen. Er würde mit Dschinan in einen Bus steigen und sie aus dem Land bringen, an einen Ort, wo man sich treffen konnte, mit wem man wollte, und über geheime Witze lächeln, ohne Angst zu haben.

Er sang innerlich vor Erwartung. Und gleichzeitig hatte er das Gefühl, dass dies ein Abschied für immer war. Er musste sich zwingen, die Hand loszulassen.

Hamid hatte gesagt, er müsste zuerst gehen, den Laden alleine verlassen. Niemand durfte sie zusammen sehen.

Und er ging.

Das Ostterminal war eine Ansammlung von Betonsäulen und Menschen, Abgasen und Lärm, Bretterbuden und Wasserverkäufern. Doch die Schlangen, in denen die Leute anstanden, waren erstaunlich gesittet, und Calvin sah die Männer in Schwarz, die das Geschehen überwachten. Auch hier sorgte der ISIS für Ordnung. Der Fahrkartenverkäufer in seinem Häuschen hinter seinem Gitter trug eine gebügelte Uniform und die ernste Miene der Macht.

Calvin fand heraus, wo der Bus nach Norden abfuhr, Malki hatte ihm den Namen der Stadt gesagt, nach der er fragen musste. Dann machte er, dass er wegkam.

Er würde ab morgen in der Nähe bleiben, aber er konnte nicht länger als zwei, drei Stunden am Terminal warten, ohne aufzufallen. Was hätte er für eine Burka gegeben! Er hätte den Schneider fragen sollen, ob er ihm eine machte. Der Gedanke ließ ihn grinsen: Calvin Lüttke unter einem schwarzen Frauenschleier. Wahrscheinlich wäre er gegen die erste Säule gerannt. Das Sichtfenster aus dünnerem Stoff war winzig, die Frauen liefen herum wie mit Scheuklappen; wenn man ihnen nahe war, wurde das klar. Ein tragbares Gefängnis.

Und dann begegnete er beim großen Kreisverkehr einem ganzen Trupp von ihnen: einem Dutzend vollverschleierter Frauen, die auf der Straße marschierten und vor denen die Passanten zurückwichen. Wirklich, sie marschierten. Und sie trugen Kalaschnikows über der Schulter wie die Männer.

Ein Bataillon aus schwarzen Geistern.

Calvin stand wie festgefroren an eine Hauswand gedrückt und sah den Frauen nach. Ein Stück die Straße hinunter bogen sie ab, und er folgte ihnen wie zufällig. Die schwarze Masse der Marschierenden ergoss sich durch ein Tor in den ummauerten Hof eines flachen Gebäudes. An der Mauer waren handgepinselte, bunte Bilder: ein Ball, ein Baum, ein Auto, die Perspektive grotesk verzerrt. Daneben arabische Wörter in großen Buchstaben.

Eine Schule, dachte Calvin.

Als das Frauenbataillon wieder aus dem Tor kam, hatten sie drei Mädchen bei sich. Mädchen in Burkas. Sie zogen sie mit sich, schubsten sie vor sich her, Calvin konnte ihre Angst riechen. Was hatten sie getan? Ein Kleinbus materialisierte sich aus dem Nichts heraus und hielt in der Straße, die Frauen sprangen hinein und zerrten die Mädchen mit sich. Calvin hörte eines aufschluchzen, aber eine der Frauen verpasste ihr eine Kopfnuss und brachte sie zum Schweigen, und dann schlossen sich die Türen. Der Bus war fort, ein Geisterfahrzeug.

Er wollte ihm nachrennen, rufen, etwas tun. Natürlich tat er nichts.

Er drehte sich um und ging und hoffte, dass niemandem aufgefallen war, wie lange er vor der Schule herumgelungert hatte.

Dschinan war am nächsten Tag nicht am Busterminal und auch nicht am Tag danach. Er wusste, dass er Geduld haben musste. Aber er war so allein. Hamid hatte gesagt, er sollte keine Angst haben in den Läden, Angst war immer schädlich, und er kaufte sein Essen wieder, statt es zu stehlen.

Er hatte trotzdem Angst.

Er drehte sich zu oft um, er sah zu oft über die Schulter.

Am dritten Tag trugen ihn seine Füße wie von selbst in die Gegend der Moschee mit dem Minarett, das nachts grün leuchtete. Dschinan hatte ihm erklärt, dass das Licht kaputt gewesen war, es war also rational erklärbar, dass er das Minarett in den ersten Nächten nicht gesehen hatte. Fast niemand, hatte sie gesagt, betrat diese Moschee mehr, es war eine schiitische Moschee. Ein Wunder, dass sie noch stand. In ihrer strahlenden, blau-weißen Schönheit erschien sie Calvin noch immer unwirklich.

Und seine Füße trugen ihn weiter, trugen ihn in die Straße, in der ein Haus mit einer Platane im Innenhof stand. Er wusste, dass er dieses Haus nicht betreten durfte, er stand nur da und sah es an.

Und die Einsamkeit zog in ihm, als fräße ein Tier seine Eingeweide.

Schließlich ging er fort, die Straße hinunter, sehr langsam.

Keine fünf Minuten später hörte er hinter sich das Geräusch eines Autos, das sich näherte.

Es überholte ihn und hielt. Es ist nur irgendein Auto … Hinten sah er durch die getönte Scheibe undeutlich die Umrisse einer verschleierten Frau. Es ist nur irgendeine Frau in irgendeinem Auto … Er sah ihren Arm, der gestikulierte, der zeigte.

Auf ihn.

Er machte ein paar Schritte rückwärts. Die Vordertüren des Wagens wurden geöffnet.

Da drehte er sich um und rannte. Aber natürlich nützte es nichts. Sie hatten ihn eingeholt, ehe er überhaupt einen weiteren Gedanken fassen konnte, sie schrien ihn an. Verdammt, er hätte nicht rennen sollen. Vielleicht wollten sie gar nichts von ihm, ihn nur etwas fragen. Wie man Passanten eben etwas fragt. Nach dem Weg. Nach einem Menschen. Vielleicht waren sie nur wütend, weil er weggelaufen war.

Er sah ihre Gesichter. Sie waren voll von Schriftzeichen aus dem Koran, unsichtbar und doch sichtbar, die Punkte und Schwünge der Wörter ragten aus ihren Blicken hervor wie scharfe Fremdkörper. Es musste, dachte er, wehtun.

Aber sie fragten ihn nichts. Und da, als sie ihn nichts fragten, wusste er, dass es vorüber war.

Und die Türen schlugen zu.

Sie verbanden ihm nicht mal die Augen. Er saß vorn, und er wagte es nicht, sich nach der Frau auf dem Rücksitz umzudrehen, die auf ihn gezeigt hatte.

Dschinan?, fragte sein Herz. Doch hinter ihm nur ein Gefühl von Nichts, womöglich war die Frau nicht mehr im Wagen.

Ein Gebäude am Fluss, ein bewachtes Tor ... schwarz gekleidete Männer. Waffen. Ein Panzer im Hof, mehr gebrüllte Worte, ordentlich gestutzte Bäume. Eine Treppe, die er hinaufgezerrt wurde. Nein, dies war nicht der Justizpalast. Ein Flur, Türen, ein winziger, kahler, sehr kalter Raum, vielleicht zwei Quadratmeter groß.

Nein. Das war kein Raum. Das war eine Zelle.

Der Boden war feucht, er wusste nicht, wovon. Kein Fenster.

Man sagte ihm, er würde hier warten. Oder etwas Ähnliches.

Und dann schloss sich die Tür. Draußen waren mehr Worte, Worte, die er nicht kannte, die sie zueinander über ihn sagten.

Nur ein Wort verstand er. Das Wort »Mädchen«.

treffen und reden?
mügglsee wäre gut
kann man allein sein

Ich weis du vertraust mir nicht ist okay
ich habe nicht verstanden was pasiert ist
denke dauernd darüber nach
bitte
schick mir SMS wann
Cindy.

Hinten auf dem Zettel stand die Nummer.

Nuri konnte den Brief inzwischen auswendig. Sie sagte ihn vor sich hin, wenn sie durch die Straßen ging, und jetzt, als Eslem sie verzweifelt von der Bühne aus ansah, weil sie ihren Text vergessen hatte, wisperte sie ihr zu: »Ich habe nicht verstanden, was passiert ist, denke dauernd darüber nach.«

»Ich habe nicht verstanden, was passiert ist«, sagte Eslem gehorsam, und Nesrin sah sie verwirrt an. Sie stand als Königin des Winters auf der Bühne, blaue Seidenbänder in ihrem langen, dunklen Haar. Die Stabpuppenmonster wollten sie gefangen nehmen, und Eslem hielt eine der Puppen. Sie steckte, wie alle Monster-Festhalter, in einem grünen Anzug und hatte ein grün angemaltes Gesicht, und jetzt zog sie mit der freien Hand an der Schnur, die den Kiefer ihres Monsters bewegte. Und das Monster, dem Nuri soufflierte, sagte: »Müggelsee wäre gut, kann man allein sein …«

Aber da fiel auch Eslem auf, dass das nicht stimmen konnte, und sie schüttelte den Kopf.

Nuri fand endlich den richtigen Text.

Wir sind gekommen, um die Weihnacht zu zerstören!
Wir wollen hier kein Kinderlied mehr hören!

Und Thore fesselte die Winterkönigin mit einem grünen Seil und führte sie ab.

Nuri wischte sich den Schweiß von der Stirn. Sie saß in den Kulissen – blau glitzernde Sperrholzwände mit aufgeklebten, weißen

Wattebäuschen. Dies war die Generalprobe, aber ihr Kopf war nicht bei der Sache. In zwei Wochen feierten die Christen ihr großes Fest.

Zuerst hatte sie über Cindys Zettel gelacht. Für wie dumm hielt Cindy sie? Dachte sie, sie würde alleine an irgendeinen See hinausfahren und sich zusammenschlagen lassen?

Doch dann hatte sie begonnen, zu zweifeln. Vielleicht war der Zettel ehrlich, so ehrlich wie Cindys eigenwillige Rechtschreibung. Natürlich würde sie ihr keine SMS schicken und damit ihre Handynummer preisgeben. Doch sie merkte von Tag zu Tag deutlicher, wie sie sich wünschte, sie tatsächlich zu treffen.

Cindy war der einzige Anker zu einem Damals, das Nuri mehr und mehr entglitt. Und sie musste wissen, was Pascal wusste.

Wenn Pascal vorhatte, ihr aufzulauern, er und die Jungs – hätten sie dann nicht viel früher etwas getan? Wären sie nicht beim Asylbewerberheim aufgetaucht?

Cindy musste ihm gesagt haben, dass Nuri lebte, sie war mit ihm zusammen. Aber aus irgendeinem Grund zögerte die Clique. Saßen sie doch in U-Haft? Die Polizei hatte nach dem Feuer keine »fundierten Hinweise« besessen, dass Pascal den Block angezündet hatte, so hatte Abi es ihr gesagt. Er und die Jungs hatten sich wasserfeste Alibis gebastelt. Und es war noch immer unklar, wer eigentlich im richtigen Moment die Rohrbomben gezündet hatte. Abi hatte ihr auch das erklärt: Wenn die Konzentration des Gases in der Luft zu hoch war, weil schon zu viel aus den Leitungen ausgetreten war, brannte es gar nicht mehr.

Es war ein Rätsel, wie und ob Pascal das berechnet und umgesetzt hatte. Vielleicht konnte Cindy dieses Rätsel lösen.

Während Nuri hinter blau glitzernden Wänden saß und Wörter wie Frieden und Weihnachtszeit soufflierte, während die Bühnenmonster zum Guten bekehrt wurden und Kekse buken, begriff Nuri ganz plötzlich, was sie tief in ihrem Herzen wollte: Sie wollte Rache.

Keinen Prozess, in dem Pascal irgendwann vielleicht verurteilt würde. Sie brauchte nur einen Beweis, um ihre Rache zu rechtfertigen.

Sie hatte Rache bisher immer für dumm gehalten, Blutrache, was für ein Wort allein: ein Relikt aus den Zeiten, in denen die Clans noch stark waren, die mit ihren Tieren durch die Wüste zogen und sich gegen Stürme aus Sand und Missgunst schützen mussten. Es war ein Fehlschluss, dachte sie jetzt, die Clans waren immer noch stark, und der Gedanke der Rache wuchs auch in Nuri wie ein Organ, vererbt seit Ewigkeiten. Sie hatte ihn nur bisher geleugnet.

Und sie hatte sich bisher dagegen gewehrt, mit irgendetwas abzuschließen. Vor allem mit Calvins Tod. Aber jetzt merkte sie, wie müde sie war. Wenn es Rache gab, würde sie abschließen können.

Sie würde sich mit Cindy treffen, um herauszufinden, was sie wissen musste.

Dann würde sie das Ende der ganzen Sache planen. Den Spieß umdrehen. Sie würde nie mehr Angst davor haben, dass Pascal sie fand, sie würde ihn finden.

Imad, dachte sie, würde alles für sie tun. Wenn sie gewisse Dinge für ihn tat.

Auf der Bühne schob Nik die Winterkönigin, die Monster und Engel in eine mehr oder weniger ordentliche Reihe.

»Und Frieden wird es auf der Welt«, sagten sie alle im Chor, sich an den verschwitzten Händen fassend, deutsche Hände, syrische Hände, afghanische Hände.

»So zart, als wie aus Wind gemacht.
Und wenn er auch nicht lange hält,
soll Frieden sein für eine Nacht.«

Nuri wählte hinter den Kulissen Imads Nummer, um eine SMS abzuschicken.

Sonntag Oranienplatz? Dann schrieb sie einen Zettel und faltete ihn sorgfältig. Thore würde wissen, wo man Cindy fand.

Es war sehr dunkel.

Und lange geschah gar nichts.

Er saß auf dem Boden, er stand, er ging auf und ab, zwei Schritte hin, zwei Schritte zurück, er saß wieder auf dem Boden, die Knie angezogen. Die Kälte kroch aus den Wänden in ihn hinein, die Zeit floss vorbei wie Blut, und es geschah immer noch nichts. Manchmal hörte er draußen Stimmen. Schritte. Er war allein mit seinen Gedanken, die um ihn kreisten wie Raubtiere.

Hatte Dschinan ihn verraten? Hatte sie schließlich doch noch Zweifel bekommen, zu viel Angst bekommen, war sie gezwungen worden, ihn auszuliefern? War sie ebenfalls hier, in einem anderen Raum, einer anderen Zelle, wartete auch Dschinan, ohne zu wissen, worauf? Oder war es eine Lüge zu denken, man wüsste nicht, worauf?

Was wussten sie über ihn? Wie viel?

In der Dunkelheit sah er den alten Mann im weißen Kaftan. Er sah das Gesicht des verurteilten Jungen. Er rief andere Bilder herauf, schöne Bilder: den Moment, in dem er Dschinan wiedergesehen hatte. Den bunten Teppich, rot-blau-gelb, im Licht, das durchs Fenster fiel. Dschinans grüne Augen und das dunkle Gold ihres Haars. Die farbigen Stoffballen ... Aber diese Bilder zerbröckelten in ihm, keines hielt länger als einen Augenblick, und neue Szenen traten an ihre Stelle wie Filmsequenzen. Bilder, die Nuris Worte gemalt hatten: der Keller, in dem sie Dschinan zum ersten Mal begegnet war. Die Körper, unter denen sie sie ihren Bruder hatten suchen lassen, während sie sie verhöhnt hatten. Die Schreie, die sie gehört hatte hinter einer verschlossenen Tür. Er hielt sich die Ohren zu, und dann merkte er, dass die Schreie nicht aus Nuris Erzählung stammten. Sie waren wirklich. Weit, weit entfernt schrie jemand, schrill und lange, immer wieder. Er konnte nicht sagen, ob es eine Frau war oder ein Mann, ein alter oder ein junger Mensch.

Als es still wurde, war er sich nicht sicher, ob Stunden vergangen waren oder Sekunden.

Er war froh, als die Tür sich schließlich öffnete und sie ihn holten. Er folgte dem Mann mit dem Gewehr freiwillig den langen Korridor entlang, der andere stieß ihn vorwärts, es wäre nicht nötig gewesen.

Er wollte, dass endlich etwas passierte, wie schlimm es auch immer sein mochte.

Fangt an.

Später waren die Erinnerungen zu real. Er hoffte, dass sie verwischen würden, vernebeln, erlöschen, aber sie blieben real, Erinnerungen wie Fotografien in einem hell ausgeleuchteten Atelier.

Der erste Raum war schön: Polstermöbel, die ewigen Kalligrafien von Koransprüchen in goldenen Rahmen, eine riesige, schwarze Fahne, ein schwerer Schreibtisch mit einem schweren Mann dahinter. Damals, in Nuris Erzählung, war es Bashar al-Assad gewesen, den sie eingerahmt hatten, und die Flagge hatte andere Farben gehabt, rot-grün-schwarz mit zwei Sternen.

Wie austauschbar alles erschien. Als hätten nur die Spieler gewechselt.

Der erste Raum war schön, der zweite Raum war kahl.

Der erste Raum war voller Fragen. Sie schwebten in der Luft wie Seifenblasen, bedeuteten nichts und zerplatzten, während er in einem der zu weichen Sessel saß. Tatsächlich, man gab ihm sogar Tee, man war höflich. Doch die Fragen wurden immer lauter, folgten immer rascher aufeinander, glichen einem Trommelwirbel. Da waren englische Wörter dazwischen, er verstand nur das Wort Journalist, und er schüttelte den Kopf. Nein, er war kein Journalist. Zum Rest der Fragen schwieg er, sah weg und schwieg wie ein störrisches Kind in der Schule.

Ihm war klar, dass sie wissen wollten, woher er kam und wie er hieß, auch sie wollten vermutlich seinen Pass sehen. Hier hatte er keinen Kamal, der für ihn falsche Fakten erfand, und so schwieg er, bis sein Schweigen ihn aus dem ersten Raum sog wie ein Strudel.

Der zweite Raum, der kahle, lag nur wenige Korridore entfernt.

Die Wände waren weiß getüncht. Da war ein Tisch in einer Ecke, ein kleiner Spanholztisch, ein Mann saß dort und schrieb Dinge in ein Buch. Calvin hörte das Kratzen des Stiftes, während sie ihn an einem Stuhl fixierten. Die Lederriemen waren nur zu diesem Zweck gemacht. Der Stuhl war sehr stabil, ein guter Stuhl, wertvoll, altes Holz, vielleicht aus dem Justizpalast, den sie übernommen hatten. Das Schweigen enthielt Spuren des Schweigens anderer, die vor ihm hier gewesen waren.

Er wusste, dass es keinen Sinn hatte, sich zu wehren, nicht gegen drei bewaffnete Männer. Also wehrte er sich nicht. Er wartete auf die letzte Frage.

Eine Chance, die sie ihm noch gaben. Dies war sicherlich mehr eine Drohung, Einschüchterung, ein Zeichen ihrer Macht. Sie würden noch einmal fragen, und er würde irgendetwas sagen … was?

Es ging alles viel zu schnell. Die Handgriffe der Männer waren geübt, und er versuchte die ganze Zeit, sich selbst aus der Trance aufzuwecken, in die er gefallen war, seit er hier war, sich mental zu ohrfeigen. Denk dir etwas aus! Finde einen Ausweg! Allahu akbar, mein Name ist Taufiq al-Almani … Aber das geht nicht, das kannst du nicht sagen, dann wissen sie, dass du aus dem Trainingslager abgehauen bist, vielleicht ist das noch schlimmer als alles, was sie von dir glauben.

Sie fragten nicht noch einmal. Dies war Routine, fast schon wie Fließbandarbeit, sie taten es hundertmal am Tag. Er beobachtete, immer noch in der seltsamen Trance, wie sie ihm die Schuhe auszogen. Kamals Schuhe … Er durfte die Schuhe nicht verlieren … Sie befestigten die Klemmen an seinen Fingern und Zehen wie Krankenpfleger. Tatsächlich, sie hatten die gleichen Methoden wie das Regime.

Man brauchte das Kabel nur in die Steckdose an der Wand zu stecken, der Stift kratzte über das Papier, das Schweigen war dickflüssig.

Und er erwachte mit einem Ruck aus der merkwürdigen Distanziertheit, die ihn überfallen hatte.

Der Schmerz kam so plötzlich, dass er die Kontrolle sofort verlor, er hörte jemanden schreien, gellend wie der Schrei in der Ferne zuvor, und begriff nur halb, dass er selbst es war. Später konnte er es nicht beschreiben, wie beschreibst du das? Wenn dein ganzer Körper sich verkrampft, alle Muskeln zugleich, wenn der Strom durch dein Herz fließt, wenn du wünschst, es würde stehen bleiben, jetzt, sofort? Nein, eigentlich wünschst du nicht, so weit denkst du gar nicht, du denkst überhaupt nicht mehr. Du bestehst nur noch aus dem Schmerz.

Die Gesichter der Männer vor ihm waren teilnahmslos, und dann fiel er in eine tiefe Schwärze: Erleichterung für einen winzigen Moment.

Ein Schwall kalten Wassers weckte ihn wieder, sie ohrfeigten ihn, ihre Gesichter jetzt nah. Er spürte die Nässe des Wassers, die Nässe seiner Hosen, der Strom lässt dich auch die Kontrolle über deine Blase verlieren, keine Würde hier.

Sie fragten immer noch nichts, warum fragten sie denn nicht mehr? Der Stift kratzte übers Papier. Sie lösten eine der Elektroden und zwangen ihn mit ihren geübten Bewegungen, den Mund zu öffnen, um sie an seine Zunge zu klemmen, diesmal wehrte er sich, aber natürlich verlor er.

Zweite Runde.

Schlimmer.

Diesmal schrie er nicht sofort, er blieb länger bei Bewusstsein. Er zwang sich, ein Wort zu denken, das ihm half, es auszuhalten.

Es war das Wort *golden*, es glühte in ihm wie das Feuer in seinem Mund, Platanenblätter im Wind.

Als sie ihn zum zweiten Mal mit dem kalten Wasser und ihren Schlägen weckten, war er wohl länger weg gewesen, sie sahen beinahe besorgt aus, einer fragte den anderen etwas, der zuckte die Schultern, der Stift schwieg, die dritte Runde bekam er kaum noch wirklich mit.

Er lag am Boden jetzt, vielleicht sehr viel später, er hatte sich übergeben, er merkte es zuerst am Geruch, und über ihm, meilenweit weg, stand der Mann, der in das Buch geschrieben hatte.

Er fragte, endlich. Und Calvin versuchte, zu antworten. Doch er konnte nicht sprechen.

Schließlich umarmte er die Dunkelheit wieder.

Als er zu sich kam, fehlte ein Wort in seinem Wortschatz. Es hatte etwas mit einer Farbe zu tun, mit einem Baum vielleicht auch, er versuchte, sich zu erinnern, doch er wusste nur, dass das Wort fehlte, und es brachte ihn zur Verzweiflung, das zu wissen.

Sein Mund war trocken, die Zunge fühlte sich an wie ein Fremdkörper, rissig, riesengroß.

»Wasser«, sagte jemand, und er trank, dankbar, gierig, verschluckte sich, hustete. »Langsam«, sagte der andere. »Langsam.«

Er befand sich wieder in einer Zelle, nicht mehr in absoluter Dunkelheit, sondern in Dämmerlicht. Neben ihm hockte ein Mann mit einem Viertagebart, ein Mann in Anzughosen, einem ehemals weißen Hemd und einer gestrickten Weste. Er stellte die Blechkanne mit dem Wasser sorgfältig beiseite und musterte Calvin eine Weile. »Warum bist du hier?«

»Ich verstehe die Frage«, sagte Calvin auf Deutsch. Die Worte taten weh, aber er sagte sie trotzdem. »Aber ich kann nicht antworten. Kein Arabisch.«

»Armer Junge«, sagte der Mann und strich ihm über den Kopf wie einem Kind. »Armer Junge. English?«

Calvin schüttelte vorsichtig den Kopf. Er versuchte, sich zu bewegen, und stellte verwundert fest, dass es ging. Natürlich. Alles tat weh, es war wie Muskelkater, und wahrscheinlich war es genau das, tausend kleine Muskelrisse von der Verkrampfung, mehr war nicht passiert. Es ließ ihn beinahe aufheulen vor Wut, dass sie einem so viel antun konnten und so wenig Spuren hinterließen. Natürlich, an den Stellen, wo die Elektroden gewesen waren, hatte er Verbrennungen. Lächerlich klein.

Der Mann hatte keinerlei Verletzungen, er sah nur übernächtigt aus. Vielleicht wartete er noch auf seine Strafe, sein Verhör, auf was auch immer. Calvin wartete mit ihm. Irgendwann schob ihnen jemand einen Teller mit Linsen und Kartoffeln unter der Tür durch, und es tat weh, zu essen. Aber den Befehl »Iss!« kannte er schon aus den Nur-Bergen, aus den Dörfern. »Kol, kol!« Der wichtigste Satz in Syrien vielleicht. Der Mann lächelte und zeigte auf seine Armmuskeln, und vermutlich bedeutete der nächste Satz: *Um bei Kräften zu bleiben.*

Calvin dachte darüber nach, dass er das Wort »Iss!« schon von Nuris und Kamals Mutter kannte, und daran, wie es gewesen war, mit ihnen zusammen in einer kleinen Wohnung in einem deutschen Wohnblock zu sitzen, im Asylbewerberheim, wo sie ihn damals versteckt hatten. Er breitete die Erinnerung über die Verbrennungen und den Schmerz. Ein Pflaster, kühl und lindernd.

Der Mann kratzte die Reste mit den Fingern vom Blechteller, stockte dann und sah auf, lauschend. Irgendwo schrie wieder jemand, diesmal ganz nah, vielleicht im Nebenraum. Das Schreien war sehr hoch, ging in ein Wimmern über, dann wieder in Schreien, und der Mann schlug die Hände vors Gesicht. Calvin sah seine Schultern zucken.

Er berührte ihn vorsichtig am Rücken, und dann murmelte der Mann Worte, die Calvin verstand. Er verstand manchmal mehr Worte, als gut waren.

»Mein Sohn«, flüsterte der Mann. »Ich kenne seine Stimme. Sie wissen das. Mein Sohn … er ist zehn.« Er sagte noch mehr, etwas von Schlägen, und Calvin dachte, gut, nicht der Strom, aber sie haben andere Methoden, und wer weiß, welche.

Es gab Pausen im Schreien des Kindes, aber es währte lange, und da begriff Calvin die Strafe des Mannes, obwohl er noch immer nicht wusste, wofür er sie aushalten musste. Als schließlich nichts mehr zu hören war, rollte der Mann zur Seite, lag auf dem Boden der kleinen Zelle wie ein totes Tier und starrte mit weit aufgerissenen Augen ins Leere.

Irgendwann schlief Calvin ein, und irgendwann schrie das Kind im Nebenraum wieder, noch länger und gellender.

Da stand Calvin auf und begann, mit den Fäusten an die Wand zu hämmern. Dann an die Tür.

Lasst mich hier raus. Lasst mich hier raus, damit ich euch umbringen kann.

Ich schaffe es, irgendwie, ich komme hier weg und nehme Dschinan mit, ich befreie alle Gequälten, ich bin Supermann, ich bin unbesiegbar. Ich muss es sein, weil es nicht anders geht.

Und dann holten sie ihn wieder, und der dritte Raum war nüchtern und besaß nur einen Schreibtisch. Die Fragen begannen von Neuem, absurd höflich, als träfe man sich zu einem Geschäftsessen. Und Supermann wehrte sich nicht, er schwieg, was das Heldenhafteste war, das er tun konnte, denn sie durften Dschinans Namen nicht erfahren, falls sie ihn nicht wussten. Doch das Schweigen durchbrach keine Gefängnismauern. Und sie brachten ihn zurück zu den routinierten Männern, ach, Supermann, wie lächerlich ist dein Faschingsmantel. Und sie hatten natürlich andere Methoden, und wer weiß, welche.

Wenn du über dem Boden hängst, bist du wehrlos gegen alles, was sie mit dir tun, du hattest das geahnt, aus Nuris Erzählungen, die Schultergelenke kugeln durch dein eigenes Gewicht nach einer Weile aus, es ist ein Krachen, das schon andere beschrieben haben, die es besser konnten, und da kommt mehr, diesmal dachte er das Wort grün. Er dachte an die grünen Wälder im Sommer, die Eichen, die Buchen, die Tannen mit den hellen, jungen Nadeln am Ende der Zweige, die Himbeeren, die sie zusammen gepflückt hatten, nachts, und ihr Lachen. Und wieder: grün. Wenigstens hinterlässt das Kabel, wenn sie dich damit schlagen, mehr Spuren, das hat etwas Tröstliches.

Da ist sie wieder, die Dunkelheit, die du begrüßt. Wenn du aufwachst, wird dir ein weiteres Wort fehlen, gelöscht, einfach verschwunden. Irgendetwas, das mit einer Farbe zu tun hatte …

Und Supermann weinte.

Internetsuche:

» *Bürgerinitiative Hellersdorf*
» *Sadd al-Ba'ath – Amnesty-Bericht*
» *al-Khanssaa Brigade*

9.

Torture, flogging, and summary killings are rife in secret prisons run by the Islamic State in Iraq and al-Sham (ISIS) (…) »Those abducted and detained by ISIS include children as young as eight who are held together with adults in the same cruel and inhuman conditions,« said Philip Luther, Amnesty International's Director for the Middle East and North Africa.

(Syria: Harrowing torture, summary killings in secret ISIS detention centres, 19. 12. 2013)

A child came in who appeared to be between 10 and 12 years old (…) His hand had been cut by a piece of metal. [We] talked to his escort, an armed man from »Da'esh« (…) He said this boy was a guard in their prison in Tal Abyad, and he had the job of whipping prisoners.

(A doctor in an interview with Human Rights Watch, Bericht Human Rights Watch 2013, aus dem Artikel »Maybe we live and maybe we die«, 23. 06. 2014)

Die meisten Asylbewerber sind schlichtweg keine politisch Verfolgten, sondern Wirtschaftsflüchtlinge, die sich die Differenz zwischen geringen durchschnittlichen Realeinkommen in ihren Heimatländern und den vergleichsweise hohen Sozialleistungen hierzulande zunutze machen wollen.

(Ronny Zasowk, NPD-Homepage, 2015)

Der Oranienplatz war schön in der Dunkelheit. Es fiel wieder Schnee.

Das Feuer in der Mitte des Platzes flackerte hoch, leuchtend golden wie eine lebendige Krone. Nuri drückte Imads Hand.

»Einem wird ganz feierlich«, flüsterte sie. »Wie lange ist es noch bis Weihnachten?«

Imad zuckte nur die Schultern. »Nicht unser Fest.«

Aber er drückte ihre Hand ebenfalls. Dann zog er sie mit sich auf den Platz.

Die meisten Zelte standen noch immer, nur ein Teil der Bewohner war umgezogen. Es hatte Ärger gegeben, die Räumung des Platzes war wieder und wieder angeordnet worden, Verhandlungen mit der Senatorin Dilek Kolat gelaufen oder nicht gelaufen, irgendwer fühlte sich immer übergangen, die Gruppen der Oranienplatzleute stritten untereinander, Nuri hatte davon gehört.

An diesem Tag war der Platz voller Menschen mit Pappbechern in der Hand, lachenden Menschen mit roten Wangen, die vor Campingtischen standen und selbst gemachten Schmuck begutachteten, Papiersterne, Strohengel. Es war ein richtiger kleiner Weihnachtsmarkt. Nuri lächelte. Sie hatte die anderen Weihnachtsmärkte gesehen, wo sich die Leute hektisch aneinander vorbeidrängten, um überteuerte Keramiktassen oder Krippenfiguren zu kaufen. Hier gab es neben Strohsternen auch Secondhand-Kleidung und merkwürdige gehäkelte Stofftiere mit großen Glubschaugen, und über allem lag eine seltsame Leichtigkeit.

Nuri kaufte eine braun-orange gemusterte Häkelmaus, um sie ihrem Vater zu schenken. Sie würde ihn an die Handschuhe von damals erinnern, als er ein Student und jung und glücklich gewesen war. Aber war er glücklich gewesen? Oder erzählte er das nur?

»Ja, ein sehr schöner Affe«, sagte die Frau, die ihr die Maus überreichte.

Die Hälfte des Weihnachtsmarktes bestand aus Infoständen, aus Plakaten und Zeitungsausschnitten über ihre Proteste und ihr Ausharren. Die Platzbewohner hatten Listen mit ihren Forderungen geschrieben, sammelten Unterschriften, waren dabei, das große, runde Zirkuszelt in ein pures Informationszelt zu verwandeln, das überdauern würde, wenn auch die Letzten gingen. Nuri unterschrieb drei Listen mit drei verschiedenen deutschen Namen und Adressen. Sie zeigte Imad die Namen und grinste zu ihm hinauf, aber Imad grinste nicht.

»Mach dich nicht lustig«, bat er.

»Aber ihr könnt euch doch freuen, wenn ihr Unterschriften von drei deutschen Bürgern habt!«, meinte Nuri. Und da seufzte er und sagte: »Vielen Dank an die drei deutschen Bürger.«

Sie vergaß immer, wie involviert er in die ganze Sache war, obwohl er gar nicht hier wohnte, obwohl er arbeiten durfte. Als sie auf einer Bank am Feuer saßen, sprach er mit jemand anderem darüber, dass er tatsächlich arbeitete, als Möbelpacker. Er würde demnächst aus dem Asylbewerberheim ausziehen, er hatte eine Wohnung in Aussicht. Nuri schämte sich, dass sie all das nicht wusste. Sie brauchte Imad, sie versuchte, Interesse an seiner Person zu empfinden. Sie zeigte ihm den Häkelmauseaffen.

Er lächelte, mühsam. Er fand Häkelmauseaffen nicht lustig. Er war schon wieder in eine Diskussion mit irgendwem vertieft, diesmal mit einem älteren langhaarigen Deutschen, es waren eine Menge Deutsche hier, Alternative, Intellektuelle, Linke. Nuri las ihre Aufnäher und konnte sie nicht ernst nehmen. Sie war froh, als sie die Afrikanerin mit der Gitarre fand, Mahalia, im gleichen norwegischen Strickpullover wie immer.

»Du warst lange nicht hier«, sagte sie. »Du warst sauer. Du bist die, die mit dem Rechten zusammen war.«

»Ich habe einen Mauseaffen gekauft. Hier.«

Mahalia schüttelte den Kopf. »Das ist ein Elefantenhuhn. Guck dir die Ohren an.« Und sie lachten zusammen.

»Weißt du, dass man viel zu selten lacht?«, fragte Nuri.

»Es gibt im Moment nicht so viel zu lachen«, sagte Mahalia. »Ich wollte keinen zweiten Winter hier verbringen, aber ich bin noch da. Wir haben wieder Streit mit dem Senat … Keine unserer Forderungen ist erfüllt worden, es gibt die Residenzpflicht noch immer, wir dürfen noch immer nicht arbeiten, und die Mehrzahl der Lampedusaleute wird vermutlich zurück nach Italien geschickt. Das hier scheint alles … so sinnlos. In Italien gibt es keinen Platz für uns, die Lager sind eine Katastrophe, sie haben es uns ganz deutlich gesagt: *Geht und sucht euch in einem anderen EU-Land eine Bleibe.* Aber wir sind in Italien zuerst registriert worden, sie müssen uns zurücknehmen, egal, ob sie wollen, egal, ob wir wollen. Die Dublin-Verträge knebeln uns alle, es ist eine ewige Odyssee, du verlässt dein Land, aber du kommst nie irgendwo an. Und man würde denken, dass die Leute in der Adventszeit mehr spenden. Aber wir haben kaum irgendwas im Moment. Deshalb die Sonntage mit diesem … Markt.« Sie lächelte. »Kauf noch ein hässliches Tier.«

»Ich habe kein Geld mehr«, sagte Nuri. »Ich würde gerne mehr spenden für euch.«

»Ich meinte nicht, damit Geld reinkommt. Ich meine, damit wir was zu lachen haben.«

Dann musterte sie Nuri einen Moment lang aufmerksam. »Aber warum sagst du *für euch*? Du bist ein Teil von uns. Den Flüchtlingen. Oder darfst du dich frei bewegen? Eine Ausbildung machen? Arbeiten? Habt ihr eine Aufenthaltserlaubnis?«

»Nein, ich …« Nuri betrachtete den Mauseaffen in ihren Fingern. »Wir sind anders. Wir warten, dass der Krieg vorbei ist. Dann gehen wir zurück, so bald wie möglich. Es … dauert nicht mehr lange.«

Sie hörte selbst, dass sie log.

»Es kommt mir so vor, als … als würden die Leute hier in einer Art Dokumentationswahn versinken«, sagte sie. »Diese Tafeln und Schilder und Fotos … Es dreht sich so sehr um sich selbst. Als wäre alles schon Geschichte, was ihr gemacht habt. Es hinterlässt keine Spuren außer den bunten Tafeln. Dieses Infozelt …«

»Im Moment wohnt eine Flüchtlingsfamilie aus deinem Land dort«, sagte Mahalia. »Sie sollten in ein Heim in einem anderen Bezirk verlegt werden, der eine Bezirk ist nicht mehr für sie zuständig und der andere noch nicht. Erst am nächsten Ersten. Sie haben versucht, in einem der Parks zu campieren. Drei kleine Kinder. Wir haben sie heute hergeholt.«

Nuri schluckte. Sie hatte doch lachen wollen.

Sie stand auf und ging durch Gewühl und Wintermatsch hinüber zu dem runden Zirkuszelt, und wirklich, an einer Seite hinter ein paar Aufstellern mit Fotos schliefen in einem Lager aus Decken und Planen drei Kinder, rotwangig, warm eingepackt gegen die Kälte. Nuri kniete sich vor die drei, das Kleinste war vielleicht zwei Jahre alt. Neben ihnen lag ihre Mutter, so fest in eine weitere Decke, Jacke und Kopftuch gehüllt, dass Nuri sie zuerst nicht bemerkt hatte. Auch sie schlief, offenbar erschöpft.

Nuri dachte an die Bettler zu Hause, in Damaskus, denen sie Geld gegeben hatte. Sie wusste nichts über diese Familie, über ihre Geschichte, ihre Herkunft. Sie konnten arm oder reich gewesen sein zu Hause, Bauern oder Beamte, Künstler oder Tagelöhner, all das zählte hier nicht mehr. Sie fragte sich, ob die Kinder noch einen Vater hatten. Schließlich legte sie dem kleinsten Kind den braunorangen Mauseaffen in die Arme. Dann verließ sie das Zelt.

Draußen fand sie Imad, der sie gesucht hatte. Er drückte ihr einen Plastikbecher Glühwein in die Hand und hob seinen eigenen. »Auf die Leute vom Oranienplatz?«, fragte Nuri.

»Auf uns«, sagte Imad.

Nuri wusste nicht, ob er meinte »uns, die Syrer« oder »uns, die Flüchtlinge« oder »uns beide«.

Der Glühwein schmeckte wie ein Unfall aus aufgelösten Kirschbonbons, aber er enthielt eindeutig Alkohol. Sie sah Imad mit zusammengekniffenen Augen durch den Gewürzdampf hindurch an.

»Du trinkst?«

»Du trinkst auch, wie es aussieht.« Er musterte sie einen Moment. »Ich glaube nicht, dass Allah sich daran stört. Er stört sich vermutlich mehr daran, was wir sonst so für Mist bauen auf der Erde.«

Nuri nickte. »Du bist vernünftiger, als ich dachte«, murmelte sie.

Und dann spielte Mahalia mit zwei anderen Afrikanern deutsche Weihnachtslieder, *Stille Nacht* auf Trommeln und Gitarre, und Nuri spürte den Glühwein in sich. Sie sah Phil mit der bunten Jacke wieder, den sie aus Mahalias Zelt kannte, und seine Freundin mit dem vielen Metall im Gesicht. Es waren diese beiden, die begannen, zur Musik der Trommeln zu tanzen, und sie rissen sie alle mit: Die ganze Gesellschaft am Oranienplatz geriet in Bewegung.

»Komm«, sagte Imad.

»Ich kann nicht tanzen.«

»Ach was«, sagte er, legte ihr einen Arm um die Hüfte und zog sie mit sich in den Rhythmus.

Sie dachte an die Disco zurück, in der sie den Hauptschalter umgelegt hatte, um eine Katastrophe zwischen den Leuten ihres Bruders und den Rechten zu verhindern.

Damals hatte sie Calvin noch nicht wirklich gekannt. Er hatte mit Cindy getanzt, und dann hatte Cindy sich an Kamal herangeworfen, doch das war ein Trick gewesen. Wenn Kamal hier wäre! Er hätte seinen Spaß gehabt, er hätte sie alle an die Wand getanzt. Wenn Calvin hier wäre!

Wenn Calvin hier wäre, dachte sie, würden wir beide vom Platz weggehen und durch die Nacht wandern, unter den Sternen, und reden. Oder einfach schweigen …

Du musst ihn sterben lassen. Endlich. Du darfst nicht mehr dauernd an ihn denken.

Imad war noch immer sehr nah, sie wollte seine Nähe nicht, aber sie würde seine Hilfe brauchen bei dem, was sie plante. Und Ummi fand, sie sollte bei ihm bleiben, und er war sicher kein schlechter Mann, er hatte Arbeit.

Um sie herum tanzten all die Deutschen mit ihren Aufnähern und ihren Diskussionsgesichtern, die Deutschen, die Ausländerretten spielten. Sie wusste, dass es gemein war, das zu denken. Natürlich taten diese Menschen etwas für die Flüchtlinge, natürlich versuchten sie zu helfen, sie durfte dies alles nicht so negativ sehen. Aber in ihr brannte etwas wie kindische Eifersucht auf diese Menschen, denn wenn das Feuer verlosch, würden sie nach Hause gehen zu ihren Computern und ihren Kühlschränken und ihren warmen Duschen.

Aber ehe irgendwer nach Hause ging, geschah etwas anderes. Jemand brach in den Tanz am Feuer hinein, ein Fremdkörper, jemand schubste, jemand brüllte, und Nuri spürte, wie Imad sie plötzlich fortzog, vom Feuer weg.

»Gibt Streit«, murmelte er. »Scheiße, die Russen. Ich …«

»Die *Russen*? Imad, welche Russen?«

Er zeigte auf eines der Zelte. »In dem da wohnen die Russen, wusstest du das nicht? Sie sind keine Flüchtlinge, keiner weiß, warum genau sie hier sind. Sie haben einen riesigen Flachbildschirm in ihrem Zelt und gucken die ganze Nacht Filme, sie haben mal einen obdachlosen Bulgaren aufgenommen und manchmal sind sie nett, aber sie bleiben unter sich … Und manchmal …«

Er sah sich um. Dort, wo eben noch die Trommler gestanden

hatten, war jetzt eine Schlägerei im Gange, die weder Grund noch Ziel zu haben schien.

Nuri sah keine Russen im Gemenge, woran hätte man sie auch erkannt, und warum mussten die Russen schuld sein? Jemand schwang eine volle Schnapsflasche, ohne irgendwen zu treffen, sie roch den Schnaps, als er auslief, sah zwei Männer miteinander ringen, sah, wie einer der Afrikaner versuchte, seine Trommel zu retten, indem er sie über den Kopf hob und sich aus dem Gewühl drängte.

»Bleib du hier«, sagte Imad. »Ich muss sehen, dass ich unseren Leuten helfe.« Und er fuhr sich noch einmal durchs Haar und stürzte ebenfalls ins Gemenge. Kindergartenkinder, dachte Nuri. Sie haben tatsächlich Spaß an dieser Klopperei, es ist verrückt.

Der Eingang zu dem Zelt, auf das Imad gezeigt hatte, stand offen. Und tatsächlich, es gab einen großen Flachbildschirm dort. Irgendein Actionfilm lief darauf. Das Zelt wirkte gemütlich, es gab ein paar Lampen, ein Sofa, Teppiche, etwas wie einen Samowar.

Vielleicht sollte man sich einfach dort hineinsetzen und warten, bis die Kindergartenkinder sich zu Ende verkloppt hatten? Aber jetzt wurden die Stimmen lauter, greller, jemand lag am Boden, andere beugten sich über ihn. Der auf dem Boden schien verletzt zu sein, eine Frau schrie schrill, in einer Mischung aus Schmerz und Wut. Und plötzlich wurde alles ernst. Plötzlich fragte Nuri sich, ob der auf dem Boden nicht nur verletzt war, ob es schlimmer war.

Sie wollte rückwärtsgehen, dies hier war nichts mehr, worüber man lächeln konnte, aber hinter ihr war eine Zeltwand, sie stolperte über ein Seil, fiel, rappelte sich wieder auf und suchte nach einem Ausweg. Verdammt, sie war eingekeilt zwischen dem Zelt und diesen Verrückten, die immer noch aufeinander einschlugen, sie brauchte einen Durchschlupf … In der Ferne heulten jetzt die Sirenen der Polizei. Kamen sie hierher? Nuri fühlte, wie die Panik in ihr hochstieg, sie wollte nur fort, aber der Platz war ein Labyrinth geworden, und sie war darin eingeschlossen.

Und da hörte sie ihren Namen. Jemand rief ihn aus großer Entfernung in ihr Bewusstsein.

Nuri?

Es war nicht Imad, Imad nannte sie Nura. Sie fühlte sich gepackt, mitgezogen, an der Zeltplane entlang, erstaunlicherweise war jetzt genug Raum. Hatte sie sich nur eingebildet, dass es da kein Durchkommen gab? Eine Gasse öffnete sich wie von selbst zwischen den Zelten, und dann waren sie an der Straße, dann waren sie auf dem Zebrastreifen.

Erst auf der anderen Straßenseite blieb der, der sie gepackt hatte, stehen und ließ sie los.

»Nik«, flüsterte Nuri, perplex.

Er rang nach Atem, nickte dann. »Alles okay jetzt?«

»Ich … Wieso bist du hier?«

Er seufzte und fuhr sich durchs Gesicht, als müsste er etwas wegwischen. »Ich war die ganze Zeit da. Ich gehöre dazu, schon vergessen? Ich helfe den Leuten vom Oranienplatz mit ein paar Sachen. Du warst eindeutig mit Imad da, ich dachte, ich lasse euch in Ruhe. Es … ist übrigens nicht Imad, der verletzt ist. Es ist ein Deutscher. Willst du hier auf Imad warten?«

Nuri nickte, dann schüttelte sie den Kopf. »Er hat gesagt, ich soll warten, aber … Nein. Ich will weg hier.«

»Gut«, sagte Nik und nahm Nuris Hand wieder. Er marschierte mit ihr die Straße entlang, vorbei an ein paar Dönerläden und einem Spätkauf, an kranken Bäumen und geparkten Autos. Die Polizei kam ihnen entgegen, und Nuri duckte sich unwillkürlich. Sie fuhren weiter in Richtung Oranienplatz.

Sie verließen die große Straße, bogen ein paarmal ab, und dann änderte sich die Gegend. Es gab jetzt mehr kleine Geschäfte, mehr

Sterne und Monde und Rentiere in den Schaufenstern, mehr Ruhe. Leise Musik rieselte aus einem Geschäft, das noch offen hatte, die Leute machten die letzten vorweihnachtlichen Einkäufe des Tages, wanderten bepackt mit Papiertaschen durch die lichterglänzende Dunkelheit, schoben Kinderwagen mit schlafenden Weihnachtsengeln. Oder Weihnachtsmonstern. Was auf das Gleiche hinauslief.

Sie gingen jetzt langsam, schlenderten an den Schaufenstern entlang wie zwei ganz gewöhnliche Abendpassanten. Nik ließ sie los und steckte die Hände in die Taschen seiner Lederjacke. Es war schön, eine Straße lang zu schweigen.

»Hübsch, dieses Adventsland«, sagte Nuri schließlich und blieb vor einem Fenster stehen, hinter dem auf kleinen Säulen Adventskränze thronten, die nur aus kahlen Weidenzweigen bestanden, verziert mit lila Kugeln aus hauchdünnem, geblasenem Glas. Quer durch den Raum spannte sich ein Band, an dem handgezogene weiße Kerzen hingen, abwechselnd mit grellrosa Plastikhirschen.

»Die Hirsche sind ironisch«, sagte Nik. »Glaube ich.«

»Ach«, sagte Nuri. Und buchstabierte die Schrift an der Scheibe:

Adventskränzing bei der Etagen-Rita.

»Na ja«, sagte Nik.

Sie fuhr die Schrift mit dem Zeigefinger nach. »Nihad … Warum haben sie sich geschlagen?«

»Das wissen sie selbst nicht«, antwortete er ernst. »Sie haben zu viel getrunken, und ihre Nerven liegen blank. Winter. Kälte. Alles. Es ist verrückt, aber … die, mit denen es am meisten Ärger gibt, sind die Türken, die neben dem Platz wohnen. Ich meine, ich verstehe, dass sie sauer sind … Sie leben seit Jahren hier und haben sich ein Leben aufgebaut, und dann kommen die Oranienplatzflüchtlinge. Die Zelte ziehen jede Menge Penner an, und der Ruf der Ausländer leidet …« Er zuckte die Schultern. »Sie sind aufbrausend. Vor allem die jüngeren. Türken, meine ich.«

»Es waren also nicht die Russen, die angefangen haben?«

»Ich weiß nicht, wer es war. Es ist auch unwichtig. Ich habe nichts gegen Russen, ich habe nichts gegen Türken, ich habe nichts gegen niemanden. Aber ab und zu drehen sie alle durch. Wenn dann noch die Rechten auftauchen und irgendwen provozieren … Das hatten wir letzte Woche.«

»Ich hätte bleiben sollen. Imad helfen. Nihad, ich hätte …«

»Ich heiße Nik.«

»Nein, tust du nicht.«

»Du heißt Nuri und ich heiße Nik, und wir befinden uns in einer Berliner Straße im deutschen Advent, in der Gesellschaft von rosa Hirschen. Es ist eine Tatsache.« Er sah sie an, nachdenklich, und zog dann ein Tier aus der Tasche. »Guck mal. Habe ich gekauft. Ein gehäkeltes Huhn.«

»Das ist ein Hamster«, sagte Nuri. »Ich … Ich hatte einen Elefantenmauseaffen. Ich habe ihn bei den Kindern im großen Zelt gelassen. Wusstest du, dass da eine Mutter mit drei Kindern lebt?«

»Ja«, sagte Nik und trat vor ein Schaufenster, in dem ein Weihnachtsbäumchen aus Streichholzschachteln zwischen Regalen mit Duftseifen stand. »Ich habe sie aus dem Park geholt.«

»Du?« Sie schüttelte den Kopf. Und plötzlich wurde sie böse. »Du hast eine schöne, geräumige Zweiraumwohnung, in die eine Menge Kekse passen! Verdammt, du hättest sie aufnehmen können! In dem Syrien, das ich kannte, war es üblich, Menschen als Gäste zu behandeln und sie zu sich einzuladen, wenn sie fremd waren!«

»In dem Syrien, das ich kannte, war es üblich, Menschen wie Tiere zu behandeln und sie einzusperren, wenn ihre Gedanken fremd waren«, murmelte Nik.

»Wie bitte?«

»Vergiss es. Nuri, wir sind nicht in Syrien. Wir sind in Deutschland. Und ich bin ein alleinstehender Mann. Glaubst du, diese Frau hätte ohne ihren Ehemann bei einem alleinstehenden, fremden Junggesellen wohnen wollen?«

»Oh ja. Ich bin mir sicher.«

»So. Und ich bin mir sicher, dass nicht«, sagte Nik, irgendwie bitter. »Ich habe sie gefragt. Sie hat das Zelt gewählt. In einer Woche bekommt sie den Platz in einem neuen Heim. Sie haben alle ihren Stolz, auch wenn sie Flüchtlinge sind.«

Und dann gingen sie weiter die Straße mit den unsinnigen Geschäften entlang. An einer Bude kaufte Nik zwei Becher Kakao, und sie setzten sich auf eine Bank unter einer Kastanie, in der statt Blättern Glühbirnen wuchsen.

»Ich bin wahnsinnig müde«, sagte Nuri. »Der Glühwein vielleicht.«

Sie lehnte sich an seine Schulter, die Lederjackenschulter, es war unbequem, aber ihr Kopf brauchte etwas zum Anlehnen. »In sechs Tagen ist das Theaterstück.«

»Ja«, sagte er. »Es wird großartig. Wir könnten die Oranienplatzleute eigentlich einladen.«

»Klaut noch immer jemand im *Weiten Theater*? Seit Louis weg ist?«

Nik wartete eine Weile mit der Antwort. »Ja«, sagte er schließlich. »Wieder. Leider. Es ist eins von unseren Kindern, ziemlich sicher. Ich zahle Rolf die Differenz in der Kasse, wir haben eine Abmachung.«

Sie nickte.

Sie spürte, wie Nik ihr sachte durchs Haar fuhr. »Wie geht es dem größten Kind aus meiner Kindergruppe?«, fragte er leise.

»Nimm die Hand weg. Bitte.«

»Entschuldigung«, sagte er. »Du musst keine Angst haben. Ich bin nicht Imad, ich will nichts von dir. Ich mache mir nur Sorgen.«

»Imad will auch nichts von mir«, flüsterte Nuri. »Meine Mutter will, dass wir zusammenkommen, sie schubst ihn in die Richtung. Und er kann mir vielleicht helfen. Mit einer bestimmten Sache. Vielleicht ist es richtig, mit Imad zusammenzukommen, er ist okay, und früher haben Braut und Bräutigam sich vor der Hochzeit noch nicht mal gesehen, das hat auch irgendwie funktioniert, man kann sich ja später ineinander verlieben …«

»Nuri«, sagte Nik ernst. »Wie viel von dem Glühwein hast du getrunken?«

Sie setzte sich auf. »Ich meine das ernst. Calvin ist tot, und es wird mit niemandem so sein, wie es mit ihm war. Es ist … wie mit unserem Land. Es ist dumm, sich vorzumachen, man könnte in die Vergangenheit zurückkehren. Und dann kann ich auch den heiraten, den meine Mutter für gut hält. Sie würde sich freuen. Und sie braucht etwas zum Freuen im Moment.«

»Soll ich dich schütteln, damit du zur Vernunft kommst?«

»Ich bin vernünftig. Ich …«

»Du heiratest gar niemanden. Du bist achtzehn. Warte noch ein paar Jahre.«

»Hey! Ich werde im Frühjahr neunzehn.«

»Schön, ich backe dir einen Geburtstagskeks.« Nik seufzte. Und sie lehnte sich noch einmal an seine Schulter, und sie wollte ihm von Cindy erzählen, aber vermutlich würde er es auch für dumm halten, Cindy zu treffen. Sie schloss die Augen.

Und da geschah es wieder.

Sie sah Calvin.

Sie sah sein Gesicht, klar und deutlich – wie eine Fotografie in einem hell ausgeleuchteten Atelier. Seine Augen waren weit aufgerissen, und die Muskeln in seinem Gesicht zuckten seltsam unkontrolliert. Er hatte etwas im Mund, ein Kabel, um dessen Ende sein Kiefer sich verkrampfte, sie sagte sich, dass sie nicht wusste, was geschah, aber natürlich wusste sie es, unter seinem linken Auge prangte ein Bluterguss, und sein Gesicht verzerrte sich jetzt, wurde zu einer hässlichen Fratze. Die Sommersprossen tanzten einen wilden Tanz, als die Haut mit den Muskeln zuckte, dann schlossen sich die Augen. Eine fremde Hand löste die Klemme mit der Elektrode. Er hatte sich auf die Lippen oder die Zunge gebissen, das Blut lief mit der Spucke aus seinem Mund, er war immer noch hässlich, sie wollte ihn nicht sehen, nicht so.

Sie schrie.

Und Nik schüttelte sie, damit sie die Augen öffnete. »Nuri, verdammt, was ist los?«

Sie starrte ihn an, stumm, wild.

»Er war nie dort«, wisperte sie schließlich. »Ich sehe Dinge, die nicht sein können. Nik. *Er war nie dort!* Er ist tot.« Und sie schlang ihre Arme um die Lederjacke dieses fremden, immer fremd bleibenden Mannes und erzählte, was sie gesehen hatte, und weinte verzweifelt an seiner Schulter. Er fasste sie nicht an. Das älteste meiner Kinder aus der Kindergruppe.

»Erinnerungen sind schlimm«, sagte er. »Sie vermischen sich manchmal zu Bildern, die es nie gab. Ich kenne das.« Mehr sagte er nicht. Er brachte sie nach Hause, ohne mit hinaufzukommen. Das Letzte, was er sagte, war, dass sie vielleicht einen Arzt brauchte. Einen guten.

Er wusste nicht, wie viel Zeit er in der penetranten Dämmerung hinter den Mauern verbrachte. Er wusste nicht, wann Tag war und wann Nacht. Die längste Zeit über wartete er. Manchmal mehrere Tage. Bei der dritten Befragung gaben sie die höflichen Räume auf und stellten die Fragen zwischen den kahlen Wänden. Er sah den Mann, dessen Kind sie hatten, nicht wieder. Er sah andere. Einer von ihnen konnte Schultern einrenken, das war wie ein Wunder.

Einer von ihnen war tot, als sie ihn brachten.

Manche versuchten, mit ihm zu sprechen. Keiner war Ausländer wie er. Und es gab auch keine Sonderbehandlung für Ausländer. Nicht, wenn sie schwiegen.

Er versuchte zu denken, wenn er im Dunkeln lag. Einen Plan zu machen. Doch es gelang ihm nicht.

Jedes Mal, wenn er nach ihren Behandlungen zu sich kam, fehlte ein Wort mehr in seinem Kopf.

Einmal träumte er von Nuri. Sie ging in Berlin eine Straße entlang, auf die es schneite, und in den abendlich erleuchteten Schaufenstern hingen Papiergirlanden aus Rehen und Tannenbäumen. Sie ging Hand in Hand mit einem Mann, den er nicht kannte, aber sie sah einsam aus. Als riefe sie ihn. Und er vergaß Dschinan, so wie er das Wort für die Farbe ihres Haars vergessen hatte. Als er erwachte, sehnte er sich so sehr in den Traum von Nuri zurück, dass er glaubte, ersticken zu müssen.

Und als sie ihn beim nächsten Mal holten, brach er zusammen. Supermann.

Dschinan? Vergib mir.

»Ich rede ja.« Er spuckte ihnen sein eigenes Blut vor die Füße. »Hört auf! Ich rede.«

Und er redete. Deutsch, wirr, zusammenhanglos.

Der Mann mit dem Buch setzte sich an seinen Tisch und hob den Stift, doch der Stift verharrte in der Luft, Calvin sah zu ihm auf. Er kniete auf dem Boden, sie hatten ihm seine Kleider weggenommen, er zitterte und redete und verstand seine Worte selbst kaum.

»Warum ich hier bin … Ihr wollt wissen, warum … Könnt ihr haben. Die ganze Geschichte. Weit weg, ein Mädchen mit schwarzen Locken … Als ich sie zum ersten Mal gesehen habe, trug sie ein Kopftuch, blau, mit Silberfäden … in einem Warteraum mit einem Balkon … und ich bin durch den Balkon gefallen, aber sie hat mich festgehalten … Ich konnte sie nicht festhalten … Ich konnte sie nicht aus dem Feuer holen … Deutschland, ich bin ein Deutscher, ich war einmal stolz darauf, Heil Hitler, und wir waren so dumm! Wir, die Deutschen, wir dachten, sie hätten ein … Monopol auf Gewalt und Folter … Wir haben die geilsten Sachen erfunden im Krieg … Wenn man das mal nachliest … Kälteexperimente im Winter … Juden mit Wasser übergießen und über Nacht im Winter draußen lassen, an ihre Tragen gefesselt … Die haben immer geschrien, das hat die Anwohner gestört, da gibt es Briefe … Aber wir haben gar kein Monopol … Ihr habt es … In dem Hof stand eine Platane, und der Bus sollte nach Norden fahren, zur Grenze … Ich hätte es getan, aber ich kann es nicht, ich kann nicht mal das … Taufiq al-Almani, ich war einmal Taufiq, in einem Lager, aus dem ich abgehauen bin, ich konnte nicht bleiben, ich konnte keinem die Kehle durchschneiden, Taufiq al-Idioti hat Kamal gesagt, und Kamal hat gewusst, was hier passieren würde … Er hat es gewusst …«

Der Mann mit dem Stift hörte ihm nicht mehr zu, niemand hörte ihm mehr zu, es war jetzt ein hektisches Gerenne um ihn, und bevor er diesmal in die Arme der schwarzen Schatten sank, wiederholte irgendwer »al-Almani«, und jemand fragte: »Germany? You Germany?«

Er nickte.

Kaltes Wasser, eisig: War dies Eiswasser aus deutschem Schnee, durch seine Worte hierhergebracht? Er öffnete den Mund, um ein paar Tropfen davon zwischen die Lippen zu bekommen, er war unendlich durstig. Er war wieder wach.

Jemand zog ihn vom Boden hoch, in eine halb sitzende Position, aber er schaffte es nicht, zu stehen, nicht diesmal. Jemand kniete sich vor ihn, ein zweiter stand über ihm.

Der Kniende war ein kleiner, schmächtiger Mann mit schütterem, grauem Haar und einer starken Brille. »Du bist Deutscher«, sagte er. Calvin nickte. »Sie haben mich geholt, damit ich übersetze.«

»Wer … sind Sie?« Es war nur ein Flüstern.

»Hassan Khattab. Ich bin Arzt. Ich habe in Deutschland studiert und dort gearbeitet. Lange her.« Er streckte die Hände aus und ließ sie tastend über Calvins Kopf und sein Gesicht gleiten, dann über seine Schultern, die Arme, die Hände, bis der Mann über ihm einen kurzen Befehl bellte.

»Hände weg!«

Hassan Khattab zuckte zurück. »Was haben sie mit dir gemacht?«

Calvin schüttelte den Kopf. »Nicht … wichtig«, sagte er. Vorhin hatte er so viele Worte ausgespuckt, vielleicht zu viele, jetzt war seine Stimme beinahe weg, und sie durfte ihn nicht verlassen, er musste weiterreden, sie endlich zufriedenstellen.

»Ich habe vieles gesehen im Krankenhaus«, sagte Khattab. »Aber ich war noch nie hier, hinter den Mauern von Sadd al-Ba'ath.« Er fing Calvins fragenden Blick auf. »So heißt es. Das Gefängnis, in dem du bist. Eins von sieben in der Gegend. Sie haben andere Ärzte hier, mich haben sie nur geholt, weil ich übersetzen kann. Ich kriege sie schon noch dazu, dass ich dich untersuchen darf.«

Er ließ seinen Blick durch den Raum gleiten, nahm alles auf: das sterile Licht, die Kabel, den Stock und die Peitsche in der Ecke, den auf den ersten Blick merkwürdigen Lkw-Reifen und das Gestell aus zwei simplen Brettern, beides zur Fixation des menschlichen Objekts gedacht. Den Stuhl, die Lederriemen, die Haken in der Decke. Die Flecken auf dem Boden, das Buch auf dem Tisch, das die Listen mit den Namen derer enthielt, die hierhergebracht wurden, den Eimer und die beiden Blechschalen mit dem Wasser. Multifunktionelles Wasser: Manchmal war es notwendig, den zu Befragenden damit zu übergießen und den Strom erst danach anzuschalten.

Calvin spürte, wie der letzte, der allerletzte Rest Kraft aus seinem Körper sickerte. Nicht, weil man ihn quälte. Sondern weil Hassan Khattab freundliche Augen hatte. Er wollte sich an ihn klammern, ein für alle Mal aufgeben, er durfte nicht in diese Augen sehen, die voller Mitleid waren.

Er wandte den Kopf, sah stattdessen die Schuhe des Mannes vor sich an.

»Ich habe Fotos gesehen«, sagte Khattab leise, »von Assads Kellern. Es war wie hier. Austauschbar.« Das Wort, das auch Calvin gedacht hatte.

Der Mann über Calvin sagte wieder etwas, ungehalten.

»Sie sagen, ich soll endlich übersetzen«, erklärte Khattab. »Gut. Erzähl mir, warum du hier bist. Vielleicht kriegen wir dich dann hier raus.«

»Was wissen sie denn? Warum haben sie mich hergeholt?«

»Du hast mit einer verheirateten Frau gesprochen. In einem Hinterhof. Eine Nachbarin hat euch aus ihrem Fenster beobachtet. Später ist sie dem Mädchen nachgegangen in die Stadt, und sie glauben, dass es ein zweites Treffen gab, aber die Nachbarin hat das Mädchen auf dem Weg verloren.«

Er putzte seine Brille umständlich mit einem Hemdzipfel, während Calvin noch einmal von vorne begann und noch einmal alles erzählte, flüsternd, heiser, chaotisch.

Weit weg, ein Mädchen mit schwarzen Locken …

Khattab hob alle paar Sätze die Hand, sagte etwas auf Arabisch, bat Calvin dann, weiterzuerzählen.

Und Calvin erzählte. Alles. Wenn es zu langsam ging, wurden die Männer ungeduldig, dann schlugen sie ihn wieder mit dem Kabel, aber er stellte verwundert fest, dass es ihm beinahe egal war. Es war unendlich erleichternd, zu reden.

Er erzählte vom Hof mit den Bäumen und vom Raum über der

Schneiderei und vom Ostterminal, er verschwieg kein einziges Detail. Sie wollten Namen, er gab ihnen Namen: Dschinan al-Bakri, Kamal Aljafari, Calvin Lüttke, je mehr Namen, desto besser. Und der Arzt übersetzte, und der hinter dem Schreibtisch schrieb mit. Nur Anders Dobrowski entkam Calvins Wortschwall, irgendwie entschlüpfte er. Wurde nicht genannt. Als hätte er einen eigenen Willen.

»Also bist du kein Spion und kein Reporter.«

»Nein.«

»Du bist hergekommen, um das Mädchen zu sehen.«

»Ja.«

Khattab ließ eine Weile verstreichen, sagte etwas auf Arabisch, diskutierte einen Moment lang mit dem Mann, der schrieb. Der Mann schrie herum, aber der Arzt blieb bei seiner sanften Stimme, und am Ende schien der andere erstaunlicherweise klein beizugeben. Er knurrte etwas, sprach mit einem weiteren Mann neben sich – und verließ den Raum.

Die beiden, die blieben, die Krankenpfleger, wie Calvin sie im Geiste genannt hatte, packten ihn und hoben ihn hoch wie so oft zuvor, und er krümmte sich reflexartig zusammen.

»Ruhig«, sagte Khattab wie zu einem Tier. »Ganz ruhig.«

Sie legten ihn auf die schmale Trage in der Ecke, blieben am Kopf und am Fußende stehen, und Khattab beugte sich über ihn. »Ich habe ihnen gesagt, dass du in einem kritischen Zustand bist«, erklärte er sachlich. »Und dass ich dich untersuchen muss, weil du ihnen sonst sehr bald nichts mehr nützt. Halt still. Ich will nur sehen, was sie alles kaputt gemacht haben.«

Während er Calvins Kopf abtastete, eingehender jetzt, die Haare beiseiteschob und an zwei Stellen den Schorf abkratzte, um Wunden zu inspizieren, sprach er leise weiter, sein Mund nahe bei Calvins Ohr. »Hör mir jetzt gut zu. Wenn ich ihnen alles übersetzt hätte, was du mir gesagt hast, wäre der Schneider hier und das Mädchen tot. Und du auch. Ist dir das klar? Mit dir zu sprechen, kommt einem Ehebruch gleich, auch wenn du sie nicht angerührt hast. Ehebrecherinnen werden nach der Scharia gesteinigt. Ich habe ihnen gesagt, du hättest das Mädchen aufgesucht, und sie hätte Angst gehabt, du würdest ihr etwas antun, nur deshalb hätte sie mit dir gesprochen. Das Treffen in der Stadt gab es nicht, verstanden? Du hast auf sie gewartet, und es ist möglich, dass sie von zu Hause losgegangen ist, aber Allah hat sie davon abgehalten, wirklich zum Treffpunkt zu kommen. Ich habe ihnen erzählt, du wärst nach Syrien gereist, um zu sehen, ob es ihr gut geht, weil sie die Cousine deiner Freundin in Deutschland ist. Ich habe nichts davon gesagt, dass sie mit dir fliehen wollte. Den Schneider habe ich umbenannt, du hast ihn sowieso falsch ausgesprochen, und ihm einen anderen Beruf gegeben. Er verkauft jetzt Gemüse.« Er hörte auf, Calvins Schädel abzutasten, wofür Calvin dankbar war, sie hatten ihn ein paar Mal zu oft auf den Kopf geschlagen. Khattab holte ein Stethoskop aus seiner alten schwarzen Ledertasche, ein Relikt wie aus einem Museum, hörte ihn ab, tastete wieder.

»Sie haben dir wahrscheinlich ein paar Rippen gebrochen«, sagte er schließlich. »Aber nicht viel mehr. Du hast Glück.«

»Rippen«, murmelte Calvin. »Damit kann ich leben.« Und auf einmal merkte er, dass er grinste. »Ist mir früher schon passiert.«

»Haben sie dich denn schon mal in den Fingern gehabt?«

»Nein«, sagte Calvin. »Das waren meine Freunde aus Deutschland.«

Der Arzt sah ihn seltsam an. »Deutschland …«

»Ja, dort sind alle Leute nett, und es hängen überall glitzernde Sterne herum, ich weiß«, flüsterte Calvin. »Es gab schon jemanden, der wollte, dass ich ihm das erzähle.«

Er kam hoch und stützte sich auf einen Ellenbogen. Wirklich, die Rippen. Es musste bei ihrer letzten Behandlung passiert sein, er spürte erst jetzt die Schmerzen beim Atmen.

»Und jetzt? Was machen sie mit mir? Was ist mit Dschinan?«

»Sie hätten sie hergeholt. Aber ihr Ehemann ist einer von den hohen Tieren. Diskretion, du verstehst. Er wird selbst sehen, dass sie die Strafe erhält, die sie verdient.«

Calvin schluckte. »Er wird sie töten.«

»Vielleicht. Vielleicht nicht. Du wirst sie nie wiedersehen. Was sie mit dir tun, ist noch nicht sicher. Sie werden mit der Botschaft telefonieren, sie werden versuchen, dich zu benützen. Sie haben schon ausländische Geiseln, bisher nur Journalisten, ich weiß von einem Franzosen und zwei Amerikanern, aber ich habe keine Ahnung, wo sie sie festhalten. Das sind ihre Trumpfkarten gegen die westliche Welt.«

»Das heißt ... Es gibt also *doch* eine Sonderbehandlung für Ausländer.«

»Ja und nein«, sagte der Arzt. »Sie hassen die Kafir trotz allem. Und jemand, der sich in ein Daisch-Lager einschleicht ...«

»Das haben Sie übersetzt?«

»Irgendetwas musste ich übersetzen. Ich bin kein rettender Engel, ich bin nur Arzt. Sie sind misstrauisch. Man muss sie mit ein paar Fakten füttern, die sie überprüfen können.«

»Aber sie werden merken, dass Calvin Lüttke tot ist. Al-Nusra hat es auch gemerkt.«

»Bei al-Nusra warst du auch schon zu Gast?«

Wieder grinste er. »Ein bisschen. Weichere Hotelbetten. Und sehr nettes Personal.«

Der Arzt schüttelte den Kopf und strich sich durch sein dünnes Haar. »Dies ist eine schlechte Zeit für Witze. Wenn sie merken, dass Dinge nicht stimmen, fangen sie mit allem von vorne an, und diesmal werden sie wütend sein. Ich war noch nie in Sadd al-Ba'ath, wie gesagt, aber ich habe Leute gesehen, die hier waren, und du bist gut weggekommen.«

Er richtete sich auf und legte das Stethoskop um seinen Hals wie ein Arzt im Film, demonstrativ. Der Mann, der hinausgegangen war, kam wieder, Khattab sprach zu ihm, und dann wurde Calvin hochgezerrt. Jemand drückte ihm seine Kleider in die Hand. Der Geldgürtel war nicht dabei, sie hatten das Geld darin also gefunden. Hamid Malkis Plan hatte funktioniert. Denn sie gaben ihm seine Schuhe – *sie gaben ihm die Schuhe zurück*.

Dann öffneten sie die Tür, und diesmal gingen sie den Korridor bis zum Ende. Da war noch eine Tür. Calvin blinzelte in die plötzliche Helligkeit des Tages. Sekunden später wurde er, nach Luft schnappend wegen seiner Rippen, einmal mehr in ein Auto gezerrt.

Hinter ihnen wurde das gut bewachte Tor in der Gefängnismauer kleiner. So viele blieben dort. Hunderte.

»Ich habe ihnen erklärt, du hättest ein Herzproblem. Seit Kindertagen«, sagte Khattab, der neben Calvin auf der Rückbank saß. »Sie hätten den Strom nicht benutzen dürfen. Sie haben dich ins Vorhofflimmern gebracht, damit kann man eine Weile leben, aber es kann jederzeit übergreifen auf den Rest der Herzmuskulatur, und das war's.« Draußen floss der Euphrat vorbei. Sadd al-Ba'ath stand beinahe direkt an seinen Ufern, vielleicht gab es Fenster, von wo aus der echte Supermann in den Fluss gesprungen wäre, in die blauen Wellen der Freiheit. Wie wenig heroisch war doch die Wirklichkeit.

»Vorhofflimmern? Das können Sie mit dem Stethoskop hören?«

»Natürlich nicht.« Khattab lächelte. »Aber das wissen sie nicht, sie sind keine Ärzte. Es gibt auch mehrere infizierte Kopfwunden, die hast du wirklich. Sie wollten nicht, aber ich habe sie überzeugt, dass du ins Krankenhaus gehörst. Da können wir dich wieder zusammenzuflicken.« Er seufzte. »Ehe sie dich zurückkriegen, um da weiterzumachen, wo sie aufgehört haben.«

Dies war der Plan, dachte Calvin, den er bei Jabat al-Nusra gehabt hatte. Schon damals war er nicht aufgegangen.

»Mach die Augen zu«, befahl Khattab. »Du verlierst jetzt das Bewusstsein. Tu so. Und freu dich nicht zu sehr. Die Patienten der Klinik, die unter Bewachung stehen, werden am Bett fixiert.«

Calvin schloss gehorsam die Augen, froh, die Resignation auf der Miene des Arztes nicht mehr zu sehen. Er versuchte, Calvin zu helfen, so viel war klar, doch er schien selbst nicht zu wissen, wie oder ob es möglich war. Alles, was er ihm schenkte, war Zeit.

Langersee wenn das OK ist da kenn ich ein Platz
ist Nähe Mügglsee draußen
S-Bahn bis Grünau dann Tram an Ufer lang
haltestelle bammeleck
da zum Wasser runter
halb vier
Cindy.

Noch einen Tag bis zur Aufführung im *Weiten Theater*.

»Wenn ich da wirklich rausfahre«, sagte Nuri, »und ich komme nicht zurück, dann müsst ihr das ohne Souffleuse hinkriegen.«

»Du soufflierst sowieso nur noch Käse«, sagte Ridha.

Nesrin warf ihm einen bösen Blick zu, aber Nuri lachte. »Er hat recht. Okay, ihr seid die Einzigen, die etwas wissen. Deshalb … wenn ich an dem Abend nicht zurückkomme, ruft ihr Nik an, ja?«

»Und wen triffst du da nun, bei dem komischen See?«, fragte Ridha.

Nesrin verdrehte die Augen. »Sie hat doch gesagt, dass uns das nichts angeht.«

»Einen Kerl also.« Ridha pfiff durch die Zähne. »Wenn Imad das wüsste, würde er durchdrehen. 'ne Frau alleine, irgendwo draußen in der einsamen Natur, und um halb vier Uhr ist es fast dunkel. Du willst es echt wissen.«

Ja, dachte Nuri, als sie in der S-Bahn nach Grünau saß. Ich will es wissen. Ich will eine ganze Menge wissen. Und Cindy wird mir antworten.

Sie hatte das Handy griffbereit, sie hatte Pfefferspray in der Tasche, sie war vorbereitet. Falls man vorbereitet sein konnte. Das Internet behauptete, an diesem Ufer gäbe es hauptsächlich Segelklubs und Radfahrer, im Sommer könnte man romantisch an ein paar kleinen Stellen am Ufer baden. Über halb vier Uhr im Winter hatte das Internet nichts gesagt.

Am S-Bahnhof Grünau stand ein Engel aus gebogenen Lichterketten im Garten einer Kebabbude. Nuri dachte an Ridha mit den Engelsflügeln. Die Flügel hatten sich nicht mehr sauber kriegen lassen, Ridha hatte Rolf erzählt, er wäre damit ausgerutscht und hingefallen. Auch Ridha wollte sich nicht in die Opferrolle drängen lassen. Rolf war eine ganze Weile sauer. Schließlich sagte er, dann gäbe es jetzt eben einen braunen Engel im Stück.

Der Gewürzduft aus der Kebabbude begleitete Nuri in die Straßenbahn, und sie musste eine Woge von Heimweh niederkämpfen. In der kleinen Straße mit dem Falafelstand in Damaskus hatte es auch so gerochen.

Die Straßenbahn war beinahe leer. Da saßen zwei Mütter mit Kinderwagen, die Kinder darin so dick eingepackt, dass man sie kaum sah, gut geschützt vor der Kälte und der Welt. Es war klirrend kalt. Kein Schnee mehr jetzt, aber genug Frost für Jahre. Nuri trug zwei Pullover übereinander und Ummis Jacke. Nuri hatte ihr gesagt, sie und Imad würden spazieren gehen. Das war nicht gelogen, Imad machte durchaus zu dieser Zeit auch einen Winterspaziergang, er ging mit Schränken und Tischen spazieren, die er vom Wagen der Möbelpackerfirma in anderer Leute Wohnungen trug.

Sie würde ihm alles erklären, sobald sie die Wahrheit über Pascal wusste.

Sie hatte nach dem Desaster am Oranienplatz nur kurz mit Imad gesprochen, er hatte Ärger mit der Polizei gehabt, sie hatten ihn und ein paar andere mit aufs Revier genommen und eine ganze Weile dabehalten. Beim Überprüfen ihrer Papiere war ihnen aufgefallen, dass Imad noch immer im Heim lebte, obwohl er längst eine andere Bleibe hätte finden sollen. Es gab zu wenig Plätze, Nuri wurde wieder klar, wie viel Glück sie hatten, dass man sie noch bleiben ließ. Vielleicht hatte Abi mit ein paar Leuten gesprochen. Für einen allein war es natürlich einfacher, ein Zimmer zu finden. Imad musste jetzt rasch ausziehen, er hatte eine Menge Dinge zu regeln.

Nuri sah aus dem Fenster. Zur Linken blinkte das Wasser durch die Bäume, davor glänzte feucht ein verwaister Radweg. Zur Rechten lag ein tiefer, dunkler Wald aus Birken, Buchen und Kiefern.

Nuri dachte an den Wald auf der Insel, wo sie nachts Himbeeren gepflückt hatten, damals, im Sommer, mit Calvin. Mondhimbeeren, Sternenwald.

Dann hielt die Bahn, und sie stieg aus, tatsächlich: *Bammeleck.* Was für ein Name.

Ein kleiner, unbefestigter Pfad führte in den Waldstreifen hinein, der Schienen und Radweg vom Wasser trennte. Nuri atmete den Duft der Bäume und des modrigen Bodens tief ein. Es war seltsam, einen Weg aus Sand und Erde unter den Füßen zu spüren, selbst die Parks in der Stadt besaßen gewöhnlich Wege aus Kies oder Asphalt. Sie ging ein paar Meter, der Weg schlängelte sich, wand sich. Der Himmel über ihr war von einem tiefen Tintenblau, in einer halben Stunde wäre es dunkel. Sie hatte eine Taschenlampe, aber noch wollte sie sie nicht anknipsen.

Ihre Vernunft sagte ihr, dass sie hätte Angst haben sollen, aber sie hatte keine Angst.

Sie bückte sich und zog Schuhe und Strümpfe aus, und dann ging sie barfuß weiter. Es war schön, die Erde zu spüren, auch wenn sie halb gefroren war, auch wenn der Blätterteppich knirschte und unter ihren bloßen Füßen brach. Sie verließ den Pfad und duckte sich zwischen den Bäumen hindurch, unsichtbar im dämmerigen Dickicht. Wenn sie zu mehreren hier sind, dachte sie, wenn sie lauern … dann kann ich einfach stehen bleiben. Ich kann sie beobachten und zurückgehen, sie finden mich nicht: nicht zwischen den Ästen in der Dämmerung.

Sie war zugleich aufgeregt und auf merkwürdige Weise glücklich. Es war der Wald, der sie glücklich machte. Und ihr wurde klar, wie sehr ihr die Häuser und Straßen der Stadt den Atem genommen hatten. Wenn sie je zurück nach Syrien ging, würde sie wieder an den Nahr-al-Asi ziehen, den Orontes, dort, wo er zwischen Oliven und Mandelbäumen entlangschäumte. Jenseits der großen Städte, jenseits der Menschen.

Sie fragte sich, wie alt sie dann wäre. Wie lang es dauern würde, auf den Frieden in einem Land zu warten, an dessen blutigen Stücken so viele Raubtiere zerrten. Vielleicht würde sie längst Enkel haben, wenn sie zurückging, vielleicht wäre sie eine alte Frau, weißhaarig, zittrig, und sie würde dasitzen mit ihrem Stock und den Stromschnellen zusehen, die die Erinnerungen vorübertanzen ließen.

Die Spiegelungen von fernen Lichtern auf dem Wasser sagten ihr, dass sie angekommen war, die Bäume wichen, da war ein Weg, der am See entlangführte. Eine kleine Lichtung, ein paar hohe Buchen und Birken darauf, strähniges Gras. Dahinter das Ufer: nur ein paar Handvoll Sand, durchzogen von Baumwurzeln. Es war niemand da.

Nuri ging ein paar Schritte, und dann sah sie das Flackern. Jemand hatte zwischen den Bäumen auf der Wiese ein Feuer gemacht, jemand saß auf einem Birkenstamm, mit dem Rücken zu ihr.

Eine Person in einer gefütterten, unförmigen Männerjacke. Sie hatte die Kapuze über den Kopf gestülpt und saß vornübergebeugt, ab und zu die Asche von einer Zigarette schnippend. Da war keine Handtasche. Das Fahrrad, das unweit von ihr im Gras lag, besaß eine Stange. Ein Männerfahrrad.

Nuri machte einen Schritt zurück. Ihre freie Hand schloss sich in der Jackentasche um das Pfefferspray. Beim nächsten Schritt trat sie auf einen Ast, und die Person am Feuer fuhr herum.

Es war Cindy.

Sie blinzelte in die Dunkelheit. »Nuri?«

»Ja«, sagte Nuri, erleichtert, aber nur halb. »Bist du allein?«

»Natürlich. Du?«

»Natürlich«, sagte Nuri. Sie ging hinüber zum Feuer, setzte sich auf der anderen Seite auf den Boden und begann, Strümpfe und Schuhe anzuziehen. Cindy sah ihr zu.

»Warum … barfuß?«

»Nur so.« Verdammt, dachte Nuri, sie musste irgendeinen Anfang finden, einen Anfang der tausend Fragen. Auf einmal waren sie auf ihren Lippen eingetrocknet wie Blut.

»Calvin«, flüsterte sie schließlich, heiser. »Calvin ist tot. Aber das weißt du.«

Cindy nickte. »Und du … Alle glauben, du wärst auch tot.«

»Ja«, sagte Nuri bitter. »Das war der Sinn der Sache. Die Behörden brauchen mich vielleicht noch, und wer noch gebraucht wird, darf zwischendurch nicht sterben.«

Sie lachte, dann schwiegen sie wieder einen Moment, und Cindy legte ein paar Äste aufs Feuer. Sie war geschminkt wie immer, ihre Haare noch immer gebleicht, aber etwas an ihr war anders. Vielleicht war es die Form ihres Gesichts, es wirkte voller, sinnlicher. Obwohl der Rest von Cindy eher schmaler geworden war.

»Warum bist du in Berlin?«, fragte Nuri. »Sie haben dich hergeschickt, oder? Um Sachen rauszufinden. Warum sind sie noch nicht hier? Pascal und André und die anderen? Warum ist noch immer nichts passiert?«

Cindy schüttelte langsam den Kopf und strich sich die blonden Haare zurück, die ihr nicht ins Gesicht hingen. Dann hob sie die Handtasche auf, die Nuri im Schatten nicht gesehen hatte, und griff hinein. Nuri erschrak für einen Moment, doch als Cindy die Dose öffnete, stieg ein Duft nach Zimt und Nelken daraus empor. »Lebkuchen«, sagte sie. »Selbst gemacht. Ich lerne so was jetzt alles. Ziemlich kompliziert, mit Pottasche und allem. Aber lohnt sich, die schmecken wirklich besser als die gekauften.«

Sie nahm einen Lebkuchen und hielt Nuri die Dose hin, und Nuri nahm ebenfalls eines der quadratischen Stücke. Es dauerte einen halben Lebkuchen, bis Cindy begann, zu reden.

»Ich wohn' bei meinem Vater«, sagte sie leise, den Blick auf das schwarze Wasser gerichtet. »Marzahn. Er hat immer schon da gewohnt. Marzahn ist neben Hellersdorf.«

»Ich weiß«, sagte Nuri. »Aber solche Zufälle gibt es nicht.«

»Nicht ganz.« Cindy zerkrümelte den Rest des Lebkuchens zwischen ihren Fingern. »Er hat mich natürlich gefragt, ob ich ein paar Sachen in Hellersdorf rausfinde, als er das mit Marzahn mitgekriegt hat. Pascal, meine ich.«

Nuri nickte. »Du bist also nach wie vor mit ihm zusammen.«

»So wie du … mit Calvin?«

Nuri starrte sie an. »Ich hab dir gesagt: Er ist tot.«

»Dass jemand tot ist, heißt nicht, dass man nicht mehr mit ihm zusammen ist«, meinte Cindy ernst.

Nuri schüttelte verwundert den Kopf. Sie hätte nie erwartet, dass Cindy einen solchen Satz sagte. Es war gefährlich, das wusste sie aus Erfahrung, Menschen zu unterschätzen.

»Und Pascal?«, fragte Nuri. »Wo … ist Pascal?«

»Immer noch an der Ostsee. Er hat jetzt wieder Arbeit da. Die sind alle noch da, die ganze Clique, nur ich bin weg. Zu meinem Vater. Der hat immer gesagt, ich kann bei ihm wohnen, wenn ich will. Wie ich klein war, hab ich ja auch in Berlin gelebt, bisschen kenn ich mich noch aus. Und dann hab ich hier einen Job gefunden, Helle Mitte, im Center. Bijou Brigitte.«

»Du hast … eine Lehrstelle hier.«

Cindy schüttelte den Kopf. »Nein. Ich bin fertig gelernt. Ich hab bei uns Lehre gemacht, im Verkauf. Wusstest du das nicht?« Sie lachte. »Du dachtest, wir hängen alle den ganzen Tag rum und verkloppen Leute. Für dich sind wir alle gleich.«

»Wie wir für euch«, sagte Nuri leise.

»Keiner ist gleich.« Cindy legte mehr Äste aufs Feuer. »Schon klar. Und nach dem, was passiert ist … Ich hab Abstand gebraucht. Zu allem. Mir ging's echt lange dreckig. Pascal geht's auch nicht gut, der will da auch weg, von der ganzen Gewalt und dem, ich mein, er wollte nie, dass einer dabei draufgeht. Wer will so was schon? Jemanden erschrecken, ein Zeichen setzen, klar, aber dass jemand verletzt wird, hat er nicht gewollt. Ich …« Sie schüttelte den Kopf. »Ich hab trotzdem Abstand gebraucht, auch zu ihm. Ich hab versprochen, ich helf ihnen, wenn das ein Nachspiel hat. Wenn das einen Prozess gibt, da halten wir alle zusammen, sonst hängen sie den Jungs echt noch einen Mord an. Aber die haben keinen umbringen wollen! Guck, für uns ist es wichtig, rauszufinden, was die Leute von damals aus dem Heim sagen … wo die sind … und alles. Und danach, wenn das vorbei ist mit dem Prozess, machen wir einen Strich unter alles. Ich träum manchmal, dass wir dann aufs Land ziehen, in so ein kleines, hübsches Haus, Pascal und ich. Schafe hätt ich gerne, 'ne Wiese mit Schafen.« Sie lachte. »Verrückt, was?«

Nuri wollte sagen: In meinem Land gibt es viele Schafe, vielleicht ziehst du nach Syrien? Aber sie schwieg. Ließ Cindy reden.

»Ich fahr meistens am Wochenende hin«, sagte Cindy. »Am Anfang jedes. Na ja, dann hab ich ’n paar Leute hier kennengelernt, ganz neue Leute, die sind auch in unserer Szene, aber … anders. Die leben so wie früher, ganz einfach, mit der Natur, und die haben’s überhaupt nicht mit Gewalt. Die machen Handarbeitskurse und Vorträge, und wir kochen und backen zusammen für Weihnachten, das ist echt schön.

In der Turnhalle … Das waren keine Frauen der GDF. Das waren ein paar Spinnerinnen vom RNF. Ring Nationaler Frauen. Die sind viel krasser drauf, na ja, Spinner gibt’s ja überall, die haben schon was zu hören gekriegt hinterher, und wie. Jedenfalls bei der GDF, da gibt es eine Familie, die hat ’n Haus im Grünen, das ist echt wunderschön, ich war schon da eingeladen. Wir haben am Kaminfeuer Märchen erzählt, und so ’ne ganz junge Hübsche hat Harfe gespielt.

Die Männer, die müssen eben irgendwo ihre Kraft rauslassen, hat eine von denen bei der GDF gesagt, aber eigentlich sind es die Frauen, die für die Erhaltung der Art sorgen, ohne Frauen geht nichts. So hab ich das früher gar nicht gesehen. Sollen die Jungs irgendwo rumballern, ein bisschen spielen. Pascal, der war in so einem Lager für Outdoorüberleben und Farbkugelschießen und so, kann er sich von mir aus austoben. Sonja zum Beispiel, das ist die Mutter von Thore, du weißt schon? Ihr Mann, sagt sie, der schlägt auch manchmal über die Stränge, na, dann geht er zum Sport und zum Schießverein und mal mit seinen Kumpels was trinken, das ist doch gut, zu Hause ist dann Ruhe. Sie macht alles, mit den Kindern basteln und backen, sie hat vier, Thore ist der älteste, und ich bewundere sie wirklich. Sie ist die Königin im Haus, da redet ihr keiner rein.«

»Thore«, wiederholte Nuri nachdenklich.

Cindy nickte. »Ich mag ihn sehr«, sagte sie. »Und Sonja sowieso.

Sie hat mich auch mal mitgenommen zu einem Treffen von der Gemeinde. Die haben ihren ganz eigenen Glauben, wie die Menschen früher, bevor das Christentum alles plattgemacht hat. Sie glauben an die Götter in der Natur, an die Kraft in allem, den Steinen und den Bäumen und dem Wasser. Deshalb kämpfen sie für den Erhalt der Natur. Hier, der Wald … Er ist schön, oder? Keine Häuser, kein Asphalt. Ich komme manchmal her und sitze einfach so da, und dann ist es, wie wenn ich Stimmen höre. Die sagen, dass alles irgendwann gut wird.« Sie stocherte mit einem dicken Ast in der Glut. »Es wird alles irgendwann gut«, wiederholte sie leise. Der Satz klang wie eine Bitte.

»Du hast gesagt: keine Gewalt mehr«, meinte Nuri nachdenklich. »Denkst du manchmal an die Sache unten an der Steilküste? Sie hätten Calvin ertränkt.«

»Ich bin als Erste aus dem Wasser raus! Ich hab ihnen gesagt, dass sie aufhören sollen!«

»Aber Pascal und die anderen …«

»Die anderen, weiß ich nicht. Aber wir, Pascal und ich, wir lösen uns von alldem. Das habe ich doch gesagt. Calvin war … Es ist schwierig. Er hat mir ganz schön wehgetan. Ich meine, er hat mich abserviert, einfach so, für dich.«

»Grund genug, ihn sterben zu lassen.«

»Aber ich habe ihn nicht sterben lassen!«, rief Cindy verzweifelt. »Ich hab geschlafen, Scheiße, ich lag in meinem Bett, und am nächsten Tag war alles schon passiert! Und warum habt ihr es überhaupt so weit kommen lassen, dass alle alle hassen? Ihr, ihr beide, ihr habt doch die ganze Sache … hochgeschaukelt! Calvin und du! Wenn ihr nicht zusammengekommen wärt, wäre überhaupt nichts passiert! Und überhaupt, wenn ihr nicht hier wärt, deine Eltern und du und solche Leute, wenn ihr in eurem eigenen Land geblieben wärt, dann gäbe es doch gar keine Probleme! Ich hab nichts gegen irgendwen. Jeder hat ein Recht drauf, zu leben. Da, wo er eben hingehört. Ich mag Neger, echt, Negerbabys sind süß. In Afrika! Nicht hier! *Warum ist das denn so schwer zu verstehen?*«

»Wenn wir dageblieben wären, wo wir herkommen, wären wir tot«, sagte Nuri leise. »Da ist Krieg.«

»Ja«, murmelte Cindy. »Aber ist das meine Schuld? Ich hab euren Scheißkrieg nicht gemacht.«

Sie schwiegen eine Weile.

Schließlich fragte Nuri: »Wie haben sie das hingekriegt? Mit dem Brand? Ich will auch einen Strich unter Dinge ziehen, weißt du. Ich muss wissen, wie es genau war, damit es vorbei ist. War das eine Fernzündung? Ein Zeitzünder?«

Cindy schüttelte den Kopf. »Keine Ahnung. Ich weiß nicht mal, ob sie das Heim wirklich angesteckt haben. Falls ja, dann war das nur, damit die Leute einen Schreck kriegen. Dann war das mit dem Gas nicht geplant. Da ist doch Gas im Keller explodiert, hieß es doch später. Wenn überhaupt, war das ein Unfall. Pascal, der hat doch sogar geholfen, Leute rauszuholen! Da war ein Foto von ihm in der Zeitung, mit einem Negermädchen auf dem Arm!«

»Und du?«, flüsterte Nuri. »Warum wolltest du dich mit mir treffen? Du wusstest vorher, dass ich hier bin. Und du hast meinen Vater mit dem Handy geknipst, als Beweis. Warum wolltest du mich treffen?« Sie sah sich um. »Kommt uns noch jemand besuchen? Der einen Strich unter alles zieht? Ein letzter Mord, ganz aus Versehen, hier draußen, wo es keiner sieht?«

Cindy starrte sie an. »Bitte?«

Dann begriff sie. »Du glaubst … Du hast gedacht, ich … Du bist ja verrückt.«

»Nicht ganz.«

»Nuri«, sagte Cindy. Sie sprach ihren Namen aus wie etwas, das vielleicht wehtat. »Ich habe Pascal *nicht* gesagt, dass du hier bist.

Ich habe das Foto von deinem Vater nicht abgeschickt. Ich will nur, dass alles in Ordnung kommt.«

Und da begriff Nuri ganz plötzlich, was Cindy von ihr wollte.

Sie wollte eine Art Absolution. Sie wollte, dass Nuri ihr sagte, dass sie nicht schuld an Calvins Tod war. Nuri streckte die Hand aus und nahm die von Cindy.

»Ich kann das nicht«, sagte sie. »Ich bin die falsche Person. Du suchst jemanden, der dir verzeiht, aber es geht nicht, Cindy. Ich müsste Gott sein, um das zu tun. Oder Calvin. Oder Ramo. Oder eine der beiden Frauen, die im Rauch gestorben sind.«

Sie stand auf und ging hinüber zum Wasser, und Cindy trat hinter sie. Sie war kleiner als Nuri, es war ihr bisher nie aufgefallen. Sie war kleiner und weicher und weiblicher, auch in der Männerjacke.

»Wem gehört die Jacke?«, fragte Nuri.

»Pascal. Sie ist warm. Du … frierst, oder?«

»Wir haben nicht so viele warme Sachen. Wir kriegen unser Zeug aus der Kleiderspende.«

»Oh«, sagte Cindy. »Aber früher … Da war das nicht so? Ich meine, wart ihr arm, in Syrien?«

Nuri lachte. »Interessiert dich das?«

»Klar.«

»Cindy, ich kann nicht plötzlich tun, als wäre alles ganz normal und wir würden uns nur unterhalten. Ich bin nicht wie du, ich …« Sie hob die Arme, ließ sie sinken. »Okay, mein Vater ist Lehrer, meine Mutter kommt aus einer der richtig reichen Familien, nein, wir waren nie arm. Ich wäre jetzt mit der Schule fertig und ich würde studieren, wenn ich hätte bleiben können. Eine blöde Intellektuelle. Ein Grund mehr, mich zu hassen.«

Cindy schüttelte den Kopf. »Quatsch. Warum studierst du hier nicht?«

»Ich bin mit knapp sechzehn aus der Schule weg, kurz vor meinem Abschluss. Und langsam denke ich, die Ämter hier werden sich niemals entscheiden, ob ich weiter zur Schule gehen darf und auf welche. Ich meine … die haben mich zu einem Test eingeladen und festgestellt, dass ich keinen Unterricht in Deutsch brauche, vielen Dank. Und für den Zugang zu einer Berufsschule müsste ich nachweisen, dass ich irgendwo schon mal zwei Jahre gearbeitet habe, frag mich nicht, warum. Sie ändern da wohl dauernd irgendwas zurzeit … Vielleicht ist das alles in zehn Jahren besser. Aber jetzt … vergiss es. Das Einzige, was ich tun kann, ist heiraten. Irgendwen, der sich gerade eignet. Heiraten und dann zu Hause sitzen und kochen.«

Da nahm Cindy ihre Hände, ganz plötzlich, und drückte sie. »Tu's nicht. Bitte, tu's nicht.«

Dann wandte sie sich ab, trat das Feuer aus wie einen Feind und hob das Rad auf.

»Komm. Ich nehm dich mit zurück. Ich bin nicht sicher, ob die Straßenbahn noch fährt, im Winter haben die andere Zeiten.«

»Ich kann laufen. Ist schon okay.«

»Komm«, sagte Cindy noch einmal.

Da setzte Nuri sich auf den Gepäckträger, und Cindy kletterte auf den Sattel. Sie fuhr nicht den geraden, asphaltierten Radweg entlang, sie überquerte ihn und fuhr weiter in die Fünf-Uhr-Nacht des Waldes jenseits der Schienen. Das Vorderlicht war nur ein schwaches, schwankendes Licht, ein winziger Schimmer in der Dunkelheit, und das Fahrrad mit den beiden Mädchen schaukelte die Waldwege entlang wie ein Schiff auf einem Meer aus weiten, schwarzen Wogen, die einen jederzeit verschlingen konnten.

Schließlich wich der Wald, wurde lichter, und Cindy bremste.

»Hier ist nicht der S-Bahnhof Grünau«, sagte Nuri.

»Nein«, sagte Cindy und stieg ab. Nuri stieg ebenfalls ab. Hinter den letzten Büschen sah man die erleuchteten Fenster von Wohnhäusern. Cindy ging über eine Wiese zu einem Baumstamm und lehnte sich daran, und Nuri ahnte, dass dies ihr eigentliches Ziel war.

»Sie sind hier, ja?«, fragte sie, etwas lauter als nötig. »Ist das der Ort, an dem sie warten?«

»Ja«, sagte Cindy.

Aber nichts geschah. Schließlich ging sie ebenfalls hinüber zu dem Stamm. Es war kein Stamm, es war eine Figur aus Holz, etwa schulterhoch. Ein Pferd. Dahinter stand ein Wagen.

Sie befanden sich auf einem Spielplatz.

»Okay, wer ist hier?«

»Calvin und die anderen«, antwortete Cindy und zog sich mühsam auf den Rücken des Pferdes hinauf.

Die Nacht war so seltsam, dass Nuri sich fragte, ob sie all das nur träumte. Sie kletterte Cindy nach. »Calvin und wer? Die Jungs? Er ist doch tot?«

»Nein«, sagte Cindy.

Und nach einer langen Zeit, in der nur der Wind in den Bäumen wisperte: »Nicht, wenn es ganz dunkel ist, verstehst du? Ich kann ihn dann sehen. Manchmal. Calvin und diesen Kurden aus dem Heim und die beiden Frauen.« Sie drehte sich zu Nuri um. »Glaubst du, dass ich verrückt bin?«

»Nein«, sagte Nuri langsam. »Siehst du sie jetzt?«

Cindy schüttelte den Kopf. »Aber ich spüre sie. Vielleicht sitzen sie da drüben auf der Holzeisenbahn und rauchen, also, die beiden Jungs. Die Frauen rauchen nicht, sie gucken mich immer nur an. Sie sind immer an Orten, die was mit Kindern zu tun haben. Spielplätze oder im Hof von einer Kita oder so. Einmal stand ein Kinderwagen vor einer Apotheke, auch im Dunkeln, die Apotheke war gerade am Zumachen, die Mutter von dem Kind war da drin. Da waren die drei auch. Das Kind hat angefangen zu weinen, und da ist die eine Frau hin und hat den Wagen geschaukelt, und es war wieder still.«

Sie ließ sich nach vorne sinken, über den breiten Hals des klobigen Riesenpferdes, und lag einfach so über seinem Hals, müde, verzweifelt. Und da sagte Nuri etwas, das sie selbst erstaunte.

»Sie sind vielleicht wirklich da, um zu verzeihen«, flüsterte sie. »Cindy … Ich sehe ihn auch. Nur Calvin.«

»Ich bin schwanger«, sagte Cindy.

»Wie?«

»Fünfter Monat.«

»Von wem?«

»Was denkst du? Pascal natürlich. Ich … hab echt überlegt, Schluss zu machen. Aber ich will, dass das Kind einen Vater hat. Nicht wie bei mir früher, da gab's nur Streit, bei wem ich wohnen soll und ein ewiges Hin und Her. Oder wie bei Calvin. Ich will, dass mein Kind eine Familie hat wie … du.«

»Oh, Cindy, fuck«, sagte Nuri und hörte Calvin aus sich selbst sprechen.

Und dann half sie Cindy von dem Holzpferd herunter, und den Rest des Weges schob Nuri das Rad.

Sie trennten sich bei der S-Bahn Grünau. Cindy stieg mit ihrem Rad in die erste Bahn. Nuri blieb stehen, um auf die nächste zu warten, es war besser, wenn niemand sie zusammen sah.

Das Letzte, was Cindy sagte, ehe die Türen der Bahn sich schlossen, war: »Können wir mal wieder reden?« Ihre Schminke war verlaufen.

»Ich weiß nicht«, sagte Nuri. »Ich weiß es wirklich nicht.«

Vor dem Heim saß eine kleine Gestalt in der Dunkelheit. Nesrin. Sie sprang auf, als sie Nuri sah, und lief ihr entgegen. »Was ist mit Ridha?«

»Mit Ridha?«, fragte Nuri verwirrt. Sie wollte endlich allein sein, sie wollte auf ihrer Matratze liegen und sich tot stellen und nicht über Ridha nachdenken.

»Er ist dir nach«, sagte Nesrin vorwurfsvoll. »Der Idiot. Zu diesem Treffpunkt. Um dich zu beschützen. Dir ist also nichts passiert?«

»Nein«, sagte Nuri. Dann fluchte sie in allen Sprachen, die sie kannte. Und dann rief sie Nik an.

Eine halbe Stunde später saßen sie zusammen in Andreas Auto, da Nik kein Auto hatte.

Sie fanden Ridha erst Stunden später.

Er saß im Wald auf einem Baumstumpf, unterkühlt und erschöpft und auf einem völlig falschen Weg. Er hatte es nicht geschafft, dem Fahrrad auf dem Rückweg zu folgen, und sich heillos verirrt. Er sagte gar nichts. Nuri nahm ihn in die Arme und schimpfte lautlos abwechselnd auf ihn und auf sich selbst und auf seine Eltern, die nicht einmal gemerkt hatten, dass er nicht nach Hause gekommen war.

Am nächsten Morgen hatte er vierzig Grad Fieber.

Er würde auf der Bühne kein Engel sein.

Calvin hielt die Augen gehorsam geschlossen.

Alte Bilder schlichen sich in seinen Kopf, Bilder von einem anderen Krankenhaus als das, zu dem sie fuhren. Bilder von damals, als Nuri ihn in der Klinik besucht hatte. Manchmal wünschte er, er hätte die schönen Dinge vergessen können, weil die Erinnerung zu schmerzhaft war. In diesem Krankenhaus würde ihn niemand besuchen.

Die Patienten, die unter Bewachung stehen, werden am Bett fixiert.

Und was machen sie dort mit dir? Wenn Khattab nicht da ist?

Vielleicht befragen sie dich nur weiter, auf andere Weise, und willst du es wirklich wissen?

Der Wagen hielt ganz plötzlich.

Sie befanden sich auf einer der Ausfallstraßen, die Klinik schien weiter draußen zu liegen, und der Halt war offenbar nicht geplant. Etwas war falsch. Calvin blinzelte. Vor ihnen war die Straße in Aufruhr, etwas brannte dort, Leute rannten hin und her, gestikulierend, schreiend. Er spürte die Anspannung im Wagen, Khattab hatte die Hand an der Tür. Angstgriff. Der ISIS-Mann neben ihm nahm seine Hand weg, bellte einen kurzen Befehl. Die Tür würde sich von innen ohnehin nicht öffnen lassen. Und im nächsten Moment schoss der Wagen mit einem Jaulen vorwärts, haarscharf an zwei Männern vorbei, die ausgestiegen waren, brach von der Straße aufs Feld aus, holperte über Büsche und Erdschollen.

Die Räder drehten durch, griffen schließlich doch, der Motor heulte wieder auf, Calvin sah jetzt, was brannte, die Flammen schlugen aus einem umgekippten Bus, der mitten auf der Straße lag. Sie waren unnatürlich hellgelb, und er erinnerte sich an eines der verlorenen Worte: *golden.*

Es war die Farbe ihres Haares.

Er sah, dass sie versuchten, irgendwelche Leute aus dem Bus zu retten. Vielleicht war dies ein Anschlag auf den Bus gewesen. Warum? Von wem?

Schüsse, Explosionen. Woher?

Der Wagen raste noch immer querfeldein, die Männer schrien sich jetzt an, was nichts zu bedeuten hatte, da sie sich offenbar immer anschrien, aber vielleicht bedeutete es doch etwas, sie kamen nicht weiter, da waren irgendwelche Ruinen, der Fahrer lenkte den Wagen zurück in Richtung Straße, um einen Weg näher beim Chaos zu suchen. Es gab keinen Weg. Warum hielt der Mann nicht an? Ein anderer Wagen näherte sich von der Seite, der Fahrer war wahnsinnig, warum verdammt hielt er nicht, die Gebetskette vorn am Spiegel tanzte wild, und Calvin hörte das Krachen von Metall und das Splittern von Glas, ehe es überhaupt da war.

Dann lag der Wagen auf der Seite, ein scharfer Schmerz schoss durch Calvins Arm, er befand sich ganz unten, nur das eingedrückte Fenster unter sich, an seiner Wange harte, kalte Splitter, Flüche und mehr Schüsse in der Luft.

Er wusste nicht, was los war. Warum hier gekämpft wurde. Warum sie versucht hatten, zu einer Klinik zu fahren, zu der der Weg nicht sicher war. Warum irgendetwas irgendwie war. Er konnte sich nicht rühren, er war zwischen Teilen des Wagens eingeklemmt.

Er schloss die Augen wieder. Er war sehr müde.

Das kühle Splitterglas an seiner Wange war wie ein Kissen.

Aber da war die Stimme des Arztes, die ihn nicht schlafen ließ, sie zischte, fauchte, böse beinahe: »Das ist deine Chance! Beweg dich, verdammt! Mach die Augen auf!«

Er gehorchte, widerwillig. Khattabs Gesicht hing irgendwo über ihm zwischen Lärm, Durcheinander und einem erstaunlich blassblauen Himmel. Er riss an Calvins eingeklemmtem Arm, befreite ihn, zog Calvin hoch. Und er merkte, dass es ging. Er konnte aus dem zerstörten Auto kriechen. Es war nur so bequem gewesen, zu denken, es ginge nicht. Zu denken, alles wäre zu Ende.

Die Männer, die mit im Wagen gewesen waren, waren schon hinausgeklettert, er sah einen von ihnen direkt auf die Flammen zurennen, die von dem Bus auf andere Fahrzeuge übergriffen.

Er sah ihn auf halber Strecke knien und schießen, worauf auch immer.

Er wusste nicht, wo die anderen beiden Männer waren.

»Ich muss sehen, ob ich helfen kann«, sagte Khattab. »Duck dich jetzt und renn! Der Bus nach Norden, hast du gesagt. Das war der Bus nach Norden.« Er lachte, stand vor dem Hintergrund aus Feuer über Calvin und lachte. Eines seiner dicken Brillengläser war bei dem Zusammenstoß der Autos zersplittert. »Zwei Meilen von hier ist der erste Halt außerhalb der Stadt. Eine Kreuzung, die siehst du. Irgendwann gibt es wieder einen Bus, das ist die Straße. Lauf! Lauf!«

Und Calvin stand auf und lief, während der Arzt in die andere Richtung lief, auf das Wrack des Busses zu.

Ärzte laufen immer in die andere Richtung.

Später erfuhr Calvin, dass die siebzehnte Division einen Ausfall gemacht hatte oder angegriffen worden war und daraufhin den Bus beschossen hatte. Vielleicht war der Bus überhaupt nur ein Kollateralschaden. Die siebzehnte Division: der letzte Rest von Assads Armee, die seit Monaten die Stellung in einem Außenbezirk von ar-Raqqa hielt, eingekesselt. Ein halbes Jahr nach dem brennenden Bus tilgte ISIS auch sie.

Der Großteil der Regierungssoldaten starb an Wundfäule und Unterernährung.

Was Calvin niemals erfuhr, war, dass sich unter den Soldaten ein Mann befand, dessen Ehefrau den Namen Mariam trug und in der Türkei ein kleines Kind zur Welt gebracht hatte. Er dachte im letzten Moment an einen Tag im Park, unter den hohen Palmen von Damaskus, als seine Nichte die Hände auf den Bauch seiner Frau gelegt und ihnen gesagt hatte, was sie tun mussten, um das Kind zu retten. Nura, die die Schatten sah. Nura, die mit den Demonstranten gegangen war. Nura, die sie in die Keller geholt hatten, die Verräterin. Sie und ihre Brüder hätten zu den Assad-Treuen zählen sollen. Mariam hatte sie nie gemocht. Er selbst hatte Mariams Angst vor Nuras Unerklärlichkeit geerbt, aber in jenem letzten Moment, ehe er aufhörte zu existieren, dachte er an sie.

Und er dachte etwas Merkwürdiges. Er dachte: Verzeih mir.

Zwei Meilen.

Calvin wanderte zwischen den Häusern und den Ruinen der Außenbezirke Raqqas nach Norden, und niemand hielt ihn diesmal auf. Dann kamen wieder trockene Felder, und dann fand er die Kreuzung.

Es gab nichts dort, nur zwei gerade Straßen im flachen, staubigen Land. In der Ferne erhoben sich blau die Berge, hinter denen die Türkei begann. Die Ferne war – noch – unerreichbar.

Erst jetzt merkte er, dass er einen von Kamals Turnschuhen verloren hatte. Er machte zum ersten Mal halt und sah sich den Schuh an, der ihm geblieben war. Es steckte tatsächlich noch immer etwas unter der Sohle: der Pass und das Handy. Und das Handy war ausreichend gepolstert, es war heil geblieben, unglaublich, aber wahr. Es war also der Schuh mit dem Geld gewesen, den er verloren hatte. Er besaß keinen Cent mehr, keinen Piaster, um über irgendeine Grenze zu kommen.

Er setzte sich an der Kreuzung unter einen schäbigen Baum, ein kleiner, zerzauster, ihm sympathischer Baum. Daneben lag ein Haufen Plastikmüll, den der Wind nach und nach davontrug. Calvin saß lange so und atmete die Luft, die nach verbranntem Kunststoff roch. Sie roch besser als irgendwo sonst auf der Welt.

Er war frei. Für den Moment.

Er war, dachte er, wie ein Tier, vielleicht fingen sie ihn wieder ein, vielleicht würde ihn jemand in das nächste Auto zerren.

Es ist egal, sagte er zu sich selbst. Es ist jetzt schön, frei zu sein, und es ist egal, wann es zu Ende geht. Es ist egal, weil Nuri nicht mehr lebt. Ich spiele dieses Spiel so lange weiter, bis auf dem Display *Game Over* erscheint, dann bin ich, wo sie ist.

Nach einer Stunde Stille erinnerte er sich an das Wort *grün*. Und nach und nach kamen auch die anderen Wörter wieder. Aber es wurde Abend, bis er die Sätze des Arztes geordnet hatte, die in so kurzer Abfolge auf ihn eingeregnet waren. Als es dämmerte, erinnerte er sich an Khattabs vielleicht wichtigste Worte:

Sie hätten sie hergeholt. Aber ihr Ehemann ist einer von den hohen Tieren. Er wird selbst sehen, dass sie die Strafe erhält, die sie verdient.

Und dann war da der Satz, der ihn zu Boden rang wie ein unsichtbarer Gegner:

Du wirst sie nie wiedersehen.

Die leere Ebene vervielfältigte den Satz zu tausend unhörbaren Echos, und er hielt sich die Ohren zu. *Nie. Du wirst sie nie wiedersehen.* Er war umsonst gekommen, nicht nur nach ar-Raqqa. Dschinan war vielleicht nicht tot, doch sie war für immer verloren, allein, im Gefängnis einer Wohnung im vierten Stock.

Er hasste die neugierige Nachbarin, die sie verraten hatte, jetzt endlich kam er dazu, zu hassen, doch er hasste sich selbst mehr. Warum war er so dumm gewesen, noch einmal in ihre Straße zurückzukehren, statt am Terminal zu warten?

Der Muezzin rief von ferne, die Nacht fiel auf das Land, die Sterne kletterten am Himmel herum wie Insekten. Es war schon wieder zu kalt, und nur der kleine, zerzauste Baum schützte Calvin vor dem Wind.

War der Dezember schon vorüber? Hatten sie zu Hause in der winzigen Wohnung im Plattenbauviertel schon Weihnachten gefeiert?

Die Nacht hob sich, und wieder rief der Muezzin. Ein magerer Hund lief die Straße entlang. Auf der anderen Seite, jenseits der Kreuzung, lag ein Stapel zerfetzter Autoreifen. Zwei Sandsäcke. Vielleicht war dies einmal ein Checkpoint gewesen.

In der Ferne erwachte die Großstadt zu einem neuen Tag voller Regeln und Gesetze und Strafen im Namen Allahs.

Der Hund sprang auf den Reifenstapel, bellte, wedelte. Sprang auf der anderen Seite hinunter und war verschwunden. Vielleicht gab es dort etwas zu essen. Abfall, der nicht nur aus Plastiktüten bestand. Calvin war bereit, mit dem Hund darum zu kämpfen.

Er stand auf und ging langsam über die Kreuzung, um die Reifen herum.

Dort saß jemand auf dem Boden, jemand, der einen Brotfladen mit dem Hund teilte. Eine Frau in einer sehr staubigen, sehr dreckigen Burka. Sie hatte die Kapuze und den Gesichtsschleier zurückgeschlagen. Das Gesicht unter den verfilzten Haaren war verquollen und trug an einer Seite einen handtellergroßen Bluterguss wie eine rot-blaue Blume. Die grünen Augen jedoch waren noch immer grün.

Calvin stand einen Moment nur da, ganz still, und sah dieses Gesicht an, und es war das schönste, was er je gesehen hatte. »Dschinan«, sagte er.

»Ist der Bus schon da?«, fragte sie heiser, obwohl man sehr gut sah, dass kein Bus da war. Dann sagte sie mehr, Dinge, die er nicht verstand. Vielleicht: »Ich dachte, es ist praktischer, hier zu warten. Vor der Stadt. Es ergab sich so.«

»Wie lange …« Er konnte es. Er hatte genug Worte. Arabische. Es musste nicht korrekt sein.

»Wie lange bist du … hier?«

»Seit gestern«, antwortete sie und stand auf.

Tausend Fragen brannten auf seiner Zunge. Wieso bist du gerade hier? Wie bist du aus der Wohnung gekommen? Was hat er mit dir gemacht? Dachtest du denn, dass ich komme? Sie haben dir doch gesagt, wo ich war … oder nicht?

»Wir haben zwei Wochen Verspätung«, sagte er stattdessen auf Deutsch. »Beide. Kaum der Rede wert.« Er dachte an seine Rippen wie ein alter Mann. Er fragte sich, welche Verletzungen Dschinan unter Staub und Dreck und dem schwarzen Stoff der Burka verbarg. Und er kniete sich hin und nahm sie, sehr vorsichtig, in die Arme.

Internetsuche:

- » *al-Aqrab Folter*
- » *Zwangsehe IS*
- » *Völkische Mutterfrauen*

10.

In den Wirren des Bürgerkrieges kaum beachtet, haben Kurden eine Region unter ihrer Kontrolle für autonom erklärt. (…) Für die gesamte Verwaltung ist eine Frauenquote von 40 Prozent vorgegeben – das ist nicht nur einzigartig im Nahen Osten. In den Gerichten von Rojava können Christen auf die Bibel, die Muslime auf den Koran schwören.

(Aus »Traurige Gewinner« von Onur Burçak Belli, Zeit online, 27. März 2014)

Deutsche Weihnachtslieder

Original von 1895:
Bald ist Heilige Nacht,
Chor der Engel erwacht,
hört nur, wie lieblich es schallt,
freue dich, Christkind kommt bald!

Umdichtung von 1943:
Sonne steiget empor,
Kraft und Einheit drängt vor,
Glauben an Deutschland erwacht,
Bricht durch die dunkele Nacht.

(Aus Wikipedia, Nationalsozialistischer Weihnachtskult)

Nuri hatte irgendwo in der Zeitung gelesen, dass Dinge an Weihnachten *im Lichterglanz erstrahlten*. Das war es, was die Bühne tat.

Das glitzernde Blau der Sperrholzwände spiegelte das Licht der Scheinwerfer wider, die Plastiktanne in der Bühnenmitte war schöner als jede echte Tanne und die Watteschneeflocken weißer, als echter Schnee jemals sein konnte. Draußen regnete es. Die Kinder waren so nervös, dass keines von ihnen still sitzen konnte, sie hüpften hinter den Kulissen auf und ab und flüsterten und versuchten, durch die Ritzen einen Blick auf ihr Publikum zu erhaschen.

Irgendwo da draußen saßen auch Nuris Eltern, sie waren vermutlich genauso aufgeregt wie die Kinder. Nuri lächelte, wenn sie daran dachte. Es würde Ummi guttun, einmal etwas anderes zu sehen als ihre eigenen Bilder, ihr und allen anderen Müttern und Vätern aus dem Heim. Sie saßen neben den deutschen Eltern, und natürlich war die Stimmung angespannt, vielleicht vor allem dadurch, dass sich alle solche Mühe gaben, entspannt zu wirken.

Nuri sah noch immer Ridhas fiebriges Gesicht vor sich. Er hatte so gerne ein Engel sein wollen, ein rächender, alle besiegender, weltrettender Star-Wars-Engel.

Jetzt, jetzt begann die Musik. Andrea hatte die Anlage eingeschaltet, Schneeflockenkinder und Schlittenkinder tanzten über die Bühne, und Nuri versuchte, sich aufs Soufflieren zu konzentrieren.

Sie sah die Kinder den Baum schmücken und dachte an Cindy auf dem Holzpferd. Sie sah die grünen Stabpuppenmonster lauern und dachte an die Glut des Feuers im Wald.

Sie sah, wie die Schauspieler sich am Rand der Bühne schlafen legten und die Monsterpuppen aus ihren Bäuchen herauswuchsen und dachte an Pascal, den Vater von Cindys Kind.

Sie sah die Monster die Winterkönigin Nesrin entführen, sah Monster-Eslem und Monster-Farouk kichern und dachte an die Turnhalle mit dem Sonnwendkranz.

Sie sah auch die Geburt der Engel: die Keksklauerin und ihre deutsche Freundin saßen auf der Bühne und ließen die Engel durch ihre beschwörenden Handbewegungen aus dem Boden wachsen. Aber an diesem Tag war es nur ein Engel. Thore. Sein Haar glänzte rotgolden, seine Flügel waren weiß wie der Watteschnee. Der zweite Engel lag in einem Zimmer mit kahlen Wänden im Asylbewerberheim und fieberte. Seine braun gefleckten Flügel hatten sie als Dekoration ins Foyer gestellt. Sie würden nie benutzt werden.

Jetzt, dachte Nuri, jetzt musste der Engel die Monster besiegen. Sie sah ihn über die Bühne schweben, Rolf hatte es lange mit ihm geübt.

»Schweben ist was für Ballettmädchen«, hatte Thore gesagt. »Und für Schwule.«

»Oh nein«, hatte Rolf gesagt, »Schweben ist wie Anschleichen. Das tun Krieger auch, Thore. Sie schleichen sich an den Feind an.«

Nuri sah, wie Thore auf die grünen Monster zuglitt, die den Christbaum umgekehrt in den Ständer gesteckt und die Winterkönigin an einen Stuhl daneben gefesselt hatten.

Sie sah Nesrin an, würdevoll und reglos, und auf einmal sah sie Calvins verzerrtes Gesicht aus ihrer Vision. Auf dem Stuhl saß nicht mehr Nesrin, dort saß er, und …

Und sie wandte ihren Blick und starrte ins Publikum, dies war nur Einbildung. Da bemerkte sie im Publikum zwei Dinge. Erstens Thores Mutter, die ganz vorne saß, neben sich Cindy.

Cindy hier.

Zweitens sah sie, dass am Rand der Halle ein paar Leute an der Wand lehnten. Einer von ihnen kletterte jetzt auf einen freien Stuhl. Es war Louis.

»Hey!«, schrie er laut in die gespannte Theaterstille. »Ich glaube, die Winterkönigin weiß gar nicht, was Weihnachten ist! Die kann doch kein Wort Deutsch!«

Die Leute drehten die Köpfe. Niemand sah mehr zur Bühne hin, sie sahen alle Louis an. Auf seinem strahlend weißen, engelweißen Pullover glänzte ein großes eisernes Kreuz, gedruckt in Gold. Es passte perfekt zum Stück.

Die anderen, die an der Wand lehnten, waren älter, vielleicht so alt wie Nuri. Es waren vier, doch sie sahen aus wie mehr, eine undefinierbare Masse von Menschen in Schwarz mit heller, altdeutscher Schrift auf ihren Ärmeln. Sie murrten und murmelten, seltsam, dumpf, bedrohlich.

»Meine Oma hat kein Geld, um sich was zu essen zu kaufen, aber für die Ausländer gibt's Geld, damit sie Theater spielen können!«, schrie Louis. Dies war sein persönlicher Starauftritt, sorgfältig einstudiert.

»Und die deutschen Kinder werden aus den Gruppen rausgedrängt!«, rief einer der anderen.

»Genau!«, schrie Louis. »Ich war da auch mal dabei, nur, wenn du da ein Wort sagst, Kritik wegen den Ausländern, dann biste sofort weg vom Fenster!«

»Wir fordern Meinungsfreiheit für Deutsche!«, rief einer der Jungs.

»Mei-nungs-frei-heit!«, skandierten die anderen.

Dann kletterte Louis von seinem Stuhl, zwei der Jungs hoben ihn hoch und trugen ihn nach vorne, den Helden des Aufstands.

»Thore!«, schrie er. »Komm runter da! Wir wissen, du bist geblieben, um den Kanaken das Feld nicht zu überlassen, aber guck dich mal an! Was die mit dir gemacht haben! Komm runter da und zieh den Engelsscheiß aus!«

Thore stand ganz starr. Jemand hatte die Musik ausgemacht. Wahrscheinlich Rolf. Er stand auf der anderen Seite der Kulissen und sah zu, was geschah. Verdammt, warum tat er nichts? Warum tat niemand etwas?

Sie war aufgestanden, ihr Souffliertext war zu Boden geglitten, sinnlos geworden. Sie machte einen Schritt nach vorn, in eine der Lücken zwischen den blau glitzernden Holzplatten.

Thore und Louis standen sich jetzt genau gegenüber, Thore auf der Bühne, Louis in der Luft, gehalten von den starken Armen seiner schwarzen Träger. Louis streckte eine Hand aus. »Komm!«

Aber Thore kam nicht. Es war, als könnte er sich nicht bewegen.

Seine Mutter war ebenfalls aufgestanden, aber auch sie tat nichts. Etwas hatte sie alle eingefroren, hatte sie in unsichtbare Fesseln gelegt wie die Winterkönigin.

Nuri sah zu Nik hinüber, der neben Rolf stand.

In seinen Augen stand die sanfte Enttäuschung eines Lebens voller Versuche der Verwandlung.

Sie würden immer Fremde bleiben in diesem Land. Egal, wie positiv alles aussehen mochte, irgendwann kam der Rückschlag. Dies war das Leben, das vor Nuri lag, sie sah es in Niks Augen: ein Leben voller Rückschläge.

Die Monster waren zurückgewichen, nur Eslem und die afghanische Keksklauerin standen noch bei Nesrin, der gefesselten Winterkönigin auf dem Stuhl. Die anderen Monster waren alle Deutsche.

Dann löste sich die Starre, die Eingefrorenheit.

Das größte deutsche Mädchen ging nach vorne, auf Louis und Thore zu. Die Übrigen folgten, eine Gruppe grün angezogener Kinder mit Stabpuppen, eine Einheit. Sie würden von der Bühne klettern, zu Louis, Nuri wusste es, ehe es geschah.

Das Stück war zu Ende.

Das größte Mädchen streckte Louis ihr Stabpuppenmonster entgegen. Aber dann schrie es aus voller Kehle: »*Hau ab!*« So laut, dass Nuri zusammenzuckte. Und sie merkte, dass sie grinste.

Hau ab?

»Hau ab!«, schrien alle kleineren grünen Monster.

»Thore, komm mit«, sagte Louis im Befehlston.

Da geschah noch etwas Unerwartetes. Die Tür des Saales flog auf, und ein zweiter Engel erschien hinter dem Publikum. Man konnte es nicht anders sagen, er *erschien*, er war auf einmal da, und in den erhobenen Händen hielt er einen Kerzenleuchter aus dem Foyer mit vier brennenden roten Kerzen. Wenn man sein Gesicht ansah, wusste man, dass es eigentlich ein Laserschwert aus Star Wars war.

Der Engel hatte braun gesprenkelte Flügel, und das Fieber färbte seine Wangen rot wie Weihnachtsäpfel.

Hinter ihm stand jemand im Schatten – der, der ihn hergebracht hatte. Imad.

Ridha sprang jetzt auf einen Stuhl in der letzten Reihe, was die Kerzen zum Flackern und Tropfen brachte, und brüllte: »Hey! Wenn du was willst, komm und kämpfe mich! Ich bin die Rächer von Unterdrückte!«

Ein paar Leute im Publikum lachten, aber die meisten wagten es nicht.

Niemand war sich sicher, was hier geschah, niemand außer Ridha selbst. Er kletterte von Stuhl zu Stuhl, stieg über Leute, das heiße Wachs tropfte noch immer, es rann an den Kerzen hinunter, auf die Hände des Engels, der keine Miene verzog. Niemand hielt den Rächer auf.

Und jetzt war er in der ersten Reihe, einer der Väter sprang auf, um sein Jackett vor dem heißen Wachs zu retten, der Engel richtete sich auf dem freien Stuhl zu seiner vollen Größe auf, schien seine Flügel zu recken – hob den Kerzenständer über seinen Kopf.

»Kommst nicht, Feigling, komme ich zu dir!«, rief er. »Kämpf, wenn du ein kleines Mut hast!«

Louis sprang von den Händen seiner Träger, um einen besseren Stand auf dem Fußboden zu haben, behände, gelenkig.

»Komm runter da, du Ratte!«, fauchte er. Da sprang auch Ridha, sprang samt flackernder Flammen vom Stuhl, und sie begannen, sich vor der Bühne zu umkreisen wie Raubtiere: Louis mit zu Fäusten geballten Händen, Ridha mit seinem Kerzenschwert.

Es sah aus wie ein seltsamer Tanz.

Bis einer der größeren Jungs, die Louis getragen hatten, einen Schritt nach vorn machte und Ridha packte. Der andere griff ebenfalls nach ihm, sie waren zu stark für Ridha, zu stark auch für einen Engel, und die anderen schwarz gekleideten Jungen standen jetzt bei ihnen. Vier gegen einen. Sie hoben den Engel hoch, sie grinsten … Nuri hielt die Luft an.

Da flog jemand von der Bühne. Der zweite Engel. Und der zweite Engel ging auf die Jungs in den schwarzen Pullovern los. »Lasst ihn los!«, rief er.

»Lasst ihn los!«, schrien die Monster.

»Ich gebiete, dass ihr ihn loslasst!«, rief die Winterkönigin beinahe akzentfrei.

Der gefangene braune Engel wand sich, der weiße Engel packte einen der Jungs am Bein und zog, um ihn aus dem Gleichgewicht zu bringen, und die ganze Sache geriet ins Wanken, Wachs spritzte durch die Luft.

»Da habt ihr euren kleinen Kanakenengel!«, sagte einer der Jungs, und dann ließen sie den Engel in die Tiefe stürzen, und er wäre auf der Bühnenkante aufgeschlagen, aber der weiße Engel und das größte Monster fingen ihn auf und stellten ihn auf die Beine. Zwei der Kerzen waren erloschen.

Zwei brannten noch.

Und jetzt war der rächende Engel wirklich wütend. Er begann, mit dem Feuer in seiner Hand zu fuchteln, wild und unvernünftig, in Louis' Richtung.

»Du bist ja wahnsinnig!«, schrie Louis und machte einen Schritt rückwärts. »Total wahnsinnig!«

»Raus!«, schrie der Engel. »Raus hier! Sonst ich zünde alle an! Alle!«

Die Monster sprangen von der Bühne und stellten sich hinter ihm auf, und da begann auch die schwarze Masse der älteren Jungs, sich rückwärtszubewegen, langsam, seitlich, am Publikum vorbei, weiter und weiter … Die Engel und die Monster verfolgten sie bis nach hinten, zur Tür des Saals. Es sah aus wie eine einstudierte Choreografie.

Dann fiel die Tür hinter den Angreifern zu, und Imad, der dort gestanden hatte, hob den wachsübergossenen Engel hoch, um ihn zurück zur Bühne zu tragen.

Dort stellte er ihn ab. Und die anderen Schauspieler kletterten ebenfalls hinauf, um endlich, endlich die Winterkönigin zu befreien.

Die letzten Sätze des Stücks gingen unter in einem tosenden, ohrenbetäubenden Applaus.

Nuri sah, wie Rolf von der Bühne kletterte und durch den Saal rannte. Er kam mit Louis zurück, zerrte ihn mit sich auf die Bühne, und die Leute klatschten jetzt auch für Louis, in überschäumender Begeisterung, erleichtert, dass die Unterbrechung einstudiert gewesen war, kein Grund zur Beunruhigung, nur ein weiterer symbolischer Akt im Stück.

Nuri atmete tief durch. Sie liebte das Publikum. Sie liebte den Tag. Sie liebte Ridha. Ihre Knie waren weich vor ausgestandener Angst.

»Gigantisch!«, rief jemand. »Unglaublich!«, ein zweiter. »Mumtaz!«, ein dritter.

Nuri trat zusammen mit den anderen Erwachsenen auf die Bühne und umarmte den schmutzigen Engel. »Du gehörst ins Bett«, flüsterte sie.

»Ich war der Rächer«, sagte der Engel. »Ich war der Held. Ich war *cool.*«

Seine Hände waren voller Wachs. Thore stand neben ihm und

sah aus, als wäre ihm das alles furchtbar peinlich. Oder als würde ihm langsam klar, was er da getan hatte.

Er hatte sich gegen seine eigenen Leute gestellt.

Doch als Ridha ihn anlächelte und »Danke« sagte, lächelte er zurück.

Nuri drückte Niks Hand und wisperte: »Frohe Weihnachten«, und Nik flüsterte: »Aber es ist nicht Weihnachten. Weihnachten ist in vier Tagen.«

»Wie kann man so an einem Datum hängen!«, sagte Nuri und lachte. »Mein Weihnachten ist genau jetzt.«

Und sie küsste ihn ganz schnell auf die Wange. Dann küsste sie Andrea, die neben ihm stand, und dann ließ sie sie beide stehen, um Rolf mit dem Abbauen zu helfen.

Es war fast leer im Saal, als Nuri die letzte Sperrholzwand wegtrug. Ihre Eltern warteten draußen, sie sah sie durch die offene Tür, aber zwischen den leeren Stühlen stand noch jemand.

Cindy.

Sie sah aus, als wäre ihr das Ganze peinlich, genau wie Thore. Nuri blieb neben ihr stehen und setzte die blaue Glitzerwand auf dem Boden ab. »Hallo.«

»Hallo«, sagte Cindy. »War schön.«

»Kriegt er Ärger?«, fragte Nuri. »Ich meine: Thore?«

»Denke schon«, sagte Cindy.

»Mit seiner Mutter?«

Cindy schüttelte den Kopf. »Sonja? Nein. Sonja hat geklatscht, hast du das nicht gesehen? Sie hat gesagt, er war ein guter Engel. Er wollte am Anfang gar nicht beim Theater bleiben, als Louis weg ist. Sonja hat gesagt, irgendeiner muss bleiben.«

»Aber dass Thore sich mit Ridha anfreundet, war nicht ihr Ziel.« Nuri lachte.

»Reader?«

»Ridha. So heißt der andere Engel. Er kommt aus meinem Land.«

Cindy nickte. »Nuri, ich … Wegen gestern Abend. Ich wollte sagen …« Sie griff in ihre Handtasche und holte etwas heraus. »Frohe Weihnachten.«

Nuri nahm das Päckchen, es war sorgfältig in rosa Seidenpapier gewickelt. Sie hielt es ans Ohr und versuchte zu grinsen. »Zeitbombe?«

Aber Cindy sah sie nur verständnislos an. »Weihnachten ist in vier Tagen«, sagte Nuri leise.

»Mach's eben dann auf«, sagte Cindy, drehte sich ganz plötzlich um und ging, als müsste sie vor etwas fliehen.

Als sie sich vor der Tür verabschiedeten, sagte Rolf, an diesem Tag sei nichts geklaut worden.

Stattdessen hätte jemand unbemerkt eine Handvoll Schoko-Goldmünzen von Aldi in die Kasse gelegt. Als wollte er etwas zurückzahlen.

Nuri vergaß Weihnachten. Sie öffnete das Päckchen einen Tag zu spät.

Es enthielt zwei winzige gestrickte Socken in Gelbbraun und einen Zettel.

Ich mache zu viele socken für das Baby, hatte Cindy geschrieben. *ich denk irgendwann in deim leben kriegst du auch ein kind. wenn du wieder zu hause bist in deinem land und geheirat hast. aber studier vorher was. OK? Calvin hätte das auch gesagt.*

Sie wanderten zwei Tage lang nach Norden.

Zwei Tage der Trockenheit, der Kälte und der Angst. Wenn ein Fahrzeug sich näherte, verließen sie die Straße, duckten sich, immer in der Hoffnung, es wäre doch der Bus und sie könnten wieder aufspringen und hinlaufen. Aber die Furcht, es könnte ein Fahrzeug des ISIS oder des Militärs sein, war größer. Dschinan hatte eine Plastikflasche mit Wasser in ihrem Beutel, einen Liter Flüssigkeit, der sie rettete. Einmal fanden sie einen Brunnen mit einer Pumpe, um die Flasche aufzufüllen, ein Wunder im kahlen Land.

Calvin hatte den verbliebenen Turnschuh ausgezogen, er trug ihn und wanderte barfuß. Das Handy befand sich noch immer in der zugeklebten Lasche.

In der Ferne lagen die Berge unter einer fahlen Sonne, die nicht mehr wärmte.

Nachts kauerten Calvin und Dschinan sich eng aneinander, um sich zu wärmen, obwohl das natürlich unmöglich war in einem Land wie diesem, keine Frau darf je einem Fremden so nahe sein. Aber waren sie sich denn fremd? In manchen Sekunden fühlte es sich nicht so an.

Und dann kam ein Bus, wirklich, ein Bus, ein ganz gewöhnlicher Bus, er fuhr die Straße entlang, als hätte nie ein Bus bei ar-Raqqa gebrannt, als wäre dort auf der nördlichen Ausfallstraße nie geschossen worden, der Alltag war wieder eingekehrt. Der Bus war überfüllt, das Gepäck stapelte sich auf dem Dach, da war Musik, zu laute Musik aus dem Radio. Bremsen kreischten.

Der Busfahrer sah schon von ferne, dass am Straßenrand zwei Menschen standen: ein junger Mann und eine verschleierte Frau. Der Mann hob den Arm, um den Bus anzuhalten, die Frau umklammerte ein Bündel, und der Fahrer dachte, dass dies doch kläglich wenig Reisegepäck war für zwei, die im Nichts an einer geraden Straße warteten und offenbar einen weiten Weg hinter sich hatten – und noch einen weiteren vor sich.

Die Frau suchte ein paar Münzen aus einer Falte ihrer Burka und zählte sie sehr sorgfältig in die Hand des Kontrolleurs. Der Fahrer beobachtete es im Rückspiegel. Er wusste nicht, wohin sie wollten.

Er sah, dass die Münzen nicht reichen würden, sah, wie die Frau mit dem Kontrolleur diskutierte und dachte, dass das seltsam war, die Frau sprach und der Mann schwieg, aber vielleicht konnte er nicht sprechen, vielleicht war er nicht gesund, irgendetwas war passiert, jedem passierte irgendetwas dieser Tage.

Und tatsächlich, dies war das Gerücht, dass den Fahrer später erreichte, das Gerücht, das sich im Bus verbreitete: Die beiden befanden sich auf dem Weg in die Türkei, da der Mann eine Operation brauchte. Seine Frau begleitete ihn. Arme Leute, sie hatten sich die Kosten für das Krankenhaus vom Munde abgespart.

»Lass sie bleiben«, sagte der Fahrer zum Kontrolleur.

»Wir sind auch arme Leute«, sagte der Kontrolleur. »Ich habe sieben Kinder.«

»Aber sie sind nicht krank«, sagte der Busfahrer, »sie können alle sprechen.«

»Ich wünschte, sie könnten es nicht«, sagte der Kontrolleur, »sie schreien den ganzen Tag nach Essen wie Vögel in ihrem Nest.«

»Schau«, sagte der Busfahrer. »Sie schlafen, die beiden. Sie müssen sehr lange gewandert sein.«

Der Mann und die Frau standen im Gedränge, die Augen geschlossen, er hielt sie fest, sodass sie nicht fiel in ihrem Schlaf, aber der Mann schlief nicht wirklich, ruhte nur leise aus hinter seinen geschlossenen Lidern. Als er sie öffnete, war sein Blick in die Ferne gerichtet. Seine Augen waren klar und grün wie die Seen in den Bergen, sehnsuchtsvoll und zugleich verbissen, er musste diese Berge erreichen und wusste doch, dass er es nicht schaffen würde, er trug in seinen Augen den Tod.

Der Busfahrer schauderte, er hatte nie solche Augen gesehen. Und nie solches Haar wie das der schlafenden jungen Frau, das sich aus einer Stofffalte des zerrissenen, schwarzen Schleiers wand, es war von einem dunklen Gold, das die Straße zum Leuchten brachte.

Als könnte die Farbe einer Strähne Haar aus dem Bus entfliehen, als hätte sie sich als Staub auf die Fahrbahn gelegt und zeigte ihm den Weg wie etwas Neues.

Die Geschichte dieser beiden wog schwerer als das Gerücht einer Operation, es war dem Busfahrer auf merkwürdige Weise klar.

»Sie bleiben«, sagte er. »Ich zähle zwölf, wenn ich meine Kinder zähle, und ich bin so weit entfernt von Reichtum wie du. Aber sie bleiben.«

Und dann die Kontrollen.

Baracken an der Straße, Sperren aus Holzlatten und Ölfässern, Soldaten. Nicht zittern, ruhig bleiben. Alle aussteigen!

Calvin löste den Kleber an der Lasche des Schuhs mit den Fingernägeln, kurz vor dem ersten Halt. Ein paar Kinder hatten sich um ihn geschart und sahen ihm dabei zu, das Spiel war neu für sie.

Der erste Posten war ein Mann vom Daisch. Calvin sah auf seine eigene Hand herab, die Kamals Pass hielt, und erwartete, dass sie zittern würde. Doch die Hand war ruhig. Sie gehörte auch gar nicht zu ihm, er spürte sie nicht, sein ganzer Körper war nur ein lebloser, fremdbewegter Gegenstand. Er selbst zog sich tief in sein Inneres zurück, sah durch seine Augen hinaus und beobachtete. Dschinan hielt die zerrissene Burka mit einer Hand zusammengerafft und den Blick zu Boden gerichtet.

Ob sie seine Frau wäre? Ja, natürlich. Sie antwortete nur leise.

Ob sie keinen eigenen Pass besäße? Nein, natürlich nicht. Sie war doch mit ihrem Mann unterwegs, wozu …

Der Soldat sah Kamals Bild auf dem Pass an. Sah Calvin an, der die Kufiya wieder über den Haaren trug. Er konnte es nicht glauben, sie sahen sich kein bisschen ähnlich, Kamal und er, auch, wenn man die Haare nicht sah. Der Soldat gab den Pass zurück und wandte sich dem Nächsten zu.

Der zweite Posten war einer der syrischen Armee, Soldaten in grünem Tarnfleck und roten Kappen.

Sie wirkten müde und angespannt, der, der die Papiere kontrollierte, hatte Augenringe.

Der dritte Posten erwartete sie am Fuß der Berge.

Sie waren schon beinahe da. Dort oben zwischen den Gipfeln und Kämmen lag, unsichtbar und überlebenswichtig, die Grenze zur Türkei.

Dieser Kontrollposten war anders. Die Person in der kugelsicheren Weste, die den Fahrer an den Straßenrand winkte, war eine Frau. Eine Frau mit braunen Haaren und Pferdeschwanz, unverschleiert. Sie trug Waffe und Uniform wie die beiden Männer an ihrer Seite, schwarze Stiefel, ein aufgenähtes Schild mit ihrem Namen auf der Brust.

Auf dem letzten Abschnitt der Fahrt war auch Calvin eingenickt, auf dem Boden zwischen den Leuten sitzend, und nun, als er ins Freie taumelte, schmeckte die Luft anders. Es war dunkel geworden, und die Dunkelheit war die der Berge.

Es gab eine Außenlampe am Holzhäuschen des Kontrollpostens, in deren Licht die Soldatin mit dem Busfahrer verhandelte, der Rest der Umgebung versank schwarz in den Schatten. Der Posten an sich wirkte organisierter, statischer, länger am Ort, er besaß sogar eine rot und weiß gestrichene Schranke, die sich heben und senken ließ. Die anderen Posten, dachte Calvin, waren beweglich gewesen, weil die Front sich bewegte. Hier musste die Front sich seit einiger Zeit an derselben Stelle befinden.

Er war zu müde, um zu begreifen, was für eine Front das war. Er war sogar zu müde, um Angst zu empfinden. Dschinan flüsterte etwas, das das Wort *nicht* enthielt. Schließlich begriff er.

Sie kamen nicht weiter. Irgendetwas war mit der Straße vor ihnen, er hörte das Wort Steine und das Wort Berg, vielleicht hatte es einen Erdrutsch gegeben. Der Bus würde nicht weiter nach Norden fahren, jedenfalls nicht an diesem Abend, die Reisenden begannen, zu gestikulieren und herumzuschreien, vermutlich bedeutete es nichts, aber es ging ihm auf die Nerven. Der Busfahrer schrie die Soldatin an, die Soldatin schrie zurück, ein Dutzend Männer mischte sich ein, und da nahm Dschinan in der Dunkelheit Calvins Hand und zog ihn fort, einfach die Straße entlang.

»Was tust du?«, fragte er. »Wohin gehen wir?« Er versuchte das *wohin* auf Arabisch, das verstand sie: *La ween?*

»*Alnoom*«, sagte sie. »Schlafen.« Und dann bogen sie in eine Gasse ein, die sich zwischen niedrigen Nachthäusern abwärtsschlängelte, er roch Mist, hörte Tiere in einem Stall schnauben, hörte den kalten Wind singen, der durch die Gasse pfiff. Die Welt der Elektrizität, der Busfahrten und des Misstrauens lag tausend Meilen weit entfernt.

Dschinan zog ihn weiter, hinter eine verfallene Mauer. Er hörte das Rascheln von Blättern, von Bäumen in der Brise.

»Hier«, sagte Dschinan. Sie setzten sich nebeneinander auf die Erde, und die Mauer schützte sie vor dem Wind. Da war Stroh auf dem Boden, wenig nur, aber immerhin.

»Was ist mit dem Bus?«, flüsterte Calvin. »Wenn wir hier schlafen, woher wissen wir, wann er morgen weiterfährt?«

Doch Dschinan, er konnte ihren Umriss im Dunkeln nur ahnen, hatte sich auf dem Stroh zusammengerollt. Sie streckte eine Hand aus, tastend, und legte den Finger auf seinen Mund. »Sch.« Und da stellte er keine Fragen mehr.

Als er aufwachte, war es hell.

Über ihm wippten die Zweige von Obstbäumen. Eine Berührung hatte ihn geweckt, und jetzt kam sie wieder, etwas Weiches, Warmes an seinem Ohr. Er drehte den Kopf und blickte in das Gesicht eines Schafs. Es trug eine Glocke, und hinter ihm standen mehr Schafe mit mehr Glocken, ein ganzes Morgenkonzert von Schafsgeläut. Calvin setzte sich auf und fuhr sich mit beiden Händen durchs Haar, als müsste er ordentlich aussehen, um mit diesen ihm fremden Schafen bekannt gemacht zu werden.

Er hörte jemanden lachen, und dann sah er Dschinan zwischen den Tieren stehen, sie bahnte sich mühsam einen Weg durch ihre wolligen Rücken, die Wasserflasche in der Hand. In der anderen Hand hielt sie sein Handy, sie hatte es aus dem Turnschuh befreit und hielt es ihm entgegen.

»Guten Morgen«, sagte Google Translate.

»Sabah al-Khair«, sagte Calvin. »Dazu brauchen wir kein Übersetzungsprogramm. Wir müssen …«

»Kurden«, erklärte Google Translate. *Al-Akrad.* Der Empfang hier war einwandfrei. Calvin starrte sie an. »Kurden?«

»Al-Akrad«, wiederholte Dschinan. Und per Display: »Das war die Grenze zu das kurdische Gebiet. Sie sind der Name des Fahrzeugs. Es ist hier ein versichertes Land.«

»Der Name des Fahrzeugs?« Calvin schnappte sich das Handy und starrte es an, was nichts nützte. Dschinan zuckte die Schultern und tippte noch einmal. »Der Name des Wagens«, schlug Google vor. »Der Name des Pkw.«

Calvin fluchte und hätte das Ding gerne an die Mauer geworfen. Dann begriff er. Auto. »Auto-nom? Sie sind autonom? Frei?«

Das Handy übersetzte, und Dschinan nickte, und da konnte Calvin endlich über das alberne Programm lachen. »Kein Daisch?«, fragte er auf Arabisch. »Kein Assad? Kein al-Nusra?«

»Gar nichts«, sagte Dschinan. »Auto-nom.« Sie schien das Wort zu mögen. »Sie kämpfen.« Sie sprach jetzt Arabisch. »Sie kämpfen gegen Assad, gegen Daisch, gegen al-Nusra. Für … Frieden. Frieden? Gib mir das Handy.«

»Ich verstehe«, sagte Calvin. »Frieden. As-Salam. Manche Dinge verstehe ich. Es werden mehr.«

Eine Stunde später saß er auf einer gewebten Kunststoffmatte vor Tellern und Schüsseln, Schälchen und Töpfen. Er saß im Kreis von Menschen, die ihn anlächelten und wollten, dass er mit ihnen aß.

Die Matte war neongrün und weiß, die Sitzkissen trugen die klassischen Blumenmuster altmodischer englischer Wohnzimmer, und die Teekanne glänzte silbern. Staubige Plastiksonnenblumen steckten in einer Keramikvase in der Ecke, ein Flachbildschirm zierte die Wand, ein Schaf sah durchs Moskitonetz herein. Syrien.

Das kleinste Mädchen im Raum schmiegte sich an Calvins Knie und reichte ihm ein Stück Brotfladen.

»B'chö, b'chö, qörban«, sagte sie, und als er sie verständnislos ansah, auf Arabisch: »*Kul, Kul, Habibi.*« Das kannte er, natürlich. Iss, iss, mein Junge. Sie sagte es sehr altklug und streng, und alle lachten. Da überwand er sich und biss in das Brot.

Alles schien ganz plötzlich in Ordnung zu sein, doch sein Körper weigerte sich, das zu glauben. Dies war die Familie, der die Schafe und die Obstbäume gehörten, Dschinan hatte schon bei Tagesanbruch mit ihnen gesprochen.

Sie hatten Calvin gezeigt, wo er sich waschen konnte, es gab fließend Wasser neben dem Haus, und er trug jetzt die Kleider des ältesten Sohns der Familie: Jeans und einen weißen Adidas-Pullover. Ein Mädchen hatte ihm die Sachen gegeben und versucht, Englisch mit ihm zu sprechen. Sie war vielleicht so alt wie er, und sie hatte ihm völlig ungerührt dabei zugesehen, wie er sich umzog, er, der Fremde, halb nackt neben dem Wasserhahn.

Das Haar fiel ihr offen über die Schultern, sie trug enge Hosen, ein T-Shirt und eine Winterjacke. Er hatte das Gefühl gehabt, den Blick abwenden zu müssen, er war es nicht mehr gewohnt, Frauen so zu sehen, außerhalb einer schwarzen Hülle. Aber sie, sie hatte ihn offen angestarrt, und dann hatte er begriffen: Ihre Augen, heller noch als die von Dschinan, hatten sich an den Striemen und den Verbrennungen auf seinem Rücken festgesogen.

»Das ist nichts«, hatte er auf Deutsch gesagt und sich beeilt, den Pullover überzustreifen. »Daisch? Ar-Raqqa? Ich hatte eine kleine freundschaftliche Auseinandersetzung mit den Leuten da. Sie stecken dich in einen Reifen oder hängen dich an einer Hand auf, oder sie fesseln dich an einen Stuhl und dann … Nein, hör dir das nicht an. Ich hatte Glück. Wenn du zu lange hängst, geht das Handgelenk auseinander, das kriegst du nicht wieder zusammen. Ich hab eine Menge gelernt von den anderen in den Zellen, auch ohne Arabisch … Ich hatte Glück.«

Sie hatten seine alten Sachen weggeworfen, und es tat ihm leid um den alten graugrünen Pullover, den er damals in den Bergen geschenkt bekommen hatte. Aber es war nicht mehr viel davon übrig gewesen als Staub, Schmutz und Blut.

Jetzt aß er also in diesem Haus, zwischen all diesen freundlichen Menschen, die Kurdisch sprachen und versuchten, für ihn Arabisch zu sprechen, und er sagte sich, dass er nie wieder, in keiner Sprache der Welt, über Sadd al-Ba'ath sprechen würde.

Er sah Dschinan an, die ihm gegenübersaß, und fing ihren Blick für Sekunden auf. Auch Dschinan war aus ihrer schwarzen Hülle geschlüpft, auch sie trug geliehene Kleider. Allerdings einen Rock, keine Hosen. Ihre Bewegungen waren zögernd, zurückhaltend, viel weniger entschlossen als in der Nacht, in der sie ihn die Gasse entlanggezogen hatte.

Er lächelte sie an, und sie lächelte zurück. Vorsichtig.

Kurz nach Weihnachten erhielt Nuri einen Brief. Sie wurde ins Büro im Erdgeschoss gerufen, wo eine fleißige junge Frau vor einem Computer saß und ein unübersichtliches Gebirge aus Papierkram erledigte, sich mit Bergen von Anträgen und Ablehnungen und Verfahren beschäftigte. Sie kam dreimal die Woche, Nuri hatte noch nie mit ihr gesprochen.

Die Frau lächelte und schob ihr den Brief hin, und Nuris Herz schlug schneller. Das Erste, was sie dachte war: Calvin. Das Zweite war: Es gibt endlich eine Anzeige gegen Pascal. In ihrem Hinterkopf formte sich eine Erinnerung an die Nacht des Brandes und dann, sofort, eine Tür, die mit einem lauten Krachen ins Schloss fiel.

Weg mit den Erinnerungsbildern.

Sie nahm den Brief.

Ihre Finger zitterten, als sie ihn aufriss, und dann las sie – und begann zu lachen. Die Frau am Computer musterte sie besorgt. Vielleicht kam es häufiger vor, dass Asylbewerber beim Erhalt von Schreiben deutscher Ämter den Verstand verloren.

»Dieser Brief«, sagte Nuri schließlich außer Atem, »war eine ganze Weile unterwegs, was? Sie teilen mir mit, dass im Bundesland Mecklenburg-Vorpommern entschieden wurde, dass ich dort, aber nur dort, meine abgebrochene schulische Laufbahn fortsetzen darf. Sie bestellen mich daher zum … ersten September … in irgendein Amt in der Stadt, wo wir früher waren. Ich darf zum Gymnasium gehen. In einem Bundesland, in dem ich nicht mehr wohne.« Sie schüttelte den Kopf. »Der Antrag, den wir in Berlin gestellt haben, liegt immer noch irgendwo herum.« Dann hob sie den Brief hoch und zerriss ihn in lauter kleine Stücke.

»Wie kommt es«, fragte die Frau am Computer leise, »dass Sie so gut Deutsch sprechen?«

»Sie sprechen auch nicht schlecht«, sagte Nuri, drehte sich um und ging.

Draußen setzte sie sich auf die Treppe und wollte weiterlachen, aber sie weinte.

Nach einer Weile spürte sie, wie jemand sich neben sie setzte, und als sie aufsah, war es Imad.

»Hey«, sagte er und nickte zu dem leeren Umschlag in ihrer Hand hin. »Schlechte Nachrichten? Jemand gestorben?«

»Ja«, sagte sie. »Ein Kind.« Und als er zusammenzuckte: »Ich. Ich meine, mir ist nur gerade aufgefallen, dass ich erwachsen bin. Schule und alles … Der Zug ist vielleicht einfach abgefahren, endgültig. Man wird nicht nach achtzehn wieder siebzehn, man kann nicht zurück in die Zeit der Chancen, in der man sich noch aussuchen kann, was man werden und was man alles lernen möchte und … na ja.«

Imad zuckte die Schultern. »Es gibt neue Chancen. Andere.«

Dann stand er auf und streckte Nuri eine Hand hin, um ihr hochzuhelfen.

»Bist du erwachsen genug, Silvester mit uns zu feiern? Ich bin ausgezogen. Gestern. Ist dir nicht aufgefallen, ich weiß.« Er grinste. »Wir feiern Silvester zusammen in der WG, in der ich jetzt wohne. Und ich dachte …?«

Sie ließ sich von ihm auf die Beine ziehen. Es konnte so schwer sein, zu lächeln. Schwer wie die Baumasse eines ganzen Blocks voller Menschen ohne Chancen.

»Silvester«, sagte sie. »Okay.«

Am Silvesterabend half Abi ihr in den neuen Mantel – neu insofern, als eine andere Frau im Heim ihn abgelegt hatte, weil er ihr nicht mehr passte. Die Frau war schwanger und hatte gesagt, sie würde den Mantel wohl erst in einem Jahr wieder tragen. Er war schick, schwarz, tailliert. Ummi hatte darauf bestanden, ihr die Haare hochzustecken, eine komplizierte Prozedur bei den Locken.

»Du siehst gut aus«, sagte Abi. »Dreh dich mal. Doch, richtig hübsch. Pass auf dich auf.«

Und er zwinkerte.

»Seltsam«, sagte Ummi. »Ich dachte immer, zum deutschen Neujahrsfest ist Kamal wieder da …«

Und Nuri dachte, dass sie nie Kamal sein würde, egal, in welchem Mantel und mit welcher Frisur.

»Ich weiß nicht, warum ich das gedacht habe«, murmelte Ummi. »Dumm, was?«

»Hab eine schöne Feier!«, sagte Abi. Nuri schlang die Arme um ihren Vater und drückte ihn an sich. Dann umarmte sie ihre Mutter, die so schmal geworden war in letzter Zeit, dass Nuri Angst hatte, sie zu zerbrechen.

»Vielleicht stimmt es«, flüsterte sie. »Vielleicht taucht Kamal heute wieder auf. Ganz plötzlich.«

»Dein Haar kommt durcheinander«, sagte Ummi und schob sie sachte von sich. »Grüß Imad, ja? Du schläfst da?«

Nuri nickte. »Ich denke. Wir sehen uns morgen.«

Sie wusste, dass ihre Eltern beide am Fenster standen, als sie unten die kleine Straße entlanggging. Seit Tagen explodierten Knaller überall zwischen den sorgsam gepflegten Mietshäusern, seit diesem Morgen nicht nur vereinzelt. Sie zuckte jedes Mal zusammen. Hier gehe ich, die erwachsene Nuri, und oben stehen meine Eltern und sehen mir nach und hoffen, dass ich heute Nacht einen Antrag bekomme.

Die Wohnung lag in einer Seitenstraße der Oranienstraße.

Nuri kannte die beiden, mit denen Imad jetzt zusammenwohnte: das Mädchen mit der blauen Haarsträhne, Janni, und Phil in der bunten Jacke. Sie fragte sich, ob die beiden deshalb dauernd am Oranienplatz herumhingen: nicht aus politischem Engagement, sondern einfach, weil sie so nah wohnten.

Imad öffnete Nuri die Tür, er strahlte, als er ihr den Mantel abnahm. Er führte sie herum – »Das ist Nura«. Sie erkannte ein paar Leute vom Platz wieder, aber Mahalia und ihre Gitarre waren nicht da.

Sie fühlte sich seltsam allein, als sie das feststellte.

Natürlich war das Unsinn, hier war niemand allein, die dreieinhalb Zimmer quollen über vor Leuten, Musik, Chaos. Immerhin, dies war besser als das Chaos draußen, jenes Chaos voller Explosionen.

In der Küche standen Teller, Platten und Schalen wild durcheinander, jeder hatte etwas beigesteuert. Nuri stellte ihre Backform auf den Ofen: Sie hatte Nachtigallennester mitgebracht, jenes unsäglich süße, mit Sirup übergossene Backwerk aus tausend Teigfäden, bei dem man schon vom Hinsehen Zahnschmerzen bekam. Sie betrachtete die Nachtigallennester einen Moment lang.

Sie dachte daran, wie sie als kleines Kind einmal auf einen Stuhl geklettert war, um an den Vorrat an Nachtigallennestern zu kommen, den Ummi gebacken hatte.

Sie hatte fünf oder sechs davon gegessen, und ihr war fürchterlich schlecht geworden.

Draußen hatte es an diesem Nachmittag nach der frisch gewaschenen Wäsche gerochen, das wusste sie noch, und sie hatte gehört, wie Kamal und Nabil beim Fußballspielen herumschrien – es musste Deera gewesen sein.

»Nura?«, sagte Imad. »Komm. Sie tanzen im anderen Zimmer.«

Aber Nuri setzte sich in dem anderen Zimmer in einen Sessel und träumte weiter.

Auf einem Kissen neben dem Sessel saß ein anderes Mädchen, das eben erst gekommen war.

Ein Mädchen, das ihr deshalb auffiel, weil es die gleichen dunklen Locken hatte wie sie selbst, allerdings weniger kompliziert frisiert. Die Glückliche. Sie bewegte sich, als wäre sie in der WG zu

Hause. Nuri stellte sich vor, und das Mädchen wedelte mit einem Stück Pizza und nickte.

»Ich bin Ayse. Ich wohne auch hier«, sagte sie. »Du bist die, die Imad eingeladen hat, oder? Er sagt immer, ich könnte deine Zwillingsschwester sein. Meine Eltern sind aus Istanbul, also keine Chance auf Verwandtschaft. Komm mit, wir holen uns was zu trinken.« Sie zog Nuri zurück in die Küche und drückte ihr ein Glas Wein in die Hand. Nuri holte tief Luft und trank es mit Todesverachtung aus. Sie wollte noch immer allein sein und träumen. Vielleicht funktionierte das Träumen zwischen all diesen Menschen besser, wenn man betrunken war.

Sie ließ sich von Imad in den Strudel der Musik ziehen, versuchte, ihren Körper dem Rhythmus anzupassen, und hielt gleichzeitig den Kopf hoch, um Ummis Frisurenkunstwerk nicht zu zerstören. Sie kam sich vor wie eine Preisziege, die verkauft werden sollte.

Irgendwann floh sie vor den Tänzern und fand einen Balkon. Sie sehnte sich nach frischer Luft, doch es gab keine, auch draußen nicht. Berlin erstickte unter einer Wolke von Schwarzpulvergestank, schon jetzt, lange vor Mitternacht. Rauch zog durch die Straßen.

Schieb bloß diese Erinnerungen weg!

Dünne, weiße Flocken fielen auf die leeren Blumenkästen, Nuri schlang zitternd die Arme um sich. Dann tauchte Imad neben ihr auf, und sie dachte, dass er die Arme um sie legen würde, um sie zu wärmen. Aber er stand nur da und sah mit ihr zusammen auf die Stadt hinunter. Die Stadt, die an diesem Tag Krieg spielte.

Hinter ihnen wallte elektronische Musik durch die Wohnung.

»Früher, in Damaskus, hätten *wir* die Leute eingeladen«, sagte Nuri leise. »Wir haben in der Altstadt gewohnt, an der Grenze zu Bab Tuma, dem christlichen Viertel … in einem sehr alten Haus. Der Innenhof wäre von flackernden Lämpchen erleuchtet gewesen, und wir hätten so viel gekocht, dass die kleinen Tischchen fast unter der Last der Schalen zusammengebrochen wären. Irgendeiner von Abis Freunden hätte Musik gemacht, er hatte immer viele Musiker-Freunde …

Ich war vierzehn, glaube ich, als wir das letzte Fest dieser Art hatten. Ich weiß nicht mehr, was wir gefeiert haben, aber ich erinnere mich daran, dass ich neben dem Orangenbäumchen herumstand und mich komisch fühlte, eingetopft wie der Baum. Ich war furchtbar schüchtern. Und ich habe mir vorgestellt, wie ich irgendwann auf einer solchen nächtlichen Party meinen ersten Kuss bekommen würde …«

Imad legte eine Hand auf ihre Schulter.

»Du fängst an, im Damals zu leben«, sagte Imad. »Du willst zu sehr zurück. Es geht nicht, Nura. Wir sind jetzt hier.«

Sie nickte. »Imad … Du bist mit dem ersten Kontingent der Flüchtlinge gekommen, die legal waren.«

»Ja.«

»Warum warst du dabei? Es waren nur fünftausend. Später gab es noch mal fünftausend und dann mehr … Aber sie suchen doch aus, oder? In den Lagern? Ich dachte immer, es wären Frauen und Kinder, die sie zuerst rausholen. Und Verletzte. Du bist jung und allein und gesund. Es passt nicht.«

»Ja«, sagte er wieder. »Sie holen Kinder und Eltern. Sie holen Leute mit sogenannten Bezügen zu Deutschland und Leute, die für den Wiederaufbau im Land wichtige Beiträge leisten können. So steht es im Internet, ich habe nachgelesen.«

»Und du? Hilfst aufbauen?« Sie versuchte zu lachen. »Arbeitest du deshalb jetzt als Möbelpacker? Damit du schon mal lernst, wie man die neuen Häuser wieder einrichtet?«

»Ganz genau«, sagte Imad. Sie sah zu ihm auf.

Es musste eine Erklärung geben, auch Imad hatte eine Geschichte. Aber er erklärte nichts. Sein dunkles Haar glänzte, als er hindurchfuhr, er hatte es mit Gel zurückgekämmt, auch er hatte versucht, an diesem Abend gut auszusehen. Sein Gesicht lag im Schatten.

»Es ist bald zwölf«, flüsterte er. »Das Jahr 2013 geht zu Ende. Alles beginnt neu.«

Jetzt, dachte Nuri. Jetzt küsst er mich.

Er küsste sie nicht. Er sah sie nur lange an, dann drehte er sich um und ging hinein, und da empfand sie zum ersten Mal etwas für ihn, das beinahe Liebe war. Sie liebte ihn dafür, dass er sie nicht geküsst hatte.

Stattdessen half er ihr kurz darauf in den Mantel, höflich wie immer.

Noch eine halbe Stunde bis Mitternacht. Unmöglich, dass dann noch mehr Lärm draußen sein würde als jetzt. Aber sie würden alle zusammen zum Platz gehen, um dort ihre Raketen in den Himmel über der Hauptstadt zu schicken, ein Zeichen vom Oranienplatz an die ganze Welt: *Wir sind noch da. Wir werden noch da sein, wenn die letzten Zelte abgebrochen sind.*

Vielleicht sieht jemand unsere leuchtenden Sterne in dem Durcheinander anderer Sterne … irgendwo in Istanbul, wo sie Mahnwachen für uns abgehalten haben.

Irgendwo auf Lampedusa. Irgendwo auf dem Mittelmeer, wo gerade jetzt womöglich ein Flüchtlingsschiff durch die Winterkälte fährt.

Ayse hakte sich bei Nuri ein, als sie die Straße entlanggingen, und grinste.

»Komm, mein Sternzwilling.« Und es war gut, neben Ayse zu gehen, durch das Knallen und Pfeifen der Nacht, das Nuri noch immer Angst machte. Ayse war nicht ganz nüchtern, und sie war so unbeschwert in ihrer Begeisterung für die Nacht!

»Wir machen auch eine Lichterkette, einmal um den Platz.

Ich hab die Kerzen, verdammt viele Kerzen.« Sie klopfte auf ihre schwere Umhängetasche.

Und dann standen sie auf dem Platz, der voller Menschen war. In der Mitte des Platzes steckte Imad mit anderen Jungs Raketen in Flaschen. Nuri half Ayse, Kerzen zu verteilen. Als sich der Kreis der Lichter formierte, sah sie auf und merkte, wem sie die letzte Kerze gegeben hatte: Es war Nik. Neben ihm stand Andrea. Natürlich, sie gehörten zum Platz und zur Bewegung.

»Prosit Neujahr«, sagte Nuri.

Andrea umarmte sie trotz Kerze in der Hand und flüsterte: »Das sagen wir erst hinterher. Nach Mitternacht.«

»Ja, so wie Frohe Weihnachten«, meinte Nuri. »Das sagt ihr auch erst hinterher. Stellt ihr den Heiratsantrag auch nach der Hochzeit?«

Andrea lachte, und dann war sie verschwunden, um sich einen Platz im Kreis der Lichter zu suchen. Jemand zählte ganz in der Nähe laut rückwärts, zählte das Jahr 2013 zu Tode, er war schon bei der Elf. *Zehn, neun, acht, sieben, sechs …*

Nuri sah Imad sein Feuerzeug an die Zündschnur einer Rakete halten und dann rennen, die anderen Jungs rannten ebenfalls. Hatten auch sie Raketen gezündet? Vielleicht war ihr Plan, alle Raketen gleichzeitig abzufeuern. Doch als Nuri sie laufen sah, und als der, der zählte, *Null!* schrie, und als das alte Jahr endete, da sah sie etwas ganz anderes.

Sie sah die rennenden Jungen im Rauch, sie sah die Explosionen. Sie sah Damaskus. Sie sah die Häuserfronten von Homs fallen. Sie sah das Blut, das das Wasser des Orontes rot färbte.

Sie sah das zerstörte Berlin nach dem Krieg, dessen Fotos sie inzwischen kannte.

Sie sah den Krieg.

Die, die da rannten, wurden zu Kämpfern, Attentätern, Flüchtlingen, Demonstranten, Soldaten. Das Knallen um sie herum drang in ihre Eingeweide und zerrte daran, und als Imad bei ihr ankam, wollte sie ihn wegziehen, noch weiter weg von dem, was explodierte, nur wusste sie nicht, wohin. Es war nur eine rasche Armbewegung, die Intention, ihn zu packen, zu laufen.

Und sie stolperte und stürzte zusammen mit Imad auf den kalten Asphalt.

Sie schützte ihren Kopf mit den Armen, schloss die Augen und sank in ein Dunkel, in dem sie sicher war. Ein Dunkel wie das All, in dem sie schwebte, schwerelos, in absoluter Stille.

Jenseits der Ereignisse. Jenseits der Menschen. Jenseits der Gefühle.

Aber mitten in der Dunkelheit oder dahinter gab es ein Gesicht.

Natürlich. Calvins Gesicht.

Zum ersten Mal, seit sie ihm in diesen Traumbildern begegnete, sah er glücklich aus.

Er lächelte, der Himmel hinter ihm war hoch und weiß, so als würde bald Schnee daraus fallen. Da war etwas wie ein Bergmassiv im Hintergrund. Sie sah die Röte der Kälte auf Calvins Wangen und den Wind in seinem Haar, das blond nachwuchs unter dem Schwarz und lange nicht geschnitten worden war. Der Wind, unerklärlich, war golden.

Seine Augen blickten an Nuri vorbei, als hätte er dort etwas entdeckt, das er suchte. Es musste etwas Schönes sein.

Jemand riss sie hoch, riss sie aus dem Bild, sie öffnete die Augen und fiel zurück in das Gewirr der Silvesternacht. Farben und Lichter und schemenhafte Gestalten … die Kerzen eines Lichterkreises. Flaschen, die gehoben wurden, um jemandem zuzuprosten.

»Nuri«, sagte Imad. »Alles okay?«

Sie nickte. »Ich … bin nur gestolpert.«

Sie saßen jetzt zusammen auf dem Boden, dessen Kälte sich

durch Nuris dünne Jeans fraß, und Imad rief: »Guck, da oben!«, und sie guckte nach oben, wo die bunten Bälle der Feuerwerkskörper zerplatzten. »Schön, oder?«, rief Imad. Sie nickte. Aber sie zitterte.

»Ich möchte weg hier!« Sie musste ebenfalls beinahe schreien, damit er sie hörte. »Imad! Erinnerst du dich nicht? Die Explosionen! Das Knallen! Hast du keine Angst?«

»Doch, ich war mittendrin!«, rief Imad. Er zuckte die Achseln. »Aber es ist schlimmer, nicht mittendrin zu sein. Wenn du nichts tun kannst, nur warten!«

Dann stand er auf und half ihr hoch.

»Komm mit. Wir zünden die nächste Rakete zusammen. Das hilft, glaub mir.«

Sie machte einen Schritt rückwärts. »Nein! Vergiss es!«

Und in diesem Moment sah sie die Gruppe von Leuten in schwarzen Jacken mit weißem Aufdruck, die sich vom Rand des Platzes her näherte, vielleicht zwanzig oder dreißig Mann. Eine weitere Gruppe von Kämpfern. Sie rannten jetzt, rannten auf die Leute des Lichterkreises zu.

»Imad!«, rief Nuri und zeigte auf die Leute, und Imad fluchte.

»Scheiße, die Faschos. Hätten wir uns fast denken können.« Er pfiff auf zwei Fingern, ein Laut, der sogar den Lärm der Nacht durchschnitt, und die anderen Oranienplatzleute sahen zu ihm hin. In Sekunden löste der Lichterring sich auf, zerstob, Kerzen wurden fallen gelassen, dann standen sich die beiden Gruppen gegenüber. Die Oranienplatzleute hier, die schwarz Gekleideten auf der anderen Seite. Beschimpfungen und Böller flogen durch die Luft, Worte, Steine.

Einer landete vor Nuris Füßen.

Sie bückte sich und hob den Stein auf, wog ihn in der Hand, holte aus – ließ ihn fallen. Nein. Alles an dieser Nacht war falsch, es war ein Exzess an Lärm und Licht und Gebrüll, ein Exzess an Alkohol und Emotionen.

Sie sah ihre Sternzwillingsschwester die Fäuste heben. Sie wusste nicht mehr, wo Imad war. Sie drehte sich um und rannte, sie musste weg, aber die Oranienstraße war verstopft von noch mehr Leuten mit Raketen und Feuerrädern, überhaupt alle Straßen schienen unpassierbar.

Da sah sie, dass jemand neben einem Auto am Rand des Platzes stand und ihr winkte. Andrea, es war Andrea. Sekunden später war sie da.

»Spring rein«, sagte Andrea, »ich fahr dich nach Hause.«

»Du willst *jetzt* in diesen Straßen Auto fahren?«

»Sieht so aus!«, rief Andrea, und Nuri kroch hinten in den alten Wagen.

Es saß schon jemand auf der Rückbank. Nik. Er zog sie ins Auto, und Andrea drehte den Zündschlüssel um. Und Nuri kam der Gedanke, dass die Idee, sie nach Hause zu fahren, Niks Idee gewesen war. »Aber diese Typen …« Sie zeigte auf die schwarze Masse der Jungs, die noch immer auf dem Platz stand. »Wir müssen helfen, wir können nicht … Immer haue ich ab!«

»Das ist okay«, sagte Nik. »Wir fahren gleich hierhin zurück, Andrea und ich. Aber du gehörst nach Hause. Es war eine Schnapsidee, jemanden wie dich Silvester in Berlin auf die Straße rauszulocken und … Vorsicht!«

Andrea wich einem brennenden Feuerwerkskreisel aus, den jemand auf die Fahrbahn geschleudert hatte, Nuri krallte sich am Türgriff fest, der Wagen schlingerte. Als er sich fing, sah sie, wer den Feuerkreisel geworfen hatte, es war kein Spaß, oder wenn, dann ein sehr derber. Drei der schwarz Gekleideten standen neben dem Auto, und im nächsten Moment sprang einer von ihnen direkt vor den Wagen, gefährlich und dumm.

Diese Typen, dachte Nuri, waren nicht einmal aus politischen Gründen hier, sie waren einfach hier, weil sie Streit suchten, weil sie jemanden brauchten, gegen den sie sich in dieser Nacht der Exzesse stellen konnten. Natürlich, man fand am Oranienplatz Ausländer, so wie man in einem Zoo Giraffen fand, es war ein Selbstbedienungsladen.

Zum ersten Mal fragte sie sich, was beim Asylbewerberheim in Hellersdorf los war. Sie hätte ihre Eltern nie allein lassen dürfen. Sie dachte all dies in der Sekunde, in der der Typ auf Andreas Kühlerhaube landete. Die Bremsen kreischten. Der Typ auf der Kühlerhaube lachte. Er kroch auf die Frontscheibe zu, die gezackten Runen auf seinem Sweatshirt leuchtend weiß im Licht der zerrissenen Nacht. SS. Und darunter: NORTHERN WARRIOR.

Dies war noch nicht mal der Wagen eines Ausländers, verdammt, er war einfach nur da. Oder vielleicht hatten sie Nuri einsteigen sehen.

Im Blut des Northern Warriors strömte der Alkohol wie Lava, sein Gesicht war verzerrt, schadenfroh, nicht zurechnungsfähig und dennoch gefährlich.

Andrea gab Gas. Es war das einzig Vernünftige. Es war das einzig Machbare. Es war Wahnsinn.

Ihr betrunkener Angreifer geriet ins Rutschen und fiel, einer seiner Kumpel fing ihn auf und zeigte Andrea den Mittelfinger, trat mit dem Fuß gegen die Fahrertür, einen Moment lang drehten die Reifen durch, und für Sekunden war das Gesicht jenes zweiten Typen ganz nah am Fenster, nur die Scheibe trennten ihn und Nuri.

Sie starrten sich an, sahen sich in die Augen.

Die Zeit blieb stehen.

Sie kannte dieses Gesicht. Diese blauen Augen. Diesen Blick, der weniger betrunken war als einfach kalt. Sie erinnerte sich an diesen Blick in der Dunkelheit eines alten Speichers, wo sie sie am Boden gefesselt hatten, es war auch damals kalt gewesen, berechnend. Die Gier auf ihren wehrlosen Körper hatte in den Augen der anderen gestanden. Nicht in diesen Augen.

Damals hatte Calvin eingegriffen, gerade noch. Aber es gab keinen Calvin mehr.

Und der da draußen war nicht irgendein beliebiger Berliner Spaßnazi.

Es war Pascal.

Er war hier, und er erkannte sie, sie sah das Erstaunen in seinem Blick.

Dann griffen die Reifen, das Gesicht war fort, der Oranienplatz blieb hinter ihnen zurück in der wilden Nacht. Nuri biss sich auf die Unterlippe. Pascal war nicht ihretwegen hier. Er hatte bis eben nicht gewusst, dass sie lebte.

Jetzt wusste er es.

»Nuri? Tu mir einen Gefallen und mach jetzt die Augen auf.«

Sie blinzelte. Sie war so unendlich müde. Sie befand sich auf einem Sofa, neben einer Wand, an der ein Kelimteppich hing. Auf dem runden Beistelltisch standen zwei Gläser Tee. Draußen hörte man Explosionen. Schüsse.

»Nuri.« Jemand beugte sich über sie. Es war beinahe dunkel, sie sah den Teppich und den Tisch nur im Licht einer winzigen Flamme, eines Teelichts vielleicht. Abi, dachte sie. Es muss Abi sein. Das hier ist Damaskus, das Altstadthaus. Darʿā ist es nicht und das Dorf bei Homs auch nicht. Hatten wir damals so einen Teppich an der Wand? An welchem Punkt der Vergangenheit bin ich herausgekommen?

Dann hatten sich ihre Augen an das Dämmerlicht gewöhnt. Der Schatten über ihr war nicht ihr Vater. Es war jemand mit einem etwas schmuddeligen, grünen Baumwollhalstuch und schwarzen Korkenzieherlocken.

»Nihad«, wisperte sie.

»Nik«, sagte er. »Andrea hat die Polizei gerufen und ist zurück zum Platz. Wir haben dich vorhin zusammen hochgetragen. Wir dachten, es ist nicht gerade beruhigend für deine Eltern, wenn wir ihnen ihre bewusstlose Tochter vor die Wohnungstür legen.«

Er lachte, unsicher. »Wir haben keine Wohnungstür«, murmelte Nuri. »Es ist nur ein Zimmer.«

»Wie geht's deinem Kopf?«

»Kopf?«

»Du musst gegen irgendwas geknallt sein. Als Andrea gebremst hat, weil uns dieser Wahnsinnige aufs Auto gesprungen ist. Die Frage ist, ob ich dich ins Krankenhaus bringe.«

Nuri setzte sich auf und nahm eines der Teegläser. Trank einen Schluck. »Ich glaube, ich bin nur gegen ein paar Bilder aus der Vergangenheit geknallt. Ist da draußen immer noch Krieg?«

Nik lachte. »In Berlin ist jedes Silvester Krieg.«

»Machst du dir keine Sorgen? Um die Leute vom Platz? Wegen der Rechten?«

»Ach, die können sich verteidigen, die kennen das. Ich frage mich manchmal, ob ich mir Sorgen um die Rechten machen sollte.« Er grinste, wickelte dann eine Locke um seinen Finger und sah auf einmal ernst aus. »Ich mache mir Sorgen um *dich*. Andrea geht es ähnlich. Du hast immer noch Flashbacks, richtig? Es ist nicht besser geworden.«

»Die Vergangenheit wird nicht besser«, sagte Nuri. »Sie ist unveränderlich. Nik, ich mache mir auch Sorgen. Um meine Eltern.«

»Musst du nicht.« Er setzte sich zu ihr aufs Sofa. »Sie haben angerufen, auf deinem Handy. Andrea ist rangegangen, vorhin, bevor sie wieder gefahren ist. Sie hat gesagt, du kannst gerade nicht und alles ist in Ordnung. Dein Vater hat gesagt, er wollte dir nur ein frohes neues Jahr wünschen. Und dass sie zu Bett gehen würden.«

Nuri atmete langsam aus. Sie lehnte sich gegen Nik, die Hände um das tröstend warme Teeglas gelegt. »Mach die Geräusche da draußen aus«, flüsterte sie. »Das Knallen und Rufen. Mach es aus. Bitte.«

Sie dachte, er würde sagen, das sei unmöglich, aber er lächelte nur und legte ihr die Hände über die Ohren. »Ich muss mit Imad sprechen«, flüsterte Nuri. »Verdammt. Kann ich … Kann ich bis zum Morgen auf diesem Sofa schlafen?«

Nik nahm die Hände von ihren Ohren. »Das wirst du müssen«, sagte er freundlich. »Ich habe nur ein Bett.«

Der Bus war ohne sie gefahren. Er war zurückgefahren. Kein Weg nach Norden.

Zur Grenze war es eine Tageswanderung, aber im Moment gab es Probleme dort, man sagte ihnen, sie sollten warten. Und wie dankbar war Calvin, zu warten! Er hatte das Gefühl, dass es Dschinan ebenso ging. Die Familie mit den Schafen legte ihnen Matratzen neben ihre eigenen, es war der normale Lauf der Dinge.

Dschinan sagte *Guten Morgen* und *Guten Abend* zu ihm, und zwischen diesen beiden Sätzen verschwand sie. Sie murmelte etwas darüber, dass sie Zeit brauchte. »Zeit« verstand Calvin. Er spürte, wie sie sich zurückzog. Als wäre sie ihm zu nahe gewesen, ganz aus Versehen.

Manchmal hatte er das Gefühl, sie trüge die Burka noch, eine unsichtbare Burka, hinter der sie sich versteckte, nicht nur vor ihm.

Wenn sie genug Zeit gehabt hatte, würden sie weitergehen, zur Grenze, und das Land endlich verlassen. Es war nicht eilig. Er lächelte sie an, wenn sie beim Essen saßen, und sie lächelte zurück, auf ihre ernste Art. Und dann schlang sie den Wollschal um sich, den die Familie ihr geschenkt hatte, und verschwand wieder, um allein zu sein.

Er verbrachte die Tage damit, durch die Umgebung des Dorfs zu wandern. Die Leute erzählten ihre Geschichte bereitwillig, noch immer schien ihm, dem Europäer, der Hauch des Journalisten anzuhaften. Schreib das auf, sagten sie, mach ein Bild. Hast du das aufgeschrieben?

Er nickte ergeben. Er verstand nur einen Bruchteil von dem, was sie sagten.

Der Besitzer des Adidas-Pullovers hieß Said, Calvin lernte ihn am Abend des ersten Tages kennen.

Said lachte viel und sang beinahe immer und versuchte, Calvin mithilfe von Papier und Stift Englisch beizubringen, vermutlich, weil es einfacher als Kurdisch oder Arabisch war.

Wenn er zur Arbeit ging, bedeutete das, dass er an der östlichen Front kämpfte.

Es waren zu viele, gegen die die Kurden in diesen Tagen kämpften. Sie waren nie unabhängig gewesen, sie hatten nie Rechte gehabt, jetzt waren sie entschlossen, ihr Gebiet zu verteidigen.

»Alles zerfällt«, sagte Said mit seinem typischen, schulterzuckenden Lachen, und diesmal übersetzte das Handy, merkwürdig wie immer, jedoch treu. »Alle schlagen sich die Köpfe ein. Die Städte sind zerbombt, das Land bricht auseinander, da bleibt nichts übrig. Aber weißt du, wer dieses Mal die Gewinner sind? Wir. Die Kurden. Schreib das auf. Schreib was über den modernen Staat, den wir gründen. Rojava, so heißt er. Assad hat uns quasi vergessen bei all dem Chaos, und wir nutzen unsere Chance. Wir haben eine Übergangsregierung, wir haben eine Frauenquote, wir haben absolute Gleichberechtigung und Religionsfreiheit. Ich bin Muslim, Sunnit. Aber ich kämpfe nicht für den Islam. Ich kämpfe für den Frieden, für ein friedliches, autonomes Kurdengebiet. Es hat was, ein Kämpfer für den Frieden zu sein. Nimm nur diese Schafe hier.« Sie saßen auf der kleinen Mauer, die hinter dem Haus einen Ring bildete, und die Tiere drängten sich zu ihren Füßen wie ein Meer aus brauner Wolle. »Weißt du, was sie von mir wollen?« Er machte eine große Geste. »Autogramme.«

Calvin lernte auch Adam und Sarah kennen, zwei junge Leute aus der gleichen Straße, die abends beim Licht der Öllampen mit Said und seiner Schwester Dilber zusammensaßen und stundenlang redeten. Adam und Sarah waren Geschwister, beide Ende zwanzig, und sie waren beide in der YPG, der kurdischen Kämpfertruppe. Sarah war am gleichen Kontrollposten stationiert, der den Bus angehalten hatte. Adam war nur manchmal ein paar Tage im Dorf, er kämpfte weiter westlich. Sie waren beide Christen.

Und alle redeten und gestikulierten und lachten zusammen. Calvin erfuhr, dass die drei kurdischen Gebiete erst vor Kurzem zu einem großen zusammengeflossen waren, die Kurden hatten den Wind des Erfolgs in ihren Segeln.

»Es gab drei kurdische Enklaven in Syrien«, erklärte Sarah Calvins Handy, dozierend wie eine Professorin. »Kobani, Dschizire, Chaye körmensch. Hunderte von Kilometern auseinander. Unter dem alten Assad gab es eine Zeitung für alle. Hewar. Es heißt Hilferuf. Unter Bashar wurde wieder alles verboten, auch die Zeitung. Sie haben uns die Staatsbürgerschaft weggenommen, unsere Sprache verboten, alles. Aber jetzt hat Assad andere Probleme, er hat uns wieder Dinge zugestanden. Rojava ist ein Paradies.

Aber wenn die FSA zerfällt, sind wir die Einzigen, die noch gegen die Regierung und gegen die Islamisten kämpfen. Die einzigen wahren Oppositionellen. Aber niemand da draußen hilft uns. Die YPG ist nur die syrische Form der PKK, und die PKK ist für euch im Westen eine Terroristenbande.« Sie breitete die Arme aus und lachte. »Bin ich ein Terrorist?« Sarah hatte schwarzes, glänzend glattes Haar und war ein wenig pummelig, vor allem, wenn sie in ihrer Schutzweste herumlief. Sie sah immer entschlossen aus und gleichzeitig gemütlich, ein Stück Heimat auf zwei Beinen, zu dem man nach Hause kommen konnte. Später würde sie Kinder haben, dachte Calvin, nach dem Krieg. Sie würde eine wunderbare Mutter sein.

»Schreib auf, was ich sage!«, bat auch sie. »Die anderen, die Islamisten, kriegen Hilfe aus dem Ausland, Geld, Waffen, alles. Und sie rekrutieren Kämpfer da. Europa, USA, überall. Wir haben hier junge Männer gefangen genommen, die wussten nicht einmal, wo sie sind, die dachten ernsthaft, sie kämpfen gegen Israelis. Was macht man mit solchen Leuten? Schreib das auf.«

Er konnte weder Sarah noch Adam, Said oder Dilber davon überzeugen, dass er nichts mit irgendeiner Zeitung zu tun hatte. Er verlegte sich darauf, ihre Worte mit dem Handy aufzuzeichnen, sie erzählten alles für die Videos noch einmal.

»Wenn wir eines Tages nicht nach Hause kommen«, sagte Adam, »dann bleibt das, was du aufnimmst.«

»Sie können uns gar nicht töten«, sagte Sarah. »Weder Assad noch die anderen. Wir sind unsterblich, auf dem Display. Auf YouTube. Niemand wird später sagen können, es hätte uns nicht gegeben.« Doch keiner von ihnen dachte ernsthaft ans Sterben, all das waren Floskeln.

Wenn niemand aufgenommen werden wollte, half Calvin Saids Mutter, Gemüse zu putzen oder Hackfleischteig zu kneten, wie damals im Asylbewerberheim. Es beruhigte ihn, seine Hände arbeiten zu sehen.

Und was geschehen war, heilte. Langsam, aber stetig.

Nur nachts fuhr er manchmal aus dem Schlaf hoch und fühlte, wie sein Herz raste. Dann stand er leise auf und vergewisserte sich, dass Dschinan noch auf ihrer Matratze lag. Und er legte seine Hand behutsam auf ihre, nur um zu spüren, dass sie wirklich da war, dass er sie aus ar-Raqqa herausgeholt hatte, oder sie ihn. Und er wünschte sich mehr als irgendetwas, dass sie ihm eines Tages ihre Geschichte erzählte.

Er hatte das seltsame Gefühl, er müsste sie vor irgendetwas beschützen, noch immer. Und gleichzeitig hatte er das Gefühl, er selbst wäre es, der Schutz bei ihr suchte. Sie wachte nie auf, wenn er in diesen Nächten ihre Hand hielt. Sie war weit, weit entfernt in ihren Träumen. In ihrer eigenen, unerklärlichen Welt.

Eine Woche nachdem sie in das kurdische Dorf gekommen waren, kam noch ein Besucher, und das war die Kälte. Die wahre, wirkliche Kälte. Der Winter drängte mit aller Macht heran, überzog die Bäume mit Raureif und scheuchte die Menschen hinter ihre Öfen.

Sie trugen alle mehrere Pullover übereinander. Zwei Paar Socken. Gestrickte Skimützen, über die Calvin am Anfang lachte. Manchmal saßen sie mit Handschuhen drinnen. Nichts hier war für die Kälte gebaut, die Fenster und Türen undicht, die Wände nicht isoliert, als vergäße das Land im Sommer den Winter jedes Mal aufs Neue. Calvin sehnte sich nach einer warmen Dusche.

Sie tranken mehr Tee als zuvor, und draußen pfiff der Wind über die Bergkuppen und fegte die Farben fort. Alles schien weiß oder grau zu sein, obwohl es nicht schneite. Es gab nicht genug Gas, sie warteten auf Nachschub über die Nordroute, die noch immer umkämpft war. Sie sammelten Brennholz. Doch es gab auch nicht genug Holz.

Dschinans Goldhaar wurde beim Holzsammeln silbern. Sie half jeden Morgen dabei, ehe sie fortging. Und wenn er sie die bereiften Äste tragen sah, wollte er manchmal sagen: *Bleib stehen, nur einen Moment. Ich will gar nichts, dich nur ansehen. Du bist wie ein Bild.*

Beinahe war er erleichtert, als er an einem Morgen Sarah traf und als sie lachte und den Raureif mit der Hand von den Ästen eines Busches streifte, um ihn ihm ins Gesicht zu reiben, albern, kein bisschen mysteriös.

»Wann«, ließ er das Handy fragen, »ist eigentlich Weihnachten?«

»Weihnachten?« Sarah lachte wieder. »Weihnachten war … warte … zwei Tage, bevor ihr gekommen seid, dein Mädchen und du.«

»Sie ist nicht mein Mädchen«, schrieb Calvin. Aber vielleicht war *Dein Mädchen* ein Fehler von Google Translate.

»Manche von den muslimischen Kurden feiern auch Weihnachten, wusstest du das? Allerdings anders als wir«, tippte Sarah. »Said liebt es … Gagan. So nennen sie es. Es gibt den Khalo Gagan, den alten Weisen, der den Kleinen Geschenke bringt, und ein komisches Theaterstück, in dem der Khalo Gagan von seiner Frau getrennt wird und so tut, als ob er in Ohnmacht fällt oder so. Said spielt die Rolle jedes Jahr, und dann steht er wieder auf und erschreckt die Kinder …«

Weihnachten, wisperte der Wind, während Calvin neben Sarah herging, das Holz auf dem Rücken wie sie. Weihnachten war an dem Tag, an dem alles geschah.

Als sie dich zum letzten Mal in den Raum mit dem Strom geholt haben, haben die Glocken in Deutschland zum Weihnachtsgottesdienst geläutet. Als du zusammengebrochen bist, hat deine Mutter die Lichter am Baum angeknipst. Als du geredet hast, haben Tom und Benji ihre Geschenke ausgepackt.

Deine Geschenke waren Khattab und seine Klugheit, der brennende Bus auf der nördlichen Ausfallstraße dein Festessen.

Dies ist ein Christfest reich an Geschenken … Denn am Weihnachtsmorgen bist du aufgewacht und hast das goldene Mädchen gesehen, an der Straßenkreuzung. Sie ist aber kein Geschenk, sie gehört dir nicht, sie ist der Weihnachtsengel, den du als Kind immer sehen wolltest. Weißt du noch, wie du am Fenster standest, da oben, und dir die Nase an der Scheibe platt gedrückt hast? Und nie, nie kam der Engel, von dem deine Mutter dir erzählt hatte?

Jetzt hast du ihn gefunden.

Er dachte wieder daran, wie sehr er sich gewünscht hatte, Nuri den deutschen Winter zu zeigen. Ihr Gesicht mit den dunklen Augen wurde blasser in seiner Erinnerung, zerstob wie die Flocken seiner Kinderwinter.

An diesem Tag ging er Dschinan zum ersten Mal nach.

»Es ist zu kalt«, sagte er zu Saids Mutter.

»Kalt«, sagte sie. »Ja.« Und sie gab ihm einen alten, grauen Wollmantel. »Nimm. Für das Mädchen. Hol sie her an den Ofen. Es ist nicht gut, zu viel zu grübeln, es wird Zeit, dass sie zurück unter Menschen kommt und irgendwann über die Dinge spricht, statt nur nachzudenken.«

Er wusste natürlich nicht, ob es das war, was sie sagte, aber er dachte, dass sie das hätte sagen sollen.

Die Kälte außerhalb des Dorfes war noch schärfer als die zwischen den Häusern. Nebel lag über den Bergen, ein feuchter Vorhang, man sah nicht weiter als ein paar Schritte. Calvin fasste den Mantel fester. Es war unmöglich, hier irgendjemanden zu finden. Er folgte einem der kleinen Pfade gen Osten, auf gut Glück – dem einzigen Pfad, der immer aufwärtsführte. Dann ging er querfeldein, kletterte über Felsen, höher und höher hinauf, dorthin, wo der kalte Himmel der Erde näher war. Die Eisluft füllte seine Lungen, das Atmen schmerzte.

»Dschinan?«, rief er in die weiße Wattewand. »Dschinan, bist du hier irgendwo? Dschinan?«

Der Nebel schluckte seine Worte. Würde er überhaupt zurück zum Dorf finden? Er stand lange so, ohne Hoffnung auf eine Antwort. Dann, ganz plötzlich, zogen die weißen Schlieren beiseite, und ein paar Sonnenstrahlen drangen hindurch. Sie waren golden.

Der Nebel gab jetzt ein kleines Feld frei, unterhalb von Calvin am Hang. Jetzt im Winter war es nur ein Stück Erde mit alten, toten Strünken. Aber mitten auf dem Feld lagen ein paar Findlinge, und auf dem größten der Steine saß Dschinan. Es schien ganz natürlich, dass sie dort saß.

Sie kehrte ihm den Rücken zu, sie blickte ins Tal hinab, wo es ebenfalls nichts als Nebel gab. Nur dieses eine braune, trostlose, erdige Feld wurde von der Sonne beschienen, es war eine Insel im wabernden Weiß.

Dschinans senfgelber geerbter Pullover, an sich ein hässliches Ding, leuchtete in der Mitte der Insel wie eine Blume. Und auf einmal hatte Calvin das Gefühl, dass auch das hoffnungslose Braun der Erdschollen nur täuschte, dass es eigentlich ein dunkler Goldton war, dunkelgold wie ihr Haar.

Zum ersten Mal, seit er sie kannte, hielt keine Spange dieses Haar. Jetzt strich sie es zurück und drehte sich zu ihm um.

Und er ging über die Insel aus Erde, in der das nächste Frühjahr schlief.

»Du frierst«, sagte er. »Du zitterst.«

Sie nickte, nahm den unförmigen, grauen Wollmantel von ihm und wickelte ihn um sich, so eng sie konnte. Ihm wurde schmerzhaft bewusst, wie mager sie war.

»Komm«, sagte er. »*Ta'ali.* Komm zu den Öfen, ins Warme. Was machst du den ganzen Tag hier draußen?« Seine Geste bezog alles mit ein: die Berge, den Himmel, die Erde.

Sie musterte ihn, prüfend, sagte etwas und sah, dass er wieder einmal nichts verstand.

Da breitete sie die Arme aus und drehte sich wie ein Kind im Kreis, lief dann über das braune Feld davon und drehte sich nach ihm um. *Komm.* Er lief ihr nach. Der Nebel verzog sich langsam, als wiche er vor Dschinans Schritten zurück. Natürlich war es Zufall.

Sie wanderten, bis sie ganz oben auf einem Bergkamm standen und es keinen Nebel mehr gab und das Land sich zu beiden Seiten ausbreitete wie eine Karte: weiß und braun und gelb.

Auf der einen Seite des Kammes, im Norden, lag die Türkei. Auf der anderen Seite Syrien.

Auf den ersten Blick gab es keinen Unterschied. Aber wenn man genauer hinsah, war da mehr Grau in Syrien, grauschwarze Flecken. Siedlungen, Dörfer, verbrannt, zerstört.

In der Türkei waren die Dörfer hell, und es hing Rauch in der Luft, der aus Kaminen kam.

»Kein Holz«, sagte Dschinan. »Verstehst du? Kein Holz zum Heizen in Syrien. Kein Holz, kein Öl.«

Aber weit in der Ferne, fast schon hinter dem Horizont, stieg eine andere Sorte Rauch aus dem Land auf, schwarzer, dichter Qualm.

»Eine Stadt«, sagte Calvin. »Sie brennt.«

Dschinan nickte. »Etwas brennt immer. Nur nicht die Öfen.«

»Wir sollten gehen«, sagte Calvin, zeigend, gestikulierend. »In die Türkei. Morgen. *Bukra.*«

Dschinan bückte sich und hob etwas auf. Ein kleines, welkes, gelbes Blatt. Sie strich behutsam darüber und steckte es in die Tasche von Dilbers Jeans, die sie trug. Dann umarmte sie Calvin schweigend. Es kam so plötzlich, dass er erschrak, er stand lange nur da, bis er schließlich die Kontrolle wiederfand und ihre Umarmung vorsichtig erwiderte.

Sie wollte ihm etwas sagen, mit der Wanderung auf den Bergkamm, mit der Umarmung, mit allem, doch ihm war unklar, was.

Er trug eine alte, grüne Jacke, die Said zu schmal geworden war, und Dschinans Goldhaar, zerzaust vom Rennen, legte sich in sachten Wellen an seinen Pullover wie arabische Buchstaben: eine goldene Kalligrafie auf grünem Grund, deren Sinn ihm verborgen blieb.

»Lass uns hierbleiben«, flüsterte er. »Vielleicht ist es nicht nötig, in die Türkei zu gehen. Oder zurück nach Deutschland. Was wollen wir da? Es gibt nur Feinde. Wir können bleiben und helfen. Damit das hier … alles … Damit es ein Paradies bleibt. Oder wird. Ein kleines Stück Paradies zwischen den Fronten.« Er lauschte seinen Worten nach und fragte sich, wie es kam, dass sie sich so verändert hatten. Der Calvin von früher hätte etwas anderes gesagt, etwas Raueres, Direkteres. Wenn überhaupt.

Es war egal, sie verstand die deutschen Worte ohnehin nicht.

»Ich kann mit den Jungs kämpfen, sie nehmen mich mit«, sagte er. »Said und Adam.« Und dann, auf Arabisch: »Kämpfen für den Frieden.«

Das verstand sie, und sie sah zu ihm auf. »Du? Du willst zur YPG?«

»Warum nicht? Sie … die Jungs … Sie sind Freunde geworden. *Asdiqaa?*«

Sie nickte, stand einen Moment, als lauschte sie hinunter, in Richtung des Dorfes. Schließlich nahm sie seine Hand wieder. »Komm.«

Er fragte sich, ob sie es gewusst hatte.

Vor dem Haus, in dem Adams und Sarahs Familie lebten, standen eine Menge Leute und diskutierten, die Männer rauchten, die Stimmen der Frauen waren hoch und schrill. Saids Vater sah Calvin und Dschinan kommen und ging ihnen entgegen, erklärte, gestikulierte, schob sie ins Haus.

Sie hatten Adam von der Front zurückgebracht, wo er die letzten Tage über gewesen war, er war verletzt, so viel verstand Calvin, doch da war mehr … Said saß auf dem Fußboden neben der Matratze, auf der der Verletzte unter zwei Decken lag, und stützte den Kopf in die Hände. Er war mit Adam zurückgekommen, diesmal hatten sie zusammen gekämpft. Er war schmutzig und sah übermüdet aus, sonst fehlte ihm offenbar nichts.

Calvin hielt ihm das Handy hin, und er tippte mit verbissenem Gesicht.

»Der Zufahrtsweg von Norden ist jetzt völlig abgeschnitten«, tippte Said. »Das war die Route für den Nachschub aus der Türkei. Waffen, Gas, Medikamente. Jetzt haben wir nichts mehr.«

Adams Augen waren geschlossen, die Lider flatterten ab und zu wie Schmetterlinge. Da waren provisorische Verbände an seiner Schulter und einem Bein, seine Mutter saß neben ihm und streichelte seine Stirn, eine Menge Leute kamen vorbei und berührten ihn kurz, um wieder zu gehen. Überhaupt waren zu viele Menschen da.

»Ist es ernst?«, fragte er durch das Handy. »Er überlebt doch?«

»Natürlich«, antwortete Said, tippend. »Er hat nur ein paar lästige Granatsplitter in der Schulter. Der Arzt ist unterwegs. Wir haben Glück gehabt. Drei hat es erwischt. Aus dem Nachbardorf.«

»Wo ist Sarah?«, fragte Dschinan.

Said zuckte nur die Schultern.

»Am Kontrollposten. Heute ist es unruhig da.«

»Fucking miserable day«, sagte er laut und hieb mit der Faust gegen die Wand, und Calvin dachte, dass Englisch manchmal ganz angenehm war.

Der Arzt kam, und seltsamerweise merkte Calvin, dass er erwartet hatte, Khattab wiederzusehen. Adams Vater drehte einen Rosenkranz zwischen den Fingern, er betete, während der Arzt den Verband von Adams Schulter wickelte.

Adam wachte auf, und der Arzt bedeutete den Männern, ihm zu helfen: Sie mussten ihn festhalten.

Auch Calvin half. Adam schrie nicht, er biss die Zähne zusammen und wand sich nur.

Es war eine elende Schlachterarbeit, die Splitter aus der Schulter zu holen. Es gab keine Betäubung, es gab nichts, nicht einmal genügend sterile Tücher. Die Gelenkkapsel war zerfetzt, Calvin sah die weißen Fasern im roten, glitschigen Matsch der Tiefe, er sah den Arzt den Kopf schütteln. Adam würde die Schulter nie wieder richtig bewegen können.

Wenn er nicht an der Infektion starb. Das verstand jeder im Raum.

Der Arzt arbeitete lange, der Schweiß rann ihm übers Gesicht, er legte eine Drainage, um die Flüssigkeit nach außen abzuleiten, die Männer sangen, der Raum war kalt, das Blut war warm. Und endlich, endlich verschwand die Wunde unter einem neuen Verband. Adam schloss die Augen, erschöpft.

Calvin sah sich nach Dschinan um. Er hatte erwartet, sie wäre hinausgegangen, der Raum war erheblich leerer als zuvor. Aber da stand sie, direkt hinter ihm, sie hatte die ganze Zeit über zugesehen. Als müsste sie zusehen, dachte er, damit Adam eine Chance hatte.

Er ging sich zusammen mit Said waschen, und dann saßen sie draußen, wo die Sonne in den Wintertag schien, und rauchten. Dschinan saß bei ihnen. In ihrem Gesicht waren Spritzer von Adams Blut.

»Willst du immer noch kämpfen?«, fragte sie Calvin über das Handy.

»Du?«, tippte Said. »Nein. Du musst nach Hause gehen! Die Bilder zeigen! Wir brauchen Hilfe von draußen, gerade jetzt, wo der Zufahrtsweg gesperrt ist.«

»Im Netz steht seit gestern, dass wir ein Dorf mit nicht kurdischer Bevölkerung niedergebrannt haben«, tippte Dilber. »Es ist alles erlogen, ich kenne das Dorf, wir haben Freunde da. Ich weiß nicht, was passiert ist. Die YPG brennt keine Dörfer nieder, nur weil da keine Kurden leben. Die Bevölkerung hat angeblich die Armee gebeten, ihnen zu helfen, Assad wird doch wieder Panzer schicken. Jemand muss dem Westen erzählen, dass diese Sache nicht stimmt! Wir kriegen dich irgendwie über die Grenze.«

»Wozu?«, fragte Calvin. »Wir können die Bilder und die Artikel doch von hier aus ins Netz stellen.«

Adams Vater trat zu ihnen und sah kopfschüttelnd auf das Handydisplay. Er konnte mit der Technik nichts anfangen. Dilber erklärte ihm irgendetwas.

»Ita rosta«, sagte er auf Kurdisch. Die ältere Generation sprach wenig Arabisch. »Tö garak vagare mol.« Und Dilber übersetzte es für Calvin auf Arabisch: »Sie haben recht, sagt er. Du musst nach Hause gehen.«

»Ich habe«, sagte Calvin langsam, »kein Zuhause mehr.«

Sie hörten die Frauen aus dem Nachbarort bis spät in die Nacht hinein um ihre Toten klagen.

»Märtyrer«, sagte Said. »*Schahid.*«

»Stupid Idiots«, sagte Dilber. Sie weinte, als sie das sagte.

Nachts wachten sie auf, weil geschossen wurde, ganz nah. Aus Richtung des Kontrollpunkts. Das Paradies bekam Löcher. Said zog sich wortlos an, nahm seine Waffe und ging. Calvin wollte ihm nach, doch Saids Vater hielt ihn fest. Er hatte recht, Calvin konnte nichts tun.

Das Gewehrfeuer entfernte sich, dann wurde alles still, und man spürte die Anstrengung im Raum. Die Mühe, die alle sich gaben, wieder einzuschlafen.

»Dschinan?«, flüsterte Calvin.

»Ja«, wisperte Dschinan.

Sie verließen die anderen leise und suchten Zuflucht bei den Schafen in ihrem Pferch hinterm Haus. Zwei der Bäume dort waren bereits gefällt worden für Feuerholz.

Der Mond war unwirklich groß in dieser Nacht, die Stille drückend.

Dschinan stand im weißen Licht, mitten zwischen den Leibern der Schafe, und wieder hatte Calvin das Gefühl, dass sie etwas sagen wollte, wie auf dem Bergkamm.

Sie streifte in der Kälte der Nacht ihr T-Shirt über den Kopf, und dann stand sie zitternd und mit nacktem Oberkörper da, im Schafsmeer, an dessen Ufer er auf der Mauer saß. Der Mond beleuchtete die Narben, die ihre blasse Haut unterbrachen, Narben von Schlägen, wie auch Calvin sie hatte. Es gab kein Gold in diesen Narben. Sie drehte sich langsam. Dies war ein Teil ihrer Geschichte, die Spuren ihrer Ehe mit einem Kämpfer aus ar-Raqqa. Wie tapfer er gewesen war, dieser Ehemann, in seinem Kampf gegen ein Mädchen!

Die neueren Narben waren vermutlich Calvins Schuld. Sie war die untreue Ehefrau, die mit einem fremden Mann gesprochen hatte und vielleicht noch mehr. Sie steinigten untreue Ehefrauen …

Auch Dschinan hatte Glück gehabt, Glück wie Calvin, Glück wie Adam, diese seltsame Sorte von syrischem Glück, die immer nach Blut schmeckte.

Warum zeigte sie ihm die Narben in dieser Nacht?

Er streifte sein eigenes T-Shirt ab, vielleicht war es nötig, ihr auch die Spuren auf seinem Körper zu zeigen, obwohl er sie nie mehr jemandem hatte zeigen wollen. Und er watete zu ihr in das Meer der nächtlichen Schafe hinein. Als er bei ihr ankam, griff sie in seine Hosentasche und holte das Handy heraus. Er dachte, sie wollte etwas übersetzen, er dachte, jetzt würde er die ganze Geschichte hören, ihre Geschichte, doch sie gab ihm das Handy nur schweigend.

Es gab eine neue Nachricht darauf, die erste seit Langem.

»Woher hast du das gewusst?«, flüsterte Calvin.

»Lies«, sagte Dschinan.

Bin in Homs. Probleme hier.

Eingekesselt von Bashars Truppen. Keine Nahrung. Keine Medikamente. Zu wenig Waffen. FSA in Aufloesung.

Ich dachte, du bist verrückt, nach Raqqa zu gehen. Ich bin der Verrückte gewesen.

Sag meinen Eltern, ich liebe sie, wenn du sie siehst.

Sag, ich bin einer von den Maertyrer-Idioten geworden.

Hast du D gefunden?

Kamal.

Er schrieb sofort zurück, er tippte schneller als je zuvor.

D gefunden. Sind in Rojava. Komm her. Kommst du da raus?

Es dauerte nur Sekunden, bis er diesmal eine Antwort hatte.

Nein.

Danach gab es keine Antworten mehr auf Calvins Fragen. Kamal schien die Verbindung verloren zu haben. Calvin gab das Handy weiter, damit Dschinan es übersetzen lassen konnte.

Dann zogen sie sich wieder an und verließen das Meer der Schafe. Der kurze und schmerzhafte Wunsch durchzuckte Calvin, eines von ihnen zu sein.

»Ich lerne schießen«, sagte er leise zu ihren wolligen Rücken. Aber den Schafen war es egal.

Am Morgen erfuhren sie, dass Sarah tot war.

Ihre Leute hatten den Kontrollposten gegen einen Angriff der syrischen Armee gehalten, einen Vergeltungsschlag für das angeblich abgebrannte Dorf. Die Armee hatte nicht vorrücken können, aber Sarah nützte das wenig. Sie hatten sie ganz zu Anfang erschossen, noch vor dem eigentlichen Kampf, als sie versucht hatte, die ersten Fahrzeuge aufzuhalten, die die Schranke durchbrachen. Die kugelsichere Weste hatte sie nicht retten können.

Calvin dachte an ihr Lachen und ihr glänzendes, schwarzes Haar.

Es war ein Tag der Beerdigungen und der Klagen, zuerst die muslimische Beerdigung der drei Jungs im Nachbardorf, in der kleinen Moschee, dann, am Abend, die christliche in der winzigen Kirche. Sie warteten nicht die übliche Zeit mit der Beerdigung, denn niemand wusste, was als Nächstes geschehen würde.

Die Leute hielten sich an den Händen, Christen, Alawiten, Sunniten. Kurden und Nicht-Kurden. Das ganze Dorf war da, alle außer Adam. Said und er schworen Rache an seinem Krankenbett, aber Rache an den Panzern der Armee ist ein leeres Versprechen.

Die Bilder und Videos von Sarah würden auf Kamals altem Handy überdauern. Was sie gesagt hatte, war wahr geworden. Mehr Särge für den digitalen Friedhof.

An diesem Tag zeigte Said Calvin, wie man ein Gewehr richtig hält.

Am Morgen darauf war Dschinan verschwunden.

Calvin fand einen Zettel bei den Schuhen, die er jetzt trug: alte Schuhe von Saids Vater. Auf dem Papier standen zwei Wörter, die keiner Übersetzung bedurften, Wörter in europäischer Schrift.

Die Worte HOMS und KAMAL.

Sie war zurückgegangen nach Süden.

Das war es gewesen, was sie gemeint hatte auf dem Bergkamm und in der Nacht im Schafspferch.

Sie hatte ihm die Zerstörung gezeigt, die Narben des Landes und die Narben ihrer Vergangenheit. Sie hatte ihn gebeten, zu verstehen, dass sie gehen musste.

Dass sie dort bleiben musste, wo die Zerstörung war, solange es noch Erde gab, in der im Frühjahr etwas wachsen konnte. Sie war die Hoffnung, sie war ein Prinzip, er hatte es schon damals gedacht.

Aber das Gold der Sonne, die die Gasse draußen beleuchtete, war eisig an diesem Morgen, das Frühjahr fern. Calvins Atem stieg in kleinen Wolken auf, und er war nicht sicher, dass Dschinan mit irgendetwas recht hatte.

Er fluchte lange und merkte, dass er es auf Arabisch tat.
Er würde sie rausholen.
Ein zweites Mal.

Internetsuche:

» *Rojava*
» *Geschichte der Kurden YPG*
» *Kontingentflüchtlinge Syrien*

II.

»13 neighborhoods under siege since June 9, 2012«
»250 families on the verge of dying of hunger«
»591 days of siege«
»To die of silent starvation is just another massacre of Assad«
»To die of hunger is more painful than to die of chemical weapons«

(Aufschriften auf Schildern der Aktion »Homs in yellow« in Homs, 19. 01. 2014)

In Berliner Klubs tanzen jedes Wochenende 40 000 bis 50 000 Menschen. Im Jahr sind es bis zu drei Millionen. (…)
Rund 8500 ambulant tätige Ärzte und Psychotherapeuten kümmern sich um die Gesundheit der drei Millionen gesetzlich krankenversicherten Berliner. (…)
Das KaDeWe ist das größte Kaufhaus in Kontinentaleuropa. 500 Mitarbeiter sind allein in der 7000 Quadratmeter großen Feinkostabteilung beschäftigt. (…)
2010 gab es 109 488 Hunde und 1842 Kinderspielplätze.

(aus »20 krasse Zahlen und Fakten, die zeigen, dass Berlin die coolste Stadt Deutschlands ist«, 06. 08. 2014)

Das Café hieß *elf* und bestand größtenteils aus taubenblauen Fliesen und alten Sesseln.

Es war unglaublich voll an diesem Neujahrsmorgen. Die Leute stauten sich vor der Theke, tranken ihren Saft und ihren Kaffee im Stehen und unterhielten sich, noch verschlafen, über den Beginn des neuen Jahres. An den Tischen saßen junge Familien mit kleinen Kindern vor Tellern voll bunter Frühstückskunstwerke.

Der Weg von Niks Wohnung hierhin war mit Scherben und Müll gepflastert gewesen, die Stadt sah wüst aus, selbst Prenzlauer Berg. Wenn man nach oben sah, sah man nur die Häuser und die Spitzen der Bäume, die die Straßen säumten. Nuri hatte nach oben gesehen.

Der Himmel war blau.

Jetzt saßen sie an einem winzigen Tisch im Fenster, und Nik schob verlegen das kleine Pappschild beiseite, auf dem RESERVIERT stand. »Es ist eine Art Tradition«, sagte er. »Ich komme immer am Neujahrsmorgen hierhin.«

»Mit …?«

»Mir selbst. Und einem Buch. Oder einer Zeitung. Aber in letzter Zeit ist es mit den Zeitungen so eine Sache.« Er zuckte die Schultern. »Lese ich nicht mehr so gerne. Jedenfalls ist es schön, alleine hier zu sitzen und sich anzusehen, wie die anderen Leute alle reden müssen und Probleme lösen und Babys füttern … Und du lehnst dich zurück und denkst, dass dich das alles nichts angeht. Dass du … losgelöst bist. Keine Kinder. Keine Politik. Keine Problemlösungen.« Er zuckte plötzlich die Schultern, als wäre ihm aufgefallen, dass er zu viel über sich selbst preisgab.

»Wenn du allein sein willst, warum hast du mich mitgenommen?«

»Du lagst auf meinem Sofa«, sagte Nik und lächelte. Dann schob er ihr die handgeschriebene Karte hinüber. »Ich lade dich ein.« Er sah immer schüchtern aus, wenn er lächelte, so wie an jenem ersten

Tag im Flur des Asylbewerberheims. Es passte nicht, dachte Nuri. Es passte nicht zu jemandem, der so selbstbewusst erzählte, dass ihn die Probleme der anderen nichts angingen.

Nichts passte.

Nik bestellte irgendetwas, weil Nuri sich nicht entscheiden konnte. Es gab zu viele Dinge, über die sie nachdenken musste, und in ihrem Kopf kochten noch immer die Ereignisse der letzten Nacht. Imad hatte sich übers Handy gemeldet und gesagt, ihm ginge es gut und wo sie steckte, und sie hatte geschrieben, Nik und Andrea hätten sie mitgenommen, sie würde mit ihnen frühstücken und alles wäre gut. Andrea war zwar nicht da, aber irgendwie schien es ihr keine gute Idee, zu schreiben, dass sie nur mit Nik frühstückte. Jemand wie Imad würde vermutlich eifersüchtig werden, auch auf einen zwanzig Jahre älteren Sozialarbeiter.

Das Frühstück, das kam, sah unglaublich gesund aus und zu schön zum Essen.

»Wenn du das alles nicht willst … Menschen … Probleme … Politik …«, begann Nuri. »Warum bist du Sozialarbeiter? Warum machst du mit bei dieser Hellersdorfgeschichte?«

Nik trank einen Schluck Kaffee. Kaffee mit Milch. Fünfzehn Jahre Deutschland.

»Ich bin nicht Sozialarbeiter.«

»Wie?«

»Andrea ist Sozialarbeiterin. Andrea ist bei *Hellersdorf hilft*, zusammen mit einer Menge anderer netter Deutscher übrigens. Andrea ist die Schlüsselfigur. Ich bin Programmierer.«

»Was?«

Nik grinste. »Andrea und ich kennen uns schon ziemlich lange. Sie wollte mich zu einer Gegendemo mitschleifen, in Hellersdorf. Im August, als die Naziaufmärsche da überall in der Zeitung waren. Ich habe gesagt, ich mache lieber was anderes …« Er zuckte die Schultern. »Vielleicht war nach fünfzehn Jahren die Zeit reif. Das hört sich doch gut an, dass die Zeit reif ist. Manchmal sind die Deutschen unerwartet poetisch.«

»Nik … Warum bist du hierhergekommen? Vor fünfzehn Jahren?«

»Zum Studium«, sagte er. »Mehr oder weniger.«

»Man kann nicht einfach kommen und studieren und bleiben, Deutschland ist kein Selbstbedienungsladen«, sagte sie auf Arabisch. »Irgendeinen anderen Grund musst du gehabt haben. Die Leute behalten ihre Wirtschaftskraft und ihr Geld schön bei sich in ihrem … in ihrem verdammten, selbst gebastelten Gartenzwergidyll.«

Das Gift in ihren Worten tat ihr schon Sekunden später leid. Natürlich stimmte es nicht. Natürlich gab es Menschen, die halfen. Menschen wie Andrea und die anderen aus ihrem Hellersdorfer Verein. Menschen, die Spenden beim Heim abgaben, immer wieder. Menschen, die ihr Idyll freiwillig mit denen teilten, die herkamen.

Sie sah sich um, das Idyll bestand hier vor allem aus Obst und glücklichen, jungen, modernen Müttern und Vätern. Einer, mit einem winzigen Baby auf dem Arm, war so blond wie Calvin. Er war auch so schlaksig, hatte dieselben kurzen Haare … Er wandte ihr den Rücken zu. Nur das Baby sah sie aus großen, verwunderten Augen an, sein Köpfchen auf der Schulter des Vaters.

Ihr wurde seltsam heiß. *Er ist es,* dachte sie. *Er ist hier, irgendetwas ist geschehen, und jetzt sitzt er hier und hat ein Baby, aber wer ist die Mutter? Wer sind diese Leute, mit denen er spricht?*

Sie murmelte eine Entschuldigung und stand auf, um an dem Tisch vorbeizugehen, zur Toilette. Als sie sich umdrehte, sah der Mann mit dem Baby von vorne völlig anders aus als Calvin.

Es war genau wie in ihren ersten Wochen in Berlin, es war ein Rückfall.

Sie ging auf die Toilette, wusch sich danach das Gesicht lange mit kaltem Wasser und starrte feindselig in den Spiegel. »Du wolltest einen Schlussstrich ziehen«, flüsterte sie. »Imad wartet darauf, dass du genau das tust. Und deine Eltern warten auch. Du wolltest einen Schlussstrich ziehen wie Cindy … Und genau wie Cindy kannst du es nicht.«

Als sie zurück zu Nik ging, war das Baby am Nebentisch auf der Schulter seines Vaters eingeschlafen. Nuri dachte an die kleinen gelbbraunen Wollsocken, die Cindy gestrickt hatte. Socken für ein Kind, das es niemals geben würde. Socken für ein Kind, dessen Vater Calvin hätte sein müssen, irgendwann in Nuris Leben.

Nik klappte das Buch zu, in dem er gelesen hatte, als sie an den Tisch trat, und sah sie eine Weile nur an. »Hast du einen Geist gesehen?«, fragte er schließlich. »Du bist weiß wie der Schnee, der nicht fällt.«

»Ich sehe dauernd Geister«, antwortete Nuri und bemühte sich, zu lächeln. »Ich … Ich habe Pascal gesehen. Gestern. Vielleicht war er auch ein Geist. Du weißt, Pascal, von dem ich erzählt habe … Und ich habe Calvin gesehen, und er sah glücklich aus. Zum ersten Mal. Pascal war draußen, vor der Fensterscheibe des Autos, am Oranienplatz. Und Calvin war irgendwo, wo es Berge gab, und … Es ist alles so verwirrend!« Sie stützte den Kopf in die Hände und wühlte die Finger tief in ihr Haar.

»Nik, ich … Tut mir leid, was ich vorhin gesagt habe. Über Gartenzwerge. Vergiss es. Es war nicht fair. Ich bin … ein bisschen …«

»Verbittert«, sagte Nik.

»Ja. Aber ich muss versuchen, wieder anders zu werden. Irgendwie … positiv. Und ich denke, Imad kann mir helfen. Wenn Pascal nicht mehr … existieren würde, dann ginge es. Dann könnte ich weiterleben. Normal weiterleben. Wenn Imad Pascal für mich … loswerden würde.«

Nik betrachtete sie aufmerksam. »Loswerden.«

»Ich meine … Nik … Sie werden Pascal nie verurteilen, oder

vielleicht kriegt er ein paar Jahre Haft, so läuft das doch, danach kommt er wieder raus. Die Syrer sind ein Volk von Clans. Und Clans nehmen Rache.«

»Du hörst dich gar nicht an wie Nuri«, sagte Nik leise, »sondern wie ein Computerspiel von jemandem, der glaubt zu wissen, was Syrien ist. Zu viel mit Ridha gesprochen?«

»Lachst du mich aus?«

»Nein. Ich hatte meine eigenen Rachegedanken. Lange her. Ich habe sie gepflegt, ich habe davon geträumt, ein paar Leute umzubringen. Aber es ist lächerlich. Es befriedigt einen auf die Dauer nicht. Die Christen sehen das alles anders, die Christen verzeihen. Selbst ihren Feinden.«

»Dann sind sie verrückt.«

»Auf jeden Fall.« Nik lächelte. »Vielleicht bin ich deshalb Christ geworden. Weißt du, die Christen sind eigentlich nur faul. Hass ist so unglaublich anstrengend. Ich habe beschlossen, mich zurückzuziehen und nicht mehr zu hassen und … auch sonst nichts mehr zu tun. Politisch.«

»Du bist erst Christ *geworden*?«

»Ja. Hier. In Deutschland. Ich meine, na ja, kein Vollblutchrist. Ich bete nicht andauernd oder lese die Bibel. Ich bin mehr ein … philosophischer Christ?«

»Was warst du vorher?«

»Sunnit. Wie die meisten bei uns.«

»Und das war wo?«

»Eine unbedeutende Stadt im Süden. Trocken, staubig, vergiss es.« Er holte das Handy heraus, das leise summte. »Andrea.« Er lauschte eine Weile, sagte ein paar Worte, nickte, legte auf. Atmete einmal tief durch. »Okay. Sie haben gestern Nacht zwei Böller an die Türen des Asylbewerberheims geklebt und gezündet. Gegen kurz nach eins. Das Glas ist gesplittert, aber niemandem ist was passiert. Jetzt ist das Viertel voll mit Zeitungsleuten. Bei den Räumen von *Hellersdorf hilft* war auch was. Schaden in Höhe von ein paar Tausend Euro. Prosit Neujahr.«

»Das kommt dabei heraus, wenn man es zu spät sagt«, wisperte Nuri.

Sie dachte an ihre Eltern. Sie mussten angerufen haben, ehe es unten geknallt hatte. *Prosit Neujahr.*

»Weißt du, was Andrea sagt, worüber sich die Leute vor allem aufgeregt haben?«, fragte Nik. »Nicht nur die Rechten. Darüber, dass die Asylanten Feuerwerk hatten. Da will so ein blöder Asylant doch tatsächlich auch mal eine Rakete steigen lassen, statt nur Socken und Brot zu kaufen. Kann man alles auf Facebook bei der *Bürgerbewegung Hellersdorf* nachlesen. Komisch, klingt ganz ähnlich wie *Hellersdorf hilft*. Ist nur das Gegenteil.« Er sagte all das sachlich, unaufgeregt, beinahe emotionslos. Und sehr müde.

Aber es war doch erst Morgen, dachte Nuri, der erste Morgen im Jahr 2014!

Sie sah Nik an, wie er da saß, mit seinen grauen Strähnen in den schwarzen Locken, mit seiner etwas in die Breite gegangenen Figur, seinem etwas zerknautschten Baumwollhalstuch, seinem Buch, das er endlich in Ruhe weiterlesen konnte, wenn sie ging. Er hatte fünfzehn neue Jahre in Deutschland erlebt, fünfzehn Mal die Chance auf Veränderung und Neubeginn. Hatte nie einer stattgefunden?

Sie stand auf und trat zum ihm, legte eine Hand auf seine Schulter, ganz sacht.

»Alles wird irgendwie anders«, flüsterte sie. »Besser. Du wirst sehen. Ich weiß noch nicht, wie … Es gibt doch ein neues Jahr. Es gibt … Es gibt eine Art von Zukunft, oder? Ich will einfach, dass es sie gibt, und deshalb gibt es sie. Und du kannst tausendmal behaupten, du würdest dich nur zurücklehnen und den anderen Leuten beim Problemlösen zugucken. Es stimmt nicht, du weißt es.

Du machst so viel … du und Andrea und … Es gibt so viele Menschen, die helfen …«

»Reine Beruhigung des eigenen Gewissens«, sagte Nik. Doch der Versuch, zynisch zu sein, misslang. Er legte eine Hand auf ihre, die, die noch immer auf seiner Schulter ruhte, und drückte sie ganz kurz.

»Danke für das Frühstück«, sagte Nuri. »Und für das Sofa.«

Und dann ging sie, über die taubenblauen Fliesen, an den alten Sesseln mit den jungen Familien vorüber, hinaus in einen kalten ersten Tag.

Nuris Vater stand am Fenster, als sie das Zimmer betrat, und wirkte besorgter als je zuvor.

An der Wand hingen zwei neue Porträts von Leuten, die Nuri noch nie gesehen hatte.

Ummi bemerkte ihren fragenden Blick.

»Freunde von früher«, sagte sie. »Kennst du nicht.«

»Woher wisst ihr, dass sie …?«

»Dein Vater guckt ab und zu irgendwo ins Internet«, sagte Ummi beiläufig, als spräche sie über Zucchini oder Oliven, und räumte irgendwelches Geschirr beiseite. »Er hat eine E-Mail bekommen.« Sie klang tatsächlich völlig distanziert, als wäre der Tod nur noch ein Vorwand für ihre Zeichnungen. Nuri fragte sich, was wirklich in ihr vorging. Im Grunde, dachte Nuri, hatte sie ihre Mutter nie wirklich gekannt. Mariam war Ummi näher gewesen.

»Abi«, sagte sie und stellte sich neben ihren Vater ans Fenster. »Diese Böllergeschichte …«

»Böllergeschichte? Ach so. Die Haustüren. Ja.«

»Das ist es nicht, was dir Sorgen macht, oder? Sind es die beiden, die Ummi gemalt hat?«

»Man kann ihnen nicht mehr helfen«, murmelte Abi. »Insofern.« Er sah sie kurz an, kurz und sehr ernst, dann sah er wieder aus dem Fenster. Und dann nahm er sie in die Arme und drückte sie fest an sich. Da war noch etwas, das ihm auf der Seele lag, sie spürte es. »Wie war deine Silvesternacht?«

»Imad hat mir eröffnet, dass er homosexuell und mit einem pakistanischen Drogendealer liiert ist«, sagte Nuri. Und dann, mit einem trockenen Lachen: »Nein. Es war nichts. Macht euch keine Hoffnungen. Es war nichts bis auf … eine Schlägerei. Ich sollte ihn anrufen.«

Sie verbrachte den Beginn des neuen Jahres neben einem Bett in einer WG in der Oranienstraße.

Imad war nicht so gut darin, ungeschoren aus Schlägereien hervorzugehen, wie er gerne glaubte. Diesmal hatte es ihn erwischt, er hatte einen Stein oder eine Flasche abbekommen, genau wusste er es nicht mehr, in jedem Fall war er es, der die Gehirnerschütterung hatte, die Nik ihr hatte anhängen wollen. Er lag in seinem winzigen WG-Zimmer, und ein warmes Lächeln breitete sich über sein Gesicht, als er Nuri durch die Tür treten sah.

Sie kniete sich auf den Boden und nahm seine Hand.

»Ich fürchte, ich hab eine Anzeige an der Backe«, flüsterte er. »Wegen Körperverletzung oder Ruhestörung oder was. Die Bullen hätten mich fast mitgenommen. Aber sie hätten unmöglich alle mitnehmen können.«

»Hätten sie nicht die Nazis mitnehmen können?«

»Oh, das auch«, sagte Imad und grinste. »Das haben sie. Aber eben nicht nur. Es muss gerecht verteilt sein, verstehst du.«

»Imad«, wisperte Nuri und beugte sich ganz nahe zu ihm. »Ich habe jemanden gesehen. Gestern Nacht. Den Mann mit den kältesten blauen Augen auf der Welt. Er hat mich zu lange angesehen damit, vielleicht ist ein Teil von mir gefroren …«

»Nura? Wovon redest du?«, flüsterte Imad und schloss erschöpft die eigenen Augen, seine dunklen, durchdringenden, niemals kalten Augen, ohne ihre Hand loszulassen.

»Du musst mir helfen«, wisperte Nuri. »Du bist der Einzige, der es kann. Hör zu.«

Sie erzählte ihm in diesen ersten Tagen des Jahres alles über Pascal und die Clique. Es waren lange, eisige Tage, und sie saß an Imads Matratze und trank mit ihm zusammen Tee und erzählte, während Ayse und Janni mehr Tee kochten und draußen der deutsche Schnee in sanften, großen Flocken fiel. Nuri fand ein Bild von Pascal im Netz, das sie Imad zeigte.

Am vierten Januar lief sie bei der Demo für das Asylbewerberheim mit, die am Alice-Salomon-Platz in Hellersdorf startete, vor dem Einkaufscenter. Ein paar Tage später verzierten drei junge Leute die Türen und Fenster des Heims mit rechten Aufklebern. Noch ein paar Tage später tauchten neun ordentlich angezogene Deutschlandfahnenträger vor der notdürftig reparierten Eingangstür auf.

Keiner von ihnen war Pascal.

Und neben Nuris Matratze lagen zwei winzige Stricksocken, die sie nie ansehen konnte, ohne unwillkürlich zu lächeln. Cindys Geschenk.

Im Westen von Homs liegen Obstgärten am Orontes oder am Nahr-al-Asi, dem Fluss, der verkehrt herum fließt, aber in den Jahren nach 2011 gab es kein Verkehrtherum mehr, weil alle Flüsse nur noch Tränen führten, die aus den Städten hinausgetragen werden mussten, und hinaus ist in jede Richtung dasselbe. Im Westen von Homs liegen Obstgärten am Orontes … Äpfel und Aprikosen, Orangen und Zitronen, Mispeln und Granatäpfel, grüne Blätter und strahlend rote und gelbe Kugeln wie auf einem naiven Bild. Die Zikaden zirpen im Sommer im Gras. Und im Winter fällt der Schnee ganz leise, ganz behutsam, bedeckt die Bäume mit einer dünnen Schicht von Träumen, und der Frost sammelt sich weiß auf den ausgetretenen kleinen Wegen. Im Westen von Homs liegen Obstgärten am Orontes. Oder lagen. Jetzt sind viele der Bäume abgeholzt, Panzerspuren durchziehen das Erdreich.

Und im Norden liegen Khaldije und Bajada, die ehemals befreiten Viertel, befreit von Gebäuden und Leben. In Khaldije ist es im Winter 2013/14 so frei, dass man durch die Häuser hindurchsehen kann, und wenn man in der Kairostraße steht, wirken die mehrstöckigen, grauen Fronten wie die Vorderseiten offener Puppenhäuser. Bis zum Sommer konnte man dort nicht stehen, weil man erschossen wurde, wenn man die Kairostraße betrat, Grenzstraße zwischen Armee- und FSA-Gebiet. Jetzt, zu Beginn des Jahres 2014, ist das Viertel wieder unter Armeekontrolle. Und es steht auch niemand in der Kairostraße. Es gibt dort niemanden mehr.

Im Süden liegt die Universität, um die herum das Leben so tut, als würde es seit der Rückeroberung normal weitergehen, die Geschäfte sind offen, die Straßen belebt. Im Osten ist es ähnlich.

Und im Westen, unterhalb der Obstgärten, liegt Baba Amr, das ärmste Viertel, in dem man die Frauen der Kämpfer nur als huschende Schemen sieht. Sah. Auch das, was von Baba Amr geblieben ist, wenig, lauscht jetzt wieder den Befehlen der Armee.

Nur in der Altstadt harrt die Opposition aus, als der Winter 2013/14 sich auf Homs senkt. Die kleinen, schmalen Straßen in Bab Drib, Bab Sbaa und Safsafi bieten den letzten Revolutionären ein Heim. Ohne Strom, ohne Wasser, ohne Versorgung natürlich.

Seit einer Weile ist vielen Bewohnern von Homs nicht mehr klar, worum die FSA und das Regime überhaupt noch kämpfen. Um die letzten Ruinen der Moscheen? Es gibt nichts mehr in dieser Stadt, das irgendeinen Wert hätte.

Unter den zerstörten historischen Häusern leben in diesem Winter noch um die dreitausend Menschen. Irgendwo zwischen den Trümmern schlafen abends Frauen mit kleinen Kindern in ihren Armen ein, und manche wachen jeden Tag wieder auf. Sie sind eingeschlossen von der Armee, alle Zufahrtswege für Medikamente oder Nahrung blockiert. Es gibt kein sauberes Wasser.

Aber die Opposition ergibt sich nicht.

Dies ist die letzte Bastion der Freien Syrischen Armee, das Letzte, was von der Hauptstadt der Revolution geblieben ist, in der drei Jahre zuvor so fröhlich die grün-weiß-schwarze Flagge der Zukunft geschwungen worden war.

Und dort, unter der Stadt, unter den Straßen, unter den Häusern, ist ein Junge unterwegs, der manchmal Schwierigkeiten hat, sich an seinen Namen zu erinnern. Bei den Kurden hieß er zuletzt nur noch der Verrückte: *Dîno*, ein irgendwie liebevoller Beiname.

Vielleicht heißt er auch Taufiq oder möglicherweise Anders. Oder Calvin.

Said war der Einzige gewesen, der ihm nicht gesagt hatte, er wäre verrückt.

Said, das hatte Calvin erst bei ihrer Beerdigung erfahren, hatte Sarah geliebt, aber er hatte es ihr nie gesagt, er hatte um ihre Hand anhalten wollen, wenn alles vorüber war. Nun war es vorüber, für Sarah, und Said wäre vermutlich bereit gewesen, verrücktere Dinge zu tun, als nach Homs zu gehen, wenn er sie hätte zurückholen können.

Geh und hol sie zurück, das war es, was er gesagt hatte.

»Hol dein goldenes Mädchen zurück und euren Freund auch, und dann lass das Mädchen nie wieder los.«

»Du verstehst nicht«, hatte Calvin begonnen. »Sie ist nicht mein Mädchen … Sie ist … Ich weiß eigentlich gar nicht, was sie ist. Vielleicht nur eine Idee. Ich weiß immer noch nicht, ob es sie wirklich gibt. Ich meine, gibt es dafür einen Beweis?«

Said hatte ihn nur stumm und lange umarmt. Er hatte ihn die Geografie der Stadt auswendig lernen lassen, mit einer Karte aus dem Netz, stundenlang, er hatte Calvin mehr arabische und ein paar englische Sätze beigebracht, die er für wichtig hielt, hatte ihn mit einer Waffe ausgerüstet, die er leicht und unauffällig bei sich tragen konnte: Wissen.

Als Calvin sich von ihnen allen verabschiedet hatte, ahnte er, dass er sie nicht wiedersehen würde. Von Homs aus gab es kürzere Wege zur Grenze. Von Homs aus gab es kürzere Wege überallhin. Vor allem ins Nichts.

Der Freund eines Freundes eines Freundes hatte ihn im Pickup mit nach Süden genommen, er hatte die Kontrollen irgendwie mit Kamals Pass überstanden, er war jetzt daran gewöhnt, wie man sich zu geben hatte. Er war wieder in einen Bus gestiegen, war das letzte Stück zu Fuß gegangen, vor sich schon die Stadt: eine moderne Großstadt, mal wieder, aber eigentlich mehr eine Staubglocke. Der Staub gefror in der Luft. Es war klirrend kalt.

Westlich von Homs lagen Obstgärten am Orontes. »Geh dorthin«, hatte Said gesagt. »Zu den Gärten am Fluss. Der Fluss fließt verkehrt herum, und du wirst verkehrt herum gehen – nicht aus der belagerten Stadt hinaus, sondern hinein.«

Calvin war von Osten gekommen, war in einem weiten Bogen um die ganze Stadt herumgewandert, und die Außenviertel wirkten erstaunlich normal. Wenn man die Anwesenheit von Panzern und Militärkontrollposten an jeder Ecke normal findet.

Es wäre ein eigener Roman, zu beschreiben, wie man im militärischen Gürtel um Homs die richtigen Leute findet. Er hatte sie gefunden. Zwischen zerstörten Orangenplantagen, in einer winzigen Siedlung, nahe beim Fluss. In seiner Erinnerung war der Fluss rot, weil Nuri das Blut darin gesehen hatte. Jetzt war er weiß wie die Kälte. Nicht gefroren, aber seltsam träge. Müde.

»Du willst wirklich in die Altstadt, ja?«, fragte der Mann, mit dem Calvin zuletzt sprach. Einer der Soldaten der FSA. Sie standen am Ufer neben einer Handvoll Pistazienbäume, die nicht gefallen waren. Sie würden wieder blühen und tragen, wenn das Frühjahr kam.

»Wenn du gehst, wirst du nicht wiederkommen. Keiner von uns. Damit muss man rechnen.«

Das Handy übersetzte nicht. Nicht hier. Er verstand die Bedeutung der Worte so.

»Ja«, sagte er nur.

»Wir haben Tunnel gegraben. Den letzten haben sie vor ein paar Wochen zugeschüttet.«

»Ja.«

»Woher weiß ich, dass du nicht von denen kommst? Dass du kein Spion bist?«

Er glaubte es nicht, dachte Calvin, wenn er das glaubte, hätte er Calvin vermutlich längst eine Kugel durch den Kopf gejagt. »Ich bin aus Europa. Ich suche jemanden.« Er hatte es schon hundertmal gesagt.

»Woher weiß ich, dass es die Wahrheit ist?«

Da bückte Calvin sich und schlüpfte aus seinem Turnschuh. Er trug jetzt zwei verschiedene Turnschuhe, einer stammte von Adam, aber den andern, den von Kamal, hatte er noch immer. Er zog den Pass aus der Lasche.

»Ein Freund«, sagte er. »Kamal Aljafari. Den suche ich. Und das goldene Mädchen.«

Der Mann nahm den Pass und sah ihn lange an, und Calvin bekam schon Angst, er würde jetzt doch zur Waffe greifen, weil er glaubte, Calvin hätte Kamal den Pass gewaltsam abgenommen. Aber schließlich gab er ihn zurück. »Er ist drin«, sagte er. Und nickte in Richtung Altstadt. »Er ist im Oktober gekommen. Ich habe lange nichts von ihm gehört.«

»Er hat mich angerufen. Vor ungefähr zehn Tagen.«

Der Mann nickte. »Der Tunnel … Er ist vielleicht nicht so zugeschüttet, wie sie denken. Morgen gehen wir.«

Sie waren zu fünft. Die Säcke, die sie mit sich schleiften, passten kaum durch den engen Gang: Mehl, Reis, Bulgur, Linsen. Zigaretten. Einige wenige Medikamente. Patronen. All das war mehr wert als Gold in der eingekesselten Altstadt.

Wie seltsam, dachte Calvin, niemand hatte »Schreib das auf« gesagt, als sie an diesem Morgen losgegangen waren, ehe die Sonne über die Obstgärten stieg. Diese Leute waren so weit, dass es ihnen egal erschien.

Der Eingang zum Tunnel war von trockenen Weinranken bedeckt. Sie krochen an der verschütteten Stelle vorbei, die die Männer notdürftig freigeräumt hatten, quetschten sich zwischen scharfkantigen Steinen hindurch wie Eidechsen und krochen weiter, blind, in absoluter Dunkelheit. Niemand hatte eine Taschenlampe angeknipst, Batterien waren zu wertvoll.

Im Dunkeln sah Calvin Nuris Augen. Sie waren grün. Aber das waren die Augen von Dschinan …

Und dann war da wieder Licht, ein schweres Brett wurde beiseitegeschoben – sie standen in einem niedrigen Kellerraum. Und traten, vorsichtig, hinaus in den beginnenden Tag. Es war ein schöner Tag, noch immer eisig und sehr klar.

Good Morning, Homs.

Nie hatte er solche Zerstörung gesehen.

Auf Bildern ja. Auf YouTube. In der Zeitung. Aber nie in der Realität. Er stieg über Steinquader uralter Häuser, die einmal schön gewesen sein mussten, über Schuttberge, Kabelgewirr, gefallene Strommasten, ging den anderen nach, die mit ihm gekommen waren. Einmal rannten sie, als sie eine Straße überqueren mussten. In der Ferne lag etwas unter den Steinen, das ein Stück Stoff oder ein Körper sein konnte.

»Den haben sie nicht begraben«, sagte der Mann vor ihm. »Der liegt da schon seit fünf Tagen. Man kann die Straße da vorn nicht betreten, die beobachten sie von außen.«

Calvin hoffte, er hätte es falsch verstanden, vielleicht hatte der Mann etwas ganz anderes gesagt. Aber Worte wie *beobachten* und *begraben* verstand er inzwischen zu gut.

Dies, dachte er, war das Ende der Revolution, von deren Anfang Nuri ihm erzählt hatte. Und das Ende seiner Reise. Entweder würde er Dschinan finden und alles hinter sich lassen oder für immer hierbleiben, unter den Trümmern. Nach Homs gab es kein Ziel.

Der Keller, in den sie ihre Säcke brachten, befand sich nur ein paar Straßen weiter, aber sie brauchten eine gute Stunde. Alles blieb ruhig, aber es war besser, nicht unvorsichtig zu sein. Dieser Teil der Altstadt befand sich zu nah am Gebiet der Armee. Die Scharfschützen stachen ab und zu mit ihren Schüssen ins Viertel wie mit Stöcken in einen Ameisenhaufen, um zu sehen, ob noch etwas lebte. Da war einer, sagten sie, der schoss gerne auf Katzen, nur so zum Zeitvertreib. Früher war er in Baba Amr stationiert gewesen, dann in Khaldije, jetzt hier. Wenn du bei dem und dem Kontrollposten über die Straße gehst, hieß es, schick elf Katzen voraus, dann ist das Magazin leer, wenn du kommst.

Sie erzählten ihm diesen Witz im Keller, mit Händen und Füßen, sie lachten viel. Der Raum war voller Leute, lachender Leute mit hungrigen Augen, die die Lebensmittel umpackten, ohne sie anzutasten – sie in winzige Rationen für andere teilten. Eine Frau mit Kopftuch, aber ohne Schleier, machte Tee, die Mutter eines Kämpfers. Sie lächelte Calvin an, ihr Gebiss fehlerhaft, ihre Haut grau und faltig, uralt. Sie sagten, sie würde im nächsten Jahr vierzig.

Sie sagten auch, es gäbe kaum noch Teeblätter. Zum ersten Mal war der Tee trinkbar.

»Das ist ein Freund von Kamal al-Deraai«, erklärte einer der Männer. »Er ist auf der Suche nach ihm und einem Mädchen, das in den letzten Tagen hergekommen ist.«

»Dschinan«, sagte Calvin. Und das Wort *golden*. Sie sahen ratlos aus.

»Durch den Tunnel ist kein Mädchen gekommen«, sagte die Frau entschieden.

»Der Tunnel«, sagte einer der Männer, »war bis gestern nicht freigeräumt.«

»Gibt es denn einen anderen Weg? An den Kontrollen vorbei?«

Sie schüttelten alle die Köpfe. »Und Kamal … haben wir lange nicht gesehen«, meinte einer, schulterzuckend. »Ich glaube, er war zuletzt drüben in Bab Drib. Vor zwei Wochen gab es Kämpfe da. Viele Verluste.«

»Wo genau war er?«, fragte Calvin.

»Es gibt kein *Genau* mehr in dieser Stadt. Die Menschen sind Geister, einmal hier und einmal da.«

»Ein bisschen wie die Häuser«, sagte einer der Männer. »Die sind einmal da und dann plötzlich nicht mehr da.«

Sie lachten alle.

»Dann gehe ich nach Bab Drib«, sagte Calvin. Er sah sich um, hoffend, dass jemand mitkam. Aber hier hatte man andere Aufgaben. Ein paar der Männer würden zurück durch den Tunnel gehen, um mehr Nahrungsmittel in die Stadt zu bringen. Ein paar blieben bei den Einheiten der Verteidigung.

»Mohammed kann dich bis an den Rand des Viertels führen«, sagte einer schließlich. »Danach übernimmt Allah.« Und wieder lachten sie.

Mohammed war etwa zehn Jahre alt und mager wie ein streunender Hund. Er hatte große Augen und genauso große Ohren. Offenbar war er der jüngste Sohn der Frau, die den Tee gemacht hatte. Er kam und setzte sich zu ihnen, als sie zusammen aßen: Bulgur, eine Handvoll für jeden.

»Bis heute hatten wir nur noch verschimmelte Vorräte«, sagte die Frau. »Schimmel kümmert keinen. Wir essen, was wir finden.«

»Mohammed ist gut im Singvögelschießen«, sagte ein Mann. Mohammeds Ohren wurden rot vor Stolz, und die Männer bewunderten alle der Reihe nach seine Steinschleuder. Einer, der ein Gewehr poliert hatte, polierte mit dem gleichen Tuch den Griff der Steinschleuder, ehe er Mohammed seine Waffe zurückgab.

»Gestern haben wir einen so kleinen Vogel gegessen«, sagte jemand, »dass wir nicht sicher waren, ob es sich wirklich um einen Vogel handelte oder um ein Gewürz.«

Verdammt, wie gerne sie lachten.

Als er ging, gab die Frau Calvin ein Stück Brot, so groß wie die halbe Fläche seiner Hand. Er riet halb und halb, was sie zu ihm sagte. »Steck es ein, für Notfälle. Und jetzt geh mit Gott und vergiss die elf Katzen nicht, die du immer bei dir haben solltest.«

Mohammed führte Calvin nur eine einzige kurze Gasse entlang. Dann betraten sie ein Haus, ein leeres Haus mit zerrissenen Vorhängen und umgekippten Möbeln, und Calvin fragte sich, was sie dort wollten. »Weg«, sagte Mohammed. »Das ist der Weg.«

Sie durchquerten die Wohnung, stiegen durch ein Loch in der Mauer ins nächste Haus, gingen durch mehr verlassene Räume. Auch in diesem Haus gab es ein Loch in der Wand des letzten Zimmers, und Calvin begann zu verstehen: Die Löcher waren von den Leuten selbst in die Wände geschlagen worden. Man konnte die ganze Häuserzeile entlanglaufen, ohne die Straße zu betreten, ohne sich irgendeinem Schützen auszuliefern. Sie rannten über einen

Hinterhof, krochen durch ein neues Loch, stiegen über satinbezogene Sofas, wanderten an offenen Küchenschränken vorüber, längst leer geräumt, kletterten über ein Ehebett, das noch bezogen war, aber mit einer dicken Schicht aus weißem Staub bedeckt, der aus der halb eingestürzten Decke kam.

In einem der Innenhöfe stand ein kleiner Springbrunnen aus Marmor. Alte Blätter sammelten sich in seinem Becken, die zugehörigen Bäume waren abgeholzt worden. Fast überall fehlten Türen und Fensterrahmen.

»Feuer«, sagte Mohammed.

»Es hat gebrannt?«

»Nein«, sagte Mohammed. »Wir verheizen das Holz. Gegen die Kälte. Türen sind aus Holz. Du bist aus Amerika?«

»Deutschland.«

Mohammed blieb stehen und strahlte auf einmal. »Deutschland! Fußball! Ich bin Fußballfan. Bayern München? Borussia Dortmund? Schalke?«

»Hansa Rostock?«

Mohammed schüttelte ratlos den Kopf. Dann strahlte er wieder. »Und Mercedes! BMW! Audi, Volkswagen, Opel! Später, wenn ich erwachsen bin, geh ich nach Deutschland. Frankfurt, Köln, Hamburg. Und ich kaufe mir einen Mercedes.«

»Man darf die Mercedese aber nicht mit ins Fußballstadion nehmen«, sagte Calvin auf Deutsch und grinste. »Nur, damit du es weißt.«

Mohammed sah ihn irritiert an. »Deutsch lerne ich auch noch«, sagte er auf Arabisch.

Sie kletterten durch das letzte Loch ins Freie und gingen wieder eine Straße entlang, Mohammed sagte, hier wäre es nicht gefährlich. Die Eingänge der Häuser waren fast alle zerstört, die Balkone, die an den Altstadthäusern klebten wie große Bienenwaben, sahen einsturzgefährdet aus, die Gitter vor den Läden waren herabgezogen und von Brandspuren überzogen. Berge aus Müll, Schutt und Scherben säumten den Straßenrand, aber mitten dazwischen saßen drei alte Männer auf Plastikstühlen und wärmten ihre Hände über den Flammen in einer alten Öltonne. Mohammed grüßte im Vorübergehen, wurde herangewinkt, Dinge gefragt, über den Kopf gestreichelt und mit einem Lachen wieder gehen gelassen. Am Ende der Straße wuchs ein Baum, den niemand verfeuert hatte, und daneben hing auf einem Balkon Wäsche: rot, orange, violett.

Überall gab es Farbflecken in den Trümmern, Zeichen von Leben. Ein sehr kleiner Junge spielte mit den Splittern eines Glasfensters. Ein Mädchen fuhr auf einem Fahrrad vorbei und klingelte wild.

Danach wieder Stille und Leere.

Und dann der Eingang zu einem überdachten Souk: niemand da, heruntergerissenes Wellblech, zerfetzte Sonnensegel, mehr Müll. Die bunt hingepinselten Namen der Geschäfte wirkten wie kleine, vergessene Schmuckstücke.

»Da durch!«, sagte Mohammed. »Hinter dem Souk liegt Safsafi. Links daneben Bab Drib. Niemals durch die Straße zur alten Zitadelle gehen, hinter Safsafi, okay? Merk dir das.«

Calvin nickte.

Mohammed nickte ebenfalls, und dann nahm er plötzlich Calvins Hand. »Das Mädchen«, sagte er leise. »Das goldene. Das nicht durch den Tunnel kam. Ich hab sie gesehen.« Er flüsterte jetzt. »Hier, im Souk! Ich darf da nicht durch. Aber sie war da. Am anderen Ende.« Er zeigte. »Die Sonne war um sie herum, und sie war wirklich golden. Sie hat gewinkt. Dann war sie weg.«

Er ließ Calvin los.

»Und wenn ich nach Deutschland komme, besuche ich dein Haus, ja?«

»Natürlich«, sagte Calvin auf Deutsch. »Und wir gehen zu einem Fußballspiel. Bayern München?«

Mohammed strahlte. »Bayern München«, wiederholte er. Dann drehte er sich um und rannte zurück.

Seine Schritte hallten in den leeren, überdachten Gängen des alten Marktes.

Und dann war er drüben, aber dort stand niemand im Licht. Vielleicht war das goldene Mädchen nur für Mohammed da gewesen.

Die Straßen in Safsafi sahen aus wie alle Straßen bisher. Er schlich an den Häusern entlang, vermied die Mitte. Gegen Abend sagte man ihm, er wäre in Bab Drib. Sie winkten ihn an eines der Feuer zwischen Schutt und Müll, und er wärmte seine frierenden Hände und zeigte Kamals Pass herum. Einer der Männer betrachtete ihn lange.

»Ja«, sagte er schließlich. »Der war hier. Sie waren an der Grenze, an der Straße zwischen hier und Zahra, in der Nähe des Friedhofs. Gab Kämpfe dort. Das war vor zwei Wochen. Dreißig waren da, zwölf sind zurückgekommen.«

»Und … Kamal?«

Der Mann schüttelte langsam den Kopf. Calvin schluckte.

»Wir wissen nicht, wer von denen lebt. Sie haben ein paar gefangen genommen.«

Calvin steckte den Pass ein. War es besser, gefangen zu sein, oder besser, zu sterben? Er trug noch immer Kamals einen Turnschuh. Er besaß noch immer Kamals altes Handy. Er hatte noch immer Kamals Worte in sich, seinen Blick.

Er musste nach Dschinan fragen. Er holte Luft – und dann explodierte die Abenddämmerung, die Stille unter der sinkenden Sonne barst, da waren Schüsse von der Grenze des Viertels her, Rufe, Gewehrsalven. Und, noch lauter jetzt, Granatfeuer, Motorenlärm. Die

Männer zogen Calvin ins nächste Haus, er duckte sich auf den Fußboden, und sie liefen weiter, er hörte das Wort »Keller«, aber es war hier zu dunkel, er sah nicht, wohin sie rannten. Er blieb einfach sitzen, während der Lärm näher kam, presste den Rücken an eine Wand, hinter ihm in der Straße wurde jetzt auch geschossen. Nach einer Weile drehte er sich um, auf den Knien in Staub und Abfall, und sah durch die Türöffnung nach draußen. Zwei Menschen rannten über die Straße. Einer fiel, der andere rannte weiter. Dann kam der Erste zurück, kniete neben dem anderen, versuchte, ihn wegzuschleppen. Noch ein Schuss. Der zweite Mann brach zusammen und lag jetzt neben dem ersten.

Calvin zog den Kopf zurück.

Er kroch vorwärts, ins Innere des Hauses wie ein Tier, und dann hockte er zwischen einem Sofa und einem Schrank und wartete, dass es vorüber war.

Früher hatte er immer kämpfen wollen. Seite an Seite mit Pascal und den Jungs in einem Krieg für Deutschland kämpfen, es aus seinen Ketten befreien, heldenhaft und tapfer. Lächerlich.

Dann hatte er wieder kämpfen wollen, für den Frieden diesmal, mit den Kurden.

Und jetzt? Jetzt kauerte er hier, hilflos, in einem verlassenen Wohnzimmer, während draußen Menschen starben. Er hasste sich dafür.

Aus dem Nachbarhaus schossen sie, vom ersten Stock aus, er hörte es deutlich, schossen nach draußen. Das war die FSA, das waren die Rebellen, die die Altstadt verteidigten.

Calvin zwang sich selbst, aufzustehen, fand einen Durchschlupf in der Mauer, rannte die Treppe hinauf. Und sah sie auf dem Balkon knien, die ewigen Kalaschnikows auf die Brüstung gestützt.

Nein, er hatte jetzt keine Angst mehr. Er durfte keine Angst haben.

Er dachte an die Kugeln, die die Männer auf der Straße niedergestreckt hatten. Die Schützen waren irgendwo da draußen. *Diese Hunde. Gebt mir ein Gewehr.*

Er war noch nicht auf dem Balkon, da sah er den Panzer am Anfang der Straße stehen, einen Panzer der Armee. Und dann begann das Gebäude zu schwanken. Er stützte sich an einer Wand ab, sah die Kämpfer aufspringen, doch die Mauer unter seiner Hand lebte, wand sich, der Boden neigte sich ganz langsam zur Seite, er atmete Staub ein, hustete, verlor das Gleichgewicht …

Etwas barst. Etwas krachte.

Er sah nichts mehr.

Als sich der Staub legte, befand er sich im Erdgeschoss. Er kniete auf dem Boden, und um ihn herum hingen die Teile des Hauses in seltsamen Winkeln. Metallträger ragten aus der Wand. Menschen rannten geduckt an ihm vorbei, draußen auf der Straße. Es gab keine Wand mehr zur Straße.

Dann war alles still.

Die Schüsse und Explosionen entfernten sich, und Calvin stand auf und stolperte hinaus. Hinter ihm fiel der Rest des ersten Stockwerks in sich zusammen und begrub den Raum, in dem er eben noch gekniet hatte.

Er spürte etwas Warmes im Gesicht, Blut, er wischte es weg, weil es ihm in die Augen geriet. Auf der Straße vor ihm lagen noch immer die Körper der beiden Männer. Einer rührte sich jetzt. Hob den Arm. Verdammt, er lebte noch.

Aus den Schatten des Gebäudes gegenüber kam eine Frau gelaufen, versuchte, den Verletzten hochzuzerren. Diesmal schoss niemand. Aber sie schaffte es nicht allein, und Calvin kniete neben ihr, ehe er wusste, wie er dorthin gekommen war. Vielleicht konnte er jetzt endlich etwas tun, etwas Sinnvolles.

Der Mann, der unter dem anderen lag, starrte ihn an, eine der Kugeln war unterhalb des rechten Auges eingedrungen, als hätte er dort ein drittes Auge. Er war tot. Der andere Mann bewegte wieder den Arm, und Calvin ertappte sich dabei, wie er wünschte, auch dieser Mann wäre einfach auch tot gewesen. Sie schleppten ihn zu zweit in einen der Hauseingänge.

Er dachte an Nuri und Damaskus und einen jungen Soldaten und eine Mauer.

»Ein Arzt«, sagte die Frau, sie weinte, und er fragte sich, ob dies ihr Mann war, ob so das Ende einer Liebe aussah. Ob sie Kinder hatten. Ob sie glücklich gewesen waren. Und dann war da ein Auto, wirklich, ein Auto. Es war jetzt beinahe dunkel, doch das Auto hatte kein Licht. Die Frau wechselte ein paar Worte mit dem Fahrer, sie hievten den Verletzten hinein, kletterten ihm nach. Da lag schon einer. Der Wagen raste los, über die Trümmer.

Und dann hielten sie und sprangen hinaus, und Calvin half, die beiden reglosen Körper durch einen Eingang in ein Haus zu tragen.

Der Mann, den sie von der Straße gezerrt hatten, hielt eine Hand auf seinen Bauch gepresst, ein leises Stöhnen drang aus seiner Kehle, die Hand war rot und glitschig. Sie trugen ihn Stufen hinunter, in einen weiteren Keller. Das Leben in der Altstadt schien nur noch in Kellern stattzufinden, als wären die Häuser über der Erde nur Attrappe.

Unten gab es Licht. Matratzen auf dem Boden. Ein paar metallene Betten. Der Raum war zu klein, die Angehörigen der Verletzten stauten sich darin, es herrschte ein ständiger Lärmpegel: Weinen, Schreien, Diskussionen, Flüche, Befehle. Calvin lehnte sich an eine Wand und versuchte, durchzuatmen.

Ein Arzt kümmerte sich um die Verletzten, zwei Frauen halfen.

Er beugte sich jetzt über den Mann, den Calvin und die Frau gebracht hatten, zerriss sein Hemd, eilig, effektiv. Das grelle Licht einer Lampe fiel auf den Bauch des Mannes, wo das Fleisch in Fetzen hing. Darmschlingen quollen aus dem Bauchraum.

Calvin verbannte die Übelkeit aus seinem Körper. Es war wie bei Adam, jemand würde den Mann festhalten müssen, also hielt er ihn fest, zusammen mit anderen. Der Arzt legte eine Flexüle, die nicht neu aussah, schloss einen Tropf an, eine der Frauen versuchte, den Darm mit bloßen Händen zurück in den Bauchraum zu stopfen, es war eine einzige Schweinerei, sie schaffte es schließlich, Blut quoll aus dem Mund des Verletzten. Sein Stöhnen war mehr ein Gurgeln. Schließlich schüttelte der Arzt den Kopf, ging zum nächsten Bett, zum nächsten Patienten der Nacht.

Calvin wollte ihn anschreien. Sie müssen diesem Mann doch helfen!

Aber der Mann, er sah es jetzt, hatte aufgehört zu atmen. Seine Frau beugte sich über ihn und versuchte, ihm ihren Atem zu geben, ein anderer Mann begann mit einer hektischen Herzdruckmassage, sie arbeiteten stumm und verbissen.

Die Minuten vergingen. Überall auf dem Boden war Blut, vermischt mit Wasser vom Ausspülen der Wunden, er spürte, wie es durch die Turnschuhe drang.

Und dann gaben sie auf. Calvin war erleichtert, als sie es taten.

Der Arzt kniete jetzt auf dem Boden über einem Kind, sie trugen den Toten hinaus, sie brauchten das Bett, die Frau folgte, laut klagend.

Es war ein einziges Chaos.

Calvin blieb. Er half, den Boden zu wischen, eine Frau zu halten, bei der eine Wunde am Oberschenkel genäht wurde, half, wieder den Boden zu wischen, den Dreck der Schuhe irgendwie draußen zu halten: Es war gut, etwas zu tun zu haben. Die Frau mit der Oberschenkelwunde, die vollkommen harmlos ausgesehen hatte, starb eine Stunde später. Keiner wusste, warum. Da war ein kleiner Junge bei ihrem Bett, den jemand wegbrachte, als sie sie in ein Tuch wickelten.

Irgendwann gegen Mitternacht gab es eine Pause.

Das Chaos war versiegt.

Drei Verletzte lagen noch in dem Raum, vier hatten sie weitergeschickt, zu dem einzigen Krankenhaus, das es noch in der Altstadt gab, obwohl man nicht wusste, ob sie dort ankommen würden, aber der Arzt hatte ihnen nicht helfen können. Eine der Frauen machte Kaffee. Es war schön, zu sitzen. Draußen war es still geworden, die Nacht reichte tief. Der Arzt wusch seine Hände.

»Es gibt fast kein sauberes Wasser«, sagte der Arzt.

»Danke für den Kaffee«, sagte Calvin.

»Es gibt keinen Kaffee«, sagte der Arzt. »Das ist …« Aber das Wort verstand Calvin nicht, und er war froh darüber.

»Kennen Sie Kamal Aljafari?« Riskante Frage. Aber Calvin brauchte Gewissheit.

»Kamal … Hier war einer, der hieß Kamal. Ein alter Mann. Zuckerkrank. Ist es der?«

»Nein«, sagte Calvin und war zum ersten Mal glücklich in dieser Nacht.

»Woher bist du?«, fragte der Arzt.

»Deutschland.«

»Schön da?«

Er war der erste Mensch, dachte Calvin, der nicht sofort anfing, Lobeshymnen auf das Land zu singen. War es schön? Es war so lange her.

»Es gab *einen* sehr schönen Sommer«, sagte er auf Deutsch. Und zuckte, auf Arabisch, nur die Schultern. Dann holte er das Handy heraus. Es war zu schwierig ohne.

»Überleben die Leute, die Sie ins Krankenhaus geschickt haben?«, tippte er. Das Handy tat, erstaunlich zuverlässig, seine Arbeit. Drei Balken Netz.

Der Arzt lachte, als er Calvins erstauntes Gesicht sah.

»Handynetz ist alles, was wir manchmal haben«, schrieb er zurück. »Sie haben alles blockiert: das Telefon, die Wasserleitungen, die Zufahrtswege. Aber die Handywellen kommen ab und zu durch. Als würden sie uns sonst vermissen. Es gibt auf Facebook einen Blog darüber, was die Leute in Homs essen. Wir haben nichts anderes zu tun zwischen den einzelnen Angriffen. Also bloggen wir. Zuletzt hat einer etwas über einen gebratenen Vogel geschrieben, der vielleicht nur ein Gewürz war.«

Diesen jemand, dachte Calvin, kannte er.

»Überleben die Leute?«, tippte er noch einmal. »Im Krankenhaus?«

»Es gibt dort auch nichts. Sie operieren im Keller, wie wir hier. Die oberen Räume sind zerstört. Sie haben keinen Strom und keine Heizungen, keine Narkosemittel, keine Antibiotika. Nicht mal Insulin. Nicht mal Infusionslösung. Das Krankenhaus ist ein Ort zum Sterben, nicht zum Gesundwerden.«

»Aber warum schicken Sie die Leute hin?«

»Was soll ich sonst machen? Was die Leute brauchen, ist Hoffnung. Auf dem Weg zum Krankenhaus haben sie Hoffnung, sie glauben für eine halbe Stunde, dass jemand sich um sie kümmern wird. Das ist es, was ich ihnen gebe. Das ist alles.«

Er stützte den Kopf in die Hände. Dann nickte er zu den beiden Frauen hin, die etwas abseits ihren eigenen Ersatzkaffee tranken. »Sie sind erstaunlich. Unglaublich. Manchmal arbeiten sie 24 Stunden am Tag hier mit mir. Aber es nützt auf die Dauer nichts. Arzt ist der letzte Beruf, den du haben möchtest in Syrien. Am Anfang der Revolution haben sie uns benutzt, und die, die den Aufständischen geholfen haben, haben sie getötet. Die meisten Ärzte haben das Land verlassen. Ich … war in einem Regierungskrankenhaus damals. Ich habe meine Arbeit geliebt. Aber dann habe ich angefangen, mich zu fragen, was sie mit den Verletzten aus den aufständischen Vierteln tun. Warum sie sie in eigene Räume in der Klinik bringen, die sie bewachen. Es gab unerklärliche Tode, seltsame Lücken in der Dokumentation. Irgendwann haben sie mich gezwungen, ihnen zu helfen …« Er machte eine Pause. »Du hast als Arzt zwei Aufgaben, wenn das Regime dich holt«, tippte er dann. »Die Gefolterten wieder zu sich zu bringen, wenn sie ohnmächtig werden, damit die Befragung weitergehen kann. Und dafür zu sorgen, dass sie möglichst lange leben. Wenn sie unter der Folter sterben, nützen sie ihnen nichts mehr. Wenn sie allerdings alles gesagt haben, kann man sie sterben lassen. Ich habe einer Menge geholfen, zu sterben. Ich habe Dinge gesehen, die du nicht sehen willst.«

»Ich war in Sadd al-Ba'ath. In ar-Raqqa.«

Er sah Calvin an, prüfend. »Ja. Aber jetzt bist du hier. Das heißt, dass du ein paar Dinge nicht gesehen hast. Man muss auch nicht alles sehen. Ich bin irgendwann weg von der Klinik, das war in Damaskus. Ich bin untergetaucht. Irgendwie nach Homs gekommen. Am Anfang hatten wir noch fast alles: Medikamente, Betäubungsmittel, saubere Spritzen … Jetzt sterben die Menschen vor meinen Augen. Heilen und lindern, das ist es, was die Medizin tun soll. Hier tut sie keines von beidem.«

Er gab Calvin das Handy wieder und lehnte sich zurück, erschöpft. Er hatte jemanden gebraucht, dem er all das erzählen konnte, jetzt war er seine Worte los, und nur die Müdigkeit blieb. Sein Gesicht sah grau aus, blutverschmiert, dreckverschmiert. Alt.

»Warum sind Sie hiergeblieben? Im Land?«

»Ich weiß es nicht«, antwortete der Arzt. »Ich hatte eine Frau. Ich hatte eine Tochter. Das war in Damaskus … Aber sie leben nicht mehr. Vielleicht bin ich deshalb geblieben. Was hätte ich allein im Ausland machen sollen? Wozu weggehen?«

Einer der Patienten schrie jetzt, ein Mann mit einem Kopfverband, und der Arzt ging hinüber, sprach mit ihm. Er hatte nichts zu geben als ein paar Worte. Schließlich kam er zurück.

»Das heute war ein Ausfall der FSA«, sagte er. »Um den Belagerungsring zu durchbrechen. Ich weiß nicht, was sie sich dabei denken, es ist unmöglich. Die Armee hält fast die ganze Stadt, sie kämpft nur mit dem Daisch noch um ein paar der Viertel. Entweder ist die FSA verrückt, oder sie hofft auf ein Wunder.«

Calvin nickte. Er hatte sich in seine Jacke zurückgezogen, es war eiskalt hier unten. Er sehnte sich nach dem Morgen.

»Ich suche jemanden«, tippte er. »Ein Mädchen, das mit der Farbe Gold reist. Sie ist erst seit ein paar Tagen hier … Sie taucht irgendwo auf und ist wieder verschwunden, so ist sie. Seltsam.«

Der Arzt las, und plötzlich breitete sich ein seltsamer Ausdruck über sein aschfahles Gesicht.

»Ich habe sie gesehen«, schrieb er. »Sie stand hier im Eingang und hat gelächelt. An diesem Tag hat eine Frau überlebt, von der ich sicher war, sie würde sterben. Ich konnte das Gesicht des Mädchens nicht erkennen, weil sie im Gegenlicht stand. Es ließ sie golden wirken, ihre Umrisse, ihr Haar. Ich habe weitergearbeitet. Als die Frau stabil war, habe ich wieder zum Eingang gesehen. Da war das Mädchen fort.«

Calvin wandte sich zu den Frauen, er musste wissen, ob sie Dschinan auch gesehen hatten. Aber die Frauen waren nicht mehr da, der Arzt sagte, sie wären nach Hause gegangen.

»Wir sollten auch schlafen«, murmelte er.

Calvin schüttelte den Kopf. Er war so wach wie selten zuvor.

»Ich muss sie finden«, sagte er. »Wann war sie hier?«

»Vor ein paar Tagen? Aber es ist Nacht. Du kannst nicht …«

Er war schon in der Tür, ungeduldig, keine Übersetzungen mehr.

»Dschinan findet man auch in der Nacht«, sagte er auf Deutsch.

»Dschinan«, wiederholte der Arzt, nachdenklich. »Meine Tochter hieß auch so. Als sie mir gesagt haben, dass sie tot ist, habe ich versucht, den Namen zu vergessen. Ich war schuld, dass …«

Der Mann mit dem Kopfverband schrie wieder, und der Arzt stand auf, um mit ihm zu reden. Und Calvin stieg die Stufen des Kellers hinauf, hinaus in die Nacht.

Draußen, vor dem Eingang der Klinik, die keine war, saß ein Kind. Ein Junge von fünf oder sechs Jahren. Er saß ganz alleine da, die Arme um die Knie geschlungen.

»Hey«, sagte Calvin und beugte sich zu ihm hinunter.

Der Junge reagierte nicht.

Und da erkannte Calvin ihn. Es war der, der bei der Frau mit der Beinwunde gewesen war.

»Deine Mutter …« Er verstummte. Sie hatten sie weggebracht, und der Junge war vergessen worden. Oder einfach sitzen geblieben.

»Wo ist deine Familie?«

Er verstand die Antwort nicht. Sie klang negativ. Vielleicht gab es keine Familie mehr.

»Du kannst nicht alleine hierbleiben«, sagte Calvin auf Deutsch. Und auf Arabisch: »Geh rein.«

Er zeigte die Treppe hinunter. Der Arzt würde sich kümmern, er würde wissen, was zu tun war. Wer sich des Kleinen annehmen konnte. »Nein«, sagte der Kleine jetzt, sehr entschieden, er sah aus, als hätte Calvin ihm vorgeschlagen, zurück in die Hölle zu gehen.

Calvin erinnerte sich an das Stück Brot in seiner Tasche. Er war unglaublich hungrig.

»Wenn du runtergehst, kriegst du das«, sagte er, zeigte wieder die Treppe hinab und hielt das Brot in die Höhe. Der Junge sprang auf und schnappte danach wie ein Hund. Er verschlang es in Sekunden, dann sah er Calvin an, wartend.

»Ich habe nichts mehr«, sagte Calvin. »Tut mir leid.« Und dann fauchte er, schrie fast: »Verdammt, geh jetzt da runter!«

Er wanderte die Straße entlang, ohne sich umzusehen, er wollte einfach nur den Blick dieses mageren kleinen Jungen loswerden. Aber schließlich drehte er sich doch um. Der Kleine befand sich ungefähr zehn Meter hinter ihm.

»Nein! Ich bin kein Kindersitter!«, rief Calvin, auf Deutsch jetzt. »Geh zurück! Ich kann dir nicht helfen! Scheiße, es tut mir leid, dass deine Mutter tot ist, aber ich … Okay, du verstehst mich sowieso nicht.«

Er begann zu rennen, er musste dieses Kind loswerden, er bog in eine andere, größere Straße ab – und dort blieb er wieder stehen. Im Licht des heraufziehenden Nebelmorgens tanzte ein Mädchen in einem dicken Wintermantel zwischen den Trümmern der letzten Wochen. Mitten auf der Straße. Es war wie eine Erscheinung, und zuerst dachte er: Dschinan. Aber das Mädchen war erst sieben oder acht Jahre alt. Es hob die Arme und drehte sich mit halb geschlossenen Augen, völlig vertieft.

Eine kleine Hand schob sich in Calvins und jemand sagte neben ihm: »Sie sollte das nicht machen.«

Da sah er zwei Dinge gleichzeitig, sehr plötzlich: erstens das alte Gemäuer am Ende der Straße zu seiner Rechten, hoch aufragend, bestehend aus dicken, alten Mauern. Die Zitadelle. Zweitens die beiden Panzer an der Kreuzung ganz links. Dort musste die Grenze zum nächsten Viertel sein, das die Regierung hielt.

Niemals durch die Straße zur alten Zitadelle gehen, okay?

Er sah die Bewegung des Scharfschützen auf dem Panzer nur schemenhaft. Er dachte an die elf Katzen.

Dann stürzte er vorwärts, riss im Rennen das Mädchen mit und hörte die Schüsse. Er ließ sich auf der anderen Straßenseite zu Boden fallen, kroch weiter, das Kind noch immer im Arm, in einen

Hauseingang hinein. Sein Knöchel schmerzte, aber als er sich aufsetzte, sah er, dass da kein Blut war. Der Knöchel schmerzte nur von seinem Sturz. Neben ihm im Dreck saß der Junge, dem er das Brot gegeben hatte.

Und beide starrten Calvin an, erschrocken, aber auch erwartungsvoll.

»Wo ist deine Mama?«, fragte Calvin das Mädchen. »Papa?«

Vielleicht konnte er den Jungen einfach bei der Familie dieses kleinen Mädchens abgeben.

»Weg«, antwortete das Mädchen mit großen Augen und voller Ernst. »Mama, Papa, alle weg. Schon lange.« Sie sprach mit ihm wie mit einem Kleinkind, in einfachen Sätzen, sehr geduldig. Sein Akzent musste grauslich sein.

»Ich bin Calvin«, sagte er und seufzte. »Okay. Ich bringe euch zu Freunden. Freunde? Versteht ihr?«

Die Frau, die den Tee gekocht hatte, dachte er. Sie würde sich kümmern. Sie konnte die Kinder durch den Tunnel nach draußen schicken, dort würde sich jemand finden, der sie aufnahm.

Er musste nur einmal mit ihnen durch die ganze Altstadt. Verflucht.

Durch die gerade Straße zur Zitadelle hallten erneut Schüsse, obwohl sich dort nichts bewegte als ein paar Plastikfetzen im Wind. Die Soldaten waren nervös nach dem Gefecht vom letzten Abend. Calvin zog sich mit den beiden Kindern tiefer in das leere Haus zurück. Und er fand ein Loch in der Wand zur nächsten Wohnung, was ihn nicht verwunderte. Sie würden, dachte er, wieder durch die Häuser gehen.

Als sie den ersten Innenhof überquerten, war das Licht unter den dichten Wolken rosa und orange und an den Rändern ein wenig golden wie ein Gruß von jemandem, der seine Botschaften auf die Federn der Winterkälte schreibt.

Es begann, leise in großen, weichen Flocken zu schneien.

Die Gassen des überdachten Souks waren lichtdurchfluteter denn je, aber das Licht war weiß. Der Schnee fiel auch durch die Lücken und Löcher in der alten Überdachung, er machte die Stadt schön, legte sich auf den Müll und Unrat, auf den Schutt, auf alles Zerstörte und Geschundene.

Calvin hatte Angst, dass er den Rückweg nicht finden würde, aber die Farbflecken in den Gassen leiteten ihn: dort der grüne Baum, hier die Feuertonne, da die Wäsche, rot-rosa-orange. Sie würde einschneien, wenn niemand sie abnahm.

Hier hatte es keine Kämpfe gegeben. Es waren weniger Menschen auf den Straßen, doch das lag vermutlich am Schnee. Die Leute sahen Calvin und den beiden Kindern hinterher, und er fragte sich, was sie zueinander sagten.

Als sie durch das Labyrinth der leeren Räume gingen, das Mohammed ihm gezeigt hatte, war es bereits Mittag. Calvin musste sich bremsen, um nicht zu rennen, es war wie nach Hause kommen. Er sehnte sich nach dem Kellerraum, in dem trotz allem gelacht wurde, er sehnte sich danach, die Menschen wiederzusehen, die ihn durch den Tunnel gebracht hatten. Vor allem aber trieb ihn der Hunger. Er hatte nichts im Magen als ein wenig unechten Kaffee, und der Tag davor war bis auf die Handvoll Bulgur nicht besser gewesen.

Die Männer, die durch den Tunnel gingen, hatten etwas zu essen.

Aber als sie das richtige Haus erreichten, war niemand dort. Der Kellerraum, in dem sie die Nahrungsmittel abgepackt hatten, war leer, nicht ein einziger Krümel Weizen zu finden. Alles wirkte ordentlich, aufgeräumt, verlassen. Calvin schüttelte den Kopf.

Der Tunnel. Er würde die Kinder zu der Ruine bringen, unter der der Tunnel endete.

Er fand auch diesen Weg, sie betraten ein weiteres unbewohntes Haus.

Ein Haus, angefüllt mit Stille wie mit Wasser.

»Hallo?«, rief Calvin. Seine Stimme hallte durch die Räume, auf der Jagd nach ihrem eigenen Echo.

Als er sich umsah, hatten die beiden Kinder sich an den Händen gefasst und starrten ihn aus großen Augen an.

»Kommt!«, sagte Calvin. Sie kamen nicht.

Sie blieben im ersten Raum der leeren Wohnung stehen wie festgewachsen.

Und da merkte er, dass etwas nicht stimmte. Die Räume waren schon zuvor zerstört gewesen, aber da war jetzt noch etwas, etwas, das die Kinder witterten wie Hunde. Er sah sich genauer um.

Die Sofas. Die Sofas hatten bisher nur verwaist im Raum gestanden. Jetzt waren sie aufgeschlitzt. Die Polsterung quoll aus den seidenen Rankenmustern wie Eingeweide. Auf dem Boden glänzte etwas Rotes. Er sah sich um, sehr vorsichtig jetzt. Es war niemand da.

Schließlich ging er weiter, fand den Flur, fand die Treppe, die in den Keller hinunterführte – und blieb wieder stehen.

Auf den Stufen lag ein Mann. Es war der, der die Sache mit dem Vogel erzählt hatte.

Er lag auf dem Rücken, seine Augen blickten starr nach oben, sein Mund stand offen. Seine Trainingsjacke war dunkel und feucht. Calvin kniete sich neben ihn und wollte ihn schütteln – aber dann sah er sein seltsam wächsernes Gesicht an und ließ es.

Dieser Mann war jenseits von Chancen. Er hatte sich für immer ins Reich der kleinen Vögel zurückgezogen, die im Paradies von Baum zu Baum flogen und vielleicht nur Gewürze waren. Calvin hoffte, dass er die Sachen da drüben mit genauso viel Sarkasmus nahm wie hier.

Er zwängte sich an dem Toten vorbei, ging nach unten, fand einen zweiten Mann am Fuß der Treppe und stellte fest, dass er im Keller nichts sehen konnte ohne Lampe.

Es roch nach Blut dort. Er war sich beinahe sicher, dass es hier noch mehr Leichen gab. Und er war der Dunkelheit dankbar.

»Hallo?«, fragte er leise, ohne eine Antwort zu erwarten. »Ich bin es? Calvin?«

Da gab es in der Dunkelheit einen Laut, etwas wie ein Wimmern, und er erstarrte, schauderte, irgendetwas hier lebte noch, er würde nachsehen müssen, ein Licht besorgen, sich dem Ganzen stellen ... Doch jetzt kam das Wimmern näher, und dann stürzte sich ein Schatten auf ihn und klammerte sich an ihm fest, und er taumelte zurück. In das wenige Licht, das von oben herabfiel.

Da erkannte er den Schatten. Es war Mohammed.

Er fragte etwas, halb erstickt. »Sind sie weg?«

»Da oben ist niemand«, sagte Calvin. »Nur zwei andere Kinder. Komm.«

Er trug den Jungen die Treppen hinauf, an den Leichen vorbei, ins Wohnzimmer mit den aufgeschlitzten Sofas, und dort erfuhr er eine gestotterte, halb zusammenhanglose Wahrheit, von der er weniger als die Hälfte verstand. Sie saßen auf dem Fußboden, wo niemand sie von draußen sehen konnte. Mohammed ließ Calvins Hand nicht los.

Einige der Männer hatten offenbar durch den Tunnel zurückgehen wollen, um mehr Nahrung und Medikamente zu besorgen, sie wollten Mohammed und seine Mutter mit hinausnehmen, endgültig. Aber jemand hatte sie verraten. Die Soldaten der Armee hatten die Männer am Eingang des Tunnels im Keller erwartet. Eine perfekte Falle.

Sie hatten die Leute im Keller getötet, den Tunnel gesprengt und sich über der Erde zurückgezogen, nach draußen in den Belagerungsgürtel. Mohammed hatte sich zwischen den Leichen im Keller versteckt. Calvin fragte nicht nach seiner Mutter. Sie würde wohl nie wieder für irgendjemanden Tee kochen.

Der Tunnel war vierundzwanzig Stunden lang offen gewesen, jetzt würde er stärker bewacht werden denn je. Der letzte Weg aus dem alten Homs war versiegelt. Vor dem goldenen Seidenstoff der toten Polstermöbel saßen drei Kinder und sahen zu Calvin auf.

»Wir müssen sie begraben«, murmelte er. Aber es war unmöglich.

»Wir müssen hier weg«, sagte er, lauter. Wenn wir Dschinan finden, dachte Calvin, kommt alles in Ordnung. Sie wird dastehen, im Gegenlicht, und winken …

»Das Mädchen aus Gold«, flüsterte Mohammed, als hätte er seine Gedanken gelesen. »Ich möchte das Mädchen aus Gold noch mal sehen.«

So wanderten sie zurück, zu viert jetzt. Es war eines der letzten Male, dass jemand durch den Souk ging, der die beiden aufständischen Viertel als einziger Weg verband. Wenige Tage später riegelte die Armee auch diesen Weg ab.

Die Tür der Untergrundklinik war verschlossen. Niemand konnte Calvin sagen, ob sie wieder öffnen würde oder was mit dem Arzt und den Krankenschwestern geschehen war. Es hatte am Morgen noch einen Angriff gegeben.

Danach wurde es für Tage sehr leise in der Stadt.

Er fand einen Kellerraum zwischen den Ruinen eines Hauses, nicht einmal mehr der Keller war intakt, eine Granate hatte den Fußboden des Erdgeschosses vor Wochen durchschlagen, aber ein Keller mit einem Loch in der Decke war besser als nichts.

Er dachte an die Kirche in ar-Raqqa zurück, als er in einer Ecke eine Mauer aus Trümmern errichtete, die sie noch besser vor dem Wind schützte. Damals hatte er geglaubt, zu frieren. Es war Oktober gewesen. Jetzt begann er zu ahnen, was Kälte wirklich war.

Die Kinder sahen ihm zu, wie er die Mauer baute, stumm, abwartend. Ihre Blicke machten ihn nervös. »Ich habe euch nicht gebeten, mit mir mitzukommen!«, schnauzte er auf Deutsch. »Ich kann nichts tun. Scheiße, guckt doch woanders hin! Feuerholz. Wir brauchen Feuerholz. Irgendetwas, das brennt.«

Das Wort Feuer bekam er auf Arabisch hin: *Al-Nar.* Und sie nickten und halfen eifrig, die Gegend zu durchsuchen, ehe es dunkel wurde. Das Suchen wurde ein Wettbewerb, sie juchzten, wenn sie etwas fanden: ein Stück eines Fensterrahmens. Papierfetzen. Plastikplane, selbst das. Es war ein Spiel.

Calvin ging jemanden suchen, der Streichhölzer hatte, er fand eine Familie in einem intakten Keller, und er bekam nicht nur Streichhölzer, sondern auch zwei Decken und sieben getrocknete Aprikosen.

Behaltet das. Ein Geschenk.

Das Mädchen schmiegte ihre Wange an den Stoff und lächelte.

Aber Platz für Calvin und die Kinder hatte die Familie in ihrem Lager nicht.

Mohammed fand einen Schatz im Schutt: eine alte Blechkanne, um Wasser zu sammeln. Beim dritten Anlauf schaffte Calvin es, hinter der notdürftigen Mauer ein Feuer zu entfachen. Und sie schmolzen Schnee in der Kanne, um Trinkwasser zu haben, und sie wickelten sich in die Decken und versuchten, die Aprikosen zu kochen, und es war ein Fest.

»Etwas für die Facebook-Seite«, murmelte Calvin. »Fruchtsuppe à la Homs.«

Dann lag er mit den Kindern zusammen neben der letzten Glut, dicht an dicht, für Momente gehüllt in etwas wie Glück. Ihre Mägen waren gefüllt mit warmer Flüssigkeit und ihre Köpfe mit Hoffnung.

Die Kinder hatten Namen: Bassel und Amira, und Bassel wisperte: »Erzähl von dem Mädchen aus Gold!«

»Sie ist schön«, sagte Calvin und suchte nach arabischen Worten. »Sie ist ganz nah. Sie ist das Licht und die Wärme und der Frühling und sie ist …«

»Erzähl lieber von Fußball«, meinte Mohammed und gähnte.

»Fußball ist auch schön«, sagte Calvin. »Meine Brüder spielen Fußball. Tom und Benji. Weit weg …« Aber da schliefen die Kinder schon, mit einem Lächeln auf dem Gesicht.

Als Calvin erwachte, konnte er sich kaum rühren vor Kälte. Die Kinder lagen so still, dass er erschrak. Er sprang auf und schüttelte sie, und da kamen sie langsam zu sich, kältestarr wie kleine Eidechsen. Er zwang sie, herumzurennen, um die Wärme in ihre Glieder zurückzuholen, und sie suchten sich jemanden, der ein Feuer in der Straße gemacht hatte. Dort ließ er sie zurück, um loszugehen und nach Dschinan zu fragen. Die Gassen zu durchkämmen.

Aber er fand sie nicht.

Alle ihre Spuren schienen verwischt, niemand hatte sie gesehen.

Er suchte weiter. Jeden Tag. Und er gewöhnte sich daran, am Morgen die Kinder wachzurütteln und zu fürchten, sie seien erfroren.

Er teilte seine Tage zwischen der Suche nach Dschinan und der Suche nach etwas Essbarem auf. Manchmal gab es etwas zu kaufen. Brot, Apfelsinen. Alles war zehnmal so teuer wie vor der Belagerung, doch es machte keinen Unterschied, Calvin hatte ohnehin kein Geld. Er bettelte, zusammen mit den Kindern, wie so viele in der Stadt.

Alle gaben. Niemand hatte.

Sie teilten die letzten Reste einer Zivilisation. In seltenen Sternstunden fanden sie irgendwo vergessene Vorräte: ein paar Körner Reis in einer verlassenen Küche. Eine Handvoll Erbsen. Einmal einen kleinen Sack Mehl, das sie zu Suppe verkochten. In dem Mehl wanden sich Maden. »Eiweiß«, sagte Calvin und grinste. »Ist gesund.« Die Kinder grinsten auch.

Die Kinder.

Verdammt.

Es gab keine Minute, in der er das Stück Brot nicht verfluchte, dass er Bassel gegeben hatte. Wäre das Brot nicht gewesen, hätte er jetzt keine Verantwortung für drei Wesen mit hungrigen Augen und leeren Mägen gehabt, mit verfilztem Haar und so vertrauensvollen Händen, die seine Wangen streichelten, um ihn zu trösten, wenn er nicht mehr konnte.

Er schrie sie an. Sagte ihnen, dass er sich nicht um sie kümmern konnte.

Er jagte sie weg. Aber sie kamen zurück, niemand anders konnte sie aufnehmen.

Er hatte jeden Tag Angst vor ihren erwartungsvollen Blicken, wenn er von seinen Streifzügen wiederkam.

Er hielt sie nachts in seinen Armen.

Er begann, sie zu vermissen, wenn er alleine unterwegs war. Er träumte von warmen Nächten am Strand und von den anderen aus der Clique, mit denen er im Gras lag neben einem Kasten Bier. Und vom Kühlschrank in der kleinen Wohnung seiner Mutter, in dem Packungen billiger Würstchen lagen. Butterpakete. Saftflaschen.

Am fünften Tag fand Amira Wurzeln, die sie ausgruben. Wenn man sie genügend würzte, konnte man sie essen. Gewürze waren seltsamerweise das Einzige, was es gab in der Stadt. Und das Einzige, wovon man nicht satt wurde.

Am siebten Tag fiel der Schnee dichter als zuvor, er lag über der Stadt wie ein Leichentuch, nicht länger schön, sondern erdrückend. Man durfte ihn nicht ernst nehmen. Calvin baute einen Schneemann mit den Kindern, denn es half auch gegen den Hunger, sich zu beschäftigen. Als Nase bekam der Schneemann eine alte Bettfeder, als Hut die Blechkanne, geliehen natürlich, und als Arme hingen schlangenhaft zwei alte Kabel von seiner Seite.

Sie fielen rücklings in den Schnee und lachten, so komisch sah er aus, sie lachten und lachten, und dann sah Calvin, dass jemand sie beobachtete.

Zwei kleine Gestalten, die ein wenig abseits standen, Hand in Hand und erstaunlich rothaarig. Ein Mädchen und ein Junge, Geschwister, er etwas älter als sie. Schließlich kamen sie zögernd herüber, mit einem schüchternen Lächeln im Blick.

»Der ist hübsch«, sagte das Mädchen und zeigte auf den Schneemann.

»Habt ihr Hunger?«, fragte der Junge.

»Wir haben eine Katze«, sagte das Mädchen.

»Fast«, sagte der Junge. »Wir wissen, wo eine lebt.«

Calvin sah die Kinder der Reihe nach an. Amira, Bassel, Mohammed. Amira blinzelte, sie hatte seit zwei Tagen eine hartnäckige Augenentzündung. Sie nickten alle. Dann standen sie auf und folgten den beiden durch die verschneite Gasse. Sie zeigten ihnen eine Art Schacht, zwei Straßen weiter, wo sie zu wohnen schienen. Es lagen Decken da und ein paar Töpfe, Reste einer erloschenen Feuerstelle. Calvin konnte nicht einmal sagen, wozu der Schacht diente oder ob er eine bloße Nebenwirkung vergangener Luftangriffe war.

»Da«, sagte der Junge und zeigte. »In dem Loch. Da ist die Katze. Sie versteckt sich.«

»Wir haben es nicht geschafft, sie zu fangen«, sagte das Mädchen und hielt Calvin ihre zerkratzten Hände hin. »Sie ist böse.«

Er nickte wieder.

Sie warteten bis zum Abend, und Calvin saß so reglos, dass er glaubte, doch noch zu erfrieren. Die Katze wartete auch, man konnte es spüren, eine feindliche, gelbäugige Präsenz. Aber als die Nacht kam, zwängte sie sich schließlich doch aus ihrem Unterschlupf. Auch die Katze war hungrig, sie musste jagen.

Calvin packte sie mit einem raschen Griff im Nacken und presste sie an seine Brust, erstickte ihr Kreischen in seiner Jacke. Er dachte an die Katze, die er damals nicht getötet hatte, die schwarze Katze, die den Asylanten zugelaufen war, ihr Hoffnungssymbol. Diese Katze war rot, beinahe so rot wie das Haar der Geschwister. Sie standen alle um Calvin herum und starrten.

»Hilf mir«, sagte Calvin zu Mohammed, dem Ältesten.

Und Mohammed hob einen scharfkantigen Stein auf.

Die Katze kämpfte bis zuletzt.

Calvin hielt sie fest, während das Blut seiner aufgekratzten Hände rot in den Schnee lief, und Mohammed erschlug sie. Er schlug nur zweimal zu, er war entschlossen, und Calvin war ihm dankbar dafür. Er hörte das Geräusch, mit dem der Stein den Schädel der Katze zertrümmerte, klar und deutlich im kalten Abend.

Amira kam und streichelte die tote Katze und weinte mit ihren entzündeten Augen. Dann trug Calvin den mageren, struppigen Körper zu ihrer Feuerstelle im Keller.

Der rothaarige Junge hatte ein Messer. Und er hatte Übung darin, Tiere zu häuten.

»Wir hatten Hasen«, sagte er. »Und Hühner. Auf dem Land, bei unseren Großeltern. Da wollen wir hin, wenn wir rauskommen.«

Er hieß Marwan, seine Schwester Layla. Die Katze hatte keinen Namen, was gut war. Sie spießten ihre Teile auf eine verbogene Eisenstange und hielten sie übers Feuer, aßen ihr Fleisch bis zum kleinsten Fetzen. Calvin ließ den Kindern das meiste.

Als sie sich zum Schlafen zusammenrollten an diesem Abend, lagen fünf Kinder bei ihm statt drei. Die Geschwister hatten ihre Sachen aus dem Schacht geholt, als wäre es selbstverständlich.

Layla spuckte die ganze Nacht nach dem Fleisch, und Calvin hielt sie. Sie war so leicht! Die Augen, mit denen sie ihn ansah, waren blau wie ein Himmel, den es im Sommer einmal gegeben hatte.

Am Morgen hatte sie Fieber.

Sie spuckte weiter, sie spuckte in der Nacht darauf, spuckte nur noch Galle. Calvin versuchte, ihr Wasser aus geschmolzenem Schnee einzuflößen. Am zweiten Tag von Laylas Krankheit schien die Sonne, und sie machten für sie ein Bett am Straßenrand aus den Decken, wo sie liegen und ihr Gesicht in den gelben Strahlen wärmen konnte. Ihr Bruder wich nicht von ihrer Seite, und auch Amira hielt ihre Hand und sagte ihr, dass alles gut würde.

Calvin war drauf und dran, sie wieder anzuschreien, aus lauter Verzweiflung über die Lüge und weil er nicht geschlafen hatte. Aber dann schüttelte er nur stumm den Kopf und ging fort wie jeden Tag, um Dschinan zu finden oder etwas zu essen oder ein Wunder.

Er wanderte weiter als sonst an diesem Tag, er überquerte die Straße zur Zitadelle, in der Amira getanzt hatte, er rannte. Er ging bis hinunter an die südliche Grenze der Altstadt, nach Bab Sbaa, er sah die Kontrollposten des Militärs, hetzte die Straßen entlang wie ein Gejagter. Hinter ihm, irgendwo, lag ein fieberndes Kind, dessen glasige, blaue Augen ihn verfolgten. Er konnte nichts für dieses Kind tun, er wusste es. Er konnte nichts für die vier anderen tun.

Und plötzlich wusste er, dass er nicht zurückkommen würde. Er war nicht der Vater dieser Kinder. Er konnte sie nicht retten. Vielleicht war es grausamer, ihnen zu viel Hoffnung zu machen.

Der Arzt hatte gesagt, Hoffnung sei wichtig, aber Calvin war sich nicht sicher. Und er hielt es nicht mehr aus. Er hielt die Blicke der Kinder nicht mehr aus.

Am Abend kam er an einer Apotheke vorbei, deren Türen offen standen. Ein alter Apotheker saß dort in seinem Kittel hinter verstaubten Schachteln und Tüten und las in einem Buch.

»Wenn du Medizin brauchst, die habe ich nicht«, sagte der Apotheker. »Das hier sind nur leere Schachteln.«

»Warum … sitzen Sie dann hier?«

»Es ist doch egal, wo ich sitze«, sagte der Apotheker. »Hier ist es nicht schlechter als anderswo.«

Er blätterte eine Seite um, er las in einem Lexikon über Heilpflanzen. Aber es gab nichts mehr in Homs, das man hätte pflücken und trocknen können.

Calvin holte das Handy heraus, das er seit Tagen ausgeschaltet hatte. Der Akku würde bald leer sein. »Ich habe ein krankes Kind zu Hause«, tippte er. Das Handy meldete eine plötzliche Flut von neuen Nachrichten. Er öffnete die erste mit einer gewissen Aufregung: Reklame für eine Lebensversicherung. Die nächste war Werbung für einen Handyvertrag, dann Werbung für eine Kontaktbörse. Er las den Rest nicht, die Adressen waren alle unbekannt, mehr Reklame. Er brauchte das Handy zum Übersetzen, nicht, um Lebensversicherungen abzuschließen.

Das Kind hat Fieber und spuckt, schrieb er. Es hat Fleisch gegessen, vielleicht nicht ganz durchgebraten. Das Handy übersetzte, der Apotheker las und nickte. Dann zeigte er auf eine der Pflanzen in seinem Buch. Und dann griff er in ein Regal und holte ein Glas hervor, in dem ein paar unansehnliche, braune Blätter lagen. Er nahm eine Handvoll heraus, legte sie in Calvins Hand und schloss Calvins Finger darum. »Nimm«, sagte er. »Mach Tee daraus.«

»Sie haben … Sie haben Medizin gegen …?«

»Nimm«, sagte der Apotheker nur.

Erst als Calvin wieder auf der Straße stand, wurde ihm bewusst, was er gesagt hatte. Ich habe ein sehr krankes Kind zu Hause. *Ich habe. Zu Hause.* Und auf einmal wusste er, dass er zurückmusste, er konnte diesen Kindern nicht helfen, auch diese Blätter würden es nicht tun, aber er musste zurück. Er musste zu ihnen.

Er begann zu rennen. Er war schon in der Nähe der Zitadelle, als er die Schüsse hörte.

Gleich darauf die Einschläge von etwas Größerem, das Bersten von Holz oder Mauern, Motoren.

Sie kämpften wieder, am Rand des Viertels. Er duckte sich in eines der Häuser, kauerte auf dem Boden, die Hände fest um die Blätter geschlossen, lauschte. Die Schüsse kamen näher, er hörte Rufe, Befehle, Schritte, irgendwo in der Ferne flackerte der Schein von Feuer.

Er fluchte. Arabisch, deutsch, englisch. Er kam nicht durch.

Er würde warten müssen, bis es diesmal vorbei war ... Verdammt, es konnte die ganze Nacht dauern, er hasste die FSA dafür, dass sie sinnlose Ausfälle machte, er hasste die Regierungstruppen, er hasste den Daisch, der irgendwo mit im Spiel war. Er hasste die Waffenlieferanten und die Waffenhersteller und sämtliche Politiker und den Winter und die tote Katze.

Er hämmerte mit den Fäusten gegen die Wand.

Warum ließen sie ihn nicht durch? Warum sahen sie alle nicht ein, dass er zu Layla musste?

Hatten sie sie wieder in den Keller gebracht oder lag sie noch immer zwischen den Decken am Straßenrand? Nein, so dumm waren sie nicht, aber sie waren Kinder, sie warteten auf ihn.

Er steigerte sich in seine Wut, als wäre er selbst erst fünf Jahre alt, er schrie die Wände an, er verbrauchte den allerletzten Rest seiner Kraft dafür, sinnlos zu toben.

Schließlich waren die Schüsse zu nah, er zog sich weiter ins Innere des Hauses zurück und ließ sich an einer Wand entlang auf den Boden gleiten, den Kopf auf die Knie gestützt, und weinte ohne Tränen. Irgendwann schlief er ein.

Als er erwachte, war der Lärm einzelnen Gewehrsalven gewichen. Er war eiskalt. Die Blätter des Apothekers in seiner Hand waren zu winzigen Stückchen zerkrümelt. Er stand auf, legte die Überreste vorsichtig in die Tasche seiner Jacke, trat an eine Fensteröffnung. Ein Kämpfer rannte über die Straßen. Da waren immer noch Schüsse, ein paar Straßen weiter. Es war nicht sicher genug, er würde bis zum Morgen warten müssen. Er hatte keine Flüche übrig, fühlte sich nur leer. Ausgelaugt.

Er drehte sich um, und da sah er, dass er nicht allein war.

Hinter ihm, im dunklen Inneren des Raums, stand jemand. Er sah die Umrisse der Gestalt nur schemenhaft, beleuchtet vom kurz aufflackernden Widerschein einer Feuergarbe draußen.

»Calvin«, sagte sie leise.

»Dschinan«, sagte Calvin.

Und dann kam der Tag, an dem Ridha darauf bestand, mit der Lerngruppe aufs Eis zu gehen.

Später sagte sich Nuri, dass sie es hätte wissen müssen. Es steckte etwas dahinter – es steckte immer etwas dahinter, wenn Ridha Dinge tat. Aber sie war mit den Gedanken anderswo.

Es fror seit zwei Wochen ohne Unterbrechung, die Seen und Kanäle der Stadt waren eine einzige glitzernde Fläche.

»Von mir aus«, sagte Andrea. »Lassen wir die Kinder ein bisschen auf der Rummelsburger Bucht rumtoben. Das ist ein Stück der Spree, aber ohne Strömung. Am Rand ist es flach, da kann nichts passieren. Bleiben die Hausaufgaben an diesem Tag eben unbetreut.«

Und dann saßen sie in der überheizten U-Bahn, und Andreas Wangen strahlten rot wie Winteräpfel auf deutschen Postkarten. Sie trug eine riesige Sporttasche, und in ihren Augen stand die Erinnerung an zehn eisige Kindheitswinter.

»Wir sind früher immer hier gelaufen«, sagte sie. »Hier und auf den Seen. Mein Vater konnte Walzer auf dem Eis tanzen. Als er jung war, lernte man das noch. Er hat mir das Schlittschuhlaufen beigebracht, als ich fünf war. Und später bin ich nachts rausgefahren, manchmal mit jemand anderem … Jetzt ist immer für alles zu wenig Zeit. Zu viele Projekte. Man wird überall dauernd gebraucht.«

»Wir müssen Schlittschuhe ausleihen«, sagte Ridha. »Das geht an dieser Bucht, ich hab rumgefragt.«

»Ridha«, sagte Nuri vorsichtig, »du *kannst* doch gar nicht Schlittschuh laufen.«

»Ich konnte auch nicht Deutsch, als ich hergekommen bin«, sagte Ridha und verschränkte auf seinem U-Bahn-Sitz die Arme.

»Wir lernen«, sagte Farouk entschlossen.

»Ich gucke zu«, sagte Nesrin, die so aufrecht und vornehm in der U-Bahn saß, als säße sie im Sattel eines Araberhengstes. Sie würde sich sicherlich nicht lächerlich machen, indem sie auf dem Eis herumstakste.

An der Frankfurter Allee stiegen sie in die S8, und Ridha sagte: »Es ist so … Wir hatten einen kleinen Streit. In der Schule. Wer besser Schlittschuh kann. Thore hat gesagt, er ist der Schnellste. Na, das werden wir ja sehen.«

»Moment«, sagte Nuri. »Thore ist an der Rummelsburger Bucht? Heute Nachmittag?«

Ridha zuckte die Schultern und starrte konzentriert auf die bunten Reklametafeln in der Bahn. »Möglich. Aber der hat die Bucht ja nicht gepachtet. Wir leihen Schlittschuhe, und ich bin der Schnellste.«

»Okay. Um was habt ihr gewettet?«

»Ich habe nicht gesagt, dass wir gewettet haben.«

»Um was?«

Ridha knurrte. »Dass ich seinen Nintendo kriege. Für eine Woche.«

Er schwieg und sah sie nicht an, bis sie am Ostkreuz ausstiegen und wieder in die Kälte eintauchten. Aber als sie sich durch das Gewirr von Bauzäunen und provisorischen Ampeln schlängelten, ging Ridha wie zufällig zwischen Nuri und Nik.

»Es ist total scheiße«, sagte er leise. »Wir sehen uns überhaupt nicht mehr, nur manchmal in der Pause kurz. Die haben ihn nach den Weihnachtsferien in die Parallelklasse gesteckt, nach irgendeinem Elterngespräch. Er … sieht nicht gut aus. Nach der Sache mit dem Theater haben die ihm echt Schwierigkeiten gemacht zu Hause.«

»Aber seine Mutter hat geklatscht. Beim Theater.«

Ridha zuckte die Schultern. »Er hat ja nicht nur eine Mutter.«

»Da ist es!«, rief Eslem. »Das Eis!«

Und die Kinder rannten. Schließlich blieben sie keuchend stehen und starrten die Bucht an wie ein fremdes Tier, das mit glänzend glattem Rücken dalag und sie möglicherweise verschlingen würde. Weiden mit tief gebeugten, beinahe waagerechten Stämmen säumten das Ufer: natürliche Bänke, auf denen man Schlittschuhe an- und ausziehen konnte.

Irgendwo in der Ferne ging die Bucht in die Spree über, dort begann das fließende Wasser, die Grenze des Eises. Hohe, moderne Wohnklötze ragten neben der Bucht auf, und dahinter spie ein Fabrikschlot unaufhörlich seine warmen, weißen Wolken in den blauen Himmel wie Gift. Schlitten wurden übers Eis gezogen, Kinder lachten, ein Hund bellte. Ein Stück weiter links vermietete jemand in einer Bretterbude Schlittschuhe und verkaufte Glühwein und heißen Saft.

Deutschland – ein Wintermärchen.

Andrea hatte Schlittschuhe für Nuri mitgebracht, Nik bezahlte die Miete für zwölf Paar Kinderschlittschuhe.

»Sehen die *Hellersdorf-hilft*-Leute es ein, dass wir mit so vielen Kindern für teures Geld Schlittschuh laufen gehen?«

»Sicher«, sagte Nik. »Vor allem, weil sie es nicht merken werden.« Er grinste. »Das war nicht die Vereinskasse. Das war privat.«

»Aber du kannst nicht …«

»Komm«, sagte er. »Andrea ist schon auf dem Eis.«

Und das war sie – sie drehte Pirouetten und winkte, und jetzt nahm sie Eslem an beiden Händen und zog sie behutsam mit sich, und Eslem strahlte dabei genau wie Andrea. Die übrigen Kinder saßen auf einer der Weiden, schön aufgereiht wie Hühner auf der Stange, und kämpften mit den Schuhen. Nuri und Nik gingen hin, um zu helfen.

Die Schlittschuhe bestanden aus steifen Plastikschalen wie Skischuhe, Nuri kannte von Bildern nur die hochgeschnürten, altmodischen Lederstiefel, und sie klemmte sich in den Klickverschlüssen die Finger. Aber Andreas Lachen steckte an. Ridha humpelte als Nächster aufs Eis hinaus, fiel hin, stand auf. Fiel wieder. Schließlich zeigte Andrea ihm, wie er die Beine bewegen musste, mit langen, weiten Schritten – und da gellte ein Jubelschrei über das Eis.

»Ich kann es!«, brüllte Ridha. »Guck alle her!« Und auf Arabisch: »Der Rächer der Unterdrückten fliiiiiegt!«

Er ließ Andrea los, glitt ein Stück weit – und landete wieder auf dem Bauch. Nuri grinste. Dann zwängte sie ihre Füße in die Schlittschuhe und ließ sich von Nik ziehen. Er lief gut. Fünfzehn Jahre Deutschland.

Die Sonne hing tief und verschleiert am Himmel, orange und rosé, und auf der Rummelsburger Bucht zogen Handschuhhände andere Handschuhhände, während das Licht dem Abend entgegenwanderte. Eslem und Farouk hatten die Kekslauerin auf eine Tüte gesetzt und zogen sie übers Eis, während ihre deutsche Freundin schob, Nesrin balancierte elegant und ohne Schlittschuhe auf einem Baumstamm, Andrea fasste nacheinander Kind für Kind an der Handschuhhand und glitt mit jedem ein Stück durch den Nachmittag. Durch den Dampf ihres eigenen Atems sah Nuri Nik an, der sie untergehakt hatte.

»Es ist manchmal schön hier«, flüsterte sie. »Die Farben sind schön. Der Himmel. Das Eis ist wie die Wüste.«

»Ich habe die Wüste nie als schön empfunden«, sagte er ernst. »Aber das lag vielleicht daran, wie ich sie kennengelernt habe.« Er zog sie behutsam weiter, am Ufer entlang, durch eine Märchenwelt aus schlafenden Bootsstegen. Schwarze Blesshühner mit riesigen, hässlichen Füßen sahen ihnen zu, winterschmutzige Schwäne reckten ihre Federn und fauchten wie Katzen.

»Wie *hast* du die Wüste kennengelernt?«

»Als etwas hinter einer Mauer«, antwortete Nik. »Etwas hinter der Dunkelheit.«

»Das … verstehe ich nicht.«

»Musst du nicht«, sagte Nik, blieb plötzlich stehen und zeigte aufs Eis hinaus. »Verdammt. Sie sind wirklich hier. Thore und seine Leute. Ich hatte gehofft …«

Da sah auch Nuri das abgetrennte Viereck in der Mitte der Rummelsburger Bucht, sie hatten Rucksäcke und Taschen an die Ecken gestellt, und jetzt waren sie dabei, Striche im Schnee auf dem Boden zu ziehen: ein Spielfeld.

»Eishockey«, sagte Nik. »Ein irgendwie undeutscher Sport. Kommt das nicht aus Amerika?« Er lachte, unfroh. »Schau sie dir an.«

Die Gruppe der Jungen versammelte sich mit ihren Schlägern in der Mitte des Feldes, Thore war einer der kleinsten, schmalsten. Sie fand auch Louis in der Gruppe, verdammt, sie hatte für Sekunden gehofft, dies wäre Thores Klasse, aber es waren die Jungadler. Wie aufrecht und selbstbewusst sie dastanden! Kampfbereit, sportlich, ohne Makel.

Bis auf Thore vielleicht, Thore hatte die Schultern ein wenig eingezogen, Thore befand sich abseits, obwohl er in der Gruppe stand, das Abseits war deutlich. Eine Welle von Mitleid durchflutete Nuri. Sie hätte nie gedacht, dass sie einmal Mitleid für Thore empfinden würde.

Am Rand des Spielfeldes saßen zwei Mütter auf einem Holzschlitten und waren damit beschäftigt, Äpfel und Thermoskannen auszupacken. Am gegenüberliegenden Rand standen zwei Väter.

Dann blies einer von ihnen in eine Trillerpfeife, die Jungen erwachten aus der militärischen Erstarrung, der Puck sauste über Eis.

Und sie flogen ihm hinterher, rasten, hetzten, man hörte das Schaben der Kufen bis hierhin, das Klicken des Pucks gegen die Schläger, den Ehrgeiz. Sie waren schnell, unglaublich schnell, auch Thore. Und dann sah Nuri, wie sich eine Gestalt vom Ufer löste und auf das Eishockeyfeld zuglitt.

Es war Ridha.

Es war Ridha, und er fuhr Schlittschuh. Ohne zu fallen.

Vielleicht hundert Meter von dem Hockeyfeld entfernt blieb er stehen, still, beobachtend.

»Ich hole ihn«, sagte Nik, »lauf du zurück zu den anderen. Es ist Zeit für ein Picknick, nicht nur bei den völkischen Mutterfrauen.«

Das Laufen war eher ein Stolpern, sie lachte über sich selbst. Wie schnell die Kinder es lernten!

Kurz darauf goss sie, schlittschuhlos jetzt, Saft aus Thermoskannen in Pappbecher, tatsächlich, genau wie die Mutterfrauen auf dem Schlitten, und sah, wie Nick mit Ridha sprach. Ridha schien aber nicht mitkommen zu wollen, er blieb stehen, wo er stand, Nik kam schließlich alleine übers Eis zu ihnen zurück. Aber ehe er da war, geschah etwas Seltsames: Sie hörte hinter den gefrorenen Weidenblättern ihren Namen. Erst dachte sie, sie würde es sich einbilden, doch es gab keinen Zweifel: Jemand stand dort und rief nach ihr, ganz leise.

Und dann erkannte sie die Stimme.

Und sie sah, dass nur noch eine der Frauen auf dem Schlitten beim Eishockeyfeld saß.

Sie murmelte etwas davon, dass sie sich ein Klo suchen würde und gleich wieder da wäre, verließ die Gruppe und trat auf den Weg. Und dann fand sie sie: halb im Gestrüpp aus winterschlafenden Brombeeren und Ranken verborgen.

Cindy.

Sie nickte nur: Komm mit. Und Nuri folgte ihr durchs Ufergestrüpp, durch die kalten, dornigen Äste bis zur Rückwand der Holzhütte, die die Schlittschuhe verlieh. Cindy ließ sich daran hinuntergleiten und lehnte sich mit dem Rücken gegen die Wand, und Nuri tat es ihr nach. So saßen sie zwischen leeren Flaschen, toten Pflanzen und gefrorenem Matsch. Unsichtbar.

»Okay«, sagte Cindy leise. »Er ist hier.«

»Pascal. Er ist in Berlin. Aber das weiß ich seit Silvester.«

Cindy schüttelte den Kopf. »Er ist hier. Am See.«

Nuri merkte, wie ihr kalt wurde.

»Er ist mit ein paar von den Jungs am Ufer unterwegs«, sagte Cindy. »Sie wollten gucken, wo man eine Bratwurst kriegt oder was.«

Nuri nickte. »Wir packen unsere Sachen.«

»Du jedenfalls.«

»Er hat mich erkannt, oder? An Silvester?«

»Ja. Aber es war ein Zufall! Ich habe ihn da nicht hingeschickt! Ich wusste nicht, dass du am Oranienplatz bist, sie sind da hin, weil da dieses Flüchtlingsding ist. Oder war? Dieses Camp. Ich habe ihm nicht gesagt, dass du in Berlin bist, du musst mir das glauben, ich habe …« Sie setzte sich anders hin, die Hände am Bauch. Vielleicht trat das Baby sie. »Hast du das Päckchen aufgemacht?«

»Die Socken. Ja. Danke. Ich weiß nicht, ob ich je ein Kind kriege, Cindy. Trotzdem danke.«

»Mit Calvin … Das wäre ein hübsches Kind geworden. Okay, hör zu, ich muss zurück …«

»Warte. Was hat Pascal vor? Weiß er, wo wir wohnen?«

»Nein. Ich habe ihm gesagt, dass ich im Asylantenheim in der

Carola-Neher-Straße keinen von dem abgebrannten Heim gefunden habe. Dass ich geguckt habe und dass ihr wohl woanders untergebracht seid. Es gibt so viele Asylbewerberheime in Berlin. Aber er will dich finden, natürlich. Er hat Angst, wegen deiner Aussage. Wenn er dich in die Finger kriegt, Nuri … Das geht nicht gut aus. Pascal ist kein schlechter Mensch, glaub mir, er will immer noch weg von der ganzen Gewalt, aber er gerät da dauernd wieder rein. Der hatte auch kein leichtes Leben, es hat immer alles einen Grund … Ich gehe jetzt.«

»Warte«, sagte Nuri noch einmal. »Cindy. Was haben sie mit Thore angestellt?«

Cindy zuckte die Schultern. »Sein Vater war ziemlich sauer wegen der Theatersache, Louis und die Älteren haben das natürlich rumerzählt. Sonja hat auch Ärger bekommen, also seine Mutter. Thore hat jetzt ein striktes Verbot, mit Ridha zu sprechen, oder mit sonst irgendwem von der Theatergruppe. Und er wird sich nie wieder als Glitzerengel verkleiden, hat sein Vater gesagt, das ist lächerlich, er hat ein Foto in der Zeitung gesehen. Er hat gesagt, er sorgt dafür, dass Thores Brüder später nicht so einen Quatsch machen.« Sie machte eine kurze Pause und fügte dann leiser hinzu: »Er ist zu stark, weißt du. Thores Vater. Einer von denen, die auch mal zuschlagen. War kein schönes Weihnachten für Thore und Sonja.«

Damit drehte sie sich um und kroch gebückt zurück durch die Dornen, eine Hand auf ihren Bauch gepresst.

Sie wollte Nik und Andrea sagen, dass sie losmusste. Dass sie nicht bleiben konnte.

Aber es kam nicht so weit. Als Nuri wieder bei der Gruppe war, starrten alle hinaus aufs Eis. Das Hockeyspiel schien zu Ende zu sein, die Spieler saßen herum und aßen ihre Brote, aber zwei der Spieler fehlten. Und etwas abseits des Feldes standen drei Figuren.

»Thore und Louis«, sagte Nik. »Und Ridha. Natürlich.«

Hatten die Erwachsenen nicht gemerkt, mit wem die beiden Jungadler auf dem Eis standen?

Es wurde langsam dunkel. Jetzt nickte Ridha, und dann lösten sich die drei voneinander und glitten auf ihren Schlittschuhen los in Richtung des Fabrikschlots am anderen Ende der Bucht. Sie fuhren nicht schnell, aber zielstrebig.

»Die Wette«, sagte Nuri. »Sie haben gewettet, wer besser eislaufen kann. Aber es geht nicht um Zeit … Um was geht es?«

»Komm«, sagte Nik und fuhr ebenfalls los, zusammen mit Andrea. Nuri streifte die Schlittschuhe ab, schlüpfte in ihre Turnschuhe und rannte. Als sie sich einmal umdrehte, war Nesrin dicht hinter ihr.

Vor ihnen verdichteten sich die weißen Wolken aus dem Schornstein am Abendhimmel zu einer zähen Masse. Weit hinten floss die Spree vorüber: offenes Wasser. Und auf einmal begriff Nuri, worum es ging. Worum die drei gewettet hatten. Nein, nicht darum, wer am schnellsten war. Sondern darum, wer sich am weitesten hinauswagte.

Nik und Andrea waren jetzt stehen geblieben. Nuri hörte sie rufen, aber keiner der Jungen reagierte. Sie glitten langsam weiter, über das Dunkel, das noch gefroren war, weit auseinander jetzt, jeder für sich, verbissen. Dort, wohin sie liefen, war ein breiter Riss im Eis zu sehen. Dahinter hatte es die Farbe der Nacht.

Draußen auf der Spree türmten sich die Schollen zu zackigen Kunstwerken, wurden vorübergetrieben wie Schiffe.

Nesrin und Nuri standen jetzt neben Nik und Andrea, und Nik brüllte noch einmal, so laut, dass Nuri zusammenzuckte: »Kommt zurück! Sofort!«

Die Jungen waren alle gleich weit von dem Riss im Eis entfernt. Sie bewegten sich jetzt nur noch sehr langsam vorwärts. Aber keiner von ihnen wollte aufgeben. Vielleicht lag Ridha ein klein wenig weiter vorne. »Das reicht!«, schrie Andrea. »Ende der Wette!«

Ridha drehte sich um und machte mit beiden Händen das Victory-Zeichen. Er grinste. Die alte, zu große Jacke schlotterte um seinen mageren Körper, aber er war der selbstbewussteste Held der Welt.

Thore war stehen geblieben. Vor ihm, aus einem weiteren Riss, trat dunkles Wasser hervor. Nuri sah seine Angst.

»Fick dich! Du Verlierer!«, schrie Louis, und dann warf er sich nach vorne, schlitterte an Ridha vorbei, noch einen Meter weiter hinaus und noch einen, über einen Marmorboden voller Adern und Risse. Und da brach das Eis.

Es brach mit einem leisen Knirschen. Kein Knall, kein Lärm, nichts, nur dieses schreckliche Knirschen.

Louis riss die Arme hoch, strauchelte – und er war fort. Es ging sehr schnell.

Thore schlug eine Hand vor den Mund. Andrea schrie. Nik machte einen Schritt nach vorn. Nesrin hielt Nuri fest. »Nicht hingehen«, sagte sie. »Bitte. Nicht du auch noch.«

Nik machte einen Schritt nach vorn, prüfte das Eis mit dem einen Fuß, zögerte.

Wo war Ridha? Einen Moment war Nuri verwirrt, dann sah sie, dass er auf dem Bauch lag, flach auf dem Eis, um an das Loch heranzurobben. Nik ließ sich auf alle viere nieder, um sein Gewicht besser zu verteilen, und kroch näher an ihn heran.

Aber auch Ridha war weitergekrochen, rasch weitergekrochen, so rasch, wie es nötig war, um jemanden aus dem eiskalten Wasser zu ziehen, der von allein nicht wieder auftauchte. Er hatte das Loch jetzt erreicht, streckte einen Arm aus, tastete … Das Eis knirschte wieder. Mehr Risse breiteten sich darin aus. Nuri drückte Nesrin an sich.

»Er schafft es«, flüsterte sie auf Arabisch. »Bitte, Allah! Bitte!«

Und in diesem einen Moment war Allah da, er führte Ridhas Finger, und diese Finger bekamen etwas zu fassen, Ridha zog … Und Louis' Kopf tauchte auf, eine Schulter, ein Arm.

Nik war jetzt bei ihm und sicherte endlich Ridhas Füße. Dann zog Ridha noch einmal mit der ganzen Kraft seiner dünnen Arme, Louis' Oberkörper lag jetzt halb auf dem Eis. Doch es hielt dort nicht, es brach wieder, es war zum Verzweifeln.

Ridha verzweifelte nicht. Er hielt Louis weiter fest, zerrte ihn ein zweites Mal aus dem Wasser – und diesmal schaffte er es, diesmal hielt das Eis, diesmal zog er den Körper ganz heraus.

Nik half, und schließlich erreichten sie alle drei die feste Eisfläche vor dem Riss und blieben einen Moment keuchend liegen.

Ridhas Arme und seine Schultern waren klatschnass, das Wasser begann dort bereits zu gefrieren. Er rappelte sich auf und half Louis auf die Beine, gemeinsam mit Nik.

»Warme Dusche«, sagte Nik knapp. »Los.«

Er hob Louis einfach hoch, und obwohl Louis kein kleines, leichtes Kind war, trug er ihn über das Eis zurück. Thore und Ridha folgten, dahinter Andrea und Nuri und Nesrin, es war eine seltsame Prozession.

Auf der Hälfte des weiten Weges zum Hockeyfeld traten ihnen die beiden Männer entgegen.

Sie standen plötzlich vor ihnen wie aus dem glatten Eis gewachsen, Männer mit Wikingergesichtern und verschränkten Armen. Einer hatte einen Pferdeschwanz, beide trugen Lederbänder mit keltisch anmutendem Silberschmuck um den Hals. Nuri nahm das alles nur am Rande wahr, im letzten Licht dieses Tages, und sie dachte darüber nach, wie anders Pascal aussah und wie anders Calvin damals ausgesehen hatte und dass es wirklich unmöglich war, irgendwen von außen zu erkennen.

»Was haben Sie mit dem Jungen gemacht?«, fragte einer der Männer. Seine Stimme war schneidend wie die Kälte unter dem Eis.

»Ridha hat ihn aus dem Wasser gezogen«, sagte Nik ruhig. »Nehmen Sie Ihren Helden und bringen Sie ihn nach Hause. Er hat eine Wette gewonnen.«

Der mit dem Pferdeschwanz schnappte sich Louis wie ein Stück Eigentum.

»Das wird ein Nachspiel haben«, sagte er.

»Ridha hat ihn wirklich rausgezogen«, sagte Thore. »Louis ist ganz von allein eingebrochen. Er wollte der sein, der am weitesten rausgeht.« Er und Ridha standen nebeneinander, der zur Hälfte nasse, zitternde Ridha in der zu großen Jacke und Thore mit seinem blonden Heiligenschein.

»Du hältst den Mund«, sagte der Mann, der keinen Pferdeschwanz hatte. Er zog Thore zu sich und stand einen Moment nur so auf dem Eis, während der andere Mann Louis bereits fortbrachte. Für Louis musste es jetzt schnell gehen, wenigstens das war allen klar.

»Hör mir jetzt gut zu«, sagte der, der Thore festhielt. »Keiner macht mir Thore zu einem Weichei mit Engelsflügeln, kapiert? Mein Sohn ist ein richtiger Junge, ein Kämpfer wie ich. Und ihr … Euch schicken wir postwendend dahin zurück, wo ihr hergekommen seid. Aber bis dahin gibt es keinen Kontakt zwischen euch. Wenn du noch einmal mit meinem Sohn sprichst, bist du tot. *Haben wir uns verstanden?*«

Ridha nickte. »Tot«, wiederholte er. »Klar.« Aber er war noch immer ein Held, und er hatte Andrea und Nuri und Nik hinter sich, und Nesrin sah zu, und er verschränkte die Arme.

»Wenn Sie noch einmal Ihr Sohn verprügeln, Sie sind auch tot«, sagte Ridha laut. »So was von tot.«

Der Mann sah von Nuri zu Andrea zu Nik. »Stopfen Sie ihm das Maul, oder es passiert was Unangenehmes. Ich höre nicht zu, wie hier Lügen über meine Familie verbreitet werden. Und wie ich meine Kinder erziehe, geht keinen was an.«

»Ich glaube, wir gehen jetzt besser alle vom Eis, ehe noch mehr bricht«, sagte Andrea mit einem kaum merklichen Zittern in der Stimme. Thores Vater trat einen Schritt auf sie zu, drohend. Er war viel größer als sie.

»Papa …«, sagte Thore, bittend.

»Klappe halten!«, fauchte sein Vater. »Hast allen Grund dazu.«

Dann drehte er sich um und schleifte Thore zurück in Richtung Hockeyfeld.

Sie packten ihre Sachen, während die Sonne hinter den modernen, teuren Häuserklötzen an der Rummelsburger Bucht verschwand. Alles geriet durcheinander, am Ende hatte die Hälfte der Kinder ihre Schlittschuhe zurückgegeben, während die Übrigen noch in Schnallen und Verschlüssen feststeckten. Sie befreiten auch die, und schließlich sagte Nuri, sie würde die restlichen Schlittschuhe wegbringen und die anderen bei der S-Bahn treffen, damit es schneller ging. Sie wollte endlich weg hier, Ridha musste ebenso unter eine heiße Dusche wie Thore.

Vor der Holzbude stand jetzt eine Schlange an Leuten, es dauerte, bis Nuri die Kinderschlittschuhe loswurde.

Und genau in dem Moment, in dem sie sie loswurde, sah sie drei Leute den Asphaltweg an der Bucht entlangkommen. Und sie begriff, dass es ein dummer Fehler gewesen war, die Schlittschuhe allein wegzubringen. Zwei von den dreien, die da kamen, gingen Arm in Arm. Ein Junge und ein Mädchen.

Pascal und Cindy. Der dritte gehörte irgendwie zu Pascal.

Nuri sah Cindys Blick, sah die verzweifelte Bitte in ihren groß geschminkten Augen: *Verschwinde! Renn! Mach, dass du wegkommst!*

Sie nickte kaum merklich, drehte sich um und rannte.

Aber es war zu spät.

Hinter sich hörte sie etwas wie einen Fluch, dann die Schritte von zwei Menschen, die ihr nachsetzten. Sie schlüpfte aus der Menge vor der Holzbude, rannte den Weg entlang, vom Wasser fort, durch das unübersichtliche Baustellengebiet, an einer Absperrung vorbei, über eine rote Ampel. Autos hupten, jemand schrie sie an …

Da, da war der Bahnhof. Eine Treppe. Sie fand sich auf einem Gleis wieder und sprang in einen Zug, der dort hielt, irgendeinen Zug, egal. Betete, dass er abfuhr. Jetzt. Aber er fuhr nicht, er wartete seelenruhig auf die richtige Uhrzeit. Ihr Herz flog. Sie sah Pascal und den anderen die Treppe herunterkommen, die letzten Stufen mit einem einzigen Satz nehmen, die Köpfe wenden – Pascals und Nuris Augen trafen sich.

Und da schlossen sich die Türen endlich mit ihrem automatischen Piepen. Das Letzte, was Nuri von Pascal sah, war, wie er auf die Bahn zustürzte und mit beiden Fäusten an eine der hinteren Türen hämmerte. Doch es nützte nichts mehr. Die Bahn fuhr an.

Sie lehnte die Stirn an die Scheibe und atmete tief durch, und natürlich starrten eine Menge Leute sie an, doch sie zuckte nur die Schultern und ließ sich auf eine der Polsterbänke fallen.

Verdammt. Pascal und der andere würden in die nächste Bahn steigen, ihr folgen. Wohin fuhr diese überhaupt? Sie sah auf den verwirrenden Plan aus bunten Linien. Alexanderplatz.

Die Linien waren ein Labyrinth.

»Entschuldigen Sie … Wenn ich zur Oranienstraße will?«

Ein hilfreicher Mann mit Hund. Er erklärte, zeigte auf die Linien, und schließlich begriff sie, umsteigen an der Warschauer Straße, U1 bis Kottbusser Tor, noch einen halben Kilometer laufen. Sie rannte Bahnsteige entlang, rannte falsche Treppen hinauf und wieder hinunter, fand die richtigen.

Es war, als bewegte man sich auf einem Spielbrett. Sie hechtete los, sobald die Türen der letzten Bahn sich öffneten. Die Oranienstraße war länger als je zuvor, sie lief an der kleinen türkischen Bäckerei vorüber, in der Ayses Mutter arbeitete, das wusste sie jetzt … und weiter … drehte sich einmal um, ganz kurz: Nein, da war niemand hinter ihr. Denn niemand durfte sehen, wie sie in die Seitenstraße abbog.

Niemand sah es.

Sie klingelte Sturm, und Phil öffnete in einem ausgeleierten Che-Guevara-T-Shirt, in dessen Ausschnitt man eine Kette aus großen Holzperlen sah. »Nura! Was …?«

Aber sie schlüpfte nur an ihm vorbei und schlug die Tür zu.

»Imad«, keuchte sie. »Ist Imad da?«

»Hast Glück!«, rief Imad aus der Küche, unbeschwert, fröhlich. »In zwei Stunden muss ich bei meiner Möbelpackersache sein. Willst du mit uns essen?«

Nuri ließ sich auf einen der freundlichen, alten Küchenstühle fallen. »Ja«, sagte sie. »Nein. Egal. Pascal hat mich gesehen, Imad. Er ist mir gefolgt. Bis zur S-Bahn. Ich bin umgestiegen, ich glaube, ich habe ihn abgehängt. Kann ich eine Weile hierbleiben?«

»So lange du willst«, sagte Imad. Er rührte in einem Topf mit Reis und Gemüse.

»*Du* kochst?«, fragte Nuri. Imad lachte. »Ich bin ein moderner Mann.«

Dennoch begann Nuri, den Tisch zu decken, es wäre ihr falsch vorgekommen, Imad auch das tun zu lassen, obwohl sie die Teller erst suchen musste.

Phil schob einen Laptop beiseite, auf dem eine YouTube-Seite geöffnet war, Ayse und Janni kamen herein, es war ein beruhigendes Gewusel. Janni hatte die blaue Strähne abgeschnitten und einen Regenbogen quer über die blonden Stoppeln auf ihrem Kopf gefärbt. Imad stellte den Topf auf den Tisch.

Als Nuri sich setzte, merkte sie, dass sie am ganzen Körper zitterte.

»Pascal also«, sagte Imad und sah sie aufmerksam an. »Wäre es nicht klug gewesen, ihn gleich mitzubringen? Du wolltest doch, dass ich mich mal … mit ihm unterhalte. Du wolltest ihn loswerden.«

Nuri nickte. »Aber das muss man planen. Richtig. Vielleicht ist es besser, wenn du ihn allein abgreifst.«

Dann legte sie den Kopf auf die Arme und versuchte, ruhiger zu werden. *Ihn allein abgreifen. Loswerden.* Das waren Worte aus der Welt von Thores Vater oder Pascal selbst, nicht aus ihrer.

»Es ist Quatsch«, flüsterte sie. »Es ist alles Quatsch, oder? Wie kann ich wollen, dass jemand … beseitigt wird? Verschwindet? Ich will nur, dass alles endlich vorbei ist … vorbei …« Sie merkte, dass sie schluchzte. Wie ein Kind. Die Anspannung der letzten Stunden fiel von ihr ab, die Angst um Ridha, die Angst, dass Louis ertrank, die Angst vor Thores Vater, die Angst vor Pascal und seinen Kumpeln. Bis jetzt hatte sie genug Adrenalin im Blut gehabt, um all das zu bewältigen, um vernünftig zu handeln, um zu rennen – jetzt war es vorbei.

Imad kam zu ihr herüber und nahm sie vorsichtig in die Arme, und sie legte den Kopf an Imads Schultern und ließ ihre Tränen in seinen Pullover laufen. Die anderen standen hinter ihnen, besorgt, unschlüssig, was sie tun sollten.

»Was … guckt ihr denn da an?«, fragte sie mit einem mühsamen Lächeln und nickte zu dem Laptop hin, nur um das Thema zu wechseln.

»Imad zeigt Philipp seine Sammlung«, sagte Janni mit einem Grinsen. »Vergiss es. Keine schönen Bilder. Pervers.«

Nuri suchte nach einem Taschentuch, fand eines, schnäuzte sich umständlich. »Ist vielleicht gut zur Ablenkung. Was sammelst du? Pornoclips?« Sie versuchte, ebenfalls zu grinsen.

»Lustige Propagandavideos aus unserem schönen, friedlichen Land«, sagte Imad bitter. »Willst du nicht sehen. Lass uns essen.«

Aber jetzt sog der Bildschirm ihre Augen auf sich, und sie zog ihn zu sich heran. Da war eine Straße, staubige Häuser, Eukalyptusbäume, Läden. Etwas wie ein Gefühl von zu Hause stieg in ihr auf, auch wenn sie die Stadt nicht kannte.

Und die Stadt wich, jemand fuhr mit der Kamera über Land, da waren Felder, Felsen, Männer in einem auf Hochglanz polierten schwarzen Jeep. Ein Tor, eine Mauer mit Stacheldraht.

»Man sollte sie alle beseitigen, zusammen mit deinem Pascal«, knurrte Imad. »Die Zeit wird kommen. Vielleicht bin ich dann dabei. Aber klapp das Ding jetzt zu.«

Auf dem Bildschirm sah man eine Flut aus schwarzen Fahnen. Menschen.

»Daisch«, sagte Nuri. »IS. Was ist das, ein Trainingslager?«

Da waren Kämpfer, die im Gänsemarsch rannten, geduckt, mit Gewehren über der Schulter. Heroische Musik. Der Aufruf, dem Glauben zu folgen und für Allah zu sterben. Die Kämpfer knieten jetzt, legten die Gewehrläufe auf eine Stützvorrichtung, feuerten. Die Gewehre waren zu schwer. Aber es lag nicht an den Gewehren. Die Kämpfer in ihrer schwarzen Vermummung waren zu klein. Und dann sah sie es: Es waren Kinder. Zehn oder zwölf Jahre alt.

Sie dachte an Ridha und Louis auf dem Eis. An Thore.

Mein Sohn ist ein richtiger Junge, ein Kämpfer wie ich.

Die Jungen auf dem Bildschirm rannten zurück über die kahle, ockerfarbene Erde, dann sah man sie in einer Reihe stehen. Soldaten des IS schüttelten ihnen die Hände, anerkennend, da war ein Schnitt im Film, die Jungen waren jetzt nicht mehr ganz so vermummt, man sah ihre Gesichter. Wie sie strahlten!

Wieder ein Schnitt, eine blühende Landschaft aus Obstbäumen in den Bergen, Schafe, Ziegen, blauer Himmel.

Und abermals die Jungen, diesmal vor einer riesenhaften, schwarzen Flagge. Es war wie ein Fußballfoto, die vorderen knieten, zeigten lächelnd und stolz ihre Waffen, hoben jetzt die Fäuste und brüllten ihre Liebe zu Allah heraus. Die Soldaten, junge Kämpfer von achtzehn oder zwanzig Jahren, hatten sich zu ihnen gesellt für die Aufnahme, auch sie lächelten in die Kamera.

Die meisten trugen Schwarz, die meisten trugen die typischen IS-Bärte. Einer, ganz hinten, hatte stattdessen eine Art Fünf-Tage-Bart, er sah seltsam europäisch aus. Sie sah genauer hin. Eine schwarz-weiße Kufiya bedeckte den Kopf des Mannes. Doch, das war ein Europäer, kein Zweifel.

Er hatte dunkle Augenbrauen, aber helle Augen. Grüne Augen. Sommersprossen.

»Halt das an«, flüsterte sie und setzte sich gerade hin. »Kannst du das größer machen?«

Imad griff an ihr vorbei, vergrößerte das Video auf Bildschirmgröße. Und dann sah der Kämpfer sie an, als wäre er nicht nur größer, sondern näher als eben, seine grünen Augen blickten genau in ihre, so wie sie genau in die Kamera geblickt hatten. Aber vielleicht hatten sie immer nur durch die Kamera hindurchgeblickt, um Nuri anzusehen.

Der Raum schwankte. Alles drehte sich.

Nimm doch die Kufiya ab, damit ich sehen kann, ob es stimmt!

Nein. Sie wusste es auch so. Selbst mit den dunklen Brauen.

Sie kannte diese dunkle Färbung ja, sie kannte sie von den Bildern in ihrem Kopf, die sie überfielen, wenn sie zum falschen Zeitpunkt die Augen schloss. Er war es. Kein Zweifel.

Es war unmöglich. Und er war es.

Er war in einem IS-Propaganda-Video vom Oktober, ein Gewehr über der Schulter. Obwohl er im August gestorben war.

Calvin.

Der Fliesenboden der Küche kam ganz langsam auf sie zu. Obwohl das natürlich täuschte, sie fiel nicht in Zeitlupe. Er war sicher hart, dieser Boden. Das war das Letzte, was sie dachte.

Und dass Imad sie vermutlich aufheben würde.

Nein, das war nicht das Letzte, was sie dachte. Das Letzte war: Calvin lebt.

Internetsuche:

» *Anschlag Hellersdorf hilft*
» *Homs Belagerung*
» *Homs FSA*

12.

Dass das Regime gezwungen war, nach Genf zu kommen, ist der Erfolg des Kampfes des syrischen Volkes.

(Koalitionssprecher Luai Safi in Genf)

Weder in dieser Runde noch in der nächsten werden sie von der syrischen Delegation irgendwelche Zugeständnisse erhalten.

(Informationsminister Omran al-Sohbi von der syrischen Regierung in Genf)

Wir sind in gewisser Weise gescheitert.

(UNO-Vermittler Lakhdar Brahimi)

Sie kam ganz langsam auf ihn zu, durch die Dunkelheit, und trotz der Dunkelheit war da etwas wie ein Glanz. Und er verstand, in dieser Sekunde, dass er ihn sich einbildete.

Dass es alles etwas mit Einbildung zu tun hatte, mit dem, was wir uns wünschen und wonach wir uns sehnen. In dieser Nacht trug sie das Gewicht seiner Wünsche.

Sie trat zu ihm und legte ihm eine Hand auf die Schulter, sie sagte etwas, aber er verstand nur die Worte: »Hör auf.«

»Hör auf … was?«

Dschinan strich über seine Wange, ihre Hand war warm in der Kälte, aber eiskalt für eine Hand. Sie wischte etwas fort. *Hör auf, verzweifelt zu sein.* Wie lange war sie schon hier? Hatte sie gesehen, wie er in dem leeren Haus gewütet hatte, dumm, sinnlos? Er wollte ihr tausend Dinge sagen, sie tausend Dinge fragen. *Wo warst du? Warum habe ich dich nicht gefunden? Ich habe dich gesucht. Ich bin so froh, dich zu sehen.* Doch er sagte nur einen einzigen, kurzen Satz. Und er ging rückwärts, während er ihn sagte, von ihr fort.

»Ich muss hier raus.«

Sie schüttelte den Kopf. Es waren noch immer Schüsse zu hören.

»Wenn es Morgen ist«, sagte sie.

»Aber ich muss!« Er sprach ein Mischmasch jetzt, aus Arabisch und Deutsch. »Da ist ein Kind, in Bab Drib, das wartet! Ein krankes Kind. Vielleicht sechs Jahre alt. Ich weiß nicht, ob es die Nacht überlebt. Ich muss zu ihm, ich muss …« Er hob die Hände, ballte die Hände zu Fäusten, öffnete sie wieder und ließ sie sinken, hilflos. Hieb gegen die Wand. »Es sind fünf in einem Keller, aber wir leben alle in Kellern, was? Und der Tunnel ist dicht. Wusstest du, dass man elf Katzen braucht, um die Straße bei der Zitadelle zu überqueren? Es gibt jetzt nur noch zehn in der Altstadt. Ich vergesse nie, wie sie gefaucht hat. Sie wollte nur leben, genau wie wir. Dschinan …«

Seine Worte versiegten, er ließ sich auf einen Sessel fallen, der einsam im Raum stand.

»Diese Stadt verhungert und stirbt langsam«, flüsterte er. »Ohne Grund. Sie ist ein Symbol für die Revolution, das ist alles. Aber es gibt doch gar keine Revolution mehr.« Dann hob er den Kopf. »Kamal ist tot.«

»Nein«, sagte Dschinan.

Sie kam zu ihm und legte die Arme um ihn. Er spürte ihr Haar im Nacken, als sie sich über ihn beugte, sie legte ihren Kopf auf seinen, und so blieben sie lange, lange Zeit. Dann sagte sie: »Dem Kind geht es gut.«

Und er wollte ihr glauben – er wollte glauben, dass sie Dinge sehen konnte, spüren konnte, die er nicht spürte. Dass sie mehr über Layla und die Kinder wusste, mehr über Kamal, als ein Mensch wissen konnte. Aber er glaubte ihr nicht wirklich.

»Lass uns schlafen«, sagte sie. »Morgen gehen wir nach Bab Drib.«

»Kommst du denn mit?«

Sie antwortete nicht, löste sich nur von ihm und hob etwas auf, das in einer Ecke gelegen hatte: ein staubiges Federbett. Da war ein zweites. Sie wickelten sich hinein und legten sich auf den Fußboden, nebeneinander, um sich zu wärmen, doch nicht so nah, wie er mit den Kindern zusammengelegen hatte. Er schlief zum zweiten Mal ein in dieser Nacht, und er wollte glücklich sein. Er hatte immer geglaubt, er würde glücklich sein, wenn er Dschinan fand. Aber auf diese Weise würde er vielleicht zusehen müssen, wie eine weitere Person mit der Stadt zusammen starb, eine weitere Person, die kleiner und schwächer war als er und dem Hunger weniger lange standhielt. Auch das goldene Mädchen konnte in Homs keine Wunder mehr vollbringen.

Er träumte von Nuris letzten Worten im Feuer.

Hol Dschinan raus.

»Es ist unmöglich«, antwortete er, in seinem Traum.

Nuri schüttelte den Kopf. Und dann verschwand sie, und er stand alleine in Frau Silbermanns Garten vor dem Gedenkstein, auf dem ihre beiden Namen standen. Der Seewind spielte mit den Blättern des Feigen- und des Olivenbäumchens neben dem Stein, und Calvin streckte die Hand aus, um diese Blätter zu berühren, das junge Grün zu spüren.

Er griff ins Leere und fuhr hoch.

Vielleicht hatte er nur ein paar Minuten geschlafen. Draußen flutete der Nachhall der letzten Salven durch die alten Gassen, die Stille lastete schwer über der Erinnerung an die Geräusche. Dschinan lag nicht mehr neben ihm.

Er stand auf, versuchte, etwas zu erkennen, für einen Moment überzeugt, dass er alleine war, dass sie fort war, schon wieder. Aber da saß sie, am anderen Ende des Raumes, auf den alten Sessel gekauert: die Beine angezogen, die Decke um die Schultern gelegt und sah ihn an.

Um sie herum waren die schwarzen Schatten zu Blattgold geworden.

Er spürte die Berührung ihrer Haare noch, als sie ihren Kopf auf seinen gelegt hatte. Und auf einmal war da der brennende, unstillbare Wunsch, ihr noch näher zu sein, näher als nah, die Einsamkeit, die Kälte und die Verzweiflung auszuschließen. Sie waren zu zweit, oder nicht? Zu zweit in diesem feindlichen Winter aus Schnee und Staub.

Er ging zu ihr, und diesmal war er es, der seine Arme um sie legte, er zog sie ganz dicht an sich heran, wortlos. *Ich liebe dich.*

Nein, das ist nicht wahr, ich weiß vielleicht gar nicht mehr, was das bedeutet.

Der Wunsch, ihr nahe zu sein, war weniger ein Wunsch als eine

Notwendigkeit, er wusste, er würde nicht mehr atmen können, wenn er weiter mit sich und der Hoffnungslosigkeit alleine blieb. Er fühlte ihren Körper unter seinen Händen, sie sträubte sich nicht gegen seine Berührungen, er rutschte zu ihr auf den alten Sessel, hob sie auf seinen Schoß, tastete unter ihrer Jacke und dem Pullover weiter, streichelte die warme Haut, die er fand, und dachte, dass er ein Kind gesucht hatte in Syrien, aber wie sehr hatte er sich getäuscht. Dschinan war kein Kind, schon so lange nicht mehr. Sie war sechzehn Jahre alt, und ihr Herz war älter, sie war die Frau eines ISIS-Kämpfers gewesen.

Er küsste ihren Hals, sie roch nach dem Wind in den Bergen. *Ich liebe dich, aber glaub mir nicht.*

»Okay?«, flüsterte er. »Okay?«

Er fühlte ihr Nicken, sie ließ ihn alles tun, sie war passiv und warm und viel weicher, als er gedacht hatte, trotz ihrer Magerkeit. Er spürte die Narben auf ihrem Körper. Er streifte seine Hose nur herunter, auch ihre, sie half ihm mit den Knöpfen.

Sie gab keinen Laut von sich, als er in sie eindrang. Ihr Zentrum war die Wärme, das Licht. Er schloss die Augen und sah das Gold deutlicher als je zuvor. Es war das Gold der Sonne an einem warmen Tag, aber er war sich nicht sicher, vielleicht war es auch das Gold einer Explosion. Er versuchte, vorsichtig zu sein, er wollte ihr nicht wehtun. Er fragte sich für Sekunden, was ihr Ehemann in Raqqa mit ihr getan hatte, sie war vielleicht fünfzehn gewesen, als der Daisch sie an ihn verheiratet hatte …

Nein, er wollte ihr nicht wehtun, aber seine Verzweiflung war zu groß, die Behutsamkeit hatte Grenzen, er dachte: Ich halte sie zu fest, er flüsterte wieder »Okay?«, und sie wisperte »Ja«, und er wollte ganz in das wärmende Licht eintauchen, mit ihm verschmelzen …

Er presste ihren Körper ein letztes Mal an sich, und als er kam, kam er alleine, so viel war ihm klar. Und als er die Augen öffnete, sah er, dass sie die Zähne zusammengebissen hatte. Sie entspannte sich erst jetzt wieder. Sie lächelte. »Okay.«

Aber es war *nicht* okay, er wollte so sehr, dass auch sie die Kälte vergaß. Er tastete im Dunklen, Feuchten, fand einen Weg und ließ seine Finger nachholen, was versäumt worden war, oder er versuchte es. Noch waren sie im Licht, dachte er, er wollte zusammen mit ihr dort sein, es ging doch darum, die Einsamkeit zu vertreiben! Und er schaffte es, spürte ihren Herzschlag rascher werden, hörte ihren Atem schneller gehen, fühlte etwas wie ein Zittern durch ihren Körper laufen. Dann öffnete sie die Augen.

Er konnte ihren Blick nicht deuten, wie so oft.

Sie löste sich behutsam von ihm, hob die herabgerutschte Bettdecke auf und benutzte eine Ecke davon, um sich sauber zu wischen. Es war eine Geste, die seltsam wehtat, eine zu rationale Geste, die ihn wieder an die Wohnung in ar-Raqqa denken ließ, in der sie mit einem Ehemann gelebt hatte, dem sie gehört hatte wie ein Ding. An all das, was sie dort erlebt hatte.

Und als er sich angezogen hatte, war ihm plötzlich eiskalt. Es war falsch gewesen, was er getan hatte. Alles war falsch. Er trat zu ihr und blieb einen Moment hinter ihr stehen, ohne sie anzufassen.

»Es tut mir leid«, flüsterte er. »Es tut mir leid, Dschinan.«

Sie drehte sich um und legte einen Finger an den Mund. »Sch.« Dann wickelte sie sich wieder in die Decke und legte sich zum zweiten Mal in der Nacht auf den Fußboden, um endlich zu schlafen. Sie legte ihre Hand auf seine, als er sich neben sie legte. Aber er wusste, dass er nicht der war, auf den sie in ihrem Leben wartete. Vielleicht würde es nie so jemanden geben.

Du hast es gewusst. Du hast es die ganze Zeit über gewusst.

Nuri wollte den Satz schreien, mit der Faust auf den Tisch schlagen, die Bilder an der Wand abreißen, die Bilder der Toten.

Aber sie tat nichts, stand nur in der Tür und schwieg. Ummi saß vor einem Holzbrett und füllte Paprikaschoten, sorgfältig, als hinge ihr Leben davon ab, die Schoten bei einem wichtigen Staatsempfang zu servieren. Nichts, was Nuris Mutter tat, seitdem sie hier war, war von Bedeutung. Sie wusste es, und deshalb maß sie den kleinen Dingen umso mehr Bedeutung zu.

Aber sie hatte es gewusst.

»Du hast ihn nicht gezeichnet«, sagte Nuri schließlich. Mehr bekam sie nicht heraus. Ihre Kehle war trocken, ihre Stimme rau. Ummi drehte sich um, erstaunt, sie hatte nicht gemerkt, dass Nuri die Tür geöffnet hatte.

»Guten Morgen«, sagte sie mit einem vorsichtigen Lächeln. »Wo … warst du nachts?«

»Bei Imad. Ich habe Abi doch eine SMS geschrieben.«

»Ach so. Ja. Ich … hatte es vergessen.«

Nein, dachte Nuri, du wolltest es von mir selbst hören. Du wolltest den Namen Imad aus meinem Mund hören. Sie hatte die Nacht auf einer Matratze in Imads WG verbracht, völlig verwirrt. Ayse hatte sich alles angehört und Tee gemacht, Imad hatte stumm dabeigesessen und nicht gewusst, was er sagen sollte, und die beiden Deutschen hatten das Netz nach weiteren Videos durchsucht. Da war nichts mehr, das Propagandavideo des IS war das einzige auffindbare, auf dem ein junger Deutscher mit dunkel gefärbten Augenbrauen auftauchte. Phil hatte ihr einen Screenshot ausgedruckt, die WG besaß tatsächlich einen Farbdrucker, und sie hatte den Ausdruck in der Hand gehalten und ihn angestarrt, bis ihre Augen schmerzten. Natürlich war es nicht hundertprozentig sicher, dass er es war, nichts war je hundertprozentig sicher, nicht einmal, dass die Erde sich um die Sonne drehte.

Aber die Wahrscheinlichkeit, dass der Junge im Video Calvin war, war hoch, und sie tat weh.

Er war also bei *denen.*

Dem Daisch. ISIS. Oder neuerdings IS, Namen änderten sich, der Irrsinn blieb der Gleiche.

Was war passiert? War Calvin noch Calvin, oder war er jemand anderer geworden, jemand, der nichts mehr mit dem Menschen zu tun hatte, den sie gekannt hatte? Nie in ihrem Leben war sie so durcheinander gewesen.

Sie hatte sich in den Schlaf geweint, ohne Tränen zu vergießen.

Beinahe, und das war das Schlimmste – beinahe war sie Calvin böse, weil er lebte.

Wie hatte er sie glauben lassen können, er wäre tot? Um dann einfach irgendwo wieder aufzutauchen? War das seine Art, sich aus der Affäre zu ziehen?

Aber er hatte sich nicht aus der Affäre gezogen. Er war in Syrien.

Sie wollte jubeln, weil er lebte. Sie wollte glauben, dass dieses Video gefälscht war, irgendwie, dass ein noch lebender Calvin irgendwo war, aber nicht beim IS. Leute fälschten genug Videos im Krieg, oder nicht? Aber es gelang ihr nicht ganz, sich einzureden, dass auch dieses gefälscht war, was hätte es für einen Grund gegeben?

Sie begriff nichts.

»Und das Schlittschuhlaufen mit den Kindern?«, fragte Ummi. »War es schön?«

Sie wandte sich wieder den Paprikaschoten zu. Nuri setzte sich neben sie, ohne den Mantel auszuziehen.

Am Morgen hatte sie den Ausdruck zerknüllt, was nichts änderte, das Bild war in ihre Erinnerung gebrannt, Calvin unter der schwarzen Flagge des IS. »Du hast es gewusst.«

»Nura – wovon redest du?«

»Du hast alle Toten gezeichnet. Sogar Yassir, bei dem wir gar nicht sicher sind. Du hast sie gezeichnet, du zeichnest sie noch immer, es gibt ja Nachschub.« Sie lachte, kalt. »Aber ihn hast du nicht gezeichnet. Weil du immer gewusst hast, dass er lebt.«

Ummi setzte die abgeschnittenen Deckel auf die Paprikaschoten. Ihre Hand zitterte plötzlich.

»Nura«, sagte sie nur. Dann stand sie auf und ging zum Fenster, um auf die Straße hinunterzusehen. »Dein Vater sollte hier sein.«

»Warum? Würde das etwas ändern?« Nuri sprang auf, ging ebenfalls zum Fenster, und jetzt schüttelte sie ihre Mutter. »Sag es mir!«, schrie sie. »Sag mir, dass ihr mich angelogen habt! Sag mir, dass Calvin lebt!«

Ihre Mutter zuckte zusammen, wurde kleiner unter ihrer Grobheit. »Ich … woher …«

Nuri ließ sie los, holte das zerknüllte Blatt mit dem Ausdruck aus der Tasche und glättete es. »Hier. Er ist in Syrien.«

»Er ist … was?« Das Erstaunen ihrer Mutter war echt, aber sie glaubte nicht mehr an Echtheiten. »Daisch? Das ergibt keinen Sinn. Was sollte er …« Sie sah sich das Bild näher an. »Bist du sicher, dass er das ist?«

»Wenn du meinen Vater in einem Propagandavideo sehen würdest, mit einem Tuch um den Kopf und einem Gewehr über der Schulter, würdest du ihn erkennen?«

»Natürlich«, antwortete Ummi sanft. »Wir haben ein Leben zusammen verbracht, Nura. Vier Kinder aufgezogen. Drei davon werden wir nie wiedersehen. Kannst du nicht verstehen, dass wir das vierte schützen müssen? Vor allem? Auch vor sich selbst? Wir hätten dich beinahe verloren. Damals, als wir an deinem Bett saßen, im Krankenhaus, als du die Rauchvergiftung hattest und es fast nicht geschafft hättest … Damals haben wir beschlossen, dass es so nicht weitergehen kann. Das Wichtigste, das du hast, ist dein Leben.«

»Und es ist falsch, es für etwas so … Unwichtiges wie Liebe zu opfern«, sagte Nuri bitter. »Oder für … Freiheit. Das meinst du doch damit.«

»Ja.«

»Tausende von Syrern haben ihr Leben für die Freiheit geopfert.«

»Ja«, sagte Ummi wieder. »Und schau dir das Land an. Hat es geholfen? Sie hätten sich besser an ihre kleinen, staubigen Leben geklammert und die Freiheit vergessen. So vieles könnte noch heil sein. So viele Leute könnten noch existieren. Nabil … Er war nicht einmal einer von denen, die auf die Straße gegangen sind.«

Nuri nickte. »Für dich bin ich immer noch schuld, dass Nabil gestorben ist.«

»Das habe ich nicht gesagt. Ich sage nur: Versteh uns. Bitte. Die Tatsache, dass ihr … du und er … zusammen wart, hat so viel ausgelöst. Vielleicht hätten sie das Heim nicht angezündet. Seine Leute.«

»Wie oft denn noch? *Es waren nicht mehr seine Leute.*«

»Es wären immer ein wenig seine Leute geblieben. Niemand kann aus seiner Haut. Er hat eine Mutter, einen Vater, Geschwister … Und er wäre immer ein Deutscher gewesen. Das sind zwei unterschiedliche Kulturen, die nicht zusammenpassen. Dein Vater und ich, wir … haben lange geglaubt, man könne über alles hinwegsehen. Man muss nur liberal genug sein. Man kann allen alles erlauben, das haben wir gedacht … Und jetzt? Wo sind wir jetzt?« Sie schüttelte den Kopf. »In einem Land, das uns duldet und uns hasst. In einem Wohnblock, vor dem junge Leute mit Flaggen stehen und versuchen, uns zu bedrohen. Nuri, mein Kind …« Sie legte ihre Hände an Nuris Wangen. »Du *bist* doch mein Kind. Unser Kind. Du wirst Calvin irgendwann vergessen. Es wäre leichter gewesen, wenn du weiter geglaubt hättest, er wäre tot.«

»Dann mal ihn!«, fauchte Nuri und nahm die Hände ihrer Mutter weg. »Mal ihn und häng ihn mit Tesafilm zu den anderen, an diese Scheißwand! Und weißt du was? Mich kannst du gleich danebenhängen. Wenn das Herz nicht mehr schlägt, ist man doch klinisch tot, oder? Ihr müsst mein Herz schon zum Stillstand bringen, damit ich das mit dem Vergessen so fein und gründlich hinbekomme, wie ihr wollt.«

Sie wünschte, es hätte geschneit, aber draußen fiel ein leiser Nieselregen. Nichts ist bei Regen trostloser als die zu aufgeräumten Straßen von Hellersdorf, der Schnee, der im Rinnstein zu braunem Matsch zusammensintert, die sorgfältig von irgendeinem Stadtplaner angepflanzten Grünflächen, die die Armut und Feindseligkeit der Menschen so notdürftig verbergen.

Sie ging um das Heim herum, ziellos. Und der unbewohnte Teil der ehemaligen Schule, der Teil hinter dem Hof des Heims, erschien ihr beinahe schön.

Schwarze Fensteröffnungen klafften, Graffiti blätterten von den eingetretenen Türen. Die Aufkleber, die man von außen nicht hatte entfernen können, verblassten langsam hinter dem Zaun: *Raus aus Hellersdorf! Guten Heimflug! Taten statt Worte!*

Die toten Mauern dort hinter dem Bauzaun waren wenigstens ehrlich, ehrlicher als alle anderen in diesem Land.

Sie wanderte weiter, erreichte den breiten, mit Platten gepflasterten Weg zwischen Häusern und Ladenlokalen, der vielleicht einmal eine Art Hellersdorfer Flaniermeile hatte werden sollen. Er wirkte mehr wie ein Tunnel: gesäumt von dunklen, hohen Hecken, dazwischen ein Friseur, mehrere Tattoostudios, *Gunters Hühnertränke*, vor der ein paar ältere Hellersdorfer in Trainingsanzügen unter einem Kneipenschirm saßen und den Vormittag wegtranken.

Die gewollt netten Spielplatzgerüste, die hier und da zwischen den Hecken standen, waren nass und kalt und kinderlos. Spuren eines abgewaschenen Hakenkreuzes verhedderten sich in ihrem Blick. Sie lächelte darüber.

Marios Glücksland, Spielcasino. Die Schrift leuchtete halbhell durch den Vormittag, die wenigsten Glühlampen waren noch intakt. Wenn die Nacht kam, würde es nur noch *Mailand* heißen. Nuri blieb stehen und versuchte, sich Hellersdorf im Mai vorzustellen:

Blumen in den Beeten, Knospen an den Bäumen.

Aber sie merkte, dass sie sich gar nicht Hellersdorf vorstellte, sondern das Trainingscamp der Kindersoldaten. Die Eukalyptusbäume trugen im Mai junge Blätter, es war schon beinahe zu heiß, und von den Kindern fehlten jetzt viele. Der Junge mit dem schwarz gefärbten Haar stand vor einem der niedrigen Gebäude, sonnenverbrannt, schwarz gekleidet wie der Rest der Kämpfer, und brüllte Befehle.

Er war einer der Trainer des Todes geworden.

Sie hatte bei Imad im Netz Dinge über den Daisch nachgelesen. Niemand war bisher sicher, ob es sich um einen Teil von al-Qaida handelte oder um eine eigenständige Gruppierung, doch was sie sonst gelesen hatte, hatte ihr gereicht.

Junge Leute aus ganz Europa zogen in den Heiligen Krieg, Mädchen, Männer … Sie hatte ein paar Artikel über ehemalige Rechte gefunden, die konvertiert waren und jetzt dort kämpften. Es passte ins Bild, wenn man länger darüber nachdachte. Gewalt war Gewalt, egal, unter welcher Flagge. Sie hatte damals geglaubt, Calvin hätte die schwarzen Flügel begriffen …

Sie stand vor *Marios Glücksland* und ballte die Hände zu Fäusten, und die Tränen brannten in ihren Augen. Wenn sie mir gesagt hätten, dass er lebt! Ich hätte ihn davon abgehalten. Aber vielleicht hatte er das gewusst. Vielleicht war er deshalb gegangen, ohne ihr etwas zu sagen.

Hinter Marios Scheibe blinkten Knöpfe an Spielmaschinen und PCs. Und dann sah Nuri dort etwas, das sie näher treten ließ. Sie fragte sich später, warum sie vorher nie diese Straße entlanggegangen war, nie hinter die Scheibe gesehen hatte.

Dort, vor einem der Computer, saß ein älterer Herr in einem zu dünnen Jackett mit abgewetzten Ärmeln, mit grauem Haar und traurigen Augen, und starrte auf einen der Bildschirme. Samir Aljafari.

»Abi«, flüsterte sie.

So also schrieb er jetzt sein Buch. Calvin war am Leben und der alte Lehrer und Freidenker ein Glücksspieler geworden.

Sie öffnete die Tür zu *Marios Glücksland*, und dann stand sie im Zwielicht blauer Glühbirnen, die über einer Art Tresen leuchteten. Der Raum war voller Qualm, sie musste den Husten unterdrücken. Unter den Glühbirnen lehnte ein Mann auf einem Barhocker und musterte sie rauchend, die Tätowierung an seinem Oberarm war eindeutig, die ärmellose Sweatjacke ekelerregend. Sie nickte einen Gruß und erntete wortloses Starren. Sie begriff nicht, wie Abi es hier aushielt. Oder dass sie ihn überhaupt reinließen.

Nur ein anderer Computer war besetzt, irgendein Junge schlachtete dort im Halbdunkel per Joystick guttural brüllende, bluttriefende Monster ab.

Nuri trat hinter ihren Vater, ohne dass er sie bemerkte, seine Augen hingen am Bildschirm.

Nein. Dies war kein Glücksspiel. Es war eine unübersichtliche Vielzahl an arabischsprachigen Seiten. Er suchte etwas im Netz, klickte sich durch Informationen, und sie hatten alle mit dem Krieg zu tun. Zuerst atmete sie auf, er kam nur hierhin, um das Internet zu nutzen. Doch dies war kein Tag zum Aufatmen. Abi ließ den Computer zu YouTube springen, die Videos der kästchenhaften Übersicht hatten alle ähnliche Titel:

Schahid Abdella Amman. Schahid Khalid Salameh. Schahid Essam Naib.

Schahid – Märtyrer, Getötete. Ihre Körper gefilmt von Angehörigen. Mehr digitale Denkmäler. Die Märtyrer wurden nicht gewaschen, sondern in ihrem Blut beerdigt, mit einem gewissen perversen Beigeschmack von Stolz, Nuri wusste das. *Schahid Yusef Abd al-Amid, 9 years of age.*

Beinahe alle Videos stammten aus Homs. Abi klickte keines an, er suchte etwas anderes.

Neben ihm stand ein Plastikbecher mit Tee aus dem Automaten in der Ecke, lange kalt geworden.

Nuri griff an ihm vorbei in die Tastatur und tippte. Sie konnte die URL auswendig, es war verrückt. Und da waren sie, die Kindersoldaten, da liefen sie und schossen und sangen. Und versammelten sich vor der riesigen, schwarzen Fahne. Sie hielt das Video an. Schaltete auf Vollbild um.

Calvin blickte direkt in die Kamera.

Erst jetzt drehte ihr Vater sich um. Er sah nicht erschrocken aus, er sah aus, als hätte er darauf gewartet, dass sie genau hier auftauchte und genau das tat. Und er sah müde aus, sehr, sehr müde.

»Nuri.« Er sagte Nuri, tatsächlich, nicht Nura.

Neben ihm stand die gelbe Plastiktasche, auf dem Tisch vor dem Computer lag ein weißes Stück Papier. Er hatte etwas darauf notiert, aber sie war sich plötzlich sicher, dass dies nicht Teil eines Buches war, das er schrieb. Er notierte Daten aus dem Internet.

Sie zog sich einen der alten, schwarzen Drehstühle heran. »Ich warte. Auf eine Erklärung.«

Sie sah den Schmerz in seinem Gesicht, doch sie konnte kein Mitleid empfinden.

Du kannst niemandem vertrauen. Auch deinem Vater nicht, den du so geliebt hast. Er wird jetzt vielleicht wieder lügen.

»Wo hast du das Video gefunden?«

»Das ist egal. Calvin lebt, und er ist beim Daisch. War im Oktober beim Daisch. Sag jetzt nicht, der Typ im Video sieht nur ähnlich aus. Du bist jeden Tag hier, oder? Was *machst* du hier?«

»Ich … Es gibt diesen einen Computer im Heim, im Büro, von

dem aus man ins Netz kann, aber ich will das nicht. Ich komme lieber her, anonym, ich … Hör zu. Ich erzähle dir alles, wenn du mir nur zuhörst.«

Er sprach jetzt sehr leise, als könnte Mario hinter seinem Tresen sein Arabisch verstehen, als könnten die Wände Ohren haben, wie damals zu Hause. Sie musste sich zu ihm beugen. »Kamal … hat sich vor einer Weile gemeldet«, sagte er. »Insgesamt habe ich fünf Nachrichten von ihm bekommen. Die letzte vor drei Wochen. Seitdem nichts mehr. Deine Mutter weiß nichts davon, und bitte, Nuri, sag es ihr nicht. Lass sie in dem Glauben, er wäre irgendwo in Deutschland untergetaucht, um was-weiß-ich auf die Beine zu stellen. Sag ihr nicht, dass er in Syrien ist.«

»Kamal ist …?«

»Ja. Sie sind zusammen hingegangen. Calvin und er. Sie müssen das ganz plötzlich entschieden haben, ich dachte auch, er käme nach Berlin. Er hat mir erst geschrieben, als sie schon über die Grenze waren. Er hat sich entschlossen, doch noch zur FSA zu gehen, obwohl sich die FSA in Auflösung befindet. Ich habe ihm gesagt, dass er wahnsinnig ist. Er ist in Homs. Im belagerten Teil der Stadt. Ich weiß nicht, wie er reingekommen ist, aber die letzte Nachricht kam von da. Ich … habe ihm geschrieben, immer wieder, SMS geschickt, aber er antwortet nicht mehr. Deshalb bin ich hier und suche.«

»Du suchst nach einem Video, dass seinen … Tod dokumentiert. Schahid Kamal Aljafari.«

»Ja«, sagte Abi.

»Aber du hast bisher keines gefunden.«

Jetzt lächelte er. Ein Strahl Wintersonne glitt über sein Gesicht, gelb und wärmend. »Ich habe keines gefunden.«

»Und Calvin … Ich meine, im Oktober war er am Leben, aber jetzt …?«

Abi sah weg. »Ich denke, er lebt.«

»Warum ist er zum Daisch gegangen? Kamal hat doch nichts mit dem Daisch zu tun! Die FSA und der Daisch kämpfen gegeneinander! Ich verstehe nicht …«

»Calvin ist nicht beim Daisch«, sagte Abi sanft, noch immer Wintersonne in den Augen. Er nahm ihre Hände und drückte sie und lächelte wieder. »Kamal und er haben sich von denen über die Grenze reinbringen lassen. Sie müssen irgendwie da abgehauen sein. Das Letzte, was ich von Calvin weiß, ist, dass er mit Kamal zusammen in den Bergen war. Danach haben sich ihre Wege wohl getrennt. Kamal ist nach Homs gegangen und Calvin nach ar-Raqqa.«

»Das ist die Hauptstadt des IS in Syrien. Sagt das Netz.«

Abi nickte, nachdenklich.

»Also gehört er doch zu ihnen. Zu den IS-Leuten.«

»Nein. Kamal hat am Anfang etwas geschrieben … Ich habe es nicht ganz verstanden. Was hast du gesagt, im Rauch, im Asylantenheim? Du musst irgendetwas zu Calvin gesagt haben. Es hat wohl damit zu tun.«

Sie versuchte, sich zu erinnern. Alles war verschwommen, verworren: der Rauch, die herunterkommende Decke, Fabiennes Gesicht, Calvins Gesicht, die Hitze. Und wieder der Rauch. Sie schüttelte den Kopf. Sie wusste nicht, was sie gesagt hatte.

Und ihr blieb nur die eine Frage, die sie schon ihrer Mutter gestellt hatte: »Warum habt ihr mir erzählt, er wäre tot?«

»Eine Menge Leute glauben das, Nuri. Auch seine alten Freunde. Es ist besser so.«

»Aber … nicht besser für mich!«

Sie sprang auf, und ihr Vater stand ebenfalls auf und umschloss sie mit seinen Armen. Er roch so vertraut wie damals, als sie klein gewesen war.

»Ich respektiere deine Liebe«, flüsterte er mit einem Blick zu dem Typen hinter der Theke. »Aber manchmal muss man die Liebe opfern, um etwas anderes zu retten. Das eigene Leben. Die Zukunft. Die …« Er zögerte. »Die Familie.«

»Unsinn«, wisperte sie in sein Jackett. »Du warst nie für diese Familiensache, du am allerwenigsten! Ummi ist deinetwegen aus Latakia weggegangen, von ihrer Familie weg. Denk an all die Tanten mit ihrem Gerede! Die Verwandten, die sich von uns losgesagt haben, weil wir nicht für Assad waren. Die uns am Telefon beschimpft haben!«

»Eben«, sagte Abi. »Uns ist so wenig geblieben. Wir können nicht zusehen, wie du dich auch noch kaputtmachst. Bleib bei uns. Bleib in deiner Kultur. Irgendwann findest du einen Mann, den du lieben kannst. Einen, der versteht. Es muss ja nicht Imad sein.«

»Oh, vielen Dank. Es muss nicht Imad sein? Sehr zuvorkommend.« Sie riss sich los.

»Du wirst Calvin vielleicht wiedersehen«, sagte er leise. »Wir alle. In ein paar Jahren. Und er wird auch eine Familie haben, eine eigene, deutsche Familie, und wir werden alle zusammen essen, wir werden zusammen lachen. Seine Kinder und deine Kinder können miteinander spielen. Wir werden Freunde sein. Es wird ein schönes Treffen, glaub mir.«

»Hat er das zu dir gesagt? Calvin? Dass er nur mit uns befreundet sein will?«

Abi schwieg lange. Er schien darüber nachzudenken, ob er lügen sollte. Schließlich schüttelte er den Kopf.

Da drehte Nuri sich um und ließ ihn vor dem Computer stehen, in dem die Internetzeit durch einen Schlitz rann und Geldstücke fraß, vor den Bildern einer Suche, bei der er hoffte, nichts zu finden.

Draußen hatte sich der gewöhnliche Regen in Eisregen verwandelt, Hagelregen, schmerzhaft.

Sie lief den ganzen Weg hinaus zum Erholungspark Marzahn. Der Eintritt war zu hoch, wie immer.

»Sie sind ja klatschnass«, sagte die Frau im Schalterhäuschen und winkte sie einfach durch, sie hatte sich daran gewöhnt, dass sie ab und zu auftauchte, um einen einzigen der Gärten zu betreten: den arabischen. Nuri lächelte ihr einen Dank zu, doch in ihrem Lächeln schwamm das Eis des Regens.

Dann stand sie zwischen den frierenden Mispeln und atmete den Geruch der leise sterbenden Rosen, die auch Ende Januar noch versuchten, zu blühen.

Und auf einmal wusste sie es.

Sie wusste, was sie gesagt hatte, am Ende, im Feuer.

Hol Dschinan raus.

Er war ihretwegen nach Syrien gegangen. Um das für sie zu tun. Um eine unmögliche Aufgabe zu übernehmen. Er war dumm und unvernünftig. Immer gewesen. Genau wie sie selbst. Wenn er es ihr gesagt hätte, verdammt, ja: Sie hätte ihn davon abgehalten.

Hätte ihm erklärt, dass das nur ein Satz gewesen war, ein Satz, den man so sagt. Vielleicht, weil man denkt, dass man stirbt. Hatte er ihre Hand gehalten im Krankenhaus, hatte er sich von ihr verabschiedet? Ehe er gegangen war, um heimlich seine Reise mit Kamal vorzubereiten? Hatte er ihr, der noch immer Bewusstlosen, zugeflüstert: »Ich gehe? Ich gehe in dein Land, ein verschlossenes Land, und hole Dschinan?« Sie sah vor sich, wie er sich über das weiße Bett beugte und ihr einen letzten Kuss gab, es war eine Szene aus einem kitschigen Film. Man brauchte solche Szenen manchmal, die sterbenden Rosen mit ihren braunen, unansehnlichen Blättern wussten es.

»Wir sehen uns wieder«, flüsterte er in ihrem Kopf-Film. »Bald. Wir lassen sie alle glauben, wir wären tot, du und ich, nur wir wissen, dass es nicht stimmt. Warte auf mich.«

Sie hielt ihr Gesicht in den anhaltenden Eisregen. Aber sie fror nicht mehr.

In ihr sang ein kleiner, bunter Vogel, der zum Sommer gehörte, und sie streckte ihre Hände in einen der silbernen Wasserstrahlen, die in Bögen in das lange Becken in der Mitte des Gartens fielen.

Im Sommer würden sie hier stehen, gemeinsam, und das Wasser wäre warm.

»Ich warte auch«, sagte sie laut. »Ich muss nur lange genug durchhalten, ohne mich von Pascal kriegen zu lassen. Ich liebe dich. Und ich warte.«

Sie fanden die Kinder am Morgen im Keller, hinter der Mauer aus Schutt.

Sie schliefen, eng aneinandergeschmiegt, die Sonne ging gerade erst auf und malte die Abbruchkante der halb zerstörten Kellerdecke rot und rosa, unnatürlich schön.

Layla lag in den Armen ihres Bruders Marwan. Sie atmete leise und regelmäßig.

Dschinan kniete neben ihr nieder und legte eine Hand auf ihre Stirn. Dann schüttelte sie den Kopf, und Calvin erschrak. Aber Dschinans Augen lächelten, als sie aufsah. »Kein Fieber«, sagte sie.

Da saß sie in ihren drei oder vier Schichten von dreckiger, zerrissener Kleidung und war so schön wie nichts auf der Welt, ein Engel mit einer frohen Botschaft. Nur dass Layla, die kein Fieber mehr hatte, noch schöner war.

Mohammed war der Erste, der die Augen aufschlug.

»Das goldene Mädchen«, murmelte er. »Du hast sie gefunden.«

»Ja«, sagte Calvin. »Ich habe sie gefunden.«

»Jetzt kommt alles in Ordnung«, sagte Mohammed. »Kein Hunger mehr, keine Kälte.«

»Ich weiß nicht«, sagte Dschinan. Sie streckte Mohammed eine

Hand hin und half ihm auf die Beine, und er wurde rot. »Vielleicht kommt *etwas* in Ordnung, nicht alles. Ich wüsste einen Platz, wo ihr bleiben könntet. In Bustan al-Diwan, im christlichen Viertel. Ich war vor ein paar Tagen da.«

»Gehen wir«, sagte Mohammed, grinsend. »Calvin? Ist der BMW da? Können wir los?«

Amira griff nach Calvins Hand, als sie eine halbe Stunde später die Kellerruine für immer verließen. Er trug Layla auf dem Rücken, sie war zu schwach zum Laufen.

Ab jetzt, dachte er, würde alles besser werden.

Dschinan wanderte mit Mohammed, Bassel und Marwan voran.

Wieso konnten sie im christlichen Viertel bleiben? Wen kannte sie dort?

Er fragte sich auch, was die Leute dachten, an denen sie vorüberkamen. Vielleicht sahen sie eine Familie, die ihr Haus verließ, um anderswo Unterschlupf zu finden, eine Familie mit fünf Kindern, ohne Gepäck, aber voller Hoffnung in den Augen.

Er versuchte, nicht mehr an die Nacht zu denken. Vielleicht war doch nicht alles falsch gewesen. Vielleicht ließ die Zeit über die Wunden in Dschinans Innerem Ranken wachsen. Wie über die Ruinen dieser Stadt, irgendwann, in Jahren. Vielleicht würden sie doch irgendwann zueinanderfinden. Amiras kleine Hand war warm in seiner. Der Winter konnte nicht ewig dauern.

»Hier«, sagte Dschinan. »Das ist es.«

»Das ist was?« Calvin setzte Layla ab, erschöpft.

Sie standen vor einem Tor in einer alten Mauer aus riesigen Steinen. Das schwarze Eisentor war offen, dahinter das Grün und Braun eines Gartens unter einer puderzuckrigen Schneeschicht. Dschinan sagte ein Wort, das Calvin nicht verstand. Dann nahm sie sein Handy, das wieder 68 neue Nachrichten meldete. Er ahnte ihren Inhalt, ehe er die ersten öffnete: Werbung. Diesmal für Aufputschmittel, einen neuen Radiosender und Viagra. Beinahe lachte er, tippte dann, damit das Handy übersetzte.

»Es ist … ein Kloster?«, fragte Calvin. »Ein Jesuitenkloster?«

Sie nickte, tippte wieder: *Ich kenne den Pater dort. Pater Frans van der Lugt, ein Niederländer.*

Wenn er verwaiste Kinder und hungrige Erwachsene sammelt, tippte Calvin, *dürfte er inzwischen ziemlich viele haben. Dann ist es voll da, kein Platz für uns.*

»Komm.«

Dschinan zog ihn mit sich durch das Tor in den Innenhof des Klosters, und das Grün war nur ein kleines Karree aus Erde. Ein paar großblätterige Pflanzen, eine Bank davor, ein Stuhl, auf dem ein Buch lag. Ein winziges Paradies. Der Schnee auf den Blättern der Pflanzen glänzte ganz anders als Schnee auf Schutt, hier war er heller, silbern, wie Schmuck.

»*Intathiru*«, sagte Dschinan. »Wartet.«

Sie klopfte an eine schwere, alte Tür, es gab mehrere Türen dieser Sorte, an allen Seiten des Hofs, vielleicht führten sie zu den Räumen der Mönche. Doch die Mönche waren lange fort. Dschinan drückte die Tür schließlich selbst auf und verschwand in der Dunkelheit dahinter. Calvin setzte sich auf die Bank und nahm Layla auf den Schoß. Ihr rotes Haar war starr vor Dreck, es wirkte wie das Haar einer Puppe, strohig, unecht.

»Schön hier«, flüsterte sie und legte ihren Kopf an Calvins Schulter. Dann schloss sie die Augen. Ihr Gesicht sah beunruhigend friedlich aus. Marwan bemerkte es auch und gab ihr eine Ohrfeige.

»Wach auf, dumme Kuh!«, fauchte er, panisch. »Bild dir nicht ein, du kannst jetzt hier sterben!«

In diesem Moment öffnete sich die Tür wieder, und aus der Dunkelheit trat ein alter Mann.

Es war eigentlich nichts Besonderes an ihm, er hatte grauweißes, schütteres Haar, trug eine Brille, einen Wollschal, eine schwarze Lederjacke – und ein zurückhaltendes Lächeln auf dem Gesicht.

Aber dieses Lächeln sah alles und verstand alles. In einem einzigen Augenblick.

Es sah den blonden Jungen und das zu schwache Mädchen und ihren verzweifelten Bruder und seine Ohrfeige und Bassels Mutter in der Untergrundklinik und Amiras Tanzschritte auf der Todesstraße und Mohammeds Versteck zwischen den Leichen beim zerstörten Tunnel und das Schreien der Katze.

Dschinan schlüpfte an dem Mann vorbei und trat zu Calvin und den Kindern, und da sah das Lächeln des Paters auch die Nacht, in der alles falsch gewesen war.

Er nickte nur.

»Eine Familie«, sagte er, auf Arabisch. »Eine sehr kleine Familie. In Syrien ist die Familie alles. Seid willkommen.«

»Haben Sie was zu essen?«, fragte Mohammed.

»Nein«, antwortete der Pater ernst. »Aber wir können das teilen, was ich nicht habe.«

Layla fragte ihn später, ob er ein Heiliger war.

Der Pater erzählte es Calvin am Abend. Er war Niederländer, aber er sprach außer Arabisch auch Deutsch. Er lachte, als er die Sache mit dem Heiligen erzählte.

Er hatte Layla in eine Decke gewickelt und sie vor das Feuer in seinem Zimmer gebettet, den einzig wirklich warmen Ort im Kloster. Er hatte ihnen allen zu essen gegeben – ein Stückchen Fladenbrot, ein paar Oliven, frisches Wasser. Es gab nur wenig, er hatte nicht gelogen.

»Ich bin kein Heiliger«, sagte er. »Ich bin ein kleiner, unwichtiger Mensch. Irgendwann werden die Leute fragen: Wer zum Teufel war Frans van der Lugt? Und der Teufel wird antworten: ein Verrückter da unten in Homs, der geblieben ist bis zum Schluss. Er war vielleicht zu lange da. Seit 66. Er war zu sehr Syrer geworden, um zu gehen. Er hat gesagt, er wolle seine Gemeinde nicht im Stich lassen, aber ich glaube, wird der Teufel sagen, er konnte sich einfach ein Leben ohne den Staub und den Tee nicht vorstellen, und er hat immer gehofft, dass der Zuckerbäcker am Ende der Straße wieder aufmacht, damit er sein Lieblingsgebäck dort kaufen kann, *Kunafa*, was es in den Niederlanden nicht gegeben hätte.«

Dschinan und die Kinder schliefen bereits in einer der leer stehenden Mönchszellen.

Nur Calvin und der Pater saßen noch zusammen, in einer der hinteren Bänke der kleinen Kirche neben dem Kloster. Es war ein Wunder, dass die Bänke noch nicht verfeuert worden waren. Aber es gab ein größeres Wunder: Die Fenster der Kirche waren beinahe alle heil. Jetzt waren sie in Dunkelheit getaucht, aber Calvin hatte sie bei Tag gesehen, schwebende Farben in der Höhe der Kirchenwölbung, Bögen voller Ornamente, Pflanzen und Figuren in Meerblau, Sonnenblumengelb, Grasgrün, Tulpenrot. Eine bunte Erinnerung an die Niederlande. Obwohl die Muster natürlich arabisch wirkten. Die Kirche war ein Mischmasch der Kulturen, wie das Leben des Paters.

»Früher gab es 660 Christen hier«, sagte er gedankenverloren. »Jetzt sind es noch 66. Das scheint eine magische Zahl zu sein. Dabei ist es die Zahl des Bösen, wenn man den Mystikern glaubt. 1966 bin ich hergekommen …« Er lachte. »Wir haben so viel aufgebaut. Einen Garten draußen vor der Stadt, in dem Behinderte gearbeitet haben. Er war schön.«

Dann sah er Calvin an. Er fragte nichts. Und Calvin erzählte. Obwohl er nie mehr über manche Dinge hatte sprechen wollen. Es half, dass er das Gefühl hatte, sein Gegenüber wüsste schon alles, manches konnte er weglassen, es war ohnehin klar, er erzählte nur den Rest, im Licht einer einzigen, flackernden Kerze, und der Pater hörte zu und rieb seine Hände und blies hinein und ging auf und ab, um sich warm zu halten. Und machte den schwachen Homser Belagerungstee und hörte weiter zu. Als Calvin am Ende seiner Geschichte war, drang das Morgenlicht durch das Blau und Grün und Gelb und Rot.

Der Pater legte einen Arm um Calvins Schultern, und sie sahen eine Weile schweigend die Bilder in den Fenstern an. »Und Sie?«, fragte Calvin.

»Mein Leben? Zurzeit? Vier Kilo Mehl im Monat, gespendet von einer muslimischen Organisation. 30 Familien, die ich damit versorge. Eine Rede auf YouTube, um die draußen zu erreichen. Eine Menge Verbitterung. Das ist die Summe.«

»Wir können nicht hierbleiben.«

»Nein«, sagte der Pater.

»Dürfen wir … bleiben, bis es Layla besser geht?«

»Oh.« Der Pater lachte. »Es geht nicht darum, dass ihr nicht bleiben *dürft*, das dürft ihr. Aber ihr *könnt* nicht bleiben. Niemand kann bleiben. Nicht in dieser Stadt.«

»Sie sind geblieben.«

»Ich bin 75 Jahre alt.«

»Das ist nichts«, sagte Calvin. »In Europa ist das nichts. Es gibt Leute, die machen mit 75 Himalajawanderungen und lernen noch Skifahren …«

Der Pater lachte wieder. »Schnee haben wir hier diesen Winter auch genug«, meinte er. »Ich kann mir ja ein paar Stücke Wellblech unter die Füße schnallen und einen Schutthügel runterrutschen, wenn ich das unbedingt will. Aber ihr müsst weg hier.« Er sah Calvin durch seine runde Brille eindringlich an, seine Augen waren viel jünger als 75, wach, auch nach der Nacht ohne Schlaf.

»Ich weiß nicht, ob du die Nachrichten verfolgst.«

»Ich habe eher das Gefühl, die Nachrichten verfolgen mich«, sagte Calvin. »Ich bin immer da, wo gerade alles zerbricht …«

Der Pater lachte diesmal nicht. »Heute ist der 18. Januar«, sagte er. »Am 22. beginnt in Montreux die erste Friedenskonferenz für Syrien. Es ist immer noch unklar, ob sich die Opposition daran beteiligt, aber im Moment sieht es so aus. Das ist unsere einzige Chance. Die Belagerung von Homs wird eines der Themen sein.«

Das Licht schien durch eine Gestalt mit ausgebreiteten Armen, die in einem weiten, bunten Mantel am Rand des vorderen Fensters stand. Als wäre sie eben erst von draußen hereingekommen, ein schwebender Botschafter von draußen.

Die Welt interessierte sich für diese Stadt. Auf einmal.

»Es kann sein, dass jetzt etwas geschieht«, sagte der Pater. »Es kann auch sein, dass die Welt härter durchgreift, um das Regime endlich zu stürzen. Das ist es, was die Rebellen hoffen. Ich bin neutral. Ich verurteile beide Seiten in diesem Kampf, denn es sind immer die einfachen Menschen, die leiden. Wenn die Welt sich entschließt, Assad zu stürzen … dann wird Homs danach nicht mehr existieren. Dann wird es dem Kampf geopfert. Wenn die Welt beschließt, die Stadt nur zu evakuieren … dann müsst ihr gehen, verstehst du? Du musst die Kinder rausbringen.«

Calvin schnaubte. »Und draußen? Haben sie da eine Chance? Ich kann sie nicht alle aus dem Land bringen. Wie soll ich das machen, verdammt? *Fünf Kinder?* Ich … Ich wünschte, ich könnte ihnen helfen, aber ich kann es nicht.« Er holte tief Luft. »Ich hatte gehofft, Sie würden es tun. Können die Kinder nicht bei Ihnen bleiben? Sie wissen es, für die Kinder sind Sie ein Heiliger.«

Der Pater schüttelte langsam den Kopf. »Ich habe meine Gemeinde. Ich habe meine vier Kilo Mehl im Monat zu verteilen. Du hast die Kinder. Jeder von uns hat eine Aufgabe bekommen.«

»Von wem, dem da oben?« Calvin stand auf. »Ich glaube nicht an den da oben.«

»Du glaubst an Dschinan«, sagte Frans van der Lugt. »Aber du kannst nicht beweisen, dass sie existiert.«

Calvin war sich nie sicher gewesen, doch auf einmal verspürte er das Bedürfnis, dem Pater zu widersprechen. »Ich habe sie in den Armen gehalten! Natürlich existiert sie!«

»Siehst du«, sagte Pater Frans. »So ist es auch mit mir und Gott. Mit jedem Verletzten, den ich segne, halte ich ihn in den Armen, und er existiert. Auch wenn er jedes Mal stirbt. Du musst das nicht verstehen, Calvin, du musst nur die Kinder hier rausbringen. Versprich es mir.«

»Ich habe schon einmal versprochen, jemanden rauszubringen«, murmelte Calvin, »und es hat bisher nicht funktioniert.« Aber er nickte. »Ich versuche es.«

Layla wurde gesund.

Sie sammelten Feuerholz für Pater Frans van der Lugt. Sie hörten ihn im Gottesdienst zu seiner winzig gewordenen Gemeinde sprechen. Sie schliefen gemeinsam in der Mönchszelle: eine Familie.

Manchmal lag Calvin neben Dschinan, es geschah einfach, und sein Herz schlug jedes Mal zu schnell, wenn er es merkte. Er fasste sie nie wieder an.

Der Februar kam und war nicht anders als der Januar. Vier der Kinder hatten Bindehautentzündung. Alle husteten. Mohammed und Marwan bauten Steinschleudern und schossen Singvögel. Zum Glück gab es keine Katzen in der Nähe. Einmal fragte er Dschinan, ob sie wieder verschwinden würde. Vielleicht, um nach Kamal zu suchen.

»Nein«, antwortete sie. »Ich kann ihn nicht finden, nicht jetzt. Und ich bin, wo ich hingehöre.«

Sie saßen auf einer Mauer, als sie das ins Handy tippte, die Sonne schien durch die Morgenkälte, und der Raureif machte die Trümmer zu malerischen Kulissen. Dschinan lehnte sich an Calvins Schulter und hielt seine Hände für Minuten zwischen ihren.

Da war Homs eine schöne Stadt.

Die Friedenskonferenz in Montreux und Genf begann voller Hoffnung. Aber keine Seite gab nach. Die Vertreter des Assad-Regimes waren nicht bereit, über eine Übergangsregierung auch nur zu sprechen.

Am 29. Januar wurde bekannt, dass die USA über Jordanien Rebellengruppen bewaffnet hatten oder angeblich hätten. Daraufhin stockte die Konferenz völlig.

Kurz zuvor war ein Archiv mit Fotos aufgetaucht, die ein Fotograf der Armee gemacht hatte. Es war seine Aufgabe gewesen, die Toten in Assads Gefängnissen zu dokumentieren. Er war desertiert und hatte die Aufnahmen bei seiner Flucht außer Landes geschmuggelt, sie zeigten Spuren von schwerer Folter, Strom, Verstümmelung, Aushungerung und Säureverätzungen an 3000 Menschen. Die Bilder wurden den Teilnehmern der Konferenz vorgelegt.

Die Welt zweifelte an der Echtheit der Fotos, zweifelte dann nicht mehr und reagierte genauso wie auf alle anderen Dokumentationen bisher. Anteilnehmend. Entsetzt. Empört.

Ansonsten gar nicht.

Es gab keine Konsequenzen.

Während in Genf über ihr Schicksal verhandelt wurde, verhungerten in Homs und dem eingekesselten Palästinenserlager Yarmouk bei Damaskus Dutzende von Menschen.

Die Opposition war nicht dafür, die Zivilbevölkerung aus der Altstadt von Homs zu evakuieren.

In diesem Fall, hieß es, hätte das Regime keine Hemmungen

mehr, die Stadt ganz in Schutt und Asche zu legen, um die letzten Kämpfer der Opposition vom Spielbrett zu räumen.

Die Opposition forderte eine Aufhebung der Belagerung.

Das Regime lachte verhalten. In Deutschland begannen die anhaltenden Proteste von Kiew, Syrien aus den Nachrichten zu verdrängen.

»Und jetzt«, sagte Nuri, »versuche ich die ganze Zeit, Kamal zu erreichen. Meinen Bruder. Ich habe sogar die Nummer von seinem alten Handy wiedergefunden, das es vielleicht gar nicht mehr gibt. Aber auf keiner der Nummern komme ich durch. Und mein Vater weicht mir aus. Ich werde nie mehr über den Anfang der Sache herausfinden. Ich meine, Kamal war doch noch ewig in der Klinik. Warum hat Calvin sich in der Zeit nicht bei uns gemeldet? Er muss doch gewusst haben, dass wir in Berlin sind!«

Sie saß mit angezogenen Beinen auf Niks Sofa und redete seit einer ganzen Weile. Vor ihnen standen die unvermeidlichen Teegläser, eine Kerze und in einem Tontopf eine kleine, weiße Hyazinthe, die ihre Blütenblätter erst zaghaft aus dem Grün streckte. Ein Vorbote des Frühlings, der noch lange nicht kam, noch war Januar.

»Vielleicht hat er gewusst, dass du ihn davon abhalten würdest, zu gehen«, sagte Nik vorsichtig.

»Er ist ein Idiot«, sagte Nuri. »Ich hätte das mit Dschinan nie sagen dürfen. Ich …« Sie verstummte. »Ich weiß nicht, was ich machen soll.«

Er nickte. Er machte keine Vorschläge, war einfach nur da und trank Tee. Im Hintergrund lief eine deutsche CD. Jazz diesmal. Sie dachte an den Tag, an dem sie zum ersten Mal hier gewesen war. Den Tag mit den verbrannten Keksen.

»Nik? Kann ich … bei dir ins Netz?«

Er zeigte auf den Schreibtisch in der Ecke, der nicht aufgeräumter war als sonst.

»Der Computer ist dein. Wenn du ihn findest.«

»Brauchst du ihn nicht? Jetzt gerade?«

»Jetzt gerade«, sagte er, »ehe du vor der Tür standst, wollte ich eigentlich einkaufen gehen.«

Vielleicht stimmte das nicht. Vielleicht ließ er sie einfach allein mit dem Internet. Gab ihr Zeit. Oder vielleicht, dachte sie, lief er weg. Vor den Bildern im Netz.

Sie fand nichts Brauchbares, weder über Calvin Lüttke noch über Kamal Aljafari.

Sie klickte sich durch Bilder, Facebook-Einträge, Twitter-Seiten und Videos, Blogs und Nachrichten: nichts. Weder auf Arabisch noch auf Deutsch. Kamal, sie stellte es erst jetzt fest, hatte sein Facebook-Profil Ende Oktober gelöscht. Calvin besaß keines.

Als Nik wiederkam, kauerte sie in sich zusammengesunken auf seinem Bürostuhl und starrte ins Nichts. Es wurde Abend. Nik sagte nichts, legte eine andere CD ein, diesmal ein Klavierkonzert, und verschwand in der Küche, um Einkäufe wegzuräumen.

Dann kam er wieder, mit einem Teller voller belegter Brote. Deutsche Brote: Käse, Wurst, Ei.

»Willst du mit abendessen?«

»Ja«, sagte Nuri. »Ich will nicht nach Hause. Ich habe mir mit meinen Eltern nichts mehr zu sagen. Und ich will auch nicht da rumsitzen und sie anschweigen. Ich …«

»Bitte, nicht mehr weinen«, sagte Nik. »Iss lieber was.«

»Aber ich habe nicht ge…«

Er gab ihr ein Taschentuch. »Ich schmeiße dich in einer halben Stunde raus. Irgendwann musst du doch nach Hause gehen, weißt du. Und vielleicht versuchst du, auf dem Heimweg nicht irgendwelchen Rechten aus deiner Vergangenheit zu begegnen?«

Sie nickte. »Lebst du eigentlich von belegten Broten und Keksen?«

»Ich habe eine sehr gute Beziehung zu meiner Tiefkühltruhe«, sagte Nik mit einem Lächeln. »Und ich kann durchaus kochen. Es gibt Männer, die kochen können.«

»Imad behauptet das auch. Und Calvin hat versucht, es zu lernen. Auf Syrisch.« Sie merkte, dass sie grinste.

»Er kann weiterlernen, wenn er zurückkommt«, sagte Nik.

»Wer kommt schon zurück«, murmelte Nuri, »aus diesem Land.«

In der S-Bahn summte sie. Es war ein Wechselbad an Glück und Verzweiflung, das in ihr tobte, sie konnte es nicht steuern. In der einen Sekunde träumte sie von der Zukunft, in der Calvin mit ihr durch Berlin wanderte, in der nächsten war ihre Sorge um ihn so groß, dass sie drohte, sie zu ersticken. Als sie in Hellersdorf ausstieg, hatte sie kurz das Gefühl, jemand wäre hinter ihr, aber da war niemand. Sie drehte sich mehrfach um, um sicherzugehen.

Sie dachte an den Frühling, in dem mehr Hyazinthen blühen würden, Hyazinthen in den Beeten vor den Häusern. Sie dachte an Calvin in Berlin. An das *Café elf* mit den taubenblauen Fliesen.

Sie sah sich mit Calvin Hand in Hand eine Berliner Seitenstraße entlanggehen, zwischen Bäumen und Cafétischen. Irgendwer hatte gesagt, im Frühling würden die Cafés ihre Tische auf die Bürgersteige stellen.

Sie machte einen Umweg, um an dem alten Garten vorbeizukommen, der ungenutzt neben dem Asylbewerberheim verwilderte, die Häuser auf dem Grundstück längst verfallen und verschwunden, die Obstbäume unbeschnitten seit Jahren. Sie stellte sich vor, wie dieser Garten im Frühjahr wäre: wunderschön. Man könnte ganz einfach über den Drahtzaun klettern, man könnte unter dem Apfelbaum eine Decke ausbreiten, verborgen vor der Welt durch das hohe Gras und die dichten Sträucher. Oder eine Schaukel in die Äste der Birne hängen. Dort, zwischen den blühenden Büschen, würden sie zu zweit sitzen und sich alles erzählen.

Sie bemerkte erst, als sie beinahe dort war, dass jemand auf dem Zaun saß. Es war Ridha.

Er baumelte mit den Beinen und machte ein grimmiges Gesicht, und der Frühlingsgarten verwandelte sich augenblicklich zurück in einen verregneten Januargarten, braungrau und tropfend.

»Was ist los?«, fragte Nuri. »Gehst du nicht rein? Es regnet.«

»Hab's gemerkt«, knurrte Ridha. »Aber hier kann ich besser denken.« Er schlug mit den Hacken gegen das Drahtgitter unter sich. »Dieser Scheißvater von Thore. Ich mach ihn fertig, das sag ich dir. Eines Tages. Er ist in die Schule gekommen heute, ich meine, Thores Vater, und hat sich über mich beschwert. Dass ich klaue. Das Schlimme ist, dass die ihm glauben. Sie wollten alle mit mir reden, so auf die Psychotour, sie haben gesagt, ich hätte Thores Nintendo geklaut, ich müsste ihn zurückgeben …«

»Hast du? Ich meine, ihn geklaut?«

»Unsinn. Er hat ihn mir geliehen.« Ridha schnaubte. »Drei Tage hat er gesagt, und das war der dritte, ich hatte das Ding also dabei, um's zurückzugeben. Ich klau nicht. Also wenn, dann vielleicht Kaugummis im Laden oder was. Doch nichts Richtiges.«

»Ridha? *Kaugummis?*«

»Fang du nicht auch noch an! Ich hab keine Kaugummis geklaut! Es war nur ein Beispiel.«

»Was hat Thore denn gesagt? Wegen dem Nintendo?«

»Thore hat gesagt, geliehen stimmt, aber dann haben seine Eltern ihn beide so angesehen, so nach dem Motto: Sag die Wahrheit, liebes Kind. Ich hab genau gewusst, was los ist, die können ihre Samtaugen gleich wieder einpacken. Was da zu Hause abgeht, ist eh klar. Und Thore hat gesagt, was sie hören wollten. Nämlich, dass er mit einem wie mir nicht redet und ihm schon gar nichts leiht. Und jetzt hat er wieder Hausarrest.« Er lachte, oder vielleicht war es mehr ein Knurren. »Nützt sowieso nichts, ich weiß nämlich, wo er wohnt. Ich weiß sogar, wie man reinkommt, über den Balkon. Ist ganz leicht. Bisschen weiter draußen, mehr so eine schickere Gegend, alles total grün da, Einfamilienhäuser und große Gärten und sonst was.«

»Du hast ihn da … besucht?«

»Klar«, sagte Ridha und grinste. »Ich war schon paar Mal da, das checken die gar nicht. Nicht mal der Hund hat was mitgekriegt, so ein unterbelichtetes Muskelpaket. Sitzt in seinem Zwinger fest.«

»Ridha. Das ist verdammt gefährlich. Du kannst nicht …«

»Ich kann alles«, sagte Ridha, verschränkte die Arme und saß freihändig auf der schmalen, metallenen Oberkante des Gitterzauns. »Und ich räche mich. An dem Vater. Wirst schon sehen. Wenn Thore noch mal mit einem einzigen Kratzer zur Schule kommt, ist Sense.«

Nuri schüttelte den Kopf. »Ridha, pass auf, was du machst. Rede mit eurem Lehrer, aber lass die Finger von dem Haus. Diese Familie ist nicht einfach irgendwer. Die sind wirklich, wirklich national. Und wirklich, wirklich gefährlich.«

»Richtig, hüfttief drin in der Scheiße«, meinte Ridha grimmig. »Und was soll ich unserem Lehrer sagen? Meinst du, der glaubt mir *ein* Wort? Ich bin doch da das Assikind, der Lügner, der Dieb, ist doch sonnenklar.«

Nuri nickte. »Schön, sag ihm eben nichts. Nur versprich mir, dass du nicht mehr zu Thores Haus gehst.«

»Du bist ja genauso blöd wie alle anderen Erwachsenen, Nura Aljafari«, sagte Ridha und sprang vom Zaun. Er sprang auf die Seite des wilden Gartens.

Im Sommer könnte man sich dort eine Hütte bauen, dachte Nuri, und sich treffen. Mit Leuten, mit denen man sich nicht treffen darf. *Viel Glück, Ridha.*

Später dachte sie wieder, dass sie es hätte wissen müssen. Wie beim Eislaufen.

Aber sie war wie immer zu sehr in ihre eigene Geschichte verstrickt, um auf die kleinen Zeichen zu achten. Die kleinen Winke mit dem Zaunpfahl.

Sie lernte wie immer zweimal in der Woche mit der Kindergruppe in der Kolibrischule, unterhielt sich mit Andrea über die Kinder, ignorierte die Jugendlichen, die in der Straße herumlungerten und blöde Bemerkungen machten, wenn sie nach Hause ging. Sie hörte nichts von Cindy und nichts von Pascal.

Sie verbrachte fast alle Nachmittage vor Niks Computer, suchend wie Abi. Es wurde zu einer Art Zwang, die neuesten Einträge zu Homs und ar-Raqqa und alle Dschihad-Videos durchzugehen.

Nik ließ sie gewähren, er war oft einfach nicht da, und wenn er den Computer brauchte, warf er sie durchaus auch hinaus, sodass sie nie das Gefühl hatte, sich aufzudrängen. Sie gewöhnte sich an die klassische Musik und den Jazz, die abwechselnd liefen, sie fühlte sich in der Höhle zwischen den Wandteppichen geborgen.

Es war anders, als wenn sie Imad in seiner WG besuchte, die Leute in der WG wollten immer zu viel wissen. Und Imad schien sich zurückzuziehen, seit sie wusste, dass Calvin lebte. Höflich, diskret, aber ein wenig enttäuscht.

Sie sprachen nicht mehr über Pascal und Nuris Rachepläne.

Calvin war nicht tot. Wofür wollte sie sich rächen? Womit abschließen?

Zwischen Ummi und ihr herrschte eisiges Schweigen, ein Schweigen, in dem auch die Sorge um Kamal mitschwang. Abi hatte ihr schließlich doch erzählt, wo Kamal war.

Abi wich Nuri aus. Kamals Handy war noch immer tot. Ein paarmal glaubte sie kurz, auf dem alten durchgekommen zu sein, aber dann ging doch niemand dran.

Der Februar kam und sah aus wie der Januar.

Nuri saß bei Nik, wie so oft, sie saß vor dem Bildschirm und verfolgte die Misserfolge der Genfer Friedenskonferenz, während Nik Pizza im Ofen aufbuk. Sie hörte ihn in der kleinen Küche herumräumen und ein Klavierkonzert mitsummen, draußen dämmerte es. Da klingelte ihr Handy.

Sie hielt es innerhalb von Sekunden ans Ohr. Manchmal gibt es Wunder, dachte sie, manchmal …

»Kamal?«

Natürlich, dachte sie, war es nicht Kamal, wahrscheinlich war es Andrea, wegen irgendwas Organisatorischem, oder Phil oder Janni oder Ayse oder doch Imad …

»Nuri«, sagte Cindy. »Irgendwas ist passiert.«

Sie sprach sehr leise. Gehetzt.

»Louis hat mich angerufen, er meinte, ich hätte doch sicher deine Nummer. Sie sind von einem Handballspiel nach Hause gekommen, Sonja und Mike haben Louis mitgenommen, also, Thores Eltern, und irgendwas muss dann passiert sein, zu Hause bei Thore, es gab schon vorher Streit, weil der kleine Syrer, wie heißt der, weil der wohl bei Thore war. Heimlich. Sie haben das mitgekriegt, hinterher, Thore hat es zugegeben oder so, großer Streit, er durfte mit zum Handball, aber sonst darf er nichts zurzeit, und ich weiß nicht, was jetzt wieder los ist, aber Louis hat gesagt, wir müssen …« Da war etwas wie ein Schluchzen.

»Was? Noch mal. Wir müssen was?«

»Kennst du das Haus?«

»Nein, woher, ich …«

»Am Reiherhorst«, sagte Cindy. »Komm dahin.« Damit unterbrach sie die Verbindung.

Nuri starrte das Handy an. »Cindy«, sagte sie langsam. »Nik, das war Cindy. Und sie klang sehr seltsam. Irgendwas ist mit Thore, angeblich, ich soll da hinkommen. Aber ich frage mich … Ist das eine Falle? Verabrede ich mich hier gerade mit Pascal?«

Nik stand in der Küchentür, ein Geschirrhandtuch in der Hand, Tropfen auf seinem gelben Halstuch. »Geh nicht hin. Bitte.«

»Du hast Angst«, stellte sie fest, erstaunt. »Um mich.«

»Natürlich«, sagte er.

Am fünften Februar gegen 18 Uhr 15 kommt die Familie vom Handballtraining ihres Sohnes zurück. Im ersten Stock des Hauses brennt Licht, Mike Falkenberg parkt den Wagen vor dem Haus und steigt aus. Sonja und zwei Kinder sitzen noch darin: ihr gemeinsamer Sohn Thore und dessen Freund Louis.

Die drei kleineren Brüder des Jungen werden eine Straße weiter von einer befreundeten Familie betreut und sollen später abgeholt werden. Niemand hat das Licht beim Wegfahren angelassen.

Mike Falkenberg betritt das Haus aus Sicherheitsgründen allein.

Nach ca. zehn Minuten verlassen auch Sonja Falkenberg und beide Jungen den Wagen.

Die Haustür steht offen. Drinnen scheinen Gegenstände umzufallen, Sonja Falkenberg ist beunruhigt und bleibt mit den Jungen im Flur stehen. Sie hört einen Schrei ihres Mannes, danach Schritte bei der Verandatür im Wohnzimmer, die in den Garten führt. Sie glaubt an einen Einbrecher.

Sie durchquert die Wohnung, noch in der Jacke, die Verandatür steht offen. Die beiden Jungen sind ihr gefolgt. Sie sieht zwei Gestalten durch den Garten rennen, vom Haus weg. In der Dämmerung ist sie unsicher über die Größe der Gestalten, glaubt aber, in einer ihren Mann zu erkennen.

Sie hört den Hund der Familie bellen.

Hinter ihr steht ihr Sohn Thore und klammert sich an ihre Hand. Thore, zwölf Jahre alt, ist ein eher ängstliches Kind und hat immer wieder Probleme mit seinem Vater. Zuletzt gab es mehrfach Streit wegen eines Schulkameraden aus sozial schwierigen Verhältnissen, mit dem der Vater ihm den Umgang verbot. In der Schule waren mehrere Diebstähle vorgekommen. Thore hatte wegen unerlaubten Umgangs mit diesem Klassenkameraden an diesem Tag Hausarrest, war aber trotzdem zum Handball gebracht worden wie jede Woche, um das Training nicht zu verpassen.

Am Zaun der Falkenbergs befindet sich ein Schild mit der Aufschrift: *Betreten auf eigene Gefahr. Freilaufender Hund.* Der Zaun ist vorschriftsmäßig hoch, wie bei den Auflagen der Haltung von sogenannten gefährlichen Hunden in Berlin vorgeschrieben. Ein laminiertes Foto des Hundes, eines Bullterriers, hängt am Zaun. Er heißt Jackson. In der Nachbarschaft gilt das Tier als gutmütig und kinderlieb.

Am 5. Februar gegen 18 Uhr 30 stellt Mike Falkenberg einen Einbrecher in seinem Arbeitszimmer.

Da der Einbrecher sofort flieht und nur in einem der oberen Räume des Hauses Licht brennt, kann er ihn nicht genau erkennen, setzt ihm jedoch nach, über die Veranda in den Garten.

Der Zwinger des zugelassenen, mit grüner Plakette am Halsband ausgezeichneten Bullterriers muss an diesem Tag offen gewesen sein, vermutlich eine Nachlässigkeit des Sohnes Thore, der gerne mit dem Hund spielt. Thore ist ein äußerst mutiger Junge, der keine Angst vor Hunden hat.

An diesem Tag hat er beim Handball mehrere Tore geworfen. Sein Verhältnis zum Vater ist gut. Da das Grundstück ohnehin vorschriftsmäßig umzäunt ist, hat Mike beim Verlassen die Zwingertür nicht kontrolliert.

Er verliert den Einbrecher im hinteren Teil des Gartens aus den Augen und folgert, dass der Mann über den Zaun ins angrenzende Wäldchen geflohen ist.

Um den Schreck zu verkraften, raucht er draußen zwei Zigaretten und kehrt erst dann zurück nach drinnen. Dann geht er ins Bad, um sich Hände und Gesicht zu waschen wie immer vor dem Abendessen.

Sollte er am Morgen eine grausliche Entdeckung in seinem Schuppen machen, wird er selbstverständlich sofort die Polizei rufen. Mike Falkenberg ist ein pflichtbewusster Mann, es gibt keine Anmerkungen in dem Führungszeugnis, das er bei der Zulassung des Hundes beibringen musste. Er hat bei einer Firma für Maschinenbau eine mittlere Position inne und trainiert in seiner Freizeit eine Jugendsportgruppe in Handball und Hockey.

Thore weiß sofort, dass etwas nicht stimmt, als das Auto hält.

Da ist Licht im Obergeschoss. Im Arbeitszimmer seines Vaters.

»Ihr bleibt hier«, sagt Mike, aber Thore springt aus dem Auto, ehe jemand ihn daran hindern kann, stürzt seinem Vater nach. Seine Mutter und Louis holen ihn im Flur ein.

»Thore, die Schuhe!«, sagt seine Mutter. »Bitte, ihr seid die ganze Zeit durch den Schneematsch gelaufen …«

Thore streift die Turnschuhe ab und rast die Treppe hinauf.

Dort ist sein Zimmer, in sein Zimmer kommt man über den Balkon, und vielleicht hat er, scheiße, die Balkontür aufgelassen, und er hört den Schrei seines Vaters und weiß, oh, er weiß … Er hat eigentlich immer noch oder schon wieder Hausarrest. Weil Ridha zu blöd war, sein nasses T-Shirt mitzunehmen, Sonja hat es in Thores Zimmer gefunden. Verdammt, es war nur ein nasses T-Shirt, es war kalt draußen, es hat geregnet, Ridha war klitschnass nach der Klettertour den Balkon rauf, Thore hat ihm ein trockenes Hemd gegeben, na und?

Er denkt nicht gerne an den Streit zurück, was ziehen Erwachsene bloß für Schlüsse? Weil jemand ein T-Shirt auszieht? Das Badezimmer hat gehallt vom Gebrüll seines Vaters, er sieht sein wutverzerrtes Gesicht noch über sich. »Es reicht nicht, dass du dich mit einem Mulattenkind triffst, es reicht nicht, dass du dich widersetzt, wir finden ein *T-Shirt* von ihm? *Ihr zieht euch aus?*«

Er hört das Schluchzen seiner Mutter. »Was tust du uns an, Thore?«

Und dann wieder sein Vater. »Ich lasse mir meinen Jungen nicht von einem schwulen, kleinen Ausländer verderben, das lasse ich nicht zu!«

Und Thore sieht, noch immer, seine erhobene Hand.

Es ist nicht so schlimm, geschlagen zu werden. Das war früher bei der Kindererziehung immer so, man muss nur die Zähne zusammenbeißen, das geht schon.

Schlimmer ist, wenn die anderen was merken.

Und Ridha hat es ja gesagt, er hat gesagt, wenn sein Vater Thore noch einmal anfasst, macht er ihn fertig. Er hat es Ridha nicht geglaubt, aber Ridha hatte immer dieses gefährliche Glitzern in den Augen. Und übrigens ist er nicht schwul, so ein Unsinn. Er ist einfach nur ein Freund. Thore hat noch nie einen so wahren Freund gehabt, mit dem man so gut streiten und sich kloppen und Wetten abschließen kann.

Und jetzt steht er da oben, im Licht, er sieht ihn für einen Moment genau. Ridha, den Rächer.

Nein, er steht nicht mehr, er rennt, Thores Vater ist ihm auf den Fersen, Thore erreicht das Arbeitszimmer. Da liegt sie auf dem Boden, Ridhas Rache: der Laptop, Mikes Laptop, zerschmettert, zerstört, für immer. Es ist ein Zettel daran, Thore liest ihn:

Ich hab ja gesagt, ich mach dich fertig.

Das Deutsch ist korrekt.

Ridha klettert am Balkon nach unten, und sein Vater stößt Thore zur Seite und rast die Treppe hinunter, stolpert beinahe, wenn er nur stolpern würde! Thore folgt ihm ins Wohnzimmer zur Verandatür, und Ridha landet neben dem Balkon auf dem Boden und rennt, aber er ist nicht schnell genug. Mike erwischt ihn nach zwei Schritten.

Thore schließt die Augen.

Er hört nur die scharfe Stimme seines Vaters, die einen Befehl von sich gibt.

»Sonja. Schließ den Jungen ein.«

»Aber ich …«

»Mach, was ich dir sage!« Seine Stimme zittert vor Wut. »Das hier ist meine Angelegenheit. Er hat den Computer zerstört. Schau dir das Arbeitszimmer an.«

Noch einmal öffnet Thore die Augen, blickt in Ridhas Augen, sie sind sehr dunkel und mindestens so voller Wut wie die Stimme seines Vaters. Er windet sich in Mikes Griff.

Und Thore fühlt sich von seiner Mutter weggezogen, die Treppe wieder hinaufgeschleift, in sein Zimmer geschoben. »Tut mir leid, Thore«, sagt sie und gibt ihm einen Kuss auf die Stirn. »Du weißt ja.« Und der Schlüssel dreht sich im Schloss. Zweimal. Sie schließt auch die Balkontür ab, von außen, man kann noch von einem anderen Zimmer aus auf den Balkon. Er sieht ihr Gesicht draußen, ihr Es-ist-besser-so-Gesicht.

Das Haus mit seinen abschließbaren Balkontüren, sehr einbruchssicher. Wenn man nichts offen lässt.

Thore stürzt zum Fenster.

Er sieht, wie sein Vater Ridha zum Schuppen schleift. Er ballt die Hände zu Fäusten. Ridha muss entkommen. Er ist so mager, so wendig, er muss es schaffen, er wird es schaffen, Thore denkt nicht über das Nachspiel nach, das dies hier für ihn selbst haben wird, er denkt nur an Ridha und seinen letzten, funkelnden Blick. Mike stößt die Schuppentür mit einem Fuß auf, stößt Ridha hinein, schließt die Tür. Vielleicht ist er nie so wütend gewesen, nicht mal auf seinen Sohn.

Thore hört jetzt Lärm aus dem Schuppen, das kleine Fenster steht auf Kipp, da kann man Dinge hören. Er könnte versuchen, es ganz zu öffnen und runterzuspringen. Und dann? Er hört seinen Vater fluchen. Und er hört jemanden schreien, der nicht sein Vater ist.

Die Nachbarn, die Nachbarn müssen das auch hören! Doch dann brechen die Schreie abrupt ab. Er steht da und starrt.

Louis Bukowski steht am Abend des 5. Februars um 18 Uhr 30 im Haus der Falkenbergs, in der offenen Verandatür, und sieht, wie die Schuppentür hinten im Garten ins Schloss fällt.

Sonja kommt von oben zurück und legt ihm eine sanfte Hand auf die Schulter.

»Geh jetzt nach Hause, Louis«, sagt sie. »Und am besten vergessen wir das alles.«

Louis nickt. »Der Scheißkanacke ist echt hier eingebrochen, was?«, fragt er.

»Sieht so aus«, sagt Sonja. Sie geht in die Küche, legt die Brotbretter fürs Abendbrot zurecht. »Ich muss gleich die Kleinen abholen. Also dann – war ein gutes Spiel heute.«

Louis weiß, dass er gut Handball spielt. Auch Hockey. Im Sport kann er fast alles. Er möchte später so sein wie Mike Falkenberg, so sportlich und so stark, so selbstsicher. Er wird in die Partei gehen, die warten da auf ihn, die Jungadler sind ihm auf die Dauer zu kindisch mit ihren Camps und ihren weißen Zelten.

Als er auf das kleine Tor im Zaun zugeht, hört er den Schrei aus dem Garten. Es ist eigentlich kein einzelner Schrei, es sind mehrere, die ineinander übergehen, er hat noch nie so etwas gehört. Er bleibt stehen. In der blau lasierten Tonkugel auf ihrem Holzstab, die Sonja getöpfert hat, spiegelt sich der Abendhimmel. Louis' Mutter ist mit Sonja im Töpferkurs … Jetzt ist es still.

Louis merkt, dass ihm schlecht ist.

Er dreht sich um und geht ums Haus herum, rennt bis zum Schuppen, er sieht Thore oben am Fenster stehen, reglos. Der Schuppen hat ein Fenster. Man kann seitlich auf einen Holzstapel klettern, drinnen stehen Fahrräder, der Rasenmäher, das alte Kinderplanschbecken, Plastikschaufeln und Eimer … Und dazwischen, auf dem Boden, kauert der kleine Ausländer, oder er liegt eigentlich, er ist halb auf die Seite gesunken, gegen einen alten Metalleimer. Er hat etwas im Mund, ein Stück Stoff vielleicht, Louis sieht ihn nicht richtig, das Licht der Straßenbeleuchtung fällt auf eine andere Gestalt: eine große und heroische Gestalt, die im Schuppen aufragt, eine Schaufel in der Hand.

Die heroische Gestalt besteht aus Bewegung und aus Kraft.

Er ist wahnsinnig geworden. Mike Falkenberg ist wahnsinnig geworden, es ist Louis in diesem Moment völlig klar. Schließlich tritt Mike beiseite, aus dem Licht, und Louis sieht mehr von dem auf dem Boden, es rührt sich nicht, er kann das Gesicht nicht erkennen, da ist zu viel Rot. Louis lässt sich von dem Holzstapel gleiten und kotzt. Und findet sein Handy, halb auf dem Boden kauernd, im Schatten der Holzscheite, aber wen kann er anrufen? Cindy, er hat Cindys Nummer, Cindy ist okay, und Cindy kennt dieses andere Mädchen, die er mit Ridha gesehen hat, und er stammelt Worte ins Telefon.

Und dann hört er, wie die Tür des Schuppens sich öffnet, unterbricht die Verbindung, sitzt ganz still. Mike tritt aus dem Schuppen, riesig unter dem hellen Himmel. Er sieht Louis nicht. Er geht mit langen Schritten durch den Garten, öffnet die Tür des Hundezwingers.

Pfeift nach Jackson, dem Bullterrier. Streichelt ihn, tätschelt sein Fell, zeigt auf den Schuppen. Und Jackson läuft.

Das ist der Moment, in dem auch Louis aufspringt und läuft, quer über die Wiese, dem Hund in den Weg, Mike soll ihn ruhig sehen, egal – Mike hält ihn fest. Nicht wie ein Wahnsinniger, sondern wie ein freundlicher Mann, ein Trainer, ein Vater. »Louis«, sagt er, halb erstaunt, und lächelt. »Komm. Wir lassen Jackson den Rest erledigen.« Er zuckt die Schultern. »War ein Unfall. Wenn jemand in ein Haus einbricht, das von einem Hund bewacht wird, muss man sich nicht wundern, wenn so etwas passiert.«

»Du kannst nicht … Du kannst das nicht machen!«, schreit Louis, er duzt Mike, seit er denken kann, er kennt ihn schon immer. Er reißt sich los, er ist stark, stärker als Ridha oder Thore. Er ist jetzt auf dem Weg zum Schuppen.

»Sch, sch«, sagt Mike. »Bleib du schön hier. Louis, der Hund ist scharf. Geh da nicht rein. Geh nach Hause und vergiss alles. Wir beide halten doch zusammen, oder?«

Dann dreht er sich um, er vertraut Louis, er geht einfach über die Wiese, die sorgsam gemähte Wiese, zum Haus zurück und ist fort.

Und Louis ruft Jackson, aber Jackson kommt nicht.

»Okay, ich gehe mit«, sagte Nik.

»Cindy hat gesagt, wir müssen schnell sein. Rufst du ein Taxi?«

Er nickte. Und dann saßen sie nebeneinander auf der Rückbank, und die Stadt war ein einziger Stau. Nuri trommelte ungeduldig auf ihr Knie.

»Was tust du«, meinte Nik, »wenn es wirklich eine Falle ist? Wenn Pascal auf dich wartet?«

Das Handy klingelte wieder. »Nuri?«, fragte Cindy, atemlos. »Ich bin jetzt hier. Es ist etwas mit Ridha. Ich verstehe immer noch nichts. Louis sitzt da drinnen im Garten mit dem Hund in der Hecke und heult, dieser verdammte Hund, aber ich glaube, Louis ist nicht verletzt, das Haus ist still, ich kann sehen, dass Thore oben am Fenster steht, ich … wie? Louis, was? Ridha war hier, sagt er … Ich weiß nicht, wo Sonja … Was?« Sie schien wieder mit Louis zu reden. Die Verbindung brach ab.

Nuri biss sich auf die Lippen. »Das ist keine Falle«, flüsterte sie.

»Irgendwas ist wirklich, wirklich schiefgegangen. Verdammt, können Sie nicht schneller fahren?«

»Das ist der Feierabendverkehr«, sagte der Fahrer. »Sie müssen sich schon gedulden.«

»Ridha hat gesagt, er rächt sich«, murmelte Nuri. »An Thores Vater. Ich hab ihm nie ganz geglaubt … Nik … Warum gibt es nur verrückte Menschen auf der Welt? Der eine geht nach Syrien, ohne mir ein Wort zu sagen, der andere glaubt, er wäre ein Superheld, obwohl er erst dreizehn ist …«

Sie merkte, dass sie Niks Hand festhielt. Sie war sehr froh, nicht alleine in diesem Taxi zu sitzen.

Die Stadt draußen war unnatürlich dunkel zwischen den grellen Lichtern. Nieselregen zerplatzte an den Scheiben.

»Nuri«, flüsterte Nik. Er war ganz nah, er roch nach der Pizza, die er in den Ofen geschoben hatte, nach Thymian und Oregano und Tomaten. »Ich habe über die Sache mit deinem Freund nachgedacht. Calvin. Du … hast da einen Knick in der Logik. Du hast gesagt, er hätte sich melden können, ehe er weggegangen ist.«

»Wenn sie erst im Oktober gegangen sind?«

»Ja. Aber du hast mir selbst erzählt, dass alle denken, du wärst tot. In der Stadt, wo ihr gewohnt habt. Calvin konnte sich nicht bei dir melden. Sie werden ihm das Gleiche erzählt haben.«

Sie setzte sich plötzlich aufrecht hin. »*Was?*«

»Calvin denkt, du wärst tot. Ich bin mir fast sicher. So, wie du gedacht hast, er wäre tot. Es war das absolut wasserdichte Mittel dagegen, dass ihr jemals wieder zusammenkommt.«

»Ich hasse sie«, flüsterte Nuri. »Du kannst dir nicht vorstellen, wie ich sie hasse. Meine Eltern. Ich habe sie früher wirklich geliebt.«

»Ich glaube, sie haben sehr lange versucht, dich zu verstehen. Jetzt musst du versuchen, sie zu verstehen. Ich …«

In diesem Moment bog das Taxi in eine kleinere Straße ab, und kurz darauf hielt es vor einem Einfamilienhaus mit einem großen Garten voller hoher Bäume. Der Rasen dazwischen war sorgsam gemäht, am Zaun rankten Rosen, ein Tonschild am Tor verkündete den Namen *Falkenberg*, darunter, kleiner: *Mike und Sonja. Thore, Sven, Hagen, Wigand.*

Nik bat den Taxifahrer, ein Stück weiterzufahren, sie hinauszulassen und zu warten. Sie gingen zu Fuß zurück. Im Haus hörte man die hellen Stimmen kleiner Kinder, das Klappern von Tellern und Besteck. Im Küchenfenster brannte eine rote Kerze: Hier war eine große Familie beim Abendessen, eine friedliche Szene. Nuri und Nik gingen um das Haus herum, über eine feuchte Wiese. Hier gab es im Sommer vermutlich Frösche, dies war ein wirklich schönes Stück Berliner Außenbezirk. Grün, gesund, natürlich.

Aber im hohen Wintergras neben dem Gartenzaun kauerte eine Person, und jetzt sprang sie auf und kam auf sie zu: Cindy. Man sah unter der Jacke inzwischen deutlich die Wölbung des Babybauchs.

Nik knipste die Taschenlampe an, und dann sah Nuri auch Louis, er stand innen am Zaun, das Gesicht dreckig und tränenverschmiert. Er war nur ein kleiner, verängstigter Junge.

»Ridha«, sagte er, kaum verständlich zwischen Schluchzern. »Er ist dadrin. Im Schuppen. Er ist bei denen eingebrochen, und Mike hat … Thores Vater hat … und der Hund … Ihr müsst … Sie haben Thore in seinem Zimmer eingesperrt.«

»Bring Jackson in den Zwinger«, sagte Cindy. »Sonst können wir da nicht rein.«

Louis nickte, trat aus dem Schatten der Büsche und pfiff leise, und ein Bullterrier kam über das Grundstück gerast. Nuri zuckte unwillkürlich zurück.

»Fuß!«, befahl Louis mit erstickter Stimme. Aber der Terrier sprang nur hin und her, tänzelnd, aufgeregt, und dann kläffte er, kläffte die Fremden an.

Nuri hörte Nik fluchen. Dann machte er einen Klimmzug und überwand den Zaun, Nuri hatte ihm das nie zugetraut, er war sportlicher, als sie gedacht hatte. Der Terrier knurrte ihn an, näherte sich, kampfbereit.

»Biest«, hörte Nuri ihn auf Arabisch sagen. »Ich hab eine Scheißangst vor dir, aber das kannst du nicht verstehen zum Glück. Fang bloß nicht wieder an zu bellen.« Er hob einen dicken Stock auf und hielt ihn hoch, der Terrier schnappte danach, und da schaffte Nik es, ihn am Halsband zu packen. Er wandte den Kopf und versuchte, Nik zu beißen, aber Nik schleifte ihn zusammen mit Louis, der ebenfalls ins Halsband griff, quer über die Wiese zum Hundezwinger. Man sah, dass es die beiden ihre ganze Kraft kostete. Schließlich schafften sie es, die Tür zu verriegeln, und sie kamen zurück.

Da war Nuri schon auf der anderen Seite des Zaunes.

Louis zeigte nur stumm auf den Schuppen. Oben am Fenster stand Thores stumme Silhouette. Dann öffnete Nik die Schuppentür und leuchtete hinein.

Mohammed verschwand am 5. Februar.

Er hatte am Abend noch mit den anderen Kindern auf der Straße vor dem Kloster Fußball gespielt, mit einem Ball aus alten Lumpen, einem seltsamen Ding mit zweifelhaften Flugeigenschaften. Bevor er einschlief, hatte er etwas von Fußballstadien gemurmelt, die er mit Calvin in Deutschland besuchen würde, und dass Calvin das nicht vergessen sollte. Am Morgen war er nicht mehr da.

Sie suchten die Umgebung nach ihm ab, fanden aber nichts.

Bis Dschinan mittags den Zettel entdeckte, der in dem alten Taschenbuch steckte, das der Pater las. Es lag auf dem Stuhl im Hof, wie sonst auch, aber er hatte es an diesem Tag noch nicht geöffnet.

Der Zettel war in krakeliger Kinderschrift geschrieben, Frans van der Lugt übersetzte für Calvin.

Ich gehe weg. Sie sagen, im Osten kommt man jetzt vielleicht raus. Alleine jedenfalls.

Allah sei mit euch. Mohammed.

Dschinan und Calvin gingen zusammen los, um zu suchen. Osten. Es war die Grenze der Altstadt, an der die FSA damals den Ausfall versucht hatte, als Calvin Dschinan wiederbegegnet war.

Sie fanden Mohammed nicht. Und am Abend sagte Dschinan mit einem Lächeln: »Er hat es geschafft. Er ist klein und schnell. Er ist in der Dunkelheit an den Kontrollposten vorbeigeschlichen und hat es geschafft.«

»Geh nach Hause«, sagte Calvin. »Ich komme nach.«

Er fand die Untergrundklinik ohne Probleme. An diesem Tag stand ihre Tür offen. Er hatte ein seltsames Gefühl, als er die Treppe hinunterstieg. Es war weniger hektisch als in der Nacht, in der er hier gewesen war, ein paar Angehörige einer alten Frau standen um ein Bett und diskutierten, ein ebenso alter Mann lag auf einem anderen Bett, die Augen geschlossen, die Lider leise flatternd, keine dramatischen Geschichten, Opfer des Alters und des Hungers. Menschen, die sterben durften.

Die beiden Frauen, die beim letzten Mal geholfen hatten, waren da. Calvin nickte ihnen zu, ohne zu wissen, ob sie ihn erkannten. Und dann blieb sein Blick an dem dritten Bett hängen, und er verfluchte sich dafür, dass er recht gehabt hatte mit seiner Vermutung.

Im dritten Bett lag ein kleiner Körper unter einer weißen Decke. Ein Kind.

Er war mit zwei Schritten dort.

»Wo haben sie ihn gefunden? Seit wann ist er hier? Was ist passiert?« Arabisch, Deutsch, Englisch, schon wieder so ein Wirrwarr, er wusste gar nicht, welches Wort er in welcher Sprache sagte. Eine der Frauen war jetzt neben ihm. Er verstand ihre Worte besser, als ihm lieb war.

»Sie haben ihn heute Morgen von der Straße gezogen«, sagte sie. »Zwischen Zahra und hier. Er hat versucht, am Militärposten vorbeizurennen. Sie schießen auf alles, was sich bewegt, jeder weiß das. Er hat wohl ein paar Stunden da gelegen, dann hat einer gesehen, dass er sich noch bewegt, und sie haben ihn geholt.« Sie musterte Calvin aufmerksam. »Du warst schon hier.«

»Ja. Wo ist der Arzt? Es gab doch einen Arzt?«

Die Frau schüttelte den Kopf. »Es tut mir leid«, sagte sie und senkte den Blick. »Wir sind jetzt allein. Nur wir beide.« Sie nickte zu der anderen Frau hinüber.

Mohammeds Augen waren geschlossen, aber er atmete. Regelmäßig. Calvin schlug die Wolldecke und das Betttuch zurück. Er war nackt, sie hatten ihn ausgezogen und gewaschen. Die Krankenschwester, oder was immer die Frau war, legte eine Hand auf Calvins Schulter und schüttelte den Kopf.

Die Kugeln hatten Mohammeds Oberschenkel und sein linkes Bein durchlöchert, und es gab eine Einschussstelle direkt unterhalb des Bauchnabels, wo die Haut sich bläulichrot vorwölbte. Sein Körper glühte. Calvin deckte ihn wieder zu, kniete sich neben ihn und legte seine Stirn auf die Bettkante, um für einen Moment die Augen zu schließen.

»Du Idiot«, flüsterte er. »Du blöder Idiot. Wie soll ich dich denn in ein Fußballstadion bringen, wenn du dich von den Kontrollposten abschießen lässt wie … wie eine Katze?«

»Nimm ihn mit«, sagte die Krankenschwester leise. »Wir haben nichts.« Sie zeigte auf den Tisch in der Ecke, auf dem zuletzt die Infusionsflaschen gelegen hatten. Drei Stück. Sie waren leer. Nur eine Schachtel voll Verbandsmaterial stand dort. Ein paar chirurgische Instrumente, die niemand mehr benutzen würde.

Calvin hob den Jungen auf seine Arme. Die Krankenschwester ließ ihm das Betttuch. Sie würden auch diese Räume bald endgültig schließen, sie brauchten keine Betttücher mehr. Als Calvin sich mit Mohammed aufrichtete, schlug er die Augen auf, verzog das Gesicht und stöhnte.

»Tut mir leid«, sagte er. »Ich will dir nicht wehtun. Ich bringe dich nur nach Hause.«

Der Junge nickte kaum merklich.

»Wir brauchen dich dringend … beim Fußballspielen vor dem Kloster«, sagte Calvin, und die Worte schmerzten in seiner Kehle. Mohammed verstand immerhin das Wort Fußball und schüttelte den Kopf. Er versuchte zu grinsen. »Nicht mit … dem Bein«, flüsterte er und stöhnte wieder.

Sie hatten die Treppe beinahe hinter sich.

»Du kannst Schiedsrichter sein«, sagte Calvin auf Deutsch.

Pater Frans stand im offenen Tor des Klosters, als sie ankamen, mitten in einer Menge aufgeregt durcheinanderredender Menschen, es summte wie in einem Bienenkorb zwischen den alten Mauern. Der Pater sah Calvin und winkte, froh wie ein Kind.

»Sie haben sich geeinigt!«, rief er auf Deutsch. »Morgen beginnt die Evakuierung der Zivilisten!«

Calvin nickte nur müde. »Wir müssen hier durch«, sagte er nur.

Im Schuppen, zwischen Plastikspielzeug und Sandeimern, lag ein Ding auf dem Fußboden, das Nuri nicht kannte. Sie krallte sich in Niks Arm. Dann schluckte sie und kniete sich hin, obwohl sich alles in ihr dagegen sträubte. Ihr war übel.

»Ridha?«, fragte sie und tastete vorsichtig. Griff in etwas Feuchtes. Fand Schultern und einen Kopf, Hände, die sie in ihre nahm. »Ridha?«

Jetzt kniete auch Nik neben ihr, effektiver. »Puls ist da«, sagte er. Mehr nicht.

Und dann hielt er sein Handy in der Hand und wählte.

Nuri zog den Körper auf ihren Schoß. Vielleicht, dachte sie verspätet, war das falsch, vielleicht hätte sie ihn nicht bewegen dürfen. Der Hund musste sich in seiner rechten Schulter verbissen haben, Nuri war froh, dass es zu dunkel war, um Genaues zu sehen. Sie ahnte zerrissenen Stoff, Fleisch, Blut. Aber da war noch ein anderes Stück Stoff, ein Stück Stoff in Ridhas Mund, und sie würgte bei dem Anblick und zog es heraus. Ein Knebel. Nuri sah Ridhas eine Halsschlagader stetig pulsieren. Noch. Da war mehr Blut, überall, auch das eine Bein war von den Zähnen des Hundes zerfetzt worden.

»Wir müssen ihn hier wegbringen«, sagte Nik. »Bevor dieser Verrückte wiederkommt. Solche Leute haben vielleicht Waffen.«

»Ja, weg«, sagte Louis von der Tür her, wo er sich am Rahmen festhielt. »Besser schnell.«

Sie trugen Ridha zu zweit aus dem Schuppen, irgendwie gelang es ihnen, ihn über den Zaun zu heben, Nuris Hände waren nass und glitschig. Etwas wie ein Seufzen drang aus Ridhas Kehle.

Und jetzt waren sie an der Straße, das Taxi wartete dort noch immer. Wo blieb der verdammte Krankenwagen?

Sie legten Mohammed in die Kirche auf eine der Bänke. Sie saßen den ganzen Tag abwechselnd um ihn herum, während das fahle Sonnenlicht durch die bunten Fenster schien, und erzählten ihm ihre Träume.

Davon, wie es werden würde, die Stadt zu verlassen, endlich. Davon, was sie essen würden. Was sie spielen würden. Welche Wunder auf sie warteten.

»Siehst du, beim zweiten Mal brauchst du nicht mal zu Fuß zu gehen«, sagte Amira. »Die holen uns nämlich mit Bussen ab. Ganz schick. Wir sollen alle zum Nordtor kommen, haben sie gesagt, da können wir einfach einsteigen. Ohne Geld.«

»Hast Glück, dass du gerade jetzt verletzt bist«, meinte Marwan.

»Morgen geht's in ein richtiges Krankenhaus. Da flicken sie dich wieder zusammen.«

»Klar machen sie das«, sagte Bassel und fasste nach Mohammeds Hand.

Mohammed, kurzzeitig bei Bewusstsein, nickte und lächelte. »Ja. War auch … dumm«, wisperte er. »Ich hätte nicht ohne euch weglaufen sollen. Tut mir leid.«

Dschinan strich ihm das schweißnasse Haar aus dem Gesicht.

»Du bist ja zurückgekommen«, sagte sie. »Nett, dass du doch noch auf uns gewartet hast.«

Eine Jesuitin aus der Nachbarschaft brachte ihnen eine Kanne mit Kräutertee, der Schmerzen lindern sollte, Dschinan flößte ihn Mohammed löffelweise ein. Er hustete und verschluckte sich und stöhnte wieder. Pater Frans saß bei ihnen und betete, doch zwischendurch war er fort, um mit seiner Gemeinde zu sprechen und Entscheidungen für die Evakuierung zu treffen. Manche konnten nicht gehen, weil sie zu alt waren. Viele hatten Angst. Die meisten wussten nicht, wohin sie sich draußen wenden sollten.

Am Abend versammelten sie sich in der Kirche, um ein letztes Mal alle gemeinsam zu beten. Pater Frans bat ihren Gott um Beistand. Er würde bei denen bleiben, die nicht gingen. In der Stadt.

Und dann kam die Nacht. Calvin legte sich mit den Kindern hin, während Dschinan bei Mohammed wachte. Pater Frans war irgendwo noch unterwegs, half, führte letzte Gespräche. Als alle Kinder schliefen, stand Calvin wieder auf und ging hinüber in die Kirche. Der Mond schien weiß durch die Fenster, und in seinem Licht sahen die Figuren im Glas noch viel lebendiger aus. Die Ornamente verschlangen sich ineinander, die Pflanzen wiegten sich im Nachtwind.

Dschinan saß im Schneidersitz auf dem kalten Boden, das Mondlicht fing sich auch in ihrem Haar.

Er setzte sich neben sie, und sie legte den Finger an die Lippen.

»Er schläft jetzt«, flüsterte sie. »Vorhin hat er lange geschrien. Es wird schlimmer, Calvin. Die Splitter des Projektils müssen da noch irgendwo sein, in seinem Bauch, sie haben alles zerrissen. Die Bauchdecke ist hart wie ein Brett.«

Nein, das sagte sie nicht, er hätte das niemals alles verstanden. Er bildete sich Dinge ein. Er sah ja, wie es um den Jungen stand.

»Morgen«, sagte er ganz leise auf Arabisch.

»Morgen«, flüsterte Dschinan.

Sie nahm seine Hand, vielleicht ein letztes Mal.

Denn sie wussten beide, was morgen geschehen würde. Calvin konnte keines der Kinder aus der belagerten Altstadt rausbringen. Dschinan würde es tun. Sie hatten nicht darüber gesprochen, aber es war allen klar, auch dem Pater. Frauen, Kinder, Männer über fünfundfünfzig und Jungen unter fünfzehn Jahren, hieß es in der Erklärung, durften die Stadt unbehelligt verlassen.

»Du könntest es versuchen«, sagte Dschinan schließlich.

Calvin schüttelte den Kopf. Er hatte gehört, was geredet wurde. Sie hatten in den Monaten vorher schon andere aufständische Viertel evakuiert, weiter draußen. Damals war sogar allen Menschen versprochen worden, gehen zu dürfen. Doch die Männer von Bajada oder Kalidye waren am Ausgang ihrer Viertel von den Regierungstruppen festgesetzt worden, um befragt zu werden. Sie saßen noch immer in Haft. Und Calvin wollte nicht an die Bedeutung des Wortes »Befragung« denken.

»Dschinan«, sagte er. Mehr zu sagen, war sinnlos. Sie umarmten sich schweigend, sehr lange, und er versuchte, sich ihren Geruch einzuprägen. Es war der Geruch des Windes in den Bergen.

»Ich habe die Nummer.« Sie zeigte auf das Handy.

»Es gibt keinen Strom hier. Der Akku ist fast leer.«

Sie lächelte. »Ich habe die Nummer. Wir sagen dir, wo wir sind.«

Dann ging sie.

Gegen Mitternacht begann Mohammed wieder zu schreien. Er krümmte sich und schrie und schrie, das Weiße in seinen weit aufgerissenen Augen war zu weiß, vielleicht lag es am Mondlicht, und er schrie weiter, bäumte sich auf – und Calvin konnte nichts tun, als seine Hand zu halten und nutzlose Dinge zu murmeln. Er befeuchtete einen Lappen mit etwas von dem kostbaren Wasser in der Plastikflasche neben sich und versuchte, damit die Stirn des Jungen zu kühlen.

Sein Bauch war jetzt so gespannt, dass die Haut glänzte, bläulicher noch als zuvor, man sah die Adern deutlich. Er fing an zu spucken, Calvin hielt ihn wie damals Layla, aber Layla hatte nicht geschrien. Layla hatte keine inneren Verletzungen gehabt.

Als der Morgen kam, waren sie beide völlig erschöpft.

Es schien dem Jungen besser zu gehen, er schlief jetzt, doch als Calvin versuchte, ihn hochzuheben und zur Tür zu tragen, ging alles von vorne los bis zur nächsten vollkommenen Erschöpfung.

»Ihr könnt ihn nicht wegbringen«, sagte Frans van der Lugt, als sie sich verabschiedeten. »Er ist intransportabel. Er wird mit Calvin hierbleiben.«

Amira und Bassel weinten. Layla umarmte Calvins Beine. Sie erlaubten keinem der Kinder, Mohammed noch einmal zu sehen, obwohl sie es alle wollten. Er war ohnehin nicht mehr bei klarem Bewusstsein, und niemand musste ihn so in Erinnerung behalten.

Dschinan sah Calvin einen Moment lang an.

Sie machte eine Geste, die wieder »telefonieren« bedeutete, als wäre dies nur eine kurze Trennung von Freunden in einer Großstadt. Sie lächelte. Schließlich nahm sie die beiden Jüngsten an den Händen, und so wanderten sie los: eine kleine Familie mit zwei Decken und einer Blechkanne, sie reihten sich ein in den Strom der anderen Familien, die an diesem frühen Morgen zum Nordtor pilgerten.

An jenem siebten Februar, dem ersten Tag der Evakuierung, wurden nur elf Menschen in einem Bus aus Homs hinausgebracht. Es dauerte Tage, Tage in einem mehrfach von beiden Seiten gebrochenen Waffenstillstand, bis alle Menschen die Altstadt verlassen hatten, die es wagten.

Zweihundert Männer, die trotz der Altersregulierungen versucht hatten, mit ihren Familien aus den belagerten Vierteln hinauszukommen, wurden von Assads Soldaten gefangen genommen. Die meisten waren Monate später noch in Haft, danach hörte man in den Medien nichts mehr von ihnen. Sie verschwanden von der Bildfläche wie so viele in diesem Land.

Calvin jedoch blieb, und mit ihm blieb die Nacht.

Und es wurde noch kälter.

»Ich brauche jemanden, der mich zum Krankenhaus bringt«, sagte er zu Pater Frans. »Ich weiß, es ist sinnlos, aber es muss sein. Wenn wir Mohammed nicht hier rauskriegen, müssen wir ihn in die Klinik bringen. Wir müssen es wenigstens versuchen.«

»Es gibt manchmal Wunder«, sagte der Pater sanft.

Sie bauten eine Trage aus einer Decke und zwei verbogenen Metallstreben, die Calvin aus einem Schuttberg zog, auf diese Weise mussten sie Mohammed auf dem Transport kaum bewegen. Ein muslimischer Freund des Paters half Calvin, den Jungen bis zum Krankenhaus zu bringen.

Mohammed phantasierte, als sie ankamen.

Calvin wartete lange mit ihm im einzigen intakten Raum der Klinik, sein Helfer hatte versprochen, später wiederzukommen. Eine Menge Leute warteten hier, vor allem alte Menschen. Eine Frau mit einem winzigen Baby war dabei, das seine entzündeten, verklebten Augen nicht aufbekam. Es würde erblinden, ehe jemand ihm helfen konnte. Wenn es überhaupt überlebte. Dies also waren die Menschen, die nicht versuchten, hinauszukommen, die zu viel Angst hatten oder für die es ob ihres Alters keinen Unterschied mehr machte. Die Leute wurden auch hier im Keller behandelt, der Arzt aus der anderen Untergrundklinik hatte recht gehabt.

Er hatte mit allem recht gehabt.

Es gab nichts. Immerhin noch einen gewissen Vorrat an Infusionslösung.

Am Abend kamen sie an die Reihe, und sie legten Mohammed auf ein weiteres Klinikbett und sagten Calvin, er müsste operiert werden, um den Bauch zu entlasten und um zu sehen, was zerstört war. In diesem Moment war er froh. Sie würden etwas tun.

Aber als sie ihn zu dritt auf dem Tisch festhielten und Calvin baten, zu helfen, wie so oft zuvor, da war er nicht mehr froh. Denn er begriff, dass es auch hier keine Narkose gab. Es gab Alkohol, den sie versuchten, Mohammed einzuflößen, und er erwachte aus seiner Ohnmacht und wand sich, und Calvin sah weg, während der Arzt das Messer zwischen den grünen Tüchern ansetzte, mit denen sie das Operationsgebiet abgedeckt hatten. Grüne Tücher schienen das Einzige zu sein, was es gab.

Der Arzt entfernte zwölf Splitter aus der Bauchdecke des Jungen, sie sagten es Calvin, er sah die ganze Zeit über weg, und Mohammed schrie die ganze Zeit. Sie sagten, sie könnten ihn nicht wirklich aufmachen, niemand würde eine Bauchhöhle ohne Narkose öffnen. So viel zumindest glaubte er zu verstehen. Mehrere Splitter wären tiefer vorgedrungen, sie könnten nichts tun.

Schließlich deckten sie das Wundgebiet mit einem Verband ab und wickelten den Jungen wieder in die Decke, die Pater Frans gehörte. Jemand half, Mohammed nach oben zu tragen auf die Straße. Dort blieb Calvin mit ihm allein. Er schrie nicht mehr.

Manchmal gibt es Wunder.

Sie hatten Calvin eine Packung weiße Tabletten gegeben, doch er wusste nicht, wie er sie Mohammed geben sollte. Er wusste nicht einmal, ob es Tabletten gegen die Schmerzen oder Antibiotika waren oder keines von beidem.

Manchmal gibt es Wunder.

Der Freund des Paters kam nicht zurück. Calvin schleppte den bewusstlosen Mohammed alleine und ohne Trage über seiner Schulter in Richtung Bustan al-Diwan. Er kam nicht an. Es wurde dunkel, und er legte seine Last schließlich in einer der leer stehenden Ruinen auf den Boden. Er versuchte, Mohammed eine Tablette zwischen die Zähne zu zwängen, schmolz alten Schnee in der hohlen Hand, damit Mohammed sie damit schlucken konnte. Er schluckte.

Manchmal gibt es Wunder.

Irgendwo außerhalb der Altstadt sang, sehr fern, der Muezzin. Dort gab es Strom. Dort gab es Straßen mit offenen Geschäften. Es war eine unerreichbare Welt. Aber Dschinan und die Kinder hatten sie erreicht, hoffentlich. Seit Tagen begann es zum ersten Mal wieder zu schneien.

Nuri kniete auf dem Asphalt eines Gehweges, Ridhas Kopf im Schoß, sein Haar blutverschmiert wie alles andere. Das Bein blutete so sehr, dass der Asphalt nass wurde davon. Und da, unerwartet, schlug Ridha die Augen auf.

Ein langer Kratzer lief quer über seine Wange bis zum Mund, wie von einer Metallkante, er schien die Muskulatur an dieser Seite nicht bewegen zu können. Aber der Rest seines Gesichts lächelte.

»Nuri«, flüsterte er. »Wo ist … Thore?«

»Ganz in der Nähe«, antwortete sie. »Es wird jetzt alles gut. Morgen siehst du Thore in der Schule.«

»Ja«, wisperte Ridha auf Arabisch. »Ich habe den Laptop von seinem Vater kaputt gemacht. Ich hab ihm gesagt, ich mach ihn fertig. Das habe ich.«

»Ich glaube dir«, wisperte Nuri. »Ja, ich glaube dir.«

Sie dachte daran, was passieren würde, wenn jemand diesen Fall untersuchte. Es würde nicht gut ausgehen für Thores Vater. Auf seine Art hatte Ridha ihn besiegt. Aber zu welchem Preis?

Sie lauschte seinem schweren Atem. Er hatte irgendwelche inneren Verletzungen. »Ich kann nicht mehr«, flüsterte er. »Nuri? Bitte. Ich kann nicht mehr.«

»Du schaffst das«, wisperte Nuri.

Nik ging vor ihnen auf und ab, unruhig, Cindy stand einfach nur da, die Hände auf ihrem Bauch, neben ihr Louis. Dann krümmte Ridha sich plötzlich und übergab sich.

»Ich hab dir doch gesagt«, keuchte er, »dass ich mal berühmt werde und reich … später … und es allen zeige hier … Vielleicht … habe ich es ihnen ja jetzt schon gezeigt. Dann brauche ich … kein Später.«

»Quatsch«, sagte Nuri. »Du hast jede Menge Später.«

»Ich hab ihn fertiggemacht«, murmelte Ridha. »Sag's ihnen.« Dann schloss er die Augen, und Nuri weinte jetzt, das Weinen schüttelte sie so, dass sie keine Luft mehr bekam.

Sie hätte ihm zuhören sollen. Sie hätte das hier voraussehen müssen, schon vor Wochen, schon bei der Aufführung ihres Weihnachtsstücks. Monster und Engel. Ridha hatte immer beides sein wollen.

Calvin war kurz eingenickt, den Kopf auf den Knien.

Er wachte davon auf, dass Mohammed neben ihm wieder stöhnte. Er war jetzt bei Bewusstsein. »Wo sind … alle?«, hörte Calvin ihn flüstern.

»Ganz in der Nähe«, antwortete er. »Du wirst jetzt gesund. Morgen kannst du mit den anderen in den Bus nach draußen steigen.«

»Ja«, wisperte Mohammed. »Ist es ein … BMW?«

»Ich glaube«, wisperte Calvin.

Er lauschte dem schweren Atem des Jungen. »Ich kann nicht mehr«, flüsterte er. »Calvin? Bitte. Ich kann nicht mehr.«

»Du schaffst das«, wisperte Calvin.

»Calvin … die Katze …«

»Was ist mit der Katze?«

»Der Stein … Weißt du noch … Ich habe den Stein genommen …«

»Denk nicht mehr dran.«

Mohammed hielt seine Hände über den gespannten Bauch, über die Wunde, schrie einmal kurz auf und atmete dann nur noch mühevoll. »Bitte … Calvin. Hier sind auch Steine.«

»Nein.«

»Bitte. Ich will … in den Bus steigen … im Traum … jetzt.« Er streckte einen Arm aus, und seine Finger fanden zwischen den Trümmern einen Brocken von der Größe einer Faust. Er versuchte, ihn in Calvins Richtung zu schieben. »Deine Hand.«

Calvin gab Mohammed seine Hand, und Mohammed führte sie, legte sie um den Stein, einen großen, herausgebrochenen Ziegel aus der Wand.

»Nein«, sagte Calvin noch einmal.

Irgendwo in diesem leeren Haus, in all diesen leeren Häusern, musste es ein scharfes Messer geben. Alles ist besser als ein Stein. »Schahid Mohammed«, murmelte der Junge. »Sag's ihnen.«

Dann schrie er ein letztes Mal, schrill, unmenschlich, Calvin verstand: Mohammed hatte beschlossen, dass dies der letzte Schrei war, die letzte Schmerzattacke. Er nahm seine Hand von dem Stein und tastete. Die Decke über dem Bauch des Jungen war klatschnass. Er war dankbar, dass er nicht viel sah in der Nacht.

Er sah genug. Der Schrei dauerte an.

Calvin stand auf und ging das Haus durchsuchen, stolperte von Raum zu Raum. Ein Messer, irgendein Messer, in irgendeiner Schublade! Er fand nichts. Und als er wieder bei Mohammed war, schrie er noch immer, obwohl Minuten vergangen waren, Calvin konnte nichts tun, als sich neben ihn zu setzen. Er war jetzt selbst am Ende seiner Kräfte. Mohammeds Hand fuhr durch die Luft, suchte wieder Calvins Hand, fand sie und riss sie herum, führte sie mit allerletzter Kraft zum zweiten Mal in Richtung des Trümmerbrockens.

Calvin sah jetzt noch weniger, seine Augen schwammen in Tränen.

Er wünschte, er hätte etwas anderes gehabt. Eine Scherbe. Ein Gewehr.

Er nahm den Stein, er war schwer, sehr schwer. Er hob ihn hoch.

Wie still es jetzt war.

Warum macht Schnee eigentlich kein Geräusch, wenn er fällt?

Als der Morgen über die Stadt kroch, lag Calvin mit dem Gesicht im Freien. Flocken senkten sich sanft auf seine Wangen, seine Stirn, seine Nase. Die Ruine, in der er Schutz gesucht hatte, stand als schwarzes Ding hinter ihm. Er hatte versucht, wegzukriechen, aber er war nicht weit gekommen, wie es aussah.

Er wusste, was in der Ruine lag. Er stand nicht auf, um es anzusehen. Wozu?

Ich werde einfach liegen bleiben. Sie sind alle fort.

Dschinan, die Kinder, Mohammed. Er ist in seinen Bus gestiegen, nachts, ohne mich. Einen BMW.

Er dachte an Pater Frans van der Lugt, der nicht fort war. Doch was hätte er dem Pater gesagt, wenn er nach Mohammed gefragt hätte? Er schloss die Augen. Der Schnee war kein Leichentuch mehr, er war wieder eine Decke wie zu Beginn, er war freundlich und verbarg alles, sogar die letzten Gefühle. Er schmeckte den Schnee auf der Zunge wie einen letzten Kuss der Stadt.

Ihm war nicht einmal mehr kalt.

Dschinan, dachte er noch einmal. Auch sie war fort, aber sie war für ihn ohnehin nie wirklich da gewesen. Sie liebte jemanden, den es nur in ihrem Herzen gab. Vor seinen Augen wurde das goldene Mädchen kleiner und kleiner, sie ging über eine weite Ebene aus Schnee, sie war noch immer wunderschön, ohne schön zu sein, erwachsen, ohne erwachsen zu sein, an ihren Händen die Kinder, die keine Kinder mehr werden konnten. Sie gingen auf die Sonne zu, die irgendwo hinter dem Schnee schien, eine große und gelbe und warme Sonne, sie würden mit ihr verschmelzen.

Hol Dschinan raus. Hol die Kinder raus.

Er hatte das alles getan.

»Ich habe es jedenfalls versucht«, flüsterte er. »Nuri. Oder nicht?«

Und auf einmal sehnte er sich so sehr nach damals, nach dem Frühling in Frau Silbermanns Garten, wo sie zusammen in den grünen Schatten gestanden hatten. »Wenn ich jetzt sterbe«, flüsterte er, »lande ich dann bei dir?«

Er wusste natürlich, dass es nicht so war. Es gab nichts nach dem Tod.

Nichts.

Und dann spürte er, dass er auf etwas Hartem lag, und da war ein Ton, den er nicht begriff. Ein Ton, den er seit Jahrhunderten nicht gehört hatte. Eine Melodie.

Ein Handyklingeln.

Er rollte sich herum, mühsam, fast nicht fähig, sich zu bewegen. Wie lange lag er schon in der Kälte? Er musste irgendeine Taste betätigt haben, ohne es zu merken, das Handy, Kamals Handy, war nicht länger ausgeschaltet.

Es gelang ihm erst nach vier Anläufen, es aus der Tasche zu fischen. *Dschinan*, dachte er. *Sie haben es rausgeschafft. Dann ist das die letzte Botschaft, ehe ich einschlafe. Das ist schön.*

Er hielt es ans Ohr und rollte zurück auf den Rücken.

»Kamal?«, fragte jemand, die Verbindung war schlecht, knisternd, zitternd, miserabel. »Kamal, hörst du mich? Ich versuche die ganze Zeit …«

Er konnte die Stimme nicht einordnen. Aber etwas war merkwürdig.

»Das ist Kamals Handy«, sagte er auf Arabisch. »Aber ich bin nicht Kamal.«

Er wollte es einfach neben sich legen, es vergessen. Der Anruf war nicht für ihn. Doch die Stimme fragte weiter, hartnäckig. »Mit wem *spreche* ich denn? Hallo? *Hallo?*«

»Taufiq al-Almani«, sagte Calvin müde. »Anders. Calvin.«

»Calvin? Was? Calvin, ich … Calvin, bitte …« Deutsch, die Stimme sprach jetzt deutsch.

Und Calvin hielt das Handy dichter ans Ohr. »Wer ist da?«, flüsterte er. Er träumte, natürlich. Er war schon sehr, sehr weit weg von allem. Denn er wusste, wer da sprach, und es war unmöglich.

»Ich bin es, Nuri!«, sagte sie, hektisch auf einmal. »Calvin, wo bist du? Calvin, leg nicht auf! Sie haben mir gesagt, dass sie dir gesagt hätten, ich wäre tot, das ist Unsinn, ich bin in Berlin, Calvin, sag was, bitte! Egal, wo du bist, ich … Ich komme dahin.«

»Homs«, sagte er. »Nuri. Du bist … Aber ich …«

Und in diesem Moment gab der Akku auf.

Calvin lag da, im Schnee, und sah in den eiskalten, weißen Himmel. In seiner Brust breitete sich etwas aus, das er nicht kannte. Es war heiß und seltsam, es taute ihn von innen heraus auf, es tat weh, und es machte sich Luft in einem erstickten Laut, einem Schluchzen wie dem eines Kindes.

Es war etwas jenseits von Glück und Unglück, jenseits von Verzweiflung, und er schluchzte lange dort, ganz alleine für sich. Doch er war nicht mehr allein.

»Nuri«, wisperte er. Ohne es zu glauben. Ohne es zu begreifen. Oder vielleicht glaubte er es doch, und vielleicht war ein Begreifen weder möglich noch nötig.

Er begann, sich langsam hochzuarbeiten auf die Knie. Er sah Mohammeds Leiche von hier aus in der Ruine liegen, schwarz und rot im Schnee, aber es tat nicht mehr weh, hinzusehen.

»Nuri«, sagte er. »Ich finde einen Weg hier raus.«

Als die Sirenen des Krankenwagens sich endlich näherten, gingen die Lichter im Flur des Hauses an. Und dann war da eine Explosion aus Menschen und Lärm und Reflektoren auf Jacken und rascher Effektivität. Nuri bestand darauf, dass sie sie mitnahmen, sie wich nicht von Ridhas Seite. Das Letzte, was sie durch die Heckscheibe des Krankenwagens sah, war die Gestalt von Thores Vater in der offenen Haustür, neben sich seine Frau mit einem kleinen Kind auf dem Arm. Sie sah auch Louis und Cindy vor dem Haus stehen, auf dem Gehweg unter einer Laterne. Louis klammerte sich an Cindy, die wieder eine Hand auf ihrem Bauch liegen hatte, als könnte sie das Baby vor dem schützen, was draußen in der Welt geschah.

In der Klinik war es hell und steril, alles ging schnell, da waren andere Patienten in der Notaufnahme, die warteten. Eine Frau mit einem winzigen Baby, das seine Augen nicht aufbekam, sie waren verklebt von irgendeiner Entzündung. Nichts Dramatisches, es würde antibiotische Augentropfen bekommen und wieder nach Hause gehen.

Und dann saß Nuri draußen vor einem Operationssaal. Nik brachte ihr Tee in einem Plastikbecher aus dem Klinikautomaten.

Es gab alles hier, dachte sie, Ärzte und Medikamente und Leute, die sich kümmerten, und sie schlief ein, ruhiger jetzt, den Kopf auf Niks Knie.

Als sie aufwachte, sah sie in sein Gesicht. »Alles in Ordnung«, war das Erste, was er sagte. »Er ist auf der Intensivstation. Er hat eine Menge Blut verloren. Wir können jetzt nicht zu ihm, aber er wird es schaffen. Ich bringe dich nach Hause. Deine Eltern wissen schon Bescheid.«

Draußen war es beinahe Morgen. Der letzte dreckige Schnee lag an den Straßenecken. Die U-Bahn war überheizt wie immer. Sie saß ohne Nik darin, sie hatte ihm gesagt, dass sie lieber alleine nach Hellersdorf fahren wollte.

Neben dem Zaun, auf dem Ridha gesessen hatte, blieb sie stehen. Die verregneten, alten Obstbäume des wilden Gartens träumten vom Sommer. Nuri zögerte einen Moment, dann kletterte sie auf den Zaun, holte das Handy aus der Tasche und wählte zum hundertsten Mal Kamals Nummer, erst die neue, dann die alte.

Und diesmal geschah etwas. Sie hörte durch das Knistern und Knacken in der Leitung jemanden atmen.

»Kamal?«, fragte sie, ungläubig. »Kamal, hörst du mich? Ich versuche die ganze Zeit …«

»Das ist Kamals Handy«, sagte jemand auf Arabisch, jemand mit einem schweren Akzent. »Aber ich bin nicht Kamal.«

»Mit wem spreche ich denn?«, fragte Nuri. »Hallo? *Hallo?*«

»Taufiq al-Almani«, sagte die Stimme müde. »Anders. Calvin.«

Internetsuche:

» *Syrien Friedenskonferenz Genf*
» *Listenhunde*
» *Frans van der Lugt*

13.

Ich habe die Menschen hier in Homs in all ihrer Großzügigkeit erlebt. (…) Ich habe mit ihnen die guten Zeiten geteilt, nun teile ich den Schmerz mit ihnen.

(Jesuitenpater Frans van der Lugt, Frühjahr 2014)

Frans van der Lugt (…) wurde am 7. April 2014 vor der Ordensniederlassung in Homs von einem nicht identifizierten Schützen der al-Nusra-Front geschlagen und dann mit zwei Kopfschüssen getötet.

(Wikipedia, Frans van der Lugt)

Die kleinste natürliche Gemeinschaft jedes Volkes ist die Familie. Auf ihr fußen Volk und Staat, in ihr werden Werte und Traditionen weitergegeben. **(Definition der NPD, http://npd.de/thema/familie)**

Rechtsextreme Eltern versuchten, besonders im ländlichen Raum möglichst in die gleichen Orte oder Ortsteile zu ziehen (…) in den dortigen Kitas gebe es dann viele Kinder aus solchen Familien. Diese Jungen und Mädchen wollten zum Beispiel nicht mit Dunkelhäutigen spielen: »Ein Zeichen kann aber auch sein, dass sie sehr zurückhaltend sind und wenig von zu Hause erzählen.« Manchen merke man eine autoritäre Erziehung an: »Das sind Kinder, die besonders gut spuren und deshalb meist kaum auffallen.«

(ZEIT ONLINE, 24. 11. 2013)

Als sie Calvins Stimme erkannte, blühten alle Bäume im verwilderten Garten auf einmal auf. Das Gras war grün. Die Sonne schien. Nuri schloss die Augen und lächelte.

Es machte nichts aus, dass die Verbindung kurz darauf unterbrochen wurde.

Nichts machte mehr etwas aus.

Sie sah die Schaukel am Birnbaum zwischen den weißen Blütenblättern, sie sah zwei Menschen auf der Schaukel sitzen, sie war gerade breit genug, und die dort saßen, waren Calvin und sie selbst. Sie schaukelten und lachten, Nuri hörte die Vögel in den Ästen, sie sah die schwarzen Schatten unter den Büschen. Sie lauerten noch, aber für den Moment konnten sie den beiden auf der Schaukel nichts anhaben.

Es war ein Moment, der vielleicht im nächsten Frühjahr lag, in der Zukunft.

Sie schüttelte sich, und der Garten lag wieder im Regen, und es war Februar. Und sie erreichte Calvin nicht noch einmal, die Verbindung war tot. Sie würde nicht ewig tot sein. Auf dem Weg zum Heim hinüber sang sie.

»Ummi«, sagte Nuri, als sie die Wohnung betrat. »Ich habe dich lieb.«

Sie sagte diese Worte zum ersten Mal, seit sie vielleicht zehn Jahre alt gewesen war, und sie umarmte ihre Mutter lange.

»Ridha …«, begann Ummi, ihre Umarmung falsch verstehend. »Er ist doch nicht …?«

»Nein«, sagte Nuri. »Ist er nicht. Du kannst ihn also nicht malen.« Sie hörte das Gift in ihrer Stimme und bedauerte es, es war ohne ihr Zutun in die Worte geflossen. »Ridha wird durchkommen«, sagte sie fest. »Und Calvin auch. Und Kamal. Ich bin mir jetzt sicher. Und ich glaube, ich werde noch mal nachhaken wegen der Schule. Mich endlich selbst drum kümmern. Alles geht weiter und es gibt … Es gibt eine Zukunft, weißt du. Die Tage werden wieder länger, ist es dir aufgefallen? Wir hatten so viel Dunkelheit … so unglaublich viel Dunkelheit und Kälte … Zeit, dass es wieder heller wird.«

Sie verbrachte die nächsten Tage in der Klinik, zusammen mit Nik und Andrea und Ridhas Mutter. Manchmal kamen Ridhas Geschwister, er hatte einen älteren Bruder und drei Schwestern. Zum ersten Mal fiel Nuri auf, dass es keinen Vater zu geben schien. Ridhas Mutter sprach kaum mit irgendjemandem, aber als Nuri sie nach ihrem Mann fragte, schüttelte sie nur den Kopf.

»Er ist nicht mitgekommen«, sagte sie. »Nach Deutschland.«

Sie durften Ridha nur manchmal sehen, oft saßen sie einfach zusammen im Warteraum. Er lag immer noch auf der Intensivstation, die Augen geschlossen, sein schmächtiger Körper halb versunken in einem Meer aus Schläuchen und Geräten.

Er wurde zweimal nachoperiert.

Nuri übersetzte, wenn die Ärzte mit Ridhas Mutter sprechen wollten. Die Zähne des Hundes hatten sein rechtes Schultergelenk für immer zerstört, und er hatte sehr viel Blut verloren, das in den Oberarm gelaufen war und dort durch den Druck für weitere Zerstörung von Nerven und Gefäßen gesorgt hatte, aber sein eigentliches Problem war eine innere Verletzung, die sich durch den Angriff des Hundes nicht unbedingt erklären ließ. Die Kapsel der Milz war gerissen und die linke Niere so stark gequetscht, dass sie sie nicht retten konnten. Der Chirurg sagte, das wären Verletzungen, die eher von stumpfer Gewalt herrühren würden, von Tritten beispielsweise. Er sah Nuri an, als er das sagte. »Du musst das vielleicht nicht übersetzen für die Mutter.«

Nuri schluckte und nickte. »Ich bring ihn um«, sagte sie auf Deutsch.

»Wen?«, fragte der Chirurg. »Hast du gesehen, was passiert ist?«

»Nein«, sagte Nuri. »Aber ich kenne jemanden, der es gesehen hat.«

Louis, stellte sich heraus, hatte aber gar nichts gesehen. Nur den Hund.

Das jedenfalls erzählte er der Polizei. Die Zeitungen schrieben, es wäre ein tragischer Unfall gewesen: ein Ausländerkind, das in ein Haus einbricht, ein freilaufender Wachhund hinter der vorschriftsmäßigen Umzäunung … Die Dinge hatten ihren Lauf genommen.

Nuri und Nik gaben eine andere Version der Geschichte zu Protokoll. Die Augen des Beamten, der Nuris Aussage aufnahm, waren freundlich, doch sie wusste nicht, ob er ihr glaubte. Sie hatte keine Beweise.

Die Aussagen von Mike und Sonja Falkenberg standen in absolutem Gegensatz zu ihrer.

Sie sah Thore auf dem Polizeirevier, im Vorübergehen. Er war blass wie der geschmolzene Schnee in den Straßen.

Sie floh an den Abenden zu Nik, um im Computer Nachrichten über die Genfer Konferenz zu lesen. Die Konferenz stockte, die Evakuierung von Homs ging weiter. Sie sah die wenigen Bilder so lange an, bis ihre Augen tränten. Jeeps mit dem blauen Aufdruck der UN, Frauen und Kinder in Bussen, alte Männer, die Nahrungspakete aufrissen. Auf keinem Bild fand sie Calvin oder Kamal.

Beide Handys blieben tot.

Und dann kam der Tag, an dem Ridha die Augen offen hatte, als Nuri in der Klinik ankam. Auf der anderen Seite des Bettes saß jemand, den Nuri nicht erwartet hatte. Thore. Auch er schien eben erst gekommen zu sein.

Er bemerkte sie nicht, er war damit beschäftigt, etwas aus seiner Tasche zu holen und auf die Bettdecke zu legen, auf Ridhas Brust. Es war der Nintendo.

»Der ist für dich«, sagte er. »Ich will ihn nicht mehr.«

Ridhas Hand mit der Flexüle schloss sich um das kleine Plastikviereck und ließ es dann wieder los. »Gibt bloß wieder Ärger. Schmeiß das Ding weg.« Nuri hörte ein Lächeln in seiner Stimme, ein müdes Lächeln, aber immer noch das eines Kämpfers.

»Ich wollte früher kommen«, sagte Thore. »Aber ging nicht.«

»Ist, glaub ich, egal«, sagte Ridha. »Ich bin doch auch erst jetzt da.«

»Wie … meinst du das?«

»Ich bin vorhin aufgewacht. Ich weiß nicht, wie lange ich schon hier bin.«

»Schon eine ganze Weile«, sagte der Pfleger, der an einem der Geräte hantierte. »Es ging deinem Freund ziemlich schlecht, weißt du.«

Thore nickte stumm. Er berührte Ridhas Hand, ganz kurz. »Du bist total kalt.«

»Aber noch nicht tot«, sagte Ridha triumphierend. »Was ist mit deinem Vater?«

Thore zuckte die Schultern. »Ich war eine Weile nicht in der Schule. Krankgeschrieben. Vielleicht muss ich wechseln, ist mir gleich, irgendeine Schule. Zu Hause ist die Hölle.«

»Hat er …«

Thore schüttelte rasch den Kopf. »Er kommt nicht mal in meine Nähe, er macht einen Bogen um mich, als hätte ich 'ne Krankheit. Sie schweigen jetzt viel, und er ist auch oft nicht zu Hause, ich glaube, sie streiten. Obwohl sie schweigen. Früher hat er immer rumgebrüllt, ich find's eigentlich unheimlicher, wenn er schweigt. Wir hatten die Polizei da, die haben Fragen gestellt … Sie werden dich auch fragen. Wenn du jetzt wieder wach bist.«

»Wie bist du überhaupt hergekommen?«

»Ist doch egal. War 'n bisschen kompliziert. Ich kann auch nicht lange bleiben, meine Eltern dürfen nicht mitkriegen, dass ich hier war.«

Ridha nickte. »Ich hoffe, der Laptop von deinem Vater ist hinüber?«

Thore nickte. »Ist er. Aber das war dumm.«

»Ich hatte ihn gewarnt.« Ridha machte eine Geste, als wollte er die Schultern zucken, verzog das Gesicht, lag einen Moment ganz still und atmete nur konzentriert.

»Was wirst du denen sagen? Denen von der Polizei?«, fragte Thore ganz leise.

»Glauben die mir denn irgendwas?«

»Keine Ahnung. Aber wenn du sagst, dass mein Vater … Wenn sie dir glauben … dann kommt er ins Gefängnis.«

»Da gehört er hin«, sagte Ridha.

Thore schüttelte den Kopf. »Er ist nur … wie krank. Er ist ein guter Mann. Er macht eine Menge tolle Sachen und so. Er kann sich eben nicht kontrollieren, wenn er wütend wird. Bitte, Ridha, sag ihnen nichts! Ich will nicht, dass sie ihn einsperren!« Nuri sah die Tränen in seinen Augen, er wischte sie weg, doch es kamen neue.

»Er hätte mich umgebracht«, flüsterte Ridha. Und nach einer Weile. »Warum hat er das eigentlich nicht? Da war der Hund … oder? Und dann … Dann weiß ich eigentlich gar nichts mehr …«

Thore zog die Nase hoch. »Louis hat dich gerettet.«

»Louis? Das Arschloch?«

Thore nickte. »Ich darf ihn nicht mehr treffen seitdem. Ich darf sowieso keinen treffen. Louis hat Cindy angerufen, und die hat Nuri angerufen und den Typen von der Lerngruppe, und die haben den Krankenwagen geholt. Louis hat auch Jackson abgelenkt. Den Hund.«

»Fuck«, sagte Ridha. »Ich wollte echt nicht von Louis gerettet werden.« Er hob den Nintendo hoch und ließ ihn wieder auf die

Bettdecke fallen. »Ich glaube, ich hatte eine ziemlich blöde Begegnung mit diesem Jackson.« Er holte tief Luft. »Okay. Was mit deinem Vater und mir ist, geht die Polizei nichts an.«

»Nein?« Thore zog wieder die Nase hoch.

Ridha schüttelte den Kopf. »Geht nur uns beide was an, ihn und mich. Aber ich sag dir eines, Thore, ich vergesse nichts. Wenn ich erwachsen bin, hol ich ihn mir. Und dann weiß ich, wer wem die Knochen bricht. Ich werd sie ihm alle brechen, einen nach dem anderen, bis er nur noch am Boden liegt und wimmert. Das kannst du ihm ausrichten.«

Thore grinste. Nuri wollte mit ihm grinsen, wollte über Ridha-den-Rächer grinsen, doch es gelang ihr nicht. Sie hatte schon früher den Fehler gemacht, ihn nicht ernst genug zu nehmen.

»Ridha«, sagte sie, und beide Jungen erschraken und sahen zu ihr hin. »Schön, dass du wieder unter den Lebenden weilst. Aber das mit der Polizei … Darüber reden wir noch mal. Thore … Das überblickt Ridha nicht, aber … deine Eltern sind ja Teil von etwas Größerem. Du weißt das.«

Thore sah weg. »Die Zeltlager, die Jungadler, die Sportgruppen«, sagte Nuri. »Du bist doch nicht blöd, Thore. Ridha wird den Leuten die Wahrheit sagen, und damit Schluss.«

»Nuri?« Ridha grinste. »Woher weißt *du* denn die Wahrheit? Hast du was gesehen?«

»Nein, ich … Verdammte Scheiße, Ridha! Ich hatte vor zehn Tagen ein halb totes Kind im Arm. Und einen heulenden Louis vor mir, der sehr viele Wahrheiten von sich gegeben hat. Und ich …«

»Na also«, sagte Ridha. »Du hast nichts gesehen. Dann ist das meine Sache.«

Mike Falkenberg blieb ein unbescholtener Bürger. Vorerst.

Der Einzige, der an der Schilderung der Ereignisse durch die

Falkenbergs zweifelte – der Einzige außer Nuri und Nik –, war der Chirurg. Es gab immerhin einen Artikel im Netz, dessen Autor ihn ernst nahm.

Auf ihrer Facebook-Seite unterstützte Sonja Falkenberg ihren Mann, sie schrieb, dass die Familie Opfer einer linken Verleumdungskampagne wäre, genau wie es völkisch orientierten Familien so oft passierte. Sie würden kriminalisiert und ausgegrenzt trotz ihres sozialen Engagements in Schulen und Kindergärten.

Auf anderen, schwerer zu erreichenden Netzseiten wurde Mikes Einsatz gefeiert.

Ridhas Familie hatte jetzt eine Rechnung über einen beinahe neuwertigen Laptop, von einer Anzeige wegen Hausfriedensbruchs wurde wegen Ridhas Alter abgesehen.

Und Ridha begann den langwierigen Weg der Genesung. Er würde immer Narben im Gesicht und am Kopf haben von den Bissen des Hundes. Er würde das rechte Bein nie mehr normal benutzen können. Er wurde, ohne es zu wissen, Auslöser einer Diskussion über die Höhe medizinischer Kosten, die für Asylsuchende aufgewandt werden können und dürfen.

Er brauchte ein künstliches Schultergelenk.

Er kehrte nicht zurück in die Kolibrischule, die auch Thore verlassen hatte.

Und Nuri blieb mit Handynummern von Menschen zurück, die nicht erreichbar waren.

Auch Cindy ging nicht mehr ans Telefon. Nuri wagte nicht, ihr eine SMS zu schreiben. Es war immerhin möglich, dass Pascal das Handy fand. Sie hatte damit gerechnet, dass Cindy in der Klinik auftauchen würde, aber das tat sie nicht.

Nuri verbrachte endlose Stunden im orientalischen Garten auf einer Bank, allein mit ihren Gedanken an Kamal und Calvin und

Dschinan. Sie war weit weg von ihnen allen, gefangen in diesem Land, ohnmächtig. Und selbst Ridha und Thore, die so nah waren, konnte sie nicht helfen. Sie schloss die Augen und spürte Calvin neben sich, da saß er vor den blau-rot-grün bemalten Fliesen und hörte zu, wenn sie ihm alles erzählte, wie damals.

Aber natürlich blieb die Bank neben ihr immer leer.

Nur einmal fand sie Nesrin dort, die ihr nachgegangen war.

»Ich muss ein bisschen alleine sein, weißt du«, sagte sie. »Geh nach Hause. Ich meine, nein, das geht nicht. Geh zurück zum Heim.«

Am Morgen des 15. Februars klingelte Nuris Handy. Es war noch dunkel draußen. Nuri fuhr von ihrer Matratze hoch, tastete in der Dunkelheit, nahm das Handy mit in den Hausflur, um ihre Eltern nicht zu wecken. Das Klingeln war verstummt.

Fünf Uhr dreißig.

Für Sekunden stand sie zitternd da, barfuß, nur in Unterhosen und T-Shirt. Dann klingelte das Handy noch einmal, und diesmal riss sie es sofort ans Ohr. Knacken, Rauschen.

»Calvin?«

Sie sah ihn vor sich, irgendwo in dieser Stadt, deren Elendsbilder das Internet bevölkerten, sie umklammerte das Handy, als könnte sie so seine Hand halten. Sie sehnte sich so sehr.

»Calvin?«

Das Knistern ebbte ab, die Verbindung wurde klarer. »Nura? Hier ist Imad.«

Sie warf das Handy beinahe an die Wand. Ihre Stimme war flach und tonlos. »Was ist passiert?«

Imad schien zu schlucken. »Der Oranienplatz brennt. Sie haben die Zelte angezündet.«

Der Wagen war weiß und trug das blaue Emblem der UN. Es waren zu viele Menschen darin.

Er fuhr vom nördlichen Tor der Altstadt ab wie fast alle Evakuierungsfahrzeuge.

Calvin hatte bis zum Schluss gewartet, zusammen mit ein paar anderen, im Schatten des alten Tores, das seine Einschusswunden zeigte wie ein gequälter Körper. An diesem Tag versank das Tor in Schnee und Tränen, in Taschen, Tüten, Koffern, Kleinkindern, die sich an Mütter klammerten, Umarmungen, Familien, die der scharfe Februarwind auseinanderblies.

Calvin trug nichts. Alles, was er besaß, waren Kamals Handy und die Erinnerung an einen Haufen Trümmer, unter dem er den Körper eines zwölfjährigen Jungen begraben hatte. Im Tod war Mohammed zu schwer geworden, um ihn irgendwohin zu tragen, schwer wie ein Berg, schwer wie ein Traum.

Calvin hatte das Glaubensbekenntnis an seinem Grab gesagt, zehn Mal, das war alles, was er tun konnte. Ein winziges, leuchtendes Stück Islam, zerkratzt inzwischen und blutbefleckt.

Allah, falls du hier bist, kümmer dich um ihn, ja? Sorg dafür, dass er Fußball spielt in deinem verdammten Paradies und nicht zweiundsiebzig nutzlosen Jungfrauen begegnet, sondern elf deutschen Nationalspielern. Und … im Koran gibt es keine Autobahn auf den Bildern des Paradieses, ich weiß. Aber vielleicht …?

Er hatte sich nicht von Pater Frans verabschiedet, denn auch der Weg zurück zur Jesuitenkirche war nach Mohammeds Tod schwerer geworden. Unbegehbar.

Und dann fuhr der Konvoi ab, drei Autos, weiß mit blauem Emblem, Wagen, deren Motoren schon seit einer halben Stunde liefen, die Türen der Wagen schlossen nicht, Menschen quollen heraus wie Eingeweide. Als der letzte Wagen vorbeifuhr, lief Calvin ein Stück neben ihm her und sprang.

Er krallte sich seitlich am Rahmen der nicht schließenden Tür fest, fand mit den Füßen Halt auf der unteren der beiden Stufen, die ins Innere des Wagens führten. Auf der oberen Stufe standen andere, und neben ihm klammerte sich ein Alter fest, weißhaarig, stoppelbärtig, die Wollmütze tief über die Ohren gezogen.

»Nur Frauen und Kinder!«, brüllte jemand.

Keiner der Männer sprang ab. Sie hingen in Trauben draußen an den UN-Fahrzeugen, Mütter schrien, Kinder weinten, er hörte das Wort Baba, Papa, der Konvoi stockte, aber schließlich fuhr er weiter. Niemand hatte das Herz, die Flüchtlinge von den Trittbrettern zu stoßen.

Die Männer wussten alle, was ihnen drohte, doch dies war die einzige Chance. Calvin war so entschlossen wie sie. Er musste es versuchen.

Verdammt, und wenn sie von der Armee befragt wurden, dann würde er die Befragung überleben, er würde alles überleben, denn mit ihm auf der schmalen Stufe stand ein Mädchen mit schwarzen, widerspenstigen Locken und dunklen Augen, ein Mädchen, das am Leben war. Er hörte ihre Stimme wieder: »Calvin, wo bist du? Calvin, leg nicht auf! Sie haben mir gesagt, dass sie dir gesagt hätten, ich wäre tot, das ist Unsinn, ich bin in Berlin. Wo immer du bist, ich komme dahin.«

Er hielt ihre Hand ganz fest, während der Bus die Straße entlangholperte, Unrat, Müll und Trümmerbrocken auswich. Ein Teil von ihm weigerte sich noch immer zu glauben, dass sie es gewesen war. Dass sie lebte. Das ist lächerlich, sagte dieser Teil, es war nicht Nuri, fall nicht darauf herein …

Zwei Wagen des roten Halbmonds kamen ihnen entgegen, Wagen mit Hilfsgütern, die jetzt nach Homs hineindurften. Alles wurde gut.

Drei oder vier Sekunden später fielen die ersten Schüsse.

Calvin sah den zweiten Wagen des roten Halbmonds schlingern, stehen bleiben, den ersten beschleunigen. Dann waren die Schüsse ganz nahe, er spürte einen scharfen Luftzug, die Explosionen zerrissen sein Trommelfell, und der Alte neben ihm ließ los und sprang auf die Straße, in Panik. Er sah ihn von der Fahrbahn laufen, Deckung suchen. Auch ihr Wagen schlingerte, Calvin rutschte mit den Füßen ab, doch jemand hielt ihn fest, zog ihn hoch – er fand sich auf allen vieren wieder, kroch die beiden Stufen hinauf, ins Gedränge, in die Sicherheit zwischen den Menschen drinnen, die nicht sicher war, er kniete auf dem Boden wie ein Tier. Die Tür schloss noch immer nicht.

Und er sah. Er sah den Mann, der schoss, oder einen von ihnen, hinter einer Mauer. Einen Mann ohne Uniform.

»Die FSA«, sagte jemand. »Die FSA schießt auf uns. Sie waren immer gegen die Evakuierung.«

»Aber warum?«, rief eine Frau, ihre Klage hallte in Calvins Ohren, vervielfältigte sich, wurde von anderen aufgenommen. »Warum, warum? Allah, warum tun sie uns das an?«

Der erste Wagen des Halbmonds stand jetzt quer auf der Straße. Sie hatten den Fahrer getroffen.

Er entdeckte einen weiteren Schützen, der hinter einem gähnend schwarzen Fenster kniete, und glaubte für Sekunden, ihn zu erkennen: Es war einer der Männer, die ihn durch den Tunnel gebracht hatten. Natürlich war das unmöglich, sie waren alle bei der Entdeckung des Tunnels getötet worden … und dennoch … Kugeln schlugen in den Wagen ein, direkt neben der Tür, Calvin spürte einen reißenden Schmerz im linken Unterarm. Er sah, wie sich sein Ärmel dort dunkel verfärbte von Blut, spürte die Wärme. Dann jaulte der Motor, der Wagen machte einen Satz vorwärts, und kurz darauf verließen sie die engen Straßen der Altstadt endgültig.

Sie fuhren an Sperren, Militärposten, Häusern vorbei, es gab wieder Menschen auf der Straße, Bäume sogar, Läden. Er schaffte es in eine halb sitzende Position, lehnte mit dem Rücken an anderen Körpern, biss die Zähne zusammen und schob den Ärmel hoch.

Er musste mit dem anderen Ärmel das Blut wegwischen, um überhaupt etwas zu erkennen. Da war keine Einschussstelle, die Wunde glich mehr einer sehr tiefen Schürfwunde. Es musste ein Streifschuss gewesen sein, vielleicht ein Querschläger. Noch nie hatte jemand wirklich gezielt auf ihn geschossen, die Verwunderung über diese Tatsache und darüber, dass es die FSA war, die den Konvoi angegriffen hatte, überwog den Schmerz.

»Kulu tayib«, flüsterte jemand direkt neben ihm, und er drehte sich um und sah, dass es ein kleines Mädchen war, das ebenfalls auf dem Boden hockte. Das Mädchen hatte goldenes Haar. Vielleicht hatte Dschinan so ausgesehen, als sie ein Kind gewesen war.

»Alles ist in Ordnung«, wiederholte ihre helle Stimme. »Wir kommen raus.«

Eine Art provisorisches Camp. Medizinische Versorgung. Jemand kümmerte sich um Calvins Arm, säuberte die Wunde, er lachte darüber, und der Mann sah ihn seltsam an.

Er konnte ihm nicht auf Arabisch erklären, warum er lachte. Es war absurd, einen Kratzer zu verbinden in einer Stadt, in der einen Kilometer weiter Kinderleichen unter Trümmern lagen.

Die UN-Leute verteilten Pakete mit Nahrungsmitteln, eingeschweißt in Plastik. Sie saßen auf dem staubigen Boden und bissen die Hüllen mit den Zähnen auf. Brot, getrocknete Tomaten, harter Käse.

Niemals hatte Calvin etwas so Wunderbares gegessen. Sie hatten auch frisches Wasser.

Langsam trinken. Langsam!

Er sah einen alten Mann neben sich weinen, seine Tränen machten das Wasser salzig wie das Meer bei Latakia. Was hatte Nuri vom Meer erzählt? Von den Tanten, die ausladend waren wie die blauen Wogen? Auch das Brot, das Calvin mit den Zähnen abriss, war salzig, obwohl er hätte schwören können, dass er nicht weinte, aber es konnte eine Lüge sein.

Warum war auf einmal alles so einfach?

Warum konnte er nicht zurück in der Zeit? Mohammed niemals aus den Augen lassen, ihn daran hindern, diesen unsinnigen Ausbruchsversuch zu machen? Er hätte hier neben ihm sitzen können, Brot essen, Wasser trinken.

Und dann war das Paradies plötzlich vorüber.

Mitkommen. Alle Männer im kampffähigen Alter. Aufstehen, mitkommen, habt ihr nicht gehört? Rascher! Ausweise?

Calvin zeigte Kamals Ausweis nicht vor, den Ausweis eines Terroristen, der vielleicht mit seinem FSA-Regiment gefangen genommen worden war. Er war nicht der Einzige ohne Ausweis. Die Soldaten scheuchten die Männer in die Wagen zurück, manche wehrten sich, Schlagstöcke tauchten auf, um jeden zurückzuprügeln, der aus der Reihe ausbrach.

Die UN-Soldaten waren immer noch zugegen. Sie sahen zu. Mehr konnten sie nicht tun.

Ihre Blicke verhinderten das Schlimmste.

Auf einen, der versuchte wegzurennen, schoss die Armee. Calvin sah nicht, was danach mit ihm geschah.

Und er dachte, dass er dies alles gewusst hatte. Der Junge vor ihm, der aussah, als wäre er höchstens dreizehn, war dumm genug, seinen Ausweis zu zeigen. Er war fünfzehn, seit einer Woche, sieben Tage zu alt für den Freifahrschein. Calvin sah die Angst in seinen Augen und legte ihm eine Hand auf die Schulter.

»Alles ist in Ordnung«, sagte er. »Wir kommen raus.«

Nuri sah nur noch die letzten Flammen am Platz hochschlagen.

Der Morgen umrahmte sie wie orangerote Pflanzen, die aus der Schwärze emporwuchsen, wunderschön. Imad stand neben ihr.

Die Feuerwehr war jetzt da, Rufe zerrissen die Luft.

»Weißt du, warum sie löschen?«, sagte Imad bitter. Er hatte sie von der U-Bahn abgeholt, er konnte am Platz sowieso nichts tun. »Sie löschen, damit das Feuer nicht auf die Nachbarhäuser übergreift.«

»Sie hätten auch so gelöscht«, sagte Nuri.

Aber er schüttelte den Kopf.

Sie betraten den Platz erst, als die Wagen der Feuerwehr abfuhren. Grüppchen von aufgeregten Menschen standen herum, das Morgenlicht kam jetzt behäbig gekrochen wie ein großer Käfer, um die Verwirrten, Verlorenen zu beleuchten.

Es war niemand verletzt, und Nuri atmete auf.

Mahalia tauchte aus dem Durcheinander, eine Kamera in der Hand.

»Nuri«, sagte sie. »Bist du mit Imad hier? Schau dir das an. Der Sanitärwagen ist komplett ausgebrannt. Wir haben es zu spät gemerkt. Erzähl denen im Heim in Hellersdorf, wie viel Glück sie haben, eine Toilette zu besitzen!« Sie lachte.

»Imad? Hast du mich deshalb angerufen?«, fragte Nuri. »Damit ich ihnen das erzähle?«

Er schüttelte den Kopf. Er stand sehr nahe bei ihr, berührte sie leicht, aber eigentlich nur fast. »Nein, ich … Ich dachte erst, es wäre schlimmer. Dass jemandem etwas passiert ist. Dachten wir alle. Und ich wollte …« Er sah weg, als wäre es ihm peinlich. Mahalia ging weiter, um mit jemand anderem zu sprechen, zu trösten. »Ich wollte nicht allein mit dem Fakt sein, dass das hier passiert«, sagte Imad leise.

Mahalia hatte offenbar die WG angerufen und aus dem Schlaf gerissen, damit sie löschen halfen, sie hatten es mit Decken versucht, ehe die Feuerwehr endlich eingetroffen war, Wasser hatte es keines gegeben, die Wasserleitung befand sich bereits mitten in den

Flammen, als einer der Zeltbewohner aufgewacht war und bemerkt hatte, was draußen geschah.

»Du warst doch nicht allein«, sagte Nuri. »Janni und Phil und alle anderen am Platz sind da und …« Aber sie wusste, was er meinte.

Sie legte einen Arm um ihn, seltsam, einen so großen Mann zu trösten. »Es ist ja nichts passiert.«

»Nein. Außer, dass wir jetzt Bescheid wissen. Es gibt Leute hier, die ernst machen. Eine Schlägerei an Silvester ist was anderes … Man kloppt sich schon mal … Aber das hier? Wenn niemand was gemerkt hätte? Wenn die Zelte abgebrannt wären? Scheiße, wir hätten genauso gut in Syrien bleiben können. Auf welcher Erde du im Schlaf verbrennst, ist letztlich egal, oder nicht?«

Die ersten der Zeltbewohner begannen, mit Stöcken in den schwelenden Überresten des Sanitärwagens zu stochern und nach Glutherden zu suchen, die noch gefährlich werden konnten. Aber das Feuer war endgültig tot. Phil tauchte auf, zusammen mit Janni, rußverschmiert, erschöpft. Seine bunte Jacke war an einer Stelle am Ärmel angekohlt. »Geht's dir gut?«, fragte Nuri besorgt. Er lachte.

»Ja, ja, alles klar. Ich hab nur versucht, die Jacke zum Löschen zu benutzen. Ich meine, ich steckte nicht drin, als sie angekohlt ist. Aber es ist zu kalt ohne Jacke …«

Sie merkte, wie sie lächelte. Manchmal vergaß sie, dass es Leute wie Phil und Janni gab, Deutsche, die halfen. Doch natürlich gab es sie. Das Land war voll von ihnen.

»Übrigens sind ein paar von unseren Leuten los«, meinte Phil, »so einem Typen nach, der da rumhing und zugeguckt hat, wie es brannte.«

Janni nickte. »Es heißt, das war einer, der gar nicht hier wohnt, und er hat gefilmt. Ich wette, das war der, der das Feuer gelegt hat. Wenn unsere Leute den in die Finger kriegen …« Sie grinste zufrieden. »Dann gute Nacht. Kommt, lass uns nach Hause gehen und Tee kochen. Wir können hier nichts mehr machen.«

Imad nickte. Doch seine Schritte waren schleppend, als er mit Nuri zusammen hinter den anderen herwanderte.

»Ich frag mich, ob ich zurückgehe«, sagte er leise. »Sie haben euer Heim im Sommer angezündet, sie haben den Platz angezündet, sie warten darauf, uns alle zu beseitigen. Ich hätte bleiben sollen. In Syrien weiterkämpfen. Scheiße.«

»Mein Bruder ist zurückgegangen. Du weißt das. Ich glaube nicht, dass es eine gute Idee war. Du hast einen Job, du hast eine Wohnung … Ist wie ein Lottogewinn, oder? Ein Kontingentflüchtling zu sein.«

Er blieb stehen, sah sie an, legte seine Hände auf ihre Schultern, während der Morgenverkehr hinter ihnen vorbeifloss. »Nuri«, sagte er. »Ich bin ein Kontingentflüchtling, weil ich mit meiner Tochter gekommen bin. Sie war zwei. Sie haben versucht, ihr zu helfen, in einem deutschen Krankenhaus. Sie ist … vier Tage nach unserer Ankunft … Sie hat es nicht geschafft. Meine Frau ist zu Hause geblieben, in einem Feuer, das diesem ähnlich war. Verstehst du?«

Sein Blick war durchdringend, schmerzhaft wie Nadeln.

»Feuer war das Erste«, flüsterte er, »was der Mensch den Tieren voraushatte. Komischer Gedanke, was?«

Nuri nahm seine Hände von ihren Schultern und hielt sie fest. »Es tut mir leid«, sagte sie. »Die Geschichte mit deiner Familie tut mir leid. Aber man kann von vorne anfangen, du hast das selbst gesagt.«

Er schüttelte den Kopf, während sie weitergingen. »Ich lag falsch. Man kann nicht von vorne anfangen, nicht in diesem Land.« Er blieb wieder stehen, starrte ins Dunkel eines Hauseingangs. Dort saß jemand in einer zu großen Winterjacke, den Kopf auf die Knie gelegt, das Gesicht verborgen, mit zuckenden Schultern.

»Ist das eine von den Oranienplatzleuten?«, flüsterte Nuri.

»Ich weiß nicht«, sagte Imad leise.

Er kniete sich vor die Gestalt, schüttelte sie sanft. »Hey? Hallo? Das Feuer ist gelöscht, es war nur der Sanitärwagen! Niemandem was passiert!«

Die Person im Hauseingang hob den Kopf, noch immer von Schluchzern geschüttelt.

»Nein? Niemandem?«

Dunkle Streifen von verlaufener Wimperntusche durchzogen ihr Gesicht. Die Winterjacke, in die sie sich verkrochen hatte, war weiß, eine Männerjacke, Nuri erkannte sie erst jetzt.

»Cindy!« Sie streckte die Hand aus, zog sie auf die Beine. »Was machst du hier?«

»Ich … war 'ne Weile weg. An der Küste, bei Pascal«, sagte Cindy. »Er hat gesagt, ist besser, wenn ich 'ne Zeit lang nicht hier auftauche, nach der Sache mit Mike … Aber ich hab ja die Arbeit hier und so, kann ja nicht ewig wegbleiben … Seit zwei Tagen bin ich wieder da. Sie reden alle über die Ausländer am Oranienplatz, die Frauen der GDF, und da bin ich hier rausgefahren, einfach nur so, um mir das mal anzusehen, die Zelte und den Platz …«

»Einfach nur so? Um fünf Uhr morgens?«

»Na ja, ich konnt nicht schlafen, is ja manchmal so … mit dem Baby …« Sie wischte sich die Tränen aus dem Gesicht. »Und wie ich da war, fing dieser Wagen an zu brennen. Plötzlich. Vielleicht bin ich es, Nuri. Vielleicht liegt es an mir. Überall, wo ich hinkomme, passieren schreckliche Dinge … das Feuer im Heim, die Weihnachtsaufführung, die Sache mit Thore … und jetzt das hier …«

»Überall, wo *irgendwer* hinkommt, passieren schreckliche Dinge«, sagte Nuri weich. »Die Welt ist voll davon.« Sie holte tief Luft. »Cindy … Ist Pascal hier?«

Cindy schüttelte den Kopf, beinahe wild. »Nein! Nein, Pascal ist zu Hause geblieben, er hat wieder Arbeit im Moment, er ist nicht in Berlin. Ich bin alleine gekommen. Nur ich. Nuri …« Sie packte sie am Arm. »Was, wenn ich das Feuer gelegt habe? Im Heim damals und hier?«

»Du musst doch wissen, ob du etwas angezündet hast«, sagte Nuri kopfschüttelnd.

Imad stand die ganze Zeit schweigend da, er begann vermutlich zu begreifen, wer Cindy war.

»Ich weiß es eben nicht!«, rief Cindy verzweifelt. »Ich glaube nicht, aber es kann doch kein Zufall sein …« Sie brach erneut in Tränen aus, und Nuri fragte sich, ob Cindy dabei war, verrückt zu werden. Sie löste sich aus ihrem Klammergriff.

»Pass auf, du kommst jetzt einfach mit und frühstückst mit uns, okay? Du kannst hier nicht alleine in der Kälte sitzen bleiben.«

»Wohin – mit?«, fragte Cindy vorsichtig, ängstlich.

»In seine WG.« Sie sah sich nach Imad um, fragend. Imad nickte.

»Trink einen Tee mit uns«, sagte er. »Tee macht alles besser.«

Cindy ließ sich von ihnen die Straße entlangführen, ab und zu wieder aufschluchzend, und Nuri dachte, dass es Imad vielleicht guttun würde, jemand anderen zu trösten. Egal, wen.

In der WG oben hatten Janni und Phil den Tisch mit unzusammenpassenden Dingen gedeckt, Ayse goss Tee ein, und die Sonne schien durchs Fenster. Sie nahmen Cindy auf, als wäre es selbstverständlich. Als Nuri Ayse beiseitenahm und ihr auf dem Klo erzählte, wer Cindy war, sagte sie nur: »Au weh«, und: »Dann gib ihr noch ein Glas Tee.«

»Janni und Phil haben mal gesagt, Nazis können sich nicht ändern«, sagte Nuri.

Ayse betrachtete ihr Spiegelbild, das dem von Nuri so ähnlich sah. Sie ordnete ihr dunkles Haar und zuckte die Schultern, interessierter an ihrer Frisur als an ernsthaften Problemen. »Dieses Mädchen in unserer Küche soll eine Nazifrau sein?«

»Vielleicht weiß sie selbst nicht, was sie ist. Mit Calvin war es eine Weile genauso.«

Ayse seufzte. »Calvin … Ich wünschte, ich würde mich mal so in jemanden verlieben wie du in diesen Typen. Ist er immer noch in dieser Stadt, die sie evakuieren?«

»Homs? Ich weiß nicht. Wahrscheinlich.«

»Warum bist du hier, wenn er da ist?«, fragte Ayse, machte eine kokette Drehung vor dem Spiegel, zwinkerte sich selber zu und verließ das Bad.

Cindy war in ein Gespräch mit Imad vertieft, als Nuri zurückkam; Imad mit seinem bewundernswerten, jedoch stark akzentgefärbten Deutsch, irgendwie rührend, sehr ernsthaft, bemüht wie stets. Sie sprachen über Babys. Cindy, ihr Teeglas mit beiden Händen umfassend, lächelte wieder.

Nuri blieb einen Moment in der Tür stehen und betrachtete das Bild: das blonde Mädchen und der Ausländer an dem Tisch voller Marmeladengläser und Käsepackungen und Zigarettenschachteln. Und dann klingelte ein Handy.

Es war das von Phil. Er stand auf, ging zum Fenster, wo die Verbindung besser war, und drehte sich nach ein paar Sekunden zu den anderen um.

»Das war Farouk. Sie haben ihn.« Er nickte. »Den, der den Brand gelegt hat. Sie sind ihm zu viert nach bis nach Pankow, sagt er. Der Typ hat sich da wohl mit einem Freund getroffen, der sitzt jetzt mit ihm zusammen fest. Wir sollen hinkommen. Nuri? Du auch. Du vor allem.«

»Ich?«, fragte Nuri verwirrt. »Wenn das der ist, der den Brand gelegt hat, müssen die Bullen dahin, nicht wir.«

Phil zögerte. »Es … gibt einen Grund, Nuri. Dass du mitfährst.

Du … kennst ihn. Den Typen. Wir nehmen ein Taxi, nach Pankow dauert es sonst ewig. Ich übernehme die Rechnung.«

Sie saßen zu viert im Taxi, Cindy, Imad und Phil waren mitgefahren.

Vielleicht, dachte Nuri, musste Cindy sehen, wer es war, damit sie aufhörte, sich selbst unsinnigerweise die Schuld zuzuschieben. Sie schwiegen. Phil sagte nichts mehr darüber, wer der Typ war. Als wäre es eine Geburtstagsüberraschung.

Aber Nuri hatte auf einmal Angst. Imad nahm, ganz kurz, ihre Hand.

Sie stiegen an einer nichtssagenden Straßenecke aus. Phil zahlte, dann führte er sie die Straße entlang. »Ist noch ein Stück.«

»Warum hat er uns dann nicht da hingefahren?«, fragte Nuri.

Auch dafür, sagte Phil, gäbe es Gründe. Taxifahrer müssten nicht alles wissen.

Dann standen sie vor einem verlassenen, umzäunten Areal. Ein Rundbau ragte hinter dem Bauzaun auf, die Scheiben zersplittert, die Mauern schwarz. Birken sprossen zwischen den Ruinen.

»Das war mal ein Bahngelände«, sagte Phil. »Steht leer. Ideal für blöde Spiele.«

Er fand ein Loch im Zaun, und sie krochen nacheinander hindurch.

Phil zeigte an eine Wand, auf der ein strahlend roter Farbfleck prangte, nach unten hin verlaufen.

»Paintball-Schießen«, erklärte er. »Harmlos. Gute Übung allerdings.«

»Kommst du her, um schießen zu üben?«

»Nicht ich, Schlaukopf«, knurrte Phil. »Unser Mann vom Oranienplatz. Der Feuerteufel. Ich mein, man hört davon, dass sie hier draußen ein bisschen Krieg spielen, aber ich hab mich bis jetzt nicht dafür interessiert.«

Nuri drehte sich nach Cindy um und sah, dass sie blass geworden war.

Sie umrundeten zu viert die Ruine, balancierten über alte Gleise, auf denen noch kaputte Waggons standen: Vielleicht, dachte Nuri, würde Syrien in zwanzig Jahren so aussehen. Wenn Bäume aus den gestürzten Häusern gewachsen waren, so wie hier.

Phil telefonierte wieder, bekam Anweisungen, lotste sie zu einem schmalen Durchschlupf ins Innere des runden Gebäudes. Sie überquerten einen unebenen Boden voller Trümmer und Scherben, und Nuri spürte, wie Imad an ihrer Seite sich versteifte. Zu viele Erinnerungen an ein zerstörtes Land.

Dann entdeckte sie die beiden, die am anderen Ende der Ruine auf dem Boden knieten.

Farouk und seine Leute hatten ihnen Arme und Beine hinter dem Rücken zusammengebunden und sie an zwei Pfeiler gefesselt, sie standen zu viert daneben, die Arme verschränkt: friedliche Männer mit gutmütigen, breiten afrikanischen Gesichtern. Sie wirkten fehl am Platz. Nuri hatte diese Männer am Oranienplatz gesehen, in Diskussionen verwickelt, singend, tanzend. Es passte nicht zu ihnen, wie sie jetzt da standen: Wächter der Gefangenen auf dem Boden.

Sie waren unverletzt, nur gefesselt …

Nuri hörte einen Schrei neben sich, Cindy stürzte nach vorn und blieb plötzlich stehen.

Einer der beiden Gefesselten war Pascal.

»Cindy? Du hast gesagt, Pascal ist nicht in Berlin«, murmelte Nuri. »Du hast gesagt, du bist alleine zum Oranienplatz gekommen.«

»Ich hab das Scheißfeuer nicht gelegt!«, fauchte Pascal. »Hört jetzt auf mit den blöden Kinderspielchen und macht uns los!«

»Der hat hier gewartet auf ihn«, sagte einer der Afrikaner und deutete mit dem Kopf zu dem zweiten Mann. »Aber war er bisschen spät. Da hatten wir den Kleinen schon am Boden. Wir mussten den zweiten mit auch festbinden. Ging nicht anders, hätte er sonst Terror gemacht.«

»Ich weiß nicht, wer euer Camp angezündet hat, kapiert ihr das nicht?«, schrie Pascal. »Scheiße, wie oft denn noch, ich war nur da und hab geguckt, das war alles! Keiner kann beweisen, dass ich das war!«

Er sah Cindy an, als er den letzten Satz herausschrie, und Cindy nickte langsam.

Nuri fragte sich, wie oft Cindy eigentlich log. Ob sie immer schon gelogen hatte, auch, als sie behauptet hatte, sie hätte Pascal nichts von Nuri erzählt. Es gab natürlich die Möglichkeit, dass sie die Wahrheit sagte. Dass sie nicht gewusst hatte, dass Pascal ebenfalls nach Berlin gefahren war, vielleicht nach ihr.

»Du bist Nuri, oder?«, fragte der Afrikaner, den sie offenbar zu ihrem Sprecher gemacht hatten.

»Phil hat gesagt an Telefon, Name von den da hat er gehört von dir, hat gesagt, du kennst von denen da einen.«

»Beide«, sagte Nuri leise.

»Wir haben gewartet. Auf euch. Es geht um irgendein Art von Rache, ja?«

Phil nickte. »Eigentlich hätte Imad ihn schnappen sollen, glaube ich … Aber das ist ja letztlich egal. Ich lass euch jetzt allein. Wie heißt du … Cindy? Kommst du mit raus?«

Cindy schüttelte stumm den Kopf, ging hinüber zu dem Metallpfeiler, an dem sie Pascals Hände angebunden hatten, und hielt sich daran fest, als könnte jemand versuchen, sie wegzutragen.

»Du wolltest Rache, das stimmt«, sagte Imad. »Oder? Nuri?«

Nuri nickte stumm. Sie hatte gedacht, der Gedanke der Rache wäre nicht mehr in ihr, weil Calvin lebte. Aber Ramo war so tot wie vorher. Und der Oranienplatz hatte gebrannt. Und der Mann dort auf dem Fußboden neben Pascal hatte in einer Februarnacht ein Kind halb totgeschlagen.

Es war Mike.

»Wir haben ihnen nichts getan«, sagte Farouk. »Das ist deine Sache.«

Er hatte jetzt Arabisch gesprochen, Pascal und Mike sahen zwischen Farouk und Nuri hin und her, ihre Blicke unsicher. Sie hatten Angst.

Es war wirklich wahr: Pascal kniete auf dem Boden vor Nuri und hatte Angst.

Imad griff in seine Tasche. Und hielt Nuri etwas hin. Etwas Schwarzes.

»Bist du wahnsinnig?«, zischte sie. »Du hast eine Waffe?«

Er zuckte die Schultern.

»Hey, hey, hey«, sagte Mike. »Jetzt ist aber gut, ja? Ihr seid alle übergeschnappt. Ich bin nur hergekommen, weil wir uns wegen Paintball treffen wollten, das hat mit euch nichts zu tun, wir haben nichts gegen euch, ja? Und mit dem Feuer hatte keiner von uns was zu tun! Hey, Mädchen, fass diese Waffe nicht an, mach dich nicht unglücklich!« Er klang gar nicht mehr wie der jähzornige Mann, der Thores Vater war, nur noch panisch.

»Auf wen ist das Ding zugelassen?«, fragte Nuri. »Verflucht, Imad! Ich kann damit gar nicht umgehen. Und du weißt, dass Waffenbesitz in Deutschland strafbar ist. Die weisen dich aus, die …«

»Es geht jetzt nicht darum«, sagte Imad ruhig. »*Ich* weiß, wie man damit umgeht. Ich war lange genug Soldat. Berufssoldat.«

»Du warst …?« *In Assads Armee.*

»Ich kenne Homs auch«, sagte Imad. »Aus einem anderen Blickwinkel. Nuri. Ich habe nie auf die Demonstranten geschossen. Ich habe in die Luft geschossen. Und mir irgendwann ins Bein. Heimaturlaub, Ende der Geschichte.«

Sie wusste nicht, ob sie ihm glaubte. Sie wusste gar nichts mehr. Sie wusste nur, dass er jetzt neben ihr stand und die Pistole mit beiden Händen vor sich hielt und dass er auf Pascal zielte.

»Die sperren dich dafür ein Leben lang ein«, sagte Pascal. »Aber ich hab immer gewusst, dass ihr alle verrückt seid. Schieß ruhig.«

Pascal bat nicht, bettelte nicht, nichts. Cindy bettelte für ihn. Sie weinte. Sie hängte sich an ihn. »Dann müsst ihr mich auch erschießen, mich und das Baby!«, schrie sie. »Pascal ist kein schlechter Mensch! Er war das nicht mit dem Feuer! Er war gar nichts! Ich hab dir das doch erklärt, Nuri, dass alles anders wird, und …«

»Cindy, geh beiseite«, sagte Pascal kalt.

»Aber ich liebe dich! Nuri, du musst das verstehen, es ist wie mit dir und Calvin!«

»Du lügst«, sagte Nuri. »Du liebst ihn überhaupt nicht.«

»Doch, natürlich! Nimm Imad diese Waffe weg, bitte, mach irgendwas!«

Sie war einen Schritt zur Seite gegangen, sie gehorchte Pascal noch immer. Ihre Augen schwammen in Tränen. Mike redete jetzt unaufhörlich, beschwichtigend, und Cindy schrie und Imad sagte irgendetwas zu den Afrikanern, die sich unbehaglich umsahen.

Nuri hielt sich die Ohren zu.

»Seid alle still!«, schrie sie. »Seid still!«

Sie sah, dass die anderen tatsächlich aufhörten zu reden. Sie sah Pascal und Mike an, und es war auf einmal, als wäre da eine Blase. Eine Blase, in der nur sie und die beiden Männer sich befanden. Alles außerhalb wurde unscharf.

Sie trat ganz nah zu Pascal und sah ihm in die blauen Augen.

Sie sah ihn wieder über sich, wie so oft zuvor: damals, im Speicher, wo sie sie festgebunden hatten. Unten an der Steilküste, wo er Calvin quälte. Sie sah das Flüchtlingsheim brennen.

»Wie habt ihr das gemacht?«, flüsterte sie. »Ich wollte das immer wissen. Wie habt ihr diese Rohrbomben gezündet? Ich weiß, dass das Gas aus der Heizung ausgetreten ist, aber bei einer bestimmten Konzentration in der Luft brennt es nicht mehr. Es hat gebrannt.«

Dann nahm sie die Hände von den Ohren.

»Na, es war nicht ganz einfach«, antwortete Pascal. »Es gibt Geräte, die die Gaskonzentration in der Luft messen. Info aus dem weltweiten Netz. Kompetente Beratung aus Süddeutschland.« Er grinste, er glaubte nicht, dass er seinen Kopf mit dieser Erklärung aus der Schlinge ziehen konnte, er sah keinen Grund, freundlich zu sein. »Man kann das zusammenschalten. Mit dem Zünder. Bei der richtigen Konzentration wird er aktiv. Ziemliche Bastelei. Wir haben gute Elektroniker in unseren Reihen.«

Nuri nickte. »Verstehe.«

Sie trat einen Schritt zurück. Sie hatte ihr Geständnis.

Dies hier konnte eine Exekution sein. Imad wartete auf ein Zeichen von ihr.

Er würde genau schießen, er war geübt, er hatte vielleicht, wenn man ihm nicht glaubte, schon andere Menschen exekutiert.

Nuri selbst war nie in einer Position der Macht gewesen. Sie hatte Videos von Exekutionen gesehen, und die, auf deren Seite sie stand, waren immer die gewesen, die fielen.

Die Demonstranten. Die Freiheitskämpfer.

Sie dachte an Aarif in der FSA. An Yassirs letzten Anruf. An Nabils Tod in einer winzigen Hochhauswohnung in Damaskus. Sie dachte an Ridha, der lebte.

Sie sah hinüber zu Mike. Er zitterte. »Ich wünschte, ich könnte Ihnen sagen, wie sehr ich Thore bewundere«, flüsterte sie. »Dafür, dass er versucht, anders zu sein.«

Dann schloss sie die Augen für Sekunden. Und öffnete sie wieder. »Imad?«, sagte sie.

Als der Mond in dieser Nacht auf die Außenviertel von Homs schien, malte er die Umrisse von fast vierhundert Männern auf den Boden einer ehemaligen Turnhalle.

Sie lagen dicht an dicht. Manche waren schon seit Tagen hier, manche waren erst mit dem letzten Konvoi gekommen. Sie schliefen auf dem kahlen Boden, und ihre Betten waren die Träume von einer Zukunft.

Am vierzehnten Februar setzte die UN die Evakuierung der Altstadt von Homs vorübergehend aus.

Zuerst, hieß es, musste die Regierung entscheiden, was mit den festgehaltenen Männern geschah. Tatsächlich wurden zweihundert von ihnen in den nächsten Tagen wieder auf freien Fuß gesetzt.

Es gibt im Internet keine Information darüber, nach welchen Kriterien sie ausgewählt wurden. Wie ihre Befragung vonstattenging. Ob wirklich UN-Beobachter dabei anwesend waren.

Oder was mit den übrigen zweihundert geschah.

Mitten in der Nacht wachte Calvin auf, und er starrte ins Nichts der Dunkelheit und wusste nicht, wo er sich befand.

»Raed?«, flüsterte er. Es musste der Tag sein, nachdem er über die Grenze gekommen war. Frau Silbermanns Auto war ausgebrannt, auf der Straße bei Adana, das wusste er noch. Dies war die Halle, in der die IS-Kämpfer schliefen. Aber hatten sie nicht Matratzen gehabt?

Neben ihm weinte jemand.

Er setzte sich auf und fand in die Gegenwart zurück. Neben ihm lag der Junge, der jünger aussah, als er war. Er hatte sich zu einer Kugel zusammengerollt und schluchzte wie ein kleines Kind. Nasrin, Calvin erinnerte sich an seinen Namen. Er zog ihn hoch und nahm ihn in die Arme.

»Es war nur ein böser Traum«, sagte er.

»Ich hab Angst!«, flüsterte Nasrin. »Was passiert mit uns? Ich will meine Mutter wiedersehen, und meine Schwestern. Sie sind irgendwo da draußen. Sie warten auf mich. Ich muss hier weg.«

»Kommst du«, sagte Calvin. »Gleich morgen. Sie tun dir nichts. Du wirst sehen. Sie wollen nur ein paar Dinge wissen, dann schicken sie dich zurück zu deiner Familie. Ich …« Er zögerte. »Ich frage mich, ob ich meine Familie wiedersehe. Sie sind schon am Freitag geflohen, vor zwei Tagen.«

»Wie sehen sie aus, die von deiner Familie?«, flüsterte jemand auf Calvins anderer Seite. Es war eine zerbrochene Stimme, heiser, verbraucht.

»Ich war auch am Freitag dabei«, sagte der Mann. »Vielleicht kenne ich sie.«

»Vier Kinder und ein Mädchen aus Gold«, sagte Calvin leise. »Zwei der Kinder haben rotes Haar …«

»Ja«, sagte der Mann, und Calvin hörte im Mondlicht ein Lächeln in seinen Worten. »An das Mädchen aus Gold erinnere ich mich. Sie leuchtete so. Sie hat meine Hand genommen und gesagt, dass alles in Ordnung kommt. Und dass sie in den Libanon will mit den Kindern. Aber sie würde warten, vor der Stadt. Sie würden warten an der Straße, die nach Damaskus führt, ja, das hat sie gesagt. Auf einen, den sie schon einmal an der Straße vor einer Stadt getroffen hat. Das warst du, oder?«

»Ja«, murmelte Calvin. Er war sich nicht sicher, ob er alles richtig verstanden hatte.

Die Straße nach Damaskus.

»Es muss schön sein, so geliebt zu werden«, sagte der Mann und hustete. »So sehr, dass jemand glaubt, man würde es schaffen, ihn zu erreichen.«

»Wenn ich irgendwann ein Mädchen heirate«, sagte Nasrin, »wird es mich genau auf die Art lieben. Bestimmt.«

»Ich bin nicht mit ihr verheiratet«, erwiderte Calvin, plötzlich schroff. »Ich gehöre nicht hierher, und Dschinan gehört mir nicht. Sie gehört niemandem. Es hat nichts mit Liebe zu tun. Es ist … etwas anderes …« Er merkte, dass er deutsch gesprochen hatte. Die anderen beiden schwiegen einen Moment lang verwirrt.

»Du wirst es schaffen, sie zu finden«, sagte der heisere Mann dann. »Ich wünsche euch alles Glück der Welt. Es ist nicht mehr viel Glück übrig, fürchte ich, aber ich wünsche es euch. Meine eigene Frau wartet da draußen auf mich. Sie ist ein Juwel, hat mir sechs Töchter und zwei Söhne geboren, und wenn ich sie wieder in die Arme schließe, werden wir einen Platz zum Leben finden, an dem Frieden herrscht. Für den Rest unserer Tage. Lasst mich euch erzählen, wie ich sie zum ersten Mal gesehen habe … Es ist ein Märchen, und Märchen vertreiben die Angst.«

Calvin verstand nur einzelne Sätze, einzelne Worte, aber es waren schöne Worte. So lag er in der Turnhalle zwischen all den anderen und lauschte, genau wie der Junge neben ihm. Und er hätte schwören können, dass noch mehr Ohren dem Erzähler lauschten.

Er sprach vom Grün der Blätter in den Obstplantagen, er sprach von den Farben des Flusses und von einem jungen Arbeiter, er sprach von der harten, roten Erde und von einem zahmen Pfau und von einem Floß, das fliegen konnte. Von einer Braut sprach er, die ihr Gesicht unter einem Tuch verbarg, von einem Mond, der sang, und von Sternen, die zwischen den Aprikosen an den Ästen hingen. Er sprach vom Herzklopfen einer Hochzeitsnacht. Einem Lächeln warm wie die Sommererde.

Und vom Glück.

Der Junge Nasrin schlief an Calvins Seite ein, und auch Calvin schlief ein. Er träumte von einem eigenen Märchen, an das er sich später nicht erinnerte. Gold kam darin vor und Schwarz.

Sie lebten drei Tage Seite an Seite in der Turnhalle, und manche durften gehen, und manche blieben. Am dritten Tag holten sie den Mann, der vom Glück erzählt hatte, um ihn zu befragen. Sie fanden ihn später am einzigen Baum innerhalb des Zauns vor der Turnhalle. Er hatte sich selbst aufgeknüpft. Calvin erfuhr nie, was sie bei der Befragung mit ihm gemacht hatten.

Nasrin weinte die ganze Nacht vor Angst.

Am nächsten Morgen ließen sie Calvin frei. Sie sagten ihm, er könnte gehen, sie stellten keine einzige Frage, sie stießen ihn einfach auf die Straße. Er blinzelte und begriff nichts. Warum? Warum das?

Geh.

Und er ging. Durch den kalten Wind, am ganz gewöhnlichen Autoverkehr der Großstadt vorbei, verwirrter denn je. An der ersten Ecke hatte er das Gefühl, dass jemand ihm folgte. Doch vielleicht war das nur Nasrins verzweifelter Blick hinter dem Zaun.

Er drehte sich nicht nach dem Jungen um.

Er konnte nicht.

Strom? Aber natürlich gibt es Strom in Homs.

Homs ist eine moderne Großstadt. Die Taxifahrer sagen, Homs in seinen Außenbezirken wäre jetzt sicherer als Damaskus in diesen Gebieten. Aufstände? Ja, soll es hier gegeben haben. Aber diese Viertel wurden von der Regierung befreit.

Und natürlich, selbstverständlich kann man hier ein Handy aufladen.

In diesem Fall an der Steckdose in einem kleinen Gemüseladen.

Da sitzt also ein Fremder, mit kaum verständlichem Akzent, hockt da zwischen Kisten voller Äpfel und Apfelsinen, gut, die Dinge sind teurer als früher, aber es gibt fast alles … oder immerhin einiges … Da hockt er auf dem Fußboden und starrt die alte Steckdose an wie das größte Wunder der Technik. Der Gemüsehändler setzt sich zu ihm und schüttelt den Kopf.

Der Fremde ist so abgerissen und so dreckig, dass man sich nicht allzu nahe setzen möchte. Er riecht streng. Nur der Verband an seinem linken Arm sieht beinahe frisch aus.

»Woher kommst du?«

Er ist sehr jung, dieser Fremde. Schicken sie so junge Journalisten? Eigentlich schicken sie gar keine mehr, seit Marie Colbert in Homs umgekommen ist. Vielleicht ist er aus Amerika. Oder Schweden, er ist so blond. Noch einmal: »Woher?«

»Altstadt«, sagt der Fremde. »*Bustan al-Diwan.*«

Da nickt der Gemüsehändler und gibt ihm eine Zigarette. Auch die Zigarette starrt der Junge ungläubig an. Wie das Geschenk eines Heiligen. Sie rauchen zusammen und sagen lange kein Wort.

Auf dem Balkon im dritten Stock, sagte der Gemüsehändler, gäbe es Netz.

Und dann stand Calvin hinter den Schnörkeln des alten Metallgeländers, über den verwirrenden Telefonkabeln und Wäscheleinen der Stadt, das Handy in die Höhe haltend, und sah auf Homs hinab und wusste, dass dies das letzte Mal war.

Sie hatte geschrieben. Sein Herz schlug rascher.

Die SMS war arabisch. Wie hübsch sie aussahen, die kleinen, gewundenen Käfer, die über das Display krochen! Irgendwann würde er es lernen. Der Gemüsehändler sah ihm über die Schulter, als er den Translator anwarf.

»Das Handy … übersetzt?«, fragte der Mann neben ihm. »Na gut, warum nicht. Morgen kochen die Handys schon Tee für uns. Und übermorgen tauschen die Syrer die Schafe gegen Handys ein, wirst schon sehen, blöken können die sicher auch, nur bin ich gespannt, wie die digitale Wolle aussieht?«

Und Calvin merkte, dass er beinahe, wirklich beinahe alles verstand. Er brauchte das Handy vielleicht bald nur noch zum Lesen.

Calvin. An Straße nach Dam. nahe Ortsschild Homs ist ein altes Reklameschild für Shampoo.
Sind 500 m von der Straße entfernt. Warten noch 4 Tage.
Dschinan.

Er sah sich das Datum an. Dies war der letzte Tag der vier. Natürlich konnte sie nicht ewig warten. Er steckte das Handy ein.

Dort, auf dem Balkon über Homs, unter dem die Tauben hin und her flogen, fragte er sich zum ersten Mal, ob sie ihn überhaupt brauchte. In ar-Raqqa hatte sie ihn gebraucht, aber jetzt?

»Schau«, sagte der Gemüsehändler und zeigte zu einer der Tauben, die sich auf das Balkongeländer gesetzt hatte. »Ihre Federn sehen beinahe golden aus im Licht. Das Licht ist golden geworden.« Dann lächelte er. »Das Mädchen, das die Nachricht geschrieben hat. Sie wartet sehr auf dich.«

»Das hat sie nicht geschrieben.«

»Aber ich habe es gelesen«, sagte der Gemüsehändler. »Beeil dich.«

Als sie wieder draußen auf der Straße stand, kam die Sonne hinter den Wolken hervor. Sie stieg in die U-Bahn nach Hause.

Dort saß Ummi vor dem Asylbewerberheim auf der Treppe. Zum ersten Mal seit Ewigkeiten hatte sie die Wohnung verlassen. Sie saß dort und sprach mit Ridhas Mutter, und Nuri hörte sie lachen. Sie setzte sich neben sie. Nahm die Hand ihrer Mutter und drückte sie.

»Wir brauchen keine Angst mehr vor Pascal und seinen Leuten zu haben«, sagte sie. »Pascal wird uns nie wieder in die Quere kommen.«

Ummi wandte sich ihr zu und sah sie prüfend an. »Woher weißt du das?«

»Es ist eine zu lange Geschichte«, sagte Nuri. »Aber er war hier. Und ich weiß, was ich in dem Prozess aussagen werde. Wenn er jemals verhandelt wird. Ich weiß jetzt, was ich wissen musste.«

»Nuri … Wovon redest du?« Ummi strich ihr die schwarzen Locken aus dem Gesicht, zärtlich, wie damals, als sie klein gewesen war.

»Sie sind gerannt«, sagte Nuri und sah an ihrer Mutter vorbei in die Ferne. »Ich bin gegangen, ich habe es nicht mehr gesehen, aber Imad hat hinterher gesagt, sie sind gerannt wie die Hasen. Ich habe ihnen gesagt, sie sollen sie losmachen. Sie müssen unglaubliche Angst gehabt haben.« Sie sah Ridhas Mutter an. »Der zweite war der Mann, der Ridha verletzt hat. Er war würdelos wie ein kleines Kind. Sie könnten beide tot sein. Aber sie sind es nicht wert, dass man sie erschießt. Imad sagt, er hat sie nicht angefasst, nicht einmal, um ihnen seine Faust ins Gesicht zu rammen. Er sagt, er hat sich geekelt. Und ich … Ich bin froh, dass wir sie haben laufen lassen. Ich wollte gar keine Rache mehr, plötzlich. Dieser Scheißkreislauf, Gewalt auf Gewalt … Das ist vielleicht doch eher was für … Orang-Utans?« Sie lachte, auf einmal befreit. »Wir gewinnen auch so. Irgendwann wandern diese beiden hinter Gitter. Irgendwann, ziemlich bald, fängt die Zukunft an. Calvin kommt zurück und … es regnet Rosenblätter …« Sie zuckte die Schultern, grinste über sich selbst. »Na ja, oder vielleicht lassen wir die Rosenblätter weg.«

Das Mädchen warf sein schwarzes Haar nach hinten, es flog in Zeitlupe, Wassertropfen versprühend, die vielleicht die blassrosa Blumen treffen würden, die hinter ihr wuchsen. Die Sonne schien, es war Sommer, und Rehe liefen über die Wiese, Rehe zwischen Olivenbäumen, das war erstaunlich. Das Lächeln des Mädchens maß einen Meter. Ihr linkes Auge war durchschossen. Ihre rechte Wange hing in großen Lappen herunter, durch das Loch dahinter sah man den Schnee, der wieder fiel.

Das Mädchen hielt eine hellgrüne Shampooflasche hoch, und auch die Flasche war durchlöchert, das Grün ausgelaufen und im Boden versickert.

Früher mussten Dutzende der riesigen Plakate die Ausfallstraße gesäumt haben, jetzt war das Mädchen die letzte Überlebende. Calvin verließ das blinde Mädchen und ging von der Straße weg. Beschneite Fetzen von Planen, Papier und Stoff bedeckten die Ebene hier, Stücke von Stacheldraht, Teile von Autos. Da waren einzelne Sträucher. Ein magerer, streunender Hund.

»Hast Glück, mein Junge«, sagte Calvin zu ihm. »Der Gemüsehändler hat mir was zu essen mitgegeben. Keine Katzen und Hunde heute.«

Der Hund lief ihm nach, den Schwanz eingezogen, jedoch zähnefletschend. Dies waren keine Tage für Mitleid mit Hunden.

Calvin hätte den Unterstand übersehen, er bestand aus Müll: aus den abgefallenen Reklameplakaten der letzten Jahre, Fundstücken der Moderne: Ein roter Alfa Romeo in einer Bergkurve war an eine kakaotrinkende Comicmaus gelehnt, der Streifen einer ehemals vier Meter hohen Männerjeans flatterte im Wind an ihrer Seite.

Davor spielten zwei rothaarige Kinder mit Steinen und Drähten.

Hinter ihm dröhnten Wagen des Militärs über die Autobahn. Und dann kroch eine junge Frau aus dem Zelt, einen alten Metallkessel in der Hand, hinter sich zwei weitere Kinder. Er blieb stehen und sah sie einen Moment nur an, als wäre sie Teil eines Bildes, das er nicht betreten konnte.

Ihre Kleider waren noch dreckiger, ihr Haar verfilzter als in seiner Erinnerung. Um ihre Schultern trug sie eine der grauen Decken aus dem Auffanglager. Sie besaß keine Schuhe mehr. Vielleicht hatte sie sie gegen etwas getauscht, was sie dringender gebraucht hatten, sie hatte sich Stofflappen um die Füße gewickelt gegen die Kälte.

Sie leuchtete. Wie seit Anbeginn der Zeit. Und das Zelt aus Müll war ein Palast, und das Gold lag um sie wie ein Wort: *Libanon. Die Grenze. Bald.*

Als sie ihn entdeckte, wurde das Leuchten intensiver, sie strahlte, sie stellte den Kessel hin und flog auf ihn zu, die Decke mit einer Hand um ihre Schultern haltend. Und dann stand sie vor ihm, schwer atmend. Sie umarmte ihn nicht, sah ihn nur an.

»Du bist da.«

»Ich bin da«, sagte Calvin.

Aber auf einmal hing Layla an seinen Beinen, und Marwan klopfte ihm auf die Schulter, und Amira kam ebenfalls angerannt, und Bassel sprang in seine Arme.

»Du hast einen Verband«, stellte er fest. »Was hast du gemacht?«

»Mich an der falschen Seite eines Autos festgehalten.« Calvin grinste. Bassel war leicht wie ein Stück Papier. »Wo ist Mohammed? Hast du ihn nicht mitgebracht?«

Calvin setzte Bassel auf den Boden. »Er spielt jetzt Fußball«, sagte er leise. »Er konnte nicht.«

Dies war der Moment, in dem Dschinan ihn doch noch umarmte. Sie hielt ihn lange fest, sie begriff, und er legte seinen Kopf auf ihren wie schon einmal und spürte ihr Haar.

»Die FSA«, flüsterte er. »Die FSA hat auf die Hilfskonvois geschossen.«

»Natürlich. Wenn sie alle Zivilisten rausholen, kann die Armee die Altstadt ganz zerstören. Das ist das Ende der FSA.«

»Deshalb schießen sie auf ihre eigenen Frauen und Kinder? Und Idioten wie mich? Kamal ist bei der FSA …«

»Kamal hätte nie auf dich geschossen«, sagte sie, ihre Stimme erstickt in seinem Pullover. »Ich frage mich, ob er auch … Fußball spielt. Mit Mohammed.«

Calvin hörte von der Autobahn her ein Geräusch, das ihm verkehrt vorkam, und er drehte den Kopf und sah, dass dort ein Wagen hielt, genau unter dem Plakat mit der durchschossenen Shampooflasche. Ein weißer Kleinbus, schlammbespritzt, mit schwarzer, arabischer Schrift auf der Seite. »Dschinan«, sagte er. Sie wandte ebenfalls den Kopf.

Und auf einmal ging alles sehr rasch. Sie ließ Calvin los und rannte, riss die Kinder mit – hinter dem Zelt ging es ein wenig abwärts, vielleicht hatte man dort eine Chance, von der Straße aus nicht gesehen zu werden, sie warf sich hinter ein Autowrack, etwas anderes gab es nicht.

Und Calvin stand noch immer unbeweglich.

Die Männer, die aus dem Auto sprangen, hatten ihn längst gesehen. Es war besser, sich ihnen zu stellen und Dschinan und die Kinder nicht zu verraten.

Er verschränkte die Arme.

Verdammt, er befand sich in einem von der Regierung beherrschten Gebiet und war offiziell freigelassen worden. Er hatte nichts getan. Und wenn es keine Soldaten waren – niemand wurde so nah bei der Autobahn, so nahe beim nächsten Posten der Armee entführt. Dies waren nicht die gesetzlosen Berge.

Die Männer waren jetzt bei ihm, drei Männer in Zivil: Jeans, Regenjacken. Darüber Patronengurte. Er hob die Hände, lächelte. »Was …«

Aber sie hatten ihm die Arme bereits zu zweit auf den Rücken gedreht. Der dritte rannte weiter, in die Richtung, in die Dschinan gerannt war. Calvin betete still, dass er die anderen nicht fand. Sie schleiften ihn zurück zur Straße, wortlos, sie beantworteten keine seiner Fragen.

Der Fahrer lehnte an seinem Bus, als sie dort ankamen.

Er sah auf einen Zettel, den Ausdruck eines Fotos. Jetzt blickte er auf und lächelte.

»Taufiq al-Almani«, sagte er. »Calvin Luttke. Welcome back. Der Islamische Staat ist wie ein Kamel. Er vergisst nicht.«

Calvin versuchte, sich aus dem Griff der Männer zu winden. Es gelang ihm nicht.

»Und das Mädchen ist auch hier, ja?«, sagte der Fahrer. »Die kleine Hure. Nett von dir, dass du uns zu ihr geführt hast.«

Es war ihm also tatsächlich jemand gefolgt, von der Turnhalle bis hierhin. Er wandte den Kopf, um zurückzublicken. Was er sah, ließ ihn verzweifeln.

Der letzte Mann kam mit Dschinan über die Ebene aus Müll, stieß sie vor sich her wie ein Stück Vieh. Das Gold ihrer Haare bröckelte und war jetzt nur noch ein schmutziges Braun. Sie sah Calvin nicht an. Die Kinder, dachte er. Die Kinder sind nicht dabei. Aber was wird jetzt mit den Kindern, allein?

Auf der Autobahn, keine zwanzig Meter entfernt, fuhr ein Militärkonvoi vorbei. Die Soldaten ignorierten den IS-Bus. Sie sahen in die andere Richtung, als die Männer Calvin in den Bus stießen. Kämpfte die Armee nicht gegen den IS?

»Let's move«, sagte der Fahrer und startete den Wagen. »Jemand wartet auf dich.«

»Wer?«

Wieder bekam er keine Antwort. Sie schlossen die Türen.

Einer der Männer saß zwischen ihm und Dschinan. Er saß sehr dicht neben ihr.

»Bedeck dich, Flittchen!«, sagte er. Er warf ihr ein schwarzes Tuch zu, das sie über ihren Kopf breitete, aber es geschah ihm nicht rasch genug, sie erntete eine Ohrfeige für ihre Langsamkeit.

Als sie an den Schildern vorüberkamen, die die Autobahn nach Westen anzeigten, die Straße zum Libanon, konnte Calvin Dschinans Blick unter dem Tuch spüren. Er wünschte, er hätte ihre Hand drücken können. Der Bus fuhr geradeaus weiter, Richtung Damaskus.

Sie drehten beide die Köpfe und sahen die Autobahnausfahrt an, bis sie in der Ferne verschwand: den unerreichbaren Weg in die Freiheit. Vor ihnen lag die Straße lang und gerade wie ein Weg in den Abgrund. Der Bus gewann an Fahrt.

Der Bus verließ die Autobahn, ehe die blauen Schilder mit der weißen Aufschrift DAMASKUS halten konnten, was sie versprachen. Calvin hatte beinahe geglaubt, er würde sie jetzt doch betreten: die Stadt, durch deren Straßen er mit Nuri gewandert war, mit geschlossenen Augen, im Duft der Rosen des Friedens. Damals war es nur ein Tagtraum gewesen.

Wir sehen uns in Damaskus.

Er hatte das zu Nuri gesagt, neben dem Gedenkstein in Frau Silbermanns Garten. Als er geglaubt hatte, sie wäre tot.

Die Männer verbanden ihnen die Augen nicht an der Autobahnausfahrt. Sie lösten die Sache pragmatischer, Calvin spürte den Faustschlag erst, als er sich nicht mehr wegducken konnte, und für eine Weile versank er in der altbekannten Schwärze. Als er wieder erwachte, befand er sich nicht mehr im Bus.

Er saß in einem Stuhl, vor einem kleinen Tisch mit einem weiteren Stuhl, und alles war sehr kahl und sehr weiß, und er war sehr allein. Es gab mehrere Scheinwerfer, die aber ausgeschaltet waren, und eine helle Stehlampe. Kein Fenster. Für einen Moment fragte er sich, ob er verrückt wurde. Ob dies die Zelle einer Anstalt war, oder, schlimmer noch, ob es diesen weißen, quadratischen Raum gar nicht gab, ob er eigentlich irgendwo im Dunkeln lag.

Er lief den Raum fünfundzwanzig Mal ab und begegnete darin Dschinan und Mohammed und Kamal und Nuri und seiner Mutter, die natürlich allesamt nicht da waren, dann öffnete sich die Tür und spuckte ein paar Männer in Schwarz herein, die den Raum in die Wirklichkeit zurückholten.

Drei von ihnen bauten sich mit ihren Gewehren neben der Tür auf – das altbekannte Spiel.

Einer, der kein Schwarz trug, setzte sich hinter den Tisch. Er bedeutete Calvin, sich ebenfalls zu setzen, und knipste zwei weitere Scheinwerfer an, die das Weiß der Wände noch greller machten.

»Schön, dass du da bist«, sagte der Mann. Auf Deutsch. Akzentfrei. Am ehesten süddeutsch.

Er trug Jeans, ein hellblaues, gebügeltes Hemd, das Haar kurz, den Backenbart bis auf ein Minimum zurückgestutzt. Eine Intellektuellenbrille ohne Rahmen und zwei breite, goldene Ringe an der rechten Hand. Calvin war sich beinahe sicher, dass dies nicht wirklich war.

Der Mann legte eine Mappe vor sich, ein dünnes Pappding, schlug es aber nicht auf.

»Taufiq al-Almani.«

Calvin nickte.

»Ich bin Abdul. Abdul al-Almani, wenn wir es genau nehmen. Ich bin mir sicher, wir verstehen uns.« Er streckte die Hand aus. Calvin nahm sie nicht. Er überwand die Unwirklichkeit der ganzen Sache und schaffte es endlich, zu sprechen. »Wo ist Dschinan?«

»Darüber sprechen wir später«, sagte Abdul, der sicherlich völlig anders hieß, und lächelte.

»Vielleicht sollte ich etwas erklären.«

»Sie sollten mir erklären, wo Dschinan ist.«

Abdul seufzte. »Ich bin der, der das Video geschnitten hat. Ich bin hier, weil wir dein Gesicht brauchen.«

»Das … Video?«

»Ende Oktober warst du in einem unserer Jugendausbildungscamps nahe der türkischen Grenze. Du bist mit den Jungs zu sehen, die vor der schwarzen Daisch-Flagge posieren. Einen Tag, bevor dich der Mut verlassen hat und du leider abgehauen bist.«

Für eine Sekunde dachte Calvin, dass alles anders war, als es aussah. Dass dies Tarnung war.

»Arbeiten Sie … für irgendeine Regierung?«, fragte er vorsichtig, mit einem Blick auf die drei neben der Tür. Er beugte sich vor. Flüsterte. »Sind Sie hier, um mir zu helfen?«

Abdul nickte langsam. »Das bin ich, Calvin«, sagte er leise. »Tatsächlich.«

Calvin versuchte, rasch zu denken, logisch zu denken, Dinge zu begreifen. Er war noch immer zu durcheinander. Jemand hatte ihn auf diesem Video erkannt, das er längst vergessen hatte. War Dschinan gar nicht mehr in Gefahr? Waren die Männer in Schwarz überhaupt Daisch-Leute? Oder taten auch sie nur so?

»Ich bin schon eine Weile in diesem Land«, fuhr Abdul laut fort, »und ich habe es lieben gelernt. So wie du auch. Allah hält seine Hand über diese tapferen Menschen, wie immer du ihn nennen magst, Gott oder ein höheres Prinzip oder die reine Wahrheit … Er ist da. Er wird das Regime letztlich stürzen. Aber dazu braucht er unsere Hilfe.« Er seufzte. »Ich bin Teil der Medienabteilung hier. Medien sind wichtig, gerade heute, Bilder sind wichtig, um die jungen Leute zu erreichen. Wir beginnen erst mit unserer Arbeit, noch steckt dies alles in den Kinderschuhen, doch es wächst, und es wird etwas Großes werden. Videobotschaften, die die Wahrheit transportieren, geschnitten wie Musikvideos … So rekrutieren wir. Es funktioniert gut.« Er lächelte. »Und das ist der Punkt, an dem du ins Spiel kommst.« Er beugte sich vor und sah Calvin genau an, wie etwas, das man kaufen will.

»Wir haben Videobotschaften von ein paar Deutschen. Aber sie sprechen nur eine bestimmte Klientel an. Sie sind zu … martialisch. Zu klischeebehaftet. Wir brauchen jemanden wie dich, jemanden, der eine Abwechslung darstellt. Der nicht den Bart trägt, verstehst du. Du bist ein hübscher Junge.«

Calvin krallte sich mit beiden Händen an die Lehne des Stuhls. »Moment.«

»Nur dein Gesicht.« Abdul lächelte. »Du wirst ein paar Dinge für uns sagen.«

»Uns.«

»Den Islamischen Staat.«

»Ich dachte, Sie sind …«

Der Mann schlug die Mappe auf. »Du hast ziemlich viel, entschuldige den Ausdruck, Scheiße gebaut, seit du in Syrien bist«, sagte er sanft. »Lügen, Desertion, die Sache in ar-Raqqa mit der Ehefrau eines Kämpfers … noch eine Flucht … Zusammenarbeit mit der FSA in Homs.«

»Ich …«

Abdul hob die Hand, um ihn zum Schweigen zu bringen. »Wir haben eine Menge Informationen über dich. Angeblich leidest du unter einer Herzkrankheit. Du solltest auf dieses Herz aufpassen, weißt du das? Die Kollegen schreiben auch, dass du offenbar ein bisschen zimperlich bist, was die Methoden des IS in geschlossenen Anstalten wie Sadd al-Ba'ath betrifft.« Er lächelte wieder. Und Calvin begriff, wie falsch er gelegen hatte, wie unendlich falsch.

»Wir filmen hier, in diesem Raum«, sagte Abdul. »Deshalb das Licht und die weißen Wände. Alles andere wird später reingeschnitten. Wir brauchen das erste Video bald. Du musst nichts tun, als einen Text abzulesen.«

Er nahm ein einzelnes Blatt aus der Mappe und legte es vor Calvin auf den Tisch.

»Ich bin Deutscher wie ihr«, murmelte Calvin, lesend. »Ich hatte kein Ziel, ich wusste nie, was ich mit meinem Leben anfangen sollte. Hier habe ich meine Bestimmung gefunden. Meine Chance, die Welt zu ändern …« Er sah auf.

»Weiter«, befahl Abdul.

»Seit Oktober bin ich hier, um das Unrecht zu bekämpfen, das muslimischen Frauen und Kindern angetan wird. Die Ungläubigen brandschatzen, morden, vergewaltigen, und niemand hält sie auf. Der Islamische Staat ist die einzige Gruppierung, die sich dem organisierten Unrecht entgegenstellt. Ich habe mein Leben geändert. Allah hat mich gerufen.«

Calvin schob das Papier weg. »Nein«, sagte er schlicht.

»Du hast etwas falsch verstanden.« Abduls Stimme war sanft, sanfter noch als zuvor. »Es war keine Frage. Es ist nicht deine Entscheidung.«

»Ich lasse mich nicht filmen, wie ich das hier sage. Ich werde auch nicht das Gesicht des IS für irgendwelche Teenies zu Hause.« Er sprang auf, in dem vollen Wissen, dass es dumm war, doch er konnte nicht anders. *»Ich will wissen, wo Dschinan ist!«*

»Eben«, sagte Abdul.

»Eben?«

»Wenn du das hier nicht tust, wird ihr etwas passieren, was du nicht möchtest.«

»Und wenn ich es tue? Wenn ich es ablese? Lassen Sie uns frei?«

»Oh, das ist nicht meine Entscheidung.« Abdul zuckte die Schultern. »Ich bin nur der Mann der Medien. Aber ich weiß, dass es deinem Mädchen momentan … nicht besonders gut geht.«

Calvin musste sich bremsen, nicht über den Tisch zu greifen und Abdul an der Gurgel zu packen. Er spürte die Aufmerksamkeit der Männer mit den Gewehren hinter sich.

»*Was* haben Sie mit ihr gemacht?«

»Oh, sie ist erst seit fünf Stunden hier. Du solltest den Text ablesen. Versuch, überzeugend auszusehen, ja? Für mich.« Calvin wünschte, er hätte seine Faust in dieses Lächeln rammen können. Die Gläser der randlosen Brille splittern sehen.

»Was ist mit den Kindern? Sind die auch hier?«

Abdul schüttelte den Kopf. »Nein. Wenn du von den vier Kindern sprichst, die wir hinter einem Autowrack gefunden haben, nein. Der Islamische Staat ist kein Monster. Wir gründen Schulen in Raqqa, wir organisieren die Müllabfuhr, wir impfen Babys. Wir haben die Kinder laufen lassen.«

Er sprach kurz in ein Handy, stand dann auf, stellte die Scheinwerfer anders ein, rückte den Stuhl zurecht, schraubte eine winzige Kamera auf ein Stativ. »Setz dich dahin. Ja, genau so. Gut. Sehr gut. Warte. Dieses seltsame, übrig gebliebene Schwarz in deinen Haaren. Wir sollten das loswerden. Nur blond ist besser.« Er fand tatsächlich eine Schere, um Calvins Haar zu kürzen. Die Klingen der Schere waren scharf und gefährlich nahe an seinem Gesicht.

»Ich will Dschinan sehen, bevor ich das mache«, sagte er nach der Prozedur. »Ich will einen Beweis dafür, dass sie lebt.«

»Du bist nicht der, der Bedingungen stellt«, sagte Abdul, noch immer freundlich, und gab ihm ein Gewehr. »Es ist nicht geladen. Du musst es nur ins Bild halten. Fangen wir an.«

Calvin schluckte. Er fragte sich kurz, ob man mit einem ungeladenen Maschinengewehr vier Männer niederschlagen konnte, von denen drei bewaffnet waren. Die Antwort erforderte keine höhere Mathematik.

»Lies«, sagte Abdul.

Und er las.

»Ich habe alles Weltliche hinter mir gelassen. Ich lebe für die Gerechtigkeit und das Paradies auf Erden. Wir werden es erschaffen. Wir werden die Welt von den kranken Auswüchsen des Kapitalismus heilen. Ich habe im November hier eine Frau geheiratet, die meinen Glauben und meine Träume teilt. Nie habe ich in Deutschland, dem kalten Herzen des Materialismus, solche Wärme und Aufopferung kennengelernt, und wenn ich dachte, ich kenne sie, lag ich falsch. Die wahre Liebe habe ich erst hier gefunden.«

An dieser Stelle dachte er, er müsste sich übergeben. Es wurde noch schlimmer, der Text besang die Frau in allen – jugendfreien – Einzelheiten, und sie war nicht Dschinan, so viel war klar, sie war eine fiktive und hassenswerte, servile Kreatur, der er niemals begegnen wollte. Er konnte sich die Jungen vorstellen, die an dieser Stelle zu sabbern anfingen, weil sie hofften, genau so eine Frau zu bekommen, und zwar noch vor ihrem Eintritt ins jungfrauenbehaftete Paradies. Leute wie Kevin und André. Beinahe lachte er.

Nach dem fünfzehnten Mal Lesen war ihm nicht mehr nach Lachen zumute.

Sein Mund war trocken, ihm war schwindelig vor Durst und Hunger, er konnte sich nur noch schlecht im Stuhl halten. Abdul lächelte weiter. »Noch einmal«, sagte er. »Und noch mehr Betonung. Das muss ein wirklich gutes Video werden, du verstehst das.«

Beim siebzehnten Mal war er zufrieden.

Er schraubte die Kamera ab und winkte den Männern. »Nehmt ihn mit.«

Die Matratze, auf der sie ihn schlafen ließen, war überraschend sauber. Es gab sogar ein Klo – oder jedenfalls ein Loch im Boden. Er blieb allein in seiner Zelle. Sie brachten ihm Wasser und Reis, man konnte Dinge durch die Tür reichen, es gab eine Klappe dort, nur von außen zu öffnen. Es war die ganze Zeit über dunkel. Er musste Dschinan sehen. Verdammt. Wo war sie?

Sie würden ihn wieder holen, wenn sie ihn brauchten. Er war jetzt ihr Eigentum – wie eine Ziege, wie ein Schaf, sie behandelten ihn nicht schlecht, solange er zu etwas nutze war. Vielleicht war dies unwürdiger als alles andere bisher.

Wenn es ein Fenster gegeben hätte! Das Handydisplay war die einzige Lichtquelle in der ewigen Nacht. Natürlich gab es keine Verbindung.

Er wusste nicht, wie viele Tage vergangen waren, als sich die Tür abermals öffnete.

Diesmal ließen sie ihn ein Gedicht lesen, ein unglaublich schmalziges Gedicht über Allah und die Liebe und blühende Wiesen und den Tod für den Glauben. Sie wollten, dass er mit dem Gewehr auf einem Gebetsteppich kniete.

»Zieh die Jacke aus«, sagte Abdul. »Ich will diesen Verband sehen. Was ist da drunter?«

Calvin zuckte nur die Schultern, wickelte den Verband von seinem Unterarm.

»Gut verheilt«, sagte Abdul und schnalzte missbilligend. »Wirkt nicht. Ich will einen verletzten Kämpfer. Eine Steigerung zum letzten Video. Der Schorf muss runter da.«

Er hatte kein Messer, aber seine gepflegten Fingernägel. Calvin biss die Zähne zusammen. Abdul war immer noch nicht zufrieden.

»Nicht eindrucksvoll genug«, meinte er, verärgert. »Wir brauchen etwas, um das besser zu machen.« Er sprach mit einem der Männer in Schwarz, und der Mann verschwand und kam nach einer Weile mit einer kleinen Glasflasche wieder. Calvin konnte den Inhalt nicht identifizieren, doch es war vermutlich eine Art Säure. Auf jeden Fall dazu geeignet, die Wunde eindrucksvoller zu machen.

Abdul trug es mit einem Wattebausch auf, und es ätzte die neue, rosige Haut der Narbe binnen Sekunden weg. Calvin hasste sich für sein Schreien. Sie hielten ihn zu dritt fest.

Ihm wurde kurzzeitig schwarz vor Augen. Er hatte mit dem kalten Wasser gerechnet, das ihn wieder zu sich brachte.

»Wir wollen jetzt diesen Film in den Kasten kriegen«, sagte Abdul ungeduldig.

Und dann kniete Calvin auf dem verdammten Teppich und las das Gedicht ab, das Gewehr in der gesunden Hand. Ihm war kotzübel, die Buchstaben verschwammen vor seinen Augen.

Es war ein langes Gedicht. Abdul ließ es ihn zehn Mal lesen.

»Wo ist Dschinan?«, flüsterte er, am Ende.

»Du wirst sie sehen«, sagte Abdul. Mehr nicht. Sie verbanden den Arm wieder. Sie behandelten ihr Kapital gut.

Zehn Tage lang schien die Sonne.

Auf dem brachliegenden Grundstück schaukelten die beiden Menschen, die gar nicht da waren. Einmal kletterte Nuri zusammen mit Nesrin über den Zaun, und sie bauten eine wirkliche Schaukel aus ein paar alten Seilen, obwohl alles zu nass und immer noch zu kalt war. Wenn sie Ridha in der Klinik besuchte, erzählte Nuri ihm von den schönen Dingen: von der Schaukel und davon, wie sie im Sommer in diesem Garten Kirschen pflücken und eine Hütte bauen würden.

Sie erzählte Ridha nichts davon, dass Mike gekniet hatte. Sie wollte ihn nicht sagen hören, dass Imad hätte schießen sollen.

Auch Imad und sie sprachen nicht mehr über den stillgelegten Bahnhof. Sie tranken ab und zu Tee zusammen in der WG und sprachen von anderen Dingen.

»Du bist glücklich«, sagte Nesrin einmal, erstaunt.

Nuri lächelte. »Manchmal, ja«, sagte sie. »Es fühlt sich so an, als würde etwas dem Ende zugehen. Eine Zeit mit lauter schlimmen Dingen. Ich träume jetzt oft von jemandem, den ich sehr mag.«

Sie dachte an Ayses Worte vor dem Spiegel. *Warum bist du hier, wenn er in Syrien ist?*

Sie dachte auch an Cindys Baby. Sie fragte sich, welche Wahrheiten seine Mutter diesem Kind einmal erzählen würde und welche nicht.

Und dann stand ihr Vater vor der Kolibrischule, nach der Lernstunde mit den Kindern, und wartete auf sie. »Nuri«, sagte er. »Ich muss dir etwas zeigen.«

Er roch seltsam. Und er ging nicht nach Hause, er ging zu *Marios Glücksland*. Die beiden Männer, die mit ihren Bierflaschen vor den Spielautomaten saßen, grinsten. Vielleicht dachten sie, sie wären nicht Vater und Tochter, sondern ein Paar.

Nuri ignorierte sie, sie waren unwichtig.

Ihr wurde erst klar, wonach ihr Vater roch, als er Schwierigkeiten hatte, das Geld in den Schlitz des Towers zu werfen.

»Du hast getrunken«, sagte sie. Abi machte keinen Versuch, es zu leugnen. Ihr wurde kalt vor Angst. »Ist etwas mit Kamal? Ist er …?«

Er schüttelte den Kopf. »Nura«, sagte er. Er nannte sie seit Langem zum ersten Mal wieder so. »Es ist nicht Kamal. Calvin …«

»Calvin ist nicht tot, oder?« Sie schüttelte ihn jetzt. *»Er ist nicht tot?«*

»Nein. Setz dich. Bitte. Ich hätte dir das hier schon vor zwei Tagen zeigen können, aber ich wollte sichergehen, ich habe weiterrecherchiert. Ich … habe ihn gefunden, im Netz. Nura, du warst so sauer auf uns, du hast gesagt, du liebst ihn noch immer. Und ich …« Er lachte, unfroh. »Ich war stolz auf dich, weißt du das? Insgeheim war ich stolz darauf, wie rebellisch du bist. Wie stur. Ich wusste nie, ob dieser Junge es verdient, dass du ihn liebst … Ich habe dir gesagt, das Kämpfervideo war Unsinn. Dass er nicht für den Daisch rübergegangen ist. Und ich habe das geglaubt. Nura, ich habe mich geirrt. Es tut mir leid. Ich fürchte, das Video hat die Wahrheit gezeigt, und es war Kamal, der sie mir nicht sagen wollte.«

Er hatte sich jetzt bis zum Horrorkabinett der YouTube-Kriegsvideos durchgeklickt. »Ich wünschte, ich müsste das hier nicht tun. Aber irgendwann hättest du es erfahren.«

Und dann spielte er das Video ab, das er gesucht hatte.

Und Nuri erstarrte.

Dort auf dem Schirm, in Großaufnahme, sah Calvin sie an. Er hatte sich lange nicht rasiert, aber das war kein Grund, ihn nicht zu erkennen, seine grünen Augen, seine Sommersprossen, sein Lächeln, seinen Ernst. Er war älter geworden, um Jahre, vielleicht Jahrzehnte, er war furchtbar dreckig, aber er war es. Er blickte direkt in die Kamera.

Abi hatte den Ton leise gestellt, doch sie hörte Calvins Worte klar und deutlich.

»Seit Oktober bin ich hier, um das Unrecht zu bekämpfen … Der Islamische Staat ist die einzige Gruppierung … Ich habe mein Leben geändert. Ich habe alles Weltliche hinter mir gelassen … Wir werden die Welt von den kranken Auswüchsen des Kapitalismus heilen.«

»Lauter Unsinn«, murmelte Nuri. »Er liest das ab. Der Zettel befindet sich außerhalb des Bildes.«

Aber es kamen mehr Sätze, und sie schnitten in ihr Fleisch wie Messer.

»Ich habe im November hier eine Frau geheiratet, die meinen Glauben und meine Träume teilt. Nie habe ich in Deutschland, dem kalten Herzen des Materialismus, solche Wärme und Aufopferung kennengelernt, und wenn ich dachte, ich kenne sie, lag ich falsch. Die wahre Liebe habe ich erst hier gefunden.«

»Nein.« Nuri drückte auf die Pausentaste. »Das ist doch alles erfunden!«

»Ich wünschte«, sagte Abi. »Aber es gibt noch ein Video. Und ich habe Listen gefunden, Listen mit den Namen von ausländischen Daisch-Kämpfern. Mehrere. Er ist immer dabei. Calvin Lüttke – Taufiq al-Almani. Immer der gleiche Name.«

Nuri ließ das Video weiterlaufen. Calvin beschrieb jetzt die Frau, die er geheiratet hatte, ihre Hände. Ihre Augen. Ihren Mund. Sie war eine Lilie, sie war eine Rose, sie war ein Brunnen in der Wüste, verdammt, was war sie denn noch alles? Ein ganzer botanischer Garten? Sie würde ihm im nächsten Jahr ein Kind schenken.

Nuri lachte, aber es tat weh, es klang verbittert, böse.

»Das ist gefakt«, sagte sie wieder. Und sie sah die schwarze Flagge im Hintergrund wehen, sah, wie sie fortgezogen wurde und blühende Landschaften hinter ihr auftauchten, sauber gewaschene Landschaften wie auf einer Reklame für Shampoo. Jetzt lief ein arabisches Kampflied, Calvin verschwand, da war ein Mandelbaum, unter dem eine schlanke junge Frau saß, verschleiert, ein Zicklein auf dem Arm. Das ganze Bild war so süßlich, dass sie hätte kotzen können. Dann füllte Calvin wieder den Bildschirm, lächelte in die Kamera. Ende. Abi klickte weiter.

»Gefakt«, wiederholte Nuri, leiser. Es gab noch ein Video. Zwei gefälschte Videos? Oder, mit dem ersten, drei? Wie wahrscheinlich war das? Diesmal saß Calvin auf einem Teppich, eine Kalaschnikow in der Hand, einen Lappen neben sich, mit dem er offenbar die Waffe poliert hatte. Der Teppich befand sich in einem kleinen Raum in einem Haus, irgendwo in einem Dorf, vor dem Fenster strahlte ein blauer Himmel. Schafe blökten. Er rezitierte ein Gedicht.

Nuri hörte nicht zu.

»Er ist verletzt«, wisperte sie, beugte sich vor und zeigte auf die Wunde an Calvins Arm, die rot und entzündet aussah. Seine Augen waren glasig wie im Fieber, doch er rezitierte weiter Verse über den Propheten, den Tod und die Schönheit. Und sie ertappte sich bei dem Gedanken, dass er selbst schön war, sogar mit diesem glasigen, kranken Blick, abgerissen und dreckig. Dass er für sie immer schön sein würde.

Sie griff an Abi vorbei und würgte den Computer ab.

Eine Weile saßen sie schweigend da.

Dann legte Nuri den Kopf an die Schulter ihres Vaters und schloss die Augen.

»Lass ihn glücklich werden«, flüsterte sie. »Mit der Scheißziegenfrau in seiner Scheißtodesidylle.«

Und sie stand auf und ging.

Sie rannte erst draußen. Sie weinte nicht.

Sie rannte die ganze Schneeberger Straße entlang, zwischen den dunklen Winterbäumen und Büschen hindurch, zwischen den nassen, einsamen Spielplatzgeräten, die Sonne schien nicht mehr, und der Februar war Februar und sonst nichts, und der März würde ein Februar sein und der April würde ein Februar sein, und nie, niemals würden zwei Menschen zusammen auf der Schaukel an dem alten Baum im wilden Garten schaukeln.

Ihre Füße gingen von selbst irgendwohin.

Sie saß in einer U-Bahn, stieg um, wusste nicht, wohin sie wollte, ehe sie dort war. Und da war es: Niks Mietshaus in Prenzlauer Berg, vor dem sie stand. Sie klingelte lange. Nik war nicht da, und sie setzte sich auf die Treppe. Er kam erst zwei Stunden später, als sie völlig durchgefroren war, nahm sie mit hinauf und machte Tee wie immer.

»Willst du mir erzählen«, fragte er vorsichtig, »was passiert ist?«

Nuri schüttelte den Kopf, starrte nur den Wandteppich an, und das Rot und Gelb und Braun verschwamm vor ihren Augen.

»Ich meine, er hat sich natürlich die ganze Zeit nicht gemeldet«, sagte sie schließlich leise. »Und als ich ihn angerufen habe, hat er nichts gesagt. Außer, wo er ist. Dann war die Verbindung weg. Vielleicht hat er sie extra unterbrochen.«

»Du redest von … Calvin?«

»Ja. Er war nicht erreichbar. Vielleicht wollte er nicht erreichbar sein. Nicht für mich. Ich hätte es wissen sollen.«

»Warum denkst du das? Was hat sich geändert?«

»Mach den Computer an.« Sie schnaubte. »Hilft ja möglicherweise was, wenn ich es mir tausendmal angucke. Man stumpft irgendwann ab.«

Doch sie konnte es nicht, sie wandte sich ab, als sie Calvins Gesicht noch einmal sah, ging in Niks Bad und übergab sich, spuckte krampfartig all ihre Hoffnungen und Träume in die kalte, weiße Kloschüssel, bis es nur noch bittere Galle gab.

Nik öffnete die Tür einen Spaltbreit, sah sie auf dem Boden knien, schüttelte den Kopf.

»Ich hab es ausgemacht«, sagte er. »Ich wollte es auch nicht sehen. Es gibt mehrere Videos, ja? Und man findet arabische Listen.«

»Ich weiß.«

»Ich kenne deinen Calvin natürlich nicht. Aber ich glaube das nicht.«

»Ich schon«, sagte Nuri. »Jetzt ja. Wie viele Beweise soll es noch geben? Ich … Ich habe ihn wirklich sehr gemocht. Kann ich … deine Dusche benutzen? Mit ist immer noch so kalt. Ist es möglich, dass jemand nie mehr warm wird?«

»Du weißt, wo die Handtücher sind«, sagte er und schloss die Tür.

Sie drehte das Wasser so heiß, wie sie es aushielt, ließ es über ihren Körper laufen und wusch die letzten Reste der Vergangenheit von sich ab. Er war nicht tot, doch er war so gut wie tot, er lebte jetzt in einer anderen Welt. Sie musste ihn endlich loslassen.

Überall tauchten andauernd neue Geschichten und neue Wahrheiten auf! Sie wollte keine mehr hören, sie war zu müde. Sie würde Imad niemals heiraten, aber sie durfte auch nicht weiter an Calvin denken.

Sie würde ihr Land nie wiedersehen, aber sie war auch nicht richtig hier, in Deutschland.

Sie war ein Satellit zwischen allen Planeten, sie schwebte durch ein dunkles, kaltes All und gehörte nirgendwo hin, nicht einmal zu ihren Eltern.

Als sie ihre Kleider wieder anzog, merkte sie, dass sie feucht waren, es musste geregnet haben, als sie auf Nik gewartet hatte. Sie sagte es ihm, und er schob ihr trockene Sachen durch den Türspalt, die ihr sehr viel zu groß waren. Mit einem seiner Halstücher als Gürtel in der Trainingshose ging es.

Es war längst dunkel draußen, als sie mit nassen Haaren im Wohnzimmer auftauchte.

»Ich habe mal wieder deine Eltern angerufen«, sagte Nik und lächelte traurig. »Du scheinst häufiger hier zu übernachten als zu Hause.«

»Ich habe kein Zuhause.«

»Klingt dramatisch«, sagte er. »Du wirst das jetzt nicht glauben, aber ich habe gekocht. Keine Pizza. Gefüllte Auberginen. Es hilft nicht, ich weiß.«

»Doch«, sagte Nuri.

Er konnte wirklich kochen. Beinahe so gut wie Ummi. Auf dem Computer lief seine klassische Musik. Und das alles war irgendwie tröstlich, Nik war eine Konstante, er änderte sich nicht, obwohl er sich vor fünfzehn Jahren vielleicht einmal verwandelt hatte. Seit sie ihn kannte, war er derselbe geblieben. Er goss Rotwein in Gläser. Nur einen Fingerbreit, als wäre es Whiskey.

Draußen lag die schwarze Stadt.

»Wenn ich das trinke, schlafe ich auf der Stelle ein«, sagte Nuri »und vielleicht ist die Welt neu und anders, wenn ich morgen aufwache.«

Sie drehte den Stil des Glases zwischen den Fingern und trank die Hälfte des Weins. Sie saß im Schneidersitz auf dem Sofa, es war gut, hier zu sitzen und einfach umfallen zu können, wenn man schlafen wollte.

»Was war vor fünfzehn Jahren?«, fragte sie schließlich. »Alle Leute erzählen mir in letzter Zeit plötzlich ihre Geschichte. Imad zum Beispiel. Imad war bei der Armee, wusstest du das? Und er hatte eine Tochter und eine Frau. Wenn die Welt morgen neu sein soll … dann erzähl mir doch heute Nacht noch die Wahrheit über dich. Reinen Tisch, sagt man das nicht so auf Deutsch?«

Nik sah sein Glas nachdenklich an, ohne zu trinken.

Schließlich stand er auf und trat ans Fenster, stand mit dem Rücken zu ihr.

»Wenn es dir hilft. Ich rede nicht gern drüber. Man kann es vielleicht kurz machen. Ich war Kommunist, bevor ich nichts mehr war. Ich war sechzehn. Mit sechzehn ist man vieles.«

Die beiden Teelichter auf dem niedrigen Tischchen flackerten.

»Sie haben mich von zu Hause geholt, sie waren einfach plötzlich da. Meine Eltern hatten mehr Angst als ich, ich dachte noch, ich könnte tapfer sein. Ich fürchte, ich war nicht lange tapfer. Sie wollten eine Menge Dinge wissen von mir, im Gefängnis. Über meine Freunde. Über die Partei. Über unsere Treffen. 99 haben sie mich rausgelassen. Zwei Jahre, bevor Tadmur dichtgemacht wurde. Ich hab es über ein paar alte Kontakte in Damaskus geschafft, Papiere zu bekommen, rauszukommen. Ich habe meine Eltern nie wiedergesehen.«

»Du warst in Tadmur?«

Er nickte. Drehte sich um. »Fünf Jahre. Ende der Geschichte. Bisschen dunkel da. Winzige Zelle. Aufrecht stehen war nicht. Wenn du detaillierte Beschreibungen willst, was sonst noch war, frag jemand anderen.«

»Ich glaube, ich brauche keine.«

Sie stand auf, ging zu ihm und umarmte ihn. Er war kaum größer als sie.

»Tut mir leid«, flüsterte sie, »dass ich gefragt habe.«

»Jetzt kannst du morgen in einer neuen Welt aufwachen, in der alle Fragen beantwortet sind«, sagte Nik. »Insofern ist es ja gut.« Er fuhr durch ihr Haar, ganz leicht, ließ seine Hand dann auf ihrem Kopf liegen. Sie ahnte schon eine ganze Weile, dass er sie vielleicht zu sehr mochte. Sie hielt ihn noch immer im Arm. Er roch nach den Gewürzen seiner Küche, deutschen und syrischen. Der Computer spielte keine Musik mehr, selbst die deutsche Klassik hatte sie verlassen. Die Teelichter erloschen beide kurz nacheinander, nur die Helligkeit der Stadt sah noch ins Fenster.

»Nihad«, sagte Nuri. Dann nahm sie ihn an der Hand und zog ihn zum Sofa.

»Nein«, sagte er. »Keine gute Idee. Oder ist das dein Plan für eine neue Welt?«

Sie wusste es nicht. Sie zog ihn wortlos auf die bestickten Kissen und hielt sich einfach nur an ihm fest, und er streichelte weiter ihr Haar, und so schliefen sie ein.

Gnädig war die Dunkelheit, sanft.

Schrecklich war die Dunkelheit, wenn sie zu lange währte.

Warum hatte er sich noch immer nicht daran gewöhnt, irgendwo eingesperrt zu sein? Seit er in diesem Land war, war er häufiger eingesperrt als frei. Wie schön der Baum gewesen war, der Orangenbaum im Hof damals, in seinem ersten Gefängnis! Das Licht! Und er war nicht allein gewesen, Kamal hatte neben ihm am Fenster gestanden.

Er malte sich aus, was Abdul als Nächstes für filmische Ideen haben würde.

Und dann ging die Tür wieder auf, und sie führten Calvin in einen anderen Raum, einen großartigen, hohen Raum mit Fliesenboden, Sesseln, alten, geschnitzten Stühlen, einem riesigen Tisch. Fenstern. Das Haus, in dem er sich befand, war eine Villa, ehemals vielleicht bewohnt von reichen Getreuen Assads.

Niemand hinderte ihn daran, zum Fenster zu gehen, und dann stand er da und trank die Außenwelt in sich hinein. Es gab Bäume. Es schneite nicht mehr. Der ehemals weiße Himmel war blau.

Als er sich umdrehte, hatten die, die ihn gebracht hatten, den Raum verlassen. Stattdessen stand ein junger Mann hinter ihm, den er noch nie gesehen hatte. Er war vielleicht ein oder zwei Jahre älter als Calvin, auch er trug Schwarz, aber er sah weniger brutal aus als die Kämpfer. Klüger. Sein Gesicht war schmal und aufmerksam, sein Haar gepflegt, dunkel wie seine Kleidung.

»Calvin«, sagte er. »Es hat ein bisschen gedauert, bis ich herkommen konnte. Du musst hier raus. Ich weiß, dass sie dich schon zu lange festhalten.«

»Wer …?«

»Abdul denkt nur in Bildern, er hat lange genug mit dir gespielt. Ich bin der wahre Grund dafür, dass sie dich von Homs hierhergebracht haben.«

Er zog die beiden Stühle heran, und sie setzten sich, noch immer in Reichweite des Fensters. Wer immer dieser Mann war, er begriff, dass Calvin das Fenster brauchte.

»Ich weiß nicht, ob du alles verstehst. Ich will allein mit dir reden. Ohne Übersetzer.«

»Reden … worüber?«

Da seufzte der Mann, und dann sagte er etwas, das Calvin alle Vorsicht vergessen ließ. Einen Namen. Die Zeiger der Uhr im Raum blieben stehen. Das Tageslicht flackerte. Er sagte: »Über Nura.«

Calvin holte Kamals Handy aus der Lasche des Turnschuhes, es war jetzt egal. Er sah sein Gegenüber lächeln.

Dann suchte er den Translator und gab das Handy weiter.

Etwas war seltsam an den Händen des Mannes neben ihm, seine Nägel sahen merkwürdig aus, krallenartig, eingewachsen. Er tippte, gab Calvin das Handy wieder, lehnte sich in seinem Stuhl zurück. Und beobachtete mit seinen dunklen Augen, wie Calvin las.

Was ich weiß, weiß ich von Kamal. Er ist schon länger bei uns, von ihm wussten wir auch, dass du in Homs warst.

Er war da in den ersten Tagen, in denen du da warst, obwohl du ihn nicht gesehen hast.

Er hat mir erzählt, dass du nach Syrien gekommen bist, um Nuras letzten Wunsch zu erfüllen.

Er hat mir eine Geschichte erzählt, die in einem anderen Land spielt, einem Land voller Hoffnungen. Deutschland. Er hat mir erzählt, wie er dich kennengelernt hat. In einer Schlägerei. Und er hat mir von deinen Leuten erzählt, die das Land für sich haben wollen, ohne Flüchtlinge. Und davon, was Nura für dich empfunden hat. Sie hat dich geliebt. Aber sie lebt nicht mehr.

Calvin sah auf. Er wollte etwas sagen. Doch, wollte er sagen, das tut sie! Aber stattdessen scrollte er hinunter und las weiter.

Es gab eine Zeit, da habe ich Nura geliebt. Eine sehr lange Zeit. Ich war noch ein Kind, als ich sie kennenlernte. In einer staubigen Stadt im Süden.

»Wer bist du?«, flüsterte Calvin. Das Handy in seiner Hand zitterte.

»Yassir«, sagte der andere. Er sah aus, als wollte er lächeln, doch sein Gesicht war traurig.

Nuri hat mir so viel von damals erzählt, tippte Calvin, hektisch jetzt. *Von der Werkstatt! Von dir! Ich glaube, sie war auch in dich verliebt. Als Kind.*

Als ich zum letzten Mal mit ihr gesprochen habe, dachte ich, ich würde sie nie wiedersehen, weil ich selbst nahe am Tod war, schrieb Yassir. *Da war ein eingestürztes Haus … Leute vom Islamischen Staat haben mich rausgeholt. Damals war die Gruppe noch ein Teil von al-Qaida. Ich war nie gläubig, ich war ein Kommunist wie mein Bruder, den sie in Tadmur umgebracht haben.*

Du warst im Gefängnis in Darʿā, schrieb Calvin.

»Ja«, sagte Yassir und betrachtete seine Hände. »Du weißt, was dort passiert ist.«

Ich weiß, dass du da warst, tippte Calvin, *obwohl du nichts getan hattest. Dass du dich freiwillig gemeldet hast.*

Yassir lächelte.

Ich war ein Kind. Ich wollte ein Held sein. Als ich da rauskam, war ich kein Held gewesen und kein Kind mehr. Ich habe erst danach wirklich begonnen, zu kämpfen. Ich war bei der FSA. Wie Kamal. Aber die FSA ist sich nie bei irgendetwas einig gewesen, sie war immer zersplittert. Als die Kämpfer vom Islamischen Staat mich gefunden haben, war ich am Ende. Sie haben mich gepflegt, und ich habe begonnen, zu glauben. An Allah. Kannst du das verstehen?

»Ja«, sagte Calvin.

Die ganze Sache mit der Unabhängigkeit, dem Staat ohne Religion. Es konnte nie gut gehen. Als Kinder haben wir das nicht durchschaut. Anna und Nura und ich, als Kinder waren wir eine Einheit. Die Christin, die Alawitin, der Sunnit. Nur besteht die Welt leider nicht aus Kindern.

Ein Staat kann immer nur einem Glauben angehören. Es muss eine Trennung geben. Deshalb kämpfen wir für den Islamischen Staat. Ich akzeptiere die Christen. Die Schiiten und Alawiten. Auch die Kurden. Manche hier sehen das anders, ich akzeptiere sie. Aber sie haben keinen Platz im Kalifat. Man muss Grenzen ziehen. Und wir sind zu lange von den Alawiten unterdrückt worden.

Die Linien, die die Länder hier trennen ... Sie haben nichts mit den Stämmen und Familien zu tun, oder mit dem Glauben. Die Franzosen und die Briten haben den arabischen Raum nach dem Ersten Weltkrieg unter sich aufgeteilt. Sie haben unseren Clans weisgemacht, sie würden an ihrer Seite gegen die osmanische Herrschaft kämpfen. Lawrence von Arabien zum Beispiel. Er hat mit den Beduinen gekämpft. Für ihre Unabhängigkeit, angeblich. Aber sobald der Krieg gewonnen war, haben die Europäer alle Abkommen gebrochen. Lehrt man das bei euch in der Schule?

Vielleicht, tippte Calvin. *Ich war nicht lange in der Schule.*

Sie haben das Land an der Sykes-Picot-Linie geteilt. Der Islamische Staat ist die erste Macht, die diese Linie sprengen wird. Wir werden beide Seiten vereinen. Ein historischer Moment.

Calvin nickte. Dies war das erste vernünftige Gespräch mit einem Daisch-Mitglied, das er führte. Aber es war kein Gespräch. Yassir dozierte wie ein Lehrer, wie ein Professor. Warum war es ihm so wichtig, dass Calvin begriff?

Hilfst du mir, hier wegzukommen?

Ja. Ich bringe dich raus. Aber wir müssen über Nura sprechen. Wenn du nicht gewesen wärst, würde sie leben. Sie ist im Feuer umgekommen, das deine Freunde gelegt haben.

Calvin sah auf und schüttelte den Kopf.

»Nein«, sagte er auf Deutsch, »nein, das ist sie nicht! Und es waren nicht meine Freunde! Was hat Kamal denn erzählt, verdammt?«

Er tippte, eilig, versuchte, Dinge richtigzustellen, verhedderte sich, löschte. Wie konnte man Nuris und seine Geschichte in wenigen Sätzen zusammenfassen? Er war kein Mensch der Worte, nie gewesen, was er schrieb, war schlecht, grob, nicht überzeugend. Er ließ es Yassir trotzdem lesen.

Sie lebt, war das Letzte, was er tippte. *Du musst mir das glauben. Sie lebt.*

»Nein«, sagte Yassir.

Doch. Ich wusste es bisher selbst nicht, ich habe einen Anruf bekommen.

Du hast Angst, schrieb Yassir. *Deshalb sagst du das. Ich weiß von Kamal, dass sie tot ist. Und jetzt hast du das nächste muslimische Mädchen ins Bett gekriegt, richtig?*

»Ich …«

»Hast du mit ihr geschlafen?« Die Frage, gesprochen jetzt, war nicht scharf, eher traurig.

Calvin sah sein Gegenüber an. Diese Augen konnten die Wahrheit lesen. Es nützte nichts, irgendetwas zu leugnen. Calvin schwieg, sah aus dem Fenster, sah ihn wieder an.

Yassir nickte langsam.

Dann fiel das Handy aus seiner Hand. Sein Fall war unnatürlich laut auf dem Boden, es war ein Boden aus Fliesen. Das Handy, dachte Calvin, hatte diesen Fall vermutlich nicht überlebt.

»Du hast gesagt, du bringst mich hier raus«, flüsterte er.

Und wieder nickte Yassir.

Dann stand er auf, nahm sein eigenes Handy vom Tisch, drückte eine einzige Taste und sah zur Tür. Und die Tür spuckte die Männer aus, die Calvin gebracht hatten.

Sie packten ihn wieder unter den Armen, er wusste, dass es keinen Sinn hatte, sich zur Wehr zu setzen, obwohl er es trotzdem tat.

»Du hast gesagt, du bringst mich hier raus!«, schrie er, noch während sie ihn durch die Tür schleiften. »Nuri lebt! Kamal hat dir lauter Lügen erzählt, Kamal hasst mich, ich wusste nicht, wie sehr er mich hasst, und er weiß nicht, dass sie lebt, Kamal hat … *Scheiße! Sag ihnen, sie sollen mich loslassen!*«

Das Letzte, was er sah, ehe die Tür sich schloss, war das Handy, das unter einem der Stühle lag. Es schien zu vibrieren, als wäre es doch noch heil, als wäre da jemand, der ihn erreichen wollte. Doch niemand sah es. Yassir hatte den Raum mit ihnen verlassen.

Sie brachten ihn in einen Raum im Keller, Beton jetzt, keine großartigen Sessel und Fliesen mehr, und er wusste Bescheid, ehe irgendetwas geschah. Hier waren schon andere vor ihm gewesen, die die falschen Antworten auf falsche Fragen gegeben hatten oder zur falschen Zeit geschwiegen. Oder, dachte er, zur falschen Zeit geliebt. Es war der gleiche Raum wie der in Sadd al-Ba'ath, ein anderer Raum in einem anderen Teil des Landes und doch der gleiche.

Aber niemand führte Protokoll an dem kleinen Tisch. Er spürte den Knebel in seinem Mund und war beinahe dankbar dafür, auf den Stoff beißen zu können.

»Du wolltest Dschinan wiedersehen«, sagte Abdul vom gegenüberliegenden Ende des Raumes. Abdul in seinem gebügelten, blauen Hemd.

Er hielt sie fest, neben sich zwei andere Männer, sie stand vor ihm. Sie war nicht verletzt, Calvin atmete auf. Ihre Augen hielten sich an ihm fest. Sie lächelte.

»Ich habe dir gesagt, dass ich dich hier rausbringe«, sagte Yassir hinter ihm. »Ich weiß nicht, ob du verstanden hast. Es muss Rache geben. Es macht Nura nicht lebendig, natürlich.«

Er musste den Raum kurz nach ihnen betreten haben. Calvin hörte auch diese Tür zufallen.

»Wir zeigen dir, was wir von Leuten halten, die sich nicht an Allahs Gesetze bezüglich der Ehe halten«, sagte jemand. Es war gar nicht Yassir, vielleicht war es eine Art innere Stimme.

»Fangt an«, sagte Yassir, müde, traurig.

Er zog sich an die seitliche Wand zurück, verschränkte die Arme.

Sie hielten Calvin zu dritt fest, er wand sich wieder, er wusste, dass er ihnen jetzt entkommen musste, *jetzt,* weil sonst etwas Schreckliches geschah. Sie waren zu stark.

Und so sah er zu, wie sie Dschinan über den Tisch in der Ecke legten und ihren Rock hochschoben. Er versuchte, den Knebel auszuspucken, zu schreien, würgte nur, unwürdig, hilflos. Es war Abdul, der sie nahm, sie war nicht geknebelt, sie schrie, als er in sie eindrang, und jetzt rannen die Tränen Calvins Gesicht hinunter, nie in seinem Leben war er so wütend gewesen, nie so verzweifelt. Er spürte, wie sie auch ihm die Hose herunterzogen, er sah den Mann mit dem Schlagstock in der Hand hinter sich treten, er hatte von Schlagstöcken und ihrer Benutzung gehört, gelesen.

Es war immer schon ein Fakt gewesen, dass Vergewaltigung von Häftlingen in Syrien zu den Methoden der Folter gehörte. Die Parallelität war perfide, er spürte den Schlagstock nicht in sich, nur den Schmerz, der bis weit in die Eingeweide hineinreichte und ihn zerriss, mit jeder gewaltsamen Aufwärtsbewegung des Knüppels mehr. Es war ihm egal, alles war egal, selbst die Erniedrigung, er sah nur Dschinan, ihre Augen, die sich noch immer an ihm festhielten, und hörte sie schreien.

Abdul griff in das verfilzte Gold ihrer Haare, sein Gesicht eine Grimasse, er riss ihren Kopf hoch, während er weiter zustieß, und Calvin dachte:

Es erlischt. Das Gold. Es erlischt mit uns beiden. Für immer.

Er wusste nicht, wie lange die ganze Szene währte. Vielleicht nur Sekunden.

Er schmeckte Blut in seinem Mund.

Dann lag er auf dem Boden, der Boden war kalt, das Licht wie immer zu grell. Er sehnte sich nach der Dunkelheit. Er wusste nicht, ob der Schmerz ihn je wieder verlassen würde.

»Bringt sie raus hier«, sagte Yassir. »Das Hurenpaar.«

Mitten in der Nacht erwachte Nuri davon, dass es kalt war und dass Nik eine Decke über sie beide breitete. Sie zog seinen Pullover und seine Hose aus, die sie noch immer trug. Ihr Gesicht war nass von Tränen. Vielleicht war dies der Moment, in dem sie Calvin wirklich losließ. Er küsste die Tränen weg. Streifte seine eigenen Kleider ab.

Es war nicht mehr kalt.

Sie hätte nie gedacht, dass sie mit Nik schlafen würde, aber in dieser Nacht war es notwendig.

»Bist du sicher«, wisperte er, »dass du das willst? Ich bin viel zu alt für dich. Siebzehn Jahre Unterschied, Nuri.«

»Gibt es eine Altersbeschränkung?«, fragte sie, ohne dass die

Tränen aufhörten. »Calvin liegt irgendwo mit seiner Ziegenhüterin. Ich wünsche ihm Glück. Aber ich will auch jemanden, an dem ich mich festhalten kann. Nur heute.«

»Dann«, sagte Nik.

Er war unglaublich vorsichtig. Ganz anders als Calvin, weniger fordernd, weniger stürmisch. Weniger jung, natürlich. Sanfter. Sie spürte seine Hände überall auf ihrem Körper, und er sagte etwas, das sie ihm glaubte, er sagte: »Ich liebe dich.«

Schließlich kniete er hinter ihr auf dem Sofa, sie spürte ihn in ihrem Rücken, sie spürte, dass da irgendwo breite Narben auf seiner Brust waren, die sie nie gesehen hatte und vielleicht nie bei Licht sehen würde, und sie spürte seine Finger, spürte ihn in sich. Er war noch immer sanft, er war gut in dem, was er tat, obwohl sie nicht unbedingt glaubte, dass er es oft tat.

Sie ließ seine Bewegungen alle Trauer, alle Enttäuschung aus ihrem Körper schwemmen, sie musste sie loswerden. Sie wollte auch den Namen Tadmur nie mehr hören. Sie dachte an Yassir, den sie mit sechs Jahren auf der Piste mitten in der Wüste gefunden hatte, weil er losgegangen war, um seinen Bruder zu finden. Und plötzlich dachte sie an etwas, das Nik früher gesagt hatte.

Ich komme aus einer staubigen Stadt im Süden …

Und sie dachte wieder an die schwarzen Flügel, deren unsichtbare Spuren sie im Haus von Yassirs Eltern gesehen hatte, damals, als sie noch Kinder gewesen waren.

»Nik«, flüsterte sie, »war es *Dar'ā*? Die Stadt, aus der du kommst?«

»Ja. Warum?«

»Hattest du einen Bruder, der sehr viel jünger war als du?«

»Yassir. Er war ein Jahr alt, als sie mich geholt haben.«

»Yassir«, wiederholte Nuri.

Sie verharrten jetzt beide reglos, eng aneinandergepresst, auf dem Sofa.

»Ich … kannte deine Eltern«, wisperte Nuri. »Warum hast du dich nie mehr bei ihnen gemeldet?«

»Weil ich sie in Gefahr gebracht hätte. Ich wollte nicht, dass der Geheimdienst noch mal zu ihnen kommt.«

»Er hat dich gesucht«, flüsterte Nuri. »Yassir. Als er älter war. Er hat jedes Gefängnis im Land nach dir abgesucht. Du warst sein großes Vorbild. Obwohl er dich gar nicht wirklich kannte.«

Mehr sagte sie nicht. Es nützte Nik nichts, zu wissen, dass Yassir tot war.

Dass er sie angerufen hatte, zum Schluss.

Er legte seinen Kopf an ihren Rücken, und jetzt spürte sie, dass sein Gesicht nass war.

»Das ist schön«, flüsterte er, »dass ich ein Vorbild war. Jetzt bin ich nur noch ein gewöhnlicher Mensch. Unsichtbar. Ich will nie wieder für irgendwas kämpfen, verstehst du?«

Sie verstand. Sie begann, sich wieder gemeinsam mit ihm zu bewegen, alles würde gut werden, irgendwie.

Alles *war* gut.

Sie schloss die Augen.

Und dann geschah etwas Schreckliches.

Sie sah Calvin. Sein Gesicht. Es war tränenverschmiert, hell ausgeleuchtet wie in dem Video, er starrte etwas hinter ihr an. In seinem Mund steckte ein dreckiges Tuch. Ein Knebel.

Die Vision war einer anderen ähnlich, die sie gehabt hatte: das Bild mit den Kabeln. Diesmal waren keine Kabel da. Aber sie wusste, dass er litt.

Sie öffnete die Augen. Unsinn. Es war nur eine Erinnerung gewesen. Einbildung.

Nik war noch immer hinter ihr, bewegte sich mit ihr, in ihr, und es war schön …

Doch sie konnte nicht anders, sie schloss die Augen wieder. Sah Calvin. Und mit jeder Bewegung von Nik und ihr bewegte sich auch Calvins Körper, wurde von jemandem nach vorn gestoßen. Der Schmerz auf seinem Gesicht intensivierte sich dabei, und sie begann zu begreifen, was mit ihm geschah. Sie wünschte, sie hätte es nicht begriffen. Es war der Schmerz, den das Eindringen eines Fremdkörpers verursacht. Dies war eine perfide Spiegelung dessen, was Nik und sie taten. Sie wusste nicht, was Calvin anstarrte, sie sah nur seine aufgerissenen Augen.

Sie wollte schreien, die Szene anhalten, aber alles ging jetzt zu schnell, schneller, als sie etwas an der Situation ändern konnte. Sie hörte Nik hinter sich schwer atmen, schwerer, sie spürte, wie sie kam, ohne es eigentlich noch zu wollen, und gleichzeitig riss eine Ader in Calvins Auge, eine winzig kleine, rote Ader, und er wurde aus dem Bild gezerrt oder fiel, sie sah für Sekunden einen kahlen Kellerraum, dann nichts mehr. Sie sackte zur Seite, rollte sich von Nik weg, die Augen jetzt offen, und starrte an die Decke.

Schluchzer ohne Tränen schüttelten ihren Körper.

Nik machte das Licht an. »Nuri? Was ist passiert? Ich wollte dir nicht wehtun, ich wollte …«

»Hast du nicht«, flüsterte sie. »Es ist etwas anderes … Etwas ist passiert. Während wir … zusammen waren.« Sie setzte sich halb auf, sah ihm ins verschwitzte Gesicht, um die Realität der Nacht wiederzufinden. Aber es dauerte eine lange Zeit, bis sie auch Worte darin fand. Und ihre Stimme klang merkwürdig heiser, als wäre sie es, die den Knebel im Mund gehabt hatte. »Ich habe ihn gesehen, Nihad. Wie früher schon. Er war wirklich da! Und jemand hat ihm wehgetan. Ich … Ich habe das Gefühl, dass das, was ich gesehen habe, immer zeitgleich geschehen ist. Während ich es gesehen habe. Das ist das Schreckliche. Da war dieser Schmerz in seinem Gesicht, und ich konnte nichts tun … Es war, als wäre das, was er erlebt, das, was wir auch tun. Nur nicht auf freiwilliger Basis. Als würde jemand … Als wäre ich Zeuge einer … Vergewaltigung.« Sie flüsterte das letzte Wort nur, ein schreckliches Wort. »Es ist, als wäre ich schuld«, wisperte sie, leiser noch.

»Das ist … vermutlich Unsinn«, wisperte Nik.

»Ja«, sagte Nuri.

Und dann kamen die Tränen, die vorher gefehlt hatten, und schwemmten sie davon wie eine Flut.

Er gab ihr ein Taschentuch. Er schickte sie noch einmal duschen.

Er saß lange bei ihr und streichelte nur ihr Haar wie das eines Kindes.

Und schließlich stand sie auf, nur in ein Handtuch gehüllt, und ging hinüber zum Rechner. Er fragte nichts, sah ihr nur zu. Sie suchte das Video, er wusste es auch, ohne zu fragen. Das letzte Video des IS, in dem Calvin sprach. Und auf einmal kam es ihr falsch vor. Es war alles zu … perfekt. Der perfekte Kämpfer mit der perfekten Frau und den perfekten Worten. »Er liest sie ab«, flüsterte sie. »Bestimmt.«

Und da war etwas in seinen Augen, das nicht zu den Worten passte, es war schwach, aber es war da, wie ein Licht, das beinahe verglommen war.

Calvin saß nicht freiwillig vor dieser Kamera. Er befand sich irgendwo, wo jemand ihm wehtat, wo jemand ihn zwang, Worte zu sagen, die er nicht glaubte.

»Das verdammte Video ist eine Lüge«, flüsterte sie. »Es muss eine Lüge sein. Die Listen, die Abi gefunden hat … Man kann Listen doch fälschen?«

»Natürlich«, sagte Nik. Er war hinter sie getreten und hatte, ganz leicht, eine Hand auf ihre Schulter gelegt, und sie drehte sich um und sah zu ihm auf, noch immer tränenverschmiert. Dann stand sie auf und umarmte ihn. »Es tut mir leid«, sagte sie leise. »Es ist alles irgendwie … verkehrt. Ich hätte nicht mit dir … Calvin wartet auf mich. Er ist irgendwo und wartet auf mich. Jemand muss ihm helfen.«

Ich wollte dir nicht wehtun, hatte Nik gesagt, und jetzt dachte sie, dass es umgekehrt war. Dass sie das hätte sagen müssen. Sie hatte Nik nicht wehtun wollen, aber vielleicht bedeutete es für ihn zu viel, was sie getan hatte. Es war immerhin möglich, dass er sie wirklich liebte.

»Schlaf jetzt«, sagte er nur. »Morgen ist die neue Welt da, du weißt ja.«

Und am Morgen wachte Nuri auf und wusste, dass Nik recht hatte.

»Ich gehe ihn suchen«, sagte sie und setzte sich auf. »Calvin. Ich weiß es jetzt. Ich weiß nur noch nicht, wie.«

»Tu das«, sagte Nik.

Draußen war der Himmel blau. Ein erster Tag im März.

Irgendwo war Sonnenlicht. Kein Knebel mehr in seinem Mund, seine Hände jetzt auf dem Rücken zusammengebunden. Sie befanden sich hinter dem Haus, vor sich eine weite Fläche aus trockenen Hügeln. Das Licht war so merkwürdig. Als käme der Frühling. War denn noch Februar?

Calvin fühlte sich zerschlagen, anders als je zuvor. Als hätte man ihm alle Knochen gebrochen, obwohl er wusste, dass es nicht so war.

Dschinan stand neben ihm, sie hielten sie noch immer fest, doch sie ließen sie nebeneinanderstehen.

»Nuri lebt«, flüsterte er, er wollte etwas sagen, das Hoffnung enthielt. »Sie lebt.«

»Was?«, fragte Dschinan, heiser.

»Sie lebt.« Er konnte nur den einen Satz wiederholen.

»Dahinten«, hörte er Yassir von irgendwo sagen. »Nehmt sie mit nach dahinten. Hinter den Hügel. Wo die anderen liegen.«

Und Calvin begriff. *Er brachte sie hier raus.* Aus allem. Aus der Macht des Daisch. Aus dem Land. Aus der ganzen Quälerei. Dies war der Weg zu einer Hinrichtung.

Vielleicht war er erleichtert.

Er sah Dschinan an. Sie nickte. »Calvin«, sagte sie nur.

Sie brachten jetzt noch jemanden aus dem Haus, einen anderen Mann in Fesseln. Er sah schlimm aus, sein Gesicht blutverschmiert, sein Körper gekrümmt, den rechten Arm presste er dicht an den Körper, wie um eine Verletzung zu schützen, und er hielt sich schief, etwas stimmte mit seinem einen Bein nicht. Calvin spürte, wie etwas Seltsames durch Dschinan lief, etwas wie ein Zittern. »Kamal«, flüsterte sie.

Und da erkannte Calvin ihn.

Er hatte sich geirrt, er verstand alles in einem einzigen Moment.

Kamal war nie zum Daisch übergelaufen, er war ein Gefangener des Daisch, und was er Yassir erzählt hatte, hatte er unter Umständen erzählt, die es nicht leicht machten, Wahrheit von Unwahrheit zu unterscheiden. Wie lange hatten sie ihn gefoltert?

War auch das Yassir gewesen, nur Yassir, oder Abdul oder einer von den anderen? Wie konnte jemand wie Yassir so kippen, so … anders werden?

Kamal nickte Calvin kaum merklich zu, und Calvin wiederholte, wie eine dumme Maschine, seinen Satz: »Nuri lebt. Kamal, sie hat mich angerufen. Nuri lebt.«

Da glomm in Kamals Augen etwas, das beinahe lebendig war.

»Bist du … sicher?« Er konnte kaum sprechen, die Worte waren verwaschen.

»Ja«, flüsterte Calvin. »Es geht ihr gut. Sie vermisst dich. Sie …«

»Amira«, sagte Dschinan.

Calvin wandte den Kopf. Da waren sie, alle vier: Amira, Bassel, Layla und Marwan. Auch sie waren an den Händen gefesselt. Es war eine weitere Lüge gewesen, dass sie sie hatten laufen lassen. Die Augen der Kinder waren groß vor Angst, doch sie schienen unverletzt.

»Die ganze Familie«, sagte Dschinan mit einem Lächeln. »Wir kommen hier alle zusammen raus.«

Dann stießen die Männer sie vorwärts. Es tat weh, zu laufen, seine Muskeln und Eingeweide erinnerten sich mit jedem Schritt an das, was geschehen war.

Sie brachten sie über den Hügel, von dem Yassir gesprochen hatte, Calvin sah nicht genau hin, es schien an seinem Fuß eine Grube zu geben, in der schon andere lagen.

»Hinknien«, sagte Yassir. Sie knieten.

Es war eine hübsche Reihe. Wie sehr er wünschte, er hätte Dschinans Hand halten können! Layla die roten Haare aus dem Gesicht streichen, Bassel noch einmal hochheben, obwohl er nichts wog.

Er sah nur den Himmel, und der Himmel war, wirklich, ein Frühlingshimmel. Der Wind roch nach Neubeginn. Calvin hörte das Entsichern der Maschinengewehre hinter sich.

Yassir stand an der Seite der Reihe. Er sah noch immer traurig aus.

Er war der Junge, der mit sechs Jahren in die Wüste gelaufen war, um seinen Bruder aus dem Gefängnis zu holen. Der Junge, der Nuri am Orontes zwischen den Oleanderbäumen gerettet hatte. Der Junge, der die Welt hatte ändern wollen, damit es mehr Frieden gab.

»Einen Gruß an alle Ehebrecher. Alle Kapitalisten. Alle Ungläubigen«, sagte er laut.

Und plötzlich. »Nein. Ich will das tun. Allein.«

Er trat hinter die Reihe, nahm einem der anderen Männer seine Kalaschnikow ab und wiederholte: »*Allein.*«

Niemand wagte zu widersprechen. Die anderen Männer zogen sich zurück. Calvin wandte den Kopf und spürte gleich darauf einen Tritt. »Gesicht nach vorn.«

Er gehorchte. Er kniete lange so, Minuten.

Dann hörte er den ersten Schuss. Den zweiten. Dschinan fiel gegen ihn, und er ließ sich, in einem Reflex, ebenfalls in den Staub fallen. Noch fünf Schüsse. Danach war es eine Weile sehr still.

Da war kein Schrei gewesen, nicht einmal von den Kindern, nichts.

Und er fühlte keine Schmerzen.

Er hob den Kopf, langsam, in Zeitlupe. Drehte sich um. Yassirs Figur stand über ihnen, die Kalaschnikow in der Hand, oben auf dem Hügel. Er wirkte riesig vor dem hellen Himmel und gleichzeitig unendlich verloren. Man sah die Villa von hier aus nicht, und von der Villa aus sah man sie nicht.

Es war nichts geschehen. Um Calvin lagen die anderen im Staub. Aber Calvin war nicht verletzt. Der siebte Schuss hatte kein Ziel getroffen.

Und Yassir kam herunter von seinem Hügel, die Kalaschnikow über der Schulter, ein Messer in der Hand, er kniete, er schnitt Calvins Fesseln durch. Danach die von Dschinan. Die von Kamal, die der Kinder. Er arbeitete schnell und fieberhaft, stand wieder auf.

»Geht.«

Calvin sah, dass er Tränen in den Augen hatte.

Er schaffte es, auf die Beine zu kommen, langsam, mühsam. Sah, wie Dschinan sich hochkämpfte. Wie sie Kamal mit sich zog.

Er begriff erst ganz, als er die Kinder aus dem Staub aufstehen sah. *Keiner.* Keiner der sieben Schüsse hatte getroffen. Und beinahe war Calvin wütend auf Yassir, weil er sie hatte leben lassen. Er war so froh gewesen, dass alles vorüber war, endlich, er hatte so fest damit gerechnet!

Warum ließ er sie laufen? Warum?

Sie würden nie erfahren, wann Yassir das entschieden hatte.

»Geht, verdammt!« Seine Stimme war halb erstickt.

Da schnappte Calvin sich Marwan und Amira, zerrte sie mit sich fort, und sie stolperten, taumelten, rannten fort, fort durch den Staub unter dem ersten Frühlingslicht. Der Wunsch, zu leben, kehrte langsam zurück. Kamal konnte sich kaum auf den Beinen halten, Dschinan stützte ihn, obwohl er so viel größer war. Calvin trug Layla jetzt auf dem Arm.

Als er einmal zurücksah, hatte Yassir sich umgedreht und ging zurück in Richtung der Villa.

Internetsuche:

» *Brand Oranienplatz*

» *Marie Colbert*

» *James Foley*

» *Zusammenarbeit Assad IS*

14.

Von 50 Neugeborenen in Arsal haben 51 syrische Eltern.

(Merhi Fliti, Sozialarbeiter, Leiter der Amel Association in Arsal)

Wir sind nicht das Sozialamt der Welt!

(Plakat der NPD, Sommer 2013)

Wir sind nicht das Weltsozialamt!

(Plakat der AfD, Frühjahr 2014)

Der Rest ist schnell erzählt.

Der Rest ist ein eigener Roman.

Der Rest ist Schweigen.

Und eine Reise in Richtung Westen.

Keiner von ihnen wusste, wo sie genau waren, irgendwo neben der Autobahn nach Damaskus, jedoch noch weit, weit vor Damaskus, und das war alles. Aber im Westen lag der Libanon, so viel war klar, und die blasse Sonne wies ihnen den Weg.

Sie fanden eine Straße.

Es war schwer, voranzukommen, Kamal limitierte ihr Tempo, er konnte mit links nicht auftreten, niemand wusste, was genau los war, und er sagte nichts, biss nur die Zähne zusammen und ging weiter. Es war keine Zeit der Worte, sie sprachen nur das Nötigste und nicht über das, was geschehen war. Calvin fragte sich, ob sie je darüber sprechen würden.

Ein Stück weit nahm ein Lastwagen sie mit, ein Stück ein Pickup, Familien, die ebenfalls unterwegs waren, nach Hause, in ihre Dörfer. Die Kinder sahen einander an, die Kinder der Familien und die vier Kinder der Wanderung, und sie schwiegen wie die Erwachsenen, nur mit den Augen tasteten sie sich ab, fragten: *Hast du noch ein Bett, um darin zu schlafen? Winterkleider? Zu essen? Wie wird es morgen aussehen mit dir und übermorgen, und nimmst du diese Puppe da mit, wenn du irgendwann fortgehen musst wie wir? Wann warst du zuletzt in der Schule?*

Die Leute sahen, dass sie nichts hatten, und gaben: Wasser, einen Brotfladen, ein Lächeln. Eine Ecke zum Schlafen für die Nacht. Sie schliefen und hielten einander im Arm.

Kamal schrie nachts. Er schwieg auch über seine Träume.

Am zweiten Tag falteten sich um die Wanderer die Berge zu den hohen, kargen Felsen des Qalamun-Gebirges auf, die Straße war tief in den Stein geschnitten, und dann sahen sie in der Ferne eine

Stadt, die sich an die Felsen krallte, mit Häusern wie Nester, Häuser und Kuppeln.

Dschinan blieb stehen und atmete tief ein.

»Maalula«, sagte sie. »Ich hätte nie gedacht, dass wir gerade hier landen.«

»Was ist Maalula?«, fragte Bassel und zog an ihrer Hand.

»Ein uralter Ort«, antwortete Dschinan und kniete sich neben ihn, um von seiner Augenhöhe aus die Häuser und Kuppeln zu betrachten. »Ich war so klein wie du, als ich zuletzt hier war. Christen. Maalula ist die Stadt der Christen. Es gab schon Christen hier, als es nirgendwo anders Christen gab. Sie sagen, hier steht die älteste Kirche der Welt. Sie sprechen Aramäisch, die Sprache Jesu.«

»Können sie kein Arabisch?«, fragte Layla.

»Doch«, sagte Dschinan. »Du verstehst mich doch ganz gut, oder?«

»*Du* bist von hier?«, fragte Calvin verwundert. »Aber du bist Sunnitin.«

»Ja und nein«, sagte Dschinan mit einem Lächeln, gefangen in Erinnerungen. »Meine Mutter kam von hier. Die Geschichte meiner Eltern, damals … Es war eine große Liebesgeschichte, voller Hindernisse. Eine Christin und ein Moslem. Es ist jetzt keine Zeit, sie zu erzählen … Mein Vater kam her, um zu arbeiten, ein ganz junger Arzt. Meine Mutter war seine Patientin. Als ich acht war, sind wir nach Damaskus gezogen. Auch in Maalula gibt es Streit und Vorurteile.«

Sie stand auf. »Ich will sie sehen. Die Stadt. Die Kirchen. Und alle, die ich vielleicht noch kenne. Als Kind habe ich die Nonnen der heiligen Thekla besucht, wir haben ihnen Geschenke gebracht, an Ostern und Weihnachten … Sie kümmern sich um Waisenkinder.«

»Wie uns«, sagte Amira, »meinst du.«

Dschinan nickte langsam. »Sie sehen komisch aus, die Thekla-

Nonnen, wie große, verkleidete Vögel, aber sie sind nett. Und es gibt Höhlen in den Bergen, in denen man sich verstecken kann.« Ihre Augen glänzten auf einmal. »Maalula ist vielleicht der perfekte Ort. Es ist weit weg von den Städten. Von den Kämpfen. Weit weg von allem. Niemand wird die Christen hier angreifen, sie sind parteilos. Assad hat sie immer in Ruhe gelassen, sie sind nicht für Assad oder gegen ihn …«

Calvin dachte an die Christen von ar-Raqqa, die eine Kopfsteuer zahlten, um zu überleben. Er dachte an die Ruinen der Kirche, in denen er so lange nachts geschlafen hatte. Aber ar-Raqqa war weit fort, Dschinan hatte recht. Hier über den Kuppeln wehten nirgends schwarze Fahnen.

Sie gingen langsam weiter, die Serpentinen der Straße entlang.

Und dann kamen sie um die letzte Kurve.

Calvin sah jetzt, wie schön die Stadt war und wie alt ihre Häuser, uralt. Geschichte. Der Wind pfiff durch die Schneise der Straße, es würde wunderbar sein, irgendwo anzukommen, wo es windstill war. Er stellte sich vor, wie es wäre, die Hände über die wärmenden Opferkerzen in einer Kirche zu halten … Ein alter Mann trieb hinter ihnen seinen Esel die Straße hinauf, beladen mit Ästen. Brennholz. An der Straße standen die Ruinen einer Wellblechhütte, gesäumt von den ewigen Sandsäcken: vielleicht die Überreste eines Militärpostens.

Und dann blieb Kamal stehen. Erst dachte Calvin, er bräuchte einfach eine Pause. Er zeigte stumm, hinauf in die Stadt. Dort thronte über den Kuppeln und Dächern eine Madonnenfigur im hellblauen Kleid, schützend stand sie auf ihrem Felsen und hielt ihre Hände über die Gläubigen, Kinder und Erwachsene, Esel und Maultiere.

Doch Kamal zeigte auf etwas anderes. Viel näher, auf einem anderen Felsen, noch vor dem Eingang der Stadt, waren zwei Kreuze errichtet. Statuen des Messias. Warum zwei? Direkt nebeneinander? Dschinan ging ein paar Schritte weiter, aber Kamal humpelte ihr nach, eilig auf einmal, und hielt sie an der Schulter zurück.

Und da sah Calvin genauer hin.

Die Männer an den Kreuzen trugen schwarze Augenbinden, ihre ausgestreckten Arme waren mit Drähten ans Holz gefesselt, die tief in die Haut einschnürten, sie trugen zerrissene T-Shirts, Jeans, einer hatte noch einen Schuh an. Und auf den Balken saßen Krähen. Calvin sah jetzt das Blut, das unter den Augenbinden über ihre Gesichter gelaufen war, kein gemaltes Blut auf hölzernen Figuren. Und er sah die Flagge, die über den Kreuzen wehte. *Jabhat al-Nusra.*

Er drehte sich um und zog Amira und Layla in seine Arme, damit sie nicht hinsahen, doch natürlich war es zu spät.

Nein, diese Männer waren keine Heiligen.

Oder vielleicht waren sie es jetzt.

Er wusste nicht, für welches Vergehen die al-Nusra-Front sie gekreuzigt hatte, vermutlich einfach dafür, dass sie Christen gewesen waren. Es konnte nicht lange her sein, einen Tag, zwei, oder nur ein paar Stunden. Er glaubte, eine Bewegung zu sehen, einen Arm, der zuckte, aber es war nur ein Schatten, er musste sich jetzt sagen, dass das nur ein Schatten war.

»Komm«, sagte Kamal.

Dschinan drehte sich um. Sie hatte Tränen in den Augen. Das Gold in ihren verfilzten Haaren stand vor dem Berghimmel in Flammen, es glühte und tat weh.

Der Alte mit dem Esel grüßte kurz, wollte an ihnen vorbei, doch Dschinan hielt ihn auf.

»Warte!«, bat sie. »Was ist hier passiert?«

»Was soll passiert sein?«, fragte der Alte zurück. »Al-Nusra ist da. Seit Monaten. Das ist alles.«

»Ich war als Kind hier … Ich wollte die Nonnen vom Thekla-Kloster besuchen.«

Er schüttelte den Kopf. »Im Kloster wirst du niemanden mehr finden.« Dann schnaubte er, hustete und spuckte aus. »Die heilige Thekla ist ganz allein. Sie haben die Nonnen alle verschleppt, es gibt jetzt Gerüchte darüber, dass sie sie freilassen wollen, im Austausch gegen andere Gefangene, aber wer weiß. Sie haben die Kinder aus dem Heim in die Höhlen gebracht und versteckt, bevor sie verschleppt wurden. Als die Kirche brannte. Ich weiß nicht, wo die Kinder jetzt sind. Die beiden da oben, die wollten nicht zum Islam konvertieren, die Nusra-Soldaten haben gesagt, konvertiert oder sterbt wie euer Heiland, warum sind sie nicht konvertiert? Dumme Jungen. Den einen kannte ich, der war siebzehn, wie blöd kann man sein?«

Er streckte die Hand aus, berührte ganz kurz Dschinans schmutziges Haar und schüttelte dann den Kopf. »Als Kind warst du hier, sagst du? Ich erinnere mich … Du wärst besser ein Kind geblieben.«

Er gab seinem Esel einen Klaps und wanderte weiter, gebeugt unter dem Wind, an den Kreuzen vorüber, ohne sie anzusehen.

»Gehen wir«, murmelte Marwan. Er zog Dschinan sanft mit sich, und sie folgte ihm zögernd. »Nicht zurückgucken«, sagte er, weise wie ein alter Mann. »Nicht zurückgucken, ja?«

Am Ufer kamen jetzt erste winzige Knospen durch den Matsch. Das Wasser war blauer geworden, der Himmel höher.

»Es wird also Frühling«, sagte Nuri, warf einen Kieselstein ins Wasser und sah zu, wie seine Kreise sich ausbreiteten. Bis ins Unendliche.

»Es ist erst Mitte März«, sagte Cindy. Sie saß neben Nuri, zurückgelehnt auf ihre Hände, um ihrem wachsenden Bauch Platz zu bieten.

»Am ersten Mai kommt das Baby. Falls es pünktlich ist.«

Nuri sah aufs Wasser hinaus. Sie hatte Cindy eine SMS geschickt.

Es war jetzt fünf Wochen her, seit sie mit Calvin telefoniert hatte. Drei Wochen, seit sie bei Nik gewesen war und die schrecklichen Bilder gesehen hatte. Sie hatte tausend Dinge herausgefunden im Netz, aber sie wartete auf einen Anruf. Ein Lebenszeichen. Und langsam verlor sie die Hoffnung wieder.

Sie konnte nicht erklären, warum sie glaubte, es würde helfen, Cindy zu sehen.

»Steht Pascal hinter irgendeinem Baum?«, fragte sie und sah sich um, grinsend. Sie saßen am Bammeleck, dem Ufer mit dem seltsamen Namen, so wie damals im Winter.

»Ich weiß nicht, wo Pascal steht«, sagte Cindy. »Wir haben ziemlich lange nicht geredet.«

»Du hast gesagt, du liebst ihn. Draußen in Pankow.«

Cindy strich über ihren Bauch. »Du hättest ihn erschossen. Du oder einer von denen.«

»Du hast das gesagt, damit niemand schießt?«

»Vielleicht.«

Nuri kniff die Augen zusammen. Sie wusste noch immer nicht, wann Cindy die Wahrheit sagte und wann sie log. Vielleicht wusste Cindy es auch nicht.

»Bist du noch bei diesem Verein? GDF? Mit Thores Mutter?«

Cindy nickte. »Wir basteln jetzt Frühjahrskränze. Für Türen und Fenster. Sie sind schön. Es gibt ein großes Fruchtbarkeitsfest, na, so wie Ostern, aber ohne den ganzen Kirchenkram. Wird groß gefeiert, draußen in der Natur. Und alle fahren zusammen aufs Land, Ende April, die mieten so ein Gutshaus in Mecklenburg …«

»O ja. Und zufällig hat Hitler Ende April Geburtstag.«

»Hat er das«, sagte Cindy beiläufig. Dann sah sie Nuri von der Seite an. »Irgendwer muss ein Auge auf Thore und Louis haben, oder? Ich bleibe besser noch ein bisschen und bastle Kränze. So schnell geht das alles nicht. Es ist schwer, verstehst du.«

Nuri nickte. Sie legte einen Arm um Cindy, es geschah einfach.

»Calvin ist nicht tot. Ich habe mit ihm geredet. Er ist in Syrien.«

»Deshalb«, sagte Cindy einfach. »Ach so. Deshalb wolltest du mich treffen.«

»Wie meinst du *deshalb*?«

»Um dich zu verabschieden.«

Nuri sagte nichts.

Ein Haubentaucher tauchte nahe beim Ufer unter und weiter draußen in der Spree wieder auf, sein nasser Kopf schwarz und glatt. Und schon war er wieder verschwunden. Die meisten Dinge, dachte Nuri, lagen im Verborgenen, unter einer schwarzen, kalten Oberfläche, man sah sie nur ganz kurz, wenn sie auftauchten: ein helles Blitzen in der Nacht. Gestrickte Babysocken, die man zu Weihnachten bekam. Ridhas und Thores Freundschaft. Cindys Art, zu begreifen, was Nuri tun würde, ohne dass Nuri es selbst in diesem Moment schon gewusst hatte.

Vielleicht hatte Cindy recht. Vielleicht war sie gekommen, um sich zu verabschieden.

»Wie wird das Kind heißen?«

Justin, dachte sie. *John. Mario.*

»David«, sagte Cindy.

»Wie David Copperfield?«

»Wie David und Goliath«, sagte Cindy, und Nuri fragte sich, woher sie wusste, wer das war.

»Falls er seinen Vater mal kennenlernt.«

Schnee im Qalamun-Gebirge, auf den Höhen, Schnee seit Dezember. Der Winter ist früh gekommen, der Schneesturm Alexa hat in Syrien und im Libanon gewütet, noch vor Weihnachten, jetzt ist das vorbei, doch er hat seine Kinder zurückgelassen, kalte Eiswinde, die stetig über die Pässe streichen. Nur in den Wolken am Himmel ist manchmal schon März.

Wer den Anti-Libanon überquert, hat es geschafft.

Aber diese Berge sind nicht dazu gemacht, sie im frühen März zu durchqueren. Einzelne Zedern und faserige Wacholderbäume stehen in den weißen Flecken, an den Nordseiten ihrer Stämme ist das erste Tauwasser gefroren wie herabrinnendes Kerzenwachs.

Wer sieht das kleine Grüppchen dort wandern, schneckengleich, wer sieht, wie sie die Straßen und Wege entlangkriechen? Gibt es ein höheres Wesen, das sie beobachtet?

»Glaubst du an den Gott von den Christen oder an den von den Muslimen?«, fragte Amira Dschinan. Sie hatten tatsächlich eine Höhle gefunden, in der sie die Nacht verbrachten, sie hatten ein Feuer entzündet, doch es hatte nicht lange gebrannt, es gab nicht genug trockenes Holz.

Nun saßen sie dicht aneinandergedrängt, zitternd. Die Kinder hatten an diesem Morgen begonnen, zu husten.

»An beide«, sagte Dschinan und fuhr Amira durchs Haar. »Und an den Gott der Juden und Buddha und sämtliche Götter der Hindus. Mein Vater hat mir von ihnen erzählt, früher. Weißt du, man kann nicht genug Götter haben. Ich meine, schau dich um. Einer reicht nicht.«

Amira nickte. Dann schlief sie ein, den Kopf in Dschinans Schoß.

Auch die anderen Kinder schliefen.

Vielleicht war dies der Moment, doch noch zu reden. Calvin sah Dschinan an, doch er brachte es nicht über sich. Was sollte er sagen?

»Das, was im Keller der Villa war, was sie mit dir und mir getan haben …« – und weiter? Er sah in ihren Augen, dass sie wusste, woran er dachte. Und sie schüttelte kaum merklich den Kopf.

Da trat er hinaus vor die Höhle, wo Kamal ganz alleine saß.

Die Nacht war eisig und vollkommen klar. Die Sterne schwebten am Himmel wie Funken.

»Ich habe noch zwei Zigaretten«, sagte Kamal und gab ihm eine. »Von dem letzten Mann, der uns mitgenommen hat.«

»Gold wert«, sagte Calvin.

Kamal gab ihm eine, steckte sie an, er hatte auch eine Packung Streichhölzer bekommen. Sie rauchten zusammen, obwohl es zu kalt war, dazusitzen und zu rauchen. Es war ungewohnt, er spürte das Nikotin wie etwas Fremdes durch seine Adern fluten. Kamal hatte früher nie geraucht. Er machte einen Versuch, aufzustehen, weil er wohl unbequem saß, scheiterte und fluchte.

Er saß schon ziemlich lange da, ohne sich zu bewegen.

»Weißt du, dass ich irgendwann jetzt neunzehn geworden bin?«, sagte Calvin plötzlich mit einem leisen Lachen. »Wir haben ungefähr März, oder? Ich hatte Geburtstag Ende Februar, irgendwo zwischen Maalula und hier.«

»Herzlichen Glückwunsch.«

»Kamal … Was genau ist mit dem Bein?«

Kamal zuckte die Schultern, machte Anstalten, die Jeans aufzukrempeln, und ließ es.

»Ich gucke mir das jetzt nicht an«, sagte er und rauchte weiter. »Als sie uns in Homs gefangen genommen haben, bin ich eingeklemmt worden. In einem Auto. Sie haben die Wunde eine Weile offen gehalten, weil …« Er zuckte mit den Schultern. »Später haben sie das Fußgelenk zertrümmert. Sie wollten ziemlich viel von mir wissen, und ich wollte ihnen ziemlich viel nicht sagen. Über die FSA. Und dann Yassir. Yassir hat mich über Nuri ausgefragt. Ich hätte nie den Fehler machen sollen und ihm sagen, dass sie tot ist. Er hasst mich so wie dich deshalb. Er hat sein ganzes Leben lang allen Hass in sich aufbewahrt und geschürt wie ein Feuer.« Er ließ sich zurücksinken, rauchte im Liegen und sah die Sterne an.

»Aber sie ist nicht tot. Bitte … erzähl mir von Nuri.«

»Ich … weiß nicht viel«, sagte Calvin. »Sie hat dein altes Handy angerufen. Sie wollte mit dir sprechen.«

»Mit mir? Meine kleine, unvernünftige Schwester wollte mit mir sprechen?« Kamal lächelte.

»Ja. Es ist verrückt … Sie dachte, *ich* wäre tot. Der Akku war leer, ehe wir wirklich reden konnten.«

»Ich werde sie nie wiedersehen«, sagte Kamal und schloss die Augen. »Ich bin heute die letzten verdammten Schritte gegangen. Ich stehe hier nicht wieder auf, es ist schön hier. Und ich schaffe es sowieso nicht über diese Berge. Du weißt das.«

»Nein, das weiß er nicht«, sagte Dschinan, die hinter sie getreten war. »Weil es nicht stimmt. Hilf mir, ihn in die Höhle reinzuziehen, wo es wärmer ist.« Kamal protestierte, doch Calvin half.

Drinnen kniete Dschinan sich hin, neben die schlafenden Kinder, und bettete Kamals Kopf in ihren Schoß. Als wäre auch er ein Kind. Und sie streichelte sein Haar wie das von Amira.

»Du hast Fieber.«

Kamal grinste. »Ach was«, sagte er. Und dann streifte er den Turnschuh von seinem unverletzten Fuß und zog das Handy aus der Sohle. Das zweite Handy, das neue. »Du verlierst gern Handys, hab ich gehört«, sagte er zu Calvin. »Dieses hier hat noch Akku. Sollte es jedenfalls. Nimm es. Die Nummer von meinen Eltern ist eingespeichert. Aber benutz es nur im Notfall. Wenn ihr morgen weitergeht, lasst ihr mich hier. Selbst, wenn ich es noch mal versuchen würde … Mit mir seid ihr zu langsam. Und es ist zu kalt, um langsam zu sein.«

Calvin nahm das Handy und stand auf.

Kamal lag mit geschlossenen Augen in Dschinans Schoß, und Calvin hatte Lust, ihn zu ohrfeigen. Das Schlimmste war, dass er recht hatte, und selbst Dschinan wusste das.

Natürlich waren sie langsamer mit ihm. Natürlich hatte er wenig Chancen.

Er sah, dass ihre Schultern leise zuckten, während sie weiter sein Haar streichelte. Es war ein Abschied.

Calvin ging ein Stück von der Höhle weg, das Handy in der Hand.

Benutz es nur im Notfall.

Er glaubte nicht, dass er ein Signal empfangen würde.

Aber da war es, das Tuten. Und auf einmal gab es inmitten von Knistern und Rauschen eine Stimme in der Nacht.

»Aljafari?«

Calvin versuchte, etwas zu sagen, bekam aber nichts heraus.

»Kamal? Kamal, bist du das?«

Nuris Vater. Es war die Stimme von Nuris und Kamals Vater. Und diese Stimme existierte tatsächlich hier im Schnee, im Qalamun-Gebirge, Tausende von Kilometern weit weg von allem, was man Zivilisation nennen konnte.

»Nein«, sagte Calvin mit einem Lächeln, und er musste es fünfmal sagen, damit er verstanden wurde. »Nein, ich bin nicht Kamal. Aber es ist schön, dass das immer alle denken. Hier ist Calvin.«

Mehr Störgeräusche. »Calvin?« Jetzt nur noch Knistern.

»Warten Sie!«, rief er ins Telefon. »Sind Sie noch da? Scheiße, die Verbindung … Bitte, bitte nicht …« Er schüttelte das Handy. Als würde das etwas nützen.

Und dann klang eine Stimme durch die Nacht, klar und gut verständlich, irreal wie ein Traum.

Die Stimme fragte nicht, ob er Kamal sei. Sie sagte seinen Namen.

»Du bist da«, sagte sie. »Du lebst. Sie haben mich geweckt … Du lebst.«

Nuri.

Und ihm fiel nichts Besseres ein, als »Ja«, zu sagen, »ja, ich glaube, ich telefoniere nur sehr selten, wenn ich gerade tot bin«, und er wusste, dass er ein Idiot war, immer gewesen war, und dass er wertvolle Sekunden verbrauchte.

Aber sie lachte. Nichts war wertvoller als das.

»Bevor ich es vergesse«, sagte Nuri. »Halt dir kurz die Ohren zu, weil es dumm klingt. Ich liebe dich.«

»Nuri, du musst mit deinem Bruder sprechen! Er beschließt gerade, aufzugeben. Du musst ihm sagen …«

»Calvin? Gibt es die Ziegenfrau?«

Er starrte das Handy an. »*Bitte?*«

»Gibt es eine verschleierte, junge Frau, die in einem Dorf sitzt und Ziegenbabys füttert und mit dir verheiratet ist?«

Jetzt war er es, der lachte. »Bist du betrunken?«

»Sie war in dem Video.«

Er begann zu begreifen. »Was? Du hast … Du hast das Daisch-Ding gesehen? Sie haben mich gezwungen, das zu machen, das ist dir klar, oder? … Hurensöhne. Und sie haben da eine Frau mit einer *Ziege* reingeschnitten? Das ist …« Er lachte wieder, oder immer noch, es war so unglaublich schön, zu lachen. Er lachte, bis der Husten ihn schüttelte wie die Kinder.

»Wo seid ihr?«

»Fast im Libanon. Im Schnee. Überall Weihnachtsbäume. Warte.« Er ging mit dem Handy in die Höhle zurück, hielt es Kamal ans Ohr. »Wach auf!«

Und dann sah er Kamal lauschen, sah ihn auf einmal grinsen, und er wusste, dass Nuri etwas sagte, das ihn weitergehen ließ. Und er würde es schaffen. Calvin fror nicht mehr. Und er konnte nicht still stehen, ihm war, als müsste er im Schnee auf und ab hüpfen. Er wollte das verfluchte Handy zurückhaben. Aber Kamal gab es Dschinan, die ein paar Sätze auf Arabisch hineinsagte, sehr rasch und leise. Dann lächelte sie. Und dann starb auch der Akku dieses Handys.

Calvin feuerte einen Schneeball gegen einen der dünnen Zedernstämme.

»Verdammt!«, knurrte er. »Verdammt, verdammt, verdammt!«

Dschinan ließ ihn eine Weile wüten, dann bettete sie Kamals Kopf auf den Boden der Höhle, denn er schlief, und trat zu Calvin in die Nacht. Er saß jetzt im Schnee und warf weiter Schneebälle ins Tal, noch immer ärgerlich.

»Was genau … ist denn?«, flüsterte Dschinan.

Er sprang auf und wollte etwas sagen, doch sein Ärger war plötzlich fort. Und er zog sie in seine Arme. Sie war so winzig. Und sie wurde immer weniger von sich selbst.

»Ich habe vergessen, Nuri zu sagen, dass ich sie liebe«, flüsterte er in ihr Haar.

Eine Woche später erreichten sie den Ort Ras Maara, der ihnen erschien wie eine Großstadt.

Die Dörfer, die sie bisher durchquert hatten, waren winzig gewesen, ein paar geduckte Häuser und Ziegenställe, manchmal ein freundliches Wort und ein wenig Essen. Bei Ras Maara gab es wieder Straßen. Und zweistöckige, gemauerte Bauten. Aber die Gegend war unruhiger.

Mehr Familien auf Lastwagen begegneten ihnen, Familien samt Gepäck auf Motorrädern, dick vermummt gegen die Kälte, Wagen der FSA, beladen mit uniformierten Kämpfern, ihre Augen müde und nervös.

Die Armee kam näher, hieß es. Bei Yabroud im Norden gab es schon Kämpfe. Die Menschen aus den Dörfern flohen seit einer Woche zu Dutzenden in den Libanon – vor den Kämpfen, die auch hier bald wüten würden.

Die Kinder hatten jetzt alle Fieber. Bassels Lunge rasselte, wenn er atmete.

Es gab einen Gesundheitsposten in Ras Maara, die Frau dort hörte die Kinder ab und schüttelte den Kopf. Lungenentzündung, sagte sie. Muss behandelt werden. Nicht hier.

Sie wollte Kamals Fuß sehen, doch er ließ sie nicht, er wanderte noch immer mit zusammengebissenen Zähnen. Manchmal war sein Fieber beinahe fort, manchmal schüttelte es ihn.

Sie verließen Ras Maara auf einem gedrängt vollen Pick-up.

Die Straße über den Pass war ein Horrortrip.

Als der Wagen in Schlamm und Schneematsch nicht weiterkam, ließen sie ihn einfach stehen, gingen zu Fuß weiter, zusammen mit anderen. Am nächsten Tag hörten sie anhaltendes Gewehrfeuer aus der Richtung, aus der sie gekommen waren. Granateinschläge. Rauch stieg über Ras Maara auf. Die Armee war da.

Am Morgen, ehe sie den ersten Ort auf der anderen Seite erreichten – ehe sie überhaupt wussten, dass sie im Libanon waren –, wachte Calvin in einem notdürftig gebauten Unterstand aus Zweigen auf und zählte fünf schlafende Kinder. Er blinzelte, zählte noch einmal und weckte Dschinan. Es ging ihm nicht gut, es ging keinem von ihnen mehr gut, der Husten saß tief, sie konnten kaum noch laufen. Vielleicht war dies eine Halluzination.

Aber Dschinan sah ihn auch: den dritten Jungen.

Er lag zusammengerollt neben Marwan, trug eine zu große Uniformjacke und eine tarnfarbene Mütze und umklammerte etwas, hielt es im Arm wie ein Plüschtier.

Dschinan rollte ihn vorsichtig auf den Rücken. Er wachte nicht auf, obwohl er gleichmäßig atmete. Was er umklammert hielt, war kein Plüschtier. Es war ein Maschinengewehr.

Calvin nahm es ihm ab und untersuchte es genauer. Es war keine Munition mehr darin.

Er schätzte den Jungen auf zwölf oder dreizehn Jahre, wenig älter als Marwan. Sein Haar war pechschwarz, die Adern in seinen Wangen geplatzt von zu langer Kälteeinwirkung, tausend winzige, rote Linien durchzogen die Haut dort.

Als er aufwachte, tastete er als Erstes nach dem Gewehr und riss es an sich, noch im Liegen.

»Guten Morgen«, sagte Dschinan.

Der Junge streckte eine Hand aus, um ihr Gesicht zu berühren, ganz sacht. »Ich habe von dir geträumt«, flüsterte er heiser. »Von einem goldenen Mädchen. Dass ich sie finden muss, damit …« Er bewegte die Lippen noch, doch es kamen keine Laute mehr aus seinem Mund.

»Ich fürchte, du hast stattdessen nur uns gefunden«, sagte Dschinan mit einem Lächeln. »Aber Träume sollte man nicht vergessen. Vielleicht findest du dein goldenes Mädchen irgendwann. Wie heißt du?«

Sie beugte sich dicht über ihn, lauschte und nickte.

»Harun«, wiederholte sie. Er setzte sich auf, zeigte auf seinen Hals und zuckte die Schultern. Lächelte. Seine Augen waren anders als die der anderen Kinder, Calvin hatte noch nie so bodenlose Augen gesehen. Er strich über den Lauf seines Gewehrs und legte es dann langsam auf den Boden.

Betrachtete es einen Moment. Schob es von sich weg.

Es war allen klar, dass Harun auf irgendeine Weise zu irgendeiner Armee gehörte und dass er nie mehr kämpfen würde. Sie erfuhren nie, wie er sie entdeckt hatte und warum er beschlossen hatte, bei ihnen zu bleiben. Layla nahm ihn an der Hand, als sie die schlammige Straße bergab wanderten durch den letzten Schneematsch.

Am 29. März 2014 eroberten Assads Soldaten Ras Maara und das benachbarte Dorf Flita zurück. Kurze Zeit später fiel Yabroud. Damit war die letzte Nachschubroute der Rebellen abgeschnitten.

Zu dieser Zeit schwemmte die dritte Fluchtwelle seit Kriegsbeginn wieder Tausende von Flüchtlingen aus den umliegenden Orten über die Grenze.

Im Libanon war zu dieser Zeit jeder vierte Einwohner ein syrischer Flüchtling.

Kurz hinter der Grenze liegt der Bergort Arsal, ein kleiner Ort mit an die 35 000 Einwohnern. Seit dem Winter 2013/14 sind es 80 000 Einwohner.

Die Differenz besteht aus heimatlosen Syrern.

Die Straßen waren verstopft von Menschen, Autos, Mopeds. Militär.

Der Ort war vollkommen überfüllt. Eine dünne Schneedecke lag noch immer auf den Dächern, auf den Zaunpfosten, auf den langen Reihen der Flüchtlingszelte.

Die Kinder klammerten sich aneinander, Calvin spürte ihre Aufregung, ihre Angst, er wusste nicht einmal, was er selbst empfand. Erleichterung, Furcht, Unglauben.

Sie waren im Libanon.

Die Gassen schwammen im Frühjahrsmatsch. Vor den Geschäften bildeten sich Schlangen.

In Schaufenstern standen Konservendosen, Flaschen, Safttüten, verstaubte CD-Hüllen, hingen Reklameplakate mit englischer Schrift, lagen Taschenbücher und Zeitungen. Wirklich, es gab Zeitungen.

Sie fragten irgendjemanden auf der Straße.

Man sagte ihnen, es gäbe keinen Platz mehr in den Zelten, es gab nur dieses eine Lager, Arsal war gegen die Einrichtung von Lagern gewesen, hatte aber doch eines errichten müssen, und nun war es voll. Vor zwei Jahren, sagte der Mann, hätten die Menschen die Flüchtlinge noch in ihren eigenen Wohnungen einquartiert, sie hätten immer helfen wollen, doch diese Zeiten waren vorbei. Es waren einfach zu viele. Und er hob die Hände, hilflos, und ging weiter, und sie fragten einen anderen.

Eine Menge Leute sahen weg. Sie, die Wandernden, waren hier nichts Besonderes.

Die Leute sahen jeden Tag genug Elend.

Es war Marwan, der sie in einen Laden zog. »Ich frage jetzt da«, sagte er, und das tat er, er ging zu der Frau hinter der Theke und sagte: »Wir brauchen einen Platz zum Schlafen, wir haben nichts und wir sind acht Leute.«

Die Frau starrte ihn an, den kleinen, entschlossenen, mageren Jungen, der da mit verschränkten Armen vor ihr stand, dreckig, abgerissen, mit einer Mütze über den roten Haaren, die sich in ihre Bestandteile auflöste. Dann begann sie zu lachen.

»Die Leute vermieten sogar ihre Felder, damit die Flüchtlinge darauf zelten können«, sagte sie. »Ihr könnt für zweihundert Dollar im Monat ein Feld mieten. Oder ein kleines Zimmer für vierhundert.«

»Wir haben nichts«, wiederholte Marwan und kniff die Augen zusammen.

Sie beugte sich über die Ladentheke. »Das weiß ich«, sagte sie. »Keiner, der hier ankommt, hat etwas. Manche machen ein Geschäft daraus. Ich nicht. Mein Geschäft ist hier.« Sie sah sich um. »Haarshampoo, Seife, Toilettenpapier. Keine Schlange vor der Tür, siehst du. Denn das kann man alles nicht essen.« Dann kam sie hinter ihrer Theke hervor, sie war klein und rund und weich und jung, sie trug einen weißen Kittel und hatte ein steifes Bein.

»Kommt mit«, sagte sie. »Die Hochzeitshallen sind belegt, die Moscheen sind belegt, alles voller Flüchtlinge. Wir beten nicht mehr in Arsal, wir heiraten nicht mehr. Wenn es Schwimmhallen gäbe, würden wir nicht mehr schwimmen. Wir hatten in dem Stall hinter unserem Haus Schafe. Dann hatten wir dort eine Familie aus

Douma, dann eine aus Yabroud. Sie sind weitergezogen, heute Morgen. Ich möchte einmal so viel Glück haben wie ihr.«

»Nein«, sagte Calvin und lächelte sie an. »Nein, das möchten Sie nicht.«

Es ist April in Arsal.

1550 Meter über Normalnull. Der allerletzte Schnee ist geschmolzen.

Es gibt neues, grünes Gras. Hinter dem Stall, wirklich, wachsen Krokusse. Violett und gelb. Die Schafe stehen draußen und wundern sich über den neuen Geruch in der Luft. An den Bäumen gibt es winzige Knospen.

In den Turnhallen und Moscheen, in denen die Flüchtlinge leben, ihre winzigen Privatsphären voneinander abgetrennt durch aufgespannte Tücher, keimen kleine, neue Hoffnungen. Die Sonne scheint durch den Wind.

Es ist April in Arsal. Anfang April.

Noch sind die Temperaturen unter null bei Nacht. Aber bei Tag kann man in der ersten Wärme sitzen, zwischen den Schafen, auf der Erde. Da sitzen fünf Kinder, in Decken gewickelt. Sie könnten spielen, aber sie starren nur ins Nichts. Die Frau im Health Post hat ihnen Antibiotika verschrieben, kleine, weiße, wertvolle Tabletten, die die Bakterien in ihren Lungen bekämpfen sollen, sie hat gesagt, sie würden die Tabletten in der Apotheke umsonst bekommen, wenn sie registrierte Flüchtlinge seien. Was sie inzwischen sind. Sie sollten liegen, im Warmen, in Betten. Aber in dem Stall, in dem sie nachts schlafen, ist es kalt und feucht. Tagsüber ist es draußen in der Sonne besser.

Die Ärztin hat auch den Verband vom Fuß und Bein des jungen Mannes abgewickelt, der mit ihnen gekommen ist. Und hat geschluckt.

Der Wundbrand hat den Unterschenkel fast aufgefressen. Am Fuß fehlen zwei Zehen, ein weiterer ist nicht mehr durchblutet, schwarz, und der Knöchel irreparabel zerstört: gezielt zertrümmert mit einem stumpfen Gegenstand. Die Wunden darüber lang und eitrig, ihre Ränder aufgequollen, blaurot, es ist nicht mehr zu sehen, womit sie ihm diese Wunden zugefügt haben, und er wird es nicht erzählen. Er wird den Unterschenkel wahrscheinlich verlieren. Er humpelt zwischen den Schafen auf zwei Krücken herum, die sie irgendwo im Health Post noch gefunden haben, humpelt herum, und er lächelt, wenn die Sonne scheint.

Manchmal schenkt ihm einer Zigaretten.

Es ist April in Arsal.

Und auf einer Mauer sitzt ein Junge mit blondem Haar und grünen Augen. Der Husten schüttelt ihn wie die Kinder, doch er hat keine Zeit für den Husten. Der Verband an seinem Arm löst sich schon wieder, darunter sieht es nicht gut aus, er ist müde, er ist lange durch die Stadt gewandert und hat versucht, irgendwo Arbeit zu finden. Es ist ihm nicht gelungen. Noch nicht.

In seiner Hand liegt ein kleiner Gegenstand, ein flaches, blankes Ding.

Er schließt die Augen und zählt langsam bis zehn.

Dann wählt er.

Sie war bei Imad, als das Handy klingelte, sie hob sofort ab.

»Nuri.«

»Ja.« Sie hielt sich das andere Ohr zu, schloss die Augen, um sich auf die Worte zu konzentrieren, ließ sich an der Küchenwand hinuntergleiten und lauschte.

Sie hatte so sehr auf diesen Anruf gewartet. Und jetzt, als er kam, war ihr schlecht vor Erleichterung und vor Angst.

»Seid ihr raus?«

»Ja.«

Sie atmete auf. Saß eine Ewigkeit nur da und umklammerte das Handy. Calvin hustete.

»Wir sind in Arsal. Noch in den Bergen. Es geht Kamal nicht gut, und den Kindern auch nicht. Ich … Dschinan und ich versuchen, Arbeit zu finden. Es sind zu viele Leute hier, die Arbeit brauchen. Selbst den Strom fürs Handy haben wir erbettelt. Wir sind Bettler geworden.«

Er hustete wieder, und sie wartete, bis er sich gefasst hatte.

»Du bist auch krank.«

Calvin lachte. »Dschinan hört sich genauso an, vergiss das. Wir müssen diese Lungengeschichte loswerden, aber das wird schon.«

»Habt ihr Medikamente?«

»Für die Kinder. Seit drei Tagen. Bisher hat sich nichts getan, sie fiebern alle immer noch. Ich habe den Verdacht, dass in den Tabletten gar nichts drin ist. Angeblich gibt es so was hier, es ist eine Lotterie. Der Ort ist überschwemmt mit Menschen, es kann gar nicht für alle Medikamente geben. Fünfundvierzigtausend Flüchtlinge.«

»Deutschland hat zweimal fünftausend aufgenommen«, sagte Nuri bitter.

»Ich weiß.«

»Calvin, was braucht ihr am nötigsten?«

»Geld«, sagte er, ohne zu zögern. »Und anständige Medikamente. Kann man so was schicken?«

»Wie weit ist Arsal von Beirut entfernt?«

»Keine Ahnung. Was …?«

»Okay, es gibt Karten. Es gibt nur ein Arsal?«

»Leider.« Sie hörte ihn lachen, dann wieder husten. »Zwei wären besser.«

»Ich meine, man kann es nicht verwechseln?«

Knistern in der Leitung, Knarren. »Ich liebe dich«, sagte er zwischen das Knistern hinein. »Ich habe es das letztes Mal nicht gesagt.« Er sagte noch mehr, doch der Rest ging im Rauschen unter. Und dann war die Verbindung weg. Nuri steckte das Handy ein und stand auf.

»Ayse?«

»Ja«, sagte Ayse. Sie stand am Herd, kämpfte mit irgendeiner Sorte von Auflauf und kämmte sich gleichzeitig. »Ich weiß jetzt den Ort. Sie haben es geschafft.«

Sie ging hinüber und umarmte Ayse, und Ayse umarmte sie, obwohl sie sich nie wirklich gekannt hatten.

»Du weißt, was ich dir erzählt habe. Dass sie mich mit dem syrischen Pass nicht rauslassen aus Deutschland als registrierter Flüchtling. Oder nicht nach Istanbul rein. Nik sagt, ich muss über Istanbul fliegen, wenn ich fliege.«

»Ich weiß«, sagte Ayse.

»Du bist Türkin.«

»Was? Oh, nein.« Ayse lächelte. »Dachtest du das?«

»Ich …«

»Besser, Nuri. Viel besser. Wir sind aus Beirut.« Und leiser. »Der Pass liegt in der obersten Schublade in meinem Schreibtisch. Nimm ihn. Du brauchst nicht mal ein Visum als Libanesin. Ich weiß nichts davon, wer den verdammten Pass gestohlen hat, ich merke das sicher erst in ein paar Monaten, bei meiner Schusseligkeit. Sie werden den Unterschied beim Foto nicht sehen.«

Internetsuche:

» *Maalula Jabhat al-Nusra*

» *Thekla-Kloster Nonnen befreit*

» *Flüchtlingslager Libanon*

15.

14.35 Uhr: Die Polizei rückt mit mehreren Einsatzwagen am Oranienplatz an. Der Platz wird umstellt. (...)
14.50 Uhr: Aktivisten skandieren: »Kein Mensch ist illegal, Bleiberecht überall.« (...)
15.15 Uhr: Einige Demonstranten verschanzen sich auf den Bäumen. Einige werden abgeführt. Sitzblockaden werden aufgelöst. (...)
16.30 Uhr: Im Hostel an der Gürtelstraße in Friedrichshain, wo die Flüchtlinge untergebracht werden, gibt es Tumult. Dort belegen plötzlich mehr Personen die Zimmer als erlaubt. Mitarbeiter des Senats und des Bezirksamtes versuchen zu klären, welcher der Oranienplatz-Flüchtlinge eine Wohnberechtigung für das Haus hat und wer nicht.
17.53 Uhr: Die Polizei will demnächst den Autoverkehr über den Oranienplatz wieder freigeben.

(Berliner Zeitung zur Räumung des Flüchtlingscamps auf dem Oranienplatz in Berlin)

Sie trafen sich ein letztes Mal im *Café elf* und tranken deutschen Kakao. »Es ist verrückt«, sagte Imad. »Es ist zu gefährlich.«

»Das weiß sie«, sagte Nik.

Nuri lachte. »Ich will nur in den Libanon. Nicht in irgendein Kriegsgebiet.«

»Und es ist unvernünftig. Völlig! Du kannst das Geld schicken, es gibt ganze Organisationen von Geldschleusern, teuer, aber sicherer als die Banken …«

Nuri lächelte. »Ja.« Sie legte ihre Hände um die Schale, in der der Kakao schwamm wie ein kleines, warmes Meer. »Gibt es Schleuserorganisationen für Gefühle?«

Die taubenblauen und weißen Fliesen auf dem Boden leuchteten, wenn die Sonne schien, dann zog wieder eine Wolke vorüber und das Leuchten war fort. Draußen fegte der Wind alte Blätter durch die Straßen. Aprilwetter.

»Ich weiß nicht, ob wir uns wiedersehen«, sagte Nuri. »Vorhin haben wir erfahren, dass wir eine Aufenthaltserlaubnis für drei Jahre bekommen. Und dass es jetzt eine Möglichkeit für mich gibt, doch zur Schule zu gehen. Wenigstens irgendeinen Abschluss nachzumachen. Man sollte da wohl nicht wählerisch sein, was? Es wäre eine Art Abendschule, glaube ich, und tatsächlich haben sie diese Klasse extra für Leute wie uns eingerichtet … Deutschland tut eine Menge guter Dinge. Ist das nicht seltsam? Ich könnte endlich was Neues anfangen … Wir können bleiben … und ich gehe.«

Imad sog die Luft durch die Zähne ein. Als täte ihm etwas weh.

»Was Neues kannst du anfangen, wenn du zurück bist«, sagte Nik. Er legte einen Umschlag auf den Tisch. »Dein Flugticket. Billigflieger. Einchecken am Automaten in Tegel. Kriegst du das hin?« Sie nickte.

»Ich komme mit und mache das«, sagte Imad.

Sie schüttelte den Kopf.

»Im zweiten Umschlag ist das Geld«, sagte Nik leise. Der Umschlag war sehr dick.

»Ich kriege es irgendwann zurück. Später. Der Rückweg ist auch nicht umsonst. Je nachdem.«

»Je nachdem«, sagte Nuri und wusste nicht genau, was er meinte. Später verstand sie.

Je nachdem, wie viele Leute ihn antreten.

»Hast du gepackt?«

»Es geht nichts mehr rein. Ich habe noch nie so viele warme Kleider in einen Wanderrucksack gestopft.«

Nik lächelte. »Und meine schönen, halblegal bestellten Antibiotika und den Rest aus der Online-Apotheke hast du auch? Von Andrea soll ich dir noch Grüße sagen. Wir werden dich vermissen in der Lerngruppe. Ridha kommt nächste Woche nach Hause.«

»Sag ihnen, dass ich sie auch vermissen werde. Nesrin und Ridha vor allem.«

»Vielleicht kriege ich es ja hin, Nesrin das Klauen abzugewöhnen, während du weg bist«, sagte Nik leichthin. Dann umarmte er sie lange. Imad umarmte sie auch.

Sie trennten sich vor dem Café.

Sie erlaubte sich erst im Bus, an ihre Eltern zu denken.

Sie hatte ihnen einen Brief geschrieben. Nik würde ihn für sie abgeben, sie würden erfahren, wo Nuri war, nachdem das Flugzeug vom Boden abgehoben hatte.

Es musste schrecklich sein, wenn das letzte von vier Kindern ging. Aber sie würde zurückkommen. Zusammen mit Kamal. Bald, dachte sie, bald.

Am Hauptbahnhof stieg sie in einen anderen Bus. Sie saß ganz vorne und sah die Stadt in ihrem Frühlingserwachen vorbeiziehen, die Schaufenster mit den ersten verfrühten Osterhasen und die

Narzissen. Die Punks mit ihren bunten Haaren und ihren Hunden, den ein oder andern Quotennazi, dessen Tätowierung, Schmuck oder T-Shirt nur die Hälfte der Normalbevölkerung verstand.

Die Kopftuchfrauen mit ihren Kinderwagen, die Businessleute mit ihren eiligen Gesichtern und ihren Anzugjacken, die Frühjahrs-Shampoo-Reklame an der Bushaltestelle mit den blühenden Feldern im Hintergrund. Für Sekunden glaubte sie, die Augen des Mädchens auf dem Plakat hätten Einschusslöcher, aber das Plakat hing hinter Glas, es konnte gar keine Löcher haben.

Die Halle des Flughafens war verwirrend rund, ein Ring, in dem man einmal im Kreis laufen konnte, wenn man wollte. Es dauerte, bis sie den richtigen Schalter fand. In ihrer Tasche brannte Ayses libanesischer Pass.

Als sie den Rucksack aufgegeben hatte, fühlte sie sich seltsam schwerelos. In Beirut würde sie das Ding in einen überfüllten Überlandbus schleifen, doch bis dahin war sie leicht wie eine Feder. Sie überlegte, ob sie an einem der Automaten noch etwas Letztes, Unsinniges kaufen sollte vor der Passkontrolle. Eine deutsche Tafel Schokolade. Eine noch deutschere Tüte Gummibärchen.

Da sah sie Pascal. Er stand am anderen Ende der schlauchförmigen Halle neben der gläsernen Eingangstür. Er war gerade in diesem Moment hereingekommen, und er suchte jemanden. Sie.

Jetzt hatte er sie gesehen. Sie starrten sich einen Moment an, seine blauen Augen waren kalt wie immer. Und Nuri begriff, dass sie falschgelegen hatte. Dass sie nie sicher vor ihm gewesen war.

Er nickte langsam. Dann kam er auf sie zu.

Renn.

Sie war nicht schnell genug, sie wusste es von Anfang an.

Vermutlich konnte man unendlich oft am Flugplatz Tegel im Kreis rennen, den Schlauch mit den Schaltern entlang, es war ein

Bild wie aus einem Slapstick-Film. Oder Micky Maus. Nuri war wendiger, schmaler als Pascal, sie sollte, dachte sie, eigentlich besser zwischen den Leuten hindurchschlüpfen können, die da Schlange standen.

Aber sie war nicht schnell genug.

Pascal holte sie nach einer halben Runde ein, riss sie herum und warf seine Arme um sie. Lachend. »Hab dich! Küss mich.« Für die Leute um sie herum waren sie ein Paar. Ein hübsches Paar, der blauäugige Hüne und das zarte, dunkle Mädchen, das er so eng umschlungen hielt.

Sie war im ersten Moment so starr vor Schreck, dass sie nichts tat, gar nichts, sie schrie nicht einmal.

Und er sagte leise, ganz leise, sodass nur sie es hörte: »Wenn du Probleme machst, passiert Cindy was. Ihr seid in letzter Zeit dicke Freunde, was man so mitkriegt. Komm einfach mit, und alles ist okay.«

Sie ließ sich von ihm führen. Sie durfte kein Aufsehen erregen, sie durfte die Polizei nicht auf den Plan rufen, wegen der Sache mit Ayses Pass. Pascal konnte sie sofort auffliegen lassen. Wusste er von dem Pass?

Woher wusste er überhaupt, dass sie hier war?

Sie blieb stehen in einem Teil des Flughafens, wo es keine Schlange gab, neben einem Automaten für Eis und Getränke zu abenteuerlichen Preisen. »Komm mit, habe ich gesagt«, knurrte Pascal. Aber Nuri rührte sich nicht. »Ich schreie vielleicht nicht«, sagte sie. »Aber du musst mich schon tragen, wenn du mich aus diesem Flughafen rauskriegen willst. Meinst du nicht, das fällt auf?«

Sie sah, wie die Wut sein Gesicht verzerrte, sah, wie schwer es ihm fiel, sich unter Kontrolle zu halten. Die nächste Schlange wartender Leute war nicht weit genug entfernt. Solange sie in Sichtweite von Menschen war, konnte er ihr nichts tun. Seine Hand schloss sich fest um ihren Oberarm, so fest, dass sie beinahe schrie. Nein?, dachte sie. Konnte er ihr nichts tun? Natürlich. Er konnte alles tun. Wenn die Konsequenzen ihm gleich waren. Er war sehr viel stärker als sie. Er konnte alles mit ihr machen, ehe die ersten Leute sich einmischten.

»Was willst du?«, zischte sie und betete still darum, dass ihre Stimme nicht zitterte. Dass er nicht merkte, wie viel Angst sie hatte. »Guten Heimflug! Habt ihr doch mal auf eure Plakate geschrieben. Ich fliege nach Hause, Pascal. Ich fliege zurück. Du müsstest froh sein.«

»Du fliegst nirgendwohin. Dein Gepäck fliegt ohne dich.«

Und jetzt hielt er etwas in der Hand und drückte es gegen ihre Flanke, gut verborgen zwischen ihren Körpern, sodass die Leute in der nächsten Schlange es nicht sahen. Eine Pistole, dachte sie. Wie die von Imad.

»Die ist doch gar nicht echt«, sagte Nuri. »Das ist so ein Paintball-Ding. Du machst dich lächerlich.« Aber sie war sich nicht sicher. Sie war sich bei nichts mehr sicher. Der Hass vibrierte in Pascals Körper, sie konnte ihn spüren wie die Bässe in einer Disco.

»Ich werde dir sagen, was wir jetzt machen«, flüsterte er. »Du wirst mich schön aus dem Flughafen rausbegleiten, ganz brav, wie sich das für eine Moslemfrau gehört. Die gehorchen ihren Männern doch. Wie Hunde. Oder? Wir machen einen kleinen Ausflug in den Keller, zu den Parkdecks. Da gibt es Toiletten, wo nie einer hingeht.« Er brachte ihren Mund ganz nah an ihr Gesicht, wisperte jetzt, kaum hörbar, sein Atem warm an ihrem Ohr: »Und da unten wirst du dich hinknien. Damit du mal fühlst, wie das ist, wenn man kniet. Ich hab das nicht vergessen.«

Das war es also. Dies war Pascals Rache. Sie durfte nicht entkommen, weil er sich für die Demütigung rächen musste. Sie hätte ihn niemals laufen lassen dürfen. Aber was hätte sie tun sollen? Den

Jungs sagen, sie sollten ihn tatsächlich erschießen? Es war unmöglich gewesen.

»Lass mich einfach fliegen«, wisperte sie. »Ich bin weg, ich bin dir und deinen Leuten aus dem Weg, und wir sehen uns nie wieder.«

»So einfach ist es nicht«, sagte Pascal. »Die reden immer alle schön, ich weiß schon. Von wegen, dass sie nichts gegen die Kanaken haben, solange sie in Kanakistan bleiben. Schön reden ist eine Sache. Das kann ich auch. Ich bin nicht blöd, aber das weißt du vielleicht.« Er lächelte jetzt, sie sah es nicht, weil sein Gesicht ihr zu nah war, sie hörte das Lächeln in seiner Stimme. »Ich denke … Eine Menge von uns denken, dass auch Kanakistan ohne Kanaken schöner wäre. Die ganze Welt wäre schöner ohne sie. Und ohne dich speziell. Man nennt so was unwertes Leben. Wir wollen nicht nur unser Deutschland ausländerfrei. Die Welt wartet, verstehst du. Darauf, dass die Herrenrasse endlich übernimmt. Nicht heute, nicht morgen, aber es zeichnet sich doch ab. Guck es dir an, eure Länder funktionieren nicht! Ihr schlagt euch gegenseitig die Schädel ein, und jetzt kommt ihr angekrochen und wollt von uns gerettet werden, aber das wird auf die Dauer nichts. Irgendwann kommen sie alle dran. Und du bist *jetzt* dran.«

Sie wand sich jetzt, versuchte wieder, seinem Griff zu entkommen, doch er ließ sie nicht.

»Du bist richtig gut darin, Dinge kaputt zu machen«, flüsterte er. »Menschen kaputt zu machen. Erst Calvin. Seinen Bruder Tom auch, der ist heute noch verknallt in dich.« Er lachte leise. »Der kleine Dummkopf. Dann Thore. Und Louis. Die verfallen alle deinem sprühenden Kanakencharme. Und jetzt also Cindy. Meine Cindy.«

Nuri schüttelte den Kopf, verzweifelt. »Was ist mit Cindy? Wo ist sie?«

»Keine Ahnung«, sagte Pascal. »Das mit Cindy war nur so … dahingesagt. Hast du es geglaubt? Dass ich sie gekidnappt habe oder was?« Er schnaubte. »Immer das Schlimmste annehmen. So seid ihr. Cindy inzwischen auch. Aber sie wird wieder mein Mädchen. Ich bin der Vater von ihrem Kind. Bei euch ist so was vielleicht egal, ihr vermehrt euch sowieso wie die Karnickel, aber hier ist ein Kind noch was wert, und mein Kind wird einen Vater haben. Ich lass mir nicht meine Pläne kaputt machen, von dir schon gar nicht.«

»Hat Cindy dir gesagt, dass ich hier bin? Sie wusste den genauen Flug doch gar nicht. Sie …«

»Cindy? Oh nein.« Wieder dieses leise Lachen, eiskalt wie seine Augen. »Ich hab eine Freundin von dir getroffen. Ayse. Sie stand auf der Straße vor ihrer WG herum und wartete auf irgendjemanden, sie war so allein, da hab ich sie mit in den Hausflur genommen und ein bisschen mit ihr geplaudert. Sie war einverstanden, mir zu sagen, wann du fliegst. Sehr zuvorkommend.«

»Was hast du mit ihr gemacht?«

»Nicht viel.« Er zuckte die Schultern. »Sie hatte Angst um ihr Gesicht, die Gute. Mochte den Kontakt mit der Flurwand nicht, na ja. Sie war ziemlich schnell darin, Fragen zu beantworten. Bist du auch so zimperlich? Ich meine, du hast ja Erfahrung damit, abzukratzen, wenn man der Zeitung glaubt, was? Du warst tot. Aber du bist wiederauferstanden. Eine echte Zauberkünstlerin, könnte einem direkt unheimlich sein.« Er sah sich um. »Wir sind ja noch immer hier und reden. Zeitverschwendung. Weißt du, was wir im Keller noch machen? Ich meine, ich habe da noch eine Rechnung mit dir offen. War irgendwas mit Ficken.«

Ihr war wahnsinnig heiß.

Sie dachte an Calvin.

Sie dachte an Kamal.

Sie dachte an Dschinan.

Dschinan, die mit ihr durch die Berge an der türkischen Grenze lief, über die Wiesen, im Wind … Sie dachte an die goldenen Sonnenstrahlen dort oben.

»Aber ich glaub, ich mach's gar nicht«, sagte Pascal. »Ich will dich nur knien sehen. Und ich würd dich echt gerne in diese Kloschüssel beißen sehen. Es gab mal einen Film, da haben sie einen Neger in eine Bürgersteigkante beißen lassen, und der andere Typ ist ihm auf den Kopf gesprungen und hat ihm den Kiefer gebrochen. Vielleicht machen wir das auch so, ich glaube, das wäre hübsch …«

Er sagte noch mehr, sein Hass und seine Gewaltphantasien trugen seine Worte davon, ließen ihn zu viel sagen, doch sie hörte nicht mehr zu. Sie hatte schon viel zu lange zugehört. Es war egal, ob die Polizei sie festnahm wegen des Passes. Es war vollkommen egal.

Sie schrie. Sie wand sich jetzt mehr als zuvor und brüllte sich die Seele aus dem Leib, rang mit Pascal, trat, kratzte, biss. Er versuchte, sie weiter festzuhalten, stieß sie zu Boden, und der Schmerz rann durch ihren Körper wie Gift, aber dann waren Leute da. Jemand rief etwas. Jemand zog sie hoch. Und sie sah, wie Pascal rannte.

Er rannte, ohne ein Wort über Nuris falschen Pass gesagt zu haben, es war, als hätte er diesen Umstand plötzlich vergessen, er rannte, wie sie zuvor gerannt war, floh, die Pistole unter der Jacke verborgen, schob sich durch die Menge. Einer von denen, die um Nuri herumstanden, wollte ihm nach, doch Nuri legte ihre Hand auf den Arm des Mannes und schüttelte den Kopf.

»Lassen Sie ihn«, sagte sie, mit etwas merkwürdiger Stimme. »Je weiter er rennt, desto besser. Und … danke. Vielen Dank.«

»Was war denn?«, fragte der Mann, ein bulliger Typ mit rotem Gesicht und grauem Anzug. Sie sah in der Ferne seinen verlassenen Koffer ohne ihn in der Schlange stehen. Und da waren mehr, Leute, die ihr Gepäck verlassen hatten, um zu helfen. Es gab sie. Es gab Menschen, die halfen. Nuri merkte, wie Tränen der Erleichterung in ihr emporstiegen.

»Das ist eine lange Geschichte«, sagte sie. »Es hat ja seinen Grund, dass ich fliege.«

»Sie verlassen ihn«, sagte eine rothaarige Frau. »Das ist gut. Tun Sie das.«

»Wollen Sie ihn nicht anzeigen? Das Flughafenpersonal informieren?«, fragte jemand anders.

Doch sie schüttelte den Kopf. »Ich will nur weg«, sagte sie leise.

Der rotgesichtige Mann klopfte ihr aufmunternd auf die Schulter. »Dann machen Sie, dass Sie durch den Check-in kommen«, sagte er. »Wohin geht's denn?«

»Beirut«, antwortete Nuri.

»Lange Reise«, sagte der Mann und pfiff durch die Zähne. »Wie lange braucht man da so?«

»Ich habe ein halbes Jahr gebraucht«, sagte Nuri und dachte an all die Monate, in denen sie nicht gewusst hatte, wohin sie gehörte und was sie mit ihrem Leben tun sollte. Sie merkte, dass sie wieder lächelte. »Ab jetzt geht es schnell.«

Der verständnislose Blick des rotgesichtigen Mannes begleitete sie noch eine ganze Weile.

Als sie vor dem Computer stand und versuchte, ihre Daten für den elektronischen Check-in einzugeben, zitterte sie so sehr, dass es beinahe unmöglich war. Sie drehte sich mehrfach um, um sich zu vergewissern, dass Pascal sie nicht doch noch von irgendwo beobachtete. Aber er war nirgends zu sehen.

Sie schaffte es endlich, den Computer zu bedienen, und kam durch die Passkontrolle. Vielleicht hielten sie ihr Zittern für Aufregung wegen des Fluges. Sie fiel nicht auf. Sie war Ayse. Sie war nicht einmal zu spät dran.

Schließlich saß sie in einem sterilen Plastikschalensessel und wartete immer noch, dass ihr Name aufgerufen würde, ihrer oder

der von Ayse, weil jemandem aufgefallen war, dass sie mit einem fremden Pass reiste. Es konnte nicht gut gehen. Aber nichts geschah.

Und dann ging Nuri durch einen Gang, und dann saß sie in einem Flugzeug.

Und das Flugzeug rollte langsam, langsam an. In Zeitlupe. Auf Startposition.

Bis zuletzt dachte sie, es würde noch etwas geschehen. Sie würden sie zwingen, wieder auszusteigen. *Sie sind doch gar nicht Ayse asch-Schibli.* Aber nichts passierte.

Das Flugzeug gewann an Fahrt, hob seine Nase in den Aprilhimmel, und unter ihm blieb alles zurück: der sorgsam gestutzte deutsche Rasen neben dem Rollfeld, das Gebäude des Flughafens Tegel, die Straßen, die Häuser, das glitzernde Band der Spree. Der Fernsehturm, nur ein Zahnstocher jetzt mit einem aufgespießten Pfefferkorn.

Die Stadt war nicht mehr bunt, nur noch grau von oben. Die deutschen Wälder lagen dunkel zwischen den deutschen Feldern. Doch sie trugen einen Schleier von Frühjahr.

Irgendwo dort unten waren Nuris Eltern, Ummi mit ihren Bildern, Abi, der sein Geld in einem Spielcasino in einen Schlitz fütterte, um sein Land im Computer sterben zu sehen.

Ridha, der eine neue Schulter bekommen würde, Thore und Louis und die Jungadler.

Der Oranienplatz, auf dem immer noch Flüchtlinge demonstrierten, für mehr Rechte, für weniger Auflagen, für ein menschenwürdiges Leben.

Dort blieben sie zurück, die Linken, die Rechten, die Politiker.

Nik, der vielleicht an seinem Fenster stand und im Himmel ein Flugzeug suchte.

Imad, der in seiner WG am Tisch saß, der mit Phil und Janni und Ayse diskutierte, als wäre nichts, und in seinem Herzen ein totes Kind mit sich herumtrug.

Sie alle blieben auf dem Boden zurück.

Die Wolken des Aprils schoben sich zwischen Deutschland und das Flugzeug.

»Entschuldigung«, sagte Nuri zu dem Herrn neben sich. »Haben Sie ein Taschentuch?«

Nachwort

In Istanbul nicht verloren gehen. Den richtigen Schalter finden. So viele Menschen, Cafés, überteuerte Flughafengeschäfte, grelle Farben, quengelnde Kleinkinder! In Beirut war das Gepäck tatsächlich da. Auch wenn der Rucksack gelitten hatte. *Bloß nichts sagen, damit sie nicht merken, dass du keine Libanesin bist.*

Nicht sehr viel Sicherheitscheck hier, zum Glück.

Haben Sie aber viel anzuziehen! – Ich bleibe vielleicht länger bei meiner Familie diesmal.

Nein, sie wurde das gar nicht gefragt.

Der Überlandbus fuhr erst Stunden später. Chaos am Busterminal. Sie sah hier schon Syrer. Familien mit müden Gesichtern und zu viel Gepäck. Sie sprach mit keinem von ihnen.

Das Land, das an den Fenstern vorbeizog, war sehr kahl und staubig, und es wuchsen sehr wenig Bäume dort. Sie hatte sich an Deutschland gewöhnt.

Aber hier gab es mehr Himmel.

Arsal.

Sie hatte eine SMS von Calvin und Kamal mit dem Namen der Straße, doch niemand schien die Straßennamen zu kennen. Vielleicht lag das daran, dass alle, die sie fragte, erst vor Kurzem angekommen waren. Die Stadt war ein unglaubliches Chaos. Schlamm, Staub, Menschen, Autos.

Aber es war April. Sie sah die ersten winzigen Blütenknospen an den Bäumen und wusste, dass Calvin und Kamal ganz nah waren. Manchmal musste sie stehen bleiben, weil sie nicht mehr atmen konnte vor Nervosität.

Sie fiel auf mit ihrem Trekkingrucksack, sie hatte keine Plastiktüten, keine staubigen Reisetaschen, sie war zu wenig abgerissen für einen Flüchtling.

Schließlich kannte doch jemand die Straße. Ein einstöckiges, altes Wohnhaus, hatte Calvin geschrieben. Ein Garten mit einer niedrigen Steinmauer und, weiter hinten, ein Schafstall.

Sie musste es finden, ehe das Licht weg war, es war Abend. Der Wind brachte die Erinnerungen an den Winter aus dem Gebirge mit. Das letzte Licht war golden.

Er saß auf der Mauer.

Saß da, einfach so, und sah ihr entgegen. Als hätte er genau gewusst, dass sie in diesem Moment die kleine Straße entlangkam. Er war nicht der Mann aus dem Video, er hatte sich den Bart abrasiert.

Er sah völlig anders aus als damals in Deutschland, aber er war es. Neben ihm standen zwei Kinder, in eine Menge Kleider gehüllt, die eigentlich Lumpen waren, Kinder mit laufenden Nasen und großen Augen und dreckigen Gesichtern. Eines hatte rotes Haar, unglaublich verfilzt. Keines der drei trug Schuhe, trotz der Kälte.

Sie blieb ein paar Meter entfernt stehen, unsicher, was sie tun, wie sie reagieren sollte.

Setzte den schweren Rucksack ab, lehnte ihn gegen die Mauer.

Sah Calvin an.

Sie sah ihn nur an.

Und er sah sie an.

Dann sprang er von der Mauer, wischte sich mit dem Ärmel über den Mund, als müsste er den Husten unterdrücken, der ihm schon am Telefon zu schaffen gemacht hatte, und kam zwei Schritte auf sie zu, genauso unsicher wie sie.

Er war größer, als sie ihn in Erinnerung gehabt hatte. Größer als Imad sogar. Viel größer als Nik.

Er war unglaublich mager und seine Jacke unglaublich staubig.

»Nuri«, sagte er.

»Calvin«, sagte sie.

Plötzlich konnte sie solche Sätze wie am Telefon nicht mehr sagen, Sätze wie *Ichliebedich*. Sie wusste nicht mehr, ob es stimmte. Sie hatte ihn zu lange nicht gesehen. Ein Leben lang. Zwei.

»Du bist wirklich da«, sagte er und lächelte.

Und da brach alles Fremde in seinem Gesicht, das Lächeln war das alte, die Augen, mit denen er sie ansah, waren die gleichen, und er vergaß jede Vorsicht und zog sie an sich und hielt sie so fest, dass es beinahe wehtat. Nein, er war nicht sanft. Sie erwiderte den Druck, und er hustete wieder, und sie dachte, dass sie ihm vielleicht wehtat, weil er immer noch eine Verletzung am Arm hatte, aber sie hatte vergessen, an welchem.

Er roch nach Holzfeuer und Erde und Schaf und Abfall und irgendeiner Sorte Gewürz.

Als er sie losließ und ein wenig von sich abhielt, fiel das goldene Abendlicht auf ihr Gesicht, doch es kam von der Seite, und sie wandte den Kopf.

Dort stand Dschinan im Garten, zwischen den Bäumen, zwischen den Schafen.

Es war, als hätte sie dieses Bild schon einmal gesehen, Dschinan inmitten von Schafen. Zuerst dachte Nuri, das goldene Licht würde von ihr ausgehen, es strahlte um sie herum wie ein Feuerkranz, doch natürlich lag das daran, dass die Sonne genau in ihrem Rücken unterging und ihre letzte brennende Glut durch den Garten goss.

Dschinan war noch immer winzig und schmal, aber sie war erwachsen geworden. Eine Frau.

Nuri bemerkte es und verstand und sah Calvin an.

»Nuri«, flüsterte er. »Ich … Ich bin nicht mehr der, den du kennst. Ich bin jemand anders geworden.« Der Satz enthielt, in Calvins Version, drei Sprachen. Er war ein wahnsinniges Mischmasch aus Deutsch, Arabisch und ein paar Brocken Englisch.

Es schien ihm nicht einmal klar zu sein.

Und da wusste sie mit plötzlicher Gewissheit, dass alles richtig war. Dass sie ihn auch als jemand anderen liebte. Und dass, was auch immer sie über Dschinan verstanden hatte, keine Rolle spielte.

Und sie küsste ihn.

Er zuckte zurück, beinahe erschrocken.

Dann erwiderte er den Kuss. Er schmeckte genauso, wie er roch: nach Holzfeuer und Erde und Schaf und Abfall und irgendeiner Sorte Gewürz. Sie dachte an den Kuss mit dem künstlichen Vanillearoma in Deutschland, lange, lange her. Schaf und Gewürz war besser.

Sie küssten sich sehr lange, nicht so ein Filmkuss, der von außen gut aussieht, mehr ein privater Kuss, in dem die Dinge enthalten sind, die man nicht sagen kann.

Irgendwann musste Calvin husten, da endete der Kuss doch noch.

»Ich habe ein Vermögen mit«, sagte Nuri. »Und Tabletten in allen Farben des Regenbogens. Na ja, des Regenbogens bei Schnee. Sie sind, glaube ich, alle weiß.«

Sie lachten zusammen, oder eigentlich hustete Calvin und sie lachte, und dann sahen sie sich wieder nach der Sonne um, aber es war dunkel. Dschinan war zu ihnen an die Mauer getreten. Und neben ihr stand noch jemand, auf Krücken gestützt.

»Man hört, es sind Schwestern in Arsal«, sagte Kamal und räusperte sich.

Sie hätte auch ihn beinahe nicht erkannt. Sie ließ Calvin los und kletterte über die Mauer und umarmte Kamal, doch Kamal zog die Luft scharf durch die Zähne ein und sagte: »Etwas vorsichtiger, okay. Man wird nicht jünger.«

Und da fing sie an, zu weinen.

Sie konnte nicht anders, sie sah, wie schrecklich alles war und wie schön, und dass manche Dinge vielleicht nie wieder gut werden und manche Geschichten nie erzählt werden konnten, und sie umarmte statt Kamal Dschinan, die Nuri weinen ließ und ihren Rücken streichelte, und Dschinan war viel kleiner als sie, aber plötzlich älter.

»Komm«, flüsterte sie. »Du musst die Kinder kennenlernen.«

»Und bitte nicht schon wieder knutschen, ja, igitt«, sagte das rothaarige Kind, das offenbar ein Junge war, und zog die Nase hoch.

»Hast du was mitgebracht?«, fragte ein kleineres, dunkelhaariges.

»Alles«, sagte Nuri.

»Auch Bonbons?«

»Auch Bonbons.«

Nachts brannte im Schafstall eine Kerze.

Die Kinder schliefen im Stroh, sämtliche Kleider, die Nuri mitgebracht hatte, über sich gebreitet. Der Abend war wie Zuckerfest und Weihnachten in einem gewesen. Sie hatten Brot und Früchte und Käse im Ort gekauft, obwohl die Kinder fast nichts davon gegessen hatten, sie waren alle zu krank und auch zu aufgeregt. Calvin dachte, dass sie ab morgen vernünftig sein und sparen würden. Ab morgen.

Amiras langes, dunkles Haar fiel in Wellen über eine Daunenjacke, die roten, struppigen Köpfe von Marwan und Layla lugten zwischen zwei Wollpullovern hervor, Bassel hatte darauf bestanden, mit einem Paar blauer Fäustlinge an den Händen zu schlafen. Und Harun umklammerte einen grünen Schal, so wie er das Gewehr umklammert hatte, als sie ihn gefunden hatten.

Niemand fror in dieser Nacht.

Calvin und Nuri lagen zu zweit unter einer Decke, und Calvin war allein deshalb warm, weil sie zu zweit waren. Auf andere Weise, als er mit irgendwem im letzten halben Jahr zu zweit gewesen war.

Kamal und Dschinan waren noch einmal hinausgegangen.

Frische Luft schnappen, hatte Kamal gesagt. Er rauchte jetzt zu viel. Vielleicht half es irgendwie gegen die Schmerzen im Bein, das er nicht mehr lange haben würde.

Licht und Schatten flackerten über die Wände, und Calvin hielt Nuri im Arm und wusste, dass sie wach war, obwohl sie schwieg. Er wagte nicht, glücklich zu sein, er hatte seit einiger Zeit Angst davor, weil alles so rasch zerbrach. Aber eigentlich ließ es sich nicht ändern. Er *war* glücklich.

»Was wird jetzt?«, wisperte er.

»Erst mal werdet ihr alle gesund.«

Calvin nickte. »Sollen wir die Kerze auspusten?«

»Nein«, flüsterte sie. »Ich will dich sehen.«

»Gut«, sagte er. »Aber ich warne dich.«

Und dann zog er sich aus, und sie sah ihn die ganze Zeit an und sah alle Spuren der letzten Monate, alle Spuren des Landes auf seinem Körper. »Gut«, sagte sie. »Ich verstehe.«

Sie zog sich ebenfalls aus. Als auch er sie lange genug angesehen hatte, löschten sie die Kerze, falls eines der Kinder aufwachte.

Und alles war richtig.

Dschinan saß auf der Mauer und sah in Richtung der Berge, hinter denen ein Schimmer lag von etwas, das man nicht erklären konnte. Die Berge selbst, der Anti-Libanon, waren nur eine dunkle Masse. »Dahinter liegt Syrien«, wisperte sie. »Gibt es Syrien denn noch?«

»Ich weiß nicht«, sagte Kamal. »Wie soll jemand das wissen? Noch existiert irgendetwas dort. Aber vielleicht nicht mehr lange.«

»Calvin ist gekommen, um mich aus dem Land zu holen. Er hat nie alles verstanden.«

»Nein«, sagte Kamal. »Ich verstehe aber auch nicht alles, Dschinan. Keiner versteht wirklich, wer du bist.«

»Wer bist du denn?«

»Ein alter Mann«, sagte er bitter. »Es ist egoistisch, aber ich fange an, mir zu wünschen, ich wäre dort geblieben. Ich fange an, mir zu wünschen, Yassir hätte nicht danebengeschossen. Es wäre ein würdigerer Abschluss gewesen. Besser, als hier herumzuhumpeln und allen auf den Wecker zu gehen.« Er schlug mit einer Krücke gegen die Mauer, weil er nicht dagegen treten konnte.

»In Deutschland konnte ich auch nichts machen. Dann bin ich zurückgekommen, um zu helfen. Um etwas zu retten. Um zu kämpfen. Es ist nichts draus geworden. Es ist alles kaputt. Die Revolution ist kaputt. Die FSA ist kaputt. Die Träume sind kaputt. Jetzt sind wir froh, wenn Assad Maalula zurückerobert. Wie kaputt kann man sein?«

Dschinan stützte den Kopf in die Hände.

»Du wolltest wissen, wer ich bin. Ich … war einmal ein kleines Mädchen, in den Bergen, nahe der türkischen Grenze. Damals habe ich mich verliebt. In einen älteren Jungen. Er hat mich nie bemerkt. Er hatte andere Sorgen.«

Kamal schwieg.

»Ich … bin deinetwegen nach Homs gegangen, Kamal.«

»Nein. Du bist nach Homs gegangen, weil du ein Symbol bist. Die Hoffnung. Homs brauchte die Hoffnung. Das goldene Licht.«

»Vielleicht habe ich es satt, ein Symbol zu sein«, flüsterte sie. »Siehst du es denn? Was sie alle sehen? Siehst du das Gold?«

Er sah sie an, in der Dunkelheit, lange. »Nein«, sagte er.

»Das ist gut«, flüsterte Dschinan. »Du bist der Einzige, der es nicht sieht.«

Und dann zog sie ihre Jacke aus und ihren Pullover, und es war viel zu kalt, der Wind strich durch die Gasse, aber zu zweit ist es überall wärmer, auch im Stehen, an einer alten Mauer, zwischen den schlafenden Schafen. Kamal biss die Zähne zusammen, sie spürte es, wegen des Beins, sie hielt ihn fest, und manche Dinge gingen trotzdem. Sie hatte darauf gewartet, seit sie ein Mädchen in den Bergen gewesen war. Die Wohnung in ar-Raqqa und die Nacht in Homs und der Keller der IS-Villa hatten nie existiert.

»Vielleicht bleibe ich nicht«, wisperte sie, hinterher. »Vielleicht muss ich zurück. Irgendwann. Über die Berge.«

»Nicht nur du«, flüsterte Kamal. »Man wird sehen.« Sie hörte ihn lächeln.

Es war April in Arsal.

Frühling.

Der Winter war vorüber.

schlussbemerkung

Ende 2014 kontrolliert der IS zwei Drittel der syrischen Gebiete.

Rojava, der kurdische Traum eines unabhängigen, demokratischen Staates, ist dabei, zu zerbrechen.

Die Türkei bombardiert nach langem Zögern den IS, jedoch auch die gegen ihn kämpfenden Kurden, die sie als größeres Übel ansieht.

2014 haben mehrere deutsche Bundesländer nach den Protesten am Berliner Oranienplatz beschlossen, die Residenzpflicht und das Arbeitsverbot für Flüchtlinge zu lockern.

Viele Oranienplatzflüchtlinge sind dennoch von Abschiebung bedroht.

In Sachsen zieht die damals noch nicht offiziell als rechtsextrem eingestufte AfD in den Landtag ein. Nicht nur im Kreistag Vorpommern-Greifswald unterstützen AfD-Abgeordnete eine Initiative der NPD gegen Flüchtlinge.

2015 wird ein verschärftes Asylgesetz verabschiedet.

9 Millionen Menschen aus Syrien sind noch immer auf der Flucht, 6 Millionen davon innerhalb des Landes.

Aber nicht nur Syrer fliehen vor Krieg und Verfolgung.

Weltweit sind es fast 60 Millionen Menschen.

Gaziamtep
باتنع
Kilis
سلك
بلح
ALEPPO
Latakia
ةيقذاللا
Arsal
لاسرع
صمح
HOMS
رمدت
Tadmur
نانبل
توريب
Libanon
الولعم
Maalula
قشمد
Damaskus
ليئارسإ
ISRAEL
Dar'a
ندرألا
JORDA

ÜRKEI
kurd. Dorf
ضيبأ لت
AR-RAQQA
قارعلا
IRAK
Kurden (Rojava)
IS
Rebellen (FSA + andere)
Regime (Assad)

Danksagung

Als der Oetinger Verlag zusagte, »Sommer unter schwarzen Flügeln« zu veröffentlichen, wussten die wenigsten Menschen auf dieser Welt, dass die Geschichte weitergehen würde.

Doch wie kann eine Geschichte aufhören, wenn die Geschichte an sich, die Geschichte der Realität, weitergeht und Hass und Gewalt täglich neue schwarze Blüten treiben?

Als ich den »Sommer« schrieb, gab es weder den IS noch die Pegida, und die AfD entstand gerade.

Der Krieg in Syrien und dem Irak und die Flüchtlingsproblematik in Europa haben seitdem eine völlig neue Dimension erreicht, Fremdenhass und Gewalt in den täglichen Nachrichten übertreffen meine schlimmsten Albträume.

Dieses Buch wird nichts an alldem ändern, es ist nur ein winziger Beitrag zu dem Versuch, Menschen verstehen zu lassen.

Und es ist, vor allem, die Geschichte zweier Menschen, die mir am Herzen liegen und die eine Chance darauf verdienen, glücklich zu sein.

Ich möchte daher all jenen danken, die es möglich gemacht haben, dass dieses Buch das Licht der Welt erblickt. An erster Stelle meinem unermüdlichen Berliner Freund, der die Arbeit daran koordiniert hat, der selbst tagelang korrigiert, recherchiert und Karten zusammengestellt hat.

Es ist inzwischen müßig, lieber Tom, dass Du aus lauter Bescheidenheit nicht genannt werden möchtest, da jeder Dich aus Deinen unermüdlichen Twitter- und Facebook-Kommentaren zu den Themen des Buches kennt.

Ich danke der Stiftung Weltethos dafür, dass sie uns mit ihrer Würdigung des ersten Bandes durch den Friedolin 2015 Mut zugesprochen hat.

Ich danke allen Lesern, die in der Testleserunde mitgelesen und kommentiert haben, die das Buch durch ihre Kritik und ihre Anmerkungen besser und auch besser verständlich gemacht haben, obwohl es sicher nicht immer leicht war, all diese Seiten selbst auszudrucken und einzutauchen in eine Geschichte, die so ganz das Gegenteil einer Flucht aus dem Alltag bietet.

Ich danke unserer akribischen Korrektorin Cordula Dickmeiß und Herrn Houdouin für seine Verbesserung der arabischen Schreibweise und natürlich B. R. für ihr Lektorat und ihre Hartnäckigkeit darin, das Buch auf den Weg in die Verlagswelt zu bringen.

Ich danke meinem syrischen Freund, der auch diesen zweiten Teil gelesen und mit mir in langen Telefonaten diskutiert hat – obwohl er eigentlich keine Zeit hatte, da er damit beschäftigt war, seine Frau und mehrere Familienmitglieder von ferne aus in Sicherheit zu bringen.

Und selbstverständlich danke ich meiner geduldigen Familie, auch ihrem kleinsten Mitglied, das es zu Zeiten des ersten Bandes noch gar nicht gab. Geduldig hat Hannah-Marie mir nächtelang zugehört, wenn ich ihr und der Hündin Lola den Fortgang des Romans erzählt habe, weil wir alle drei nicht schlafen konnten.

Während ich dies schreibe, jagen sich in den Nachrichten Bilder der Anschläge von Paris, und die europäischen Außengrenzen sollen bald noch besser kontrolliert werden.

Mit dem dritten Teil wird Calvins und Nuris Geschichte für uns enden – mit dem Versuch ihrer Rückkehr trotz der Zäune.

Ich danke Ihnen und Euch allen, die Ihr mit mir diese Geschichte lest und lebt.

Und die Ihr in der Realität mithelft, die Welt ein wenig menschlicher zu machen.

Peer Martin,
14.11.2015 Québec

Nachtrag zur Taschenbuchausgabe, 16/07/2017:
Ein großer Dank geht an dieser Stelle auch an die Jugendjury des Jugendliteraturpreises 2016, die in einer Zeit, in der ein rechter Wind durch Europa weht, in der andere Europäer beim Wort Flüchtling genervt abwinken, populistischen Parteien nachlaufen oder als Identitäre Bewegung gegen Humanismus marschieren – die in solch einer Zeit gerade Nuri und Calvin zu ihren Helden gewählt hat. Die Hoffnung auf ein freieres Europa, eine freiere Erde, liegt bei euch. Lasst euch von den Erwachsenen nichts sagen.

quellenverzeichnis

Kapitel 1

» Aus Deutschlandfunk-Beitrag vom 04.11.2008, zitiert nach http://www.deutschlandfunk.de/hilfe-fuer-rechtsextreme-aussteiger.724.de.html?dram:article_id=99281, Stand vom 25.05.2015

» Aus »Das Zeugenschutzprogramm«, zitiert nach http://www.recht24.de/a/das-zeugenschutzprogramm, Stand vom 25.05.2015

Kapitel 2

» Aus »Büro mieten in Berlin Marzahn-Hellersdorf«, zitiert nach http://www.gsg.de/de/mieten/buero/berlin/ marzahn-hellersdorf, Stand vom 25.05.2015

» Aus »NPD hetzt gegen Flüchtlingsunterkunft in Marzahn-Hellersdorf«, zitiert nach http://www.blog.schattenbericht.de/2013/08/npd-hetzt-gegen-fluchtlingsunterkunft-in-marzahn-hellersdorf, Stand vom 25.05.2015

Kapitel 3

» Aus »Hatay Kilis Azaz Aleppo«, Thomas Rassloff Photography Weblog, vom 02.07.2013, zitiert nach http://thomasrassloff.blogsport.de/2013/07/03/hatay-kilis-azaz-aleppo-2-07-2013, Stand vom 25.05.2015

» Aus »Vergebliche Hilferufe«, Frankfurter Rundschau, vom 02.12.2013, zitiert nach http://www.fr-online.de/lampedusa/fluechtlinge-vor-lampedusa-vergebliche-hilferufe,24939044,25500072.html, Stand vom 25.05.2015

» Aus Wikipedia Deutschland, »Bootsunglück vor Lampedusa 2013«, zitiert nach https://de.wikipedia.org/wiki/Bootsungl%C3%BCck_vor_Lampedusa_2013, Stand vom 04.09.2015

Kapitel 4

» Aus »Recruitment and Use of Children«, Human Rights Watch, vom 23.06.2014, zitiert nach http://www.hrw.org/de/node/126059/section/6, Stand vom 25.05.2015

» Aus »Recruitment and Use of Children«, Human Rights Watch, vom 23.06.2014, zitiert nach http://www.hrw.org/de/node/126059/section/6, Stand vom 25.05.2015

» Aus »Front der Frauen«, Lola für Lulu, zitiert nach http://www.lola-fuer-lulu.de/hintergrundwissen/rechtsextreme-frauen/front-der-frauen, Stand vom 25.05.2015

Kapitel 5

» Aus »Haut die Glatzen bis sie platzen«, Website Anarchie Heute, vom 12.10.2002, zitiert nach http://www.anarchie.de/main-20614.html, Stand vom 26.05.2015

» Aus »2. Streich – NPD deckt linke Gewalttaten auf«, Website mupinfo.de, aus internetarchive.org, Kommentar von »General«, vom 02.09.2014, zitiert nach http://web.archive.org/web, im Original vom 28.08.2014, http://www.mupinfo.de/?p=29682, Stand vom 07.06.2015

» Aus »Nazimutter Sabine und Übermutter Enibas«, Website Linksunten, vom 03.06.2010, zitiert nach https://linksunten.indymedia.org/en/node/20954, Stand vom 26.05.2015

Kapitel 6

» Aus Website »Ring Nationaler Frauen«, vom 02.12.2012, Landesvorsitzende des RNF Maria Frank, zitiert nach http://www.ring-nationaler-frauen-deutschland.de/index.php/freundinnen-fuer-deutschland/199-bernadette-jagger, Stand vom 26.05.2015

» Aus »Ex-ISIS-Kämpferin aus Syrien packt im CNN-Interview aus«, Website The Huffington Post, vom 07.10.2014, zitiert nach http://www.huffingtonpost.de/2014/10/07/ex-is-kaempferin-syrien-cnn-interview_n_5944052.html, Stand vom 26.05.2015
» Aus »Wiener Mädchen als Gotteskrieger unterwegs?«, Website Berliner Kurier, vom 20.04.2014, zitiert nach http://www.berliner-kurier.de/panorama/keine-spur-nach-abschiedsbrief---wiener-maedchen-als-gotteskrieger-unterwegs-,7169224,26891344.html, Stand vom 26.05.2015

Kapitel 7

» Aus »Rezept für Zimtsterne«, Website »Lebkuchen Rezepte«, 2006, zitiert nach http://www.lebkuchen-rezepte.de/weihnachtsplaetzchen/zimtsterne.html, Stand vom 26.05.2015
» Aus Wikipedia Deutschland, Abd al-Rahman al-Dschaziri: Kitab al-fiqh 'ala l-madhahib al-arba'a, Bd. V. S. 48, zitiert nach Tilman Nagel: Das islamische Recht. Eine Einführung. Westhofen 2001, S. 88 f., zitiert nach http://de.wikipedia.org/wiki/Steinigung, Stand vom 26.05.2015

Kapitel 8

» Aus »Quran, 74:26–31«, Website »Islam Pedia«, vom 13.08.2009, zitiert nach http://www.islam-pedia.de/index.php5?title=Engel, Stand vom 26.05.2015
» Aus »Der Sohn und die Engel«, Bibel, Hebräer, 1, 13, Einheitsübersetzung der Heiligen Schrift, 1980, Katholische Bibelanstalt Stuttgart, zitiert nach http://bibleserver.com/text/EU/Hebr%C3%A4er1,13, Stand vom 26.05.2015

Kapitel 9

» Aus »Syria: Harrowing torture, summary killings in secret ISIS detention centres«, Website »Amnesty International«, vom 19.12.2013, zitiert nach, https://www.amnesty.org/en/articles/news/2013/12/syria-harrowingtorture-summary-killings-secret-isis-detention-centres/, Stand vom 26.05.2015

» Aus »Maybe We Live and Maybe We Die«, Website »Human Rights Watch«, vom 23.06.2014, zitiert nach http://www.hrw.org/de/node/126059/section/6, Stand vom 26.05.2015

» Aus »Rundum-Sorglos-Pakete führen zu steigenden Asylbewerberzahlen«, Website »NPD«, 2015, zitiert nach http://npd.de/rundum-sorglos-pakete-fuehren-zu-steigenden-asylbewerberzahlen/, Stand vom 26.05.2015

Kapitel 10

» Aus »Traurige Gewinner« von Onur Burçak Belli, Website »ZEIT ONLINE«, vom 27.03.2014, zitiert nach http://www.zeit.de/2014/12/kurden-syrien-norden, Stand vom 26.05.2015

» Aus »Nationalsozialistischer Weihnachtskult«, Wikipedia Deutschland, vom 10.04.2015, zitiert nach http://de.wikipedia.org/wiki/Nationalsozialistischer_Weihnachtskult, Stand vom 26.05.2015

Kapitel 11

» Aus »Yellow covers the besieged neighboorhood of Homs«, Website »Syriauntold«, vom 21.02.2013, zitiert nach http://www.syriauntold.com/en/event/yellow-covers-the-besieged-neighborhoods-of-homs, Stand vom 26.05.2015

» Aus »20 krasse Zahlen und Fakten, die zeigen, dass Berlin die coolste Stadt Deutschlands ist« von J. D. Sutthoff/S. Christ, The Huffington Post, vom 06.08.2014, zitiert nach http://www.huffingtonpost.de/2014/08/06/berlin-zahlen-fakten-coolste-stadt-deutschlands_n_5654731.html, Stand vom 26.05.2015

Kapitel 12

» Alle Zitate aus »Ergebnislose Syrien-Konferenz: Wir haben nichts erreicht«, Website »Spiegel Online«, vom 31.02.2014, zitiert nach http://www.spiegel.de/politik/ausland/syrien-friedenskonferenz-endet-laut-brahimi-erfolglos-a-950508.html, Stand vom 26.05.2015

Kapitel 13

» Aus »Ermordeter Jesuit in Syrien: Er teilte den Schmerz«, Website »Spiegel Online«, vom 07.04.2014, zitiert nach http://www.spiegel.de/politik/ausland/nachruf-auf-pater-frans-aus-homs-in-syrien-ermordet-a-963113.html, Stand vom 26.05.2015

» Aus »Frans van der Lugt«, Wikipedia Deutschland, vom 09.04.2014, zitiert nach http://de.wikipedia.org/wiki/Frans_van_der_Lugt, Stand vom 26.05.2015

» Aus »Familie«, Website der »NPD«, 2015, zitiert nach http://npd.de/thema/familie, Stand vom 26.05.2015

» Aus »Rechtsextreme Eltern werden zum Problem für Kitas«, Website »ZEIT ONLINE«, vom 24.11.2013, zitiert nach http://www.zeit.de/gesellschaft/familie/2013-11/rechtsextreme-kita-rassismus, Stand vom 26.05.2015

Kapitel 14

» Aus »Hier wird nicht mehr gebetet«, Merhi Fliti, Sozialarbeiter, Leiter der Amel Association in Arsal, Website »ZEIT ONLINE«, vom 22.12.2103, zitiert nach http://www.zeit.de/2013/51/libanon-fluechtlinge-syrien/seite-2, Stand vom 26.05.2015

» Aus NPD-Wahlplakat, Sommer 2013, zitiert nach http://www.antibuerokratieteam.net/wp-content/uploads/2014/04/antifa.jpg, Stand vom 26.05.2015

» Aus AfD-Wahlplakat, Frühjahr 2014, zitiert nach http://www.antibuerokratieteam.net/wp-content/uploads/2014/04/antifa.jpg, Stand vom 26.05.2015

Kapitel 15

» Aus »Der Oranienplatz ist leer geräumt«, Website »Berliner Zeitung«, vom 08. 04. 2014, zitiert nach http://www.berliner-zeitung.de/berlin/chronologie-der-raeumung-der-oranienplatz-ist-leer-geraeumt,10809148,26784990.html, Stand vom 26. 05. 2015